芝麻开花

——沈阳文学70年精粹

闫志宏　张啟智 ◎ 主编

下卷　诗歌　散文　报告文学

沈阳出版发行集团
沈阳出版社

图书在版编目（CIP）数据

芝麻开花：沈阳文学70年精粹：上下卷 / 闫志宏，张敞智主编 .—沈阳：沈阳出版社，2019.12

ISBN 978-7-5716-0781-4

Ⅰ.①芝… Ⅱ.①闫… ②张… Ⅲ.①中国文学－当代文学－作品综合集 Ⅳ.① I217.1

中国版本图书馆 CIP 数据核字（2019）第 284121 号

目 录

下 卷

诗 歌

散　文

报告文学

诗 歌

不灭的火炬

厉 风

厉风（1925—2016），原名翟立峰。河北省新河县人。自1951年从东北鲁艺调至《东北文艺》编辑部直到1986年退休，一直从事文学编辑工作，先后在东北文艺出版社、辽宁人民出版社、春风文艺出版社任编辑、副主任、副总编辑。出版诗集《梦土》《露珠和星星》，随笔评论集《诗与诗人》等。中国作家协会会员。

一

每个夜幕笼罩着大地的夜晚，
我都凝视着遥远的东方，
我看见一堆火在一个山坡上燃烧，
它奇异的光芒把天空照得通亮。

每天晚上，我都是怀着新发现的心情，
想向人们大声呼唤：
亲爱的兄弟们，姊妹们，
走出屋来，看一看这宏伟的景象！

二

是一九五二年十月的一个晚上，
风不吹，草不动，星月无光；
几个矫捷的身影，比燕子还快，比树
　叶还轻，
轻轻地，轻轻地，飞落在草地上。

这是雀鸟难以生还的地方，
什么人来到这座山岗？
那是志愿军战士，邱少云
和他的战友，身披着草制的伪装。

好像只是草落在草地上，
树叶落在树叶上；
好好潜伏，隐藏，可不要惊扰敌人，
为了来日的晚上，一声炮响……

胆小的敌人，竖着耳朵探首四望，
但是，该死的美国强盗你怎会知道，
志愿军的神兵已经从天而降！
一个致命的打击已经埋伏在你的身旁！

敌人盲目打来一颗炮弹，
炮弹落在邱少云的身旁；
火药立时烧着了他身上的伪装，
烧着了他的头发，衣裳……

烧着了皮肉能不疼吗？
他把手深深地插在泥土里；
烧着了皮肉能不疼吗？
英雄紧闭着嘴唇，浑身发抖。

本来他可一跃而起，
但他只是把脸紧压在地上；
旁边的同志和他一样，心如火焚，
为了防止压不住的冲动，他们紧扼住身下的草地。

——不能暴露目标啊，
为了一举消灭敌人，单等到晚上，
为了千百万人民所期待的胜利，让敌人当成：
这只是烧着的野草，在冒着火光！

世界上，一千种一万种爱情，
比不上英雄的爱情坚贞，
祖国，母亲啊，为了使你平安，
你的儿子宁愿自己被烧成灰烬！

当天空终于垂下它的帷幔，
当冲锋的信号划破夜天，
复仇的声音像一阵飓风：
邱少云,兄弟啊,同志们给你报仇了！

三

英雄生命的火焰,把东方的天空照亮，
英雄的形象越来越加辉煌。
山上的松柏冬夏长青，
英雄的名字，人民将世代传扬。

古老的传说，英雄死后
灵魂化作星星，升到天上；
和平的战士，邱少云
他是人间正义的星光。

啊，全世界爱好和平的人们，

每当你们举首东望，不管白天或晚上，
你们将看见，在一座山坡上，
在乱草丛中，燃烧着奇异的火光。

这是不灭的火炬，不朽的象征！
这是一个生命放射的最美丽的光彩！
在为自由生存而战斗的日子里，
它永远鼓舞着人们向和平，向胜利，
　前进！

（原载《东北文学》1954年六月号）

抒情诗三首

阿　红

阿红（1930—2015），原名王占彪，陕西省华阴县人。1952年毕业于南京大学中文系，1954年调辽宁省作协工作，历任《鸭绿江》杂志编辑组长、副主任，《当代诗歌》主编，省作协书记处书记、副主席、顾问，省新诗学会副会长等。先后在海内外出版短篇小说集、诗集、诗论集、散文集共35种（其中主编图书5种），其诗、文被选入海内外各种选集50余种，其作品被翻译成多国文字。编审，中国作家协会会员。

你要去叩响白宫的门环

乘着苍茫的黄昏，
向暗绿的远坡漫步，
脚下小路好像扭曲的绳子，
眼前断墙颓壁像一堆枯骨！

狼过留下噬人的血印，
虎行留下尖利的爪迹，
日帝侵占长春的时候，
留下这细菌工厂的遗址！

我依然向前走去，
不是访问是巡视，
走到草莽的深处，
走进重墙的夹隙……

我恍惚看见一个散发的阴影，
好像在荒岭上出现了的猩猩，
在一堵残墙的拐角晃晃动动，
忽而伫墙发呆，忽而喑哑低泣！

它眯缝眼睛向前看去，
灯光似海，烟囱入云……
它侧棱耳朵向前听去，
人声喧嚷，机器震鸣……

它曾盘踞过的荒凉的土地，
而今却是火光闪耀的金山！
它曾捕杀育菌的人，
而今却是不可侵犯的神人，勇不可当的英雄！

这国家在一天天富强，
这人民在一天天伟壮！
它看着，它听着，它想着，
它又击头捶胸，放声痛哭！……

我清楚地知道，
它是日帝的游魂渡海而至，
我迈着大步走去，
厉声地向它呵斥：

“在我们圣洁的土地上，
没有你立足之地！
你，你要去叩响白宫的门环，
详述你的见闻和身世！”

依着栏杆

我手中的笔啊，
你怎么像吐尽了丝的蚕，
画不出一幅如意的图纸！

几百双眼睛等着我改进设备，
上百万资金等着我节约，
我的笔啊，你并不是笨拙的！

烟灰盒积满了烟蒂，
眼皮上像坠了千斤石，
桌头也叠了一堆废图纸！

我头昏了，缓步开了门，
只见月光如水，
注满凉台的池子……

依着栏杆，
任远方机器的轰响，
震破夜的沉寂，浴着我的思绪……

在阳光和煦的时节

在阳光和煦的时节，
在泥土酥松的地上，
来了我们绿化工人，

提着镐锹背着树秧。

在测量了的地方，
挖出深深的圆坑，
种下深绿的树秧，
也种下金黄的希望。

在厂房的右傍，
将长起厚密的防护林，
让风暴卷带的北国黄沙，
别钻进窗缝把机器腻渍！

在修整的阔道两旁，
在楼舍围绕的中心，
将张开圆篷篷的树冠，
替人们遮阳让人们游憩。

我们用绿树作笔，
给红色汽车城描绘春的色彩，
我们用树干作弦，
给汽车城居民弹抒情歌曲！……

（原载《文学月刊》1956年十二月号）

化验室之歌

刘湛秋

刘湛秋，1935 年生，安徽人。1953 年至 1964 年在沈阳中捷友谊厂工作，后调入北京。中国散文诗学会副会长、《诗刊》社前副主编。出版有诗集、散文诗集、散文集、评论集、小说集、译文集等 20 余种，诗集《无题抒情诗》曾获 1985—1986 年度中国新诗奖，其作品被译成英、法、德、意、日等十几国文字。编审、中国作家协会会员。

一

这里的一切都是透明的。

是水晶的世界，是冰雪的世界，是阳光的世界……

一排排的试管，像是钢琴的音键，多少变幻的带着色彩的音响，从这里飞出去，报告着新产品，报告着新的质量水平。

不能说这里是安静的天地，不能说这是沉默的工作。

小小的试验管里，汹涌着江水的澎湃，变幻出世界千百种的颜色，不断地呈现出优质的表征。

从车间听到的所有声音，在车间里看到的一切色彩，在这儿都可以找到。

朋友，到化验室来吧！

二

眼光锐敏的化验工啊!

你们的心，有如水晶一般纯净，你们的性格需要冰雪一样冷静，而你们的激情，却又像阳光一样炽烈……

在你们的眼波里，仿佛看见了试验管里溶液的流动，在你们永远微笑的脸上，即使在焦愁里也透着喜悦的情神。

当试验没有达到预期的效果，你们宁愿相信自己试验的错误，归罪于自己的马虎大意，而不能承认这是车间工人的失败；即使真的这一次没有成功，你们也会轻轻地说：“再来一次，有希望的！”

你们是别人收获的旁证人，永不疲倦的鼓舞者。一次，两次，甚至一百次，当试管最后呈现出那希望的颜色时，你们会向门外等候的车间工人，送过去一个个甜蜜的微笑。

（原载《文艺红旗》1961 年第十一期）

鞍　钢（外六首）

刘　镇

刘镇，1938年生，江苏泰县人。1953年到沈阳当工人，1958年开始发表文学作品，1980年调入辽宁省作协，曾任《当代诗歌》编委，一级作家、省新诗学会副会长。著有《红色的云》《沉思季节》《古渡》《抒情的白雪》等。其诗集曾多次获奖，并被译成多国文字介绍到国外。中国作家协会会员。

“鞍钢”呵，
“鞍钢”！
青沉沉，莽苍苍，
写起来都“刺刺”冒火光！

摸一摸钢锭——“鞍钢”
满手香！
敲一敲钢管——“鞍钢”
叮当响！
年年月月干不完的活，
咱哪次领料，
不把“鞍钢”想！

“鞍钢”的钢呵，
实在棒！
天塌下来撑得住，
海水冲来不带晃；
骨气硬，肩膀宽，
跟咱英雄一个样！

“鞍钢”的钢呵，
可真强！
眼望钢料心发痒，
恨不得自己也变成一块钢！
哪用哪到，
拧不弯，砸不烂，

一心向着党！

可不：——
跨过千座桥，
攀过万根梁，
到哪儿碰不到“鞍钢”！
在飞旋的砂轮上，
我看见“鞍钢”冲天的火光；
在晶亮的活儿上，
我看见“鞍钢”汗水哗哗淌……

呵，
“鞍钢”的哥们劳动的好！
“鞍钢”的哥们有力量！
我踏上钢都拥挤的街道呵，
真想，
把每个陌生人拜访……

管车工

铃一响，
跳下床，
多好的梦也留不住，
“嗵嗵”奔机仓。

灯亮啦！
火着啦！
三个管事工活儿一接手，
“嘁里咔嚓”，
赛过虎下冈。

瞧他们：
跳来跳去喊加油，
光着大膀。
海在他们眼里，
湖一般，
船在他们心中，
家一样；
几千里航程不在数，
风吹浪扑不买账！

“咕噜噜”——
海水在船舷上打滚；
“轰隆隆”——
机声震碎了满海月光。

这时
隔壁乙班的几个小伙呀，
鼾声打雷似的响……

轧 钢

隆隆的钢锭向前飞窜，
火花乱蹦，

天地发颤！
热浪呼呼往咱脸上扑，
心倒像痛饮甘泉！

别看这车间轰轰隆隆，
祖国的吩咐，
咱哪句听不见？
要圆不方，要短不长，
钢锭在咱手里一搓，
嘿，干啥都棒！

你说是铺钢轨？——
车皮多重也不带喘！
你说是架桥梁？——
好咧，
随你架多长，随你架多宽……
钢锭呀，
向大地蓝天高喊“我来了！”
吐出我多少心愿！……

飞去吧，钢锭！
抖起一路云烟！
要有人问你从哪里来，
你先说：
“我来自英雄的矿山……”

咱 俩

我和老张，
合装一台机床。
我在这头穿轴，
他在那头安轮。
（好像一在亚洲，一在美洲，）
满头是飞闪的星光……

——当当！
（好啦？）
——当！
（装！）——
咱俩谁也看不见谁，
心都通在一根线儿上。
咱俩说话听不清，
几锤打到头，
不用讲！

轰隆隆的雷呀闪闪的电，
九天外的罡风呀，
暴风雨中的海洋！
咱们天天这么装！
咱们年年这么装！
咱是忙在共产主义大厦上！

撩开彩霞，

跨过夕阳；
天车飞来又飞去，
咱俩心
像两颗快乐的小卫星，
紧围着机器追逐、飞翔！

海港吊车

手一提：
抓起几十吨矿石；
臂一挥，
丢落几十吨钢筋。
咱们的吊车呀，嘿，
真有劲！

吊车是条钢铁汉，
吊车是英雄的运输兵！
吊车吊车我考考你：
你双脚，
在哪里站定？

半空里飞来笑声一串：
“这还瞅不清？”——
只见他指东又指西，
回答比唱歌还好听！

“城市——
乡村；
哈瓦那——
北京……”

哈，吊车呀，
咱俩真对心！
你瞅哪里不需要友谊、和平，
咱们哪，
担子不轻！……

女大副

生在海上，
长在海上，
是海洋训练了她，
是她训练了海洋？

像一位威严的将军，
挺立在船头，
海涛是检阅不尽的士兵，
雄赳赳，
气昂昂……

哪怕雾千重，
哪怕怒浪狂，
勇敢的心灵像海燕，
锐利的目光剑一样！

礁石嶙嶙无阻挡，
开花的青春啊，
绣在不朽的蓝缎上。

啊，
举起胸前的望远镜，
幸福在唇边飞荡：
看一只矫健的海鸥，
箭似的投进了
浑圆的朝阳……

上班的汽笛一响

上班的汽笛一响，
我浑身“轰”的家伙，
眼睛格外亮！
每个关节，每个神经，
都像战士听到冲锋号，
马上集合去打仗！

上班的汽笛一响，
满车间都“唰”地齐声欢唱；
转的转，拉的拉，
推的推，挡的挡，
嘿，
又快又准又有力量，
生产一个劲儿往上长……

啊！生活在沸腾！
啊，青春在发光！——
上班的汽笛一响啊，
我感到：
整个祖国都和我一样！

（选自《鸭绿江》1962年第十期）

海四题

方　冰

方冰（1914—1997），安徽人。16 岁参加革命，1938 年春到延安学习，后分配到华北敌后晋察冀边区从事文艺工作。抗日战争胜利后，来到东北，先后担任旅大市文化局长，辽宁省作家协会副主席、执行主席。主编过《鸭绿江》《当代诗歌》。其主要作品有诗集《战斗的乡村》《飞》《大海的心》，长篇叙事诗《柴堡》等。

金色的大海

太阳突然间
跃出海波，
将天空撒满彩霞，
像扇起漫天大火。

啊！金色的群山，
金色的大海，
金色的船队，
金色的渔歌。

我面向东方，
站立在船头，
遍身披着霞光，
啊！金色的我！

我的诗情，
像海鸥
迎着太阳飞去，
飞向无边的空阔……

月光下，
我沉醉过大海的温柔；

风里，
我曾伴同大海高歌。
可是都没有
日出时的一刹那，
这样使我鼓舞，
这样使我欢跃。

我的灵魂
像在燃烧，
对着这沸腾的生活，
我充满了自豪！

一九六二年十一月一日沈阳

钓

我把钓钩投进大海，
感谢大海的慷慨！
将一条条肥大的鲜鱼，
挂到我的钓钩上来。

既没有高明的技术，
更缺乏很好的喂子，
可是月亮还未升起，
小船儿却快要满载。

我的艺术之钩啊，
投进生活的海洋，
把我的整个生命，
都缚在钓钩之上。

我钓得的是什么呢?
不是光钩儿空荡荡，
就是一条可怜的小鱼，
瞪着两眼向我瞧望。

一九六二年十二月四日于阜新宾馆

歌

站立在
礁石之上，
向大海
放声高歌。
风为我调弦，
浪为我击拍，
海鸥绕着我飞翔，
声声为我唱和。

不是歌唱
个人的快乐，
更不是抒发，
私自的痛苦。

大海啊！
只是这胸中的

太满的激情，
需要向你倾吐。

一九六三年二月二十四日晨，沈阳

静静的海洋

白云在蓝天里
悠闲地飘荡，
海鸥不知道，
飞向何方，
大海在烈日下
沉沉欲睡，
军舰停泊在
平滑的镜面上。

啊！
静静的海洋，
静静的海洋，
只有大炮的眼睛，
在警惕着远方。

太阳收拾去
一天暑热，
甲板被冲洗得
干净又凉爽，
落霞染红了天空，
染红了大海，
风琴的声音，
在海面上飘荡……

啊！
静静的海洋，
静静的海洋，
水兵们却听见了，
远方有雷声响。

一九六二年夏寓意
一九六三年二月二十四日晨写出，沈阳
（原载《鸭绿江》1963年四月号）

山乡音讯

刘文玉

刘文玉（1930—2008），吉林省辽源市人。先后在辽西文工团，辽宁省文联、作协，省歌剧院等工作。曾任沈阳市文联主席，省作协副主席，《芒种》《诗潮》杂志主编，省文联副主席，沈阳市文史研究馆馆长。代表作有《乡土的歌》《黑土壮歌》等。作品多次获奖，并被翻译介绍到国外。1988年出席全国第四次文代会。

满炕新鲜梦

这小伙是来打深井，
老师傅是来安电灯，
艺术家是来送文化，
睡下一炕支援农业的兵……

这盏豆油灯啊，
扑人满脸乡土情，
这铺泥土炕啊，
挤不下人们的新鲜梦。

打井的小师傅，
梦里正笑醒，
多少股清泉跟他来，
他走一程，绿一程，
他睡在哪里哪里变，
鸟早叫，花早红，
看他双手抱拳满身劲，
一下要牵出地下龙。

办电的老师傅，
双手伸向白头顶，
好像领着电流过山区，

翻山又越岭，
多少电线拉起来，
要一手牵来灯万盏，
一手拉住良田千万顷。

那位艺术家，
梦里新调要唱出声，
泉水染绿他的歌，
电灯照红他心声，
高唱稻花属着公社香，
电灯属着这儿明！……

一铺泥土炕啊，
挤不下新鲜梦，
一盏豆油灯啊，
扑人满脸乡土情。

初 试

一地小花袄，
好似春风吹着跑，
四妹扶犁杖，
二姐作指导，
三妹踩格子，
两只靰鞡脚，
大姐来点种，
粒粒撒得巧，
五妹赶磙子，
歌伴笑声跑，
七妹和八妹，
今天全来了，
第一线上整一年，
今天来赶考，
暂作庄稼人，
志向都不小，
大地作试卷，
决心早写好，
书记来监堂，
心里不住笑：
这群红姊妹，
全是社中宝！
老农和父兄，
观阵也来了，
劳动第一课，
都夸答得好！

一地小花袄，
春风吹着跑，
歌飘万里绿，
阳光更美好！

走娘家

杏花打苞，

青草发芽，
山坡上飞来一团花，
十个新媳妇走娘家。

走娘家看爹妈，
为啥带着锹和镐，
不坐车来不骑马？

结婚九天是回九，
社里汽车开在家门口，
她们谁也不肯坐，
对着司机直摆手，
扛着锹和镐，
唱唱咧咧往回走！

三十里堡，
二十里洼，
回九不是看爹妈！

十个新媳妇，
是十个技术员，
每人都有一项新试验，
良种地，试验田，
离开九天真想念。

回九不是去吃酒，
新的试验放不下手，
结婚时老社长开玩笑：
算作陪嫁带着走！

十个姑娘开了口，
扎下的根子拔不走，
我们选了十个接班人，
代替我们十双手。
大伙拍手一阵笑：
好，冬天请你们来吃腊八粥！

今天回九不吃酒，
是和十个接班人
查苗、追肥、看气候，
作了小结马上往回走！

（原载《鸭绿江》1963年九月号）

灯火辉煌

——题沈阳市文化宫技术协作室

（外二首）

晓　凡

晓凡，1937年生，原名范长珏，沈阳人。中国作家协会会员，一级作家。1952年到工厂当学徒，1956年开始业余写作，1965年调入中国作协辽宁分会，先后担任驻会创作员，《当代诗歌》月刊主编，《当代作家评论》杂志主编，辽宁作协书记处书记、专职副主席等职务。著有《灿烂的青春》《美的诱惑》《晓凡诗选》等诗集和诗论集10余部。

好大的厅堂，
好亮的灯盏，
一队队的闯将啊，
围在盏盏明灯前。
“刀具王”“两座山”，
“冶金专家”“仰脸焊”……
面对着
一沓沓图纸，
一堆堆部件，
一个个堡垒，
一道道难关，
展开了一场大会战！

呸！什么话！——
没有轧辊子，
没有薄钢板，
没有印字轮，
没有特殊焊……
中国工业准瘫痪！
看！

就在这明亮的灯盏下，
英雄闯将挥铁拳：
“一切没有的，
咱们都能干！”
四卷金书——思想武器，
“奋发图强”——攻关的炮弹。
你能磨宝刀，
他会打快转；
这里出新招，
那里做实验……
老工人、小青年，
专家、教授、勤杂员，
大家拧成一股绳，
变成“活神仙”。
身后边，
英雄人民六万万，
一个人抓来一把土，
哐啷啷竖起千座山，
全世界人民都看得见！

看呀，看：
多大的厅堂啊，
多亮的灯盏；
多么宽广的国土呀，
多么高远的长天！
那技术协作的春风，
已经在这坦荡的天地间漫卷！
这里的英雄闯将们，
正以行动向世界发言：
哪怕穷得丁当响，
只要有火红旗帜飘在前，
沿着自力更生大路走，
一步一步能上天！

报　名

几位血统工人在报名参加技术协作时说……

同志，
给咱上个名！
咱们哪，
决心要当技术协作的战斗员！
有什么任务？
——咱们干！
有什么担子？
——咱们担！
当年罢工拆机器，
——咱们流过血；
如今创建新世界，
——哪个怕流汗！
来吧，
有什么活计，
只管交给咱；
这肩膀啊，
担子越重越舒坦。
长两只大手干啥用啊？

就是为了改造河山，
就是为了和困难干！
说吧，
哪方有关键，
咱们去支援；
说什么分内分外，
讲什么近近远远，
咱工人阶级，
站脚在一个地球上，
头上顶的是一个天。
人的苦，
就是咱的苦；
人有难，
就是咱有难——
咱不伸手谁伸手，
咱不上前谁上前！
别看咱“协作”在工地、车间，
咱多出一根大丝杠，
古巴民兵
就多了一束手榴弹；
咱突破一道技术关，
南越游击队
就能多把一座村镇解放……
别看咱在造机器、车部件，
咱的心血、咱的汗，
咱技术协作的成果啊，
和天下一切斗争紧相联！……
同志，
快给咱上个名吧，
快给咱上个名！
这时代的担子呀，
咱们要担！

豪情赞

在技术协作展览会上，听一位著名劳动模范的谈话后写成。

展览品，
标语牌，
新技术，
操作台；
新的人物一排排，
新的思想放光彩……
就凭咱改天换地一双手，
就凭咱自力更生豪情在，
能高山填大海，
千珍万宝手中来。

手中来呀，手中来，
看这展品一件件，
更使豪情充满怀！
想昨天，
顶着风雪朝前走，
千难万苦脚下踩，
滚热汗珠冰上摔。

看今日，
伟大的奇迹一件件，
在堂堂中国竖起来！
咱奋发图强把路开，
更大的步子朝前迈。
“雄关漫道真如铁，
而今迈步从头越”，
——咱们是继往开来新一代！
还有什么高峰没人登，
——咱们挽臂攀；
还有什么险境没人到，
——咱们敢去踩！
好天下，
咱不主宰谁主宰！
工人阶级，
就有这般大气概！

同志们哪！
大锤猛抡，
闸把高抬，
让优质铁水喷出去；
让重型机轮飞起来！
让咱们“协作”的切削声，
和非洲革命的炮声相呼应；
让咱们欢腾的钢花呀，
为世界革命添异彩。
来吧！
咱们大家携手一齐来：
能蒸汽的蒸汽，
能发电的发电，
能加水的加水，
能抱柴的抱柴……
烧它个水沸汽足，
让咱那疾驰的快车，
拉响震撼世界的汽笛，
轰隆隆迎风扫雾，
飞向那更加火红的新时代！

（原载《鸭绿江》1964年第十一期、十二期合刊）

快乐的足球赛

马业文

马业文（1935—2017），辽宁开原人。20世纪50年代开始文学创作，著有《我和小牛》《彩色的童年》等作品集，曾任沈阳市群众艺术馆馆长。

不贴海报，不卖门票，
我们的球赛却无比热闹。
场地就在小河岸上，
那里自然地长满了小草。

放学以后不用约会，
比赛双方都向那里飞跑。
前街一队，后街一队，
谁也不知人数多少。

几个没上学的“小豆豆”，
也跟到场地里乱跑乱叫。
安排他们去当“球门”，
代替我们那四堆书包。

场地四周没有界线，
比赛时间不用记表。
裁判当然就是我们自己，
其实裁判也用不着。

至于比赛啥时开始?
连我们自己也不知道；
球早已经满场乱飞，
人也一个个大汗直冒。

啥叫最精彩的球艺，
看我们小胖这一大脚——
把球射进自家门里，
他还在那儿拍手叫好。

比赛只好宣布暂停，
因为全场都捧腹大笑；
现在场上比分如何？
问谁谁也不知多少。

好容易组织一次进攻，
球正向对方禁区高吊；
我刚想来一个凌空飞射，
他们的“球门”却不见了——

是两个“小豆豆”闲得难忍，
正滚在一旁草地上摔跤；
两个前锋想去拉开“球门”，
得分机会早已经失掉！

大家正在那里起哄，
球又让一只小狗叼跑；
反正我们已经累了，
现在休息——正好，正好！

有人躺在草地上养神，
有人跳进小河里洗澡——
我们的球赛多么快乐，
足球史上一定难找。

（原载《新少年》1979年第九期）

宝岛抒怀

于宗信

于宗信 （1945—2002），历任《鸭绿江》文学月刊社编辑、编辑室主任，副编审。著有《台湾诗情》《相思花》《祖国，您好》《带露的紫罗兰》《红豆吟》《人生随笔》《大地的女儿——张志新》《诗艺随感录》等20余部。多篇作品获奖，并被介绍到国外。中国作家协会会员。

呵，蓝蓝的海峡

呵，蓝蓝的海峡，
你为什么激起银色的浪花？
　　浪花呵，浪花，
　　你是两岸亲人心头的诗篇，
　　闪耀在祖国的阳光下。

呵，蓝蓝的海峡，
你为什么升起金色的彩霞？
　　彩霞呵，彩霞，
　　你是骨肉同胞心中的长桥，
　　连结起华夏一家。

呵，蓝蓝的海峡，
你为什么弹起涛声的琵琶？
　　琵琶呵，琵琶，
　　我愿变成你的一根银弦，
　　伴着你唱出统一祖国的心里话！

樱花开了

一位从海外归来的台湾同胞对我说——

捧起了滴着露珠的樱花，
春雨，在山胞的心头飘洒；
高山族民间传说中有种征兆：
樱花开遍的时候，春天快来了。

那么说，春天就要来了，
樱花悄悄捎来了三十年盼望的话；
呵！让我们举起火红的花束，
等待着北京飘来的朝霞。

那一天，天安门上的五星红旗，
一定会把温暖的春风带到阿里山下，
团聚的欢乐像樱花一样开放，
宝岛，将变成一幅绚丽的图画。

（原载《芒种》1979年10月复刊第一期）

争　执

丁晓翁

丁晓翁，1937年生于沈阳南郊，原名佟殿臣，1960年毕业于辽宁大学中文系。原沈阳人民广播电台编委。中国作家协会会员、中国书法家协会会员。自幼酷爱文学、书法。已出版诗集《淡淡的风月》《山川走马》《飘零的爱》《辽宁古诗征》（合著）；散文集《热土亲情》；书法集《丁晓翁书法》等。

北风吹打，
雪花飞洒，
一溜小跑奔回家，
迎他的是——
一块铁疙瘩。

“唉！真不像话，
这也不叫家！
早下班了，
在那儿泡啥，
还想挣朵花？”

“哼，亏你会说
——风凉话。”
身后站着她——
“你是三岁小孩子，
饭不堵嘴就嚷妈！”

“去去去，
少搭茬。”
他开门叮哐响，
呼哧呼哧肺要炸，
一副脊梁对着她。

“不不不，
你别嘴大。

你整天价喊新长征，
咱得大步跨，
这会儿你怎么倒耙？！”

“我那学生——
眼睛瞪多大，
都急得火上房，
考试复习差，
他们去答啥？”

“你上炉，
你清渣。
你说你忙，
饭送到你嘴巴头下，
谁摽你非回家？……”

“我，我只是说说，
干吗火气大？”
“我，我若不说说，
干吗挨你辖？
不过就分家！”

“不不”，他望着她。
“去去”，她望着他。
霎时间，两双眼睛，
拧在一块笑，
一同把厨下。
……

（原载《芒种》1979年10月复刊第一期）

雪　花

岸　冈

岸冈（1935—2012），原名张志良。长期从事教育行政工作，曾任沈阳某重点中学领导职务。长期坚持业余诗歌创作，著有诗集《月牙船》等。

雪花啊
你在茫茫的天宇间绽开
你在十冬腊月
　　落英缤纷
　　　　漫天飞撒

你点缀山坡
　　　　树冠
　　　　　屋顶
　　　　　　墙头

你亲吻帽耳
　　　　围巾
　　　　　肩头
　　　　　　面颊

你为越冬的麦田
　　　　　　菜畦
　　　　　　　打铺盖
你以辽阔无垠的大地
　　　　　　　　为家

你虽不在
群花中展叶
　　　　挺蕾
你却在严寒的季节
将明媚的春天
　　　　　迎迓
尽管
天下没有你的遗骸存留
你却以自己的血液
　　——涓涓细流

滋润大地

那漫山遍野

柔和的绿光

就是

你赠予的书画

（原载《芒种》1980年第一期）

大江行

佟明光

佟明光，1936年生，中国作家协会会员，中国少数民族作家协会理事，曾任沈阳市作家协会第三届副主席。主要作品有诗集《大江行》《桦皮船》《俯瞰高原》《燃烧的花期》《重新默契》《青春的梅子》《北方的太阳》，散文集《美文天地　佟明光卷》，评论集《晴川说诗》等。

大江行

哈巴雪山啊，凝神俯瞰激流飞泻的三千米高峡，
雪山玉龙啊，翘首拈起冰雪雕塑的三千丈白发，
虎跳峡，你多像一口开拓悬崖峭壁的倚天长剑，
闪着寒光，劈开云烟，从那三千米高空飞落直下！

你给滔滔的万里长江劈开一条通向大海的街衢，
你向茫茫的横断山脉捧出洁白如珠的万朵浪花，
来路，高山大峒，巉岩飞涧，险处聆听惊天雷，
去处，白鹭展翅，云开雾散，远天飞出七彩霞。

古往多少豪杰望江兴叹：猛虎添翅，方可过峡！
今日普查队员凌空来去，绿波描红，锦上添花。
浪打潮飞，先烈呐喊：做千秋鬼雄，死不还家！

水击石穿，我辈盟誓：看一代风流，
　乐在天涯！

夜过三峡

探照灯用炽热的光在墨染的夜色中撕
　开一条路，
震天的浪声如鼓，似有百万雄兵设下
　十面埋伏！
很久了，我郁结的胸次不曾有这样的
　豪情激荡；
很久了，我寂寞的喉管不曾为这样的
　壮观欢呼。

问莽莽大江，滟滪何在？不见当年峥
　嵘鬼门关，
几番山河易色，一声撼天雷，炸平人
　间坎坷路。
子夜过三峡，妙语连珠，驱散几多睡
　意几多愁，
踏惊涛如履平川，撩得神女倾慕，天
　公叹服。

航标灯一闪一闪，夜幕中绽开了报春
　花儿一束！
一杯陈酿，斟满人间春色，酿出多少
　蜜汁甘露，
看茫茫宇宙尽在你我指掌中，更增添
　几番豪情，
有大江鼓浪壮我行色，问满船征人谁
　肯再踌躇！？

赤壁怀古

曹阿瞒二十万大军顷刻间覆没在万里
　长江之上，
褐色的赭石啊，你用陡峭的赤壁记下
　战果辉煌。
这是历史对那些恃强凌弱的霸主们的
　无情嘲弄，
不信吗？请看华容道上那望风溃逃的
　残兵败将。

是诸葛亮借来的东风，还是周公瑾发
　来的战舰？
褐色的赤壁啊，几十条火龙把你烧成
　这般模样。
楚天如碧，哪里去了？二十万旌旗蔽
　天的甲兵，
汉水苍茫，哪里去了？几十条威震敌
　胆的火龙。

也许那几十条火龙正在临江水电站里
　大显神通？

我听见几百万大卡热能在发电机组里
　放声歌唱：
请不要让我们在默默无闻中消耗宝贵
　的时光吧，
请给每一度电、每一毫光都派一个合
　适的用场。

（原载《芒种》1980年第二期）

你是我心中的大山

罗继仁

罗继仁，1937 年生，20 世纪 50 年代中期开始创作并发表文学作品，先后在吉林市文联《江城文艺》和沈阳市文联《芒种》《诗潮》任编辑、主任、副主编、主编。出版诗集《大森林之恋》《爱之路》《罗继仁抒情短诗选》，评论集《现代诗创作新论》（合著）、《诗潮耕耘录》，主编出版文学类图书 80 多部。现任《诗潮》社顾问，辽宁省散文诗学会会长，省新诗学会副会长。中国作家协会会员。

安源山，
你是我心中的大山。
像一座丰碑巍峨永存——
你耸立在我的心间。

那十年的磨难，
你是数着星月承受这场熬煎。
有人说，你苍老了，
不，你还是那般高耸、伟岸。

望着你，我常常在沉思，
痛苦像蠹虫啮咬我的心坎。
我在伤痛中寻求安慰，
却听不到一点怜悯的语言。

多么不幸，我偷偷落过泪，
仿佛受到了谁的欺骗。
不然，为什么当我看见你被套上锁链，
两眼便成了悲怆的泪泉？

我是在朦胧中相信了，
相信了报纸上那特号铅字的无比威严。
于是，我也举起了声讨你的手，

——那时，是真的动摇了我的信念。

从此，我见你的“俱乐部”里，
熄灭了那燃烧多年的灯盏。
——它虽然吞噬过一个个漆黑的夜，
但它却成了危险的光源。

从此，我见你的“矿工棚里”，
撤掉了墙壁上那幅熟稔的照片。
——他虽然像春风般暖过一颗颗心，
但他却成了一张可“憎恨”的脸。

你呀，你曾与井冈山声名赫赫，
却难挣断束缚在你身上的羁绊。
那一场可怖的腥风恶雨，
使你真的矮去了大半。

听，那是纵深的千尺矿井，
也只有阵阵风镐声和着哀叹。
仿佛连那《国际歌》的音符里，
都颤抖着一丝丝忧怨……

呵，这就是你吗，安源山？
你本来不是弱者，却像弱者一样缄默不言。
难道你真的相信，相信是他的罪过，
才使你蒙受这场灾难？……

那是些多么难挨的岁月呵，
多少人的思维神经都脆弱得经不住一弹。
那时，一句话可以将一万张嘴贴上封签——
权势可以不受惩处地把真理强奸。

那是些滴着血泪的现实呵，
每个人都想在厄运中寻求自己的夙愿。
耸听的危言，不再能摇撼人们的心，
真理的烈火，却烧亮了人们的双眼。

呵，安源山，你又悄然地回到我的心里，
我是真诚地悔悟，但我并不遗憾。
因为，我终于明了，历史是最公正的——
它总不会让人随意去捏成面团。

呵，安源山，你熬尽十年的沧桑离乱，
你的痛楚，会留在几代人的心坎。
你愤怒吧，难填那一腔怒海，
你爆发吧，让它是腾空的烈焰。

今天，从浏阳河的水波里，
应该映出你一张丰韵的笑脸；
从井冈山的歌赞中，

应该听到你优美的和弦。

我怎会不为你的今天而扬眉，
我怎会不为我的昨天而羞惭。
可敬的人，总会活在你的心里，
可卑的人，总会受到历史的惩办。

呵，安源山，我心中的大山，
我看见一位伟人，正迎着满天飞霞微笑着向你走来。
快放开你那沉郁太久的歌喉吧，为他唱一支颂歌——
因为有了他，你才赫然立于祖国的群山之间……

（原载《芒种》1980年第四期）

啊，战火中飞起的凤凰

陈进化

陈进化（1935—1988），1961年毕业于北京钢铁学院，曾任教于青岛山东冶金学院、沈阳工业大学，副教授。从大学时代起开始发表作品，著有诗集《啊，水仙》，1984年获沈阳市首届文学奖。辽宁省作家协会会员。

你不是那辆支前的小车吗！为什么
一见你就想起烟火横飞的战场？
就想起在烈火中飞起的凤凰？
……啊，人们——党！……

——革命博物馆手记

看你这火痕弹迹的木轮哟，
还像当年，在战火中展翅飞翔，
一副手把——一根牵绳，
连紧着一双双赤裸的臂膀：

后方——推着前线，
前线——拉起后方，
碾碎敌堡，冲哑炮阵，
狂风暴雨扫过了大江……

你就是战火中飞起的凤凰，
奋搏着越过了明暗的界嶂，
飞展的轮印，已化作万顷碧波，
欢鸣的轮声，还在春风里回荡。

纵有十年动乱，天昏地黄，

你却一直在我眼前赫赫发光，
——一代雄姿，风搏云卷，
背负着大地，心向着太阳。

此刻，谁使你又展开阔翼，
驮起了又一个辉煌的战场！
啊，我的祖国，又披起了戎装，
在你铮铮的辙迹上起飞，向上！

（原载《芒种》1980年第七期）

秋天不只有落叶

解　明

解明，1930年生，吉林省长春市人，曾任《沈阳日报》文艺编辑、文艺部主任。1953年开始发表作品，著有诗集《爱的畅想》。辽宁省作家协会员，辽宁新诗学会副会长。

落叶纷纷
是大自然的一景
枫叶发出火焰般的笑声中秋与冬举行
　交接仪式
清幽的生命之河
依然在流淌

落叶聚拥在树根旁
叠起一层层厚厚的思念
写下默默的感激与祝福

纵然叶脉被秋风揉碎
那揉不碎的心
仍在
感应那不是永恒的永恒
坚信不会都像昙花
美于一现

朝霞只有一次
黄昏
大地肩头托起的
也是一片奇丽的彩霞
落叶絮起的暖被下
净洁的大气里
春的精灵熠熠躁动
催发一簇簇希冀的嫩芽

（原载《芒种》1980年第六期）

工厂交响曲

郎恩才

郎恩才，1941年生，满族。中国作家协会会员，中国少数民族作家协会会员，辽宁省新诗学会副会长。著有《郎恩才诗歌精选》《郎恩才朗诵诗选》《梦幻365》等。主编《辽宁诗歌大典》《辽宁旅游名胜诗画集》等图书。诗作多次获全国、省市奖。被沈阳市授予“工人艺术家” 称号。

序 幕

是浩浩的人流撞碎了晨雾？
朝霞升起，拉开一天的序幕——
昨夜的梦已在晨曦中消逝，
现在，赶来多少匆匆的脚步……

工厂的大门向四方洞开，
偌大的舞台，正待精彩的演出，
主角和配角是这般热情洋溢，
每个地方都活跃着可爱的人物……

当手指敏捷地按动电钮，
当图板上刚刚铺开蓝图，
当电焊工熟练地戴上面罩，
当厂长谦逊地请教师傅……

序幕拉开，有谁不愿参加演出？
置身火热的生活，人人生龙活虎，
一丝不苟地演出各自的角色，
每个场面都是一幅绚丽的彩图！

创造角色吧！用我们的智慧和心血，
但愿在时代的汇演中处处花团锦簇，
祖国多么需要一幕幕感人的情节，
激励着每一个劳动者奋进的脚步……

油 画

重重的几笔，
热烈，凝练，绚丽——
烘炉中跃动的火焰，
机床旁飞溅的花絮，
炉前工红亮闪光的脸庞，
喷枪口射出的彩色油漆……

一幅幅油画，
具有高度的艺术魅力，
它不是展览馆的陈列品，
或出于绘画大师的手笔。
但它潇洒，自然，
但它火热，有力！

请问：
那出钢时的瞬息，
该用什么样的颜色调聚？
那混浊而苦涩的汗珠，
该怎样说明一幅画的主题？

请莫要用大烟囱喷吐的黑颜色，
那色调大冷，会窒息人们的呼吸，
因此，我渴望着热情，明朗，蓬勃，
一幅幅，都体现创造者的形象和情趣。
呵！赞美吧！那无数张活灵活现的油
　画，
生活中，必然有它巨大的展区……

（原载《芒种》1981 年第五期）

唱给大山的歌
——架线工抒怀

李广泽

李广泽，1944 年生，笔名馨辉，中国作家协会会员。曾任中国电力文学创作协会理事、辽宁新诗学会副会长、辽宁散文学会副秘书长及《辽宁散文》杂志执行副主编等。获沈阳市“工人艺术家”称号。著有《光的恋情》《李广泽诗选》《带月的心弦》《生命的风景线》《爱的风帆》《你好，俄罗斯》等诗集多部。

山 情

眼里是山，梦里是山……
山，是我心的诗篇：
儿时的嘻笑溅起山泉的浪花朵朵，
高耸的塔影藏进爱的深潭……

当我学会酿造生活的甜香，
脚下的山路连着入云的塔线；
呵，当我的青春融入明天的朝霞，
开拓的脚步留给大山歌声一串……

泉 影

掬一捧泉水，洗去满身的尘泥汗碱，
喝一口，甜！甜透了心，甜走了疲倦……
朝夕相伴的山泉呵，夺去我多少青睐，
我和水中的塔影一起跟星星叙谈……

生活也该有一条流蜜的山泉，
扬起笑的波浪，滋润充满生机的心田；
为让每座城镇、每个乡院早闻它的歌声，

我和心爱的塔影一起化入生活的画卷！

花 思

呵，多么芳馨的迎春，开在山峦笑在眼前，
黄灿灿的花枝挺拔得一身豪气，质朴舒展；
看见你，就涌起追求美好的激情，
你把希望——带给大地，留给人间……

粗壮的茧手编织理想的彩图，
连天的塔线就是献给生活的花瓣；
闪亮的汗珠要润红千枝万朵，
珍爱今天吧——步向春光的起点！

向 往

………线路竣工送电，山上山下，村村落落一片灯火，是架线工人们最兴奋的时刻……

是汗珠的结晶？是劳动的偿还？
天地辉映，平添夜的璀璨！
尽管这立体的画幅也够瑰丽动人，
我的心里却向往更壮美的画卷……

塔线的深情引来天上的银河，
把清冷的月色留给生活的昨天；
当闪烁的星座遍布祖国的每一方土地，
那时，幸福的甘泉才会淌进我的心田……

（原载《芒种》1982年第三期）

起点，是如此灿烂

田永元

田永元，1949年生，黑龙江省哈尔滨市人，祖籍山东蓬莱。1973年开始业余文学创作，1993年任《中国铁路文学》副主编，1998年起任主编。其诗作多次获得《鸭绿江》创作奖和全国铁路文学奖。已出版诗集5部，纪实文学5部，中、短篇小说集1部，电视剧本4部。中国作家协会会员。

起点，是如此灿烂——
纵横交错的轨道呀，
像太阳迸射的万缕银线，
交汇在这广阔的地平线。

我在这里起步，
心好似被春潮涨满，
只要含情的绿灯一闪，
我立刻化一支向前的响箭！

我用这灿烂的银线，
勾画着我的理想；
那变幻的彩云
明丽的溪水和黄鹂的轻唤；
我用这灿烂的银线，
编织着我青春的礼赞；
那姹嫣的花朵，
含情的目光和甜蜜的笑脸……

我追逐着广阔的地平线上
所展示的博大的思想，
我眺望着前程中重叠不尽的十八盘！
用闪闪的绿灯，
把迷茫和艰难驱散。

我用如磐的信念，
拉直弯曲的征程，
我期冀跨出的每一步呀，
都是一个光点！

（原载《鸭绿江》1982年第五期）

带韵的边风

李松涛

李松涛，1950年生，辽宁昌图人。一级作家。空军大校。辽宁省作家协会副主席，中国作家协会会员。1981年毕业于鲁迅文学院。1969年发表处女作。至今出版作品20多部。长诗《拒绝末日》获首届鲁迅文学奖，跨文体长诗《黄之河》获首届艾青诗歌奖，长诗《雷锋，我们与你同行》获第十四届中国图书奖，另有诗文获军内外各种奖励。出席第四次、第五次、第六次全国作家代表大会。荣立军功2次。

这儿有一支歌

沿着军号的调式和音色，
街灯、田垄、海涛、山林跑步集合，
集合！在迢遥的北疆，
集合起一支年轻的歌。

这儿，几乎没有生长的律动和脉搏，
夏季，只是个不歇脚的匆匆过客。
刚刚八月，冰雪就赶来，
没收了每一点与绿有关的颜色。
狂风的长啸，暴雪的泻落，
严寒冻结了没有角度的生活。
营房每天用两顿粗粮、一顿细餐，
喂饱了坚强，代替了软弱。
日夜衔接的英勇和警惕，
组成了刺刀，组成了枪托。

——这是一支艰苦却欢乐的歌！

脑力劳动者和体力劳动者的后代，
带来了思索，也带来了开拓。
不到二十岁的战士，是懂事的小弟弟，
不满三十岁的连长，是权威的大哥哥。

哦，随便哪一次邮件，
都盖着几十个地方的邮戳。
不同的家乡，不同的道路，
不同的爱好，不同的性格，
统一于宪法规定的一条义务，
统一于共同肩负的职责。

——这是一支整齐而雄壮的歌！

在保卫和平的空域里，
这是一个有旋律的星座——
镶在祖国的边陲，
嵌在母亲的心窝。

我拥有最多的财富

兵——是生活对我的称呼，
战士——是我的职务。
头上，一顶不换样式的军帽，
身上，一套不变颜色的军服。
一双大头鞋，踩落雪的严冬，
一双解放鞋，蹚流火的酷暑。
站起，属于我的只有一个哨棚，
躺下，属于我的只有一块板铺。
列队、出操、跑步，
站岗、巡逻、潜伏，
——每天，定时定次地循环，
今日，乃是无数个昨日的重复。

单调吗？有点！
贫困吗？绝不！

警惕和炮火装订起来的责任，
把我和祖国紧紧连在了一处——
我若从烽烟中升起捷报，
我的幸福就是祖国的幸福！
我若从战场上退败下来，
我的耻辱就是祖国的耻辱！
呵，我的哨棚上，日月旋转，
是一张飞霞的天幕。
呵，我的板铺下，喷香溢翠，
是一块开花的沃土。
我的刺刀上镀着亲人的目光，
我的枪托上镶着历史与未来的叮嘱。
流尽血浆，献出生命——
为祖国，我不惜做这样的“支出”；
获取荣誉，赢得尊严，
为祖国，我要创造这样的“收入”。
凡是祖国的，都是我的，
凡是我的，我都保护！

啊！两个露着褐色纽扣的衣兜，
装满我快乐而神圣的义务。
十亿人坚定的信赖，

使我拥有最多的财富！

雨哟，雨哟……

没有闪电的逗号，
没有雷声的韵脚，
看厌了，读腻了，
三月梅雨——
一篇不分段落的诗稿。

警惕不能发霉，
责任不能受潮，
室内一遍遍模拟飞行，
给翅膀又插上了一茬羽毛。
呵，我急于跨进机场，
去探望久违了的云霄，
好在那辽阔的空间，
试拦贼的炮、斩妖的刀。

我躺在铺上，
收听自己焦灼的心跳；
从一排荧光屏似的玻璃窗上，
收看铅灰色的单调。
终于，浅浅地睡着——
一颗红苹果似的太阳，
从机翼滚进我的怀抱……
哈！可刚睁开眼，唉，
淅沥声又滴进满眶烦恼。
我闷得搓手，
我急着跺脚，
恨不能在乌云间扒开个缝隙，
架上一条跑道。

没有起飞线深远的意境，
没有涡轮声骤起的高潮，
雨哟，雨哟，
生翅的飞行员，
最怕读这拖沓平板的诗稿……

（原载《芒种》1983年第四期）

我是士兵，我有两只黑色的眼睛

王鸣久

王鸣久，1953年生，吉林省梨树县人。著有诗集《东北角》《东方小孩》《青铜手》《最后的执灯者》《苍茫九歌》，中篇小说集《蓝桥》等。曾获全军文艺新作品奖一等奖、辽宁省文学奖诗歌奖等奖项。中国作家协会会员。

我是士兵，我有两只黑色的眼睛。

两片黑水晶石般的大地，森林环衬，
两个袖珍的大海，碧波晶莹；
呵！两颗、两颗闪亮的星球啊——
太阳、月亮，在我宽阔的额头上运行……

我是士兵，我有两只黑色的眼睛。

它俯瞰苍茫的世界，一只
荡漾着清溪般的热泪，荡漾着
深深的爱情。一只
燃烧着岩浆般的血液，燃烧着
默默的仇恨。一只
闪烁着警惕的清醒。一只
沉醉在憧憬的梦。一只
是炽烈的火啊！一只
是严酷的冰！

我是士兵，我有两只黑色的眼睛。

生活，有苦难，才孕育出
这样的眼睛！人间，有不平，
才诞生出这样的眼睛！
心灵，有信念，才磨亮
这样的眼睛啊！理想，有追求，
才投射在这样的眼睛！

祖先的魂魄，妈妈的憧憬，赤子的
深情，就这样，嵌在
我的五尺血肉之躯！嵌在
我二十岁的——生命！

我是士兵，我有两只黑色的眼睛。

风吹不灭，雾扑不晕，看它
日夜闪动在祖国窗前，
是豺狼眼前乌黑的枪口！
是孩子眼里宁静的星星！
是毒蛇头顶雪亮的刀刃！
是母亲发丝上温馨的萤火虫。
是美丽的少女晨妆的明镜呵，
是花园小径上柔和的路灯……

我是士兵，我有两只黑色的眼睛。

呵！这两个有声有色的世界呵！
血与泥，玷污不了它的透明！
火与剑，夺不去它的坚贞！燃烧它的
是一个士兵的闪闪发光的灵魂！……

我是士兵，我有两只黑色的眼睛。

（原载《芒种》1983年第八期）

大自然之歌（二首）

王守勋

王守勋，1939年生，曾任《青年科学》杂志社总编，兼任《沈阳科技报》《知识博览报》《少儿科学》杂志总编、沈阳出版社社长助理。辽宁社会科学院特聘研究员。中国作家协会会员。曾荣获“优秀科普作家”称号。著有诗集《大自然之歌》《 大自然之恋》《大自然的回声》 《心豪》《俯仰》《阅川》等。

窗外，已是五月

春天藏不住的绚烂色彩
丰富了人类的生活
山峦上绿的流淌
激起飞鸟阵阵欢歌

一天天垄沟向田野辐射
天蓝更显得地无比广阔
第一线阳光从村女的脸颊流下来
她忽闪了下溪水似的眼波

对着敞开怀的泥浪
撒手点下一把把种子
从小走惯了的土地上
印下父女俩清晰的脚窝

滩头歌

悬崖把你推进大海，
你又远离大海的心脏，
一堆乱石绞扭到一起，
合着浪拍振臂歌唱。
不因苦难的过去而冤恨，
不为坎坷的境遇而忧伤，

面对着涌来的浪山，
表现出无比的顽强。
风抽，圆睁着眼睛，
雪压，化成涓水流淌；
清晨，举起洁白的浪花，
黄昏，窜动一片霞光。
别说这里无鱼无虾，
别说这里没有帆影金桨，
在自己生存的天地里，
永远歌唱着生活的芬芳。

（原载《芒种》1984年第八期）

鸟儿们的歌

胡世宗

胡世宗，1943 年生，沈阳市人，1962 年参军，曾任沈阳军区政治部创作室副主任。出版《鸟儿们的歌》等 12 部诗集和《当代诗人剪影》等 14 部散文集，有作品被收入中小学课本，1980 年加入中国作家协会，现为辽宁作家协会理事，国家文学创作一级作家。作词歌曲《我把太阳迎进祖国》获中宣部“五个一工程”奖。

始祖鸟的歌

在现今的世界之上，
连我们的影子都早已消亡，
人们只能用远古的化石，
猜度我们存在时的模样。

那时蓝天真是空旷而又空旷，
全部生物都活动在地上。
大地呀，固然富饶、美丽，
可也难拴住我的幻想。

我羡慕云霞自由地飘荡，
我对天空充满向往，
我日夜不舍地追求未来，
渐渐地生出了简单的翅膀！

比起后来的天鹅和苍鹰，
我的翅膀蠢得要命，笨得荒唐。
可人们依然没有把我遗忘，
因为从我开始，才有生物飞翔！

萤鸟的歌

我实在是没有任何特长，
脑袋顶生出了带羽毛的翅膀，
身上长着一层杏黄的硬壳，
到了夜间它就闪闪发光。

非洲基尔森林是我的故乡，
当地居民常把我们捉来饲养，
并不是欣赏我们漂亮，
也不为聆听我们歌唱。

赤道之夜黑暗异常，
特别是在没有星月的晚上，
于是，鸟笼就变成了“灯笼”，
去帮助夜行人辨认方向。

我敬佩主人襟怀宽广，
我感激主人爱才的心肠，
是的，多一分光就多一分热，
主人啊，并不嫌弃我的渺小之光……

啄木鸟的歌

我的嗓音并不动听，
我的羽毛也不耀人眼睛，
但我有强健的、锐利的爪，
巧于在大树的躯干上攀登。

我对大树无比地崇敬，
我和大树有深深的感情，
可惜我没有圆润的歌喉，
不能唱出赞美大树的婉转歌声。

我有一张锥子样的尖嘴，
舌头的前端由无数短钩组成，
一旦我侦听到虫子们在潜爬，
啄破树皮也要把它们吃个干净！

用我心中的全部赤诚，
默默地做树的卫士、树的医生。
你听“笃笃”“笃笃”……
那是我正在履行神圣的使命！

（原载《鸭绿江》1985年第五期）

无题诗

陈秀庭

陈秀庭（1942—2015），1983 年毕业于鲁迅文学院，1988 年毕业于北京大学中文系作家班。当过战士、工人、宣传干部、编辑、儿童文学创作研究室副主任、辽宁省作协创研部主任，《鸭绿江》杂志主编。中国作家协会会员，辽宁作家协会理事，辽宁省儿童文学学会副会长。主要著作：长篇报告文学《五五劫机纪实》《球迷之迷》，长篇儿童小说《黄蝴蝶》，专题散文《辽海纵横》，诗集《神州魂》，长篇历史散文《走出赫图阿拉》等。

一

云，泡沫的。青色的森林
呼唤着，可是
已醒不过来，你
被冰川穿了洞吗
血毫无记忆地流到我脚下
让我的肌体无比愤怒
不知何因
你还想用红的手拉我
我嚎叫，并
用树把你扫地出门

古老的二人床，过去怎样
现在怎样？将来怎样？

你现在明白了吗？
一只船只需一个舵手
爱之桨是单叶的
让情敌刺个伤口
再撒把盐
以便死得不寂寞

你是这样想的吗

二

那雪地上的足迹
已在落日的黄昏里
冰结了，永远流下
不会流失，不会被动
也不会当卖

一日。一月。一年
一滴美丽的欢欣
从远古落到少女的芳唇
长椅上，伤残的绿色里
装饰着这未名公园……

三

路在前边给海水打湿了
暮色让它沉沉地趴在地上
记得你家住在山里
后山垃子上有株红杜鹃

淡蓝色的海面骚动着什么
潮湿的风很是多情
你家园子的苜蓿地旁
还想植棵银杏树吗

你怎么在海浪里摆手啊
让我听到你家门前的一双马铃
小心，头上的海鸥不本分啊
车老板总爱挑吹大唢呐

游泳衣把你的胴体展览了
白是白，红是红，真鲜眼
你家后沟沿的野芹菜
是否让大水冲倒了

有舟放，海就有路了
你肯拿彩裙当风帆吗
我想对岸一定有灯塔
等着你那颗迷茫的心

（选自《危险的发型》，漓江出版社1985年版）

月的中国

阎月君

阎月君，1958年生，辽宁省普兰店市人。1978年考入辽宁大学中文系。1982年开始写诗。曾与同学合编《朦胧诗选》，与周宏坤合编《后朦胧诗选》。著有诗集《月的中国》《忧伤与造句》。

江天一色无纤尘　皎皎空中孤月轮
江畔何人初见月　江月何时初照人
——张若虚《春江花月夜》

从未曾去过也不曾有来所谓的日子播
　种在窗外
唯一的裤子精心洗了又晒
年年盼年
年年吃去春的野菜
年年把月放在江里
年年用九歌的魂把她嫁娶
我们喝江中的水
喝她永不枯竭的隐秘
并得知祖先曾喝过她的水被她吮干过
我们是她心甘情愿的鱼儿
争宠吃醋受苦于她的河
我们恋着的双腿永世成不了佛了
我们在春天只痴心于一种花
说不尽勿忘我勿忘我的悄悄话
我们把这花儿一路栽种下去
便再也走不出走不出这块土地

对酒当歌　歌山光也歌水色
拍遍栏杆　摸红叶的台阶

长空浩瀚啊银河是一条流向何处的河
夕阳西下　伊人断肠在天涯
瘦马瘦马哟　犹自吻落花

在东方朗碧的天空下
有清泪千年蜿蜒为芬芳
一行黄河　一行长江
寒蝉凄切　何人独对长亭晚凉
落红飞花　荷锄怅惘的是哪一家的姑娘
基督基督你永不会读懂
这神秘多情的东方之泪
更不必说　那凤毁于火亦生于火
那披发浪子当哭的长歌

我和庄生并不隔膜
有我的时候就有蝴蝶
有我的时候就有苏东坡的月色
月色总在有雾的江边等着
从前李白曾踏歌来过
那以后的屐声便夜夜从未断过
月啊月　你吮尽了中国
月啊月　你化作金灿灿的颜色
那金黄的颜色是龙的颜色
月啊月啊　你是中国
寒食夜　见河汉袅袅浑圆将落
那满月之上装满了什么
有什么舞着且歌着
纵使欢乐盛满五千年也是沉甸甸的
更何况太多的苦痛与伤别
而我们仍把你当少女的唇吻着
当慈母的怀抱倾吐着当圣洁的天使崇拜着
我们是心甘情愿的鱼儿
死去　活着
游弋于你的河
我们恋着的魂纵使飞天也成不了佛了
永是
一串串清泪啊
一声声中国

（选自《月的中国》，春风文艺出版社 1989 年 6 月版）

第一次相见

未　凡

未凡（1936—2017），满族，沈阳市人。已出版诗集《爱恋的足迹》《心灵抒情诗》《未凡情诗选》等。中国作家协会会员，中国当代文学学会会员，中国当代散文诗学会会员。曾任沈阳市文联图书编辑部主任、《作家生活报》常务副总编、沈阳出版社编辑部主任、中国戏剧出版社副社长、中国诗歌学会副秘书长。

第一次相见

第一次相见，你
跌进我记忆的深渊
蓬松的卷发，一串
散落的花瓣
明丽的双眸，两泓
流淌的和弦
秀美的姿容，我惊呆了
心底一个妩媚的春天

岁月流逝了
刻下历史的磨难，心
被风雨剥蚀
被冷寂离间
永不凋零的，只有
深深的眷恋，但却
像一条长鞭，抽打
我滴血的情感

1986 年 6 月

你听见了吗

你听见我的声音了吗
那是痴情的箭镞
挣脱世俗的锁链
掠过时空的断层
走出寂寞的深渊
跋涉欢慰的溪流
从昨天到今天

你听见我的声音了吗
那是童真的呼唤，回荡在
属于你的那片芳草地上
震颤着悸动的弧线
我疯狂的泪滴里
长出带露的紫罗兰

你听见我的声音了吗
这是啼血的杜鹃
在伊甸园里，掀起
碧绿的雷电
真的！你听见了
肉体和灵魂
爆发的流泉

（选自《未凡情诗选》，沈阳出版社1989年7月版）

蜘蛛曲

罗力夫

罗力夫，1951 年生。曾任沈阳日报社副刊编辑等职。辽宁散文诗学会副会长。出版诗集《自由港》《颤抖的大峡谷》等。《梅花金陵》获“青奥会”全国诗歌征集大奖赛二等奖。歌词《致以军礼》获 2019 武汉“军运会”全国歌词征集一等奖。

（A）有生命便有旋转。

太阳和月亮都旋转成圆圆的轮子。影子叠印在繁衍的土地不再东升西落，一段段艰辛跋涉的故事从此组合出版。

你日夜苦守在封面上，是深沉的讲解者。

（B）沿着这条路执着走来，创作一条自己的路。

矜持地走下去，又矜持地走回来，夜与昼同你这颗行星同步运转。告诉我，哪儿是你的起点和终点？

没有脚印到处留下脚印。

是太阳和月亮的步履吧！

（C）哑默着厮守孤独，

向岁月

时刻将心灵的花园晾晒。

一切都裸露于空间，凭所有的视觉和语言纷纷走过。宽容过无数唇尖的诽谤和诅咒，可面对一切有形的践踏，便宁以无形的粉身去设一眼不屈的陷阱……

无论是悲剧还是喜剧结尾，旋转的六指都始终紧抱那把晶亮的琵琶狂奏着一曲《十面埋伏》！

哑默的孤独者。

绝非孤独的哑默者！

（D）站在酷日里站在严寒中。

端庄地站在风和雨的交响间。

不是乞丐的手掌伸向命运；不是一具骷髅躺在枯瘦的阡陌间；不是忧郁的种子企盼长出双翅去逃避。

是一叶扁舟正摆渡于岁月的岸。是一枚不肯脱落的赤纽扣系于天地之间。

是一滴不冻不化的褐色血！

是一座不甘堕落的太阳岛！

（E）世界再大也走自己的路。

哪怕是根幽幽独木。

即使一根根折断了，心之路却横跨死谷绝不断裂。

心在哪儿路就在哪儿！

再大的世界也将被踩弯！！

（F）无数经经纬纬的构思，创作出一部无声的剧作在有声的魂中导演着酷爱生息的主题。

作者：一颗相思的红豆！

（原载《芒种》1992年第四期）

仰望七夕

柳　沄

柳沄，1958年生于辽宁大连，后随父母工作调动迁居沈阳。1974年下乡到盘锦，1977年应征入伍，1986年复员分配到辽宁省作家协会，担任文学刊物《鸭绿江》编辑。1993年参加《诗刊》社举办的第十三届青春诗会。出版《柳沄诗选》《落日如锚》《阴谋与墙》《瓷器》《墙·与墙无关》等多部诗集。

一

进入夜晚，天空一蓝到底
那里什么也没有
甚至神明

我感到疼痛
而银河只是一支
横在唇边的笛子
为不能回应我而吹响星光
我几乎听不到
连石头都能听到的悲泣
一些弹琴的手指
就这样被制止。风吹过来
喧闹的花香弄了我一身
我转过身去
轻轻拍打几下
再转过身来时
鲜花已经枯萎

二

把仰望信赖地交给仰望

企图到达的事物
现在就可以到达

是哪只鸟，在声音里发出声音
月光让一些树木成为修女
推开它们，风声与雨声
钻入谁的梦里
变成迎娶的唢呐，和
逃婚的马蹄

一错再错
因而一痛再痛
爱情是一种
向高处攀登的水

三

仰望使我成为一棵孤树
在两次心跳之间，风
搜遍了我的全身

然而，除非夜色
从背后捂住我的眼睛
否则我看不清他们的面孔
我在我的深处说
——女人的身体
是一架寂寞的大提琴
需要一位热烈又痴情的男人
方能奏出美妙的乐曲

因此这是一个自己感动自己的日子
那一泻千丈的激情
至今没有到达谷底。当
随风起伏的草，将祝福
缠在我的足踝之上
月光把我掩埋在
我自己的怀里

（原载《芒种》1995年第五期）

望春诗章（组诗）

邓荫柯

邓荫柯，1936年生，山东省济宁市人。1958年毕业于北京大学新闻专业，1957年被划为“右派”。长期在辽宁省从事出版工作。“文革”期间下放到辽北农村走“五七”道路八年半。曾任春风文艺出版社编审、中国作家协会会员、辽宁作家协会理事、辽宁散文学会会长、辽宁文艺评论家联席会副会长、辽宁新诗学会常务理事。著有诗集《心缘》和文学评论集《文朋诗侣集》等。

“出发”

我们和我们的妻儿，
每人发给一朵光荣花。
我们偷偷地
把它踩在脚下。

惨淡的红旗飘扬在寒风里，
首长和锣鼓同时说着胡话。
星散的战友道不完的珍重，
重逢谁知在海角，还是天涯？

妻子儿女倒不再别离，
可比别离更让人牵挂。
哪里是他们的归宿？
长长的未来怎么打发？

再见了，被占领的办公楼舍，
再见了，今天早晨还住着的家！
忘不了你啊，疮痍满目的城市，
忘不了你啊，标语染污的房厦！

出发吧，天各一方的车辆，
起身吧，走投无路的老“广大”！

向着那灰蒙蒙的地平线，
迎着那扑面而来的风沙……

途中

车队向流放地进发，
沉闷的马达和着风的嘶吼。
窗外是连绵的群山，
车里是不断的忧愁。

你疲惫地靠在我的肩上，
呆呆地凝视着窗口。
你的明眸失去了光彩，
好像无所眷恋也无所希求。

你在回想童年的欢乐？
还是品味爱情的苦酒？
也许你在猜想，我们的新家
将在哪座荒山的背后。

你可知道，什么样的日子，
等待着我们去挣扎、奋斗？
你可知道，命运之神，
向你伸出了多少冰冷的手？

勇敢地抬起头来吧，
迎接这险恶的激流。
我们奔向中国的西伯利亚，
它总有春暖花开的时候。

新居

一间低矮的茅舍，
怯生生地站起来，
在寂寞的村落的尽头。

你喜欢我们的新居。
你快乐，你满足，
可是泪水又静静地流。

四围是环抱的群山，
遮断了你望乡的视线。
却遮不断你无尽的烦忧。

你的眼睛默默地在问：
我们的青春和希望，
就注定埋在这些青山前后？
当然不会。我不骗你。
希望在人间，
希望在我们心头。

（选自诗集《心缘》，辽宁大学出版社1997年版）

青春的回眸（组诗）

汤　炀

汤炀，1937年生，原名汤造宇。1963年毕业于吉林大学历史系。曾任中共沈阳市委农村工作部副部长、沈阳市人民政府政策研究室副主任。著作有《爱的源泉》《人生多梦》《我不是大海》《太阳的黑子》《命运之弦》《无语黄昏》等诗集，曾荣获中共辽宁省委“三中全会以来优秀论文奖”“沈阳市政府文学奖”等多种奖励。

青春的回眸

难以找回的青春
是漂流在记忆中的一条小船
两岸的繁花转瞬即逝
但那曾经泊过的码头
仍荡漾着
我日渐蒙胧的双眼

记忆的翅膀无法收拢
总爱在粼粼的波光中寻觅
尚未泯灭的情感
一只呢喃的小燕
把浮出水面的往事
点染成一幅幅奇妙的画卷

穿峰越谷的人生长河啊
跌荡着多少欢乐与苦难
旅途中什么都可以丢失
只要色彩斑斓的记忆
在我思维的天空中
盘旋出诗的灵感

拥有美好的记忆
幸福的小溪就在身边缠绵
我的青春已流逝成

辽阔无边的大海
在夕阳晚照里
有一只满载渔歌的归帆

1996.12.8

叶与根的向往

我问一棵树
叶子沙沙地向我讲述
虽然有鸟儿当翻译
也还是没有听清楚

我沿着叶脉
寻找迷失的思路
发现枝干下面的根
深深地扎进泥土

根埋头不语
却使我蓦然省悟
叶子总是伸向高高的蓝天
而根却向地心
探索着生存的基础

叶子与根
构成一棵树
只因它们的向往相辅相成
才长成一根擎天柱

1997.1.22

活着的姿态

一个人有一个人的活法
如睡眠的姿势
夜不能寐，颠来倒去，斗转星移
一旦入睡那胳膊腿的姿势
　　绝对是潜意识的设计

也许体内都有一口生物钟
脏器就是一架平衡仪
也许只有这莫名其妙的姿势
才能腾云驾雾般地飘入
　　天花乱坠的梦里

纷纷扬扬的人生之旅
连心灵的跳动都显得拥挤
然而每个人都有自己的光环
在十二属的轮回中
　　追寻着梦幻般的奇迹

这追寻仿佛是海上的一条船
去发现属于自己的岛屿
但不论海鸟怎样呐喊助威
还是有的冲向浪峰
　　有的跌入谷底

（原载《芒种》1997年第十二期）

四月四

——张志新烈士十年祭

刘异云

刘异云，1919年生，浙江省杭州市人，大学学历。1937年参加革命，曾先后任中共延安县委书记，鞍山市委常委、宣传部部长，中共辽宁省委常委、宣传部部长、组织部部长等。业余时间从事创作，著有诗集《春声集》等多部。中国作家协会会员。

十年前，四月四，
你壮烈地和我们分别，
但一切犹如昨日，又好像已过几个世纪。
这三千六百多天，我们天天都看见你
漫步在寥廓的天空，
纵情高唱你自己创作的歌，
还是你生前那样潇洒昂扬的神气。

十年前，四月四，
你悲壮地倒下了，
祖国母亲把你从血泊里拥抱起，
鲜红的热血染红了辽河，染红了祖国大地。
流遍了辽河的热血，也流遍了黄河、长江、珠江……
大江大河，日日夜夜，涌起了万顷热泪，燃起了万千火炬。
千山上的悲哭声，也震惊了泰山、黄山、喜马拉雅山……
高山高峰，每时每刻，呼喊着愤怒的抗议，唤起了多少人觉醒。

十年前，四月四，

一个为真理献身的先驱倒下了，
千千万万个后继者必将奋起。
历史的规律任何神仙、魔王都无力抗拒。
天安门前的怒潮——参与者都是你的同志、姊妹和兄弟。
“文化大革命”“走资派”“阶级斗争为纲”……
你坚决反对的，今天已成为历史的教训，大家记取。
“实事求是”“民主集中制”“马列主义”……
你坚决维护的，今天已充实了新的意义。

志新同志，
我们经常看到你，
你没有死，你——新时代的普罗米修斯、哥白尼！
……你的青春比以前更加壮美！
我们经常看到你，
你和毛泽东、周恩来、刘少奇、朱德、陈毅……
老一辈革命家在倾心谈笑，表达敬意。
你和我们——和十亿人民永远在一起。
高举解放思想的大旗，
你走在
我们这无边无际、无穷无尽、浩浩荡荡大军的前列！

（选自《中华人民共和国建国五十周年辽宁优秀文学艺术作品系列丛书·第一部·新诗卷》，春风文艺出版社1999年版）

母亲的伞（外一首）

师田手

师田手（1911—1995），吉林省扶余县人。1936年参加革命，1938年加入中国共产党。曾任《东北日报》记者，东北作家协会副主席、党组副书记。出版诗歌、小说、散文作品集多部。

在炎热的延吉街上，
母亲茶色的脸闪耀着汗油。
那是原野的太阳晒的，
那是稻田的热风吹的，
母亲洋溢着劳动过后的欢欣。

母亲撑了一只草绿色的旱伞，
正好同水红的纱裙相衬。
伞远远地仰在母亲的背后，
遮住熟睡在背上布巾兜住的孩儿，
伞的阴影画出母亲的心。

迈着轻捷的步子，
任阳光照得洁白的小袄亮光四射，
仍然回过左手去抚摸孩儿的头。
母亲的唇边露出那么幸福的微笑，
又移动着遮掩毒热阳光的伞。

春天和夏天，
母亲把最大的力气交给了土地，
让孩子吮吸奶浆更分外欢喜。
这农闲的时候，
母亲正去看亲戚。

孩子温暖的呼吸透进母亲的脊背，
母亲幸福的世界展开了。
阳光正晒得稻子抽穗灌浆，
孩子正向美好的日子里成长；

母亲又频频地移动着草绿色的伞。

海　鸥

海浪激荡着蔚蓝的天，
白云飘向辽阔的海边；
美丽的海鸥勇敢地
在天和海之间飞转。

她猛然扎到海面，
像闪烁银光的浪花飞溅；
挑逗着无尽的海水，
滚滚地涌向沙岸。
她翻然飞向货船，
好似白色的鸽子翩翩翻翻，
她那卓绝的毅力，
庄严的大海也时时惊叹。

她急遽地钻向高空，
如稚幼轻捷的灰鹰，
发出尖锐的呼叫，
同海风频频挑战。

纤细美丽的海鸥，
把无数的海浪啄遍，
那有力的翅膀像钢一般，
永远不知劳倦。

成群的海鸥集聚起来了，
有时像鹅毛雪片遮住了蓝天，
有时又像从海浪泛起的白光，
同海和天征战。

美丽的海鸥啊，坚强，勇敢，
向着天的远方和海的深渊，
她们飞，她们喊，
她们有着最高的心愿。

（选自《中华人民共和国建国五十周年辽宁优秀文学艺术作品系列丛书·第一部·新诗卷》，春风文艺出版社1999年版）

戏说梨园

任桂秋

任桂秋，1957年生，辽宁省锦县（现为凌海市）人。1978年3月考入辽宁大学中文系，1982年起在辽宁省政府机关工作，1986年7月调入中国刑警学院工作。1988年开始发表诗歌作品。

生

论角色　乃为上品
千古兴衰看丈夫
老　小　儒　武
一现场
戏便很重很重
时刻提醒自己　进入角色
最高境界　是忘记在作戏

当事者迷
帷幕将落时　人说道
一生在台上
等待
一声喝彩

旦

一旦粉墨登台
早已是衔情抱屈
铿锵锣鼓声中
胭脂色的娇嗔与泪水
令剧情妖娆蹊跷
别具一番味道

倾国倾城　是丑是美
千秋功罪孰是孰非
幕前幕后常做常新的女红
老祖母的悲喜剧

且不知道自己演自己时

进戏出戏都很不容易

净

净是与众不同之处
唱念做打
处处开阔　处处潇洒
惹得身前身后指指点点
忠　奸　良　莠
褒贬不得评价

世事亦真复杂
演不尽的冤假悲欢
颠倒沧桑的　一张花脸
可叹从古至今　不朽的总是舞台
不倒的角色
净在宠辱热闹之外

末

进入某种年龄
表演便没了特色
个中甘苦坎坷
始末　难得说清

只是不停地
在一些目光中上来下去
在一些很重要的场合
说一些
微微痛痒的话语

也许这是最好的
表现
善始善终地　自我铺垫

丑

与君一笑时　留给自己的
只是鼻梁上那块惆怅的白粉
醒目的
辛酸

刁钻良善
空有种种心地
极其认真的招招式式
不过　小人物的小把戏

却也习惯了卑微
从不奢望　在偌大的舞台上
能有几多
知丑者

（原载《芒种》2000年第五期）

人生：生命的流水（长诗节选）

牟心海

牟心海（1939—2013），满族。辽宁盖州人。辽宁省文联党组书记、主席，省作协副主席、省文联名誉主席。辽宁省政协第七、八届常委。享受政府特殊津贴。1961 年开始发表作品。著有诗集《情海集》《风采集》《绿水集》《梦的露珠》《丝路梦幻的寻觅》《太阳雨》《空旷也是宇宙》《牟心海短诗选》，散文集《欧罗巴游思录》，摄影文学集《心灵风景》，评论集《对语艺术文本》以及书法、国画、油画作品集等。

题记：我曾用镜头捕捉人生旅途的影子，这些片言短句，是留给瞬间定格的偶得。这不是为了记录而是一种回忆和思索，汇集成小河，滚动着水的流声……

A

思念的苦水沤出心酸
泪珠咸涩模糊了视野
天南海北　高原平川
用什么寄托情思
多彩的情捻出长长的丝线
绣织一片慈诚
线上跳着情动的振幅
线里流淌激荡的情液
读不完的家书　解不尽的母爱
世间人的情感谁能说清？

戈壁滩飞滚着的石子
敲出没有生气的自然变化
枯燥的旷野是性格的大写意
驼群踏绿簇簇顽强的野草

人们的手足在这里选择鞋靴
鞋靴也是无意识地选择天地
牵手天空游荡的风云
吻别四季戈壁的雨雪
历史不自觉地拉出悠长的路途
鞋靴却在寻找自己的道路

华夏的气概　世界的中国
自古就有一种传统象征
龙的传人有龙情　遍布各个角落
龙人舞龙这是一种爱好
如今　龙已不见了
留下了龙的化石闪烁着夺目的光芒
一种特有的精神　在血液中流淌
活跃着思维丰富人们的想象
虎有虎的威风　中国的姿态中国的气魄
龙在想象中腾飞山河跟着起舞

B

牛群与羊群　在牧场排下不整齐的诗行
酿造出醉人的诗情
风霜雨雪　变幻着世俗的天空
人们的情感随着草原的色彩高低起伏
帐篷大口地呼吸着
抒发深藏心中时代的情感
这里有一种世代相传的精神
谁都不能模拟和抄袭
打破久久沉默的大地
交流生存自由的信息

母亲提着奶桶　儿童踩着牛粪
希望在风里撑起帐篷
呼吸与生活　现实与未来
构筑高原的生命过程
粪饼燃起炉火　烧红这小小的宇宙
灵魂开始净化
生命在此　世代交替
拉长社会的路途和更换过往的时间
牧民的帐篷　高原上的生命
吞吐世间的情云

走进宽广的旷野　茫茫无际
只有淡淡的雪山伴随
高声呼喊　去声渐渐消去
天神无言你无语
牛蹄与羊足　踏着没有开辟的道路
奔向四方呼唤翻滚的风云
走进这里　不知是走在天上还是走在地上
嗅到先人足迹的恐惧与遗憾
这里是地　这里也是天
在此　天地谁能分清

C

从这里驮走一捆柴还有什么
从那里驮来一袋米还有其他
游动的家庭　变迁的天地
飘洒历史的碎影
迎着绿山　踩着光芒
运行着苍天的节奏
背上却是一座可见的青山
这山　飘流岁月的风雨
走进沉沉黄昏
夕阳带着深情赶来送行

苍老的脚步走过坎坷路
他的经历认识历史的曲折过程
已走完了生命的过去
肩挑过逝去沉重的时间
一根扁担两个筐
压在肩上感到很重很重
往前方走去　前方还在远处
走着那回家的路
挑过愿望的肩膀没有失去知觉
正在挑起人生的未来

有如白云的平淡生活
堆积岁月　消磨着时光
失的时间诱导着生存
繁衍平常　丢掉了高低起伏
人们盼望光芒　惊喜它的降临
有了光芒又惧怕光芒跌跌撞撞
人们努力挑选未来
可怎么也选择不了自己
现实的选择与挑选现实
只有用想象　去不断调味生活

（原载《芒种》2000 年第十二期）

沉重的睡眠（组诗节选）

苗　强

苗强（1964—2004），沈阳人，1986年毕业于兰州大学中文系，1994年毕业于北京大学，获哲学硕士学位，后在鲁迅美术学院任教。上大学时开始诗歌创作，在《诗刊》《星星》等杂志发表作品，有作品收入《探索诗选》等，并有小说和理论文学发表。出版诗集《沉重的睡眠》，获艾青诗歌奖。

一

下着雪　天地异常阴暗　没有风
没有人在外面走动　仿佛这个世界
一开始就下着雪　地老天荒　没完没了
这时候　有个邮差急匆匆地上路了
去告诉那远方的人　那患有怀乡病的人
告诉他雪的消息　不幸的消息　我躲在
玻璃窗后　厚厚的哈气　神情迷茫
那远方的人　那患有怀乡病的人
一旦得到消息　就会立刻赶回家乡
雪仍旧下着　想必落在他风尘仆仆的身上
他的眼睛和我躲在窗后的眼睛一样迷茫
雪仍旧下着　没完没了　地老天荒
这时候　有个邮差上路了（这个邮差是我）
去告知那患有怀乡病的人（患有怀乡病的人是我）

二

我站在世界地图面前　就像一个
没有祖国的人　越过平静的大洋
巨浪的大洋　这一片片大陆
一个个岛屿　各国移民法规定
我不能久留　从日本岛到北美洲大陆
从北美到南美　我是布宜诺斯艾利斯
　的
过客　看着澳大利亚的土著发呆
在好望角的沙滩上　我只逗留片刻
我在西班牙看斗牛　在英国喝茶
在德国读哲学听音乐　在斯德哥尔摩
寒冷的海滨不停地徘徊　最后
我又回到辽东半岛　在这里　我仍然
待不长久　站在世界地图面前
我总是心潮澎湃　像一个没有祖国的
　人

三

我过去的作品好像我的遗作
我的头脑不能进入它们　它们
对世界的阐释因此毫无意义　疾病
在我身上开展了一种虚无主义的运动
方兴未艾　起初“地是空虚混沌
渊面黑暗”没有上帝　没有光
只有我　我还活着　还作为一个东西
存在着　但是常常把死亡看轻
把以往的一切努力看成徒劳　除非
外星还有另一种生物　另一种活法
才让我心安　当我抚摸我的诗集
和小说集时　像盲人抚摸自己的
两只手　一只摸着另一只　旋即分开
矜持而冷漠　像两条相忘于江湖的鱼

（选自诗集《沉重的睡眠》，黑龙江美术出版社 2002 年版）

爱情变奏曲（组诗节选）

李　伟

李伟，1946年生，笔名辛土。种过地，教过书，做过县文化馆创作员，当过县委宣传部副部长，1986年调入沈阳市文联从事专业创作。曾任沈阳市作家协会第三届、第四届副主席。中国作家协会会员，国家一级作家。已发表诗歌、散文、小说、报告文学等150多万字。中篇小说《跨过命运的废墟》获辽宁省政府优秀文艺作品年奖。获“沈阳市百位文艺名家”荣誉称号。

梦醒时分

晨曦蹑手蹑脚
轻轻把我摇醒
蜷伏在你的臂弯里
我是一只慵懒的羊羔
昨夜的梦绵长舒缓
从头至尾
都有甜丝丝的阳光相伴
我又成了
那个满头羊毛卷儿的女孩
蹦着跳着
采撷一朵朵舞蹈的小花
让它们欢唱在我的头顶
舍不得起床
凝眸你慈祥的睡容
承接你鼻息的亲吻
我的心鸟在呢喃
哦　好哥哥
你给了我美梦的家园
我真想叫你声父——亲

渴望激情

七月的青禾
在淋过雨的夏日
把泥土的芬芳带回老城
一辆喘着粗气的公交车
是我丑陋的媒婆
透过车厢里潮乎乎的汗雾
有双热辣辣的眼睛
默读我塑料凉鞋里的脚
不久我便嫁给了这个
很欣赏我脚丫子的男人
于是一间蛰伏在楼群边的平房
有了通红炉火的嬉闹和
儿子尿布喷吐出来的香气
慢慢地炉火暗了
整天煎熬着周而复始的单调
我的脚板已不是尤物
再也招引不来黏稠的目光
憋闷的心绪炸裂出渴望
请给炉子添一铲块煤吧
让它重新燃起激情的火焰

行在路上

背负沉重的行囊
双脚在路上丈量着疲惫
乏味的风景塞满眼眶
连思维也被窒息了
一部戏剧
开幕前吊起期待的热切
演到中场已然毫无生气
装腔作势的对白
如同昔日的山盟海誓
品起来味同嚼蜡
廉价到一文不值
愤然走出剧场
已找不到回家的归途
恍惚迷茫中
走错了路径
虽然陌生得令人悸栗
却有新的景致扑面拥来

（原载《芒种》2003 年第七期）

逆光中的黑蛾和诗（组诗）

林　雪

林雪，1962年生，一级作家。辽宁省优秀专家，辽宁省作家协会副主席、诗歌委员会主任。1988年参加诗刊社第八届青春诗会。出版诗集《在诗歌那边》《大地葵花》《淡蓝色的星》《蓝色钟情》《林雪的诗》等数种，随笔集《深水下的火焰》、诗歌鉴赏集《我还是喜欢爱情》等。获《诗刊》新世纪全国十佳青年女诗人奖、辽宁文学奖、鲁迅文学奖、中国百年最具影响力诗人、当代诗人十佳奖等。

雨　水

那只虚无里的鞭子只有我能看见
它昨天指向天空，指向
不确定的时日。而现在，雨水
是被未来批判的事物。

雨水，甜蜜的词语之绳，牵涉着
我的一生。那被世俗伤害的一切
通过不懈的词语抚慰了我

一个人要是被悲伤追赶得太累，他会
想起概念中的雨水。这些透露水汽的词
停留于中性的时间之瘾。比如：
生活是许多剧场里空着的座位，你坐下来时
好戏早已开始。你后来才明白的剧情
它已提前播映

你不是热衷，而是要忽略一些场景
雨水之间的眼泪，雨水之后的苹果
雨水之上的卫星。像爱奢侈的欲望
我爱书籍，梦想那些通过我阅读的词

语
会改变世界对我的定义

我和一滴落在唇边的雨水，隔了一生
等到我吸吮的时候，爱已经结晶。那么
轻松的回忆，仿佛暴力从未出现，仿佛
我们一直相爱。在一滴雨水的天籁之中。

一根织针中的原子在静静地堆积
我把句子写好又画掉，我浪费了
词语中暗示的和解。我试了又试
这值不值得？

雨水落到了日常的地面。无人看见
它落到了时间悠久的深处，它在期待着
谁的责难？我的词语，有着自己的格式
还会不会再继续充当
命运语法中致命的成分？

雪

下雪了。一场主观的雪。一只只精神的小鸟
自恋。飞。停留。飘。
消失。叫喊。痛。
一场精神的漫游，持续的
风中的错误

我无意触动雪花内部平淡的
关键词：我只是在场。旁观。
持不同政见。一个灵魂角斗的
目击者。一个沉默的证人

逆光中的黑蛾和诗

生活越来越成为活着。赫图阿拉近旁
那种无名的黑蛾，飞到
浑河北岸时，打鱼人脚边的豚草
就变成了紫蓝色。王者从遗址上
游荡过来，再在河水的波纹中升高
在 2003 年 7 月 13 日。星期天
那些火铳的仪式，马和角弓的仪式
文字和羊群的仪式，早已融解在
平民日子的寻常细节里
在山冈的雪线处，闪着王室绝望的光辉
河两岸的生活气息，多么粗俗，强大
它把精细和高贵的仪式感彻底消解
并排斥着我。生活就是活着，在一只

赫图阿拉黑蛾的翅膀上透出磁性

现在，那些河岸上跌落的岩石
化学课上被遗忘的分子式，被
思想里的冰及诗句中的爱情吸引

生活就是要先生出，再活下去
那只黑蛾飞走了，豚草等待着人为的
掠杀。无论她变白还是变蓝
我的诗句没有意义。我要做的就是
在我想起的时候写出她们。一只
来自赫图阿拉的黑蛾平衡了
我与语言之间的虚空。我克服着
我的忧郁。那个出生时，曾在内心分
　裂成
无数自我的女人，那个随时都在内心
　中
死去的女人，通过诗歌完成了
她自己的统一或缩减

新宾山地一根感恩的蕨

一根生长在新宾山地的蕨，内部的纤
　维
跑动着雨水。一个隐身在植被里的
符号有着自己的秘密。它是否以为
自己的一切将重新开始
但现在，一切只不过仍在持续

一个问题现在提出，是一种逻辑错误
我那些文字的沙子，多得
可以用平方计数。用来描绘那个
早已倾圮的帝国已经足够。那只
从温暖的马粪中抽出来的手，那只
物理的手，因为感觉着一根生长在
新宾山地的蕨而存在，正
置身在诗歌的变化中

那些融解的时间，必然有某种犹豫
回答着：我对一杯水期待已久
在蕨进入这首诗时，经历了
两次停顿：一次是她被无端地认出
另一次，是我枉然想要把她叙述

一根生长在新宾山地的蕨呀，哪些
语言的秩序见证了我的混乱
一根蕨，是我在生存中必然的逆境
我不是那根蕨，当我看见她时
她唤醒了我的知觉：她在我的知觉中
得以存在，而我在沉默中知道
衰败的诗歌复活了

一根新宾山地的蕨靠近我时
我的思想才独自醒来。无论我
平和地反抗，对她梦幻般地描述

都对她没有什么意义

我用那些不可触及的在场
骚扰着蕨的宁静。我背后的品格
是夸张了的神经官能症

蕨，那只不过是一种
个人的神话。一根生长在
新宾山地的蕨，把尘世的愤怒
引向自己。并在虚无的蔑视中
原谅了我们

（原载《芒种》2004 年第一期）

风沙口（四首）

王立春

王立春，1965 年生，女，满族。中国作协会员，国家级作家。副编审。曾获全国优秀儿童文学奖、冰心儿童文学奖、陈伯吹儿童文学奖、新世纪儿童文学奖。

大沙魔

从内蒙古草原挣脱出来的
科尔沁沙漠啊
披一件大黄袍子
匍匐着　向南爬
在辽西走廊
在丘陵和草原交界处
这个大沙魔
抬起头来
向沈阳张望

要是能在风沙口
撕开一道口子
沙魔一巴掌就能把章古台拍扁
然后一个跟头从山坡翻下去
压在沈阳身上

哑着嗓子狞笑的大沙魔呀
指挥着他的千军万马
疯狂地向前逼近

沙魔的大将军是沙
沙尘暴一转身就冲进城市里去了
扯开“沙”字大旗
遮得太阳都找不到天
沙尘暴的前锋是扬沙
扬沙使劲迷着城市的眼睛
城市流出了眼泪
扬沙的探子是旋风

旋风这个浑身是土的野孩子
转着圈跑
跑得城市和乡村
到处都是

章古台

章古台就站在风沙口

多少年了
踉踉跄跄的章古台
从不知道什么叫
立定

章古台从没戴过口罩
咳嗽已成为他的习惯
章古台也从没戴过风镜
风沙已让他得了很重的沙眼
满身沙
满脸土
直不起腰来的章古台啊
年轻轻的就长出了满脸沙纹

当第一棵樟子松从海拉尔跑来
章古台开始种树
一天天
一月月
小樟子松们一点一点长高
长高的樟子松从小就懂得
抗击风沙

在三北防护林带上
浓绿的章古台终于站直了身子
让伏在近处的沙漠
再也不敢往前爬

老　树

在章古台
所有的老树
身子都朝一个方向歪

老树不是因为岁数大才躬腰
老树不是因为身体弱才驼背

冬天　西北风裹着飞沙走石
大举向章古台进攻
是这些老树们
一对一地与他们抵抗
面对着沙鞭的抽打
面对着石剑的砍杀
就是歪了身子　老树
也绝不后退

半步

从撒哈拉到蒙古高原
没有一棵老树不歪
从黄土坡到大沙地
没有一棵老树颓然倒下
风沙吹秃了头发
风沙扒光了树皮
就是露出了骨头啊
就是风干成化石啊
老树也倔强地
挡着风沙

糊涂老玉米

老玉米呀！真是的
你们老糊涂了吗

瞧你们撅着七长八短的冲天的小辫儿
咧着几颗稀松的黄牙
横不成队竖不成排的
你们跑到那片山坡上干吗

你们真的不知道
那片山坡
是小樟子松和鸡爪草的家园吗
没见晨露天天给他们送水
一片叶子一片叶子地喂他们吗
没见秋风天天给他们吹口哨
领着他们满山遍野做操吗
他们盼着自己
快快长大呢

那个披头散发的沙漠魔王
正张着大嘴嚎叫着
吃一口黑土吐一口黄沙
吃一口黑土吐一口黄沙
大步大步逼来

这个恶魔
他不敢咬长树的山
他不敢啃长草的地
要是小樟子松和鸡爪草挺胸站在他面前
他就吓得腿软了

老玉米
可不要做糊涂事呀
你们赶紧从山坡上下来
把那块地还给小樟子松和鸡爪草
回到玉米地里
做个本分的庄稼人吧

（原载《儿童文学》2007 年第三期）

劳动万岁（节选）

高东昶

高东昶，别名绍祖。辽宁营口人。20 世纪 30 年代末出生。红领巾时代曾自编自己写的诗集。20 世纪 50 年代末，怀着建设伟大祖国的满腔热情走进沈阳铁西工厂，创作了许多工业题材诗歌。1959 年加入辽宁省作家协会。著有诗集《我采撷秋光》《心巢》等。2003 年荣获沈阳市人民政府颁发的“老有所为奉献奖”。

把耳朵
贴近大地，
你听——
种子在萌发……
风镐在歌唱……
斧锤在叩击……
播种呵，
开采呵，
建筑呵，
千万种劳动的音响，
在赞美着
我们年轻的土地！

和我们一同
挨过饿
受过鞭打的土地呵，
天，从史书
和泥土里
我听到了
祖先的叹息……
曾有过多少
柳绿雁归的春天，
我们的前辈
带着希望和忧愁，
喘息在苦难的田畴上。
耕牛呢？

同农民的血泪一块儿
摆在朱门的酒宴上！
骡马呢？
远隔荒芜了的田庄，
仰天悲鸣在
烟飞灰灭的沙场！
一代又一代，
都是人垂着头，
弯着枯瘦的脊梁，
拖着沉重的犁杖！
可是年年岁岁，
春天播种汗水，
而秋天收得的
却是无尽的辛酸眼泪！
我们勤劳的祖先呵，
并不曾偷闲，而是历代掌持生杀。
不劳而获的寄生虫
拿人民的血汗和“功业”
去建造
自己的狂欢乐园，
才是人民的
最大灾难！

我赞美
我们祖先的伟大建造！
那振翼欲飞的楼台殿阁，
那如入仙境的多孔石桥，
那沟通五流的南北运河，
那穿越天险的亘古栈道……
每一个石块
都在劳动的手中
闪出智慧的光耀！
我赞美
万卷经史子集的财富——
那沁透血泪的字句，
那如珠如玉的珍宝，
永远牵动着人们的情愫，
永远是我们民族最大的骄傲！
我赞美
指南针和地动仪等许多发明，
都是那样奇妙而又实用，
征服自然，
牵制时间，
这是我们祖先
很早就有的志向！
我赞美永不退缩的
万里长城，
它不是守护几代帝王的梦魇，
而是用千万人的血肉
筑建的
一个伟大民族的自信
和尊严——
面对先辈
留给后人的遗产，
我们看到的
是无数耕者的身影，

无数闪耀的血汗，
无数期望的泪眼……
呵，今天，
我们该把怎样的使命
承担？

（选自《心巢》，沈阳出版社 2008 年 3 月版）

六月雪（外二首）

刘　川

刘川，1975年生，辽宁省阜新蒙古族自治县人。16岁开始在《星星》发表诗作，21岁参加“青春诗会”。作品入选150多种国内外各类诗歌、散文、译文选本及辞书。曾获得首届徐志摩诗歌节青年诗人奖、2004—2005年度人民文学奖等多种诗歌奖项。现居沈阳。

六月雪

六月里，天这么热、这么热
路口被撞死的那个农民工尸体都臭了
还没有家属来认领
他也没有身份证
难道是外星人吗
冤啊！肇事司机逃逸，至今没有追到
死者明早就要被拉走火化去了
一切就像没有发生
我又能说什么，今晚不写诗了
撕掉这一张洁白洁白洁白的纸
并把这些细碎至极的纸屑扬出窗外
看啊，六月飞雪、六月飞雪

（原载《人民文学》2007年三月号）

地球上的人乱作一团

我总有一种冲动
把一个墓园拿起来
当一把梳子
用它一排排整齐的墓碑
梳一梳操场上的乱跑的学生
梳一梳市场上混乱的商贩

只需轻轻一梳
他们就无比整齐了

（原载《诗选刊》2008 年一月号）

别让雨量这个世界了

为什么雨
总是并排的
平行的
均匀的
有秩序的
下了一年又一年
从没有乱过
雨像一把把尺子
下来了
量着
量着
量着
人群就乱了
生活就乱了
世界就乱了
大家惊魂不定地看着
半空中这一把把
晶亮的、闪烁的、透明的尺子
等待它收回去

（原载《诗刊》下半月刊 2008 年五月号）

蒲河不了情（组诗）

齐世明

齐世明，1953年生于沈阳。中国作家协会会员，高级编辑，辽宁当代文学研究会秘书长，曾任《诗潮》杂志编委、《沈阳日报》文化部主任。著有《齐世明抒情诗选》《世纪末咏叹》《十七岁，我们奔向大西北》《世明圈点300篇》等，获全国大赛和征文作品奖50多项。

月泊珍珠湖

今夜，好爽
风清，月白
珍珠姑娘裙裾飘飘
该从天井归来——

归来泊进朦朦月色
两万亩碧波当是唯美的琴台
鹭鸥拂柳、丽荷映月
平湖潋滟、璞玉凝辉
四者融一根款款情弦
邀千古知音在此一吐为快！

追月一生的李白应为首席嘉宾
开琼筵以赏湖品茗
飞羽觞而醉月开怀
诗仙又兼酒仙，何其潇洒
珍珠虽已脱俗成仙，今时
也羞了杏眼，红了粉腮……

苏轼问“明月几时有”已935年
今夜如许银盘，诸般秀色
先生不请也会自来
何况高处不胜寒更不胜孤寂
寂寞嫦娥也寂寞难耐

再吟一遍“起舞弄清影”
珍珠湖畔携珍珠作最佳舞伴！

还有以月为爱的王维、李煜、辛弃疾
自然不该少了造酒的仪狄或杜康
还有千秋饮者刘伶、阮籍
还有不羁的唐伯虎与郑板桥……

汉唐宋元明清都有了代表
岁岁清秋又选千古玉轮
置于珍珠湖之琴台
万丈清辉撒万缕情丝
那袅袅婷婷的可是李清照
轻挽珍珠女的玉腕
两位千载丽人也共举大白！

仿古诗今朝诗吟得朦朦胧胧
酩酊而醉者却喝得明明白白
哦，天庭上的大灯小灯都未饮先醉
湖面上的团圞之月也已看呆
一圈圈的湖波录下波纹唱片
珍珠月泊，清秋之约
那厢绿荫下，一对恋人喃喃而语
我的最爱
我的最爱……

仙子湖月夜

湖岸，灯亮了
一盏，又一盏
剪破夜的斗篷
撒下光的投影
茫茫夜海里，似漂浮的萤？
不，更像一颗颗星！

哦，今夜，天上有月
明月高悬，是天庭里的大灯
湖岸有灯，闪闪烁烁
是仙子湖里的月影
这一切多美，美得幽静！

可是，没有我们，那么
没有清荷旁的诵读
湖岸广场的笑声
没有轻风飘来的故事
草坪上两颗欢跳的心
这夜该多么乏味，多么无情
没有蓓蕾的花枝
没有爱情的人生……

呵，那么，没有
这千顷之荷、澄澈之波
和活跃的精灵
那花坛里的芳馨

月夜的明朗和深沉
那闪着亮眸的灯盏、那星
荡着碎银的莲藕的流韵
我们该多么凄苦、多么冰冷
我们的爱还有什么附丽
我们的感情哪还有生命？

哦，今夜，有月，有灯
飘逸仙子，不知能否重温思乡之梦
你先飞临西子湖畔
再看沈阳“小西湖”
月色灯影里，融汇成人间仙境
辉映着一双双期待的眼瞳……

（原载《芒种》2013年第一期）

风一样的旅行（节选）

王妍丁

王妍丁，1968年生，沈阳人。从事过对外贸易、编辑、记者等工作。曾就读于鲁迅文学院第十一届中青年作家高研班。著有《手挽手的温暖》《王妍丁短诗选》《王妍丁世纪诗选》等。曾参加诗刊社第二十四届“青春诗会”。沈阳市优秀文艺家，辽宁省签约作家，中国作家协会会员，中国诗歌学会会员。

春天的旅行

旅行把我带离了北方
一天一夜
沿途已失去昨天的风景
火车像钻出地层的蚯蚓
整个春天仿佛都在加速
我想到一个并不陌生的词

快跑去哪里呢
而那里是否就是我们的目的地
一条孤单的小鱼
举目无亲的小鱼
身上只带着唯一一滴水
取自大海的水

春天不再需要擦拭
一块不再需要擦拭的玻璃
我却要保持与它的
一段距离

黑眼睛般的雷鸣

春天临近
突然想到那件

墨绿色的棉麻衬衫
在衣柜的最上方
灰尘到底是灰尘
一股撩人的甘草味
有多久了
我以为早把它忘掉了
原来
它还在那里

这个阳光分外明亮的早晨
它兴致勃勃地跑来敲门
一下又一下
这隐藏在春天的重锤啊
我要压着那风
让它再甜蜜地擂上一会儿
直到我能够确认那
有着黑眼睛般的
雷鸣

阳光与湖水都如此干净

阳光与湖水都如此干净
肯纳瑞特湖
我在你的宁静里用心称念
一个名字
我心的净土

这是你给我的礼物
无论陌生与熟悉
从此都不会再滋长
忧愁
我看见了别人不曾看见的美
我没有看见别人
看见的丑陋

肯纳瑞特湖
我已记住了你的蓝色
也记住了你波光粼粼的
琴弦

（原载《芒种》2013年第四期）

我之别处（组诗节选）

孙担担

孙担担，1970年生，现任教于沈阳大学，辽宁省作家协会会员，二级作家。1986年开始在国内各报刊发表大量诗歌及散文作品。1998年出版诗集《舞者》，获得读者和评论家的好评。2004年出版诗集《刀的刃冰凉着》，获辽宁文学奖。

变脸

吹一口火
把我的脸烧成灰
我却不会死
再生出新的脸
一层　又一层

一层脸面
只能遮住一颗心
千层脸　我心只好游荡

我的袖口里
藏着几个朝代　腾身飞落
满地生死　随便几颗心与几段命
送给你
这是红的脸　绿的脸
这是你的脸　神的脸

有新生的脸　我不死
当我终于坐怀不乱　我的躯体
是我心的坟冢
当你也坐怀不乱
你的躯体　是神的坟冢

你看到我的脸
我看到神的脸
没有界限

清扫者

冬日下的铁轨支起时间
时间就练习快起来　或慢下来
我顺着铁轨捡拾时间　和
时间里的诗句
每一句　都是从父亲的喉咙里飞出的
他不想要了

大夫抢救父亲的呼吸
我去抢救父亲喉咙里的诗词
他睁开眼睛成为清扫者
用失明的目光　清扫

两只黄鹂在病房里飞舞
月光照在床前
照在那个苍老的脊背上
那么苍老一如所有的苍老

那些翠柳
沿着他的胡须、发髻
沿着一根细弱的呼吸的绳子
被他清扫　还包括他的脂肪
还有我伸向他的手

他日渐干净
以至于我日渐分不清悲欢
分不清他的疼痛与我的疼痛
分不清红色的是血液　还是一种构想

新年书简

一月
我会来到你的身边
但是　我的双臂不会来
她们要留在山坡上
长成鲜嫩的蒿草
等待一个人　称作母亲

三月
我会来到你的身边
但是　我的双腿不会来
她们要留在山顶
长成石头
等待一个人　称作父亲

七月
我会来到你的身边
但是　我的眼睛不会来
她们要留在哪里
长成一汪深湖
等待一个人涉水　称作儿子

九月
我会来到你的身边
但是　我的身体不会来
她要留在哪里
长成一个国家
等待必经的苦难

十二月
我会来到你的身边
但是　我的灵魂不会来
她要留在书里
长成一首经文
等待有人吟唱

美丽的衣服

我在我的衣领下
又矮了一寸
这个许我容身的地方

我必须矮下去
防止这件衣服也把我扔出
外面是世界
外面是个永远雇用我的世界

那几粒米要雇用我
那几杯水要雇用我
那横横竖竖的斑马线
和斑马线上的生死交错

那斑马线旁的法律
耻辱、尊严
腿的森林
森林中向我而行的爱情

我必须要矮下去
最美妙的结局
是我开成花朵或萎缩消失
我所有的悲喜交集都发生在
衣服的疆域里

衣服还在　成为荣耀我的旗帜

（原载《芒种》2014年第九期）

浑河赞美诗（外二首）

李轻松

李轻松，女，生于60年代，毕业于中央戏剧学院，在精神病院工作五年。80年代开始诗歌创作，出版诗集《垂落之姿》《李轻松诗歌》《无限河山》，并参加第十八届青春诗会，荣获第五届华文青年诗人奖、诗刊社年度优秀诗人奖、《诗选刊》年度最佳诗歌奖等，首都师范大学驻校诗人。90年代开始小说创作，著有《花街》《心碎》《大西迁》等七部长篇小说，多次荣登图书排行榜。著有童话集《小布丁与小辫子》、长篇童话《孤岛的九个春天孩子》。曾在《南方周末》开设个人专栏，出版散文随笔集《女性意识》《行走与停顿》。2000年后开始戏剧影视创作，已有多部诗剧、话剧、京剧、影视作品面世。现居沈阳，一级作家，职业编剧。

浑河之于沈阳，就像塞纳河之于巴黎
泰晤士河之于伦敦，恒河之于印度
我无需受洗，便会在湍急与缓慢之间
找到永恒的流逝和不舍的昼夜……
包括夜晚的风声、两岸的人民与灯火
都是这个城市的经典

当你在回眸里拐弯，留下那些沙洲与
岛屿
便留下我心里的净土与鸟鸣
那是我的百岛，我的寻幽之处
我漂过你的水面时模仿了你的优雅
水质清澈，面容洁净
一场流水里的身段那么美！
仿佛我的原创，我的拙笔生出的妙花

你好，白鹭！
你好，苦丁香！
你好，那片蛙鸣！
我要尽可能地放轻我的脚步
我怕惊扰了那些孵化的动物
此刻，它们如此专注于生殖
眼神迷醉，羽毛蓬松
最好我也成为它们的同类，我就会飞——

你的南岸是水晶皇冠，北岸深藏着故宫
它们隔着水意与三百年的风雨，
陌生地相望。好一场时光交错的戏，
就从现在开演。一声大口落子平空响起，
浑厚，沧桑，凝重里水声洇漫
从上游的金戈铁马到下游的金銮殿
你盛世广大，一跃千里

让我顺着你的脉搏，穿过罗士圈、浑河大桥，
再到沈水湾。我与一座城市的相恋，
便进入了细节。我内心的一场典礼
要用尽你的水色天光，你的霓虹
还有你河边的纸鸢和茑萝
在蝶屋里，改写一部城市的童话
我曾在你的岸边筑巢、呆坐、生育
仿佛与你一体。从此我与你血型相合，
血肉相连。尤其是在解冻的午后
一些移民蜂拥而来，从天上到地上
用翅膀和双脚，完成我们的迁徙
我必须在你的河边种植山珍，让飞禽贴着水面
必须在河里养下今生的鱼，让鱼产下鱼子
从此那些天鹅、野鸭、我，都成了这里的土著

此刻，正有一辆车箭一样射向对岸
速度、力量的美，如今再添一笔
那是我的点睛之处。我泛舟河上
从清风翻开的书页开始
从曾经绝望的生活到自由的心灵
打通这条黄金水道——

打通我身体里的每条血管，流向你
以400米的宽度奔向渤海湾
一座座大桥都有着自己的表情
我要等待另一个春天
河水解冻，群鸟低飞，再加上谷物的香气
便是所谓的江山如画，所谓传奇——

2010.7.13

汉字像一些精灵

每一个汉字都是精灵
都有自己的姿态与思想
它附在今年夏天，一只流行的黄莺
要灭绝所有的物种
它附在空气里，一滴雨饱含着自己
一滴雨要打开一种植物
它附在我的手上，我便开始写诗
每个字都带着自己的翅膀
它附在我的身上，我像非法的动词，
风一样暴乱。我替使用说出规范，
说出被动式的幸福
从此我不敢亵渎任何一种事物
因为神明突然来到了我的内心……

2005.3.31

在群山之上

一匹在疾驰中的马儿惊讶地煞住
群山停在空中。一些云朵都变了模样
似乎比马儿还惊悚。那匹下过驹的母
马
用它翻卷的嘴唇微笑了一下
然后退后，用它的马蹄不安地刨地
谁为前路准备了灵魂的深渊？
谁就会拥有绝境的火焰
群山越过了马匹，比马匹越过群山更
轻盈
那丰饶的身体与空洞的内心
哪一个更接近狂野的自由？
其中有一个魅影,其实就是群山本身。

2013.1.16

（选自《在群山之上》，沈阳出版社，2015年12月版）

在故乡春天的节气里

王向峰

王向峰，1932年生，辽宁省辽中县人，辽宁大学文学院教授，中国国学研究院专任教授，北京师范大学文艺学中心研究员、博士生导师。中国作家协会会员，辽宁省美学学会名誉会长，发表论文与评论600余篇，自撰与主编的著作60部。获中国文艺理论突出贡献奖、国家教委学术专著奖、全国第三届鲁迅文学奖、首届中华优秀图书奖、辽宁省人民政府首届哲学社会科学成就奖。

1/立春

在童年的记忆里，
只知道从此地河上的覆冰将解体，
完全属于自己疯玩的日子已无多，
村塾的子曰诗云的背诵又要把身心紧系。

为了留下这残余的冬季的放任，
我与童伴们到冰河上打滚争奔，
盼下一个冬天早早回来，
让我在寒冷季玩耍中抒放无拘的身心。

在妈妈放大鞋样中一年年地长大，
就这样度过了一年年的冬去春回，
年甚一年地知道四季都一样地宝贵，
再不热衷于哪个季节的去与归。

今天只愿载我的时光永远能凝固，
童少的天真幼稚与不计未来也好，
青年时代的苦求和无数的坎坷也罢，
只要有属于自己失去时光的地方可找。

2/ 雨水

接续立春而来的风，
虽然运行起来有时也并不轻柔，
但却让时日愈来愈温暖，
以舒心地吹拂使万物复苏，河水重流。

于是，河冰与土岸接缘处，
开始冰土分离，冰层空悬，
冰化的水连同早春的雨水积存在河沿，
形成了民谣里的“雨水撬河边”。

这时地气上浮，东风解冻，
植根在田间的荠荠菜最早泛绿，
今天仍未忘童年我去剜采野菜的往事，
是为靠它度过少粮的“春荒”季。

如今在城市的高楼里优游岁月，
回想解放前在季候里艰难困窘的童年，
特别庆幸现在的富足与安乐的后福，
但在惬意中却怎么也无法得意忘言。

3/ 惊蛰

田原的野草，秋后都把根深藏在土下，
山中的树木，冬前都把枝上黄叶摇去，
为的是积蓄体中的养分和余力，
在明年第一声春雷响起时重振生机。

在天寒水冷的冬季，
江河大泽中鱼龙都不嫌寂寞，
潜养蛰伏地蓄力在在波心水底，
一任江湖表面上五光十色霞飞云落。

在中华群经之首的《周易》中，
首爻明示的就是“潜龙勿用”，
其要义就在于人生的起点必须蓄势积能，
在惊蛰的雷声响起时见龙在田，雨溉群生。

酉鸣变戌旺的又一轮柳暗花明，
中国特色的社会主义之路已启新程。
随同雷动蛰龙飞起的运势，
人当秉持初心，为建小康亦促进大同。

4/ 春分

在造物钧轮的旋转中，
不论对于万物的灵长还是品类群生，
春分，都是一个重要的节点，
因为在春季的九十天过半时应计有多少事功？

试看每年的春分季节，
都是春风畅怀高飏的月份，
它极力吮吸地面上雪化冰消的湿润，
才能化作清明时节如油贵重的雨落纷纷。

在人生成长的年轮里，
何处是年轻生命过程的“春分”？
须知，从步入社会投入事业的初始，
就意味着青春岁月只剩有一半余存！

曾作《橘颂》和《离骚》的屈子，
总是恐惧羲和速驰与鶗鴂鸣叫的晚春，
因为青春的时日最容易随着春光流逝，
而自己却德能少修与事功未就而恨悔终身。

5/ 清明

杜牧的“清明时节雨纷纷”，
这是童年关于这个季节的深刻烙印。
后来的年年月月也都在不变地证明：
这一天必然有春雨来催发柳绿春茵。

此日河边的杨柳拂风摇绿，
作为村童的我把柳条拧下外皮做成“柳笛”，
虽然吹不出什么动听的曲调，
却总要与玩伴们比一比响声的高低。

当时我是家中最易支使又最好行动的少年，
每年清明总由我带着烧纸冥衣和供品，
到爷爷奶奶和妈妈叔婶的坟前去祭扫，
我过早地领会了什么是祖上的荫德和养育的深恩。

今天，国家正式规定“清明”为法定的节日，
是要让炎黄子孙去寻继祖上的功德和家风，
把国运与家业和个人的前程紧密地结合，
建造出社会的清明和国家与民族的振兴。

6/ 谷雨

大自然给了中原大地以天时地利，
在播种五谷时以时雨助耕，
这是天地化生万物广布的恩惠，
人们却惯常地以“人可胜天”自作蔽蒙。

人总是愿意播下希望的种子，
就像农家适时地播下稻麦黍稷，
如果没有风调雨顺的时序之助，
又怎能果报如期地丰收满地？

回忆起少年时代下地初学农活的经历，
我最初只能是赶着磙子轧地，
或是跟着耰耙沿着垄沟踩格子保墒，
但却培养了我少小的勤劳直到今天的伏枥不息。

人生的成长离不开天覆地载，
就像谷雨时以什么样的种子播进了什么样的土地，
所以从头考量一个人的现在，
就是在或高或低的意义上重现他的过去。

2018年2月18日

（原载《芒种》2018年第十三期）

对话雷锋（组诗）

萨仁图娅

萨仁图娅，1949年生，一级作家，“百年新诗最具实力诗人”、国际诗人笔会副主席、东西方诗人联合会副主席、中国蒙古文学学会副会长、辽宁省作协顾问、辽宁社科院特邀研究员、沈阳师范大学兼职教授等。出版作品集《尹湛纳希》《当暮色渐蓝》等40余部。两次荣获中国少数民族文学骏马奖，三次获中国人口文化奖。作品被翻译为塞尔维亚语、俄语、英语等多种文字。

二十二岁的永恒

那时我曾叫你叔叔
唱着“学习雷锋好榜样”的歌声
嵌入记忆的是你晶亮星章和灿烂笑容
摇响三月的花朵与春天的风铃
你以生命的火炬召引着我们前行
每逢周末都排着队去做好事情
那是五十年前戴红领巾的我
你的青春火焰注入我产生愿望的生命

现在我应该称呼你为兄弟
感觉比邻而居的你始终在各民族之中
多少次你在我们中间走过
你笑意盈盈地擦亮我的心空
尽管这些天正被浓浓的雾霾所苦
精神的天空有你就让人感觉了洁净
年过花甲的我马背后裔的我
穿过生命段落就超脱了年龄

老去的是时间流走的是风
而你充满活力总是如此年轻
定格的青春与灿烂的笑容
就这样凝聚在一个焦点上

把伟大与平凡诠释验证
半个世纪以来闪烁无限激情
就像早晨那般清新如斯
二十二岁的青春生命永恒

是的，从前你是我的叔叔
现在你是我孩子及孩子的叔叔
把几代人的心灵深深打动
你的生命烛光烘热所有人的血液
懂得助人为乐热心公益
懂得干一行爱一行钻一行
做一颗永不生锈的“螺丝钉”
活着，以你的方式诠释生命

如今我走在你走过的路上
亲近你并未远去的身影
呼吸你灿烂的青春笑容
回味平凡行动所实现的不凡人生
从有限到无限
从由短暂到永恒
你一步一回声，一步一雷声
以二十二岁的永恒为平凡伟大命名
此时，我们对话并互相倾听

三月是你的季节

三月的鲜花
芬芳了你名字的光华
三月的细雨
润湿那支歌的行进步伐

三月的邀约
我们从春天出发
驻足在你的墓前
献上心中怀念与手中鲜花

你的存在是作为种子的存在
春光中将一种精神播撒
九百六十万平方公里的土地
收获了光与热的散发

你的选择是小草的选择
质朴地亲吻大地 绿在蓝天下
高举着平凡——孕育伟大的平凡
演绎着伟大——平凡铸就的伟大

你是作为春天的使者
来温暖人间的吧
储存了足够的阳光
暖意成流——流进千家万家

我们与你为伴　与三月相约
在理想信念的阳光照耀之下
在为人民服务的无限之中
根性的果实由无数心灵接纳

三月不仅是一个季节——丰碑不朽
三月是庆典——绽放助人为乐的心花
永远的雷锋　精神火炬传递
我们集合——从三月再出发

虽然你不曾谈一场恋爱

虽然你不曾谈一场恋爱
却有全中国这么多的女性
不同民族不同岗位
都对你发自肺腑地爱戴

虽然你没能当一回父亲
却有这么些孩子
以及孩子的孩子们
都是你薪火相传的后代

时间是一把竖琴
你用它弹奏人间大爱
天使在飞翔
山河来记载

你总是这样的目光清澈
一笑，牙齿洁白
心灵的深处
你拥有多么强烈的爱

你的故事没有结尾
虽然是匆忙地离开
无论哪里都有你的影子
整个世界为之喝彩

工人的你由火焰和力量构成

拖拉机手的你
以犁铧的名义
翻开共和国早春的土地
一行行笔直的诗句
与团山湖一起
谱出壮美青春的序曲

交通员的你
好了伤疤不忘疼痛的过去
报名到鞍钢火热的建设工地
将名字“雷正兴”改为“雷锋”
为的就是“到鞍钢打冲锋”
这样的选择没有其他的考虑

推土机手的你
奋战在弓长岭焦化厂工地
哪里需要哪里就有你
突然下雨的 11 点钟夜里
你想到工地上散放着的

那 7200 袋水泥

不用谁说你起身急忙跑去
抱来自己的被子遮盖水泥
还脱下了自己的外衣
不用问你当时是怎样想
大于一切是国家财产国家利益
你心中唯独没有你自己

你是火焰和力量的构成
在鞍钢的烘炉里锻造磨砺
推土机卷动的履带
沸腾着对祖国的忠诚与爱意
每一件平凡工作都注入伟大理想
做好事就是你最大的乐趣

你自己省下的津贴
寄给灾区毫不犹豫
为的是支援农民兄弟
你乐呵呵助人随时随地
你从小事做起一点一滴
书写了青春生命的亮丽

你是一个朴朴实实的工人
你有一个感恩于党的心理
驱动你的每一声脚步
关乎你的每一次呼吸
牵动你每一根神经
布满你全身的血液

晶莹的汗珠很小一滴一滴
映出太阳的七彩虹霓
因为是你把有限的生命
投入无限的为人民服务之中去
新时代呼唤你归来
我们传承你的精神高扬你手中的旗……

（原载《辽宁日报》2019年2月25日）

阿Q密传（外二首）

西　征

西征，1966年生，原名贲晓丹，辽宁沈阳人。组诗散见于《诗刊》《星星》《四川文学》《鸭绿江》《海燕》《岁月》等刊物；单首《青年文摘》《格言》有转载；有创作谈见于《星星》《辽河》。

O字形的脑袋
后脑勺耷拉一条辫子
像民国初年
为了生活
我经常，对着镜子模仿

傍晚的远山
小尼姑起伏的地方
脖颈上的落日
光秃秃的没有一棵草木
村庄模糊，剩下一堆灰烬

和黑夜，在同样的深处
饥饿填充的肚皮
飘出江南美食的阵阵馥郁

看，这片土地
同一天出生的还有许多人
光明隔着一位母亲
翻过去，就是另一个国度

（原载《星星》2013年第三期）

琴　房

哦，后山
真是一个完美的地方
我经常忽然这样自言自语
总觉得是多年前
刚从后山回来，甚至说
还没有回来，一直在那流连忘返
在花草间张望
身体好像，被音乐融化的玻璃
我看见的，树木，湖水
小船，停在绿叶上的红甲虫
什么都是神奇的乐器
而对于小鸟，我怀有崭新的印象
它们是会飞的口琴
那么多阳光
是铺在那么多石头上的乐谱

（原载《四川文学》2018年第三期）

科尔沁大草原

白云和绿茵之间，是阳光
是雄鹰，牧场，星星点点的蒙古包
是小伙子弹着马头琴
是五月清晨的孝庄皇后
她是科尔沁大草原丰沛的奶水
我妻子，是她的后裔
白云和绿茵之间，是她
是我在她的身边品茶
凝视，写诗，做梦。实现爱情
她的胸脯上有雪白的蒙古包
那是她从科尔沁大草原带来的嫁妆

（原载《诗刊》2019年第一期）

天堂的隔壁（组诗）

大　梁

大梁，1964年生于沈阳，原名梁振林。作品散见《诗刊》《诗潮》《诗林》《鸭绿江》等报刊。有诗歌入选《2013年中国诗歌精选》《2017年中国诗歌精选》《东三省诗歌年鉴2016卷》《辽海诗典》《新世纪辽宁诗典》等多种文集。2003年于作家出版社出版文学作品集《五瓣梅》（与人合集）。中国诗歌学会会员。

我想借此，把烟戒了。顺便，把求生的欲望也戒掉

——题记

术前

我的淋巴变节了
医生说：
快手术吧

我迟疑着，又换一家医院
医生还是那个腔调：
做手术吧

现在，我知道了
每个临刑的人
都是迫不得已
尤其是自己将枪口
对准自己

死神伙伴

真的，自打我出生

他就是我唯一的小伙伴
他调皮，爱装神弄鬼
但我从没害怕过他
有时，跟他一块儿玩
有时，他走他的独木桥
我走自己的阳关道

从不怕他翻脸
也不担心他一个人走远
我知道他也孤单
躲在我的身子里
不言，不语
像个委屈的孩子

我一直欺负他
只在我睡熟后
才放他出来活动一下僵硬的骨头

当然，我也知道他的忍耐
是有限度的

也知道他不会绝情
我实在熬不住时
他会像天使那样
将我接回去

遗言

再有十几小时我就要去
医院住院
哪天手术我
不知道
手术结果更不知道
估计不出意外
我暂时死不了，但会像重患那样
猜想意外

生病是意外，不生病
也是意外
一切都貌似偶然
就像一盏灯刺得夜色
无法睡眠

不留遗嘱了，一切随缘
我想借此，把烟戒了。顺便
把求生的欲望也戒掉

我真的不害怕死，只是怕疼
如果手术中或术后遇到麻烦
亲爱的，这就算上是
我的遗言吧

如果没用上
当然，也是偶然

真实目的

我念佛，但没想过成佛

在医院念，跟在家念
没什么区别
我不求佛祖保佑我

只是在念佛的
时候
不再去想其他的事情

旧外套

跟死神玩儿其实
挺有意思
可以尽情作弄，挑衅，羞辱他
每次都是我赢

只有一次是意外
我把筹码押大了
你知道的
我再也没有机会翻盘
输得只剩下墓碑，像一件
他不喜欢要的旧外套

患者家属

妻子在地铺上鼾声如雷
中午时，她坐在椅子上
鼾声没这么响

现在，距医生让家属签字
有五个钟头的时差
她承受的那些压力
在她躺下后
顷刻横溢而出

再过几个小时，我就会是最幸福的人
因为全麻
我是清醒着走的
像安乐死，没丁点痛苦

一旦苏醒
看到光还照在她的脸上
我还知道疼，那是幸福开花的平方

只有可怜的她
站着时，几乎不说闲话
躺下后，除了鼾声
梦话不断

明天手术

晚上八点，就禁食禁水了

沐浴，洗漱
我把自己弄得
像供果那么干净

术后第三天

早晨，阳光还没醒
传来坏消息说
二表哥家的孩子小申走了
才三十多岁，是脑梗

而前天，我做手术那天
我堂兄家的二大娘正在出殡
她八十岁了，一生圆满

圆满不圆满又有什么关系
反正都是一个人的一生

墓园里一排排大理石墓碑
有的有瑕疵，有的没有
那又有什么关系
既不影响正常死亡
也不影响非正常死亡

更何况死亡不分什么
正常不正常
在死亡面前，一切都正常

（原载《芒种》2019年第五期）

散文

三　年

白　朗

白朗（1912—1994），原名刘东兰，笔名刘莉、弋白等，沈阳人。九一八事变后，考入哈尔滨《国际协报》，任副刊《文艺》《国际公园》主编。1935 年流亡到上海，加入左联，是东北作家群主要成员。1941 年去延安。曾任延安《解放日报》编辑、《东北日报》副刊部部长、东北文艺家协会副主席、《东北文艺》副主编、中国文联委员、第一届全国人大代表等职。主要作品有散文集《西行散记》《月夜到黎明》，短篇小说集《伊瓦鲁河畔》《牛四的故事》，长篇小说《为了幸福的明天》《在轨道上前进》等。

三年的时光，留给我们一大部辉煌的胜利史诗。

假如我不是亲自处在这个不平凡的环境中，我简直就很难想象，仅只短短的三年，而在我们年轻的祖国里，在小小的朝鲜半岛上，竟会发生了如此巨大的、翻天覆地的变化，竟会产生了无法计算的、惊心动魄的事件。

丰富多彩的现实，给人以充分的滋养，它的每一分钟都像春花一样的鲜艳。三年来，它丰富了我的人生经历，锻炼了我感情和意志，在这伟大时代的血液的哺育中，我感到，我的生命正在开始茁壮，我的心情已经回返了青年。虽然我的头上也在不断的增添着白发，但那绝不是衰老的象征，而是时间的烙印，是这三年来不平常的生活所给予我的幸福的标记。只要稍稍回顾一下我们年轻祖国的不朽业绩——特别是对世界和平的巨大贡献，我们就不能不感到精力充沛，我们就不能不以无比的兴奋热烈欢呼：我们伟大的祖国是在多么惊人的飞跃中前进着呵。

那仿佛已经是很遥远的往事了。可是，精确地计算一下，只不过才短短的三年。三年前的今天，我们新生的祖国，还是一个才满周岁的婴儿——一个在饱经忧患的母体孕育中诞生的婴儿，一切都需要恢复，一切都刚刚开始呵。可是恰在这个时候，在朝鲜半岛上大肆杀掠的美国强盗，不但想毁灭整个朝鲜民族，竟还在狂妄地叫嚣着要跨过鸭绿江进攻中国大陆，梦想夺去我们用艰苦的战争换来的独立和自由。那时候，已经挺起胸膛做了主人的中国人民，既不能忍受那种欺辱和恐吓，更不能无视于朝鲜民族的无尽灾难，虽然是在百废待兴的紧要关头，而我们却毅然地、满怀信心地把这个援助朝鲜、保卫祖国、争取世界和平的任务担当了起来。当我们的人民志愿军——毛泽东的优秀儿女踏着薄薄的冰层渡过鸭绿江的时候，有多少人担心得睡不着觉呵，因为我们对付的不是一个普通的敌手，而是一个比日本法西斯更疯狂更强大的帝国主义。纵然我们将终于获得最后的胜利，但国内的恢复、建设工作必然要暂时停止，我们的人民将还要熬过多少年艰苦的岁月呵，更有什么余力去帮助别人呢？

那时候的朝鲜情况又是怎样呢？

当我五一年初踏上朝鲜的土地时，那正是抗美援朝开始的第一个严冬，也正是我有生以来第一次感到那末酷寒彻骨的严冬呵。在北朝鲜的荒凉土地上，在那蜿蜒如画的山岗上，除了闪闪发光的白雪而外，便只剩下断瓦残垣和顽强不凋的寒松了。要是没有那些巍然屹立的大大小小的烟囱，简直就使人无法相信那儿还曾有过美丽繁荣的城市和自由幸福的人民，那分明是一片废墟呵。美国强盗的疯狂烧杀，不但使朝鲜的人力大大削减，而物力也已相当空虚了。在极度悲愤之余，我便很自然地意识到了在抗美援朝的战争中祖国担负的沉重。前线频传的捷报并不能抵消物质供应的极度艰难，我们的忘我牺牲的指战员一口炒面一口雪的生活又怎能够保持住战斗的体力呢？当我看到我们光荣负伤的英雄们由于严寒和饥饿而变成了残肢断臂时，前方的艰苦情况就更不难想象了。那时候，我常常焦虑地想：要转变这种处境是短期的努力可以生效的吗？虽然，无数杨根思型的战斗英雄时刻都在坚定我们的胜利信心；虽然无数胜利的奇迹早已成为鼓舞人心的力量，但有着像我同样焦虑的人却何止成百上千？

然而，这一切，都不过是杞人之忧而已。我们虽然热爱我们的祖国，却还没有真正认识到它的伟大，更没有真正看到它那无限丰富的、取之不尽的力的源泉。

不久，在春风还没有完全吹融积雪的时候，我仍然带着同样的焦虑又一次到了战火纷飞的朝鲜，可是，那意想不到的突变真不禁使我大为吃惊呵。在整个北朝鲜的前线阵地上，不单是一口炒面一口雪的日子已经随着严冬的消逝一去不返，而一切争取胜利的战斗设施，也都基本齐备了。

当我向英雄们报告祖国的宏大建设计划和日益上升的人民生活时，他们也同样的大为吃惊了。他们张着一双双满含兴奋的眼睛，欢跃着说："一方面要供应抗美援朝的需要，一方面又要恢复国内战争的创伤，这难道不是奇迹吗？"

是的，这每天都在创造奇迹的英雄都把这看做了奇迹，那还能有谁来加以否认呢？

可是，三年中的奇迹实在是太多太多了，如今的奇迹，差不多已经变成了普通的事物，不足为奇了。

前方的胜利推动着后方的生产，后方的生产鼓舞着前方的士气，保卫和平的烈士的鲜血永远灌溉着中华民族生命的红花，和顽强不屈的朝鲜人民并肩战斗的正是勤劳勇敢的毛泽东的儿女，这就是我们最后胜利的保证，创造一切奇迹的不竭的源泉。三年来，我曾多次地往返于祖国和朝鲜，而每一次的往返，在祖国、在朝鲜，都使我强烈地感染到一种崭新的、上升的气象，从胜利走向胜利的朝日的光辉，一次比一次更加明亮。尽管敌人在不停地吹嘘着“空中优势”或“雄狮百万”，我们祖国的锦绣河山却在磐石一样地巩固中增加了多少高楼和工厂。而我们的百战百胜的中朝勇士，也终于粉碎了敌人的迷梦，使它遭到了溃不成军的惨败！就在我们抗美援朝将近三十三个月的时候，和平的曙光也终于冲破了云层照亮了胜利的东方。

七月二十七日上午十点钟，我坐在板门店那座伟大的和平签字大厅的代表席位上，望着垂头丧气的哈利逊和他的仆从们的窘相，我不禁为我们亲爱的祖国、我们敬爱的毛主席和他的优秀的儿女感到了无比的自豪！

在毛泽东光辉照耀下，我们有力量赢来和平，更也有力量保卫和平。现在朝鲜的重建已经开始，我们要帮助英雄的朝鲜把那个绮丽的半岛建设得像我们祖国一样的美好！

（原载《东北日报》1953年10月25日）

夏天的小兴安岭

单　复

单复（1918—2011），原名林景煌，福建泉州人，出生于菲律宾华侨世家。曾受教于著名散文家丽尼、陆蠡及翻译家吴朗西诸师。在巴金、吴朗西等创办的上海文化生活出版社任编辑。著有散文集《金色的翅膀》《玫瑰香》《多棱集》《单复散文选》及《文坛师友情》（上、下两卷）。作品被收入各种散文选本。

一

六月，江南该是一片榴红似火了，北京名园里迟开的芍药花，也正是争妍斗艳的时候吧，在祖国极北方被称为“红松故乡”的小兴安岭林区，春天整整迟来了一个季节，但她温馨的呼吸却使万物复苏了。早晚人们虽然还得披上小棉袄，而森林里却已绿纱帐起，森林开始要“关门”了。各种各样一人来高的小树及蔓藤荒草，都抽枝着叶了，繁茂的林间一片葳蕤，蜂闹蝶飞，对面看不见人。森林调查队早已下山，除了双子河、北山等一些长年采伐场外，莽莽的原始森林里已无人迹，更听不到斧锯的声音了。整个小兴安岭林区已由人马沸腾的采伐的生产高度，转入到流送的另一个生产高度中来。在山岭上和原始森林、和冰雪搏斗了一冬的采伐工人们，都纷纷从高山回到平原上的出河场来，将在水上大显身手，把他们辛辛苦苦采伐下来的几百万立方米木头，流送到各个出河场去。

就是在这样的一个流送的季节里，我来到了被小兴安岭翠绿的山峦怀抱着的“森林之都”伊春县。真是所谓“十里闻香”啊！才一进入她的境界，我们就闻到了浓烈的松林和野花的香味，空气新鲜得像刚挤下来的牛乳，我们这一些从烟尘滚滚的大城市来的人，都尽情地愉快地呼吸着，宛如浊流里的鱼游入了清溪一样舒畅。在伊春，我们参观了出河场和电锯制材厂之后，就到伊春森工局所属的翠峦的北山去了。在北山的长年采伐场里，我看到了久已向往的，引起我许多幻想的遮天蔽日的原始森林。这些森林是由百年的苍松组成的，它们像华盖似的一棵棵耸天矗立着，稠密得像地里的高粱秆子，放眼望去，真是一片茫无际涯的林海啊！一阵风过，整个森林就被汹涌的松涛激荡着，有时，则静得可以听到松鼠在林间跳跃的声音。这是祖国的取之不尽，用之不竭的绿色的宝库。这里除了荣获“森林王座”之称的红松外，还有许多珍贵的树种，上海音乐学院派来的人们，曾在这里找到了最好的制乐器的色木，过去这种木头都得用外汇向外国购买，搞精密机械器材的朋友们，则可以在这里找到最理想的水曲柳、黄波罗和黑桃树，而一种最高贵的，花纹分外美丽的，不用油漆就可以铺成华丽的跳舞厅地板的木材，这里也十分丰富。可惜采伐已经不是主要的作业，所以我们就由北山穿越过几座茂密的岗峦，到翠峦森工局出河场的咽喉——腰河上的保险坝来了。

腰河一边是小兴安岭起伏的山峦，另一边则连着一片平坦的草原，草原尽头，又是绵绵的小兴安岭山脉。从保险坝开始，沿着野花如锦的腰河左岸往上走，一直到腰河一号闸这一段长约十华里的宽广的河床里，满满登登的全被上流流送下来的木头给堵住了。插垛[1]的原因是这样造成的，六月上旬下了几场暴雨，昆仑气河和祒河的水，汇流到腰河里，腰河的水位突然涨高，流速也急遽增加，上流的木头像下坡的羊群，争先恐后地滚滚而下，照这样急速地流送下去，出河厂的河床一旦圈不住它们，就要造成可怕的“逛花园”现象，那时，宝贵的木材不仅会朝松花江等地四处流散，像脱网的鱼那样无法捕捉，而且要造成严重的后果——冲破铁路路基，毁坏桥梁，等等。在出河场的河床圈不住了的一天夜里，翠峦森工局就给保险坝下达了开闸的紧急

1. 插垛是从河里流送的木头，堆积起来，成了木头垛，不拆开就流送不下去。

命令。闸门关死了，木头不再往下流，而雨也突然停止，水位降低，上流流下来未出坝的数不尽的木头，就插起垛来了。垛插得像山一样高，美丽的腰河的姿影，是一点也看不出来了，要不是从垛底下轻轻地传出了长流水的汩汩的声音，你简直要把它误认为一个巨大的楞场[1]。据陪我们来的翠峦森工局的冯同志说，今年翠峦分局的任务的数目字是很大的，而堵在这里的就有全部的三分之二，这情况是相当严重的。我们到一号闸时，闸门也关上了，它现在的任务是双重的，一方面要控制着上流的木头不让它流下来，一方面得给保险坝拆垛的工人每天送几闸水，不然，垛是不容易拆开的。

按照预订计划，看看保险坝的插垛情形之后，我们就应该转到双子河和上甘岭一带去，参观电锯采伐、访问机械化运输的拖拉机队，及修森铁的铁道兵团的同志，把小兴安岭重要林区都走马观花地跑它一遍，然后再找一个据点住下来，深入下去。可是，现在我不愿意走了，腰河上几百个工人拆垛的紧张的劳动场面，他们的惊天动地的雄伟豪迈的喊号声，把我的整个心灵都吸引住了，我还到哪里去呢！这里就是我生活学习的最好的场所，我就要在这里住下来，在豪迈的劳动歌声里锻炼自己。

二

美丽的小兴安岭像一首牧歌，人们一提起无边无际的林野，一种丰富的诗的想象，就被勾起来了。事实也确是这样美妙，不说别的吧，车是从伊春到翠峦这条道上，就没有什么力量能使我离开火车的窗口。展现在我眼前的，是一片绿色的浩瀚的草原，小兴安岭的山峦在耀眼的阳光下翠屏似的环护着它。草原上各色各样盛开的艳丽的野花，灿烂得使你想到秋夜银河里的繁星，把整个草原绘织得像幅名匠精心编制的地毯。要不是坐的火车，而是改乘一匹追风的快马在这锦缎般的草原上飞驰，那就更是诗情画意了。这种大自然的动人的美丽景色，常常使人们对林区充满了绮丽的幻想，以为到林区就像逛花园一样，而忽略了林区环境及作业的特殊性，林业工人的高强度的劳动

---

1. 楞场堆是木头的场所。

和生活的艰苦。我自己未到林区来以前，也是充满了这种浪漫的抒情色彩的。但一在保险坝住下来，我就看到了另外的一面，而这是一种丝毫也不容许你幻想的，现实的斗争生活，这种斗争生活是豪迈的，比小兴安岭的山峦更壮丽的，但它却不是像把头伸在火车的窗口外欣赏景物那样的悠闲，而是一种强烈的战斗，它的艰苦有时是你所不能想象的。

不要说冬季采伐的艰苦，就说目前这拆垛任务的紧张和繁难吧！从这里你就会由衷地觉得这些战斗在小兴安岭的林业工人，他们是一些怎样值得我们尊敬的人。

现在已经是六月底了，离秋天还有两个月。在小兴安岭林区，秋天的叶子一着上鲜红的颜色，清雪花就开始飞舞，河上也很快地冻上一层薄冰，那时候拆垛将是更加艰苦的。而事实上，紧急的任务也不容许把流送的季节拖到秋后，所以非加紧突击，赶在冰雪的前面不可！是的，一定得赶在时间的前面，赶吧，什么苦都可以忍受，而祖国交给他们的光荣任务，则在任何的情况下都不能耽误，一定要如期地把宝贵的木材送到祖国每一个建设工地上去，这是每一个拆垛工人共同的信念。

腰河一号闸的水一天只能放二三闸，开放的时间没有一定，水什么时候满，就什么时候放。不管白天黑夜，守卫室一接到闸上放水的电话的通知，现场员嘹亮的哨声就在工棚里激越地响了起来，工友们就是在温暖的被筒里睡着了，也都像听到了冲锋号的战士，抓起放在身旁的鸭爪、抢子[1]，急急地奔坝上走去。一早一晚，腰河的水还是冷得刺骨（虽说是六月天，早晚还得披小棉袄，夜里工棚还生火炉）。在河中间拆剁的工友们，常常得在没腰的河水里工作，冻得嘴唇发紫，浑身起鸡皮疙瘩。但太阳一出来，特别是在中午的时候，火热的太阳又晒得使人发晕，这种垛上垛下、忽冷忽热的剧烈变动，没有经过长期锻炼的人是不容易习惯的。闸水的流量也没有一定，有时候一闸水十几个钟头才流完，那么，拆垛工人们就得在极度紧张的劳动中连续工作十几个钟头。拆垛是十分危险的，一旦闸水猛冲下来，垛一拆开，

1. 鸭爪、抢子都是拆垛用的工具。

成排的一米多粗的木头，就翻江倒海地倾滚下来，技术不熟练的人，就常常要发生事故。夏天作业是很苦的，小咬、虻子、蚊虫搅得你不能安静地工作和休息。由于夏天东西容易腐烂、供应不及时，就常常吃不到新鲜的蔬菜和肉食。

工作、生活是这样艰苦，人们是不是就被这些暂时的困难吓倒了呢？没有！四八年伊春还是一个荒草甸子，是“黑瞎子”和“张三”[1]出没的地方，只有几家住在日本人遗弃的木棚里的穷户，现在的伊春却发展到成为一个将近二十万人口的森林城市，而绝大多数都是林业工人及他们的眷属。我们祖国有的是勤劳、勇敢、朴质、坚忍、不怕艰苦，情愿把自己的青春、精力，贡献给祖国空前的和平建设的劳动人民，他们的内心燃烧着熊熊的爱国主义的烈火，他们是什么困难都可以克服的。正因为困难，他们才干得更欢，更豪迈，他们说：“这没有什么，我们过去都是喝苦汁长大的，我们觉得现在的生活已经好多了。我们不干谁来干，国家需要木材，我们用自己的双手把木材供上去，这就是我们的快乐，也是我们的光荣。”

三

是的，我们祖国有的是这样可爱的劳动人民，只要让他们认为这个工作是应该做的，他们把山都会给翻个身的。仅仅在保险坝三天，我就发现了不少这样热情的、忘我的劳动人民，我相信我没有发现的英雄人物还不知有多少。

到保险坝的第一天，正是中午太阳最炎毒的时候，但工人们还没有歇工，我就赶到坝上看他们去了。这是一个大晴天，天空瓦蓝瓦蓝的，太阳像一块放射着火焰的白热化的铜铁，高高地悬在头上，把森林晒得蒸发出一层薄薄的乳白色的云雾，在树梢上轻轻地飘浮着。一走到坝上，就听到了雄伟的热烈的喊号声。我迎着这紧张的劳动歌声，从岸边插死了的木头垛上，翻越过一棵棵巨大的木头，走了十几分钟，才走到他们在拆着的垛子边去。啊！这

1. 熊为“黑瞎子”，狼叫“张三”。

是怎样紧张的劳动场面啊？几百个卷着裤脚、露着粗壮大腿的汉子，分成了几个小组，在激扬的号子声中，古铜色的坚硬的膀子举了起来，无数在阳光下闪着银光的鸭爪一齐用力地插在垛子的木头上，号子的歌声越来越高，钩在木头上的鸭爪听着号子同时用力向前拉动，号子声更激扬地喊着，垛底下横插住的木头就挣脱了肩上和两旁千斤的重压，轻松愉快地向河里流去了。每拆开了一个剁，胜利的欢呼声就响彻着山谷。在河的左岸上，四台拖拉机正发着威力在帮着人们工作，他们紧紧地把绑在垛上的钢绳拉着像弓上的满弦，一声怒吼，巨大的垛上的木头就被纷纷拖到水里去。在河中间垛插得最高，最危险的地方，一个由二十几个青年小伙子组成的小组特别吸引住我。我看到他们一个个争先恐后地跳到垛上去，跳到没腰深的河里去，飞舞着鸭爪，在情绪高涨的激昂的劳动歌声中，紧张地拆着一棵被压在垛底下偏插着的巨木，他们头上的汗珠像雨水一样地流下来，臂膀上的肌肉一块块地突出来，没有几分钟，就把那棵插得特别严重的巨木拉到水里去了。顿时，令人来不及一声惊喊，整个垛都坍塌了下来，像山崩地裂似的，几十根巨木同时翻滚到水里，在这一刹那，他们都一个个飞也似的在这些翻滚着的木头上跳跃着，就这样巧妙地骑着木马[1]顺流而下，我正为他们松一口气时，却突然看到一个骑在木马上的十六七岁的小伙子左脚一蹶，脚下的木马翻了个身，就摔到水里去了。有人惊喊起来，喊声未落，一个戴鸭舌帽的小伙子，向前越过了几棵急速流下去的木头，翻身往水里一跳，他的头刚没进水里，几棵二人抱的大木头正从上面急速地流过。但木头像不敢伤害这个勇敢的人似的，待他把落水的人拦腰抱出水面时，一只精巧的救护艇已飞快的来接应他们。没有休息一会儿，这两个小伙子又像没有发生过什么事似的，抓起鸭爪，又投入紧张的劳动中去了。我激动着热切地注意着这个小伙子，这个戴鸭舌帽的人，似乎我到处都看到他，确实的，哪个地方最困难，哪个地方最危险，他就到哪个地方去。我听到人们热情地亲切地喊着他：“下巴，快到这里来！”“下巴，你快上那里去！”他跑着，马不停蹄地，跳跃过一个个的垛子，跑到需

1. 骑在流下去的木头上面，工人们叫骑木马。

要他的地方去。他一到哪里，哪里的劳动歌声就唱得更激越，更豪迈。整个下午，我的目光都没有离开他和那个年轻小组，他们像完全不知道什么叫危险，什么叫困难，一个个像小老虎似的，拆开了这一个垛，又奔向另一个更危险更难拆的垛上去。

跟随着这个小组，别的小组也都更加紧张地热烈地加油干了起来。腰河里的号子声，一阵紧似一阵，在蓝空里巡游的老鹰，被这里雄伟的劳动歌声所惊吓，拍击着强大的羽翼，掠过悬崖顶上的松梢，箭似的飞进森林里去了。由于这个小组的带领，一种不公开的，不夺红旗的热烈的劳动友谊竞赛在腰河上展开了。谁也不愿意被别人落在后面，尤其是前来支援的第一采伐场、第六采伐厂的工友们，则更加拼命直追，他们以这个年轻小组做榜样，也争着到最困难、最危险的地方去。

从团支书那里，我知道这个小组是闻名全保险坝的第二小组，这个小组共十七个组员（在拆垛时和第一组并成一个大组），都是年轻肯干的小伙子，全组有六个青年团员、十二个一等工、三个二等工（他们的工级是由小组根据每人的工作成绩及政治觉悟评定的），有什么困难只要找到他们，没有什么不能克服的。那个戴鸭舌帽子的，为大家所爱戴的，亲切地叫他“下巴”的小伙子，名字叫张福全，今年才二十一岁。他家里很苦，十岁母亲就死了，他给地主放猪，十三岁就当半拉子，到林区时还只是十七岁。几年来，他学得什么都能干，采伐、流送、出河、修坝、筑路、装车、上楞，还上过森调掉队。林业工人所有的一套技术，他都熟练地掌握了。几个月前，他刚从森调队下来不久，组里给他评个一等工，他无论如何不接受，他说：“我才从森调队下来，没干几天，给我评个二等吧，等下月我真正干出个样子来，大家怎样评我都没意见。”有些不了解他的人以为他要脾气。不得已，他才把心里的话告诉团支书：“谁不爱捞个一等工，不仅脸上光彩，每天也可多挣几个分。你知道我家里爷爷每月都等捎钱家去养活。可是，我不能得这个一等工，我实在还没有干几天。再说，我暂时评个二等工，又干得欢，大家看了高兴，工作情绪不更高涨吗？这样一来，我下巴少挣几个分没有什么，国家的任务可就能够提前胜利完成了。”

最后，团支书像总结似的说："这是个好青年，是个处处带头，起模范的人物，你有时间不妨找他谈谈。"

不用说，我是多么渴望和这个可爱的小伙子唠扯唠扯啊！吃过晚饭，我看他和大家在一起玩球，我就走过去招呼他，我们沿着腰河的左岸走去。这时，夕阳虽然还挂在松树梢上，但天气已经凉下来了，他穿着一件被太阳和汗水渍晒得变成鱼白色的帆布夹克，下身是一条滚着红边的运动裤子，这裤子还没有下过水，和变色的上衣配起来显得那么不调和，却也显得那么稚气。怪不得大家都叫他"下巴"，原来他的下巴实在太突出，它微微地拱了起来，把个嘴巴都给深深地吞进去了。但这并不使他相貌显得难看，而只是特征地令人一眼就看得出这是一个丝毫不苟的、意志顽强的人。

根据我的阅历，像这样的人是不大容易引起他谈论自己的，所以我就换个方式问他道：

"今天拆河心的那个垛时，那个落水的小伙子是谁啊？"

"他叫小刘，是我们组里的小弟弟，他可聪明肯干了，我们大家都喜欢他。他才来不久，工作还不熟练，我们事先就告诉他，不让他到河心垛上来。可是他生气了，说我们看不起他，趁大家不注意的时候，他就溜到河心垛上干起来了，而且干得比别人还欢，你不是看见吗？那时下来的闸水又急又猛，河心有二米来深，垛底下的横插一拆开，整个剁都坍滚下来了。说实话，不是技术熟练，有两下子的人，在这些翻滚着的木马上是骑不住的，所以他就摔下去了。"他说这些话时眼里闪着柔和的光彩，就好像那个叫小刘的小弟弟，就站在他面前听他说话似的。

"不是你连忙往回跑，跳下水去，奋不顾身地把他救出来的吗？"我说。

"是的！不过这没有什么，任何一个同志在他身边，都会跳下去救他的，人家志愿军还在火里救出朝鲜的孩子呢！"他老老实实地谦逊地说。

"不，我看到你当时离开他远远的，你一连跳跃过好几棵翻滚的木头，好容易才跑到他落水的地方的！"我追着问。

"那时太阳太耀眼，你大概一时眼花看错了。"他不好意思地笑了笑，就不说下去了。

“今天你们这一组干得真欢，把大家的劳动积极性都激发起来了。”我又先开了口。

“我们这一组是主人，多干一点是应该的，何况人家来支援咱们的都干得那么欢，咱们好意思不加把劲吗？”说着，他弯下腰去，在草棵里摘了一枝盛开的山丹花，拿在手里玩弄着，他像猜到再谈下去又会问到他自己，所以借着这个机会把话题支开似的。

我们走着的河岸上，各种颜色的野花正开得花团锦簇的，就像是一片花坛似的，使你不敢轻易把脚踩上去。我也顺手摘了一嘟噜不知名的，喷着香味的淡紫色的野花，一边把它别在胸前，一边又问他道：

“听说上几个月组里给你评了个一等工，你不肯接受是吗？”

“那是谁告诉你的！人家都干得比咱好，咱怎够得上一等工呢？”他还是像很有兴趣地玩弄着手里那枝山丹花，停了停又说：“真的，咱这不是谦虚，咱们二组里，比我强的真不少，像人家陈广兴才是好样的，带着病还着力地工作，那才是个好同志！”

在团支书那里，我也听到这个陈广兴了。可是他的事情我知道得不多，只知道他是个团内的积极分子，最近好像有病在休养。本来我也想访问他的。既然张福全不愿谈他自己，那么，就让他把陈广兴的事情告诉我吧，听听他对别人的模范事迹是怎样看法，不也可以从侧面来了解一个人的思想感情吗？

“你和陈广兴常在一起吗？”我问。

“几年来我们都在同一个组里，去年还一起上森调队，也恰好编在一个组里。”显然一谈起别人，特别是他所喜欢的人，他兴奋了，他的眼睛光闪闪的，像灵魂深处发出来的生命的火花，这个时候我才看出他是一个怎样热情的人，和怎样善于讲话啊！不知什么时候，他已把那枝花扔了，他挥着手说：

“在森调队里，人家陈广兴每天超额完成任务，一天一个纪录，他像一面旗帜似的，大家都朝着他前进，最后，他甚至一天完成了三千六百多棵树的最高纪录，受了上级好几次表扬。他身体不舒服也不歇歇，一味往前赶。

有一次，我看到他在雪地上吐了一口血，这把我吓坏了，他却反而平静地安慰我说：‘不要怕，这是胃里的积血，不要紧的。’说完，又拿起斧子，朝没头的蔓藤荒草里钻了进去，继续进行工作。”他放慢了脚步，像想起了什么，接着他低低地自言自语似的说：“我当时就不如人家，而且我照顾他也不够！”

“陈广兴现在怎样了？听说他休养去了！”我对这个好同志更加关心起来了。

“你今天没有看见他吗？他还就在咱们这儿的，今天那个划救护艇接小刘和我的就是他啊！”

给他这么一说我记起来了，在闸水流得最急最猛，拆下来的木头凶险地挤轧而下的时候，一个穿绿色衬衣的小伙子，驾着一只小艇，轻快，像掠过风浪的海燕似的在凶险滚动着的木头夹缝里穿梭着，救出掉下水的人，和接应骑着木马顺流而下的挑垛的同志。当小刘掉到水里，张福全跳下去救他时，这只小艇也就飞快地穿过滚动的木头划近来，待张福全一冒头，就一把把他们接应上艇了。原来这个勇敢的灵巧的负责救护艇的人就是他啊！看样子，他最多也没有超过二十岁。

“你说，像他那样积极热情的人，瞅着大家紧张的突发任务，他能安得下心吗？我们开始拆垛的头几天，他就天天上垛上来，抓起鸭爪就要干开啦，你看他那一股劲儿，才真叫人感动呢！可是大家把鸭爪给抢下来，不让他干，领导上也不允许，告诉他目前的任务就是把病养好。这把他急得快哭了，他对领导上说：‘你不让我干，我心里不安，吃不下，睡不稳，我的病不更重吗？’大家怎样劝他，他也不听，最后他想了个窍门，要求说：‘你们怕我累着，不让我干重活，难道轻活也不让我干吗？让我负责救护艇吧！我水性好，整天坐在艇里，晒晒太阳吹吹风，畅悠悠的就像姜太公钓鱼，陪着大家一起干活，还不好吗？’这一番话把大家的心说活了，知道横竖扭不过他，让他看看救护艇倒也不错。可是闸水一猛，垛下得快，他反而比别人干得更吃力，更累了！今天你不就亲眼看到了吗？在险恶的流木夹缝里穿梭，是件好玩、轻松的事情吗？”

这时，夕阳像童话里的金色的马车，驰进山背后去了，雾霭像轻纱似的笼上山头，小兴安岭绵绵的山峦，已沉入一片朦胧的暮色中，森林静静地立着，像都要进入梦乡了。归林的山鸟吱吱喳喳地叫着，天更加凉了起来，浓烈的松林和野花的香味，也变得轻淡，但这就更醉人了。晒炙了一天的野花，都轻快地抬起头来，等待第一滴露水。我一边被这些青年人可爱的品质感动着，一边又被这环抱在群山中的腰河的黄昏的景色所迷醉。他似乎体会了我的心情，默默地和我并肩地踱着，静默了好一会儿，他深深地吸了一口凉气，喜悦地说：

“你看，我们这林区多漂亮啊！小鹿快要到河边来饮水了，这不完全像个花园吗？我一辈子也不想离开这地方！”

我没有回答，但我在心里想道：“这里不仅大自然美得令人迷醉，而且这些人也特别可爱，由于有了这些可爱的小伙子，这些忘我地为祖国和平建设事业贡献出美好的青春的可爱的人，这些高贵的灵魂，我们的小兴安岭林区就更加使人留恋，更崇高美丽了。”

我回来的时候，腰河的垛还没有全部拆开，但由于有了像年轻的第二小组，有了像张福全、陈广兴这些把工作看作最高幸福的人们，我深深地相信那些插得高高的垛就要拆开的，他们的任务一定会如期完成。从祖国的新疆、云南、广州、北京各个地方来的采运木材的同志，一定会欣喜地完成自己的采购任务，让我们祖国无边的国土上，到处修建起高大的厂房和舒适的大楼。

（原载《东北文学》1954年第八期）

草原随笔

祝乃杰

祝乃杰，1938年生，沈阳人。1965年毕业于辽宁大学中文系。曾在辽宁人民出版社、春风文艺出版社、沈阳出版社工作，任编辑、编辑部主任。著有中篇小说《延期的婚礼》《情缘千里》等，改编的电视连续剧《跨过命运的废墟》《黑猫旅社》《保安司令》在市、省、中央电视台播放。

西拉木伦河中游以北，乌尔吉木伦河以西，有一片浩渺无垠的丘陵草原——巴林草原。

草原，在人们心目中，是多么富有诗意的字眼呀！一提起草原，浮现在人们脑海的必定是那么一种浪漫的图画：绿茵茵的草地上，滚动着珍珠般的羊群，奔腾不息的骏马，悠扬悦耳的驼铃，帐篷里飘出奶茶的芳香，牧人们的歌声在草原上飘荡……

我这次到巴林草原，虽说时交冬月，百草枯黄，但草原给我的印象，依然是豪放的、热烈的。它仍是那么美妙、动人，依然是那么诗意盎然。

当我坐在幸福公社会议室，一边听旗委副书记兼公社党委书记那森巴特尔同志关于草原建设情况的介绍，一边品着别具风味的奶茶，火炉里烧着蓝火苗的牛粪，炉上的茶壶喷着水汽哧哧作响，我的心早已飞向草原！

那书记年近五旬，身材略高，魁实壮健，一副古铜色脸膛，两鬓边刻着几条深深的纹络，愈发显得饱经风霜、成熟干练。他似乎很理解我的心情，在作了简明扼要的介绍之后，便邀我们到草原去，边看边谈。

我们欣然同意了主人的提议，便起身离开会议室。走到门口时，那书记指着院子里的那些亭亭玉立的白杨，饶有风趣地说："看看，北京杨在巴林草原安家落户了！"说着，他伸出右手，啪啪拍着靠近门边那棵大碗口粗细的树干，"这棵树偏得呀！它临门近，人们常往树下泼水，看看，它比别的树长得粗，叶子也不爱落。"

这时，我们才发现，这棵得天独厚的白杨，确实是这片杨林的长者。它又粗又高，枝杈交错的树冠上，还飒飒地响着未凋的阔叶。那些淡黄色的树叶，在微风中迎着阳光闪闪发亮，俨然以佼佼者的姿态，向我们眨着微笑的眼睛。随着主人的话题，大家不免赞赏一番白杨的价值和水的作用。那书记听了我们的话，说："草原上的人都说，绿草和清水是一对钟情的恋人，依我看，白杨和清水的感情也蛮深呢！"老书记这句意趣横生的玩笑话，引起了大家一阵朗朗的笑声。

我们坐上汽车驶出公社，一直朝东北方向驶去。

透过车窗的有机玻璃，我浏览着沿途的景物。这是一条极普通的草原土路，路面还算平坦；路两边栽着整整齐齐的白杨，树干有手腕子粗细了。树行的两侧，围着结结实实的铁丝网。在我们前进方向的右面，闪出一片很大的苗圃。一条翻着浪花的渠水，汩汩地向苗圃流去。我的目光穿过树隙，见那婆娑的树影中，晃动着身穿蒙古族服装的男女社员。有的正用铁锹，把渠水引进成垄成行的幼林，有的则为树干包扎着防寒的草绳……我定睛细瞧，原来苗圃中尚有一片果林！

那书记回过头来，对我说："那是公社苗圃，不仅能供应全社树苗，还可支援兄弟社队。路旁的护路杨，都是二年生的了。过几年你再来，就会看到名副其实的草原林荫路了。"

提起草原林荫路，倒勾起我对一件往事的回忆。那是三年前早春的一天。我乘汽车从赤峰去阿鲁克尔沁旗所在地天山。那天，风大得出奇，至少有八级。我们从赤峰一出发，就被裹在滚滚的风沙之中。车过乌丹之后，风刮得更大了。翁牛特百里瀚海的沙龙，拉开填平西拉木伦河的架势，向我们翻卷而来。就在我们快到西拉木伦河大桥的时候，路被流沙堵死了。吉普车使尽浑身的劲儿，前后加力挡都全力帮忙，轮子还是碾着白亮亮的沙子原地纺线儿。坐在车里的人，除司机外都下来推车。一会儿的工夫，我们几个人就累得满头大汗、气喘吁吁。实在没法儿，司机妥协了。他挂上倒挡，加上我们下力往后推，好歹算把车子从沙窝中倒了出来。等我们坐进车子绕道而行的时候，彼此才发现除了眼球和牙齿外，满脸全糊上了厚厚的一层沙泥。大家不禁相视而笑！

当时，我是不无感触的。目击那大片大片草场，转瞬即成流沙的世界；千里草原，被桀骜不驯的风沙肆无忌惮地蹂躏着，心里真有一种说不出的难受滋味儿。那时，我想倘若能治住风沙，在公路两旁植上密密的防护林，该有多好啊！

想不到，今天草原路上真的造起了防护林。我回顾自己的一段风沙之苦，又看看坐在前座的那书记——这位造福草原的人物，敬慕之情油然而起。

陪我前来的旗委办公室小郭同志似乎看出了我的心思。他接过那书记的话茬，说道："我们那书记在'四人帮'横行的时候，就顶着批'唯生产力论'的妖风，带领全社贫下中牧和广大社员，硬是自力更生培育了苗圃，营造起草场防护林带，改造了草原，确实为全旗树立了榜样！"那书记听了小郭的话，不赞成地摇摇头，说："别吹我了，没有广大群众，我们什么也干不成！"

稍停一会儿，老书记接着说："近十年来，由于'四人帮'肆意破坏牧区经济政策，丧心病狂地鼓吹破草开荒，还美其名曰'以粮为纲'，植被一经破坏，风沙更顶烟上了，致使丘陵草原日见沙化！

"党委经过研究认为，要发展畜牧业，就必须保护草场；要战胜风沙，就必须植树造林。在改造建设草场的实践中，我们紧紧抓住了以水养草、以林防沙这两个根本环节。当然，草原牧区比不了内地农区，改造草原比改造农田困难更要多一些。"

"为什么呢？"我问。

老书记沉思一下，从上衣口袋里摸出个大烟斗，塞满烟丝点着，深深地吸了一口烟，接着给我解释说："比如说栽树吧。在牧区，树木的'敌人'多呀！树苗栽下后，如果管理不严，那些淘气的山羊胡子，成帮结伙，一会儿工夫，就把你费劲巴力栽的树苗，连根带梢一齐吃掉；即使树苗保住了，长到二三年之后，也有调皮的牛来蹭痒痒，三蹭两蹭，嘎巴一声，胳膊粗的树干一折两段；还有骆驼这些庞然大物，你稍不留神，它的长嘴巴会把树头啃个溜光……加上草原缺水，风吹沙压，牧民们又没有植树的习惯，你想，草原上栽树多难哪！"

老书记的话，句句拨动着我的心弦。再看那片苗圃和路边的白杨，感情不由得又发生一个变化。培育那么大个苗圃，栽了那么多杨树，草原牧区的干部、群众，该倾注多少心血呀！联想到公社院内成林的白杨，不正是领导干部率先垂范的真实写照吗！

吉普车在草原路上颠簸着。我回头望去，苗圃已隐没在汽车扬起的烟尘之中。又过了大约十五分钟，我们的车子停在一座傍山而筑的水库大坝下边。这便是这个公社的第一座水库——海苏那木水库。我们下了车，随那书记登临坝顶。顿时，别样风光扑入眼帘：浩浩茫茫的一湾碧水，水面尽处是一片金色的草原；数不清的白羊、红牛，或在草原上悠然吃草，或走近水边伸头饮水；顺着水库边的山坡向北望去，那些倒场放牧、走"敖特尔"的畜群，正朝着这里滚滚而来。蔚蓝色的天空下，升腾着一股股金色的烟尘。

我恰似久旅大漠之人，突然步入水草丰美的绿洲，大有顿开茅塞、心旷神怡之感。我不禁失声惊叹：好一座水库，好一颗草原明珠！

那书记指着水库说："这个水库的源头，是老罕山下来的一条无名小溪。我们经过勘察，在这里修了个水库，把水截住了。连同桃花水，汛期的雨水、河水，能灌一万六千亩草场。"接着，他把我们带到水库大闸前，亲手旋开提起闸门的铁轮。瞬间，那清澄碧透的库水，飞溅着欢笑的浪花，顺着石砌的渠道，跳跃着向前奔涌而去。那书记指着奔涌的渠水，说："顺着这条渠，水可以一直流进苗圃，流进草场，流进我们亲手营造的一万二千亩'划区轮牧'的草库伦去。"

啊，我明白了，在牧区，水是草原的命脉呀！此刻，我深深感到，生动的现实比起抽象的概念，该是多么富有实际的感召、形象的魅力呀！阳光照穿波浪，折射水面，顿使满渠生辉。透过那流银淌玉般的渠水，我仿佛看见，路边、林网的高高白杨，昂首挺胸、拍手欢笑；仿佛看见，沙化的草原又长出嫩绿的牧草；仿佛看见，草甘水美的牧场里，马儿膘壮、母牛满怀，羊儿百母超百仔……

在这水库大坝上，我们听完了那书记关于自力更生，大搞群众运动，仅用一个多月的时间，就建成了这座小型草原水库的介绍之后，怀着对牧民们的敬慕之情，驱车直去我向往已久的草库伦。

途中，司机师傅说了句："看看我们草原的'万里长城'！"他似乎为让我们看个真切，竟减慢了车速。我转脸向窗外望去，路的右边出现一道石墙：这墙用山上采来的青石，砌得十分规矩、坚固，有一人高的样子。顺墙望去，随着地势蜿蜒起伏，一眼看不到尽头，怪不得叫"万里长城"呢！

那书记告诉我，用墙、铁丝网围封起来的草场，牧民们管它叫草库伦。去年冬天，这个地区遭受了历史上罕见的冰雪灾害。雨、雪，冰雪，时断时续，接连下了一百多天。天上飞鸟绝迹，地下百草皆无，到处是茫茫大雪。连罕山里的野猪，草原上的白眼狼，都离开了巴林草原！在这种情况下，牧民们就是靠草库伦保护了牲畜。大灾之年，把牲畜损失控制在最低限度，死亡率低于一般灾年，并有六个大队取得了牧业生产的好收成，纯增达百分之三以上。其中遭灾最重的胜利大队，牲畜总增达百分之二十四点四，纯增达百分之十三点一……

说话间，汽车拐进了石墙间的一道大门。

那书记说，这块草库伦，就是一万二千亩划区轮牧用的。我们走的这条路，是机械作业路，宽二十公尺，窄了从外国引进的机器进不来呀！这块草库伦共划成八个放牧区：以此路为界，南四块北四块，块与块之间有作业路相连，水渠相通；每块牧区的周边，都用铁丝网封闭着；每块草场的四面，都植上了林带。一万二千亩草库伦，共营造防护林带九十条，长达九十五华里，合一千四百五十亩林地呢！

去秋，就靠与此类似的草库伦，机械化打草二百二十五万斤，青贮饲料二百一十万斤，在大灾之后，初步保护住了牲畜。明年，大量牲畜将开始在这里轮牧，那就什么灾害也不怕了。

当汽车停在一片红砖红瓦的建筑物前面时，我有些惊异了。在茫茫的草原深处，在“万里长城”圈定的草库伦中，陡然出现那么多整洁美观的房舍，宛若草原“圣殿”一般！直到我随那书记走访这些建筑物时，才深深懂得了它们存在的意义。

靠东北角并排的两栋房子是牧工宿舍；中间是仓库、工具房；西面一连十栋，每栋都有宽阔的围墙，形成一个独立院落，是暖棚畜舍；南面是首尾相连的三处大青贮窖，窖顶覆着厚厚的泥土，两端均设有取青贮用的洞门。因还不到动用青贮饲料的时节，那洞门便封得严严的。

那书记兴致勃勃地将我们领进了暖棚畜舍。一栋畜舍约有三十间，靠尽头一间是电井房，抽水机是由一台小型柴油发电机带动的。冬季水库结冻时，就靠这眼机电井汲水饮牲畜。挨着电井房，是一排设备相同的接羔室——因这里工程尚未竣工，公社基建队的社员们，正紧张地安装门窗，平整屋地，装置饮水设备……他们见那书记领着客人来了，便格外热情地用蒙语同他们的领导者打招呼。

那书记一边同社员们打招呼，一边问：“怎么样？今年我们在这儿接冬羔有问题吗？”一个身材魁梧、体魄彪悍的蒙古族青年，好像故意用汉语高声答道：“没问题，老书记！用不了十天，暖棚就全部完工了。接羔的时候，你可别忘了请我们喝奶子酒啊！”随着话音出口，从他那浑厚的胸膛里，又迸发出一阵豪放的笑声。“放心吧，斯楞小伙子！只要能保证接好冬羔，奶子酒有你喝的，八里罕老窖也准叫你喝个够！”那书记说完，还向他使了个狡黠、欢快的眼色儿。干活的社员们都瞧着老书记笑了。

为什么那书记那么关心接冬羔？经询问我才知道：靠天养畜，牲畜的生长规律大抵是夏长、秋肥、冬瘦、春死亡。自古以来，牧民们经受多少难言的游牧之苦不说，单从牲畜繁殖率看，也是非常低下的。膘肥体壮的牲畜还可以过冬，老弱病畜就难说了。牲畜到冬春两季，最怕遇上白黑二灾。白灾，指的是冰雪之灾；黑灾，指的是干旱之灾。遇上白灾，如像去冬那样，茫茫草原覆盖着厚厚的冰雪，牲畜找不到草吃，成批成批地饿死、冻死；遇上黑灾，草原上没有可供饮用的水源，牲畜又大群大群地干死、渴死。因此，即使安全越冬的牲畜，在草原泛绿之前，别说有几成膘情，说实在话，只剩一副骨头架子了！

而今，这里的基本草场虽属初具规模，尚须臻于完美，但有水灌溉，有林防沙，有足够的草料供牲畜食用，完全可以保证畜群安然无恙地度过严冬了。而且，暖棚畜舍的建立，又可迎产冬羔。冬羔如果精心饲养，冬春在暖棚度过，夏秋移至草场增肥，到了年底即可宰杀脱手。这样，大量的毛皮、肉类，便能源源不断地运出草原，支援祖国的社会主义建设……

迎着初冬的寒风，我伫立在经过初步改造的草原上。望着草库伦里筑起的“圣殿”，憧憬着草原更美好的未来，我的心油然升起一种对草原人民的由衷的敬意。

（原载《长春》1978年第十二期）

真理传播者·老实人和骗子

于　铁

于铁（1926—2019），沈阳人。1945年8月参加革命，1947年2月加入中国共产党，1955年后历任《辽宁日报》文艺部主任、《鸭绿江》杂志主编，1984年创办省级作协第一家文学院——辽宁文学院，任院长。1986年5月离休。曾任辽宁省作家协会党组副书记、副主席，省作协顾问。

一

有时候，一件偶然的事竟会对一个人产生极大影响，我做宣传、文化工作就是属于这样的情况。一九四八年十一月，沈阳刚刚解放时，组织上原已决定我到工业战线去工作，只是一个十分偶然的机缘，我被留在宣传部门工作了。后来，每回忆起那段做宣传工作时既不晓得畏忌，也不懂得说假话的时光，总是不自禁地涌起几分感伤，犹如回忆起那早已逝去的童年时代。是的，在那几年中，我确是用孩子般单纯而真挚的心灵，相信自己所学习和传播的都是为民为国的真理。

生活中常常有这样的事：一个长期处于顺境而不太懂事的青年，在突然飞来的横祸的冲击之下，一下子就老了十年，开始用懂事的眼睛来看人生了。五十年代末期的两次风浪，彻底结束了我从事宣传、文化工作的童年时代。

在六十年代的工作中，我开始懂得恐惧。

然而，真正体会到极左思潮给宣传、文化工作造成的深刻悲剧，却是在又一个十年之后。

一九七〇年夏，刚刚收获完土豆的季节，我在岫岩县朝阳公社荒地大队走“五七”不久，大队党支部要我同两位下乡知识青年，到石湖生产队蹲点。这是个山清水秀的小村落，景色美极了。可惜，在这美如仙境的小村落里，却居住着贫穷的劳动农民。我们到这里的时候，半数以上的人家都已断粮了。我们虽一连三天在社员家吃过九顿派饭，顿顿都是土豆。山区人民很好客，有户贫农把各种土豆制品摆满了桌子，主人的盛情感人，但却没有一粒粮食。就在这三天里，我才真正懂得了历史唯物主义。正像恩格斯《在马克思墓前的讲话》中所指的：“马克思发现了人类历史的发展规律，即历来为繁茂芜杂的意识形态所掩盖着的一个简单事实：人们首先必须吃、喝、住、穿，然后才能从事政治、科学、艺术、宗教等等。”而这个铁的规律，当时就已在我的身上发生作用了。那两位好心的青年同伴见我上下山步履沉重的模样，悄悄地说：“我们年轻，扛得住，你总不吃粮食可受不了，回家去住两天再来吧。”已经九年了，这几句话还热乎乎地响在我的耳边。对年青的同伴我能说什么呢？我想起了一九四六年冬，在纳河县拉哈区福民村发动土改斗争的情景。那时我比这两位同伴还要年青、单纯得多，而正是这次土改斗争，使我第一次睁大了眼睛，看到了劳动农民的深沉的痛苦，看到了党的伟大和光明。于是我庄严地提出了入党申请，我满怀着为解放全人类献身的纯洁的激动，在红旗下宣了誓……回忆过去，看着眼前农民的生活，心里真有一股说不出来的滋味啊！

我在岫岩山区六年，曾在五个生产队中同贫下中农同吃、同住、同劳动。吃过派饭上千顿。这生活实践给我上了一课又一课。这些勤劳、纯朴、善良而贫苦的人民，使我又一次睁大了眼睛，看到了我们祖国的真实现状，使我感到了当一条违背马克思主义基本原理的路线在我们党占据统治地位时，会产生何等严重的后果！我多么希望眼前这一切不过是一场幻梦啊……

而就在这样的生活和感情中，我们年复一年反复听到的却是两报一刊的那种陈词滥调：形势大好，不是小好，而且越来越好。听起来真叫人啼笑皆非！我曾想，戈培尔的信徒相信“谎言重复一千次也会变成真理”。这种手法对于脱离现实生活的人，很可能会奏效，而劳动实践着的人民却不会真正相信的。黑的总是黑的，把黑硬说成白，就是宣传一万次，人民也不会真心相信。人的认识归根到底是来源于实践，而不是来源于宣传。

于是，我不禁可怜起我那些从事宣传、文化工作的同行来了。

那时候，我经常同农民一同在田野和山坡上挑粪，铲地，追肥，割地。照例是被远远地落在后边。而这时我心中却有着一种平静、踏实的感觉。觉得自己的灵魂是安稳的。虽然劳动创造的财富得比农民要少三分之二，但却无愧于自己的良心，因为我并没有说假话骗人。

当然，有时候也有一种凄苦悔恨的情绪袭来。那是在歇气时，望着眼前的绿野青山，当我回忆起一九四八年沈阳解放的那些日子，当我回忆起自己改做宣传工作以后的种种情况，一个问号曾不止一次地出现在心灵深处了：一个人，当他回顾往事，却不知道自己费尽心血从事的工作，究竟对人民是益大，还是害大，又怎能不感到凄苦和悔恨呢？

于是，我下了决心：改行。七五年末，我被调回沈阳后，坚决要求到工厂去。我曾想，做个采购人员也好，看管仓库也好，那总会对创造社会财富有一点点益处，总比瞪着眼睛编假话骗人要好得多。

二

历史在绕了一个大圈子之后，又呈直线形向前发展了。

在新的历史条件下，我第二次回到文化界。一晃三十一年，当年的小子如今已两鬓斑白了。

三十年来的实践，检验出的最重要的真理是什么？最重要的真理就是：实事求是。它应当是我们一切工作的最高原则，也同样应当是宣传、文化工作的最高原则。绝不能再瞪着眼睛说假话，说大话，欺骗人民，欺骗自己了。它给我们的国家、人民造成的危害实在太大了！

于是，我产生了一个小小的愿望，就是：今后要说真话，不编假话；要做老实人，不做骗子手。

人的认识总是要在实践中发展的。我曾经以为：在新的历史条件下，在党中央反复强调实事求是原则的情况下，做老实人，说真话，总该比较容易了吧。实践又一次指出：这种想法是太天真幼稚了。今年四五月间出现的寒流，说明留恋“四人帮”极左路线的旧势力是仍然存在的，其影响仍然不能低估。坚持极左思潮的人不仅自己瞪着眼睛继续说假话，而且咬牙切齿地把刚刚开始说几句真情实话的作者当成罪该万死的敌人，甚至咒骂为“蛆虫”。在他们看来，宣传和说假话是同义语，因此谁敢于说出真情实话，谁就反而犯了反宣传的弥天大罪，谁就成了十恶不赦的敌人。在读了张志新烈士被害材料之后，这个逻辑对我们是何等眼熟啊！

然而，历史已经不能倒转。现在是党中央号召解放思想的一九七九年，而不是逮捕张志新烈士的一九六九年了。我们的劳动人民在实践中已经饱尝到极左路线的滋味，人民不会再受花言巧语的欺骗了。奉劝那些至今还把粉饰太平誉为现实主义，把吹牛皮误认为浪漫主义的同行们放下你们的笔杆，走出安适漂亮的办公室，到农村、工厂去问问广大劳动人民，是“四人帮”的极左路线好，还是现在党的三中全会路线好；问问他们是说真话好，还是说假话好。历史的主人是会做出最权威的明确回答的。

（原载《芒种》1979年第一期）

从《松花江上》想起的

慕柯夫

慕柯夫（1920—1987），笔名柯夫。1936年加入中华民族解放先锋队，1938年参加游击队，1941年入延安鲁艺学习，毕业后从事文艺创作。抗战胜利后任热河省军区文工团团长。新中国成立后任中国作家协会沈阳分会和辽宁分会副主席、党组副书记，中国剧协辽宁分会副主席等职。曾主编《文学青年》和《辽宁戏剧》。出版有《柯夫剧作选》等。

我常常思念着的一个人，他就是《松花江上》词曲的作者张寒晖同志。其实我同他并不太熟，只是一个偶然的机会，我们才在一起相处。那是1944年夏季，为了准备陕甘宁边区文教会的召开，组织上派我们去陇东地区搞调查研究，搜集民间文学、民歌……我们被编在一起，大约有两个月时间。这两个月我们又是分头活动，相聚的时间很短，但他给我的印象却很深。

他那时四十多岁，个子不高，戴着一副近视眼镜，和蔼可亲，给人一个非常朴实的印象。

我很喜欢唱《松花江上》，便对他格外地仰慕和尊敬。有一次我问他是怎样写出《松花江上》这支歌的，他只是摇摇头说："写得不好，写得不好。"他微微笑了笑，便再没说什么。又一次我问他，他说："我根本不是作歌的。"他的回答引起我的不解和奇怪，但我也不便再问他了，虽然没有满足我的好奇，我倒是更加尊敬他了，他这种谦虚的精神，实在值得我学习。

后来逐渐熟了，在闲谈中，我问他是东北什么地方的人？他出我意料地提高了嗓音：“我哪里是东北人呀！”这更使我疑惑不解，我忙问：“你是什么地方的人呢？”他笑笑说：“我是河北省定县人，就是定县大秧歌的那个定县。”我听了奇怪，便说：“你不是东北人，为什么那样熟悉东北呢？”他扑哧一笑说：“你又是要问我怎样写的那支歌了，说实在的，我真不会作歌，我不是什么作曲家。”

这次，他却滔滔不绝地告诉我他写这支歌的经过。

“抗战以前，我在东北军的子弟学校当教员，那些学生多数是当官的孩子，公子哥儿气十足，整天花天酒地，你用心教他们，他们却不用心学，真把我气坏了，我心想，你们家乡沦丧了，做了亡国奴啦，你们还整天醉生梦死的。能骂的话，我真要骂他们一通，能打的话，我真想打他们一顿。可我只是个教员，这些人我怎么能骂能打呢？……”

“后来我想了个法子，我画了一张东三省的大地图，地图的边缘用红色画着流淌的鲜血，挂在黑板上，我讲东北的父老兄弟，在日本帝国主义的铁蹄下，整天在流血，整天在受煎熬……我讲着讲着，情不自禁地落下了眼泪。可是效果并不大。当时我真没有什么法子了。可我这心事一直放不下，后来我想，你们不是不想家乡吗，我偏偏就讲你们的家，我于是写了个歌词，就从我的家写起……”

我打断了他的话，忙问：“你不是东北人你怎么知道松花江，还有森林煤矿、大豆高粱呢？”

“地理图的后面不是都写着的嘛。那时我经常翻地图。至于爹娘嘛，人人都有。词写好了，我天天哼哼呀呀地吟咏，哼的遍数多了不知不觉就变成调啦。先是被同事们听了，问我在哪里学来的，我也没讲，他们觉得好听，也学着唱，这样很快就被学生们学去了。他们整天唱着爹娘啊、爹娘啊……整天唱着流浪、流浪……这时学生们的思想和过去不一样了。这支歌不但我们学校里天天唱，很快就传到社会上去了。当时很多人跟我要谱子，哪里有谱呢，后来的谱是别人帮我记下的，所以我不是作歌的。”

张寒晖同志讲的这席话快四十年了，我至今不忘。虽然我与他不是太熟，对他的事情知道得也很少，但他的形象却如在眼前。他为人那样谦虚，对祖国对人民那样充满着热爱，他的心是一团火，他又用这火去点燃千万青年的心。

青年是我们的未来。青年历来又是站在历史前头的。五四运动时的青年不是这样的吗？一二·九运动时的青年不是这样的吗？ 四五运动时的青年不也是这样的吗？今天，肩负着祖国四化神圣重任的不也是青年一代吗？不可否认，“四人帮”毒害和践踏了青年，现在常听到对一些青年的种种议论，可我们为什么不能像张寒晖同志那样去引导呢？我们国家要繁荣富强，要振兴……难道这个宏伟的目标不能引导广大青年们前进吗？

（原载《辽宁日报》1980 年 7 月 20 日）

读画漫想

李仲元

李仲元，1933 年生，号漫叟。著名文化学者、诗人、书法家。从事考古与古代艺术史研究，精于文物鉴赏，有专著论文多种。数十年进行书法创作，多次在国内外举办展览并出版图籍。喜赋古诗，积年所作千余首，出版吟稿二集。为沈阳故宫博物院名誉院长、辽宁书协顾问、沈阳市书协名誉主席、沈阳收藏家协会名誉会长。

最近偶翻宋人画册，便想起徽宗皇帝提倡艺术的小故事来：一次，新建龙德宫，选画院中名手装饰宫殿。赵佶阅览时，对许多精丽辉煌的大作都没加称许，独对殿前廊柱栱眼里画的一枝月季大加赞赏，赐作者红袍，奖宠甚隆。对此，群臣都不解其意。他解释说：月季最难画好，四季晨夕，花朵枝叶变化万端，这幅画是春季正午的月季，毫发不差，逼真异常，所以要厚赏。又一次，宣和殿前荔枝结果，有孔雀徘徊其下，赵佶立命画师作画，一时间，众彩纷华，各尽其妙。但他看到所画抬右足升墩的孔雀时，便摇头说不对，画师皆愕然莫测。赵佶说：孔雀登高，必先举左，没有先抬右足的。画师们听了，莫不惊服其观察之博洽精微。

赵佶作为帝王是昏庸无能的，但作为艺术家，他是高明的。因为他有艺术实践，是掌握艺术真知的内行里手，所以赞也赞得准，否也否得确，并使作者惊叹心服。可见，只有具艺术慧眼者，方能褒优贬劣，品评得失，并起指导奖掖的作用。无怪乎当时宣和画院名家云集，精彩纷呈。如果赵佶对艺术是无知的外行，又偏要来品评一番，那么，点头赞许或摇头否定，都轻而易举，然而，赞也不得要领，否也不是地方，乱点一阵，胡摇一通，艺苑便要遭劫，百花凋残而杂草丛生了。

说到艺苑遭劫，不由又想到明太祖朱元璋，他初建明帝国，海内方平，武功之后，还要文治一番，于是征选画师，重建画院，似乎有复兴文艺的作为，但由于他不懂艺术，又极端专制多疑，非但没有使艺苑繁荣，反而使许多画家横遭残害。画史上就有这种记载：著名画家赵原，在奉旨绘制《昔贤像》时，因“应对失旨”，“圣上”一怒，便“坐法”丧命。而另一著名画家盛著，在画天界寺影壁上的乘龙水母时，由于不合“主上”心意，而被杀头“弃市”。赵原在绘画问题上的“应对失旨”，充其量不过是说了几句与皇帝意见不合的话，这话又未必是艺术上的谬论。然而他遇到这位既不懂艺术，又好以威加人的皇帝，便要遭殃，不管你的艺术论多么高明，也不免在刀下授首了。至于盛著就更其冤枉了，所画无论如何精妙，只要不合皇帝眼光，便把你开刀问斩，暴尸闹市，连开口应对的机会也不给。朱元璋对艺术家因艺术观点的“应对失旨”和艺术创作上的“不称旨”便横加杀戮，动辄便将屠刀架在艺术家颈上的做法，适足证明他是对艺术一窍不通而又滥施淫威的暴君。

历史是一面镜子，它能够为人们观察现实生活提供有益的借鉴。于是由此又想到看过的一组五幅的漫画：画家画了一幅美丽的少女肖像；一个领导喜欢大眼睛，于是他要画家把眼睛改大；又一个领导喜欢高鼻子，于是他要画家把鼻子改高；又有几个领导要把人物改得粗壮，添上胡须；改到最后，这个美丽的少女肖像竟改成了一个怪物。虽然作品被糟踏得不成样子，但比起赵原们的“应对失旨”和“不称旨”而丢了脑袋，这位画家还算幸运。

从宋徽宗想到明太祖，又想到现今的一组漫画，我想：文艺界领导同志应当懂得艺术规律，体会创作甘苦，尊重艺术家劳动，唯此，才能负起领导者的责任，促进文艺创作的繁荣发展。

（原载《芒种》1980年第七期）

大地春秋

冉欲达

冉欲达（1923—2007），笔名隋末、方市沛，辽宁开原人。1944年入四川三台国立东北大学中文系学习。1945年参加鄂豫皖边区新四军第五师，后转八路军第三五九旅。历任随军记者、文化教员，松江省中学教导主任、副校长及师专教务主任、文教编审室主任，沈阳师范学院教务处长、中文系主任，辽宁大学中文系主任、教授，辽宁省文联副主席等。1954年开始发表作品。著有专著《文艺学概论》《论情节》，诗集《山村夜话》，长诗《最后一个黎明》等。

今年，从春到秋，我在祖国大地上，走了一万公里的路程。

四月初，迎着风雪登车。天明到北京，已是娇杨吐绿，碧柳成荫。冀中平原，麦苗青翠，油菜花黄，黄波翠浪，大地如锦。列车穿行在巴山蜀水间，一路是丛丛嫩绿的新竹，片片黄熟的稻田，漫山淡色的桐花。三峡激浪，九江烟雨，庐山的映山红开得正艳。一到上海，梧桐叶茂，骄阳如火，完全是盛夏风光了。

秋风初起，我又来到北戴河海滨。凌晨，登上“鸽子窝”险峻的山崖，看那日出东海的宇宙奇观。夜晚，海浪滔滔，松风飒飒，天上的繁星，海上的渔火，地上的灯光，交映成一幅绝妙的图画。我坐在海边一块巨大的礁石上，陷入沉思：从春到秋，漫游祖国大地的种种印象，纷至沓来：那雄伟的长城，壮丽的三峡，神女峰绰约的风姿，仙人洞飘荡的白云，又一一浮现。透过迷人的风光，我仿佛走进历史的深处，重又看到秦始皇兵马俑的队列，唐玄宗“太液芙蓉未央柳”的旧址；西安“碑林”里的《荒岁歌碑》上“人肉竟作牛肉卖，街市现有锅儿煎”的记载。我还记起碧竹青松，幽深悄静的成都武侯祠里一副著名的对联：

能攻心则反侧自消，从古知兵非好战；
不审势即宽严皆误，后来治蜀要深思。

这些千百年前的遗迹，依稀尚存，早已失去了当年的风采，但是作为历史的镜鉴，它又是常新的。

我的思绪长久地停留在重庆的红岩村。这里不正是新、旧中国的历史交叉点吗?

“虎穴坚持神圣业，几人鲜血染红星。”

叶帅的题词，在我心中留下难以磨灭的印象。红星，祖国大地上随处可见的红星，是多少先烈鲜血的结晶呵!

这时，蓝天、碧海、大地、长城、黄花、翠竹、绿杨、红星，还有这飒飒松涛，点点渔火，那庐山云海，枫桥钟声，这一切，好像在我灼热的胸膛里熔化了，熔铸成一座耸入云霄的青铜雕像，她就是我们的祖国，我们的党，我们的人民，我们的历史；她就是我们已满三十二岁的年轻的社会主义共和国；是我们这历经沧桑的大地，是我们走过的光辉而又曲折的路程；她就是我们永远珍爱，永远自豪的一切。这一切，又化成急促的音符，激情的旋律，伴和松涛海浪，奏出一支蓝天、碧海、大地的交响曲：我知道——

天有阴晴，月有圆缺，
海有潮汐，花有开落。

这大地虽然美好，
毕竟还有——
荒芜的原野，
寂寞的沙漠，
坎坷的道路，
泛滥的江河。
所以宇宙才把这一湾碧海，
万顷蓝天，赐给人间！
化作一排奇妙的琴键，
奏出雄浑悲壮的交响乐。
你歌唱创造，
歌唱劳动。
催促明媚的春光，
绽开含苞的花朵。
你歌唱忠诚的美，
纯真的爱。
鼓舞无畏的英雄，
奔向沸腾的生活！
……

夜深了，我从沉思中站起身来，回到我那有着茶色水晶座灯的小桌前，铺开稿纸，写第一行字：

祖国呵，我能为你做些什么？

（原载《沈阳日报·万泉》1981年10月1日）

夏夜，相逢在广场

吴　山

吴山（1922—2016），笔名楚水。满族，辽宁盖州人。曾任东北画报社编辑科科长、东北文艺出版社编辑室主任、沈阳《芒种》杂志社主编。中华诗词学会员，辽宁省作家协会会员，沈阳市文学学会副主任会长，沈阳市诗词学会常务理事。发表作品百余篇。曾获辽宁省作协和省诗词学会颁发的诗词创作丰收奖，中国作协颁发的文学编辑荣誉奖，沈阳市委、市政府授予的“荣誉文艺家”称号。

夏天黄昏后的中山广场是非常令人赏心悦目的，华灯照耀着几条通衢，五光十色，比白昼别有一番景象。石台阶上坐着一对对的情侣，在拼凑成花纹的水门汀地面上，爷爷领着孙子，女儿搀着妈妈，甚至有举家都来到这里散步的。有时，外宾和华侨也从辽宁宾馆走出来欣赏一下这璀璨的夜景。穿着各色各样服装的人们在荧光灯映照下显出一派生机。鲜花散放着芳香，顽童们来往嬉戏追逐，游客们的欢声笑语，又使广场活像一座动人的舞台。我往往在晚饭后就乐意到中山广场走走，几乎养成了一种癖好。

近几年，一到夏天晚间上灯时刻，广场南面有一种新鲜事物在进行着，两三个人聚在一起练习外文会话。有男有女，有老有少。有时，他们在遇见外宾时也会操着别扭的外语寒暄几句。我过去学过日文，因而当听到这些青年男女用着不正确的发音在会话时，就感到又亲切又好笑，自己也想跃跃欲试，并想走上前去帮助他们改正拼音和语法。可是，我又怕惹来麻烦，弄得不愉快，因而往往就只好站在那里聆听和欣赏了。

一天晚上八时半左右，有一对十五六岁的青年男女坐在石阶上练习日语会话，一位苍然白发的老翁在一旁指点着。我坐的地方离他们很近，啊咿之声听得一清二楚。那位男青年一问，女青年就一答。发音清晰，语法正确。偶尔稍一出错，老翁马上就给纠正了过来。这情景很吸引我，我悄悄地往他们跟前凑凑。这时，忽地有五六个小伙子搭肩抱膀地走过来，把他们围了个水泄不通，挡住了我的视线。我只好站起来翘首观之，舍不得离开。会话仍在进行。不料，几个围观的小伙子听着听着竟操起半通不通的日语挑逗起那个女青年来，立即使那个男青年怒形于色。老翁冷静地瞪了小伙子们一眼，用英语低低地说了句："我们走吧！"那两个青年就扶着老翁站起来，但他们并没有离开广场，而是绕着场中心毛主席塑像转起来。我的眼睛始终没有离开这一老二少，不知为啥，我好像对他们产生了某种好感。当他们从塑像那面转过来时，我听得很清楚，他们仍然在用日语谈论着，好似游动教学。从后面看去，老翁白头发已经所剩无几了，只在脑袋的四周围了个稀稀拉拉的发圈，顶上全秃了，腰向前佝偻着。等他们第二次经过我身旁时，我发现老翁的脸有些熟悉，就像在哪里见过面似的，可又一时想不出他是谁来。等他们第三次经过我身旁时，我发觉老翁的左腿有些不听使唤，迈一步就要微微地颤抖一下。忽然，使我想起来了，这不是我一向要打听的张原夫老师吗？我下意识地一拍大腿，差一点没有高声喊出来。一点不错，是他！是他，看那两只惯于向下瞧的眼睛，老像在寻找和研究点什么，现在不是还是那个神态吗？听说他蹲日本监狱时伤了左腿，不是他是谁呢？只是头发和过去不一样了，背驼了，个头矮了。算起来，他该是八十多岁了。沈阳解放时，我没有找到他；50年代和60年代我都打听过他，也都没有下落，只有一次听一位老同学说，张老师在解放前就到华南某个师院任教去了。

一看见张老师，四十五年前一桩桩往事就又浮现在我的眼前。张老师曾是我的级主任，那是在东北被日寇侵占后的1937年，当时，我在熊岳城两级小学读书。由于我是从私塾进入高小读书的，别个学生都念三年日文了，我才开始学“阿衣乌爷奥”。一上日语课我就发愁，跟不上趟，还得挨板子。那时节，日本侵略者搞奴化教育，把日语定为伪满“国语”之一，比汉文还重要，每星期十堂课。我不会怎行？亏得张老师多费心，挤出时间给我补课。我并不完全愿意，因为他很严厉，动不动就会遭到叱责和罚站。每当他在教员室教我时，如果日本先生不在，他往往是一边皱着眉头，一边用怜悯的眼光看着我，有时也会意味深长地开导说：“你要学会日文，可以多知道一个世界，会有用的。”现在我完全明白他说话的意义了，可是，那时我是不理解的，我不耐烦极了。当时流传着“日本话不用学，再过二年用不着”的民谣。我对此很感兴趣，如果真过二年用不着了，我就不用再为日语不及格而苦恼了。

记得在1937年夏天一个下暴雨的上午，第一堂就是日语。我家住在农村，离校五里地。我冒着滂沱大雨走进教室，把雨衣放在椅背上。一滴滴雨水把砖地湿了一片，我刚坐下把书包打开，张老师就进来了，他腋下夹着粉笔盒，手里拎着点名簿。张老师有个习惯，在级长喊“立、礼、坐”之后，他往往不急于讲课，而要用严峻的目光先把五十名学生从左排到右排逐一地看一遍，有时还要亲点一下名，然后他用右手轻轻地把他那又厚又黑又亮的分头拢几下，再把粉笔盒放在讲台的下格里去，才能开讲。他那些有点程式化的准备动作很有效，有一种神圣不可侵犯的威严劲，每当这时候，学生们都聚精会神起来，整个教室鸦雀无声。

这天，张老师正在用目光扫视时，我由于后背被雨水淋湿了，有点发痒，不禁一鼓拥肩膀，不小心把石板碰到地上，叭的一声打碎了。有两个同学捂着嘴哧哧地笑起来。张老师瞪了我足有半分钟，把我吓得浑身直冒冷汗。还不错，张老师并没有叱责我。接着，他开讲了。这一课讲的是伪满皇帝的诞辰“万寿节”，日语“皇帝陛下”的发音念“考台嘿卡”。念完课文后，张老师开始提问了。他用藤条一指谁，谁就站起来念一句“考台嘿卡”。也活该出事，由于我弄打了石板，心里老惦着回家要受大人责难，把发音给忘了。等张老师用藤条一指我时，我立时满脑袋豆大的汗珠往下淌，呆若木鸡地站在那里，只觉得脑袋嗡嗡直响。张老师瞪着我，同学们也都在看我的热闹，我真不知怎办好了。这时，和我同桌的淘气包杜小文用手扯一下我的裤子，偷偷地告诉我说“筐抬对虾”。他是有意在开我的玩笑，我在举止失措中却没有反过味来，还以为他是在暗中帮助我呢，我就不自觉地顺口念了声：“筐抬对虾”。这一下可糟了，弄得同学们前仰后合地大笑起来，立即把张老师的脸气得又青又紫，他二话没说就拿着板子快步走到我的跟前，举起那块尺半长的板子就朝我的后背打来。不知为什么，这时我反而心一横豁出去了，我突然用颤抖的双手抓住了板子，同时用半委屈半抗议的声音恳求说：“老师请你不要打好吗？下次我一定学会！”我说完这句话就哭了，两行热泪也淌在课本上。这一行动在当时是很少有的，一般地说，过去的学生是有理也不敢和老师犟嘴的，何况还没有理呢。孰料，我这一下子竟把张老师弄呆了，他把板子从我手中抽回去，若有所思地用苦涩的目光瞧了我一会儿，又瞧瞧大家，老半天才慢慢地说了一句：“你今后要保证学会！”就迈着沉重的步子走回了讲台，把板子轻轻地放下，却没有马上把脸转过来面对大家，而是用右手拄着讲台，面对着黑板站下了。接着，用左手从裤兜里掏出手帕，擦了两下眼睛，看得很清楚，张老师落泪了。这时，我难过极了，用两手捂着头伏在桌子上啜泣起来，有不少同学也小声哭了。教室里的空气沉郁得很，也静得怕人。

从那堂课以后，张老师在上日语课时，就没有再打过学生，没有再提问过我，也不再像以前那样严肃认真地教了，在课堂上很少见到他的笑容，使我们这班日文水平显著下降。可是，学生们都对张老师更加尊敬起来，在上课时大家都很守秩序，谁也不惹他生气。我更是如此，觉得很对不起他，好像做过亏心事一样。每当我在街头遇见他时，都是毕恭毕敬地向他行九十度大礼，他也有时和我找话说，打听我家里都有什么人，都是做什么的？又问过我为什么过去没学过日语。我告诉他：我父亲头几年不让我学日语，他微笑着不住地点着头。有时还说：“你的作文不错，应多读点书！”

这年冬天，张老师被日本宪兵队抓进奉天监狱去了，听说原因是在《大同报》副刊上写过反满抗日的文章，并听说也和他不好好教学生念日语有点关联。张老师被抓走后，换了个日本先生来教我们日语，我们就受罪了，常挨打受骂。因而，一到上日语课，大家就都会在心里暗暗怀念起张老师来，并惦着他的安危。

正在我想起那些难忘的往事的时候，张老师又走到我跟前来了。这时，我恭恭敬敬地站起身迎了上去，一边学着过去的样子深深地向他施了一礼，一边说：“老师，你还认识我这个学生吗？”他顿时一愣神，用惊奇的眼光打量着我。站在老师两旁的两个青年也停下脚步瞧起我来了。老师怎能立即想起我来呢，经过四十六个年头了，我已经由一个十四岁的学生变成个年逾花甲的老头儿了。我只好自报家门地说：“我是周玉甫啊，老师能想起来了吧？”“啊，是你呀，记得记得，忘不了，忘不了！”老师紧紧地握住了我的手，他的手是那样有力，握得我的骨节都有点发痛。立时我浑身的血液都在加速地流起来，有一股莫名的幸福感冲激着我。他又说：“我早就听说过你在做什么工作，好，好，看见你很高兴！”他说着说着大笑起来，引得那对青年也在一旁笑了。我过去没看见张老师这样开怀大笑过。一谈起来，我才知道两个青年是张老师的孙子和孙女。张老师有两个儿子都在沈阳工作，一个还是我的同行。张老师“八一五”光复后才从日本监狱里出来。未几，又被国民党投入了监狱。到1948年沈阳解放时，他才结束了监狱生活。张老师非常健谈，对国内外政治形势了如指掌，而且革命意志旺盛，从谈笑上看，简直不像个老人。我们遍数了几乎近半个世纪来的时代风云，也谈到了今天学日文和过去上日文课的两种心情。当广场上只剩下稀稀落落的几个人、露水沾湿了衣襟的时候，我们才不得不分手……

当晚，我回到家里躺在床上时，已经过半夜了，却一点也不感到疲乏和困顿，直到天亮也没睡着，一桩桩往事在我的脑海里翻腾了一宿。幸福和兴奋的强烈冲击使我失眠了。

（原载《芒种》1984年第三期）

千日红

鲁　野

鲁野（1926—2000），满族，辽宁凤城通远堡镇人。1948年任解放军某部文工团创作组组长。1953年转业。曾任春风文艺出版社文学编辑、编辑室主任。早年从事戏剧创作、戏剧理论研究。20世纪80年代开始写小说、散文。著有小说集、散文集、散论集多部。1988年创建辽宁省通俗文学学会，任常务副会长。辽宁省散文学会常务副会长，中国作家协会会员。

听说盈旺是周玉俊的小儿子的笔名，我惊讶得直拍大腿："真是龙生龙，凤生凤……"一高兴竟把六十年代流行的血统论的歌谣念了出来。盈旺不负乃父的期冀，考上了文科大学，在校期间又写出了七万多字的中篇小说，真是卓尔不群啊。就凭这篇佳作，毕业后来我们杂志社当小说编辑，满够格。

我把这篇稿子带上，告诉老伴一声，骑上车子就奔大东门去了。与其说我是去通知盈旺，他的稿子已经三审通过，决定采用了，毋宁说我想借机会看看我的老战友周玉俊，祝贺他有个才气横溢的好儿子。

周玉俊是我的老上级。四八年我在军文工团当创作员，他是我们歌剧队队长。五〇年我们部队在广西剿匪，整天在十万大山里周旋。有一次，我们演出歌剧《刘胡兰》，我帮忙在天棚上撒"雪花"。突然台下有人高喊："打倒反动派！"——这在演出中是常有的事，所以谁也没大注意。但随着喊声，却见一群化装成老百姓的土匪，上台揪住了扮演大胡子的演员，要下毒手。

我从天棚跳下来，跟一个土匪搏斗，身后又蹿上来一个掐住了我的脖子。正在这时候，周玉俊赶到了。他，还是我的救命恩人呢！

现在，我们虽然都在本市居住，却忙得无暇聚首。一晃，又是几年没去看他了。

啊，久雨初霁，风烟俱静，大东的街衢焕然一新。新建的高楼栉比鳞次，刚喷过油的马路宽阔平整。工商繁盛，百废俱兴，我顿生"停车坐爱"之感。想到十年前，我从"五七"干校回来那天，他冒雨排队用肉票买肉的情景，我蓦地动了食兴。跳下车子就钻进了大东市场，买了一大块新鲜猪肉，还买了两条活鲤鱼。我们哥俩不会喝酒却都爱吃肉。

我刚参军那年，每逢改善生活我都格外多吃。周玉俊说他不吃肉，总是把他菜里的肉挑出来给我。我说："昨天行军你替我扛背包，今天会餐我替你吃猪肉。"逗得大家哈哈大笑。后来，有人告诉我："周玉俊最能吃肉，他不吃是向着你，说你小……"咳，老周啊，我都二十啦，还小！

他住三间平房，一明两暗，当间是厨房。居住面积倒是够用的，只是条件太差。我们那里连办事员都住上"两水两气"的房子了，他这里却只有上水管而无下水道。厕所在巷口，少说也有五十米远，跟农村住宅差不多。听说他们学院前年就给讲师调房子了。他说他不爱住楼，还舍不得这个小院，所以没去。我敢断定，他是又一次把自己菜里的肉夹到别人的饭碗里了。

唔，锁头看家呀！人哪？我这才后悔，昨天没用电话跟他约会一下。现在咋办？周玉俊不知去向，他老伴路娟也不知啥时候回来。我多么急于告诉他们，盈旺这孩子决非等闲之辈，是一匹千里驹呢。凭他这篇完全可以在文艺界崭露头角的大作，我保荐他到我们社当编辑，这和狗苟蝇营、挖窗户走后门可完全是两码事。

我把车梯子踹下来，扒门缝往里瞧。嚄！一院子什么花呀？红得像火烧云。对了，他也是个花迷。不过跟我比，他可差得远。像这种不知名的草本花卉，我头二十年就不养了。这老兄有这么珍贵的小院，尽种些不值钱的草花，回头见到他，我一定用"集苑集枯"来嘲笑他。

我刚想班师回营，路娟却从巷口姗姗而归。她也是我的老战友，五〇年，她是我们文工团的卫生员。因为她面容清秀，嗓音柔美，也常参加演出。我称她为业余歌星，她管我叫“空中飞人”。

“空中飞人”有个典故。那是在露天剧场演出《白毛女》时，我又爬到木杆上做降雪的舞台效果。台上的杨白劳被黄世仁推出大门，踉踉跄跄地爬起来，艰难地拼命拍打黄家的大门，他撕肝裂胆地大喊“少东家”，表演逼真，声泪俱下，场内观众悲愤交加，连蹲在上面的我也看呆了。可是我忽然看见杨白劳左面的胡子掉下来了。糟糕，那胡子是因为没有松香胶水，临时用普通胶水粘上的，天一热，胶水化了。怎么办？他很机智，及时察觉了。竟在哭天喊地的表演中，背着观众把胡子捡起来又安上了。可是更糟，胡子安倒了，杨白劳立刻化作杨香武了。我一着急，一失脚，从木杆上滚了下来，把观众吓一跳。“啊？解放军！”“解放军来救杨白劳……”人们看到我狼狈不堪的样子，又看见杨白劳的怪胡子，不禁哄然大笑。前排的几个女护士笑得直捧肚子，我恨不得向她们挥拳抗议。一场庄严的悲剧，霎时变成了闹剧，这篓子可捅大了。我和杨白劳受到了教导员的严厉批评，“空中飞人”的绰号从此传开了。可是那件事周玉俊不但没批评我们，反而到教导员那里主动承担责任，说这是他队长的过失。

“哟，你们哥俩走两岔去了，老周上你家去啦。”路娟的嗓音仍不减当年的洪亮劲。

“好吧，那就让我老伴给他炖白菜，你给我炒肉片。瞧，这还有两个活物，方才还喘气呢。”我把鲤鱼交给她，我拎着肉，我们进院了。

“这一院子啥花呀？”

“千日红。”

千日红？噢，久闻其名了。我早听老周说过，他一小就爱家乡的千日红。前年我公出去青岛，在那里看到过百日红。那鲜艳的小红花，是开在几米高的大树上，纷纷扬扬蛮好看的。如今又目睹了这满院喷香叠彩的千日红，我不由更喜爱起来。

这些千日红植株不到五十厘米，花朵或深红或浅红，色泽都极鲜明。它是由膜质发亮的小苞片组成的小苞，密集而成一个个花头，花朵极像小球。

路娟说，这种花花期很长，全靠这些小苞片。把它剪下来，插在瓶里过冬，可以保持原来鲜亮的色泽，简直就像塑料花一样耐折腾。

“好花！”我含蓄地赞道，“你老头子的千日红不但开花了，而且打籽儿了。盈旺的大作准备在我们刊物上发头题。这小子年轻轻的就能驾驭那么大的题材，真乃后生可畏！”

“别提了。”路娟的脸上立刻罩上了一层阴云，“老头子上星期天把儿子骂跑了，这个星期天又去找你去了。”

“怎回事？”

原来盈旺为了明年毕业分配能够留在沈阳，取得妈妈同意，自己找了个对象。她是机关打字员，全民职工。老丈人是个老笔杆子，为了女婿能够分配到杂志社当编辑，把自己一部中篇小说的手稿给了他。他……

啊！我下意识地看看我那个鼓囊囊的拉锁提包，提包里装的就是那份署名盈旺的中篇小说。我愕然了，我也全明白了。

盈旺呵！“不稼不穑，胡取禾三百廛兮？”“不知戒，后必有”，振作起来，认真思考一下你父亲的箴言吧！

路娟呵！我理解你这做母亲的心情。然而你读过“夫风生于地，起于青蘋之末。侵淫溪谷，盛怒于土囊之口”吧？风不正啊。只知道给子女垒窝筑巢，却不让他们自己学飞，他们能够鹏程万里吗？

“老笔杆子”呵！你的施舍将给你的亲人换来什么呢？名誉？职位？都不是，那将是声名狼藉，丢人现眼！

老周呵！我铭感终生的良师益友。我从你这个普通的共产党员的身上，看到了人民的希望。虽说“物有生死，理有存亡”，但你那光明磊落、大公无私的胸襟，确实跟这千日红一样经久不衰！

我凝神默望那满院红霞一般的千日红，脑子里突然闪出两行不成形的诗句：

曾怜草长百年绿，
更爱花开千日红。

（原载《芒种》1984 年第七期）

马兰花

于　雷

于雷（1924—2010），吉林省海龙县人，大学文化。当过记者、编辑、创作员，从春风文艺出版社退休。发表过诗歌、曲艺、报告、评论、杂文、散文，翻译日本文学200多万字，散文与古体诗词多有获奖。

我的故乡的确没有那么多的风情韵致，但却有令人神往的一片片马兰花。那花，正是苦难中炼就的山区人民性格的象征——朴实、善良、倔强、坚贞，永远热爱生活；只要留有半点泥土，它便向着太阳欢笑……

二十多年前，我曾写过几行短文，赞颂马兰花，不幸被罗织为反党毒草。可是，多亏那马兰花的梦，不，是梦里的马兰花，总是呼唤着我。即使身在铁窗下，也曾借得月姊的银轮神驰意往；即使在远天的农村，霜夜的溪边，也曾驾起记忆的轻舟，伴着马兰花的梦，飞回眷恋的故土……每当我以极大的毅力渡过人生的险关或实现一件心愿时，我的老朋友总是说："这是马兰花精神。"故乡来人，要我的那篇短文《马兰花》。怎奈几十年风雨，已经吹打得记忆模糊。但我还是尽力回忆，拼凑成这一段小小的文字，算是愧对故土的游子献给家乡的一缕心香……

没有人称它为花，只叫它马莲。也有人叫它马兰，说不定是为了听起来文雅些。小时候我曾问过懂事的赵伯伯："为什么叫它马兰？它是马吗？"

赵伯伯胡子一扎煞，混浊的眼睛一瞪，说："马兰就是马兰，马蹄子一踩，它就'蓝'了。"啊，怪不得它蓝得那么翠，那么深，那么亮……

它不是媚笑在彩漆的花瓶里，也不是悠然曼舞在花坛中。它没有鲜艳的花朵，也没有浓烈的芬芳，只有一股泥土的清香气，也是那么淡淡的。

它生长在路边，井旁，山神庙后，石罅缝间。它不是为了招摇过市才来到人间，为的是多多少少还有点用项，但它从来都默不作声。你看！十几岁的小姑娘，掐下它一朵花来，照着清清的溪水，把花插在鬓发上。唯有这时，那花仿佛开口了。它和溪水的对话，姑娘都已听得清，说不定话题就是小姑娘的美丽与纯朴。不然，小姑娘为什么笑得那么神秘，那么惬意呢？你看！小伙子掐来了一枝茎，放进嘴里就成了口哨。"嘟……"多么清脆！小伙子满嘴都绿了，香了，好像娇翠的夏天就是从他口里吹出来的。你看，老大爷出场了。月弯镰割下一把叶子，串鱼啦，扎韭菜啦，都有用。孩童们自然还可以编成蝈蝈笼、蟋蟀篓……

它从不抱怨命运对它分外地冷酷，倒像是非常幸运地承受着四季的磨炼。春天的翻浆道，马蹄践踏，车轮轧碾；夏日的梅雨期，风刀劈刺，雷剑杀砍；更不要说秋霜冬雪了。然而，即使被踩进泥淖里，它也不会低头；只要风和日丽，它便抖掉一身的泥沙，挺起胸膛，直起腰来，生长得更加繁茂。

生长，便是胜利！生长，便是美！

（原载《芒种》1984 年第十二期）

西拉木伦河落日

铁　岩

铁岩，1953年5月生，回族。曾任《芒种》和《诗潮》杂志社主编。沈阳市于洪区委副书记，沈阳市文联党组书记、主席，沈阳市委宣传部副部长，市广播电视局局长、党组书记，沈阳市政协秘书长等。曾在报纸杂志发表多篇小说、散文及文学评论作品，并获省级及国家级奖项。

我坐在吱嘎轻响的勒勒车上顺着弯弯曲曲的草原小路向西拉木伦河方向缓缓前行时，科尔沁草原的黄昏正在降临。这是个宁静得如入涅槃之境的时刻。我不明白这个时刻对我将意味着什么，只是觉得它好像在这一方空漠的天地里等待我好久好久。

倘若牧点上几位嗜酒的牧人再强硬些挽留我，倘若不是为我安排午饭时他们搞不懂回族的饮食习惯，说不定这时我正醉卧在蒙古包里的“板凳”上大口大口地呕吐出半生不熟的牛肉和酒（二十三岁的我把醉酒当成一种英雄行为），或者在西拉木伦河落日的时候，我正坐在他们中间呼吸空气中浓烈刺鼻的蛤蟆烟的烟雾。那样的话， 也就白白地错过了眼前的时光。也就不会有本文的题目和以后许多日子里的苦苦寻找。生活是由许多纯粹的偶然构成的。

一九七六年五月初的科尔沁草原是荒凉的，它不过是一大片无边无际的含沙量极高的土地，疲惫地瘫卧在天空下，让人无法想象一个月之后这里会变成芊绵草地。地上遍布着密密麻麻的拳头大小的洞穴。与我们同行的那位广播站里的姑娘告诉我，那是老鼠洞，阿旗是鼠疫的高发区，一旦接到疫情警报，这里就会像突然爆发了战争一样，部队就会包围鼠疫区，像铁桶一样将疫区封闭起来，只准救护的医务人员出入。她还说，眼下全旗正在大力开展灭鼠运动，灭鼠能手一日能消灭上千只老鼠。说这话时，她脸上洋溢着一种莫名其妙的自豪。

勒勒车发出的吱吱嘎嘎轻响，招引了老鼠们的好奇，几乎每个洞口都探出个小小的东张西望的老鼠脑袋，鼠眼在暮色里闪闪烁烁，星星点点地连缀成一片粼粼波光，依稀可以听辨出窸窸窣窣的响声。大地怪模怪样地让人费解。

"天黑前，我们能赶到巴旗楼子吗？"

"没事，别害怕，这个季节正是草场上的春荒，狼早就饿得跑到北边的白音温都去了。"

英奇始终使用这种藐视的口吻和我说话。他是个高大的蒙古汉子，在县广播站作编辑兼记者，能背出许多首唐诗，汉语发音特别标准，可与中央广播电台的播音员媲美。他与他身旁的那位姑娘，是我这次采访的翻译与向导，因为牧点上的大部分牧民不会说汉话。我觉出他们之间有种默契。他们一直在旁若无人地议论他们广播站里的人与事，全不顾及我的孤独和寂寞。我也只好避开温暖的人境，与鼠们共享科尔沁的黄昏。

我实在不明白，空空荡荡的草原，路为什么不是笔直的却偏要九曲十八弯，难道是嗜酒的牧民终日醉在浓烈的酒里，就把路走成了七扭八弯的醉汉模样？

在摇摇晃晃的勒勒车上昏然欲睡时，西拉木伦河遥遥出现在地平线之内，清清淡淡若一丝飘带散散漫漫地横亘在天地间，仿佛小提琴上一个单调乏味的弦音，喑哑且纤细，在静寥中渐渐弱去，消失，将坐在勒勒车上的我们和那条步履悠然的瘦毛驴抛在无边无际的空与静里。一种骤然袭来的从未体验过的感觉油然而生，将昔日积下的情愫的林林总总漂浇得一无所有，人便恍恍惚惚的了。

草原渐渐暗淡下来，方才还是明亮发光的日头梦幻般收敛了光芒，幻化成一轮红红的硕大圆球，使我顿时想到唐人王维的“大漠孤烟直，长河落日圆”的诗句。不发光的日头就显得格外沉重，沉重得仿佛把天与地坠得整个向西下里倾斜，强烈的失重感引发了人对自然的某种恐惧，以致对整个宇宙都产生了怀疑和动摇。

我生平第一次见到这么硕大这么鲜红的落日。

天光微暗，草原朦朦胧胧的，遮去了荒漠与寂寥，引发人的无尽遐想。天地衔着硕大落日吞吐不得，昼与夜恍惚无定，时间陷入了迷失方向的尴尬窘境。宛若车站上一个送别的场面：亲友们惜别之泪洒尽了，临别赠言说完了，火车却停在站台上纹丝不动……落日像一个巨大的句号，把时间凝固了，而它却平静、和缓、雍容地似乎陷在永恒的思索之中。

那条精瘦的毛驴优哉游哉地走着，勒勒车吱嘎吱嘎地叫着。鼠们东奔西窜忙着自己的事业。偶尔几只归巢的鸟发出幽暗的鸣啭，英奇和他的那位同事姑娘也默默无语，在勒勒车的颠簸中摇摇晃晃好像睡去。我觉出我们仿佛正在远离和告别着什么，正在迎来和进入着什么。究竟是什么？不知道。像是正在经历一个似曾相识的梦。

我身旁的姑娘将腰身坐得笔直，两只眼睛传递出落日的余晖，冲我一闪一闪的，使我想起她谈鼠疫时的天真相和英奇说她的种种懦弱表现以及隐隐的风流传闻。她的长相让人觉得舒服。

我与落日默默相视。

此后的许多日子证明一个重要的时刻正在悄悄地到来。

落日无比宽容地凝望着我。我经不住这种凝望。心抖动得很厉害。

月早早就恬淡地悬在天上，衍溢出一派萧然之气。西拉木伦河渐渐近来，风也湿润了。蔚蓝蔚蓝的天空浩浩瀚瀚地罩在头顶上，似要把人向深不可测的蔚蓝里吸去。心息屏不住，气也短了许多。

“你是第一次来草原？”她问得怯生生的。

“嗯。”

“你觉得这里寂寞吗？

我不知该怎么回答她，她等了一会儿，便将头转到另一侧向远处看。

不知怎么的，这片陌生的土地蒸发出一种故乡般的亲情。我不再想什么，意念飞升得无影无踪，人也如一丝风一缕云一株草一掬土融入茫茫的暮色中。

人若是处在心灵内外完全宁静状态时，就会获得通感。我这时感觉错位了，视觉里出现了声音。落日分明在沧溟中轰鸣着，初是淡远，渐次近来，空野传响，其势雄豪。一股温热的风迎面扑来，散发着落日的焦煳气味。“生而眇者不识日”，我平生第一次觉出日头的切近和真实，也第一次觉出实实在在地面对着自己的存活。

落日不再平静、和缓、雍容。望着它，久久的。我终于识出了它英雄般的悲怆。我的内心也不再是空空洞洞的，被那毫无来由的悲怆填满。我情不自禁地流下眼泪，这眼泪由何而来？它在我二十三岁的年龄里找不到任何根据。草原、西拉木伦河和落日在泪眼中模糊了。

勒勒车吱嘎叫着，像是在娓娓叙述草原的朝朝暮暮生生灭灭古往今来。坐在勒勒车前厢板上的英奇用拳头打了几下驴屁股，嘴里嘟囔了句什么。他负责赶车，可一路上我没见他为驴指示方向，只是任驴自由自在地走。听他讲过从前蒙古人有风葬的习俗，人死后，将尸体放在勒勒车上，赶车人放任驴自己选择路和方向，勒勒车在茫茫草原上漫无目标地走，啥时死者被车颠落，那里就是死者入土之处，这是天意。这使我想到蒙古人并不夸大死亡的悲哀，这是一个民族的豁达。

那条精瘦的毛驴驮着我们向落日里走去。先是它的两只直竖的耳朵插入落日的朱红里，一上一下地颠儿，随着英奇和那位姑娘的剪影又遮去了日的一角。 再后，整个勒勒车都落入日轮，被落日染成朱红色的我们显得十分悲壮。只有我的脚垂在阴影里时时提防着常常从车下钻过的老鼠们，它们正追逐自己的快乐与日子。

我置身在悲怆的落日里，被悲怆浸透了。

落日终于被藏青色的夜涂掉了。我却留下了永恒的落日印象。

我们赶回驻地时正是半夜光景。英奇把那头驴痛骂了一通，说它故意磨蹭，有意耽误了一顿好酒好饭。而那姑娘一下车就没了踪影，连个招呼都没打。那天后半夜刮了一场大风，我醒来时，土炕上铺了一层厚厚的又细又白的沙土。

此后，我再没去过草原，可西拉木伦河那悲怆的落日却悄然潜入我的生命，并且成为我的一个不解之谜。

一九八七年七八月间，我们在大连临海的傅家庄举办创作笔会，为了摆脱连日来看稿谈稿的疲倦，赶着无人上门的空当儿，我只身一人顺着起伏不平的滨海公路来到燕窝岛。燕窝岛实际就是一块巨大的伸向海里的礁石，岛上行人稀少，很静，到处回荡着海浪拍打礁石和沙滩的回声。这天日光极佳，海阔天高，一望无际。我坐在高高的礁石上，脚下的海滩离去很远，海风清清凉凉地吹来，使我的心境格外好。空灵闲适的环境渐渐使整个人变得空洞起来，就在这时，空洞的心灵里沉沉落下一个硕大的东西，眼前的海天也阴郁忧伤起来，这种感觉来得好生奇怪也好生熟悉，这完全是一种不为而成不求而得的感觉。我顿悟，心灵里落下的正是西拉木伦河上那轮硕大的悲怆的落日，它笼罩了眼前广阔的海天，巨大的悲怆使我禁不住的泪水夺眶而出。我的感情按照当年的情形竟被完整地复制出来，我又一次面对着西拉木伦河上的落日，然而我却是在十几年后站在大海边上。

这时，我三十多岁，经历了恋爱婚姻和为人之父的过程，世事的沧桑变迁使我的感情淡泊了许多，看到许多世间的悲欢离合都不曾真正地打动我，为什么只有那轮落日能强烈地打动我，使我不得不为之动容？为什么当年我见到它时竟觉出它已经在那方天地里等了我好久好久？是我从它那儿偶然感染了悲怆之情，还是那悲怆之情与生俱来，只是被它唤醒？我真怀疑我与它存在着某种玄机。

细细想来，西拉木伦河落日真的是我的一种感情标志，我的全部感情生活，似乎不过是悲怆落日的变奏形式而已。

我纳闷自己。

我对一位学识渊博且感情甚笃的朋友说起这事，他说，人具有一种与生俱来的原始感情，这种感情与后天的经历无关，是胎带的，来自血统、家族甚至更悠远的遗传。这种原始感情只能被偶然的契机激活。我的契机就是西拉木伦河上的落日。对他的说法我半信半疑。

不过，我还是按照朋友为我提供的线索进行了极认真也是漫无边际的查找。

我看了许多本书，其中有一本《伊斯兰教简史》，是位名叫赛义德·菲亚兹·马茂德的巴基斯坦历史学家写的。他在考证和论述阿拉伯半岛和伊斯兰教起源时，指出了古代阿拉伯人的地理处境与民族心态的关系。阿拉伯半岛久已被视为一个地理单元，那里三面临海，北部是肥沃的“绿色新月”（由绿带构成，朝北部弯曲的弓形，在现代地图上仍能模模糊糊地看得出其大概），再北部是幼发拉底河和蔚蓝色的地中海。阿拉伯人称自己的故乡为孤岛，他们视孤独为快。他们是闲不住脚的游牧民族，他们的大部分土地是沙漠，当然也有悬崖。夏季，那是干热的荒漠，而在冬季，河谷和低地却成为富饶的牧场，他们赶着骆驼和马匹逐草游牧。在夏季，他们怨恨自己的故乡，而在冬季，他们又酷爱它的河谷，他们怀着离开和返回这块不毛之地的两种欲望，他们渴望回到那遥远的归宿地，爱恋着那无路可寻的沙漠和寸草不生的秃崖，可又渴望离开这一切，把它远远地抛在后面……一批又一批沙漠居民走向茫茫的远方……

我思象不出当阿拉伯人走出沙漠回眸荒凉的故乡时该是怎样的心境。悲怆？

我又考证了我的家族史，企图从中找到答案。

我们铁氏家族在中国近现代史上淹没在芸芸众生之中，可祖先们却有人名垂青史。查到最早可列出明朝曾任兵部尚书的铁铉。据《新亚细亚》1936年第八卷第四期《回教徒与中国历代的关系》一文记载：

铁铉，字鼎石，河南邓县人，升山东参政，后为山东布政参赞军务，寻进兵部尚书。反抗成祖，故于成祖即帝位后被擒，触成祖之怒，而被杀。（按：铉有二女，于铉被杀后，发教坊司，女誓不受辱，已而放出……其长女有诗云：旧曲听来犹有恨，故园归去已无家。）

又据《回教文化》第一卷《明代与回民之关系》中记载：

文皇大业已定，铉（铁铉）犹残兵驻淮南，将入援，已而擒至，反背坐廷中，令割其耳鼻，终不回顾，割其肉使啖，问甘否？铉厉声曰："忠臣义士之肉，何不甘！"命盛油大镬，投尸煮之，拨使北向，展转向外，吏令内侍，以铁棒夹之，北向，成祖笑曰："尔今亦朝我耶？"语未毕，油沸，内侍手皆烂，咸弃棒走，骨仍向外，帝大惊异，诏葬之……

还有史料记载一四〇二年铁铉被害后，其后人避难于山海关外，隐居锦西郎君洞，后迁沈阳投清。

我的家族史可谓壮烈了。我对朋友的说法有点相信了。我不过是历史的一个生命载体，可是人至今还是个无解的谜。

我是否终生很难逃出落日悲怆的笼罩？

我不属于我自己，我们每个人都属于历史。尽管我不愿意接受那无尽悲怆的困扰，但总是无法摆脱。我们都来自母腹。

在我写下这些文字时，分明感到了西拉木伦河上那颗硕大朱红的落日正在凝望我。

（原载《芒种》1989年第九期）

吃肉大典

洪　钧

洪钧（1938—2005），字振章，笔名鲁钝。中国作家协会会员，中国少数民族文学会员，编审。曾任《芒种》杂志社编辑室主任，春风文艺出版社编辑室主任。专著《小说创作放谈》获1984年沈阳市人民政府奖，长篇传记文学《昨天的冲刺》《昨天的上书者》获1987年全国城市报纸连载作品奖，《血浪沸腾的金剑啸》获中国首届满族文学佳作奖。

乡下的亲友来信说，今年又准备了一口年猪。

过年有年猪了，自然是好事。再说每年杀年猪时，家乡人的每一家都会举办一次老祖宗传下来的吃肉盛宴，也就是吃肉大典。这个大典，当然也会引起我的一些回忆。

我的家乡在辽南，也是个有历史有村名的所在。只是这个村名一直不为我所喜欢。那年，本家远房的一个行二的爷爷娶媳妇时，一些如狼似虎的老光棍小光棍不老不小中不溜丢的光棍们，又要闹洞房了，正日子的这天晚上，不知道哪个光棍喊了一嗓子："上！"一个个便要动手了。谁料，坐在炕上的新媳妇"叭"地一拍炕沿，说道：

"我没看透，不够一笸箩扣的小鳖屯子，还翻天了。我看你们哪个没长腚眼子的敢上！"

这个下马威把一些如同饿狼饿虎一般想闹洞房的光棍们全镇住了，没一个敢上的。

从此，光棍们得出一个富有哲理的结论：越是大屯子里的姑娘就越厉害。

从此，我也觉得笸箩屯这个名字既准确又挺好听。因此，一直管我的家乡叫笸箩屯。

笸箩屯的人一进腊月门儿，就开始忙活了。人们要忙活的事情很多，杀年猪，举办一年一度的吃肉大典便是其中的一件事。满人是最爱吃肉也是最能吃肉的。只要是有条件的，无论是婚丧嫁娶以至于生孩子（女孩子例外）都要杀猪吃肉，而且，不是关上门在家里自己吃，而是要把一家一党（dàng）以及亲朋好友们都请来一起吃。据说老祖宗那时候的吃肉大典才是真正的大典，要在院里搭个大席棚子，煮肉的大锅就架在大棚子里，请来吃肉的客人自己带着刀自己片肉吃，吃多少片多少，管够吃，只准主人让，不准客人谢，吃完肉满嘴油光不准擦，哪个擦了主人不高兴，吃饱了，吃够了，打个千儿一走了之，连谢也不要谢。这样主人最高兴，心里最舒坦。

到了我们这个时候，场面就不那么大了，不过只要是杀年猪的，还是要请人来家里坐在炕上吃。这个时候，只有那些被人请而又没能力请人家来吃的人最不好意思了。早些时候，主人似乎并不计较这些，仿佛请人吃肉是理所当然的事情。后来人们的大脑发达了，会算账了，对那些只知道吃人家的而无力请人吃的人，嘴上不说心里也是犯嘀咕。

这年，我们家喂了一口二百多斤的大肥猪，谁见了都会在猪圈门前赞扬一番。在杀猪的头天晚上，圈里那口“躺以待杀”的肥猪就不喂猪食了，只喂些高粱米饭米汤给猪喝，据说这样做，猪血多，可以多灌些血肠。这些活都是母亲与姑姑、姐姐们的事情。男人要合计大事。这天晚上最大的事就是商量请谁或者是不请谁。当然先请的是屯里德高望重的老人了。那时候“土改”不久，人们还不知道村长干部的厉害，所以一切都得按辈分去排次序。每年这个时候，我都要在中间搅和一阵子，比如，谁家的孩子偷我们家的杏子啦，谁家的孩子放牛时搅群啦，谁家的孩子上学时猫在高粱地里吓唬我啦，这些家的大人我是都不主张请的。这些意见当然要被具有否决权的爷爷与父亲一口否决了。可是，也有起作用的时候，这就是议论请老三爷子来我家吃肉时。

这个老三爷子是我家的近支，我太爷与他的父亲是亲哥们儿。这年春天，屯里的人都把菜园子种上了。父亲身体不好，姑姑姐姐们再能干也是女的，这样家里的活都落在爷爷的身上了。我呢一是年龄还小，二是还在上学，我们家的家规是宁肯丢下地里的活，也不丢下学校里的一堂课。这样我家的菜园子就没能及时种上。这一天我放学了，撂下书包就跟爷爷进菜园子种菜。可是进园子一看都愣了。原来我家菜园的地头让老三爷给拱了，笔直的地头变成一个S形。那时年少气盛的我捞起一把铁锹就要把这个S形的地头给直了。爷爷在屯里是有名的老实人，又是年纪最大的长辈，从来不会说人家一个"不"字，可是，这次却气得满脸煞白，半天说不出一句话来。正在这夹当儿，姑姑与姐姐也赶来了。这回我有了撑腰的，便站在园子里高声喊了起来。好在笸箩屯不大，放个响屁别人都能听见，听我这一喊，家家户户都出来人了。

人在气头上就不管三七二十一了，我在叫号：

"老三爷子，你给我出来！"

"再不出来人我就把你们的菜园子给平了！"我这一句话，使得他们家的人都伸长了脖子。说着我真就要动锹了。这时，半天没说话的爷爷发话了：

"不能这样！你没见人家都种上小白菜了吗？让他们种一年就是了，你给平了，不是白瞎一些菜籽儿吗？"

我一看，的确，绿盈盈的小白菜已经出土了。

爷爷是家里的权威人物，姑姑姐姐加上爸爸都得听他的，何况我呢？

不过，从此，我一见这老三爷子就气不打一处来。

现在要杀年猪要大请客了，爷爷却提出什么要请老三爷子来家里吃什么白肉血肠。这不是天大的笑话吗？

我第一个发难了，姑姑姐姐们也都跟着嚷了起来。

结果呢，我们还是没有否决权。因为父亲同爷爷的意见一样，谁能违拗？不过我心想，反正这些人都得我去请，那我就最后一个去请他。这是我当时的一点报复手段，如此而已。

杀年猪的这天清晨，一家人早早起来了，做着杀猪的一切准备工作。我呢更忙得不可开交，一会儿要去别人家里借饭桌，一会儿挨家挨户请人来吃肉，怕去晚了人不在，总之，那些三爷子老爷子、四叔五大爷的都得请到了。即便杀不起猪的外号叫“臭虫”的远房二爷也不能落下，我们家乡有句话叫什么“落一屯，别落一人”，看来全方位外交并不是官方的专利，民间也懂这个。

杀猪的来了。身上只带一个油脂麻花的小破包袱。几个房前屋后的棒小伙子进了猪圈，把那口“躺以待杀”的大肥猪翻倒后，四蹄绑得紧紧的，然后抬出圈，放在院子中间的一张方桌上，这时杀猪的才打开他那个小破布包，拿出一把飞快的宰猪刀，接着嘴里便是念念有词地说着：“猪羊一道菜，杀了你你别见怪，早点死了你早投生，赶到下世转人来。”他把这套嗑念完了，就眼不眨、手不抖、心不跳地把一口二百多斤的大肥猪给杀了。这中间我们一家人却把心提到嗓子眼上了。当屠户在这口猪的前肘上划个口子，用通条通完，吹大，放在热气腾腾的大锅里烫毛褪毛后，大人们一个个还是眼盯盯地看着屠户给这猪开膛破肚，当他们看见血红丝白的猪肉，发现这口猪不是痘猪时，脸上才开始露出笑容，因为这是来年的一个好兆头。给猪开膛破肚之后，就开始分割，就开始大卸八块，就开始灌血肠，就开始在大锅里煮大肉，要煮的方块肉特别大，哪一块都得八九斤、十来斤。灶头上热气腾腾，人们忙来忙去，好不紧张！这时，屠户已经完成了任务，就可以带着主人给他的工钱或是包好的肉方，一走了之。有的屠户为了拉主道，接过主人给的钱和肉后，还要问有没有什么活要干的，同时还要对主人的赏钱表示感谢。

大肉块子在锅里煮着，血肠灌好后便由最有经验的人来煮。因为煮不好，不仅没有鲜味，而且会成了血渣子，要多难吃有多难吃了。

肉没熟，被邀请的人已经来了。不用说那个老三爷子也来了，是带着一脸愧色走进门的。客人来了就应当招待。一要拿出上好的蛤蟆烟，二要沏好煳米茶。这样，这些人一边抽着蛤蟆烟，一边喝着煳米茶，开始探讨稼穑之道了。这个时候爷爷就是中心发言人了，因为屯里的人一致认为爷爷是最有经验的庄稼把式。

肉煮好了，血肠也片出来了，这样里屋外屋炕上地下的方桌上就摆了一盘盘热气腾腾的白肉血肠。我们这咱已经不时兴自己带刀子自己片自己吃了，而是由主人片好了端到桌子上才吃。一般说来，这时候主要是吃肉，喝酒也是家酿的米酒。他们只是吃，大片大片地吃，毫无顾忌地吃，直吃得满嘴丫子冒油，直吃得满头大汗。而母亲与姑姑姐姐们还得一字摆开，双手下垂地站在旁边，随时为这些人添肉。

吃过一阵子后，节奏放慢了。这些人又开始唠起平时没机会或是不好意思唠的一些话了。但是谁也没想到，前院的二叔发话了：

“老三爷子，有句话我不知当说不当说。”

“他妈巴子。什么话还有不好说的？”老三爷子停下了手中的筷子。

“春起你家种菜时，拱了大爷家的地头，这可不是咱老洪家人该做的事情，不要说侄男侄女们不高兴，我看着也不顺眼。”

老三爷子脸红了，半天憋出一句话：

“那是那是，可我不是经意的，一忙活就忘了。”

“忙活？你忙活怎没让出一块地来？反倒是占了人家的。”二叔说话不让人，笑呵呵地又跟上了一句。

这时我便挤进屋里听他们议论了。我心想，二叔是大好人，可算为我们出了气。

老三爷子更不好意思了，本来拿筷子就不很灵便的手，现在更不灵便了。挤在姑姑和姐姐身旁的我一见时机到了也插话了：

“他家三毛子还偷过咱家的杏儿呢！”

一听这话父亲不高兴了：

“走开，大人唠嗑，不许小孩子插嘴。吃吃，趁热吃趁热吃。”

我只好退到门槛外站着。

“孩子是胡说，不过老三以后可不能这样做了。”

爷爷说话了，因为爷爷在屯里居长，他说话别人都得洗耳恭听，特别是老三爷子，还放下了筷子。

“那是那是。”老三爷子的脸红得像关公。

爷爷从老三爷子进门时就没给他放下脸，这咱见他没拿起筷子，更不高兴了：“老三，你怎么不吃？还要我给你夹肉吗？”

“我吃，我吃。”老三爷子拿起筷子又夹起肉来了，不过我发现这咱他的筷子似乎比刚才灵便多了。

这顿吃肉大典究竟吃了多少肉，我不知道，反正一个个吃得满面油光，直打饱嗝。再说祖上早有规矩，吃多少都不兴计较，都不兴算计。反正等我与母亲、姑姑、姐姐在里屋吃时，只剩一些边边拉拉的了。

吃完大肉，这些人还要一边喝着煳米茶，一边聊个没完没了。这时说的既不是稼穑之道也不是谁长谁短谁曲谁直,这时讲的都是些南朝北国的事情，什么薛仁贵征东时在盖州城大清河里救盖苏文啦，反正多啦。总之，一吃泯千仇，人们又和好如初了。

说话间，老三爷子家里的人还有偷杏儿的三毛子也来了。他们抬来一花笼子红玉苹果，还有一坛子刚刚酿出来的新黄酒。

“阿玛说，你家园子里红玉不多，这些是给你们吃的，这酒是给我大爷和我哥喝的。”

这时爱说笑话的在叔叔辈里威望最高的二叔冲着老三爷子说了：

“八成是落地果，再就是喝上一坛子也不醉人的水酒吧？”

话音一落，在场的人都笑了。只听老三爷子说道：“他妈巴子，哪有这事，哪有这事。”说话间，三毛子冲着我爷说道：

“阿玛说，我家明天杀年猪，请你去吃大肉。”

这时老三爷子在一边只是憨厚地笑着，当然他还要顺便请那些该请的人，至于那位只能被人请而无力请别人的“臭虫二爷”也不例外。

又有吃肉大典了，不过因为老祖宗有规定，只请当家的。连父亲都轮不到，我更沾不上边了。

这是过去的事情，现在杀年猪，还会不会有吃肉大典一说，还会不会有什么类似拱园边地头的风波在这个大典上一吃泯千仇呢？对此，我就不得而知了。不过有时间可以写封信问问。

1990.11.22

（原载《芒种》1991 年第九期）

梨花·雪花·浪花

于金兰

于金兰，1939 年生，笔名金岚、冬芳，辽宁东港人。曾任辽宁省政策研究室处级研究员、沈阳市皇姑区委副书记、沈阳市教育局局长、盘锦市委副书记、辽宁省新闻出版局局长，省政协常委。20 世纪 70 年代中期开始发表作品。中国作家协会会员。著有《金兰散文》《女人有泪》《金兰草》《金兰诗》《中华旗袍》等。

冬季，我常在纷扬无羁的雪花里寻觅一个身影，让他带我回到那梨花如雪的故乡，回到那个大雪无涯的日子。

梨树小学在暴风雪中震撼。“雄赳赳，气昂昂，跨过鸭绿江”的歌声穿透雪空，飞上九霄。县武装部部长向风雪中昂首而立的学生们打着手势发出号召：“美帝国主义侵略朝鲜，战火烧到了鸭绿江边。邻居失火了，同学们，救不救！”

“救！”一个字的振荡在所有的心灵上引起强烈的共鸣。

几分钟的动员激发了师生们的爱国心、国际情。同学们纷纷报名应征。不够条件的，哭喊着要求照顾。我是其中一个。虎子哥看我涕泪纵横的样子，先是安慰，后又指着自己胸前的大红花气我，我狠狠地捶了他一拳。

新兵入伍的那天，又是暴风雪。送行的人们在雪中跋涉。我一步不离地跟在虎子哥身旁，一遍一遍地叮嘱：“到了前线，马上写信来，这是娘叫我告诉你的。”他认真地点着头，并不看我。

到了县城，新兵们穿上军装，扛起了枪。虎子哥神采飞扬，分外英俊。他甜蜜蜜地看看我，像要说什么，却又走开了。不一会儿，他突然又出现在我面前，拉我到一边，从背包里掏出一双新胶鞋，低声说：“仔细点儿穿，再别光脚上山了！”此刻，我眼前闪出乡亲们为他送行时，你一毛、他一元赠钱的情景，鼻子一酸，禁不住呜咽起来。

出发的号角吹响了，虎子哥把鞋塞给我，命令似的：“别哭！好好侍候爹娘，别忘给梨树剪枝！”

虎子哥的队伍开走了，渐渐地消逝在密密层层的雪花里……

虎子走后没有来信。我们全家人的心都牵在朝鲜战场上。娘没日没夜地念叨：“梨花开了，虎子就回来了！”她不时警告我，这个不准动，那个不许吃，好像里里外外的一切都是为虎子的归来而存在的。

在娘的感染下，我期待着梨花，也期待着雪花。飞雪迎春时，我穿上那双胶鞋去剪梨枝。梨花吐芳时，我默默地坐在梨林中，期待着虎子的归来……

啊！阳光依旧这样暖，梨花依旧这样香，同五年前一样。那天爹外出回来，领着一个虎头虎脑的男孩，说是战友的一条根，让娘当亲儿子待。男孩对我好像一见如故，挺着胸脯到我面前说：“我是虎子，叫我虎子哥好吗？”说完，闪着一双机灵的大眼睛看看我，拉着我向开满梨花的后山跑去。

梨林里，花潮中，两个小身影在雀跃蹿动。

“你从哪里来？”

“很远的地方，那儿也有这样好的梨花。你会剪枝吗？我能教你。”

“谁教你的？”

“我们村里的孩子差不多都会。噢，你光脚进林子，这可不行，会有蛇咬的！”

“你怎么不在自己家里？”

“我没家了。娘死了，爹是烈士。”

“什么是烈士？”

“为穷人打天下，被坏蛋杀了。”

“你想他们吗？

“……”虎子没有回答，他双手捂脸，泪水从指缝流出。我的心打了个冷战，忙上前哭道：“虎子哥，我不好，以后再不了！”飘然而下的花瓣落在虎子的头上，梨林中一阵寂静。

梨花开了，又谢了，叶子枯了，又绿了。虎子哥终于没有回来。我编造的前方来信能安慰娘的心，却瞒不过身经沙场的爹。随着战局的好转，爹的期待更加令人心碎。大雪天里，他伫立村头，久久地凝望着鸭绿江的方向，梨花盛开时，他蹲在梨树下偷偷落泪。

战争胜利后，一个梨花烂漫的时节，后山的梨林中，竖起两座墓碑。一座是虎子哥的，一座是虎子哥爹爹的。我从碑文中知道虎子哥姓张，是河北省人。他爹是在解放我的家乡时牺牲的。

那年秋天，我考取了鸭绿江畔的一所中学。晨曦里，晚霞中，我穿着那双胶鞋，捧读在江堤上。飞溅的浪花向我诉说虎子哥的战绩。那千堆万堆、无休无止的浪花，动如梨花雨，静似高山雪，晶莹、皑皑，留下永不消失的清香和洁白。它永远属于我，属于江两岸的土地……

（选自《我们还年轻》，春风文艺出版社1991年12月版）

干　妈

康启昌

康启昌，1932年生，满族，辽宁凤城县人。中国作家协会会员。1980年开始发表文学作品，主要有散文集《心心集》《耐东·黄叶》《黑夜与爱情》《哭过长夜》《似此星辰非昨夜》等；评论集《散文我见》（与鲁野合集），《理路情深》等；长篇小说《迷途少女》；传记《阳光少年》《少年不识愁滋味》《烽火少年行》等。

她走了。带着灼热的孤独，带着喧闹的寂寞。宇宙划过一道流星的圆弧，银河板着冷静的面孔。据说她唯一感到宽慰的是她亲眼见到了那口城里人早已见不到的红松红漆的起脊棺材。见到它，她那紧绷绷决不宽恕任何人的脸放松了。她点头了，瞑目了。她憧憬着睡在那木头摇篮里飘飘悠悠返归儿时的故土吗？还是幻想着一生中从没有想过的安宁呢？总之，她走了，走得并不仓促。

获悉她的死讯，我并不怎么惊讶。人生七十古来稀，她已年近八旬。但是一种似疚非疚似悔非悔的情绪，使我无限烦躁，我不知道我这篇不是悼词的悼词能否解脱我的困惑，稀释我的哀痛。干妈，何时还给我一个谅解的微笑？

她是我的干妈。姓氏民族祖籍，都不详。但我知道，她丈夫姓赫，满族。凤城满族，康赫同宗，她丈夫与我父亲同辈，我应叫她婶。

我不满周岁时，她不堪忍受婆婆的虐待，私自从乡下跑到城里来找丈夫。问他："要我不？不要，我嫁人；要，我跟你过，不回乡下。"丈夫是个刚刚满徒的裱糊匠，收入很少，生活没多大保障，但没让她走。他们便住在我家的东厢，母亲说她心眼儿好，替我认她作干妈。

提起赫妈的长相，母亲振振有词：那真是瓜子儿脸，丹凤眼，杨柳小腰……但母亲更为敬重的是她那拯焚救溺的火热心肠和那副不畏权势敢打不平的侠肝义胆。

当年我母亲时乖运蹇。父亲骗走了母亲出嫁时唯一的一对银镯子，骗回来一个外乡的黄花闺女作小妾。母亲不甘被遗弃，整日价没头没脑跟父亲打架，每次打架都以母亲头破血流而告终。

"下次再打你，你就往分所跑。"赫妈给母亲出主意。母亲不敢，衙门口冲南开，有理没钱别进来。"我没钱，能告赢吗？""告不赢也告，秦香莲不是告赢了吗？兴许就有包公再世。""孩子呢？""抱着。""我怕孩子遭罪。""那就交给我。"

再次打架，母亲刚吃一拳就向分所跑去，父亲大概理亏胆怯，当即逃出家门。赫妈的形象立刻高大了。救苦救难，比观世音还实际。我长大之后，母亲没少复述那段历史，每次提起都念念不忘她的恩人我的赫妈。

婆婆去世了，她跟着丈夫回乡务农。犁地点种比一个男人还能干。土改时，她被举做村妇女主任。谁家婆婆虐待媳妇，谁家父母包办儿女婚姻，经她评决判断，无不迎刃而解。沟里沟外十里八村声誉鹊起，乡亲们听说她去走访无不倒屣相迎。

她一共生了十个儿女，庭训极严。别看她目不识丁，可是子女学习她都亲自过问。十个儿女无论是报考大学还是应试中专竟没有一个点额暴腮名落孙山的。那时候，农村社员供给十个孩子读书，简直就是奇迹。全家人吃糠咽菜，整年不动荤腥，冬天的棉袄棉裤都用粗旧麻袋作里子。捉襟而肘见，纳履而踵决。待她送走最后一个女儿时，已经家徒四壁一贫如洗，然而她明白，她是天下最富有的母亲。十个儿女，春华秋实，全都分配到大城市小城镇吃商品粮挣工薪。她和丈夫留在乡下养猪下地仍然不辍劳动。隔三岔五，城里总有信件或汇款，村里人都羡慕她，说她苦尽甜来，儿女个个孝顺。

我母亲迁到沈阳后与她失去联系。母亲只知道她的三儿子在沈阳的一所中学教书。可是偌大沈阳，中等学校百所有余，想找一位没有具体地址的教师并不方便。母亲催我打听赫妈的消息，我也希望找到我们母女的恩人。我说：“找到她，我请你们去鹿鸣春，吃红烧圆鱼。”

精诚所至，金石为开。一个偶然的机会，我果然打听到三弟的消息，并且听说赫妈正在他那儿。报恩的机会到了，我立刻就去接她。一别二十余载，她还是那样洒脱利落。年近八十之人腰不弯，背不驼。只是说话的声音带喘。

“您气管不好吧？”我问。

“唉，我叫二媳妇药着了。”

“啊？”我在心中暗叫。三弟和三弟妹全都肃然而立，看得出他们俩既无谴责二哥二嫂的意思，也没有反驳老人的勇气。

“走！”她穿好了毛外套，拿好了手提兜，大有义无反顾的神气。

“妈妈，晚上我去接您回来吧？”三弟妹帮她系上领扣。

“不用，我不定啥时候回来。”听语气她很想在我那儿多住些日子。

我推着自行车把她送到电车站，告诉她下车的站名，嘱咐她下车后在原地等我，她都复述得一字不差。

电车开动后，我便拼命地蹬车跟在后面，脑子里被方才那番奇异诡谲的对话翻出了许多疑团。二弟妹药她？这怎么可能？她讹人吗？也不可能。到底是怎么回事呢？

婆媳龃龉，几乎是所有民族传统性质的矛盾。我母亲每天到中山广场去散步，总会遇到几个失意的老婆婆在那里闲谈儿媳的不孝。这些老人一无劳保，二无文化，既无社会地位，又无家庭主权。她们除了到广场上找些同代人发发牢骚，别无他能。母亲同情她们，每次谈到她们的软弱便想起赫妈在子女面前的威严。赫妈对儿媳一向当面诫教大有师长之风。那么投毒下药之事从何谈起呢？我不信，我不想做业余侦探，但我很想知道真情。

原来她和儿媳之间的矛盾，也是冰冻三尺。最初先和大儿媳不睦。那年她丈夫患胃癌做了手术，老两口住在大儿子家中。大儿子是食品公司的经理，共产党员。大儿媳是百货公司的会计，模范共产党员。老头死前留下遗嘱，要把他的遗体运回家乡埋进祖坟。儿媳妇破旧立新移风易俗不得不将公公遗体火化，赫妈气得大骂儿子忤逆不孝。儿子向她解释，没说上两句便被她骂了回去，说他窝囊废怕老婆不肯花钱。不让烧纸，不摆供碗，不送浆水，都使赫妈无法迁就。她气得发疯。火葬那天，她跑到儿子单位诉苦，跑到媳妇单位告状。像演说家那样在街头巷尾发表演说。大儿子给她下跪求饶，她打了大儿子一个嘴巴，当天就到二儿子家中去了。

二儿子和二儿媳都是建筑工程师。二儿媳被香港请去搞设计刚刚回来。家中弄得一塌糊涂。赫妈去后，几天的工夫，锅像锅样，盆像盆样，窗明几净，铜铁分明。那年她正好六十六岁。“六十六，不死掉块肉。”她让二儿媳给她女儿写信，命女儿买一斤六两肉，包六十六个饺子。二儿媳照办了，她很满意，说不在党的人好。然而试玉须烧七日满，没过多久，又是祸起萧墙。

赫妈常做噩梦，不是梦到丈夫被烧得煳巴烂啃，就是梦见丈夫在阴曹地府沦为乞丐回来要钱讨饭。丈夫一辈子苦熬苦累给儿女当牛做马，死后如此凄凉，不能不使赫妈痛心疾首。她让孙女找一块红纸替她写一段符语：“夜梦不祥，贴在南墙，太阳一晒，化为吉祥。”孙女说她迷信，违旨不遵。她又对二媳妇说，被火化的人指定是下了地狱，活人不给他超度，他就永远不能脱生了。二儿媳正给公司设计一幢十八层高楼，没有兴趣听她那套超度亡魂的理论，她便发出一蟹不如一蟹的慨叹。

有一天，她听说千山庙里的老道、和尚都落实政策回山进庙了，就大为赞赏，还是共产党想得周到，地主富农都摘帽了，还能总让佛爷靠边站哪！她要亲自到千山去烧香拜佛。她让二儿媳给她多买一点黄表纸，印点丰都城的票子。她不信二儿媳大学毕业不懂黄表纸、丰都城。

我理解赫妈，迷信得如此根深蒂固，大概源于我们生长的这块土地太单纯太愚钝。许多学富五车的现代人都热衷于迷信。我母亲也常有夜梦不祥的烦恼，但她从没要求我们弄张红纸贴在墙上。她信仰耶稣也信仰鬼神。她也能听得进无神论者的宣传。爱听日蚀、地震、雷击、电闪的科学道理。赫妈则不，她是赫家的明君圣主，儿女们对她只有感恩戴德绝对服从的义务，而无反驳她任何只言片语的权利。她在一片颂歌中确信自己不负任何人，自己从来没错。二儿子和二儿媳竟敢公开反对她到千山庙里烧香，使她忍无可忍。她龙颜大怒，一气之下，打了二儿子一个嘴巴，砸了二儿媳的建筑模型，自己托人买了一捆包装纸，亲自剪成纸钱，大清早到十字路口跪着焚烧。

第二年春天，她患感冒牙疼，说是又撞到老头子了，又要面向东南烧纸。二儿媳在医务所给她要了几片药，她吃了一片，便觉嘴唇发紫眼角溃烂，于是得出结论二儿媳想药死她。

“你吃的药里有磺胺吧？”我想起我过去吃磺胺过敏的情景。

“不知什么胺，毒性比红矾还大。我去透视肠子都烧红了。”

我暗自想笑。笃信鬼神的人还信透视？什么透视能看见肠子烧红了？愚昧和固执改变了她的刚毅和正直，她已经视丹如绿了。我真想大喝一声：赫妈，您老糊涂了！可是当我见到她那风铃一般颤抖的双手，那核桃一般爬满皱纹的瘦脸，我立刻缩回舌头改变语气：“赫妈，在我这儿多住些日子，我是半拉大夫你还记得吧。你舌头干裂，我有维生素；气管不好，我有痰咳净；神经不好，我有安宫丸……”

“好药，我也有。”她从怀里掏出一个手帕小包，仔细打开，又从里面的纸药袋中倒出一片不带糖衣的小药片，“这就是好药，土霉素。我一次吃半片，脾不好，不能多吃。”

“哎呀，我的赫妈妈，土霉素一次吃半片不行，药量不够……”

“我脾软，吃多了，上火。”

我想婉言相劝尽一尽她的亲生儿女无法尽到的义务，然而我既无邹忌之才，又无触龙之能。我终于直言不讳地说：“赫妈，你这样不行，什么都自作主张，谁的话都听不进去。其实弟妹们都很孝顺，你吃磺胺过敏……”

完了！她的脸色陡然一变之际，我痛苦地接受了一个事实：我在她心中那个温顺贤淑的女儿形象，和她在我心中那个巾帼女侠的美好形象同时破灭了。母亲用眼睛斥责我，我急忙负荆请罪，我说：“赫妈，千万别生气，女儿说话没深浅。明天我请您上鹿鸣春，我赔罪……””

“我明天走！”

完了，什么“春”也填不平我和她之间的深沟险壑了。我多么后悔多么沮丧多么愚蠢。人家十双儿女几十年都没有办到的事，我逞什么能！蠢，蠢到家了！

生和死永远关闭了我们之间不可逾越的大门。我到什么地方寻找我内心的平衡？清明在即，她的亲生儿女正在张罗扫墓，我不想再跟着掺和。赫妈，何时赏我一个谅解的微笑？

（选自《我们还年轻》，春风文艺出版社 1991 年 12 月版）

伏尔加河睡了

——旅俄纪实

刘恩铭

刘恩铭，1942年生。曾任沈阳作家协会副主席，专业作家。著有长篇历史小说《努尔哈赤》《皇太极》《张学良将军》《兵临沈阳》《利玛窦》《青天刘墉》等多部。其中《努尔哈赤》获沈阳市政府振兴奖、全国小说连播一等奖，改编为电视连续剧，获第七届全国电视剧“飞天奖”一等奖、优秀编剧奖，辽宁省政府优秀成果奖，全国少数民族“骏马奖”，发行到美国、意大利、日本等11个国家和地区。

深秋时节，我来到伏尔加河畔，访问了高尔基城（现改名为诺夫戈罗德）。

伏尔加河是我梦中的河！从我少年时代接触苏联文化、第一次观赏俄罗斯伟大的画家列宾的《伏尔加河纤夫》巨画开始，伏尔加河的名字就深深地印在我的脑际。那画中描绘的一群拉着船缆的纤夫，在骄阳下踏着滚烫的沙滩，拖着疲惫的脚步，忍着悲哀，肩负着历史的沉痛，艰难行进的形象，深深地打动着我的心弦。我深为那些失业的农民、退伍军人、失去信任的神父、流浪汉等等的不幸，流过同情的泪水。以后，当我学会唱《伏尔加船夫曲》时，对伏尔加河畔的穷苦人民，有了更深的理解。啊，千百万的俄罗斯纤夫，你们牵引的历史航船，一定会走到幸福的彼岸。

我盼望到伏尔加河边观光，还因为坐落在岸边的诺夫戈罗德城，曾孕育过两位具有世界影响的大文学家高尔基和杜勃罗留波夫，他们的作品和文学主张，成为不朽的人类精神财富。出于敬仰，我很想看看养育他们的土地，尝尝他们喝过的伏尔加河水。

10月26日，我从莫斯科乘火车来到高尔基城的清晨，天色有些阴沉，冷飕飕的西北风吹在身上，时不时打着寒噤。然而，“寒风关不住”，我放下行装，就从下榻的俄罗斯宾馆，沿着石砌的阶梯，走到伏尔加河边。

啊，长长的伏尔加河如同一条长带，绕过山城的宏大建筑，由西北朝东南流去，河面很宽，水很清澈，随着阵阵的汽笛声，一条条载客或载货的汽船，来往于河面，那船头船尾激起无数的浪花，嬉戏的海鸥时而在浪花间寻觅，时而凌空翻飞鸣叫。听到鸥鸣汽笛，又使我联想起昔日的纤夫，禁不住低吟起涅克拉索夫的诗句：

走上伏尔加河畔：
在伟大的俄罗斯河上，
那回响着的是谁的呻吟？
这呻吟在我们这里被叫作
歌声——
那是曳着纤索的纤夫们在行进！
……

旧日的凄风苦雨又浮现在我的眼前，我想起来自底层，从十岁就走向“人间”的高尔基。他当学徒的艰辛，做饭馆跑堂及搬运工人的苦楚，他从事司磅员工作的重负，他任面包师的血泪……这一切一切都使他谙熟底层人民的疾苦，而写出一部部饱含人民辛酸、充满奋斗与胜利的不朽文学名著。

俄罗斯族是个伟大的民族，他们创造过辉煌的历史，成为人类的楷模。伏尔加人，将一座现代化的城市——高尔基城献给了当年千百万纤夫的子孙！

站在伏尔加河岸，吸着寒中带暖的河面吹来的清爽的空气，我为伏尔加河骄傲！

然而，在暖寒交替的深秋，你会感觉有暖有寒，有不解与忧虑，有欢乐也有悲伤。

我有个朋友，与高尔基城A公司做了一笔生意。俄方以轿车发动机与中方易货（羽绒服），合同签署后，原定三个月内互相将货交到对方。我的朋友很守信用，一个多月就将近万件高级羽绒服交到对方手里。可是，高尔基城A公司，不仅三个月内未将货物交给对方，而且一拖再拖，直到我的朋友再三追迫，才在十个月后，答应给1/3的轿车发动机，提出易货交易全部结束，想赖掉价值100万元人民币的现货。时值“乱云飞渡”之际，打官司去找谁？谁又能为他做主？只好暗地里骂公司经理是“癞皮狗”！

时下，在滋生“癞皮狗”的土壤上，娼妓、流氓、扒手、大盗常常作祟。有一天晚上，我和一个朋友应俄国朋友之邀参加一个酒会，在回宾馆的路上，我们几次感激地请送我们的主人回去，他们坦率地说：“晚上路上有坏人，偷，抢！我们为了你们的安全，一定送到宾馆门口。”当我们走到宾馆门口，见几个妖冶的碧眼金发的青年女人，正口叼烟卷，像寻觅猎物的夜猫子，心怀鬼胎地盯着出出进进的客人。俄国朋友盯了她们一眼，就对我们说：“这些是坏女人，你们不要夜里出来！”

在高尔基城住了两天，我见过行乞的叫花子，见过拉着手风琴在街头卖唱的艺人，也见过被人追打的扒手，也听说在后贝加尔地区至莫斯科的铁路线上，有扒窃中国闷罐货车的案件。当年高尔基、杜勃罗留波夫深恶痛绝的事情，今日又重现。啊，负担沉重的伏尔加河呀，你何日能轻装前进？

想到此，我依窗眺望暗夜中静静流淌着的伏尔加河，她仿佛睡了，她失去了在阳光下的明净！

不过，子夜过后就是黎明，我渴盼着阳光照耀下的伏尔加河！

（原载《芒种》1993年第十二期）

永州的召唤

孙丕任

孙丕任，1944 年生，自署朝散，北京大学中文系毕业。曾任辽宁省民间文艺家协会副主席兼秘书长，兼任省诗词学会副会长，省楹联学会副会长，沈阳市文史研究馆馆员。著有《朝散集》等。编注《康熙诗选》《乾隆诗选》《历代帝王诗选》《中国古代军事诗歌精选》等。

我知道永州是因为柳宗元的《永州八记》，很小的时候就被柳氏笔下的山水所征服了。那是一片奇丽而幽峭的世界，是作者通过山水所反映出的心灵独白。及长读了韩愈的《柳子厚墓志铭》，更加钦慕他的为人。唐永贞元年，柳宗元参加了王叔文派的革新集团，革新很快便失败了。他和几位要员都被贬为偏远地区的地方官，柳宗元先是被贬到永州，一待就是 10 年。10 年之后被召还京师，旋即被贬到更偏远的柳州，不几年就客死在柳州任上。韩愈在《柳子厚墓志铭》里重笔叙说的是：当柳氏被召到京都又被派为刺史的时候，诗人刘禹锡也在重新贬谪之列，应当到播州（今贵州省遵义市）就任。子厚流着泪说："播州不是人居住的地方，而梦得（刘禹锡）家中又有老母亲，我不忍心梦得的困窘，以至于使他没有办法去禀告宽慰老人。"柳宗元锐身自任，愿意用柳州刺史之职去换播州刺史之职。或许是柳宗元的忠悃感动了皇帝，刘禹锡终于被派往较为方便的连州（今广东省连州市）。韩愈深为柳氏的高风亮节所折服，尽管他与柳氏在政见上及学术思想上颇有龃龉，但这种人格的力量可以穿过重重屏障而作用于人的心灵，所以引出了退之先生那段荡人心魄的议论，这绝非换几个润笔的谀墓之词。

为了柳宗元的为人、为文，多年来我心中郁结着一股“永州情结”。小石城山、小石潭怎么样了？使他幽然神往、乐而忘归的西山是个什么样子？再看看“欸乃一声山水绿”的潇湘画境，还有那“清莹秀澈，锵鸣金石”的愚溪。

终于在去年的秋天我实现了多年的夙愿。说起来，永州现在也是个交通不便的地方，地处湖南省的南端，辖于冷水滩市，近年来由零陵县改为永州市。由冷水滩下火车再乘汽车一小时可达。在火车上看到一个奇异的景观，一丛丛的石头就像石笋一样从土里钻出来，奇形怪状，颜色是黑黑的，有一种天然的原始的美，不像太湖石那般玲珑剔透。正如柳氏笔下所描绘的：“其石之突怒偃蹇，负土而出，争为奇状者，殆不可数。”这正是“楚之南少人而多石”的背景。

柳子庙在潇水的西岸，白墙黑瓦，古色生香，带有天井的古建筑颇多南方的特点，有几间进深。庭院里有硕大的芭蕉，一簇簇的叶子肥大厚重，有如张开的绿伞，在古老和庄严中透出了盎然生机。正殿作为柳宗元纪念馆，上面悬着“八愚千古”的匾额。八愚者自然是指柳氏在《愚溪诗序》中概括的八种景观了，即为：愚溪、愚泉、愚丘、愚沟、愚池、愚堂、愚亭、愚岛。纪念馆里端坐着柳宗元的石雕像，清癯的脸上，挂满了宁静与忧思，左手放在膝上，右手握着一支笔。这支笔记录了作者10年间的风雨人生、宦海沉浮，更记录了永州的奇山异水，那种清幽、静寂的境界中充满了人与自然的亲和，以及忧谗畏讥的贬谪之思，于是有了著名的《永州八记》，有了我这次数千里之遥的永州之行。至于“八记”中记述的风物，我是无由寻得了，雪夜访戴，兴尽而返。

出了柳子庙，无意发现正对大门的桥柱上豁然写着“愚溪桥”三个大字，当时的心情不啻发现了新大陆。站在桥上，下临深溪，危崖断壁，古桥苍藤，披襟当风，如饮甘醇。溪旁矗着一座石碑，刻着柳氏的《愚溪诗序》。一座清浅的小溪，东流入于潇水，洋洋洒洒，自由生息了多少年。那是柳氏贬到永州的第六年，他把家搬到了这条小溪边，把本名冉溪的小溪改名为愚溪。宗元以愚自命，带累了小溪也染上了“愚”字。他自有一番道理：“今是溪独见辱于愚，何哉？盖其流甚下，不可以灌溉；又峻急多坻石，大舟不可入也。幽邃浅狭，蛟龙不屑，不能兴云雨，无以利世，而适类于余，然则虽辱而愚之，可也。”柳氏另有歌咏愚溪的诗作，惜乎已经失传。柳氏另有寓言体的散文《愚溪对》，迷离恍惚，把人引向了幽深的哲学小路。愚溪成了柳宗元生命的血脉。

我沿着石级走下小溪，坐在溪旁的巨石上。溪水清浅，时时冲击着大大小小的石块，碰撞出层层的波纹，透过波纹可见溪底的卵石欢快地跳跃着。陡峭的不规则的河岸逶迤远去，走不多远就挡住了你的视线，这样的浅溪的确容不得一苇之舟。千载之下，柳宗元的遗迹已经荡然无存了，但是他的节操风范仍像这愚溪水一样荡涤着人们的灵魂，临溪而立我似乎感到作者的冲和之气。作者把天地之间的元气与自己的浩气都融入了溪中，于是小溪便有了“漱涤万物，牢笼百态”的神力，春夏秋冬滋润着永州，一代一代召唤着世人。

（原载《沈阳日报·万泉》，1995年5月8日）

过河去

洪兆惠

洪兆惠，1955 年生，辽宁省文联副主席，辽宁省文艺理论家协会主席，辽宁省文史研究馆馆员。文艺评论获第三届田汉戏剧奖理论奖二等奖、首届辽宁文学奖评论奖、首届中国曹禺戏剧文学奖评论奖。也写小说和散文。

那年国庆节，我和妻回老家探亲。到家后母亲告诉我们："你三姥昨天刚走，原来说好等你们回来，可突然她改变主意，说什么也要走。"三姥是母亲的叔伯婶娘，也是我父母婚姻的介绍人。她没儿没女，一直把我母亲当作亲生女儿。

我和妻商定，走前去看望她老人家。可是，第二天中午，乡下来人报丧：早上三姥过世。母亲忍不住痛哭，后悔前天没有留住三姥。

我和母亲去奔丧。那天夜里，守灵的人都到里屋玩起扑克，我不忍让三姥一个人孤单地躺在灵堂，就搬来凳子坐在她的遗体旁，静静地陪伴着她。我发现三姥穿的是双旧袜子，脚腕处坏个小小的洞。我不免心酸，就问三姥爷怎么没给她穿双新的。他说没找到，现买也来不及。

三姥爷是个吹鼓手，一生最大的乐趣就是摆弄那些大小不一的喇叭。他凡事不管，家里家外全由三姥安排，不急不火过了一辈子。邻居和亲戚进进出出张罗丧事，而他却到房后堆起劈柴来了，问啥事他都不知。用钱时他两手一摊："钱放哪儿了，我也不知道，我只在炕席底下翻出 21 斤粮票。"

大家不再问他，用钱都从我母亲手里拿。于是有人夸说："真行，比女儿都强。"我和母亲都没去想这话后面还隐含着什么。

我们在山包上安葬三姥，三姥爷一个人到山坳里割起豆子来。见他这样，母亲叹道："你一个人咋生活呀？"他想了半天，说："她以前说过，要是她走到前边就愁我这饭怎么吃——不过她说了，她会留出过河钱的。"

丧事不久，姥家的村子传来闲话，说三姥在世时与我母亲最近，她多少年的积蓄都在母亲手里。母亲很生气，就去三姥家澄清事实。一向没主意的三姥爷信了传言，对来访的母亲十分戒备，让她有口难辩。母亲回到家中说："以后再也不去了，他吃上吃不上我装作看不见！"但是，没过多久，母亲又去三姥家，把他的被褥拆洗一遍，又把他过冬的棉衣带回家做。听说，三姥留下的过河钱三姥爷翻遍了家里也没找到。

1987 年五一节过后，母亲来沈阳做白内障手术。我没料到三姥爷也一同来了。那时我家还是一间屋，不足 14 平方米的屋子多了两个人，其困难和不便可想而知。我和妻难在心里，脸上却不能表露。母亲偷偷说："他说什么也要来看看眼睛，这么大岁数了我没法拦他。"当天下午，我领他去了省医院，医生说也是老年性白内障，不重，挑好药开了几瓶。那晚，他在我家睡得很香，胡话说得热闹，呼噜打得也响。我和妻无法入睡，睁眼听了一夜。

最后一次见到三姥爷是五年前的初秋。大弟弟全家迁到县城，我回家安排母亲的生活。弟弟走后，我家西屋空出，母亲便把三姥爷接来。那时他已住进乡办敬老院。这之前我就听说过那里条件极差，每天以粗粮为主，蔬菜少而单调，而且服务员对老人也相当刻薄。母亲隔段时间就去一趟敬老院，每次回家后都要默默抹些眼泪。

他衰老了许多，话也少了，看我们的目光总是怯怯的，含有一种让人心酸的乞怜。母亲暗里嘱咐我："抽空儿和你三姥爷多说几句话。"我明白母亲的意思，他这时太注意我们对他的态度了。可我在家时，家里家外一堆事，难得坐下来和他说点什么。偶尔有空和他说话时，他只一个话题：敬老院没法待下去。

夜深了，母亲仍然翻来覆去睡不着。我担心地问她是不是总这样失眠。

母亲没有答我，而说："你爸爸活着的时候就和三姥爷说：'三叔，到时没人养你们老，就归到我这儿，我不会看你们受罪的。'"我清楚母亲话中的隐含，但我不知怎么答复。她不可能一个人长时间住在这儿，那时我们正酝酿接她到城里，沉默半天我说："我爸活着怎么都好说，或者我们姊妹有一个在你身边也行。三姥爷能吃多少花多少？我们可以养他老。可现在谁也不在你身边，你自己也是六十几的人了，他在这儿有个三长两短，谁给你张罗？连个跑腿的人都没有。"母亲说："说的是……你爸爸活着就好了——"她停了一会儿，又说："我没打算让你三姥爷住在这儿……我只是说说。"

那夜我也失眠。第二天见三姥爷坐在大门外看着远处默默不语的样子，我觉得对不起他。我说："我去买点东西，你想吃什么？"他忙拦我，"你三姥爷吃啥也不香，别花钱了。"我把要买东西的钱给了他，让他什么时候想吃什么时候再买。他接了，很珍贵地收起来。

白天二姐来了，她把三姥爷的内衣洗净。洗衣时发现衣缝生满虱子。二姐把衣服搭在院里的衣绳上，极仔细地抓着虱子。母亲烧了一大盆水，让三姥爷擦洗身子。他嘴上说自己不脏，可还是很顺从地去擦去洗。

不久，他回敬老院去了。母亲还和以前一样，过段时间就去看他，带去饺子或者一些在那里吃不到的东西，顺便给他洗洗衣服。我们知道后担心又不好阻拦，因为去敬老院要坐火车，下车后还要翻过一座山岭。那山岭不高但很陡，对于快70岁的母亲来说，过岭不是件容易的事。在抚顺工作的老弟每逢假日回家，母亲就打发他去看望三姥爷。有次他向我讲："三姥爷走道都不利索，那天我在那儿他上厕所就回不来了，是我把他背进屋的。他和我说：'你以后再也看不到你三姥爷喽。'"不久二姐和姐夫也去看他。他们回来后也说，那地方看不下眼，屋地铺着沙子，不能动的老人就在那儿上大小便，没进屋就能闻到屋里的臭味。

后来，三姥爷让我的一位叔伯舅舅接去。这位舅舅是三姥爷的亲侄，是三姥他们供他读到初中毕业。这样，让我们一家人放心不下的事总算有了着落。

一天，二姐突然来电话，说三姥爷病危。我问："在哪儿住院呢？"二姐说："住什么院？他被送回敬老院了！"接着二姐很气愤地告诉我，我的那位舅舅把他接去，是为了他仅有的800元钱的存折，存折到手了，他又把他送回敬老院。三姥爷感到生存无望，便绝起食来，导致病危。

就在二姐打电话的那天晚上，三姥爷死了。前一天他死过一次，人们怕他死在炕上，没咽气就给他换上衣服送到敬老院的太平间。过了整整一夜，一位老人进太平间发现他还活着，就又把他抬进屋。那时正是严冬季节。他又活了一天，不过这一天他什么也不知道，只有呼吸而已。

三姥爷死后的第一个春节，我是回家乡过的。我们姐弟到一起谈论的中心自然是三姥爷的死。母亲说："我去的时候他已经不行了，我劝他吃东西可他吃不进去，没办法我就在家煮点山楂水，放点糖给他带去，他说真好喝。以后我又煮点苹果水什么的，一连去了八天，有时一天两趟。那地方要啥没啥，我只得回家做。人们告诉我，他回到敬老院就不想活了，起初他和人要安眠药，别人说：'我们哪敢给你？要不你自己去死吧。'他想上吊，可他连屋都出不去，后来就想到绝食……"

听了母亲的话，我想象得出三姥爷死前的情形。死是一条每个人都要过的生命河，可是，他过得太艰难了，是他自己爬过去的，没人帮他。晚上，当他人都睡去的时候我问母亲："你埋怨我吗？当初我没同意让三姥爷到咱家来……"母亲没有答我，却说："你爸爸活着的时候确实说过那话。"我想说当时我是从家里的实际情况考虑的，可我没说。我清楚不管说什么，都无法让母亲摆脱掉对长眠于地下的老人的内疚之情。

过了好一会儿，母亲说："我不埋怨你。"而后她又重复一遍。

我没说什么。除夕晚上，我在浑河边上给三姥爷烧了许多纸，这是我唯一能够做的。烧纸时，我想起早些时候一位朋友和我说过的话，他说有个老人待在身边，天天伺候着，也是一种人生享受。那位朋友没有父母。

（原载《芒种》1995年第五期）

创办《工人报》的往事

刘黑枷

刘黑枷（1920—2001），沈阳人，著名报业人，散文家，抗战时即在全国多家进步刊物发表文学作品并获奖。曾任《沈阳日报》总编辑、中共沈阳市委宣传部部长、市政协副主席等职。他的“带露的鲜花”的新闻理论和实践，在业内有重要影响。著书《母亲的行列》《写在心中的书简》等20余种。

1948年冬，上级的一个决定改变了我后半生的命运。

我在新四军五师是做报纸工作的。东北局社会部研究我的工作时，有两个考虑，第一让我继续到国统区去，第二可到地方党委干报纸这行。

飞速发展的胜利形势为受人诅咒的王朝奏响了送葬曲。11月5日，在哈尔滨参加20万人欢呼东北全境解放的庆祝大会，听到360响隆隆的礼炮声，感奋的热泪打湿了衣襟，衣襟迅即结冰如铁。社会部分配我和闻树立即赶到沈阳报到。我们抱着将满周岁的小女儿冒零下30多度严寒日夜兼程，经齐齐哈尔、郑家屯、四平、开原、铁岭，乘火车、汽车、敞篷车回到沈阳。

刚刚解放的沈阳还能闻到乍熄的硝烟，看到穿黄棉袄的俘虏正被押解着去集中，城市仍千疮百孔。然而，红旗辉映着白雪，“解放区的天是明朗的天”“咱们工人有力量”的歌声不时在大街小巷飘起。在旧省政府处，我到沈阳特别市工委宣传部，见到了宋黎部长和李都副部长。他们派我和高风跟着杨波去接收报馆。

虽然整个城市全部解放，敌人已放下了武器，但空手去接收一个部门没有武装保卫不成。我们率领一个警卫班，我腰间也别了一支手抢。踏积雪在衡阳街找到国民党新六军《前进报》地址。新六军军长就是廖耀湘，这个报解放前每期只印千八百份，在街上卖很少有人买。我找到几个原报社的人，出示了证件。在该报的地下党孙北同志正期待着我们呢，分外高兴地紧紧相握，一再摇动着手传达着千言万语。老孙熟悉报纸工作，既会写文章又擅长照相。1957年被错划右派，粉碎“四人帮”后才得到改正，可惜不久即病逝。

新六军的《前进报》，我在沈阳做地工时，曾从他们门前走过，那时有全副武装的人员站岗，出进的人都是美式装备，耀武扬威。而今他们是无可奈何花落去，办报人员已逃得无影无踪。整个报社一片凌乱，院内的垃圾和脏水与冰雪混在一起冻成小丘。办公室里结着蛛网，玻璃破碎，冷风呜呜吹进。有一面窗子上糊着《前进报》，那上面印着大标题：克服了什么城市消灭了多少共军。真是可笑！屋内像冰窖，有锯齿狼牙的暖气片却毫无暖意。找不见桌子，宿舍里没有床，厨房的灶上没有锅。在印刷厂里只有一台小轮转机缺胳膊少腿像病人一样躲在屋角，另有一台八页平版机寒碜地靠在一个旮旯。别说卷筒纸，连平版白报纸也找不到半张。

从延安来的杨波同志布置安排了接管工作后，忙着回市委担任一个部的部长职务，因为报社周围到晚上还有不甘失败的分子放黑枪，警卫班班长魏振水带两名战士留下，余均撤回。魏振水后来在报社当了总务科长，筹备出报的任务都给了我和高风，老高是辽北二地委来的，属于经理部的事大都由他操劳，属于编辑部的事由我负责张罗。老高粉碎“四人帮”后曾任《理论与实践》杂志副总编辑。

先解决吃饭问题要紧。我们找来一辆三轮车从市委管理处推回一大包高粱米一大包大米，市委办公室叶萌主任又派警卫战士给送来一车煤。从东北野战军部队拨给一大麻袋干菜，有葫芦条、茄子条、倭瓜干等。一打开麻袋，东北老区人民支援子弟兵的浓郁之情即飘溢而出。我曾写诗云：“小豆饭可口，松江水有情，葫芦条味美，细嚼笔生风。”

报社的老印刷工人陆续归来，病弱的面孔布满了喜色。颤抖的手点数着发给他们的临时补助费，有说有笑地打扫厂房。举行座谈时我讲了国内外形势，我说，老百姓一人一口唾沫也会把老蒋淹死，大家听了热烈鼓掌。会后，工人们唱起刚学会的“谁养活谁呀大家想一想”，歌声嘹亮地从工厂里飞扬出去。从歌声中听得出他们已经懂得为新六军印报和为工人阶级自己印报的不同憎爱。

市委又先后分配来几个同志，有的是不久前投奔到解放区的学生，有的是原在沈阳做学运工作的。每天晚上在我的小屋里，高风、孙北、李刚、赵川、我、闻树在操劳一天后，都聚在一起，朗诵诗，或逐段轮流读《钢铁是怎样炼成的》，具有钢铁意志的保尔的形象点燃了每个人心头的青春之火。

出报的准备工作紧张地进行着，市委发出了《关于创办〈工人报〉几个问题的通知》，我们在李都带领下去找王首道、叶季壮、肖向荣等同志要印刷机，要纸张，要油墨，要铅，求援各种所需材料。一面积极准备一大批稿件，建立通讯组织。一个厂一个厂地挂钩，稳扎稳打地撒播种子。

经过两次试刊，12 月 20 日，经中央批准，《工人报》创刊了。报头套红，“工人报”三个字是沈阳军管会政委兼沈阳特别市工委书记陶铸同志写的。以工人命名的报纸在全解放区是第一份。从晚清时代沈阳有报纸以来，历经张作霖、伪满，到国民党时期，为工人办一张报纸这是开天辟地绝无仅有的事。

创刊的头一天晚上，报社像办喜事那样张张罗罗，房舍一新，灯明瓦亮，工厂里两台新修好的平版印刷机焕然一新地站在那里待命。创刊号一版登的发刊词是我参与撰拟的，领导审阅改动较多，下版付印前，我又仔细校阅一遍。之后，只听印报机响亮地轰鸣起来，像高奏着进行曲一般，令人心潮澎湃。老警卫班班长魏振水和我们一样已经好几宿没好好合眼了，此刻他身佩手枪坐在报社门外的板凳上，严格检查出入报社的生人。晚上 10 点钟，门外响起了汽车喇叭声，随后几个人快步走下来，魏振水刚要上前盘问，走在前边的一个首长模样的人问：“报纸印好了吗？”我和高风马上迎出去，原来是陶铸同志，他扬起眉毛就着灯光仔细看了四块版的报样，露出满意的神色，又问了有什么困难没有，才和我们一一握手离开。

20 日这天，极大的喜悦充塞我的心头，我所有的梦都圆了，流浪关内

14年，日夜盼着回归被日本鬼子践踏的故园，终于回来了。又惦记着那面从井冈山高高飘扬到延安的红旗能早日插在自己的家乡，这愿望也终于实现了。希冀从事自己最喜爱的行业——新闻工作，今天也达到了目的。直感到有一种如诗似酒的情怀在胸间荡漾。一周岁的小女儿看到铁西区工人敲锣打鼓来祝贺创刊的秧歌队，也扬起小手欢呼。我曾有诗记录这情景："古城新生日，红灯耀雪悬，撕碎前进报，齐唱明朗天。"又："机鸣积雪颤，相呼贴耳旁，拭目看首页，满纸尽曙光。"

当天报纸分送东北局、军管会、市委、军区、工会和各大厂矿，并邮送中央。第三期报纸出版适逢张家口解放，这消息放在一版头条，需要配张家口方位简图，但当时工厂没有制版条件，我和李刚唱着"腊月里刮春风，家家挂红灯，镰刀灯，斧头灯，工人笑盈盈"的秧歌调，找到一家刻戳子的店铺，刻了地图，拿回登在报上，看着还真不错。机车车辆厂连日修火车头支援大军解放平津，我们在显著位置登了消息。我写诗："号外又夺城，修车是大关，明日即见报，笔剪动灯前。"

发"号外"那场面动人心魄。平津解放、太原解放、南京解放，几乎是三天两头发号外。编辑记者和工人坐在从市委借来的大卡车上，敲锣打鼓，从中山路到城内中街，又转到铁西。闻树一手揽着孩子，一手把号外送到涌上前来的市民手里，于是他们高举喜报奔走相告。对此，我有诗写道："家家红灯喜若狂，欲知战况更周详，一纸印出人争阅，蒋军十万又交枪。"

铁西区许多冷寂很久的烟囱陆续向天空喷出烟环，我乘坐一辆仅有的摩电车奔赴工厂区。没有汽车，没有自行车，许多地方，靠我穿着勾子棉鞋，走街串巷，浑身好像生了翅膀。两条腿真管用。不是说脚底板下出新闻嘛，不管是重型机器厂，还是卷烟厂，百分之八十五的工厂都留下我的脚印，我像蜘蛛结网，从无到有遍及全市的工人通讯网终于建立起来了。我一多半时间都在工厂转游。曾有诗记录这段生活："围炉烹白水，评报叙悲欢，窗外忽飞雪，工人留我眠。""踏雪送报去，工厂盛情多，唢呐声声里，邀我看秧歌。"

不久，市委派来了叶克同志任副社长，他参加过延安文艺座谈会，总是亲切地微笑着，在他身上想找一点官架子或是"老资格派头"，那是非常困难的（他后来任驻民主德国大使馆文化参赞）。随后，又派来了陈浚同志，他总是带小跑进行工作，常戴耳机子坐在收音机旁直接笔录新华社口语新闻，迅速地交印刷厂发排，数月后他被调去东北总工会办《劳动报》。帮《工人报》看大样的有宋平、朱维仁等同志。因为市委在确定出刊《工人报》时即指出：《工人报》“为市工委机关报，由市工会与东北联工总工会合办”。宋平即后来的中央政治局常委。他对编采工作要求严格，常同我们一起推敲一个标题，一个提法，特别对涉及政策分寸的地方，极其严谨。

一天，市委办公厅打来电话，说立刻派车接我们到市委，陶铸同志要和报社负责同志谈话，我也曾写诗记录这件事：“编采需放眼，握管想工农，陶公临别语，文章蘸血红。”

在谈话时，办公室工作人员和秘书们出出进进，一片忙碌，有些书籍文件已经捆扎起来，墙上一张大地图，上面插有许多小红旗，此刻警卫员也正在往下拿。原来陶铸同志奉命进关去接受新任务。陶铸同志说报纸已经办起来了，很不错，但真想办好路还很长。他60年代在广东对办报曾提出要寓共产主义宣传于谈天说地之中，他懂得办报。

陶铸同志眉毛很浓，一双眼睛炯炯有神，全身洋溢着战斗豪情。办公室内外匆忙乐观的气氛，工作人员被新任务鼓舞着的情形，使我受到极大感染。已取得的微小进展不足挂齿，要时刻充满坚定的信心，不倦地追求更新的目标。

《工人报》1949年4月1日由三日刊改为双日刊，7月1日改为日刊，12月20日改为《沈阳日报》，我被任命为副总编辑，白天晚上为四块版奋斗。一直在这里工作到“文革”，整整17年半。《工人报》也好，《沈阳日报》也好，宣传上取得很大成绩，报道了许多好事物，但后来“大跃进”时瞎指挥，刮共产风，随后又宣传了不少“左”的东西。一直到后来在这张报上登出批判我“三反”的长篇文章，一时“臭”名远扬。1948年和1949年我兴致勃勃埋头办报时，做梦也不会想到后来所发生的这许多事情。我也没料到被打倒后与闻树在农村撸了七八年锄杠，转眼又回到报社重新拿起了羊毫，一直干到离休。

1996年10月

（选自《写在心中的书简》，春风文艺出版社1997版）

家住陵西

王充闾

王充闾，作家、学者。辽宁省作家协会名誉主席，兼任南开大学中文系教授，中华诗词学会顾问。曾任中共辽宁省委常委、宣传部长、省人大副主任。长期从事文学创作与学术研究。在国内外近30家出版社出版散文、诗词、学术著作《沧桑无语》《龙墩上的悖论》《蘧庐吟草》《成功的失败者——张学良传》《逍遥游——庄子传》等70余种；有《充闾文集》20卷。散文集《春宽梦窄》获中国作家协会首届“鲁迅文学奖”之后，连续两届（2004、2007）被聘任为“鲁迅文学奖”散文杂文评奖委员会主任。作品译成英文、阿拉伯文。2017年，《国粹：人文传承书》获“中国好书”奖。

有趣得很，去年无意中我也当了一回候鸟。还没到盛夏呢，便自南而北做了一次搬迁。不过这个“南”，并非南雁北飞的起点——湖南衡阳的回雁峰，“北”，也不是“牧羊北海边”的北海，而是从南湖迁到北陵，行程不过一万多米。

我的新居，后墙外面就是名闻遐迩的新乐遗址。七千年前，处在新石器时代的远古先民就选中了这块高地筑室以居，生息繁衍，于今，这里仍是松林掩映，气象萧森。而它的东邻旧日是一片苍苍莽莽、郁郁葱葱的皇家园林，方城“宝顶”下面埋葬着后金第二代帝王皇太极，通称“北陵”。可见，这是一方名副其实的“风水宝地”。但由此也可得知，当日这里原是一处幽僻的荒郊，因为从古以来，没有哪一个皇帝会选择繁华的市区作为他的终古长眠之地。时间过去了三百五十多年，情况自然发生了很大的变化，但比较起来，北陵一带仍然还算空气清新、幽雅僻静的地段。

有人问："你抛开寸土寸金、灯红酒绿的繁华市区，偏要到这里来住，究竟图个啥？"我说："图的就是这个幽静的环境。"

过去住在闹市区，整日里市声喧杂，噪声盈耳，车轮"轧轧"声，摩托"嘟嘟"声，小贩叫卖声，加上并不"OK"的卡拉音响，弄得人精神紧张，头昏脑涨。在软尘十丈中，浩荡车流混杂着汹涌人流，首尾相衔地鱼贯穿行于斑马线上、红绿灯下。有人翻用鲁迅先生的话，调侃说：街上本来有路，走的车多了、人多了，也便没了路。

现在，家住陵西，同这些嘈杂混乱现象"拜拜"了，告别了熙熙攘攘的市廛繁华，远离了浓烟四散的车尘、尾气，不见了星级酒店、溢彩霓虹。回归萧散，结缘自然，尽情地享受着盈盈绿意，剪剪清风，一番天籁，几许诗情。

南楼，昨夜，东风。月影悄悄地爬上了前窗，几树长杨欢愉地翻摆着肥硕的叶片，茸茸的嫩草丛中送过来疾徐有致的阵阵虫鸣，听来宛似潇潇的春雨，清极，静极。十年前吟咏白洋淀的诗句中的情境——"轮蹄不到红尘远，一枕酣眠梦也清"，想不到竟在这个北方特大都市中展现了。

楼前，隔着一片宽大的草坪，新开河清波一脉，汩汩西流。晨兴不寐，沿着堤边小径闲步，顿觉神清气爽。几只五彩风筝在晨风中摇曳，缥缈的云空荡漾起了美丽的蝴蝶、苍鹰、金鱼、蜈蚣，绘出一幅构图疏朗、设色斑斓的画面；而仰首苍穹、沉酣忘我地赏玩着飞鸢清景的人们，此刻便也化作点缀其间的"画中人"，共同构成一道亮丽的春郊风景线。

一场新雨过后，青青无尽的草坪越发显得鲜活亮艳，一眨眼工夫，急性子的报春花便把簇簇新黄挂上了枝条，而野杏、京桃更是忙不迭地在光秃的树冠上扯起绚烂的霞幡，紧接着，小桃红、紫丁香、刺玫瑰、野蔷薇也相继地开花绽蕊，千朵万朵缀满了枝头。就这样，居民们还没来得及静下心来着意地欣赏，春光夏景便已在暗中偷换了，让人蓦然记起宋人的"化工只欲呈新巧，不放闲花得少休"的诗句。

当然，这里的“化工”一词只是借用，若是表述得完备一些，应该说，其间更多地凝结着人工的智慧、勤劳的汗水。岸边草坪上陈列着一张河渠改造前的老照片：一条臭水沟，几间棚户房，旁边丛生着齐腰高的杂草，堆放着一些陈年积淀的垃圾。如果不看说明，外来人无论如何都不会相信，它原是眼前的清波、石岸、碧草、新楼的前尘旧影。

劳动，无论其为精神的还是物质的，同样都可以创造不朽。一幅《蒙娜丽莎》，一支《义勇军进行曲》，可以通过图像、音符传承下去，达到千秋长在；同样，人们对于客观环境的改造，诸如疏浚河渠，栽植林木，筑路修桥，通过物化劳动，也可使子孙后代享用无穷，实现其不朽的价值。

整治后的带状公园，交由“劳模物业”管理。跨越半个世纪的各个时期的新老先进生产者，共同为美化环境、绿化家园倾洒着心血。去年“五一”劳动节，他们用三天时间，在这里义务栽植了千株青槐，命名为“劳模林”，现在已经生根、吐叶了。前几天，管理人员又在径路两旁的草坪上，每隔几米，栽上一簇簇的串儿红，种植了许多花草。万绿丛中红数点，微风拂过亦多姿。从坚持晨练者的“月旦评”中了解到，市民们对近年来沈阳的市政建设与环境整治工作是满意的。

我也是晨练队伍中的一员，每天都要循着河边小径散步一个小时、两个小时。从黄河大街旁边的新乐园出发，十分钟后就进入了长江园，再经过较长一段的缓步或疾行，怒江北街便已踏在脚下，拾望眼，隐映在绿树丛中的太平庄和塔湾也遥遥在望了。全程往返总有五六千米吧，细想想，这也是颇有象征意义的。从新乐遗址所在的“辽河”流域出发，一路奔向西南，而“黄河”，而“长江”，最后向祖国的边陲延伸，进入“怒江”流域，几十分钟就心旷神怡地畅游了神州大地。借用清初文学评论家金圣叹的话来抒怀，真是：“不亦快哉！不亦快哉！”

穿过怒江北街，循新开河北岸西行，即置身于一片丛生的榛莽之中，蜻蜓翩舞，鸟雀啁啾，透过蒿丛、柳线，依稀可见碧绿的稻畦和菜圃。此时，仿佛回到久违了的童年时代，回到了半个世纪前的故乡。为了追求那种“城市山林”的逸趣，《红楼梦》里的贾府要在大观园中特意修建一个“稻香村”，依照外面村庄的式样，筑出一道黄泥墙，编就两溜青篱，盖上数楹茅屋，分畦列亩，种蔬栽花，还要在树梢头用竹竿挑出一个酒幌。我们自有天然野景，无须刻意去摆那份阔气，只要迈开双脚，通过随缘随机的游目骋怀，同样能够赏玩这番清趣，充分领略大自然无尽的恩波。

原来，“趣”字是由“走”与“取”合并组成，说明情趣是靠着行走来获取的。醉拍栏杆，也许能够称之为豪情，却与逸趣迥然不同；北窗高卧，东篱啸歌，这些中古时期的文人雅兴也同现代人不相搭界。记得有个英国人写过一本题为《道旁的智慧》的书。是的，只要这颗易感的心灵时时踱步于人生路旁的小径上，就可以不断掇拾蕴蓄丰富的人生智慧。

家住南湖，我也是经常闲步的。八年过去，人地两熟。穿行于车水马龙的通衢，不出十步，总能碰上三两个熟人。来到这里，觌面相逢的个个都是新面孔。碰头次数多了，招手、注目之余，免不了要唠上几句。有人问我“在哪里上班”，我常常以问作答：“你看呢？”经过一番打量，他笑说：很可能是在大学里教书；也有人猜测我是研究人员。根据之一，是我总好静默地沉思，像个“文化人”的样子；之二，辽宁大学、沈阳师范学院、省社会科学院都在附近。听后，我笑而不答，或者颔首以应。这倒不是有意撒谎，或者附庸风雅，我原本是这三家货真价实的兼职教授和特约研究员。

早春的一个星期天，漫步中突然遇到我的一个邻居。多年前，他是这里的住户，后来随着工作单位迁往南湖。这次回来探望一位老同志，重游旧地，面对着万象一新的般般变化，竟有隔世之感。昨天，他又给我打来一个电话，说我们楼前的那片低矮房屋扒掉后，准备矗起高楼，开辟绿地；马路旁的违章建筑已陆续拆除，人行道较前大大拓宽，美化、绿化有了新的进展。听了，欣慰之余，不免生发出丝丝缕缕的怀恋——

毕竟那里完整地保留着我的一段永生难忘的韶光，不知不觉中我已将生命的一部分封存在那里。

毕竟那里攒聚着、闪烁着人间最珍贵的友情，一些知心朋友通过促膝论道、聚首言欢，彼此的心灵在某一段时空发生过交会与融合，躯体迁徙了，而这些生命密码并没有随之而流移。

毕竟那里出门办事、购买东西实在是太方便了。

然而，对于迁居，我终竟不悔。人间万事，总是有得有失。舍弃当中自有获取，拥有的同时便是失去，失落是拥有的一种继续与延伸。世上没有不须付出就可以无端得到的东西。选择本身看似获得，实际上也是一种放弃。我选择了清静，就放弃了方便，失去了正常交往。

一千九百多年前，东汉著名隐士严子陵把物质享受与心灵自由分置于心理天平的两端，最后，毅然弃去种种优越的物质享受，以孤贫、潦倒为代价换取了人格的独立与心灵的自由，从而实现了对固有的生存范式的超越。人生在世，每个人都只能选择一种生存方式，而只要选中了某一种，其他种种生存方式就将自告放弃，当然，同时也就独具了其他生存方式所不具备的东西。

选择本身体现着价值取向、生活态度和理想追求。选择总是多种多样的。有一句很流行的话，叫作“趣味无争辩”，意思是人是各从其好、情有独钟的，兴趣不必强求一致，也不可能整齐划一。但自得自适的生命体验，确须经由自我来营造。德国著名哲学家海德格尔说，诗人从跃动、喧嚣不已的现实中召唤出幻境和梦。这里说的“召唤”也就含有“营造”的意蕴。

我想，滚滚红尘中许多叫嚷“活得太累”的人，并非都是甘心沉湎的，可是，往往缺乏从强大的世俗压力、物欲诱惑中挣脱出来的勇气和毅力。可见，回归自然，确立自我，又谈何容易！

（原载《沈阳日报·万泉》，2000 年 1 月 31 日）

极限无限

边玲玲

边玲玲，1947年生，满族，辽宁大连市人。1982年毕业于辽宁大学中文系，毕业后分配到辽宁省作家协会，先为小说编辑，后从事专业文学创作。近年在长篇小说创作的间隙，偶有所感、所得，便是散文短章。

古人把人生的中年，也就是生命的秋天，看作是智慧的年龄。比如说“不惑”和“知天命”，这些都是积极乐观的说法。其实毋庸细究，人生在世永难无惑，别说活到四五十岁，别说属于世间凡人，我们终生纠缠着生老病死、没有来处、不知所归的苦恼。自古至今大有仙风道骨的老者，被称为大智慧者，他们隐逸林泉谢绝世交临风默想，对月长吟，无所事事无所用心地迎送着剩余的岁月，与其说是无惑，不如说是对宇宙万物本质的难以解惑的困惑，或对人生短瞬、永难解惑这一点的不再疑惑，因而精神世界进入一种顺其自然安然无为的平和状态。

天命说，是不是说，人活到了一定的岁数就该颖悟，颖悟到宇宙间那看不见的规律法则划给你的限定。命运逃不出去的圆圈圈着你，那圆圈的半径就是个谜。那是你先天遗传素质的优与劣；后天顺逆的增补与磨损；你无法选择的时空现象；这些现象演绎出来的时事风云和历史机遇；以及这些机遇选择了你时，你抓住了或者放弃了它的瞬间，支配着你的不知是偶然还是必然的，有时有形有时无形的那股奇妙的作用力量。话说得很拗口，也许没说清楚，也许根本说不清楚。也许说不清楚，就是本质。也许许多事情和渺小个人关系不大，比如宇宙的起源和边际。布鲁诺认为：宇宙无限大，世界无限多。结果得罪了教会，教会用极刑表明了他们对他的重视。看来宇宙这样的大事，对于布鲁诺这样的个人，关系重大。再一想，它和我们每个人也不是没有关系。如果演绎生命的宇宙没有边界的话，我们又以什么为依据为参照，确定自己命运的半径呢？当我们到了一定的年龄，磨损得不知是消极了还是智慧了时，我们会客观理智地对自己说：一切都不是由自己来圈定的，或不是我们自己有能力圈定的，而是那个看不见的规律圈定的。初生牛犊敢于做的，我们则不做了，我们因此乐观地认为：我们已经知天命了。

虚无，容易被说成是消极的，或有消极的一面，可是我想，对于那些墨守的成规，习惯的势力，定型的观念，已成权威的定论，虚无，不也内含着一种怂恿你冲破限定不断否定的，在探索的途径上永不给自己圈定止境的，把限制也虚化了的积极因素？都说清楚了，还要你说什么？说不清楚才要你去想说清楚了是一种什么状态。这也许才使人类活着有事做，才使得人活着有点意义吧？

每次在认同了那个限定时，我仍然会产生一种莫名的惆怅。比如像得知了雷斯地图的故事之后。这真实的故事梗概如下：18世纪初叶，人们在土耳其伊斯坦布尔的托普卡帕王宫里，发现了一张世界地图。因为地图是在海军上将皮里·雷斯书房里找到的，人们就叫它雷斯地图。雷斯地图的一端，画着一块没有署名的大陆，是我们今天所说的南极，但在当时，地球上存不存在南极洲，人们还在争论当中。一百年以后，也就是1820年，人类终于找到了南极洲，这才发现，雷斯地图上的那个无名大陆就是南极洲。和后来人类绘制的地图略有不同的是，雷斯的南极洲形状被向两边拉长，而且上面还标出了山峰、河流和海岸。当时人类肉眼里的南极洲，恰是一片覆盖在冻土之上的冰川世界。直到20世纪50年代初，科学家才借助于回声探测仪，发现南极冰雪下面的地形和雷斯地图标明的情形没一点差别。而南极上没有冰雪，是片温暖的大陆，那应该是六千年以前的事情。这就是说，雷斯地图不可能是由我们在社会发展史中学到的，六千年以内的地球人类最初绘制的。

当地球人类向月球发射出第一枚探测火箭以后，在月球探测器发回的地球照片中，人们发现照片上的南极形状是被拉长的，竟和雷斯地图上的一模一样。那么是谁在六千多年以前,从月球上窥探了我们的地球呢？更不可思议的是，1969年，阿波罗号宇宙飞船第一次把人类载上月球之后，宇航员们在月球表面，发现了二十多个类似地球人类踩下的脚印。看来阿姆斯特朗代表地球人类在月球表面迈出的那一大步，在据说已爆炸了150亿年的宇宙空间，渺小得都可以忽略不计。

视野的开阔，造成苦恼的增多，都说庸人自扰，杞人忧天，可智慧之书《红楼梦》中也有这样的句子：巧者劳智者忧。是说忧虑中藏有智慧。所以古今中外都有些诗性的智者，当他们的奇思妙想穿透宇宙的时候，免不了要感叹惆怅一番。人类被地球引力束缚着，在短短的难以光年标记的活动范围里，仅仅几千年就留下了许多诗句，精彩的篇章大多惆怅。“念天地之悠悠，独怆然而涕下”也好，“不知天上宫阙，今夕是何年”也好，或是牛顿用科学幻想的语言说出的，地球让上帝踢了一脚，所表述的都是人类自身与宇宙自然规律之间的距离感和无可奈何。

这些智慧的感慨，都来自与大自然的交流。没有宇宙、自然作为参照，人便自满愚钝得不会发问，以为诸事皆通，万物皆备于我。去年夏天，当我徘徊在玉龙雪山脚下时，我就面对着我自己提出问号：上不上？要上，就是海拔四千七，时刻是午后两点多钟，大批游人正在下山。且又乌云蔽日，不见往日冰川的白色。下山人说，山上已经飘雪。有千条理由放纵自己：没有人给你限定纪录，给你分派任务，更没有先知授命，像耶稣赴死。太高，有索道把你送上去；太冷，可以租羽绒服；缺氧，二十元一只氧气袋，轻得像气球。许多游人看见变了天，都走了。我的结论是不上。理由，害怕。既然不上为什么不走？今天想来，许多的因素都是偶然。

与玉龙冰川接踵，今生难有第二次，犹豫当中，看见出租车送来三个女老外，膀大腰圆的中年妇女，穿着跨栏背心大裤衩。她们望望山顶的黑云，钻进车里向索道口开去。这是一个挑战。她们上，我死活也上。我武装好羽绒服和氧气袋时，刚才那辆车兜了一圈转回来，飞快地开下山去。心里没了对比，找不着坐标，不知进退的时候，在刚刚下山的人群里，我看见了一个七十多岁的老妇，领着她七八岁的小孙女。我问她们："上去了吗？"老人神气十足，拍拍胸脯，"当然上去了！"

这样我也就上去了。一路顺风地到达索道缆车的终点，海拔四千米处。索道的终点，并不是旅途的终点，再往前走，是人工的木制栈道，在冰川的缝隙间，一直向上延伸到海拔四千七百米处。多数游人，包括那老妇所说的上去了，也就是到索道终点为止。在缆车上升的那一千米空中，向下看，看不见当地人说的原始森林和杜鹃花，只有一团团灰色的雾气，像是托着缆车上升。《西游记》剧组曾选择这里拍摄外景。

我也可以到此为止。抬头看，乌云遮住了冰川。恐怖的气氛里，工作人员拿着步话机喊："你们是最后一批游客，天气不好，早点下来！"我僵在被动的状态里，不很情愿再上，要想找理由的话理由是太多了，年龄啊性别啊还有我是独自一人。结果缆车下去了，我还站着不动，这就等来了又一次偶然。十来个年轻人全是男人，冲我喊："大姐，一起走！"他们看出了我的犹豫，还说："有一对日本夫妇，七八十岁了都上去了。"这样我也就上去了。

之后的那七百米，现在想来也像梦一样不觉真实。脚下全是气团，两米之外就看不清地上的木梯磴了。我至今说不清楚我站在那儿等什么，是在等待一个前进的借口吗？有一点是清楚的，就是上去了也什么都看不见。一路上，仍算独行，大雾吞没了同行者，凭着气息才知道前后有人，为保存体力，都不说话，走几步吸两口氧，也不知道是真的缺氧，还是心里紧张。唯一壮胆的伙伴，是抱在怀里的那个氧气口袋，我抱着的是自己的肺、心脏，是自己的生命啊。在一个平台处停一次，木牌上写着："雪线高度，四千五百米。"大雾，遮住了景色的变化，肉眼也就看不到雪线的意义。

剩下的二百米，像是无意识状态中就上去了。上来了，栈道到此终止，它意味着，你在有生之年超越了一次雪线。终点是极限吗？雪线连终点也不是。湿漉漉的水汽中，浮现出一个"游人止步"的木牌。而雷斯地图和阿波罗登月的启示就是，浩渺的宇宙间，你从索道出口到栈道止步的艰苦跋涉，都渺小得可以忽略不计。也许那是对全人类而言，对个人，你可以记下这一次纪录，可以回味它的新奇，可以向书斋里酒宴上的人们讲述你的冒险，以示他们的单调和你的丰富阅历。可是还有那样一些个人，那些生于高原山区的民工，他们是怎么把栈道铺向了终点的？据说他们不穿羽绒服也不带氧气袋。我的终点的高度，其实是由他们决定的。

同行的青年们，兴奋得对着象征虚无的大雾，又拍照又录像，我只感觉失望，我知道，我的目的是冰川。总觉得眼不见为虚。我自知无法和他们比速度，决定先行一步。下到不足百米的一个拐弯处，背后传来欢呼声。停下来看，头顶上的乌云，缓慢地裂开了一道缝隙，露出蓝天和一缕阳光。光线倾泻下来，就在栈道木栏杆外面，显现出了一片堆积的尖冰，剑锋朝上，灰白色的锥体夹缝中间，渗出透明的海蓝色。冰川伸手可触。我连连按动快门，这时没有一个偶然的他人出现，我只好把自己圈在镜头外面了。

可遇而不可求，我不遗憾，给你多少是多少。谁呢？天？命？天命？具体化作那破云而出的大气蓝天？太阳？阳光？它不给你你也看不到。我看到了，它们从宇宙那么深远的地方，给了我一个真实的海拔四千七。

回到住处，在当天的电视新闻中，一条消息令人后怕。画面上是欧洲的一个森林风景区，一辆高空缆车坠下山谷，车上人全部遇难。这当然是个偶然事件，它能发生在欧洲，那么发生在玉龙雪山也不是绝对不可能的事，我没遇上罢了。在山上当那些小青年欢呼时，我曾闪过一个可怕的念头：雪崩。在新疆，曾听人讲过，有几个年轻人爬到了冰山上面，一高兴就狂呼起来，声音和冰雪共振，造成了雪崩，结果无人生还。下山后，我讲了新疆雪崩的故事，同行者们个个惊呆。

人们所说的怕，是怕什么呢？我想多数情况下是怕死。死，便是生命挨不过去的极限和终点。当我如愿以偿平安无事地回来以后，我突然对命运有点蔑视。它的范围到底由谁来圈定？能说因为都是偶然，也就是被动地由人摆布？这种被动地听天由命，就是顺其自然，就是自由吗？凡是大智慧者，都平静地对待死亡。古希腊学者阿基米德对着罗马人的刺刀说：“等一会儿再杀我，等我证明完这道几何题，不能给后人留下一道没解完的难题。”布鲁诺在对判处他死刑的宗教裁判所讲演说：“死亡不是别的，而是分解和化合。”还说：“火并不能把我征服。”在强大的外力面前，他们的生和死都是主动的，主动地意识到了不自由。还有泰戈尔著名的诗句：“你觉着你是自由的，你其实是不自由的；你觉着你是不自由的，你其实是自由的。”这话要是用来警示自己，其中的你，就可以改成我。我，是自我的圈定，是主观的释放，是内在的能动。所以才有贝多芬的那句名言：“扼住命运的咽喉。”

扼住，是要自己伸手来扼。自己也是个偶然现象，但偶然不一定就被动。下山以后，我向小青年一再表示，没有他们鼓励我上不去。他们说，这么恶劣的天气，其实他们也害怕，正在争论上不上，看见了我在那边徘徊，说：“看人家女的，还是一个人。”他们就决定上了。受我的启发，他们也每人租了个氧气袋。原来是互为偶然，互为动力。人在把偶然变为动力的时候，最主要的因素，难道不是潜藏在你身上的，积极进取的精神和对生活的热情天性吗？在黑云和冷雨面前，如果我扭头走了，也就遇不上那几个女老外、祖孙二人和同行的青年人了。我没走，是在等待中，主动地创造了机遇。

带回的几张冰川照片，留下了偶然的瞬间，它们像牙雕，也像白骨，解释了我至今疑惑的事情：冰川，我真的看见了。有一些问题是无法解答的：是谁让冰川上面云开雾散阳光出现的？是谁最早绘制了雷斯地图的？是谁决定了宇宙爆炸的前后、起始和它边界的无限伸展的？地球在太阳系中存在了五十亿年，太阳已到中年期，就算地球还有五十亿年的寿命，她仍然是宇宙间的一个偶然。偶然的蓝色，偶然的阳光、空气、水，偶然的分解与化合，偶然的生物，偶然的动物，偶然的人类，才有了偶然的你、我、他（她）、你们、我们、他们。

也许悲观主义是深刻的。尤其是对于探索人类心灵世界的艺术。尤其当你面对那些难解的自然与生命之谜。顺着这个思路再想，在浩瀚宇宙间一颗偶然生成的星球上，会偶然地生成我们自己，偶然使生命神秘，不也使生命因此显得珍贵吗？这种珍视，这种自我珍重，并由此珍重一切生物，和一切生命物的活动，或叫生活，这又是积极主动和乐观的。

（原载《芒种》2001 年第八期）

雷锋精神永生

——关于《辽宁日报》雷锋报道的回忆

彭定安

彭定安，笔名波阳，1929年生于江西鄱阳，1949年参加中国人民解放军，1950年毕业于北京新闻学校。曾先后任《东北日报》《辽宁日报》文艺编辑，辽宁社会科学院所长、副院长、研究员，兼任辽宁省社科联副主席、作家协会副主席，曾任东北大学文法学院院长、教授。现为辽宁省文史研究馆馆员，辽宁社会科学院资深研究员，东北大学文法学院名誉院长，辽宁省社科联、文联和作协顾问。辽宁省首批获政府特殊津贴有突出贡献专家、辽宁省委、省政府命名优秀专家。

雷锋已经载入史册——载入中国现代新闻史、中国现代精神史的史册。“雷锋精神”在中国60年代以来的精神发展史中，起到重要的作用，留下了不可磨灭的刻痕，它是“现代中国人精神构造”中的内涵之一。它已经成为当代中国精神的组成部分，成为一种“热心为公众服务、乐于牺牲自己帮助他人”的精神象征。不过，虽然如此，我们现在每年都在三月里掀起一次学雷锋热潮，但是，人们心里却存在一个问题：现在学雷锋还有什么意义吗？现在谁还学雷锋！甚至有人提出“学雷锋是不是同商品经济——市场经济原则相矛盾”这样的问题。从80年代中期起，我就多次接受记者采访，就“雷锋精神与市场经济”这个问题进行讨论。这从舆论界反映了社会观念中的疑惑。从发生学的角度说，就某个事件——问题的性质、意义进行讨论，最好的方法就是从它“怎样产生”这一点来开始探究，即寻根探源问究竟。为此，我愿以《辽宁日报》雷锋报道参与者之一的身份，回忆当时报道的一些情况，追忆往事，提供一点新闻史资料，并借此就“雷锋精神”的理解问题，谈一点意见，做一些探讨——虽然“曾经沧海难为水”，我一直不愿回忆这段历史。

（一）雷锋报道的起因

雷锋与其他一些英雄人物不同，他在牺牲前不是一个默默无闻的人，而是早就在部队和社会上颇有名气的先进战士，并且已经有了“毛主席的好战士”的光荣称号，他的那帧几乎是“雷锋形象”的代表照（头戴放下护耳的皮帽的头像），在他生前就已经在报刊上流行了，这说明他牺牲前已是一位公众人物，已经具有突出的“社会形象”。他牺牲后，他的部队驻地抚顺展开大宣传、大学习的运动。《抚顺日报》连载雷锋所在团俱乐部主任陈广生所写的雷锋事迹长篇通讯，社会上热烈地谈论雷锋事迹，并开展学习雷锋的活动。正在这种宣传、学习高潮中，时任中共抚顺市委书记的沈越，与当时《辽宁日报》总编殷参同为省委常委，比较熟悉，他向殷参提出，在《辽宁日报》宣传雷锋。殷参接受了这个建议，便在报社组织报道。时在1962年末，任务落在政教部，政教部首当其冲的是军事报道组。这样，按这种“组织系统”，组建了一个临时报道班子，下分三组人员，各司其职。一是搞具体报道的，负责写通讯、消息等；二是在家选择、整理雷锋日记等材料的编辑组；三是撰写评论、专论的评论组。我记得，一组是当时政教部副主任霍庆双同志负责，二组负责人是赵徐同志，三组任务主要由雪杰同志负责。一线直接指挥的是霍庆双。在上面负责抓总的是副总编辑邢真同志和政教部主任马明华同志。当然，整个报道的总指挥和战略决策者是殷参。

（二）“临战”受命，采写通讯

我在文艺组（当时属政教部）任编辑，本与这次报道无关。据我事后听说，是殷参点将，要我负责事迹通讯的写作。不过，找我谈话、布置任务的是邢真。他向我交代：任务很急，即日采访，写一篇长篇通讯，限一周交稿。同时，霍庆双交我一本16开本内部油印材料，即陈广生所写雷锋事迹。当时，我在离家14年后，正准备举家回南方探亲，领受任务之后，即先投入这件工作。按照自己习惯的“采访程序”，第一步先了解、掌握所有现成的资料，除细读陈的油印件外，还阅读了他发表在《抚顺日报》上的雷锋事迹长篇通讯，又借阅了资料室所有关于雷锋的报道，兼及其他沈阳军区英模人物的重要报道，如关于当时与雷锋齐名的雷凯的事迹报道等。第二步，根据已掌握的材料，列出提纲（提纲1——采访提纲）。然后，第三步，依据（提纲1）进行采访。其中，最重要的采访活动是参观在沈阳市工人文化宫举办的“雷锋事迹展览”。我除了一般性观看并摘记有关资料外，重点是仔细阅读了雷锋日记和读书笔记，也做了摘记。这时，雷锋的形象已经在我的心中形成。他是热情的、活泼的，好学的、深思的，心里充满强烈的爱和强烈的恨。我直觉地形成了这样的“雷锋观”：他是一个热心肠的人；“雷锋不死能当将军”；“雷锋永生”。我这样想着，走出展览厅。——谁会想到，这瞬间“一想”，便惹下了日后的弥天大祸！这是后话了。

第四步是对所掌握的材料进行梳理、思索，形成概念——观点——思想。我形成了这样的逻辑序列：雷锋在旧社会遭受了超常的苦难。因此，在新社会，他有一种超常的“解放感”、幸福感，他对新社会及其创造者共产党、毛主席有一种超常的爱；这种爱，使他对整个社会感到亲切，对所有的人都感到亲切，他总是想为社会做点什么，他愿意帮助所有他遇见的有困难的人们，为他们做点事情，这是他最大的愉快。他的热心肠，具有一种明显而深沉的阶级觉悟和社会感情，具有一种“我为人人”的精神。正是在这种觉悟——精神——热情的触动和支配下，雷锋做出了那么多后来被称为“助人为乐”

的好事。在形成了这样的总体认识之后，就正如马克思在《资本论》中所说："材料的生命一旦观念地形成，呈现在我们面前的就好像是先验的结构了。"我预想中的文章结构，也就这样"先验地形成了"。根据已经掌握的材料，经过整理，我起草了第二份提纲（提纲2——写作预备提纲）。按照这份提纲，我将有关材料进行筛选、梳理、排比，并把"留用"的"精料"，分类安排——组织——镶嵌到提纲3（写作提纲）的章节之中，从而形成一个叙述——描绘雷锋事迹的总体框架。这基本上是一个"传略"架构。

这时，我感到需要补充一些细节材料，特别是一些感性的、外在形象的所谓"音容笑貌"的东西。这是我每次采写这类"大通讯"时的"习惯动作"，自以为是"为文学描写捕捉现场感"。我已经不可能采访、观察活着的雷锋，于是我约见陈广生。因为他多次采访过雷锋。——谁又会想到，我这一种不能说是"多余"至少可以看作不是特别必要的"深入采访"之举，又再次为自己种下祸根？这也是后话了。——记得是一个明媚的冬日的星期天，陈广生带着一位年轻女同志（我想那是他的女友），如约来到报社三楼文艺组的办公室。我们交谈了约两个小时。我得到一些"感性的东西"。于是，我决定进入写作阶段。这时三天过去了。

（三）"雷锋形象"：理解与表达

根据自己的理解，我心中形成的"雷锋形象"，概而言之就是：乐于帮助别人，平凡铸就伟大，雷锋精神不朽。详细说，他苦大仇深，热爱新社会，热爱共产党、毛主席，善于学习、勤于思考、满腔热情、乐于助人。他的突出特点是，任何时候、任何地点、任何情况，都以超常的热情投入工作和帮助别人。他不同于战争年代的英雄，炸碉堡、堵枪眼、冲锋陷阵、杀敌制胜或英勇牺牲，他们的事迹，轰轰烈烈、慷慨悲壮。雷锋却是平平常常、琐琐细细，事不惊人情感人。但他做到了常人做不到甚至想不到的事情，他是平凡时期的英雄典型，这应该成为贯穿拟写文章全篇的思想。就像雷锋用一件件实际行动实现了他的思想那样，我的文章也应该是用一件件实际事迹来体现他的思想。但我不能流水账似的罗列件件事迹，这样不仅材料堆砌、陷于平淡，而且等于陈广生材料的重复。我决定选取典型、突出重点，“以‘事’写情，以‘事’达‘思’”，写事是“表”，写雷锋的“思想”是“实”。而且不写通讯，而写报告文学，用“文艺笔法”，取“颂歌”式，而不是“咏叹调”式的“文章调式”。当时，我想起中国文论中常说的“高屋建瓴”，也想到梁启超所说“笔锋含情”。这样，我拟出了提纲3，即写作提纲——文章提纲，并按设想的那样去写。我为雷锋精神和行为所感动，写作时，感情比较激动，也很顺畅，有一泻而下之势。最后我写到雷锋牺牲了，但他是不朽的。于是写下了题目：《永生的战士》。当时我对这个题目挺满意——但我“高兴得太早了”。人生但能料后事，几许风雨化蓝天？这又是后话了。——当时，我写完后，便在题目下写上了“陈广生“三字，因为我使用了不少他的油印材料提供的事迹，虽然他未着一字，连提纲也未参加讨论；他也没有提过这样的要求。而我自己则由于“众所周知的原因”不能署名。这时“任务期”过去五天。我赶着提前两天完成任务，是为了留出修改或返工的时间，也免得耽误南归的行期。至今还清晰记得，我持稿去找霍庆双，在办公室门口遇见，便将稿交上，他边走边看，念道：“陈广生？”然后说：“这稿不是你写的吗？”我说：“是。”他说：“那也得写上你的名字。”“这……”我们同时意识到那个“众所周知的原因”，他便说：“随便写个笔名吧！”我因回家在即，脱口而出，“就写‘波阳’（这是我家乡的名字）。”这样，便署上了两人的名字。

很快就发稿，我把清样寄给陈过目，他很快回电话说：“稿子写得很好，同意发表。”

（四）学雷锋运动的兴起

《辽宁日报》1963年1月8日，以一整版的篇幅发表了《永生的战士》。

第二天就引起巨大反响，编辑部接到不少电话；我也接到在外地的老同志的电话，给予称赞并说“从文笔就看出是你写的。”紧接着，《辽宁日报》连日发表雷锋日记和读者反映，社会上很快掀起了学习雷锋的热潮。3月5日，毛泽东主席的“向雷锋同志学习”的题词发表。——他是受到《中国青年》杂志几位年轻编辑呈送的雷锋报道材料和请求题词的信后，写了这个题词的。随后，刘少奇、周恩来等党和国家领导人的题词，也先后发表。这期间，辽宁和全国的文学艺术界，也闻风而动，创作了不少文艺作品，歌颂、表现雷锋。最有名而风行全国的，大概是《唱支山歌给党听》这首歌了。这固然因为歌曲写得好，但其时代、社会背景，却是由于雷锋，并因为雷锋的导引，而对党产生了热爱之情。这一点，也同样反映了学习雷锋的政治思想特质。就这样，全国性的、遍及各个阶层的、轰轰烈烈的学习雷锋的热潮，在中华大地上展开，而且，是带着这样的思想、精神实质来展开的。文化、思想潮流一旦形成，群众性的自发的“社会性提炼”就会出现，并把潮流的主要精神用一句简练的话语或口号来表达。雷锋精神则被“社会提炼”为“助人为乐”。这基本上体现了雷锋精神的实质。并且，从此就以这个概括性理念，进入并参与中国当代精神世界的建设，成为当代中华性格的一种健康的、有益的思想因素。就这一点说，雷锋精神是永生的。

（五）关于“雷锋精神永生”的理解

《辽宁日报》关于雷锋事迹的报道，不仅在报道的组织领导上是成功的，在报道的指导思想上也是正确的，前者，表现在由总编辑领导，由上到下层层负责，组织了一个完整的、分工明确的报道集体。后者，则突出地表现在，不仅抓住了报道对象的主要精神，而且抓住了时代精神，并把两者结合起来，予以集中地、连续地、突出地报道。“把文章作足、作透”。这是成功的原因。正是因此，“雷锋精神，助人为乐”，才在中国大地上，在亿万群众中“遍地开花”，持久不衰，使之进入现代中国人的精神世界，参与他们的精神成长与发展的历史。后人撰写中国现代精神史以至中国现代史，不能不对雷锋精神和学习雷锋写上一笔。

这已经是历史了。现在的问题是，是否“事过境迁，时过境迁”，“雷锋精神，助人为乐”也已经过时了呢？

问题是这样提出的：现在是发展商品经济，建立市场经济体制的时代，奉行的、讲究的甚至追求的是：价值规律，等价交换，利润原则，“没有白吃的午餐”，“没有白干的活”。因此，雷锋是“傻子”，“‘傻子’才学雷锋”，或者是“学雷锋固然好，我不反对，但我不学”。以至认为，“现在提倡学雷锋，与发展商品经济、建立市场经济体制矛盾”，如此等等。其实这种对立是一种观念上的对立，而不是事实的对立。首先，这是对于市场经济的一种误解，以为市场经济嘛，就是一切只讲经济效益，只认金钱不认人情，“坑蒙拐骗都可以，信誉情谊去他的”。事实上，市场经济是信誉经济、法制经济、知识经济、法律法规、诚信遵规、人情友谊、道德规范等，都是需要讲究的，并不是一切“唯钱是从”，为富不仁。在这个领域里，友谊、情感，互助互帮、互利双赢等等，也都是存在的。这不是出于谁的主观的良心好意，而是市场秩序、正当竞争所需要的，是长期的市场经济运行所形成的大家遵守、彼此有利的规矩、原则。没有这些，不仅市场经济不规范，而且是进行不下去的。其次，还有另一种误解，那就是把市场经济领域里、商贸活动中的规矩、原则，混同于社会生活中，体现了人类文化精神的友谊、亲情、互助互帮等行为准则，道德规范。人们在社会生活中的作为和原则，虽然受到经济体制的影响，但究竟是两个领域，不仅不可混同，而且应该明确分辨它们的原则性的不同。我们还可进一步体味，在社会的发展进程中，往往出现与主流意识相对抗的“社会补充意识”，以与主流意识相抗衡，抵制其消极作用，起到与主流社会意识的互补作用，从而推动社会前进。从这一点说，我们现在在建立市场经济的进程中，尤其是已经出现严重贪污腐败、为富不仁的现象，就更加需要雷锋精神。即使在浅层次、日常生活的层面上来说，有些不良现象，如公交车上无人让座、见难不助以致见死不救等等，也使人们怀念雷锋，希望雷锋再生。总之，雷锋作为一代典型，以自己的言行，集中地、个性化地体现了一种人类美德和中国传统美德，进入了中国人、中华性格的积淀，而留传下来，参与中国人的精神生活。

所以，我们应该说今天仍然需要雷锋，需要学习雷锋，雷锋精神永生。

（六）雷锋报道余事

历史“合理”地走着曲折的路。在雷锋报道影响全国，在学雷锋运动兴起并持续发展的时候，我个人的命运，却是屡屡颠踬蹇滞。先是雷锋通讯刊出后，新华社、《人民日报》都来约我写专题报道，《人民文学》杂志编辑部更约我撰写报告文学，并为我向报社请半月创作假，但这些约稿均被报社领导以“众所周知的原因”婉拒了。以后，每有议及或涉及雷锋报道的事，也都与我无关，更无论荣誉奖励之类了。后我又与李宏林合作创作了电影剧本《雷锋》（主要是宏林写），寄到长影后被采用，拟即开拍。但按当时要求了解作者情况时，辽宁剧协有人提出，“两个作者都是右派，这关系到‘什么人占领舞台’的问题，不能用”，第一个写雷锋的电影，就这样夭折了。到了“文革”风暴来时，我在辽宁日报社是第一个被揪出的，罪名是“死不改悔的右派分子”，但在批判高峰时，我心中仍然葆有一点亮光，这就是雷锋报道：“毛主席肯定的典型，谁能否定？谁又否定得了？”但是，真是所谓“有点高兴得太早了”，不久，就突然出现一张“顶天立地”的大字报，题为“雷锋通讯《永生的战士》是一株反毛泽东思想的大毒草”，内容大意是，“雷锋是毛主席的好战士，但彭定安却恶毒地胡说什么‘永生的战士’，这是明目张胆攻击伟大领袖毛主席；通讯大讲雷锋‘伟大出于平凡’实质是大肆宣扬刘少奇的“吃小亏占大便宜’的反动哲学”，等等。同时，还有一张“彭定安盗用军区作家名义推销反动黑货”的大字报。几天后，又出现一张大字报，称“沈阳军区领导谴责《辽宁日报》走资派，竟然让右派分子采写毛主席好战士雷锋，这是对雷锋极大的侮辱！”这样，对我确实做到了“彻底否定、打翻在地”。这里，追述这些往事，倒并非诉一己之苦，而是其中蕴涵着一种值得反思的历史经验。记得当时除了对我这个作者的歪曲的批判之外，对于“雷锋精神”，也有不同议论，如说雷锋没有阶级观点——街上走着的老头、老太太，说不定是地主、地主婆，你随便就去帮助？怎么可以不问成分，对无论什么人都“像春风那样温暖”？又说雷锋缺乏阶级斗争观念，如此等等。因此，当时对雷锋确实是低调处理的。这说明，时代气质、时代精神使然，人们对事物、问题的认识，会完全扭曲，陷入误区；而一旦观念改变，才能“回到历史的真面目”上来，事情的性质也就完全改变了，于历史、社会有益的东西，才能发挥它的积极的作用。雷锋精神所蒙上的极“左”的政治灰尘被拂去，它的光亮才显现出来，参与历史进步的思想文化事业。而现在则是另一种认识的扭曲在发生作用，也许可以称为“经济利益，过分追求实惠的灰尘”。这是我们应该拂去的当代认知尘埃。还有，那种诬蔑不实、深文周纳、无限上纲的大批判的思想作风与文风，是切不可忘记的历史教训。

《辽宁日报》的雷锋报道，确实是一次成功的报道，产生了巨大的、现实的与历史的影响。它理应进入《辽宁日报》的报史，也应该有资格进入中国新闻史、报业史。为此，我仅从个人角度提供一些史实，以为“历史存照”。

（原载《记者摇篮》2002年第四期）

驾鹤乘云去

——谨献恩师盛光荣先生

黄世俊

黄世俊（1953—2005），1982 年步入文坛。曾任市文联副主席、市作协副主席、《芒种》杂志社主编。出版过长篇小说《金扣子》《一位将军的回忆》，散文集《美文经纬 · 黄世俊卷》《 男人情简》，长篇纪实文学《绿色读本》，创作长篇电视剧《女人四十》等。曾获全国报刊征文奖、东三省电视剧金虎奖、辽宁省散文“丰收杯”特等奖、《当代小说》文学奖、《芒种》 文学奖等。

冥冥中，一只狷介白鹤乘祥云翩飞，去了，去了，所翔之处洁雾缥缈，玫瑰绽妍，天使们在圣母的指挥下唱赞美诗。这天籁之境弥散着爱的芳香与幽远，凡常难及，而你，我敬重的恩师盛光荣，理应享受这天堂之美之秀之福音！

千古旷世，寄物悼人，人之常情。此刻为盛老写悼文，心里酸酸的，也有愧疚。为他送灵那日，我作为《芒种》主编，本应执绋扶柩，等级社会讲究这个，无奈我主持一个会议，与之撞车，只好以心痛悼了。相信盛老不会因我不到场而责怪什么，我太熟悉他的仁慈博爱了。

盛老出生在浙江临安，十二岁就在校刊发表文学作品，建国初期，大学毕业后支援东北建设，来到沈阳，先在市政府供职，后调至文化部门。人生遥途，无法预卜，也许盛老不到文化部门，命运会是另一种样子。20 世纪 50 年代那场残酷的“反右”，《芒种》被打成“右派期刊”，绝大部分编辑都成了“右派反党集团成员”。盛老在劫难逃，被贬返乡，所受精神及肉体之伤害，笔墨难书。70年代末期，滴血青春已过，知天命之年的盛老才重返《芒种》。也就于此时，我结识了盛老。

最初的印象，盛老师个子不高，清瘦，不善言谈，话语慢道斯文，语音较轻，带着浓浓的江南腔，而盈着的微笑让人特感亲切。诚实说，那时我与盛老接触不多，只听说他很器重初学者，培养了许多省内外青年作家。还听说有位初学者邮来篇小说，盛老觉得见才气与功力，就编发了，谁知那篇小说竟是抄袭之作。盛老大惊特惊，把初学者请到编辑部，说到诚实为人、为文时，竟泪流满面。为此，我特感动，现今有多少编辑能像盛老呢？盛老的泪流乃特殊咒语，恐怕不了解他的人不会懂，抄袭之事伤及一颗善良之心。还有两件令我深思的事。一次是我和盛老到印刷厂下版，一工人说：“这个小老头穿得不像编辑。”盛老笑了，问我：“是以衣帽取人还是以心取人好呢？”我说：“当然是以心取人好。”盛老说：“这就对了。”“另一次，因我抽“大生产”香烟，一朋友说我抽的烟太次，弄得我失了小面子，脸红红的。盛老听了这话，说：“管他谁说什么，你活你的，做你的事，不丢自己才是自己，活你个本色。”也许这两件事都是庸常小事，不足挂齿，但如果引申，抛弃虚伪，朴素之心、朴素之事蕴含着哲理，长江大河起于涓滴，天之大道缘自真。

中国传统讲尊师重道，以为美德。现时，后现代反传统挺凶，像我这类受过传统教育的人，自然不会随帮唱影、见异思迁。1989年，我加盟《芒种》，盛老刚从副主编位置离休，被聘回来当二审，就有了朝夕相处的日子。盛老本是学问之人，每一个稿签的评语都写得密密麻麻，既有艺术分析，又有修改建议，严肃、严谨，一丝不苟。遇到有争议的稿件，他就耐心地与青年编辑们讨论，从不摆那种小霸王式的长者之尊、惟我独尊。其实，了解盛老的人都知道他学养深厚。他如果不当编辑，会写出许多美文华章，而做了编辑，“为他人作嫁衣裳”，当然，这不是王熙凤在后花园抽签后的哀叹。与盛老交往，他的言谈中所传递的知识又是一种耳濡目染、循循善诱式的教化。比如，有一次闲谈，盛老讲起了弘一大师，这是我第一次听及李叔同。他讲起李叔同为中国现代戏剧、音乐、美术、教育、报纸、绘画、广告等方面的开拓者，讲起李叔同入佛门光大律宗，讲得眼眸发亮、神采飞扬，看得出他对长眠于杭州灵隐寺的一代宗师的景仰与自豪。灵隐寺为西湖胜景之一，西湖也正因有灵隐寺才有灵光。盛老曾在杭州读之江大学，西湖水洗沐过他的青年时代，尽管命运多难，他对之的挚爱却一如既往。盛老喜爱西湖也有敬佛之意含于其中。盛老未受戒，应算作居士。以前，我们外出，他都要请些佛饰佛物。现在回想，盛老心性缘起的东西，乃佛性吧？他的善待他人，他的与世无争，他的忍辱负重，他的平平淡淡，都无须赘言，风说不清，雨说不清，草说不清，花说不清，鸟儿也说不清。独有盛老离开我们远走了说得清，思念说得清！盛老，我们舍不得你远走，我们想你，我们爱你！纵然天地间有多少艰难，纵然人生有多少苦难，我们仍与你一起慷慨酬志，侃论宏章。

逝者长已矣，生者思绵绵。盛老葬礼那天，久旱的沈阳下起了霏霏春雨，也许老天知心，也动情感，倾洒悲痛。许多《芒种》老编辑都来送行。我见到了宋加哲先生、石英先生、张启范先生等，他们唠起盛老，无不感伤，无不夸赞。都说人生走完一世，就画了句号。我想，喻比句号太直白了，理性人生岂能一个句号概括得了？基督有天堂说，佛学有轮回说，道家有道法自然说。宏阔的现实世界有那么多酸甜苦辣、美丑善恶。而冥冥中的神更有待于人类破译。我相信精神人生之说。大人生讲精神不灭，灵性的超然物外，境界的浩瀚无垠，意念的神游驰骋。我祈愿盛老在我们肉眼不及达的地方如意地生活，每天仍闻鸡起舞，伴着清风朗月读书，品着龙井读书。最好还当编辑，不屑虚位，专注一经地编织着篇篇美文并把它们变成叶叶扁舟，于星河或云海中扬帆。如果哪位熟知盛老的朋友于哪天做梦了，请抬眼望望星河或云海，你将看到那叶叶扁舟会飞翔的，它们扇扬洁白的羽翼，鸣啼着可人的歌谣，每一片羽翼、每一首歌谣里都盈着盛老的微笑。于梦非梦、歌非歌中，你无须回答什么，用心招招手即是。

是以为悼。

（原载《芒种》2003年第六期）

快意沈阳

丁宗皓

丁宗皓，媒体人，供职于辽宁日报社。20世纪80年代起从事诗歌、散文创作，兼及文学评论写作。著有散文集《阳光照耀七奶》《乡邦札记》，评论集《细若游丝的传统》。

沈阳的春天和秋天都短得可怜——春天像人的脖子，美丽但长度有限。北方民间有“春脖子”的说法，指的是春天和夏天结合部，但其实整个春天都是脖子，实无细分之必要。所以踏青是极短促的事情，脚刚刚踩到青草，夏天就到了。秋天则像一个动物的尾巴或者人的小腿，自然也没有所谓金秋。

在沈阳，不被天气耽搁的，只有秧歌。秧歌在沈阳满地都是，累月经年，风雨不误。最初的一次，我在公共汽车上，想事走神儿，忽然一扭头，看见一个老年孙悟空在我身边站着，他身边站着金箍棒。

我有点愣，继而想笑。这时孙悟空往车窗使劲抻脖子，只见一个老年八戒骑着自行车，正贴着汽车走，大声和孙悟空约定地点——现在，我习惯了这样，散步的时候，身边经常出现穆桂英，两个野鸡翎子迎风摆着，身段婀娜，回家路上顺手买了鱼食。菜市场上，洪月娥和沙僧一起买豆腐和雪里蕻，雪里蕻炖豆腐，当然好吃。这个扮相，卖菜的习惯了。

在扭秧歌的人群外，常常围着很多人，老少都有。上述的几个都是角儿，当然都在队伍前面，音乐一起，便满面红光，扭捏起来，整个天地就成了舞台啦。

舞蹈（注意：不是跳舞）受到了影响——那天，我在和平区十三纬路上溜达，在一条小街街口，忽然听见了“天鹅之死”，正宗的柴可夫斯基的《天鹅湖》。这冷天，谁在玩这个。我好奇拐过去，开了眼了——一家烤肉店开张，门前挂满各种叫不出名字的彩条，空中悬着气球。门口两个黑大的音箱里，天鹅正在缓缓接近死亡。

事情出在门脸前的马路牙子上，一对男女正在那里跳《天鹅湖》呢！柔情与哀伤，交叉揉着心灵——美中不足的事情有了，男女主角都在毛裤外面套了体形裤，所以王子和天鹅的体态里，仿佛增加了成倍的脂肪。在马路牙子上，穿正宗的舞鞋肯定无法作业，于是脚上蹬着黑皮鞋。大跳免了，腾空打击也不行，和着忧伤的旋律，下腰可也。于是下腰了，因为，不小心，腰际还露出了绿毛裤的光芒。

好在他们很快结束了这段，双双扯手谢幕，但看客零星，似乎也无幕可谢。于是他们调整精神，上了一段拉丁舞，目光炯炯，刚柔并济。舞姿好，也喜庆，当然也结束了我关于天鹅和烤肉店之间关系的联想——这家新店主烤牛肉。

对于沈阳舞者，这的确是一个不怎么样的季节。沈阳公园里，跳舞为保留性运动，年长者跳个交谊舞，白头发、灰衬衫、背带裤，倘若戴上眼镜，哇！文化内涵！而中年男女，则一码儿国标，脑袋甩来甩去，颈椎病肯定治了，眩晕症不好说。在漫长的夏天里，热，是舞者天敌。好在形式不重要，所以男人们常常是跨栏大白背心、大裤衩子加拖鞋，管他什么交谊舞与国标，都不在话下。

我个人不很喜欢国标，因为它过于技术化，技术化的目的是将女性特征放大到极致，无论如何都感觉有风化问题。想想在公园里，在舞蹈之间，女性特征锋芒毕露，还是不太合适。可在沈阳似乎是个例外，在舞蹈一角的树丛里，常常闪出一个全副武装的国标女选手，国标行头的特点就是少，算不上武装到牙齿。其实老练者一般都混迹于看客之中，在音乐起时，突然脱去外衣，围绕男伴，闪转腾挪起来。

现在，天气远远过了毛裤阶段。前天，我特意去了公园，想看看怎么个形势了。我发现男女们都已经穿上厚厚的棉大衣，戴上了白色大口罩。因为风大，多数人戴了茶色墨镜。穿着臃肿外衣的男女舞者，在风中安静地跳着，这时国标像过季的蔬菜，只能等来年再说。现在只能跳交谊舞。花样不说了，拐弯都难。胳膊远远地架着，衣前襟已经贴在一起，挪动脚，走着直线，到了场地边缘，再掉头回来，乍看像推磨，也像两只企鹅或者是耳语中的灰熊。

不知道他们彼此是否能够看得见表情，但是他们旁若无人地舞——这样，站在一侧的我，感觉事情有点神秘了。

演奏家们的难是双重的，寒冷与风。男女各一，两个萨克斯手面对面坐在椅子里，军大衣裹身。戴着手套，但手还是僵，约翰·施特劳斯某圆舞曲的一段，两个音阶之间跨度大了点，女的怎么也吹不过去，男的反复演示，还是不行。风起了，两个人的腮帮子都红了，男的最后也过不去了。

在离他们不远的一个现场，两把二胡机械重复着一段快板，一个女人唱得陌生，听得我一头雾水，开始以为是奉天落子，后来一问才知道是二人转老段子。操二胡者坐在马杌子上，大衣领子竖起来，遮了耳朵，手指黑，略有皴裂。久了，一个操琴者手僵了，他只能以抖动大腿代替手指揉弦，让生活的颤音出来。另一位索性站起来，把二胡顶在小腹上，边拉边跺脚……

我所描述的，大多是沈阳公园里的景致，那些表演和观看的，都是中老年的男男女女，他们从哪里来，住在哪里，都无从知晓，这也不是我观察的重点。我的重点是表演者和观众的关系——那是一种根本没有关系的关系。唱或者跳，仿佛置身荒野，周遭无一人在。听者默默来听，喊一声好或不喊，来就来，走就走，来去也不用打招呼。

——喜欢看这一幕幕，起于去年的冬天。那天下了冬天最初一场雪。我家北窗外的公园一角曾经是麻将战场。有人备麻将，有人带桌子，有人搭棚。上午10点，在雪里，四桌麻将已经开始了。在公园拐角处，一桌旁，孤零零地坐着一个女人，同样是穿棉大衣，戴大口罩，一切设备都有了，但缺人，而且缺三个人，以麻将术语来说，叫一缺三。女人袖着手，静静地等，对我的诧异视而不见，像一个如约而来的武林高手，雪再大，也等。

现在，冬天还没有彻底地来，我就开始想，它究竟啥时候能过去的事儿了。

（原载《沈阳日报·万泉》，2006年11月27日）

书生意气总关情

姚宏越

姚宏越，1984年1月生于沈阳铁西，副编审。中国作家协会会员，辽宁省作家协会第十二届签约作家，鲁迅文学院第三十六届高级研讨班学员，第八次全国青年作家创作会议辽宁省代表。著有“小王子足球之旅”系列儿童文学作品。

2006年9月，文化艺术出版社出版的《陈寅恪和他的同时代人》一书中，收有一篇名为《从吴宓赞美茅盾和徐志摩谈起》的文章，作者刘克敌先生是中国近代文学与文化思潮研究方向的专家。文中作者对吴宓的性格及文艺思想做了较为充分的分析，所得到的观点与当年赵毅衡先生在《吴宓：师从雪莱还是白壁德？》中的论点不谋而合。《从吴宓赞美茅盾和徐志摩谈起》一文将吴宓与徐志摩进行比较是很有见识的，虽然近些年来对于吴宓其人及其思想的研究已经相当深入，但是在更多的读者心中，吴宓这个名字只是作为中国新文化运动“逆流”学衡派的主将出现的，甚至连他一生中最为爱慕的毛彦文女士在晚年评价他的时候，也只给了吴宓以“书呆子”这样的终评。但是在笔者看来，将历史上的吴宓与徐志摩、郁达夫等人一同放入中国文坛最伟大的浪漫主义者行列也是不为过的。

吴宓写《徐志摩与雪莱》是“自悼亦是悼人”

在《从吴宓赞美茅盾和徐志摩谈起》一文的末尾，作者写道：“对于徐志摩、陆小曼的离婚和再婚，当时就连梁启超等人也有些不以为然，但吴宓始终给予充分的理解，这自然与他自己也终于离婚有关，也正说明了他的人生态度。他认为‘离婚未必失德’，以此责备当事人是不公平的。为此吴宓举了这样一个例子，据说1932年上海‘一·二八’事变时，有一位我方军官丢失地图的新闻，大概人们以为战役的失败与此有关，故新闻界大肆渲染此事。而吴宓却不以为然，认为战争的胜败并不取决于这些小事，而评价一个人也是如此，不能仅看他的生活琐事。”此段话是刘先生根据吴宓发表在1936年《宇宙风》上的《徐志摩与雪莱》中的一段文字写成的，对于这段概述一般的读者看上去是没有问题的，但是如果仔细分析吴宓的原文并结合一些已知史实就会发现，这段话中很多重要的细节被刘先生忽略了。

先摘抄吴宓的原文如下：“志摩和陆小曼女士，都是嘉兴人，都是鸳鸯湖畔的人物。然而我这诗的第二句‘鸳湖艳侣’，另有一个新奇的典故在。话说一九三二年二月（所谓‘一·二八’）上海抗日大战时，有一段军官失却地图的新闻，见于报纸。那年三月十二日，《北平晨报》上便登出邓之诚（五石）先生新撰的《后鸳湖曲》。（此由我评注，今录入《吴宓诗集》卷末页一八七页。）我的评注，大意说：此诗虽因吴梅村的《鸳湖曲》而命名，但其意旨却类似吴梅村的《园园曲》；所云‘汝自负人人汝负’，所云‘才知女宠原祸水，破国亡家皆由此’，我殊不以为然。‘离婚未为失德……沪战全局胜败，决不系此琐事’，这是我的见解。我在这一件事上，又为志摩辩护，仍有始终一贯的同情。”这段话选自吴宓文章《徐志摩与雪莱》，文章发表在1936年3月1日出版的第十二期《宇宙风》上。此时距徐志摩的忌日已过数月，如果说郁达夫发表在1936年1月1日出版的第八期《宇宙风》上的《怀四十岁的志摩》是一篇应时之文的话，那么吴宓的这篇文章显然已经过了它诞生的最佳时期，可是吴宓不仅写了，而且洋洋洒洒写了万余言。

遥想当年徐志摩去世之时，虽然吴宓于徐志摩的追悼会场作挽诗一首，并约请叶公超等徐志摩的生前好友在他所支持的《大公报·文学副刊》上发表悼念文章，但相比之下，他自己的追思文字在众多关于徐志摩的悼念文章中所占的分量是极轻的。而时隔多年，吴宓再次写悼念徐志摩的文章，此中的深意吴宓本人是不易于对读者言说的。吴宓在文中言“古今东西的文人诗人，凡是哀悼之作，无非指出那人（惨死的）与我（作者）中间性情行事遭遇的一二共同之点，既主观而又客观，虽自悼亦是悼人。”吴宓在这篇看上去悼人的文章中大谈“自悼亦是悼人”的观点（请注意吴宓此处事实上已无意间说出了此文的第一目的为自悼）自然让林语堂感到“雨僧此篇悼志摩亦所以自悼，过于坦白”，而这也正是林语堂未能读懂吴宓此文的真意之处。其实吴宓写《徐志摩与雪莱》的目的第一应为自悼，其次才是悼徐君志摩，亦可称为吴宓自悼兼悼志摩。那么写此文时的吴宓又该是一个怎样的心境呢？《徐志摩与雪莱》一文发表于 1936 年 3 月 1 日，又因文中提到了郁达夫发表在该年 1 月 1 日《宇宙风》上的文章，那么写此文的时间当在 1 月 1 日以后，3 月 1 日以前，而按照当时吴宓的身份与文章的分量，林语堂是不可能将其稿子压下的，他甚至郑重地为此文写了一段不能算短的附言。事实上此文很可能写于 1936 年 2 月中旬。由于已出版的《吴宓日记》中并无 1936 年上半年的记载，1936 年的 2 月前后，吴宓所做之事便已经无法得知，但一件不能忽视的事情是一年之前，也就是 1935 年 2 月 9 日，吴宓一直爱慕的毛彦文女士嫁给了大她近三十岁的前国务总理熊希龄，此事的发生对吴宓无疑是一次巨大的打击。时隔一年，“少读雪莱诗”的吴宓不会对此事无动于衷，加之先前看到了郁达夫的文章，想起了生前与自己同样为追求真爱而离婚又不得真爱的徐君志摩，吴宓借徐志摩以自悼的心境是完全可以想象的，说不定《徐志摩与雪莱》一文就是在 1936 年 2 月 9 日前后写成的。

关于“军官失却地图的新闻”

对于吴宓在《徐志摩与雪莱》中所举的关于“一·二八”事变的例子，刘克敌先生的文章只是进行了略加转述，实际上吴宓引此例亦是大有文章的。刘先生不知，吴宓所说的“有一段军官失却地图的新闻”中丢失地图的军官不是别人，正是徐志摩次妻陆小曼的第一任丈夫，“一·二八”抗战时由国民政府税警总团团长改任隶属第五军的87师独立旅旅长的王赓。而报道此事的《申报》将王赓之所以丢失地图的原因视为其作战期间到上海白渡桥堍的礼查饭店与前妻陆小曼私会造成的。时隔多年以后，陆小曼的侄女，也是王赓生前故交陆耀焜的女儿陆宗麟，在《忆姑母陆小曼》一文中详细讲述了当时的真实情况：王赓当时作为我军指挥人员，因我军的炮弹始终无法准确命中日军位于江湾的司令部，于是就决定去美国总领事馆找他在西点军校时的同学请教。但由于忘记了换下当时显眼的军裤而被日军发现，王赓虽然慌忙之中逃入礼查饭店，但由于他已经被日本人追踪所以不幸被捕。虽然此因由出自当事人王赓之口，并且无任何材料可证，但从蒋介石在不到一个月内即将这位“民族的叛徒”释放复职的做法判断，王赓确是被冤枉的。当然这些内情作为局外人的邓之诚和吴宓是不可能知道的。所以邓之诚以五石的笔名在《北平晨报》上发表《后鸳湖曲》以抒发“才知女宠原祸水，破国亡家皆由此”的个人看法是可以理解的，而吴宓看到王赓这种追求爱情的行为不仅产生了精神上的共鸣，甚至是要步其后尘的，虽然这种共鸣在王赓身上本身是不存在的，陆小曼当时由于重病甚至不能下床。别人读吴宓的文章很容易感到其“为志摩辩护”的意思，但事实上吴宓为徐志摩辩护就是在为自己辩护，而“始终一贯的同情”则不仅是对徐志摩更是对自己了。喜欢一贯同情自己之人往往会产生一种自私的心态，这种心态是非极了解之人所难以洞察的，虽然吴宓本人学贯中西，高足众多，文学史上也流传着一些他广疏钱财之事，但那是因为吴宓毕竟是一个文人，钱财等身外之物并非他所热衷，而一旦关乎爱情、名誉、信仰等事情，他就不会再睁一只眼闭一只眼了。吴宓的这段话中另一值得一提之处在“然而我这诗的第二句‘鸳湖艳侣’，另有一个新奇的典故在”一句，看得出吴宓对在诗中用“鸳湖艳侣”这一新典是颇得意的。关于吴宓在诗中的用典，章克生先生曾有一篇题目为《吴雨僧师以新材料入旧格律的吟诗理论及其实践》的专论，吴宓此处的得意验证了章文之价值，而若论形象、准确，章先生的文章中所引的范例就均不及此处句了。

吴宓诗中的“鸳湖艳侣”

吴宓自己在《徐志摩与雪莱》中解释了他《忏情诗》第五首第二句的“鸳湖艳侣未同陪”，他说“至于这首诗的第二句，仍是说志摩：说志摩在北海结婚之后，享了五年的艳福，方才遇难，而我始终未曾得到我的Mary……”吴宓很少在他的日记和诗词中流露出对发妻陈心一的愧疚之情，却常试图为自己的抛妻行为寻求理论上的依据。吴宓对于陈心一并无丝毫忏悔之心，他甚至听不进友人因此事对其的指责，只有吴仲贤之流为其与毛彦文之婚事费尽心思之人才能成为他此时的知己。为了毛彦文他是可以背负任何骂名的，纵使知道一些事是“离宓之精神远矣”，但是如果可行他依然会义无反顾去做，他之所以未能按照他与吴仲贤的计划实行，并非因为此事关乎“宓之精神”，而只是他认为还有一条更体面、更道貌岸然的追求毛彦文的路可走而已。（事实上，吴宓追求毛彦文失败的一个很重要因素正是与吴宓的这种过于自信有关。吴宓总觉得自己才是天下最配得上毛彦文的人，所以他不会像熊秉三那样花甲之年去写用来感动异性的情书，他也不会像熊那样调动身边各种与毛彦文有关系的人去劝说。毛彦文号海伦，所以吴宓写了《海伦曲》，但他偏要告诉包括毛彦文在内的所有人他所写的海伦是Troy中的海伦；他把自己对毛彦文的爱慕之情写入了日记，但是毛彦文是看不到那情意绵绵的《吴宓日记》的。当毛彦文已经成了熊希龄的遗孀后，他才觉得在追求毛彦文这件事上是可以与朋友商量，可此时对于希望继承熊希龄未竟之事业的毛彦文来说不晚了吗？观吴宓追毛彦文之过程，实在让笔者感叹吴宓先生读书人的自我感觉良好！读书人的意气矣！）他深知蔡邕乃始乱终弃、忘情负义之徒，但却羡慕其“娶了一双又贤又美的太太，连雪莱也赶不上他的幸福！”为了毛彦文，吴宓可以不要发妻、远离昔日挚友、背叛信仰、背负骂名，但是他终未能与心爱之人享上哪怕一天的艳福，在他看来，他的运命远不及蔡邕，而只是一个可悲的“听唱中郎”。他的愤恨是付出而未得回报的愤恨，他的愤恨是未能与毛彦文“执子之手，与子偕老”的愤恨，他的愤恨只是出于一个读书人兼悲情诗人的单纯愤恨。

书生意气式的浪漫

1939 年 7 月 11 日的《吴宓日记》，详细记载了吴宓当天与友人吴仲贤商议的有关娶毛彦文的方案，现照抄如下：“为今之计，宓宜径即赴沪。先在港制西服，自饰为美观年少。秘密到沪，出其不意，径即访彦。晤面后，旁无从者，即可拥抱，甚至殴打撕闹，利诱威逼，强彦即刻与宓结婚，同行来滇。出以坚决，必可成功。即至越礼入狱，亦于宓无损。前事可不必提说，惟有此法可成功满意云云。”为娶毛彦文入门，吴宓可谓机关算尽。吴宓在不断委屈自己的价值观与人生观，当毛彦文未和熊希龄结婚之前，他还敢依照自己的本意写下“海伦天下美，云是人神裔。祸水能灭邦，姿容真绝世”的句子。可当毛彦文真的与熊结婚了，他的自尊受到了强烈的打击后，为了自己，为了自己与毛彦文的感情，当他再次落笔的时候他也只能对邓之诚的“才知女宠原祸水，破国亡家皆由此”不以为然了。透过吴宓的爱情悲剧，我们可以看到，其实吴宓所最为缺乏的乃是他在文坛的头号敌人胡适之的变通能力，记得适之晚年与晚辈唐德刚谈话时，曾因唐德刚在与妻子选择结婚场所时的随意而批评唐，但是当唐德刚以“难道爱情还没有真理更重要吗”回复之后，胡适之顿时破颜大笑。这种事情换作吴宓是不能想象的，所以吴宓要将人生机械地分成“Duty”和“Love”（即所当为和所欲为），他就不懂得其实所欲为与所当为之间是可以转换和叠加的。他把世界过多地用二元对立的方法分开，自然也要在一些类似的、难以划分的事情上苦苦地选择。而当毛彦文成为这一选择的最大砝码之时，他的一切真理、一切信仰、一切精神都瞬间变成了浮云，这其实就是吴宓作为一个誓死追随白壁德新人文主义的浪漫之人一生最大的悲剧。

从某种意义上讲，吴宓的浪漫主义色彩是要超过徐志摩的。吴宓在毛彦文出嫁熊希龄之后还在盼望着熊秉三哪天离世（虽然吴宓这样做看上去很小人，这就是笔者所认为吴宓的自私的心态），并在熊去世之后马上与朋友商讨娶毛彦文之事。而反观徐志摩，在接到了林徽因从美国寄来的信后，以为自己与林的感情有了转机，马上去给其发电报；而当得知林徽因的信不只写给自己后，显出了一种诗人彻底的绝望，这时的他已经不可能再有一次“春的投生”了，但是如果换作是吴宓，则很可能继续他的书生意气式的浪漫。在对待婚姻和爱情上，吴宓实则是一名彻底的反白壁德主义者，他紧追卢梭，只怕求毛彦文而不得。不得是他的结局，谈不上十分可悲，只是富有浪漫主义色彩的书生寻常可见的一种结局罢了。

（原载《文汇读书周报》2007年9月28日）

林荫中的沈阳浩特

鲍尔吉·原野

鲍吉尔·原野，蒙古族，作家，出版散文集、短篇小说集70多部。作品获鲁迅文学奖、全国少数民族文学骏马奖、人民文学奖、百花文学奖、蒲松龄短篇小说奖、内蒙古文艺特殊贡献奖并金质奖章、赤峰市百柳文学特别奖并一匹蒙古马，电影《烈火英雄》原著作者。作品收入大、中、小学语文教材。全国无偿献血获奖人，全国消防公益使者，沈阳市马拉松协会名誉会长，辽宁省作家协会副主席，赤峰学院特聘教授。

同为获得诺贝尔文学奖的日本作家，川端康成就不像大江健三郎。在瑞典皇家学院的颁奖仪式上，大江的谢词一派恳切的恭维。对瑞典、对皇家学院和诺贝尔奖，描绘它们的伟大。川端非也，他像一位禅定的和尚，在颁奖会场上说了一番冗长的、庞杂的、关乎自我内心世界的言论，题目叫《我在美丽的日本》，说一休与千利休，说光风霁月，与诺贝尔奖——我称之为诺贝尔硝酸甘油炸药奖——无一丝一毫干系。

我在不久前的国外游历中，常被人问这样两个问题：一，你从什么地方来？二，你住的地方好吗？

问我的人不是瑞典人，是俄国的图瓦人、布里亚特人和霍林人。他们长着亚洲式的突厥人的面孔，是蒙古人的支系。我盘桓之处，从贝加尔湖东岸至西岸，履及森林、山地和草原。

“我的家在中国沈阳。”

这句话转译成英语、俄语，再译成图瓦语或布里亚特语之后，“沈阳”这个词出现各式的发音，像面团被揉成不同形状，好几张脸上带着期待。有人轻摇头，没听过。

“噢，”一个在德国留学的图瓦艺术研究院的教授说，“沈阳浩特。”

“浩特”是蒙古语“城”的意思，像俄语的“格勒”。他们说，对中国只知道“北京浩特”和“上海浩特”。

“谈谈你的城市吧。”一个名叫翁达的呼麦歌手说。

我们坐在大、小叶尼塞河汇合处岸边的蒙古包里，对面山坡用白石子摆出一百米长的佛经六字真言。身边的樟子松把香味甚至留在衣服里，第二天早起还能闻到。

“谈一谈你的城市。”这话题多纯朴。这些人从小与森林为伴，视野没离开过松鼠和鸟儿。对我的城市，说些什么？沈阳的地铁、高楼……

有一位叫萨彦的歌手问：“沈阳浩特树多不多，有没有河流？”

好，树与河流，对人间居所而言，比高新科技更值得交谈。萨彦梳一条过腰的大辫子（这里有的男人留辫子，剃除两鬓。问，答“满洲发式”）。

沈阳的树越来越多。我骑自行车游大二环，过工农桥就与绿荫大道融合，经浑河桥、富民桥、长青桥，再走明渠入榆树屯苗圃，直到辉山，树的河流环绕半个沈阳。“一条大河波浪宽……”如果这条河是林木之流，树叶是颤颤的微光，树冠是起伏的波浪，大二环的滨河路浑如碧波荡漾的大江。公园的林地是湖泊，街树是溪流，灌溉沈阳，恩佑沈阳。沈阳在“重工业基地”这些美誉之外，悄然变身成为绿城，与草木结缡，同自然共栖。

二十年前，我刚来到沈阳，时逢“五一”假日，曾见市民像难民般涌入北陵公园。停放的自行车一辆挨一辆，从公园门口排到辽宁大厦，四百多米。车把闪闪发光，令人目瞪口呆。我曾多次向人讲这一所见，什么叫人流汹涌，什么叫人海茫茫。有一天忽悟，人无绿地比羊还可怜。假期过后，北陵公园的绿地回归黄土地，更可怜。而今，尤其近年，沈阳的绿地大面积添加，再不会出现当年那一幕了。

我所遇到的图瓦人脸上宁静。高山里的风吹过几百里松林后再吹到他们脸上，才有这样的宁静。在图瓦，有一群麻雀像霰弹向我扑来，灵巧地绕过我的脸，飞过去。它们不怕人，也近乎顽劣。他们和我交流呼麦（图瓦语称为“呼美”），蒙古长调，听我讲述沈阳。我所说的沈阳浩特不关工业、楼房和电子产品。沈阳人傍晚在街头喝啤酒、跳秧歌街舞，唱二人转布鲁斯，有一条大河叫浑河。树嘛，没西伯利亚多，慢慢地，会越来越多。以后，城里的鸟鸣比车鸣喧闹，在街上不用走太远就见到河流，像莫斯科浩特和伦敦浩特一样。小学生作文宛如 1968 年川端康成于斯德哥尔摩演讲稿的句式：我在美丽的沈阳。

川端对美丽是这样诠释的：大自然无处不在，传统与文化无处不在，和平贯穿人与人、人与自然与动物之间。有句话叫：“最适合人类居住的地方”。人所适居，亦为动植物适居，而“只适合人类居住的地方”，那是洪荒，而非美庐。

（选自《弯路后面，有一个温暖的名字》，中国友谊出版社 2008 年 7 月版）

东郭先生和我们

宁珍志

宁珍志，中国作家协会会员，职业编辑，编审职称。现为辽宁省儿童文学学会会长。

不用吟诵臧克家先生的名篇《有的人》，我们也会清晰地知道，一些人虽然逝去，可他们仍然活着，活在我们的怀念中，活在我们的思想中，活在他们毕生为之奋斗的事业中，活在不尽的岁月沧桑中。感谢晓凯文兄的提醒，他说，冬木老师逝世快20年了，写篇纪念文字吧！我们这一代之所以能有今天的进步，与冬木老师的栽培分不开。晓凯感恩心重，令我汗颜。我忙说，是啊是啊！1991至2009，18年弹指一挥，不用回想，冬木先生的音容笑貌即在眼前频频闪现，他仍然在看着我读书写字，仍然在为我选编的书籍楼上楼下地忙碌着；稍有闲暇，又会和我促膝唠嗑，大到地球变暖，小到标点符号，远到国际争端，近到儿女家事，和颜悦色，语重心长，无话不谈。这时候，冬木先生不是老师，而是一位兄长，一位朋友。先生是我步入儿童文学编辑和创作领地的引路人，是我最初向往文学事业的精神导师。随着时间的流逝，随着年龄的增长，这种感受也愈发强烈起来。

我大学毕业刚参加工作，岗位是儿童报纸的副刊编辑，浑身上下尽管有着用不完的干劲和热情，但是刚接触编辑工作，除了一些技术性的规范要求不熟悉之外，重要的是没有自己的作者队伍，加上报纸刚刚创刊，急需一些名家赐稿，好为报纸壮大阵容。就在我两眼一抹黑、急得团团转的时候，一次会议偶然结识了冬木先生。我开口闭口“老师、老师”地叫着，真像是风浪中漂泊抓住了一只救生圈，要知道，我也是急于干出一番成绩的。冬木老师是出版社资深编辑，还兼管《文学少年》的诗歌版面，手头的作者资源丰厚。先生胸有成竹，问清了缘由之后，告诉我该如何如何，并亲自为我圈定了副刊的名字就叫“蒲公英”。按照先生的指点，我先是请省内的儿童文学名家撰稿，当然是“狐假虎威”，打着冬木老师的旗号了。他熟悉作者的创作情况如数家珍，而且人缘也好，一呼百应。有这样的老师做后盾，能组不来好稿吗？于是，报纸副刊的局面打开了，我工作的节奏也流畅起来。

令我难以忘怀的还有，80年代初粉碎“四人帮”之后的全国首届儿童文学理论工作洽谈会在石家庄召开，先生想方设法为我争取到了一个会议代表名额，对于年轻的晚辈来说，我所获取的收益可想而知。聆听前辈们演说，我目睹了儿童文学丰富、深刻、继承、开拓等全部意义的展示过程。也就是在这次会议上，通过冬木老师的介绍，我先后认识了陈伯吹、刘厚明、洪讯涛、金波、葛翠林、樊发稼、曹文轩、高洪波、程玮等儿童文学界名流，并开始了有计划的组稿活动。说来有趣，当时正值改革开放的潮头阶段，全国的交际舞活动方兴未艾，本次会议的组织者也不例外，晚间大多安排舞会来活跃会议的业余生活。一天晚饭过后，上海、安徽的两位漂亮女士来房间约我，准备共赴舞会。冬木老师和我住一个房间，他玩笑般地对那两个女士说，我们小宁不会跳舞，你们找别人去吧。先生替我挡驾了。过后他却认真地对我说，你年轻，刚参加工作，事业还没有头绪，抓紧时间要多读些书，多求教名师，以充实自己。不是说不能跳舞，你看现在的学习机会多好，名家荟萃，咱要充分利用啊！望着先生苦口婆心的样子，我的愧疚、感激之情也油然而生，于今回想，心中仍然充满暖意。

就是这样一桩桩小事，体现了先生对后生的关爱提携之情。他可以从校对符号到字体字号为你讲得口干舌燥，他可以为你购买一本《十日谈》而不惜让女儿东跑西颠地走遍上海的各大书店，他可以为你争取到一个出版选题和领导争得面红耳赤，他可以宁愿自己的作品不参加评奖而把你送到领奖台上，他甚至能为你多得几十元稿费而几次到财务室帮助计算税金……先生多次告诫我，一定要在编辑之余，自己练习写点儿童文学。就这样，我开始了儿童诗的创作，后来结集为《十四岁的星空》，纳入反映辽宁儿童文学新锐成长轨迹的“绿叶”丛书行列，并有幸请到冬木老师作为我的责任编辑。在先生的教导下，我明白是他同有关方面打招呼，降低门槛，我的习作才能够被《中国新童谣选》《中国新时期儿童诗选》《大陆儿童诗欣赏》等选本收录。同时，我策划主编的全国小学生获奖散文选《翠竹林》、全国小学生获奖诗歌选《春天的笑声》《全国小学生获奖游记选》《全国小学生获奖日记选》《全国小学生获奖书信选》等在北京、安徽、辽宁、宁夏等地相继出版，为之作序的是冰心、臧克家、郭风、叶君健等文学大家，而且发行数字都创造了全国几个第一。是冬木先生的信函、电话的往复推荐，才使我走出校门后的编辑与创作有了个良好的开端。

先生病重住院期间，我去看望他，他几乎不谈自己的病情，展开的话题还是辽宁的儿童文学创作，不断询问像他一样关爱教诲我的盖尚铎、郑晓凯、董恒波、李文语、迟何村等人的情况。是的，先生周围集聚了一批文学爱好者与创作者，年轻的有，中年的有，年长的还有，像陈伯吹、叶君健、樊发稼、佟希仁、冯幽君等，都是先生的至交。是人格魅力？先生朴实忠厚，耿直率真，平易近人，这点毋庸置疑。我总觉得先生身上所表达出的精神或境界，是我等所欠缺的，那种与人为善、助人为乐、甘心为他人作嫁的平民姿态和工作风格，年长日久，竟形成习惯，呈一种自然景观，不这样做不行，血脉和意识都不会答应。耳闻目睹成人文学圈里的“文人相轻”之事，我曾经同先生打趣道：儿童文学界风平浪静，是“东郭先生”多，您就是一位。先生并不表态。有人的地方就有矛盾，有文学的地方更有矛盾，而文学内外的人们，纠葛能少吗？凡事到了先生这里，他总能大事化小，小事化了，最后双手一摊，呵呵一笑，干戈玉帛了。陈伯吹是吧？杨大群是吧？滕毓旭是吧？我斗胆列举着，并述说着作为“东郭先生”们的言行举止。辽宁儿童文学领域能够风调雨顺，主因就是“东郭先生”的化解作用，他们像海绵吸水一样，以自己的善良之心、真诚之心、博爱之心、忍耐之心，动员团结利用所有的元素来为孩子们的心灵世界服务，哪怕是遇到人性中的“狼”，还是用加法，感化争取之，并列到繁荣的儿童文学事业中来。

先生更多的时候是不善言谈，不苟言笑，特别是生病之际，眉宇间的苦楚显然加重了，我不清楚在先生的肉体疼痛之上是否还复有精神之痛，因为无论是在他家，还是在他的办公室，我都没有听到倾诉，他不愿意谈论自己。直至今天我仍为先生感到遗憾与惋惜，生前他为别人编过的书的高度已经超过他几倍的身高，可自己除了几本诗配画的彩册出版之外，唯一的诗集还是与他人合著，理论著作《儿歌创作漫谈》也未来得及公开出版发行。是没有机会吗？以先生的资历和威望，随便他张下口，何况他在各地的出版界还有那么多朋友，他不愿意考虑自己。问题的关键在于我们，我们何曾想为先生做些什么呢？令人寒心的是，我在“百度”网页上搜索“冬木”，简直都是植物词条，先生的介绍就是两行半字，生卒年月、职业等寥寥数字。冬木先生的学历不高，东北人民出版社、辽宁人民出版社、辽宁少年儿童出版社的经历，让他把生命的线路铺得平直；先生做过校对，搞过发行，编辑与创作则完全靠自学，从而成为全国知名的编辑家、儿童诗人和儿童文学事业活动家。现行的体制往往与人的实际能力脱节，学历肯定影响职称评定，影响职务晋升，由此而来，工资待遇、住房待遇等，就可能要与他人差一大截子，其间操作程序的苦辣酸甜，世人皆知。破格破格，破一下何等艰难啊！以先生的为人处世原则，他不会破坏自己的人格。冬木老师，但愿您的苦楚不是因此而来，再不想自己的人，人生的几个关头也会想一想的，将心比心，都是人啊！

由于冬木先生的言传身教，即使现在，我的业余时间仍然被一些图书的编辑出版工作占据着，出版大厦也是我经常光顾的场所之一。有时能遇见冬木先生的一双女儿，他的大女儿现在负责一家出版社的校对工作，小女儿则是出版社的发行骨干，而且她们的儿女都已迈进大学之门。每每碰到她们的时候，我总是逆向阳光，背景几乎全是两栋粉红色的出版大楼，身后的人们三三两两，行色匆匆，似曾相识，或许还有先生的故交和学生辈。我只能对先生的女儿们说，需要我帮忙做什么，千万别客气！我希望通过为她们做点事，来回报先生对我的知遇之恩。可她们总是微笑摇头，然后迎来的是不经意间地望着我、望着我身后的眼神。我总觉得她们的眼神寓意深刻，她俩知道我送给先生的绰号是“东郭先生”，更晓得“东郭先生”和狼的遭遇。忽然之间，我若有所悟，莫非是她俩把我与身后的背景统统望成“狼”了？须臾之间，我不由对自己毛骨悚然起来。

（原载《芒种》2009 年第九期）

我和我的祖国

林　声

林声，1931年1月生于山东蓬莱。1947年参加革命，曾任记者、市长、副省长、省政协常务副主席。1996年离休。中国作家协会会员、中华诗词学会会员、中央文史馆书画院院部委员、东北大学兼职教授、沈阳大学名誉教授、省文史馆馆员、名誉馆长。著有《灯下情思》《灯花吟草》《林声散文》《林声国画精品选》《林声诗书画集》《林声自题画诗》《玩陶集》等专著13部。主编《中华名匾》《中华百年历史名碑》等大型图书13部。获得国家图书奖、“艾青杯”文学奖。参加国内外书画展十余次，其辽三彩作品应邀参加2014年第五十届世界手工艺文化节展览。

硝烟征途犹残梦，弹指开国六十春。六十年一甲子，对于人类历史长河而言，只是短暂的一瞬；而对中国人民来讲，却是开天辟地、万象更新的重要时期；至于对我自己，则是一段尽管有曲折，但更多是豪情的生命旅程。

岁月匆匆，诸多往事被时间之尘所掩埋，所淡忘，而开国大典却是往事如昨，记忆犹新。共和国成立的时候，经过“四保临江”硝烟洗礼和土改风暴考验的我，以中国共产党党员的赤诚与成熟，欢歌伟大的十月一日。

开国大典是下午三时开始的。在天安门城楼上，中央人民广播电台著名播音员丁一岚以其流畅优美的韵调，实况播报北京金秋的景色、毛主席健步登上城楼的风采、沸腾雷动的人潮和阅兵式的雄伟场面。可以说，整个大典随着丁一岚播音的起伏而起伏，直至推向高潮，给我留下的印象深刻而清晰。三十年后，丁一岚台长来辽宁检查工作，我们谈起了这段难忘的往事。她非常兴奋地向我介绍了一些大典前后鲜为人知的细节。当时，我仿佛又一次听到毛主席向世界宣布“中华人民共和国中央人民政府今天成立了”那高亢有力的声音，听到天安门广场上雷动的欢呼声，听到雄伟的国歌声和震天的礼炮声。我百感交集，声泪俱下，参加革命的一个个场景像电影胶片似的闪过：随着老首长蔡天心、江帆离开故乡；梅河畔秘密加入中国共产党；出席全国团代会、青代会受到毛主席两次接见……这些终生不忘的记忆亮点，交叠着开国大典的历史画面，在胸中汇成了汹涌强大的生命激情。

稍微平静下来，曾当亡国奴的阵阵心酸涌向心头。我十岁那年，跟着父亲从山东老家来到了东部边陲山城临江县，念上了兴隆街小学。那时，日本殖民者残酷统治下的“满洲国”实行奴化教育，每天第一课是背诵儿皇帝的《国民训》，然后向东京的“天照大神”、日本天皇遥拜。汉语改成满语，祖先改为天池仙女生的女真皇帝。不允许我们说自己是中国人，谁说是中国人就是思想犯。不准许中国人吃大米，你吃了大米就是经济犯。时间长了，小同学们真的不知道自己是中国人了。我在胶东老家参加过儿童团，会唱抗日歌曲，有一天我向几个小伙伴说：“咱们是中国人，不是满洲人。”还给他们唱了一段“九一八”小调：“高粱叶子青又青，九月十八来了日本兵……”这一下子可惹了大祸了，学校训导教员罚我跪在土台上，还要追查家长的“思想犯”。

人的世界观，往往是从痛苦屈辱中萌芽的。“不当亡国奴”的理念，在我幼小心灵中深深扎下了根。四年以后日本鬼子投降了，压在我胸中的闷气和怒火一下子迸发出来。我跑到大街上高喊：“我是中国人！我是中国人！小日本完蛋了……”两个月以后，共产党八路军解放了临江县城。我考中学时的作文，写的就是“我是中国人”这段往事。学校给了高分，还让我代表新生在开学典礼上讲话。在“八路老师”的教育下，我有了很大进步。特别是乔老师讲中国近代史说到帝国主义侵略使中国人受尽屈辱，助燃我的爱国主义思想，知道中国人不当亡国奴必须跟着共产党走，推翻压在头上的“三座大山”，建立人民自己的国家。正当国民党反动派胡宗南进犯延安时，东北战场敌我军事力量悬殊的情况下，我毅然参加了革命，当年十六岁。

在中国共产党的阳光雨露滋润下， 我和共和国一起成长。1953 年大规模经济建设时期前夕，我被调到当时国家三大煤矿之一的阜新矿区担任共青团委书记。国家燃料部部长陈郁同志在北京燃料干部学校，亲自主持开办专业技术学习班，分期分批抽调煤矿领导干部学习煤矿生产课程。在 1955 年那期开班典礼上，班主任传达特大喜讯，说，十月一日要到天安门接受毛主席的检阅。这当然又是一个幸福的不眠之夜。“十一”早晨四时，就乘车向市内进发。我们被安排在天安门广场前边，能够看到毛主席和国家领导人在城楼上的活动的地方，身临其境感受第六次国庆大典的全景教育。九时，大会在国歌声中和“万岁”声中、礼炮声中开始，声声震撼着天安门广场，震撼着三山五岳，震撼着万里神州，穿过长城，穿过长江，越过珠穆朗玛峰，震荡着宇宙太空。我又一次情不自禁地热泪满面，把自己对伟大祖国无限热爱的深情，交融到首都人山人海狂欢的热浪中。

1996 年离休以后，我应约参加在美国圣地亚哥举行的国际教育研讨会。没想到我国东海舰队，也在同一天应邀首次开进美国本土访问。旅美朋友用“美国人对中国刮目相看”一语评说美国人的心态。会议头一天下午，时任中国驻美临时代办周文重到会并讲了话，散会时送给我们出席圣地亚哥市欢迎中国海军联谊会招待券。我被礼让到前排就座，挨着我的是一位台湾朋友。欢迎会开法出乎我的预料，首先由美国海军乐队指挥中美两国军乐队，又首先演奏中华人民共和国国歌，而后是演奏美国国歌。中国国歌奏响时全场自行起立，气氛十分友好而庄重。这首我听得再熟悉不过的《义勇军进行曲》，今晚响彻美国云霄，犹如首聆的那雄浑音调触动我最为敏感的神经，突发的激情使我井喷式地老泪横流，竟然抑制不住地发出抽泣音来，一直到国歌声结束之时。挨着我的那位台湾朋友也为之动情，他友好地拍了拍我的肩膀表示理解我此刻的心情。一时间，我的思绪从太平洋西岸飞回半个世纪前开国大典实况时感受，中华民族自豪感在美国上空荡漾。半个月感受的美国人友好情谊，使我和老伴两个受尽洋人白眼的中国老人享受到民族尊严。“我是中国人”的呐喊声也在美国上空回荡。

2003年10月，我有机会以中国老科协副会长的身份率团出访日本。又一个没有想到的事情是我们下榻东京后乐园的那天晚上，中央新闻联播节目传来了中国载人飞船升空的喜讯。一个曾是日本统治下的亡国奴，今天在日本首都看到我国“神舟”飞船遨空飞翔，标志中国航天技术走在了日本的前面。又是民族自豪，又是情不自禁，老泪满面。“我是中国人”铿锵的呼喊不禁脱口而出，激情中写了两首小诗。

七十抖擞圆梦时，
载人神舟任天驰。
率团访日扬眉气，
亡后强国迫深知。

十月访日晴雨虹，
喜逢苍龙遨太空。
曾是亡国痛入髓，
东京扬眉壮老翁。

第二天会谈时，按照日本人的习惯，首先每个人站起来自我介绍。一些日本老人特别是曾经侵华的老兵，面带着历史愧疚的羞色，向我们祝贺载人飞船升空，使我再一次感到中国人扬眉吐气与胜利的豪情。

人生在世最宝贵的是什么？是金钱，是名利吗？不是。我认为，人生最宝贵的是他有自己的祖国，哪怕还是落后贫穷的祖国。在祖国怀抱里再苦也是甜，住在草窝里再破也是天堂。“祖国”这个字眼包含着多少的深情和魅力啊！祖国就是母亲，就是我们祖先，就是我们壮丽多娇的江山和神圣的疆土。对祖国的爱是人的天性，是感情世界最高尚、最神圣的情愫，是人生道路上永不熄灭的灯。

“祖国，这是个精神力量的概念。如果不了解祖国的历史，就不会有祖国这个概念。”高尔基说得何等深刻啊！为了让青少年了解自己祖国的历史，我和朋友们还主编了《中华名匾》《甲午战争图志》《九一八事变图志》。甲午战争百年时，我主持召开了一次全国性的研讨会，在当年战争最残酷的牛庄镇举行了一次百年凭吊。九一八事变六十周年时，我们召开了国际研讨会，揭露日本右翼势力篡改侵华历史的言行，戳穿他们妄图复活军国主义、重演历史悲剧的阴谋。九一八事变七十周年时，东北三省文史馆联合召开研讨会，向国人、向世界宣示“以史为鉴，面向未来”。

共和国六十周岁了。我愈加深切地感到，那段不堪回首的旧时代离我们越来越远，经受战争苦难的一代人越来越少，尚且健在的一代老人的历史记忆也逐渐消退，使得那个年代就要成为“没有见证人”见证的历史了。这不只是一个时空自然现象，也是一个社会历史现象。把这段历史真相告诉我们的子子孙孙，不仅是史学界的职守与使命，也是我们这些还活着的老一代人义不容辞的责任。

把历史变成我们自己的。我们和祖国一起随从历史走进永恒。

（原载《海燕·都市美文》2009年第十期）

松花江上的橄榄绿

贾凤山

贾凤山，吉林省军区原副司令员，陆军少将军衔。吉林省第八届作家协会副主席。曾在沈阳军区司令部机关工作，1992年至2005年任沈阳市作家协会常务理事。出版散文随笔20余部，其中《贾凤山散文随笔文集》（八卷本）获2012年中国散文论坛一等奖，并被中国现代文学馆收藏。

松花江不会忘记，长白山不会忘记，2700万吉林人民不会忘记，在这个含泪的夏天里，在这场特大洪水灾难中，那跃动的橄榄绿，是最耀眼的色彩，是最鲜亮的身影，是镌刻在北疆上的不朽丰碑。

7月的吉林，阳光明媚，杨柳成荫，鲜花遍地，庄稼喜人。那红砖绿瓦的一排排现代家居，那随风缥缈的一缕缕农家炊烟，那挺拔身姿的一片片玉米高粱，那争相吐艳的一簇簇马莲花、扫帚花，那静静流淌的一条条水系河流……啊！好一幅美妙绝伦的山水画。

然而，正当人们陶醉于美好生活的时候，正当人们憧憬着又一个丰收年的时候，突然间一场意想不到的灾难从天而降——整个吉林大地遭受有水文气象记录以来最大的洪水袭击。

7月20日、28日两场大雨，使吉林境内的第二松花江水位全线飙升，致使多个支流暴涨。特大洪水犹如脱缰之马，一发不可收拾。

伊通河告急，饮马河告急，温德河告急……

八一水库告急，星星哨水库告急，石头口门水库告急……

永吉县告急，桦甸县告急，安图县告急，农安县告急……

肆虐的洪水四处蔓延，漫过了公路，漫过了铁路，漫过了庄稼，漫过了河堤；滚滚的波涛冲击着大坝，冲击着房屋，冲击着田园，冲击着树木，也冲击着人们的心灵。

我的家乡永吉县是这次洪水泛滥的重灾区。全县平均降雨量达 120.7 毫米，市区朝阳站 12 小时降雨量达 297 毫米，昔日美丽的小城如今一片汪洋，当年那个漂亮的火车站已不见踪影。在特大洪水的冲击下，县城防洪工程全部被毁，大量房屋夷为平地，一些树木被连根拔起，通信、交通、电力中断，汽车如落叶般在水中翻滚，就连一列载煤的火车也被冲出了 50 多米远翻倒在地，有的地方则成了无法进入的“孤岛”。抗洪救灾期间，我曾两次来到永吉县城，那受灾的状况真是惨不忍睹。

在灾情最为严重的口前镇、一拉溪镇，以及吉林市丰满区的旺起镇，中心地带积水达到了 10 米深，3 万余名来不及转移的群众被洪水围困。他们有的坐在房顶上，有的坐在树杈上，有的坐在柴火垛上。人们在祈祷，祈祷洪水快快消失；人们在期盼，期盼救援人员早早到来。

灾情就是命令！时间就是生命！

人民解放军驻吉部队、武警官兵、预备役和民兵，都在第一时间以最快速度赶到了救灾现场。顿时间，吉林境内大大小小水系的急流中、堤坝上和冲锋舟上，到处都是那耀眼的橄榄绿。那一片片绿色，在洪水中展开的别样风景，必将在历史长卷上展现永恒的美丽。

古今多战事，大爱在出征。出征，既体现着人的情感，又彰显着人的境界。

当抗洪抢险的紧急命令下达后，绿色军营中究竟有多少人推迟休假，有多少人带病出发，又有多少“洞房花烛夜”的新郎舍下小家顾大家，真是数不胜数。那一个个感人肺腑的故事几天几夜也说不完。

某连战士小魏，在抗洪抢险紧急集合之前半小时，接到爸爸从老家打来的电话。电话中爸爸告诉他身患癌症的奶奶已经不行了，盼望临终前能见上一面，让他请假尽早回来一趟。小魏从断奶后就和奶奶生活在一起，听到这个消息脑袋里一片空白。当他缓过神后，便急忙跑到连部去请假，可正当他填写《士兵探亲休假报告表》时，上级抗洪救灾的命令来了。他流着眼泪把报告收起来，转身参加了出征的队伍。

某部四级军士长小任，在出征之前不仅拿到了探亲通行证，也买好了当晚回家的火车票。这个32岁的老兵已经有15年的军龄了，这次探家就是回去“相”对象解决“困难问题”的。当听说连队马上要执行抢险救灾任务，他急忙找到指导员：“九八年抗洪我去过，我有经验，这次还让我上吧！”指导员被他的恳切请缨感动了，当即批准了小任的请求，并且举起右手，标准地向这个比自己大4岁的老兵敬了个军礼。

某部上士小翟，那几天正患感冒，体温最高时达39.1℃，已经在团里卫生队打了四五天点滴了。军人对哨音非常敏感，当他听到紧急集合的哨音，看到战友们从战备库房里取救生衣,意识到连队一定要去执行抗洪抢险任务。他麻利地撕开手背上的胶布，拔下针头，跑步赶到了编队地点。

某部连长刘琳，士官王军和杨勇，7月28日上午刚刚参加完团里举办的“爱洒军营、携手明天”的集体婚礼，便接到了火速出征跨省抗洪抢险的命令。于是，他们迅速脱下新婚礼服，穿上橄榄绿，匆匆和妻子告别后，便与部队一起冒雨奔赴吉林省抚余县，执行松花江浮桥架设和拦截化学原料桶任务。“洞房花烛夜，请缨战洪魔”的故事在军营中广为流传……

紧急动员，快速集结，一列列、一队队承载着使命的橄榄绿，像一条条绿色长龙，箭一般地赶往一个个灾区。

7月21日凌晨，红色电波打破往日的寂静，辽源市八一水库告急：由于受连日暴雨袭击，该库库容量已大大超过警戒水位，水库堤坝多处出现管涌，面临严重溃坝险情，数百万立方米的悬天大水，直接威胁着下游两个镇十多个村子一万多群众的生命财产安全。

这是吉林省进入主汛期以来首次重大汛情。

灾情就是命令。辽源军分区立即启动应急预案，一边命令东辽县人武部就近组织民兵应急分队火速赶往一线救援，一边协调驻辽军警和预备役部队快速参加抗洪抢险。

八一水库堤坝上，橄榄绿成为一道亮丽的不朽的风景。在滔天浊浪面前，官兵们打下一根根木桩，堆起一袋袋砂石，把忠诚写在了波峰浪谷。经过8小时连续奋战，堤坝加宽加高各1.5米，险情得到了有效控制。

我目睹了饮马河金家乡小金屯堤段大堤抢险的那一幕：

那天晚上，饮马河大堤上天色漆黑，雨还在下，水还在涨。大堤在滚滚洪流的冲击下，出现一处塌方，而且缺口在不断扩大。如果不及时加固，倘若冲垮了堤坝，大坝下面的两个村屯一万五千余人的生命就会受到严重威胁。

在这危急时刻，解放军官兵来了，民兵预备役官兵来了，武警官兵来了，整个堤坝上流动着橄榄绿的色彩。

“誓与大堤共存亡！”一声声口号从那些官兵干裂的嘴里喊出。我知道，坝上的官兵们是刚刚从别的险段调来救援的，有个连队一天中只吃了一顿饭。听到那沙哑但高昂的口号声，我的心一阵震颤，一阵感动。那一刻，我想起了唐山大地震、海城大地震、汶川大地震、玉树大地震；我想起了前年汶川废墟前那让天地动容的一声呼喊：“让我再救一个！”

在大坝上抢险，可以说每迈一步都可能与死神相伴，因为说不上什么时候脚下的土堤就会塌下去。那天天黑之前，我亲眼看见六辆装有石子的汽车被推往塌方处的河里，本想让它们来挡一挡那肆虐的洪水，然而由于水流太大太急，有两辆车刚刚推下去，在水里只是打了个转转就漂走了。

“有一分希望，就要尽百倍努力，再苦再累也要把缺口堵上。”这是官兵们从心底发出的誓言。

那天，虽然天上还下着雨，虽然道路十分狭窄十分泥泞，虽然黑灯瞎火的行动不方便，但官兵们全然不顾，大家喊着号子，一路小跑，就像战场上冲锋一个样。有的战士脚崴了，爬起来一瘸一拐地继续背起沙袋；有的战士累晕了，喝几口水又拿起锹镐来装沙袋。从战士们疲惫不堪的身影里，从战士们不断滚落的汗水里，从战士们频频举动锹镐的手臂上，从战士们扛着沙袋奔跑着的身影中，我看到了那无声的壮举，而正是这无声的壮举，在旷世劫难中换来了生命的继续，托起了新的黎明。

7月28日凌晨，大雨滂沱。持续的暴雨致使吉林市丰满区境内的摩天水库决堤，伴随多股倾泻而下的山洪，把下游的旺起镇及其周边多个村屯瞬间变成一片汪洋。

道路被冲毁了，桥梁被冲毁了，民房被冲毁了，数百名来不及撤离的群众被洪水围困，积水最深的地方漫过了3层楼房。当时，屋顶上、大树上、柴火垛上以及楼房内的被困群众不停地呼喊着："救命啊！……"

危急关头，吉林某预备役步兵师迅速集结87名官兵组成救援队，第一时间赶到了灾区。他们置自身生死于不顾，冒着生命危险冒雨施救。这一天，87名官兵共解救群众500多人。当一个个被洪水围困几近绝望的群众被官兵成功救出来时，他们说得最多的一句话就是"谢谢解放军"。

这是一场特殊的战斗。7月27日晚那场大暴雨，把永吉县经济开发区两家化工厂存放的7000余个化工桶冲入温德河，进而流入松花江，其中部分化工桶装有化工原料。这些化工桶像一道道竹排，成群结队地随着洪水顺江而下。为了确保人民群众的生命安全，为了确保松花江水不受污染，吉林省委、省政府果断做出决策：集全省之力，沿途分兵把口，沿线全程打捞，决不让一个化工桶流出吉林境内。

在235公里长的江段上，共布设了八道防线，而每道防线的重要部位都是由解放军和民兵预备役部队来把守。那八道防线，像八道防护林带，像八座绿色长城，像八座铜墙铁壁。经过全体官兵日夜奋战，截至8月1日17时，打捞化工桶战斗圆满结束。据环保部门跟踪监测，至今为止，松花江水质未见异常，符合国家地表水标准。

当时，为了加快打捞化工桶的进程，确保化工桶不流出吉林境内，经沈阳军区批准，辽宁省军区某舟桥部队火速赴吉支援作战。接到命令后，他们紧急出动700余人，车辆近百台，顶风冒雨星夜机动800余公里，按规定时间提前赶到了乌金屯，随即展开架设浮桥、阻截打捞化工桶任务。由于受连日降雨和上游大坝泄洪的影响，江水湍急，江面漂浮物也多，这给他们执行任务带来很大困难。官兵们临危不惧，克服重重困难，很快架设了200多米长的浮桥，为打捞化工桶筑起了一道坚固防线。

在四面八方紧急抢险救灾，在全力以赴打捞化工桶的关键时刻，受连日强降雨和泄洪的影响，7月31日，有12艘采金船被洪水冲到了松花湖入口处。据报告，这12艘船中，有9艘是联结在一起的，这给丰满水电大坝带来严重威胁，这也无疑使整个救灾行动雪上加霜。

根据吉林省防汛指挥部的命令，驻吉林某预备役师迅速组织一支清障应急分队，携带爆破器材和切割工具，分乘冲锋舟火速寻船作业。那一舟舟橄榄绿在水面上疾驰，像“二战”中越岛作战的精英，不多会儿便赶到了采金船现场。他们采用机械切割的方法，先后两次作业，很快将12艘采金船分解沉入湖底，消除了让人提心吊胆的重大隐患。

“第一是救人，第二还是救人”“不管有任何困难都不抛弃，都不放弃”。这是用热血铸就的钢铁誓言，这是用行动践行的军徽庄严。哪里有危险，哪里就有橄榄绿；而哪里有了橄榄绿，哪里就有曙光，就有希望，就有安全。橄榄绿，在那个无情的岁月里勾画出了永恒的军魂。

从7月下旬开始，饮马河、温德河、八一水库排险，旺起、新合、一拉溪营救，二道镇、大山子镇、乌金屯奔袭，口前镇、桦皮厂、乌拉街转移……在长白山下、松花江畔每一个有灾情有险情的地方，都有橄榄绿的身影，都集合着橄榄绿。据不完全统计，自入汛以来，大约有10万人次的人民解放军官兵、武警官兵和预备役、民兵投入到这场抗洪救灾当中。

“党指到哪里，哪里就是战场；哪里的人民群众有需要，哪里就是战场。”在这场与洪魔搏斗的战斗中，人民子弟兵以人民的生命财产安全为己任，忠诚地履行着自己的使命。某工兵团参谋长关喜志，某装甲团战士李守信、刘磊，在国家和人民群众生命财产受到严重威胁的关键时刻，舍生忘死抢救受灾群众，保护战友生命，用鲜血和生命染红了那一身橄榄绿，谱写了一曲气壮山河的英雄赞歌。

江河哭泣，风云裹泪，高山哀思，三位年轻军人的生命，在这一刻化作永恒！

英雄们的事迹感动了吉林人民，在为英雄送行的时候，数千名群众自发地站在道路两旁，他们眼含热泪，胸戴白花，来看烈士最后一眼，来为烈士祈祷祝愿。82岁的朝鲜族老大娘金玉顺坐着轮椅赶来了，她凝望着烈士的遗像，老泪纵横："战士们为了救我们而献出了年轻的生命，说什么我也要送他们啊！"被官兵们解救的76岁老大爷刘杰动情地说："我有生以来第一次见到这么大的洪水，也见到了这么英勇的战士。他们这么年轻，为救我们就牺牲了，太可惜了！"一个在读女大学生手捧百合花，和父母早早就静候在送别的队伍中，眼睛都哭红了……

"曾经的老兵庄严地举起右手/向你们致敬/为你们送别/愿英雄魂归故乡/愿英雄重生天堂……"曾经参与营救遇险战士的吉林市公安干警白启成在网络上写下长诗，以此悼念年轻的战友。

松花江不会忘记，长白山不会忘记，2700万吉林人民不会忘记，在这个含泪的夏天里，在这场特大洪水灾难中，那跃动的橄榄绿，是最耀眼的色彩，是最鲜亮的身影，是镌刻在北疆上的不朽丰碑。

松花江不会忘记，长白山不会忘记，2700万吉林人民不会忘记，在这个含泪的夏天里，在这场特大洪水灾难中，身着橄榄绿的年轻军人关喜志、李守信、刘磊，用自己年轻的生命谱写了松花江上的壮歌。

啊，松花江上的橄榄绿，你是亮丽的色彩，你是不朽的色彩。你那浸染在血脉里的色彩，诠释了当代军人的价值和荣誉，彰显了"98抗洪"的伟大精神，书写了人民子弟兵对党和人民的无限热爱、无限忠诚。

啊！橄榄绿，是充满生机的色彩，是充满希望的色彩，人们不仅仅是在松花江上看到你，在唐山，在海城，在大兴安岭，在长江，在嫩江，在汶川，在玉树，在舟曲，在祖国大江南北，到处都可以看到你的踪影。

沧海横流，方显英雄本色。啊！橄榄绿，中华神州大地永恒的色彩，永恒的诗篇！

（原载《吉林日报》2010年8月24日）

青铜雨

高海涛

高海涛，1955年生于辽西，1987年定居沈阳。历任大学英语教师、辽宁文学院院长、《当代作家评论》主编、辽宁省作协副主席。发表出版有《马克思主义与后现代批评家》《精神家园的历史》《鲁迅与“别有根芽”的花朵》《〈洛丽塔〉与〈红楼梦〉比较论》《北方船》《剑桥诗稿》《英格兰流年》等论文、译著和作品集。

1.

雨也有父亲吗？——这是《圣经》里的一句话。

我在美国大学的听课笔记，有几页记的全是和雨有关的话，这很奇特。比如说夏威夷的雨是什么样的，新英格兰的雨是什么样的，还有福克纳笔下美国南方的雨，和北方的雨、中部的雨、西部的雨有什么区别，等等。我现在能想起来，那次是詹姆斯教授在讲课，记忆中他的英语有点儿老派，听起来就像我在折旧书店买的书，语调也是那样：“我们伊利诺州冬天很冷，夏天很热，大部分雨水来自墨西哥湾，是贸易风把它们从密西西比河谷吹过来的。南伊利诺每年的降雨量是117英寸，北伊利诺是91英寸。”

2010年夏天，当许多地方都因大雨而引发了洪水，我却在家中反复地阅读这几页笔记。你好吗？教授，二十多年了，你就像大洋彼岸的一株老荷花，就像我们中国人说的“留得残荷听雨声”那样，仍在我的记忆中飒飒地讲述着雨的故事。

詹姆斯教授个子不高，当年有五十多岁，一头鼠色灰发。那天早晨外面正在下雨，他的灰发被淋湿了，看上去就像有一只被淋湿的灰鼠在他头上惊慌失措地观望，我们都不禁笑了。教授说，你们知道吗？《圣经》里写着呢，上帝降下的雨水，既会落在小人头上，也会落在君子头上。这样说很巧妙，大家轰然。詹姆斯就这样开始了讲课。我记得很清楚，那是在南伊大学的南山教学区，外面正下着白亮亮的雨。

在南伊大学，詹姆斯教授以博学著称，外号“大英博物馆”。就在那个雨天，这位博物馆教授有感而发，竟给我们讲了一上午的雨，不仅有很准确的资料数据，还旁征博引，从《圣经》到荷马，从莎士比亚到弥尔顿，其侃侃而谈的风范令人瞠目。他说《圣经》里那段话后来成了一种法律思想，因为有位19世纪的美国议员说了，落在君子头上的雨水其实总会多一些，因为君子的雨伞可能会被小人偷走。说还有个著名的律师讲过，如果某党派曾经从雨中受过益，那么当反对派以干旱为由攻击它，它就不必惊讶，等等。说实话，当时我对这些例子并不很感兴趣，我感兴趣的是和雨有关的诗，也就是说，我们该如何想象雨。詹姆斯教授也提到了不少诗人，比如英国的艾略特、爱尔兰的叶芝、美国的史蒂文斯等等。特别是史蒂文斯，当教授引证他诗句的时候，我的眼里忽然充满了泪水，并差点儿从座位上站起来——

雨的土著就是雨人

这真是奇异的诗句，詹姆斯教授不会想到，这诗句会让我空前怀念自己远在中国的家乡。还有一个更奇异的词，也是引自史蒂文斯的诗：“青铜雨”——我想，这是多么壮丽、多么恢宏的雨啊，它是雨的雕像吗？如果是，那么，可能世界上再没有任何地方比我的家乡更适合建这个雕像了——

一场来自落日的青铜雨标出
夏天的死亡，那时间忍耐它

总之，从多年前美国中部的一个雨天，到多年后中国大部的一个雨季，我其实一直都在回忆和塑造着家乡的雨。而此刻我已分不清：哪些是当年的回忆，哪些是现在的回忆。但不管当年还是现在，教授的旁征博引都像是一些湿漉漉的雏菊，灿然在我回忆的征途上。

2.

父亲说："天要下雨了。"

父亲宣告天要下雨的时候，母亲的目光中就会出现一双小手。E.E. 库明斯的诗中说："任何人，甚至是雨，都不会有一双那样小的小手。"（见《我没到过的地方》）母亲就用那样的小手切菜和面，开始包饺子。母亲包饺子的目光是异样的，极温存，也极认真，就仿佛她在用目光包饺子。小时候无论我在什么地方，放学的路上，打草的山上，只要看到天阴上来了，就撒腿往家里跑，因为知道家里必有饺子端上桌了。

我的家乡在辽西。谁都知道，那片寂寞而幽远的丘陵地带，实际上是中国乃至全世界最缺雨水的地方之一，而唯其如此，雨在父亲和母亲的心中才那么重。或许，辽西的雨也的确是重的，与心境没什么关系，至少那雨点比别处的大，大的像青杏，小的像黄豆，沉实饱满。所以我们那里的雨点不是落下来的，而是砸下来的，砸到地上会绽出菊花样的小雨坑。我们的雨气味也别样，闻起来极生鲜，很像海豚，连声音也像，啪啪地，从波涛汹涌的天空摔到地上。父亲说那叫"雨脚"。雨的手很小，但雨脚却很大，特别是我们那里的雨，都有一双美丽的大脚。

父亲看天阴得河似的，知道雨要来了，就忙着挑水，帮母亲抱柴火，然后站在院子里，一遍遍伸出手去，试着接雨。父亲最喜欢海豚雨，但我们那里不这么叫，叫马莲筒子雨。有一次，五叔过来跟父亲讲毛主席诗词，讲到"大雨落幽燕，白浪滔天"，父亲说，那肯定是马莲筒子雨，再不济也得是鞭杆子雨。五叔说，还真对，你看后面这两句，不正是"往事越千年，魏武挥鞭"嘛。说着，两个人就准备喝酒去了。

父亲平时并不嗜酒，但每逢下雨，就想喝酒。这用史蒂文斯的话说，还不就是个“雨人”吗？我们村里有很多这样的人，他们都喜欢在雨天喝酒。后来我才理解，雨天喝酒不仅是一种情趣，也是颇具古风的一种习俗。两三个人坐在炕桌前，一边听雨一边喝酒，也许喝着喝着，窗外的雨点就会飞进来，斜斜地落入酒里，就像古诗中写的“数点雨入酒，满襟香在风”，这样的喝酒，在某种意义上也像是喝雨。雨人就是渴望喝雨的人，因为在他们心中，可能酒和雨同样珍贵，而雨和酒也同样浓烈。

父亲作为雨人的另一个标志，是他特别喜欢雨具。我家的雨具在村里是最完备的，只是没有雨伞。那时候一般人家都没有雨伞，但有“苪勒斗”，这属于方言，也就是古人说的斗笠。家里有好几个苪勒斗，都一顺儿挂在墙上。还有橡胶雨靴，平时放在柜子下面。还有蓑衣，归父亲专用。别人是不穿蓑衣的，因为觉得不时兴，不好看。但在父亲眼里，一个农民在雨天穿上蓑衣，再戴上苪勒斗，那可是天地间最美的风景了。只是父亲的蓑衣太旧了，年深日久地挂在墙上，像只古铜色的大鸟。

还有雨帘，辽西家家都挂雨帘，那雨帘其实很简陋，是用高粱秸勒成的，也叫秫秸帘。勒秫秸帘不是什么重要活儿，但勒好也不容易。父亲是这方面的高手。每年秋天收完庄稼，父亲的第一件事就是选出上好的高粱秸，要身材匀称的，叶子支棱的，然后用细麻绳编好，再勒上两道粗麻绳，两边剪齐，就可以挂在窗户上了。雨帘是晴天卷上去，雨天才撂下来，这样在屋檐下挂一年，往往也变得乌黑，像一捆青铜色的庄稼，是对庄稼的纪念，也像辽西人家的一个摆设。不过要是在春天，就会有点“清明时节家家雨”的味道，而在夏天，那就是“月朦胧，鸟朦胧，帘卷海棠红”了，只是怕那鸟，对着青铜色的雨帘睡不着。

3.

每逢下雨，父亲总是喊我们去撂雨帘，喊归喊，每次他总是自己出去完成这项工作。撂雨帘在父亲心中是一种仪式，也是他隐秘的乐趣。有一次我想有所表现，就跑到外面替父亲撂雨帘，结果白挨了浇不说，还让父亲显得怏怏不快。我那次头发让雨浇得一绺一绺的，照镜子看还觉得挺帅气，于是也不梳好，就那样一绺一绺地走来走去。这个习惯保持到我谈恋爱的年纪，故意选个雨天到那个村子去，在人家门口站半天，然后一甩头发，走来走去。后来我知道这很像海明威《战地春梦》中所写的情景，年轻的美国上尉就是以这种湿漉漉的英俊与真诚，让英国女护士的心变得充满泥泞。

其实对父亲和乡邻们而言，被雨浇应该是一件很幸福的事情。柏拉图曾举过一个聪明人的例子，英国的摩尔后来加以引证，以说明什么是“共同体”（见《乌托邦》），说如果一个聪明人看到外面下雨，而众人都在外面浇着，那他可以说服众人回家避雨。要是说服不了，众人宁愿在外面浇着，那他可以自己回家避雨，而不去干涉共同体的幸福。这个例子对我的家乡是很适用的，乡邻们就是这样的幸福共同体，下雨天都宁愿在外面浇着。而且，我的家乡没有聪明人，就算有，也是反其道而行之，下雨天总想方设法说服你、引逗你出来。我父亲就是这样的人。每逢下雨，他都要穿上那件破蓑衣，戴上那顶苘勒斗，出去到处转悠，院子里通通壕沟，园子里架架茄秧，实在没事就薅薅草。有时候还扒着园子的墙头，和南院的三大爷、西院的五叔唠几句嗑，都是关于雨的嗑，这雨长了那雨短了的。母亲是看不惯这种唠嗑方式的，她一边包着饺子一边说，这几个人，怎么像妇女呢。我顺着母亲的目光看，也确实像。他们就这样顶着雨闲唠，而不管妇女们看他们的目光是多么鄙夷。更让妇女们觉得无法容忍的是，他们唠着唠着，往往就说好了到谁家喝酒。这时候谁要是在路上看到他们，就是看到三个紫铜色的大鸟，顶着三个黑蘑菇。

辽西的农民就是这样，他们除了辛勤耕作，还是反抗干旱的革命者，全部的理想就是雨。一下雨，他们似乎就变成了高尔基的“海燕”，以紫铜色大鸟的方式，一会儿翅膀贴着园子，一会儿像妇女似的唠着雨嗑，一会儿又像真正的男人那样去喝酒。但父亲他们唠嗑也好，喝酒也好，都始终保持了一个优良传统，那就是不嚷不闹。辽西农民对雨是敬重的，在雨天，他们从来不大声说话，因为那样说不定就会把云给惊散了，把雨给吓跑了。这就是大名鼎鼎的辽西雨人，他们的爱雨惜雨有时会到这样的程度，那就是宁可让雨成灾，也胜过没有雨。碰上哪一年雨真多了，庄稼涝得不成样子，他们愁归愁，心里还是比较平衡，因为老天毕竟是公平的，一个地方有旱有涝，那才是体面的地方。于是他们相视一笑，抽着烟说：这回可算涝了。

4.

我有时突发奇想，要是父亲他们也和我一起到了大洋彼岸，并见到詹姆斯教授，他们会喜欢这个在雨天高谈阔论的人吗？可能不会，但有一点，他们会喜欢南伊利诺伊的雨天。美国中部的雨显然是带有中国风韵的，这是我当时的感受，所以那天詹姆斯讲课的时候，一些中国古诗里的雨也落在我心上，像“沾衣欲湿杏花雨”“燕子桃花三月雨”“黄叶空山僧舍雨”等等，这些诗句被我随手记到了听课笔记里，此刻读来，别具况味。还有“一帆暝色鸥边雨”，出自唐代诗人殷尧藩的《潭州独步》。我想，要是我当时能把这句诗译成英语，讲给詹姆斯教授就好了。那“鸥边雨”是个什么景象，不知道，但既然可以说“鸥边雨”，是否也可以说“鼠边雨”呢？这么多年，我一直忘不了那个雨天的上午，詹姆斯像只灰鼠似的站在讲坛上，旁征博引，左顾右盼，以致外面的雨都显得灰茸茸的，说不清雨是他的背景，还是他是雨的背景。

如果碰巧有机会，詹姆斯能读到我的回忆，他会说什么呢？他也许会耸耸肩说，我不介意自己变成灰鼠，但我想知道你究竟怎样评价你的父亲，我觉得他也很像一只灰鼠，中国辽西的雨王（rain king）。

确实，父亲即使算不上雨王，但他对雨的深厚情感却让后来长大的我毕生感佩不已，只是父亲是沉默的，他不会旁征博引，和詹姆斯相比，他可能是另一类灰鼠，而正是他的沉默，照亮了辽西人对雨的无边无际的渴望。

没有雨的日子，父亲是最沉默的。那种日子他往往会坐在园子里，盯着那些半死不活的茄子秧、蔫头蔫脑的丝瓜条，很久没有动静，也不说一句话。大热天的，母亲问他待在园子里干什么，父亲半天才回话，那话虽然气冲冲的，语音却很低：你没看我在薅草吗！这听起来未免怪诞，母亲就派我过去看。我发现，园子里其实并没什么草，有那么几棵，也是白了草尖的，像几个老气横秋的孩子。对这样的草，父亲是不忍心薅的，我听见父亲在心里说：天都旱成这样了，草不也是一条命吗？大晌午的，父亲就那样坐在园子里，直到后来听詹姆斯教授那次讲课，我才知道父亲当时的心境，与叶芝笔下的“老人”（见《老人统治》）何其相似乃尔——

我在这里，一个坐在旱季的老人
被一个孩子观望，在等待一场雨

在旱季，父亲的行为总是不乏怪诞，他有时在骄阳似火的日子，也会穿上蓑衣，戴上苪勒斗，到东山或西山的地里转悠，在地头一坐就是一天，像个稻草人，呆呆地望着傲慢的天空，守着那片被无辜的风吹来拂去的天真的谷地。为此我曾彻夜不眠，生怕父亲的行径被邻人看到，然后当成笑话传到学校去。但后来发现，父亲是有很多同党的，三大爷、五叔，还有我同学胜利他爹，我姐同学许芹她爹，也都是这样的差不多的打扮，家里地里地转来转去。我问母亲这是为什么，母亲说，他们那是在求雨。以这种貌似怕雨、防雨、未雨绸缪的方式求雨，不知是哪辈子传下来的，但我相信那是辽西所独有的习俗。借用许多年前那位美国律师的话说，他们是这样一伙同党，就好像他们曾经从雨中受过多少益，所以当干旱发生时，他们就要主动承担责任。

但这种分散的、地下式的求雨后来被证明无济于事，眼看就要到农历五月二十三了，旱情还是有增无减。那是20世纪70年代初，好像是我到南方当兵的前一年，辽西大旱，遍地飞蝗，刚进初夏，旱象就从天而降，而后愈演愈烈，摧枯拉朽。我们辽西丘陵人是见过大旱象的，但对此也不免心存忌惮，人在路上走，都慌慌张张的。地里的庄稼都冒烟了，划根火柴就能点着。狗热得像干了多累的活儿似的，呼噜气喘，看见来人勉强叫两声，却如同猫叫。就连马的声音也像猫叫，在井边喵喵的，而猫本身，倒像是学会了马的嘶鸣。这时候人们的心里再也坚持不住了，有人提出了全村求雨的动议，大旱当前，他们甚至有点群情激愤，一致商定在五月二十三那天上山求雨。

“大旱不过五月二十三”，这句农谚我从小知道，也从小不解，这五月二十三咋那么牛呢，难道它是传说中的宝葫芦，里面装着雨，一到日子葫芦嘴就笑呵呵地咧开，雨就下起来？可既然那天指定有雨，为什么还要求雨呢？我问父亲，父亲也不搭理，他正在炕桌上写求雨表，也就是求雨的文书。父亲小时候念过几天私塾，土改时还当过村长，显而易见，领导那次求雨的重任，已经历史性地落在了父亲的肩上。

5.

然而在我的记忆中，父亲那次并没去参与求雨，为了这事，五叔还过来同父亲吵架，吵得很凶。父亲没去求雨的原因其实并不复杂，是他碰巧在村口遇见了公社的邮递员，邮递员说当前除了辽西等局部地区，全国基本上都在抗洪，而不是抗旱，特别是南方，很多地方大雨成灾，连毛主席都惊动了。说着他还从邮件里翻出报纸，指着醒目的标题给父亲看。那时的邮递员是很有权威性的，听他这样说，父亲就动摇了，他想这时候大张旗鼓去求雨，还真有点儿不太合适。但五叔是看不起邮递员的，他表现出极大的不屑，说你别听送信的瞎白话，南方怎么的？那南方年年风调雨顺，都美成啥了，莫非说为了南方，咱们就得旱死？再说那南方离咱们远了去了，少说也有八千里呢。父亲说，就算八万里，不也没跑出中国去吗？说着说着，老哥俩就散了，颇有些分道扬镳的架势，我记得，五叔的衣角在阳光下一撅一撅的。那天的空气也很特别，好像泥土一样浑浆浆的，让人出不来也进不去，连父亲的叹气也是浑浆浆的。父亲知道，在这种情况下，无论是去求雨还是不去求雨，他都无法做到心境坦然了。

许多年后，詹姆斯教授讲雨，说求雨是普世性的民俗现象，包括起草过《独立宣言》的美国第三任总统杰弗逊，也亲自参与过求雨活动。不过，杰弗逊参与求雨的时候还不是总统，而是弗吉尼亚州的州长，他当了总统后就改变了态度，最明显的例证就是拒绝设立“联邦祈雨日”。据詹姆斯分析，这原因很简单，总统是要对全国负责的，而全国的雨水不可能是均衡的，有地方缺雨，也会有地方多雨，因此以整个国家的名义求雨是有问题的，如果造成普遍下雨，那毫无疑问，对本来多雨的地方是不公正的。

但父亲只当过村长，而远远不是总统，只当过村长的父亲却能像总统一样考虑问题，这样的例子是否少见，詹姆斯教授没讲，但他所引证的英国诗人拉金的话，却让我对父亲多了一份心心相印的理解。拉金说："如果我被召唤，去创造一种宗教，我将用水去创造。"确实，水和人心离得太近了，据说世界上所有的主要宗教都是在干旱地区发源的，这正如我们辽西，虽然土地是干旱的，但人心却比别处更湿润。因此，在我记忆中那个万里无云的五月二十三，当父亲终于决定他不去求雨的时候，我相信他的心中一定早已风生云起，雨意盎然。

乡邻们求雨的地方在东山。求雨的方式并不复杂，那就是不管男女老少，一律穿上蓑衣，然后上香，然后跪下，然后共同求雨。乡邻们在三大爷的率领下，叨叨咕咕，如泣如诉，并在心里不断搅拌着家乡的土地和想象中的雨滴。而在三百米的高空之上，矿山井架上的风向标，连羽毛般的颤动都未发生。

父亲站在我家的院子里，样子有些惭愧，也有些悲壮。求雨表已经派我送去给了五叔，父亲知道他会念好，五叔向来是声情并茂的。父亲眼望东山，心情湿润，从傍中午一直站到下午时分。母亲坐在屋里，不时往外瞅两眼。这时候天空还是像儿童画一样朴素，偶尔飘过的几片云花，就像我多年后学会的英文字母。然而父亲是坚信的，他坚信雨在日落前一定会到来。关键是风，如果等会儿起风了，那会是南风吗？父亲平时喜欢北风，但那天却对南风充满了期盼，他觉得要是南风，就会把南方连日的大雨匀过来一些，那不就正好吗？也能让不待见南方的五叔消消气。父亲在期盼中总共抽了九袋烟，就在他准备抽第十袋烟的时候，他听到矿山井架上的风向标咔嗒转了一下，果然起风了，而且果然是南风，东南风。而随着那风，一只生机勃勃的燕子降落在我家的雨帘上，在它脚下，被风吹落的几片杨树叶奔跑如鼠。

父亲听到的是风，母亲看到的是云。那片乌云大概是下午三点的时候从东山升起来的，初看像一个秃头秃脑的怪孩子，但脑门的中心却透着漆黑，这秃云迅速上升蔓延，像是无底深渊的儿子。在母亲出去抱柴火准备做晚饭的时候，她听到咔嚓一声炸雷，骤然而起的风差点儿把母亲和柴火一起撞到父亲身上。母亲嘴唇哆嗦着说："我去包饺子。"没等母亲进屋，铿锵有力的雨脚就迈进了院子。母亲刷锅点火，父亲还在院子里，他不可一世地激动着，并开始用手抛出眼泪。父亲想，男人流泪时应该就着点雨，因为雨和泪彼此都是水，可以混淆，抹一把脸，别人就看不出来。这时候他听见有人在喊，扭头一看，三大爷、胜利他爹、许芹他爹，总之除了五叔之外他的所有同党，都堆在我家的大门口，他们也都和父亲一样，就着雨，在狼藏狈掖地流泪，所不同的是他们都穿着蓑衣，而父亲只穿了件小褂。

那是我记忆中最伟大的一场雨，它的神奇和浩大远远超过了辽西传统的马莲筒子雨或鞭杆子雨，它是从南方来的，也是从远古来的，不仅那雨丝仿佛是青铜万缕，从青铜似的天空倾泻而下，而且还掺进了辽西农民们那难以掩饰的泪水。还有窗户上的雨帘，那青铜色的庄稼——那天父亲、母亲和我，谁都没想到去摺雨帘。而且，我站在井沿上看到，整个村子家家都没有摺雨帘，就任那一捆捆青铜色的庄稼秸在房檐下悬着，像是一幅古老的壁画，阐述着风云激荡的主题。

6.

那天晚上或许家家都在包饺子，因为我们怎么说也没把三大爷他们留住。母亲说儿子，你就陪你爹喝两盅吧。那是我这辈子第一次喝酒，雨点沙沙地落入我和父亲的酒里，我想这是为了陪父亲，以填补五叔等人的空缺。吃过饭天已骤然黑了下来，我很快就睡着了，梦中飘散着浓烈的苹果香味，海豚们成群走过，闪现着它们狮子般的美丽。后来我醒了，我看见一道道很亮的闪电，照着外面那密密实实的雨，而且仿佛是倒过来了，是从地上往天上下雨，就如同闪闪发亮的树林，拔地而起向天上生长。

那一夜，整个村子家家都没有人声，也没有狗声、鸡声，狗们可能在含泪轻吟着“铁马冰河入梦来”的诗句，鸡们会更欣赏“雨打梨花深闭门”的意境，用雨声润嗓，准备着清晨雨后的第一声啼叫。

但狗和鸡都没有想到，雨停后挂在人们嘴边的竟然是猪。谁家的猪圈被雨浇塌了，谁家的猪跑出去了，闹喧喧的。不仅如此，早晨起来大人孩子们都跑出去看河套发水，大河套、小河套、西河套、北河套，然后说那水发的，就跟猪似的。鸡和狗觉得这很不合情理，人也是，你咋不说和马似的、和牛似的呢，偏说猪。就也跟着出去看，可不是，青枝绿叶的天空下，那水发得肥头大耳，呜呜的，拖泥带水，探着鼻子走。于是叹了口气，吟起杜甫的《喜晴》诗："皇天久不雨，既雨晴亦佳"啊。

7.

说南加州不下雨，
南加州从来不下雨，
噢，姑娘，你可知道？
从来不下雨，
却下倾盆雨。
……

当年我很喜欢这首歌——《南加州从来不下雨》，因为它几乎是有史以来第一次，让干旱地区成了某种人生的象征和楷模。歌中的小伙子可能在异乡混得不怎么好，他失去了工作，但他坚持说服心爱的姑娘，表示自己会像干旱的南加州那样，旱到一定时候，必会下一场大雨，正所谓"不雨则已，一雨倾盆"，用我们中国人的话说，也就是"不鸣则已，一鸣惊人"的意思。作为美国乡村音乐的经典，这首歌的基本精神就是激励年轻人自强不息，在外面混出个人样来。显然这也是那个年代的主题，那个年代，好像连风都自强不息，连雨都想混出个人样来。因此它的流行是可以想见的，当年在南伊校园就有许多人传唱，记得有人唱着唱着，还改了歌词，把"南加州从来不下雨"唱成了"南伊州从来不下雨"。

如果不下雨也值得讴歌，那我们的辽西可是最当之无愧了。那里每年的降雨量仅有450毫米—580毫米，大部分雨水来自渤海湾，是季候风把它们从大凌河河谷吹过来的。大凌河，在清代以前被称为白狼河，在我眼中，那是世界上最有灵性的河之一。也许就是因为那河的缘故，为十年九旱的辽西，保留了一条神奇的雨脉，所以有时下起雨来，才能下得美丽如花，倾国倾盆。

那是一种自强不息的雨，大器晚成的雨。詹姆斯讲了，自强不息的雨，就如同自强不息的人，总有一种让人感动的高贵。教授，你说得多好啊，我们的辽西就是这样的地方，它干旱，却也湿润，因为那里到处是雨的土著，父亲的山村住满了雨人。

都说辽西不下雨，辽西从来不下雨，但是你可知道，有时候，那里却下青铜雨。青铜雨是辽西人的神话，也是辽西人的心灵史诗。

不管怎么说，我真的很怀念詹姆斯教授，或许仅次于怀念我的父亲。如果詹姆斯如今还活在世上，那他大概有八十岁了。感谢这位"大英博物馆"教授，可爱的老灰鼠，因为正是他，教会了我许多关于雨的思想，从而使我对辽西，对在那片土地上生活过的我的父亲母亲，我的父老乡亲，开始有了全新的认知。或者这样说吧，从二十多年前美国中部的那个雨天开始，家乡在我心中就一直是湿润的，而那场古朴绚丽、倾国倾盆的大雨，在我心中也从未停息过。

耶稣曾用雨来教导人们要有耐心，他说："看啊，农夫们在忍耐地等待着大地上的收获，直到他们得了或早或迟的雨。"詹姆斯提示，这句话可以这样理解，雨有时意味着公平和正义，但等待它却需要耐心。

关于雨，詹姆斯教授还提到了美国电影 *Taxi Driver*（《计程车司机》），说人们即使在雨中也会期盼雨。后来我看了那部电影，很老的片子了，福克斯公司 1976 年出品。主人公是位参加过越战的老兵，战后当了计程车司机，他找不到自己的归宿，幻灭而迷茫，直到最后挺身而出，独自与黑社会进行枪战。面对生活中的种种丑陋和冷酷，老兵期盼着能有一场真正的雨，来荡涤大地与城市的所有污泥浊水。影片中不断闪现灰蒙蒙的雨天和街道，而当计程车在雨中漫无目标地行驶，那开车的老兵用一种奇特的、预言般的语调说："Someday a real rain will come（总有一天，真正的雨将会到来）。"

是的，人们即使在雨中，有时也会期盼雨，而那"真正的雨"，real rain，又会是什么颜色的呢？

（原载《海燕》2011 年第三期，《新华文摘》2011 年第十二期转载）

白鹭缘

胡中惠

胡中惠，1953年生，男，笔名胡虏、石庄等。河北阜城人，生于辽宁沈阳。辽宁省作家协会会员，沈阳市书法家协会常务理事，《沈阳日报》高级编辑。1978年开始发表作品，于《人民日报》《中国青年报》《鸭绿江》《芒种》等报刊发表散文、杂文、随笔等近百万字，散文集《一隅》、新闻评论集《报纸副刊散摭》分别由春风文艺出版社出版。近年来于中国书法理论与实践用功尤勤，2005年获首届全国新闻界书法大展铜奖。

来到位于辽中县境内珍珠湖的时候，正是七月朗天，风几许，云几许，更有荷花几许。据说，这里的荷花刚热闹过，剩下的数点芙蕖只是殿后的新军。泛舟水上，清风盈怀，飘飘乎亦欣欣然。忽然，不是写文章为了造势，真的是忽然，一位同行的长者向远端飞旋的偌多白色的鸟遥指并惊呼，并像歌手林依轮那样地问起：树上，树上那是什么鸟？陪同我们的同志，娓娓地告诉我们：这是白鹭。真的是它——它们？我简直不敢相信自己的眼睛。这些白鹭真白：像鹤一样，有闲雅之态；像孔雀一样，有雍容之姿。单个飞起来，具一鸣冲天的高傲；集体飞起来，像刚刚获得奥运会银牌的中国花样女子游泳队在倾情表演。特别是有一队白鹭，大约有十几只吧，集体踞在一株没有多少叶子的高树上，远望？伫立？休息？开会？说也说不清楚。

白石老人有一幅《红荷白鹭》图，曾在拍卖会上拍得不菲的价格。画由两部分组成：红荷娇艳而夸张，白鹭精准而传神。它们都是湿地的骄子，美丽的同时又是高傲的，更是矫情的。同行的同志告诉我们：白鹭并不是随遇而安，哪里需要哪安家的。它们的生活基地在南方，唯钟情稻田、河岸、沙滩、泥滩及沿海小溪流。中国拥有鹭科鸟禽几十种，唯有白鹭最为珍贵。他如数家珍般说：重庆九龙坡区白市驿镇三多桥村，有全国第一个白鹭自然保护区；福建厦门的鹭类最多，占中国鹭科鸟类总数的一半以上。小城故事多，白鹭更多，被尊为厦门市的市鸟。

能到蒲河水系安家，也许是白鹭们讨论多次的选择。有一首歌中唱道：远方的客人请你留下来。可是，仅仅有热情就能把远方的客人留下来吗？白鹭喜欢幽静，它们与人类交往，总要有一点矜持，有一点“淡如水”，要的是和人类远距离的微笑。治理蒲河，当然不仅仅是为了千百只白鹭诗意地栖息，“弹指一挥间”，“旧貌换新颜”，赢来了“接天莲叶无穷碧”，赢来了“两山排闼送青来”，也赢来了千万只白鹭的精彩报到。美好不是从天而降的，个中蕴涵着沈阳市委、市政府的决策，蕴涵着千百万蒲河儿女的辛勤汗水。千百年来，蒲河作为浑河主要支流，以它博大的胸怀哺育着两岸儿女，神奇造就了它，今天它又还人们以神奇。我想，这些，白鹭们是会知道的，不然，它们怎么那么有兴致地翩翩起舞呢？伫立位于新民市境内的仙子湖畔，面对田田荷叶，面对依依杨柳，我甚至想说：荷花是蒲水的仙子，白鹭也是蒲水的仙子；千里荷塘带给我们的是美丽，万羽白鹭带给我们的是吉祥。它们都是引领我们走向幸福的仙子，怎么能厚此薄彼呢？

流连蒲河两岸，多情的水，多姿的鹭，让我知道了辛稼轩为之感动的原因，同时也让我知道丰子恺将书房称作“缘缘堂”的根底了。大千世界，一个“缘”字真的涵盖许多事情。千江有水千江月，万里无云万里天，人与自然的和谐共生，应当是一个上天赐给这个城市最大的机缘。缘分是天赐的，同时也是创造与争取的，蒲水能与白鹭结缘，是蒲水的幸运也是白鹭的幸运。沿蒲水行走，诚如郭颂唱歌：越走越亮堂。可是我发现，距城市中心越近，白鹭的身影越少。这是为什么呢？白鹭这东西喜欢静是肯定的，若干年来人们对它的不友好怕也是不可排除的因素吧。于是，我想写一封信，告诉白鹭们：喧闹可能是都市生活的一个特点，但并非每一角落都炽烈如火的。我们城市的设计者与建设者们正在为此而努力，天会更蓝，水会更清，草木会更绿，万物会更美……

这封信用洒金笺书写，不用行草，只能用汉隶或工楷，争取让大多数白鹭能够看懂。

（原载《芒种》2013年第二期）

忆朱媞

李正中

李正中，1921 年生于吉林省伊通县，毕业于长春法政大学。为东北沦陷时期著名作家、书法家，曾用笔名柯炬、韦长明、李莫等 40 余个，出版诗歌、小说、散文等作品 10 余部。1946 年参加东北民主联军，曾任《东北文学》主编、哈尔滨文学院教授、沈阳书协副主席、沈阳文史馆馆员。2000 年之后出版有旧体诗集《正中吟笺》，书法集《正中翰墨》《李正中书法集》《九秩挥墨——李正中书法集》《楹联墨瀋》《翰墨期颐——李正中自书诗集》，散文集《浅梦抄》等。

去年，即 2012 年 8 月 13 日，我的爱妻张杏娟（朱媞）久病不愈，在沈阳弃我而去。一切痛楚究竟是暂时的，七十年间在时代风雨冲击中并肩而行、同餐共宿、相濡以沫的种种欢乐与情趣共存的影像，却令我挥之不去，寝食难安，甚至无以自拔。“人生自古谁无死”，先哲们的警句很久前就默诵过了，而且活到了九十高龄也算不得夭折，不待别人劝我，我也会努力劝解自己，但效果甚微。到了这般时候，萦结于怀的仍然是挡不住的凄清和迷惘，痴迷于似乎不该结束的旧梦。

痴话说也无益，还是言归正传吧。经过朋友们的好意推荐，把我和朱媞从前在东北沦陷时期写下的部分文学作品辑入《伪满时期文学资料整理与研究丛书》，由北方文艺出版社汇编印行，留下一点跌跌撞撞的履痕，这当然是大好事。我很感谢上海的刘晓丽教授、加拿大的诺曼教授和诸多为此奔走的好友，给了我和朱媞再次与人们对面而谈的机会。

既然这本册子名为《朱媞、柯炬作品集》，那么我就从朱媞和我相识、相爱、同好、同栖来谈谈过往的一些陈迹吧。

东北沦陷初期，因为父亲就职地由哈尔滨转至吉林，我和母亲随之来到松花江上游名城。朱媞则因为父亲经商，举家迁居吉林。彼时的吉林虽是省城，但城区并不繁盛，学校也只有几处，是个安静而富文化气息的城市。我们的青少年就在这里度过，真要算是一生中颇值得珍惜和纪念的时光。

20世纪中叶前后，子女们的男婚女嫁大都由双方的老人做主。说起来，按我与朱媞的家境来说，是毫无可能走到一起的。她的父母为女择婿的必要条件，是要家道殷实，有房有地，保证姑娘一生无冻馁之忧；而我的父母替我选配偶，则必须是性情贤淑，且能操持家务不说，另外还附加一个似乎不近情理的条件，即绝不能让孩子仰人鼻息，接受亲属的财物照应。这是我父母只生育我这个独子，且终日奔劳积蓄的毕生奋斗目标。读初中时我的一位老师托人为他女儿提亲，由于提出愿无偿送我和他女儿赴日留学，被我父母毫不犹豫地回绝了。试想朱媞和我的家长所求所望竟是如此相差千万里，怎能最后走到一起呢？

世间很多事情没有那么多必然，却有很多偶然。我在初高中阶段一直是当地报纸副刊上常见文字的作者，又几次在中学生书法比赛中获奖，传来传去，甚至尽人皆知。而朱媞一直是女子中学最优秀的学生，从不落选的班长。那个年代女子中学只一所，男子中学不过四处，互相之间的信息是很灵通的。又加上意外地我家租房与朱媞住宅只有一条巷口之隔，而且我的姑姑经商到吉林，就租用了朱媞家的临街门市和后院的住房，这样一来自然多了相见的机会，即所谓缘分吧。

年复一年，我考入长春法政大学学法律，朱媞进入师范班，准备以后专心致志教书。就在一次我去哈尔滨义务劳动时，和朱媞不期而遇。我送她到车站，她似乎很为难但很直率地说希望我们今后能共同生活。朱媞坦率大胆的特立独行，让我吃惊，但也增加了对她的性格的深层次理解。后来她父母迁居北京，她就只身留在吉林任职北山小学的教员。再后来我们结了婚，生了大女儿。光复后我先去了哈尔滨解放区，参加了东北民主联军，然后捎信让她找机会到哈尔滨团聚。她在长春四面被围、国共两军对峙惊险万状的情况下，孤身一人长途跋涉奔赴吉林，正巧我随军到吉林办事也把她迎个正着。她后来回忆这些经历时颇为自负地说："我怕什么？人生最难得的就是按自己的心思办事，自己支配命运，难道不对吗？"

说到朱媞的写作生涯，也是走和别人完全不同的路。

朱媞在学校读书的时候，只是闲暇时看一些新文学作品，因为她一直是班级第一名的好学生，又是累年的班长，哪一科都要认真学好，不能旁骛。偶尔拿起笔写点短文，也属于兴之所至，写完寄给报社就算结束。直到认识我之后，说不上什么原因对文学的兴趣变浓，和我闲聊时，话题常常是从报上看到我的哪篇哪篇作品开始，当然表扬多一些，有时也提出她的看法，至于她自己动笔的时候却越来越少了。那时发表作品多用的是本名，所以谁写了什么一看便知。

我与朱媞订婚是在她家迁居北京之前，我在外地没有参加，从家书中得知送给岳父家八斤点心，两家人聚餐一次。其后朱媞每逢节假日如我不回吉林，她便只身来长春度假，虽说食宿在一起，但我们体会两家老人的心意，始终洁身自持。观赏电影、谈论新书成为常课。

我慢慢感觉到她很善于思考，善于捕捉生活场景，似乎比我敏锐。我偶尔也劝她不要放下笔，她多一笑置之。1941年，她告诉我有一篇东西快发表了，具体内容没有说，过后也没有拿给我看。一年之后，她从北京探亲回来，带回一份北京武德报社出版的《时事画报》，翻开看才晓得她的第一篇小说《大黑龙江的忧郁》刊出来了，获得了征文奖，编者袁犀给了很高的评价。我知道，她的用意是想给我个惊喜。她后来解释给我说，她从来都讨厌事事依赖人，尤其是写东西，字句可以修改，但主旨内容不能由别人改动，文学写作和数理化不一样，不是只有一个答案，换了作品的答案就不是原来的味道了。

我觉得她说的话是对的。所以，以后我看她写的东西，提出不同看法时特别慎重，不能越俎代庖，她对我当然也是同样。

从这件事情看得出朱媞是个很有自信的人，所以在几十年的共同生活中，我们之间有了一项默契，那就是充分保证对方的自由，不要因为是夫妻便滥行干预。比如我们一直不拆看对方的私人信件，不随意打听对方和朋友的交往，这样不但省却了许多无谓的猜忌和误解，相反更增添了几分信赖和亲昵感。

我们俩离休以后，我又被一些熟识的朋友拉进了写作和笔砚的故辙，每天总要按计划参加些活动。这时我发觉朱媞往往待得怪闷的，就劝她是不是再写点东西，既丰富生活，也消除寂寞。她认真地对我说，这种做法不是没有想过，但想来想去自己失去了信心和勇气。作品是要给人看的，是要给人们精神上以某些启发的。“觉今是而昨非”，我没有高瞻远瞩的本领，絮叨个人的闲情逸致，岂不是浪费大家的尺璧寸阴，实在罪过。因此，还是不重蹈覆辙的好。她的想法，使我无言。

仔细想起来，这也还有另外一层难言之隐。她在为初国卿先生收藏的小说集《樱》的题词中有这样几句话：“原本应当还原他（她）们在苦难中的不屈和斗争，但只写出敌伪统治下人民的迷惘和愤慨，这就无怪给没有经历过黑暗时代的人留下了鄙夷的口实，而让冒着生命危险留下点文字的人感到难堪。”她可能借此来回应那些冷静得吓人的置身于历史之外的学者先生们的信口雌黄吧！

朱媞的记忆力惊人。2004 年秋天，我和朱媞接受英国牛津大学中国研究所的邀请赴英访问，在一次关于中国当代文学的学术讨论会上，朱媞根据事先提出的问题进行解答以后，诚恳地说自己从来也不曾有过专门从事文学创作的雄心壮志，只不过出于对祖国的热爱，对侵略者的愤恨，以笔代剑，宣泄自己的激情而已。接着她按捺不住激动的心情背诵了写在小说集《樱》篇首的小诗：

我不过是大地涯涘的一条小河
我不过是榛莽丛中的一株小草

一任潺湲地流和寂寞地生长
没有谁知道也不必谁知道
只要永远涸竭不了河床
只要绿色的叶子上还留有一点点芳香

她动情的吟诵引来一片欢快的掌声，我也为她的异常记忆力喝彩。其实这本早年的著作，我们手中仅有一本，而且放在书橱的最底层，多年没有翻动了，而朱媞却始终没有忘记，朗朗读来，仿佛时间仍停滞在遥远的五六十年前，表述出从彼时开始的心态。

归来的飞机上，我又提起这件事。我说：我真的服你了，我过去写的东西早被我忘得一干二净了。她只淡淡一笑，回复我说：不想忘掉的事，终生也不会忘的。

朱媞是2010年初住进盛京医院干诊病房的，开始她可能认为通过及时有效的医疗还能够回家度过晚岁，所以每次探望她时，总是探询外面的人事呀，物价呀，种种情况。后来病情反复，发现这不过是奢望难以实现，便转而闲聊过去的一些往事，从中寻求精神上的片刻愉悦。

有一次，她想起我们结婚以前游江南公园、逛北山庙会等欢乐情景，接着说起当年一次被报纸副刊邀请参加爱情与婚姻的笔会时，她讲意中人的形象应该是："我爱他，他爱我，相爱一生永不改。"而我的发言她至今仍记得："青年时的恋人，中年时的伴侣，老年时的保姆。"她一边说一边用力握着我的手："真的很对不起，我没有做好你的保姆，以后要你自己当心吧。"为了避开这会使人伤感的话题，我赶紧找出台湾朋友寄来的刊物和信件，一一读给她听，她边听边闭上眼睛装作昏昏欲睡的样子，眼角却情不自禁地溢出泪水。

世事沧桑，人生无常。我和朱媞共同生活的七十年，正处在国家、社会的大变革时代。我们的经历和遭遇岂止是人们从历史文献和影剧场景中，可以约略看到体会到的千难万险、水深火热。一场场天灾人祸，一道道生死难关，除非是带着遍体鳞伤闯过来的人，是无法想象和推论的。我们应该算是幸运者，“历尽千艰胆未寒”未必，不依不饶地活下来了却是真实的。幸运吧，但命运也并不是毫无端倪可寻的。朱媞有一次在谈到年岁不饶人的时候说：“你不要笑我自私，想到即将到来的生离死别时，我真的乞求上苍让我先行，那样只难受一次就可以画上终止符了。”我笑了笑回答说：“还是让我们一起走吧，一同去往生。”彼此心里都明白这毕竟是不可能的事。

朱媞提前走了。她经历了两年多病榻上的折磨，经历了对亲人的难以割舍的依恋，给崎岖坎坷的人生之旅画上了并不心甘情愿的句号。

祝福她。

下一个天堂之旅，祈愿重逢。

（原载《辽海散文》2014年第九期）

与寿夫人毗邻

王秀杰

王秀杰，盘锦大洼县人。从政之余开始写作，后调入省文艺部门任职，现为中国作协全委会委员、辽宁省作协名誉主席。创作以生态文学为主，对鹤文化、地域及传统文化亦有所涉猎，已出版《鹤羽芦花》《辽水行记》等散文集，其中《流水高山诗系情》获辽宁文学奖。

新世纪之初，我从盘锦调入省城沈阳工作。先租住在一个学生公寓，一个月后，见单位路旁灯杆上张挂起“望帅苑”房屋销售的广告。实地一考察，发现那楼盘竟在距单位很近的同一条街上。入门登楼，见南窗外十几米处有一座洋楼：钢筋混凝土结构，水泥顶瓦；交角处圆柱托起平台，柱顶雕刻花卉；偏西侧备有后门，之字形外楼梯通往楼上。楼房设计典雅，建筑工艺精湛。

这笼罩着神秘色彩的房子是什么人家的？我看得呆了，搞房地产开发的小叔子说，看来是个文物楼。过去的人讲究风水，你看这房子与那房子平行而设，起码正南正北采光好。于是我决定在此买房。

搬进新居不久，听闻张氏帅府正式对外开放，我便急着去参观。因为张氏一族是我们盘锦人的乡里。张学良一直声称老家是奉天省海城县小洼村，实际为现盘锦市大洼县驾掌寺镇马家房村西小洼屯，民国时归海城县管辖，位于海城县城西近百里处。那里是张作霖的出生地，存有张氏祖坟，其爷爷父母等都葬在那儿，发迹后的张作霖曾回乡安葬过他的一个兄长。我在大洼、盘锦县市两级政府都主管过文化工作，因此亲自组织了张氏墓地的修复，还托人求请当时在夏威夷的张学良书题了“张氏墓园”四字，并立石勒刻在墓园大门内。

张氏帅府建筑群从1914年开始兴建，到1933年逐步形成了由帅府中、东、西院和院外四个部分组成的风格各异的一个建筑群。参观完大青楼，解说员领我们去帅府东院中心位置的小青楼。那是一座建筑面积400多平方米，中西合璧的砖木结构小楼。分为上下二层，共有十余个房间；楼下西屋为客厅，东屋为卧室，楼上的长廊式阳台雕梁画栋。她介绍，这座独立的小楼是1918年帅府扩建时张作霖特意为五夫人寿氏建造的，原先一直由省文化部门使用，1988年随帅府其他建筑一起被辟为张学良旧居陈列馆，又经过重新修缮，才于近期接待游客。

解说员说，寿夫人在张作霖的六位夫人中是最受宠的，除了这座小楼外，张作霖还在如今的和平区和沈河区为她另建有两处别墅。这种待遇，是其他几位夫人难以攀比的，因为，寿夫人不仅是小青楼的主人，还是大帅府的实际内务总管。

转眼几年过去。一天，我从报纸上看到沈阳市公布的首批不可移动文物名录，才发现，原来我家楼前的那座洋楼是寿夫人的别墅。这令我惊喜！后又听说，洋楼后面我家这座楼的位置原先是寿夫人别墅的后花园。解放后，使用楼房办公的那个市直单位在花园里建起了一排瓦房做仓库，近年才将地皮转让给开发商。我这才恍然大悟，一大堆疑问得以解答：为什么这个小区叫作“望帅苑”，为什么六层高的楼体上迎面垂画着一条五彩凤凰，为什么院子北面的围墙上覆盖的是黄色琉璃瓦，为什么两棵梧桐树下傍墙而立的两块石头上分别刻有“凤还巢”“栖于梧桐”字样。这一定是在表示文物楼主曾在这里与大帅鸾凤和鸣地栖身过。既然与张家寿夫人如此有缘，之后我便到处搜集有关她的资料，急于了解她的身世。

寿夫人出生于1898年，为黑龙江将军、袁崇焕后裔寿山的一个外室王姓女子所生，名寿懿。后寿山在黑河为抗俄侵略愤而自杀，那时寿懿年仅3岁。其母不堪寿家歧视，便毅然带女儿回到了奉天老家，又改随母姓名雅君。从小跟表舅在戏班子里学戏唱戏的王氏见过世面，她盼望自己美丽的女儿将来能过上好日子，便省吃俭用地供她念书。聪慧的寿懿果然不负母望，发奋努力，学有所成，于1917年在奉天省立女子师范学校毕业。毕业典礼上，品学兼优的她作为毕业生代表宣读答谢词，被奉天督军兼省长的张作霖一眼相中。不久，20岁的寿懿即成了张作霖的五夫人。按惯例，出嫁后的女人须在自己姓名前加上夫姓，因而名之张寿懿，人称寿夫人。

张寿懿为当时少有的品貌兼优的知识女性。她见多识广，精明强干，刚柔相济。无论家里家外，她都言谈得体，处事周全，深得张作霖赏识。一次，张作霖带着张寿懿去驻地部队视察，突发奇想让她临场讲话。面对一列列男子大兵，她大大方方地赞扬张作霖如何体恤官兵，还说要给予官兵赏赐。雷动的掌声，让张作霖赚足了面子。此后，凡需要夫人出面的重要场合，张作霖都会带上她。

张作霖的六位夫人生有八个儿子、六个女儿。为了约束家庭主要成员，他特制定了十条家规来严禁妻妾干政，但对寿夫人却有所例外。一次在营口，寿夫人发现一个叫栾贵田的人理账精明，便向张作霖举荐，栾随即被调到奉天省督署军需处主管出纳事务，后又升为军需处处长。一次，张作霖检阅卫兵，发现其中有一个小个子的，就加以责问。当听说是寿夫人举荐的，便马上转口夸赞起来："怪不得这么精神，叫他当班长吧！"

要管好张氏帅府这个庞大的"关东第一家族"，本就是一件不易之事，尤其在张作霖于1926年率奉军入主中原当上陆海军大元帅，长时间在北京、天津逗留后，奉天帅府所有事宜主要都得由留守的寿夫人料理。但寿夫人持家有方，把帅府内事务管理得井井有条，赢得了家族成员和周围人的拥护。她为人很有气量，处事讲分寸，并注意化解矛盾；与其他夫人的关系处理得体，连对府中的下人也很宽容；她严格按章办事，从不搞特殊化。譬如，小青楼建好后，寿夫人把其他夫人所生的五个女儿邀来同住在二楼，而她则带着自己所生的四个儿子学森、学俊、学英、学铨住在一楼。直到后来女儿们陆续出嫁了，她才带儿子们住到楼上来。

自然而然，张寿懿在张作霖心中的位置逐渐高于其他几位夫人，并达到宠爱有加的程度。在大帅府的十几年，她一直有能力保有这种专宠地位。但谁也没有想到，对她的一个巨大考验突然从天而降。

1928 年 4 月，在蒋冯阎桂四大集团的攻击下，奉军全线崩溃。6 月 2 日，张作霖被迫宣布退出北京。由于他一直不肯满足日本军国主义以开矿、设厂、移民等阴谋手段对东北实行侵略扩张的无理要求，便成了日本关东军暗杀的主要对象。6 月 4 日清晨，当其返回奉天所乘专列驶至皇姑屯附近铁路交会处的桥洞时，被日本人预埋的炸药炸毁。奄奄一息的张作霖旋即被送到小青楼一楼东屋，3 个小时后气绝身亡。

事发突然，情况万分危急！而张学良、杨宇霆尚留在关内，正率领 20 万奉军在河北滦州与蒋介石的军队对峙。经省长刘尚清等几位东北要人紧急协商，果断决定封锁消息，秘不发丧，对外扬言张大帅受了轻伤，正在医治养息。

面对突如其来的人生变故，处在一线的寿夫人压力巨大，但她却始终能够从容应对。为造成张作霖依然健在的假象，她要求厨房照常为张备餐送饭，医生照例为张换药治疗，家中人一律不啼哭、不戴孝，府邸内依旧灯火辉煌，更为难能的是她强忍悲痛，成功地应对了日本人的刺探。

后来，我再去大帅府，看到了一楼客厅刚刚装置好的一组蜡像，那场景再现了 80 多年前的一幕：日本人为探听张作霖死活，故意派领事夫人以做客聊天为由来到小青楼。伤心欲绝的寿夫人那时衣衫肃穆，一听日本人要来，便急中生智与之周旋，命副官陪其到西屋客厅休息，自己忙到东屋梳洗打扮。很快，浓妆艳抹毫无悲戚之相的寿夫人走进客厅，并连声道歉：大帅遇险受点轻伤有所惊吓，刚刚安置睡下。她还命副官打开香槟，与领事夫人举杯相庆大帅逃过一劫。寿夫人一番泰然自若的表演，成功掩盖了张作霖已死的真相，终使日本人深信张作霖还活着，因而未敢轻举妄动。

在关键时刻，一个 30 岁的女子，以她的沉着机智、假戏真唱力挽狂澜，成功处理了张作霖被炸身亡、张学良不在奉天的危局，面临帅府上下混乱和东北局势失控的危局，粉碎了日本侵略者伺机挑起战端的阴谋。这不仅是寿夫人对张作霖信任的一份回报，也是稳定东北局势、对东北子民免遭涂炭的一个贡献。

寿夫人的一系列不凡之举，为张学良顺利回到奉天主政赢得了宝贵的十多天时间。费尽周折，张作霖被炸死的确切消息直到6月17日才由寿夫人派去的亲信送到张、杨那里，二人立即决定率军北撤关外。张学良化装成普通兵员，乘坐闷罐军车，躲开日本人的道道盘查，成功返回沈阳。28岁的张学良在善后诸事得到安排，并顺利继承父职临危受命主政东北后，才于6月21日正式对外公开发丧。不久，他采取“东北易帜”的果断行动，宣布服从南京国民政府，促使国家走向统一。

寿夫人对张氏家族的情感始终不渝。张作霖死后三年，发生了九一八事变，她移居天津；1948年，她离津赴沪，年底去了台湾。至1966年病故，寿夫人一直孀居，终年69岁。

令世人钦佩的寿夫人也得到了张氏家族子孙的诚心尊敬。在台湾时，每逢寿夫人的寿辰之日，只比她年轻三岁的张学良都会到府上行儿辈的叩首大拜之礼，数十年里从未间断。

转眼，我在望帅苑已住了十个春秋，每每会站在窗前对那建筑物出神，总能感觉到它所散发的气息韵味如春风细雨般扑面而来。回望院子里的梧桐树愈加繁茂，年年岁岁开花结角；虽然那条彩凤已色彩斑驳，但石上的“凤还巢”字迹依然清晰。为此，我更加觉得，那颓角倒棱的青砖围墙应该是原建筑，那枝干高大粗壮的梧桐树应该是建园时所植；那石头及刻字也应该是花园中的原物，或早立于此，或后移至此。如此认证给了我一个惊喜！崇敬寿夫人的我，于寻常的进进出出中，便随时可看到她留给张氏家族的信物与遗在世间的绰约风姿。

但在窗前所见只是那别墅的后侧面，如果能从正面进去参观就好啦。看到大门威严的保安，总是踟蹰再三未得行动。最近，我下了决心必须得进去，经过努力终于如愿。进入院子中央，是一个竖立着一大块太湖石的小花坛。在几棵百年青松的掩映下，从正门伸出一个十来米长的平顶雨搭，前方由四根米黄色水泥圆柱支撑起来，楼门两侧各有三根同样的圆柱。那些柱子与我从自家窗口看到的制式相同，柱头都刻有一式风格的精美花卉，且葳蕤枝叶毫无破损。

拾级而上，可见楼门右侧挂有“张寿懿公馆”的文物保护牌匾。这里的确是寿夫人当年居住过的地方！这座楼建于1917年，楼高三层，局部四层，地下一层。院子里一位长者告诉我，西侧与公馆毗邻的是张作相别墅；与公馆北院一路之隔的是“同泽俱乐部”，1929年由张学良主建，是一处用于东北军政高级官员餐饮、娱乐的豪华场所。这三处保存完好的建筑，互为依托，相映生辉。看来，这块地界当时也曾热闹喧嚣过。跨入三楼正面与西侧相连通的阔大平台，周边类似美人靠的栏椅尚齐整，我不禁慨叹时光如梭，人生短暂。那平台上，不知多少次飘过寿夫人的蹁跹身影，又有过多少次她对帅府的凭栏远眺呢？

寿夫人与张作霖的另一处别墅，是位于沈河区的一座三层红砖小楼，听说也是由一个市直单位使用并保护着。我没有去过，不知其现今面貌如何。

这些建筑与大帅府建筑群都几近百年，多少流连其间叱咤风云的人物都随着历史的烟云飘逝了，而张寿懿，一介女流却名留青史。尤其她那场了不起的“表演”，已成为一桩美谈被久久传颂，永远与这些建筑同在。听说近年张氏帅府又以“真人情景剧”方式再现寿夫人之壮举，而我家楼前的张寿懿公馆也时隔几年便被修葺一新，去年粉刷之后，拱形窗楣之上的菱形色块涂以嫣红，米黄色墙面显得格外柔和养眼，整座建筑更为姿容秀丽。

冥冥之中，我觉得自己与张氏家族存有一种缘分：在浓重的盘锦乡情之上，到沈阳又与寿夫人公馆毗邻。对此，我十分庆幸并格外珍惜。

（原载《芒种》2015年第一期）

月光里，三十年的鱼雁

王　莉

王莉，生于20世纪60年代初，大学毕业于80年代初，供职于政府某机关，从事文化艺术管理工作。业余时间喜欢读书、听音乐、观赏戏剧电影。养鱼、莳竹、旅游、健身。偶尔写写散文和随笔，参与多部书籍编写。

1995年的那个中秋，月亮很圆很亮，“该是铜钱大的一个红黄的湿晕，像朵云轩信笺上落了一滴泪珠，陈旧而迷糊”。就在这种迷糊的气氛中，这句话的主人随着月光淡淡地隐入了历史深处。20多年后的这个中秋，月亮依然很圆很亮。我捧读《张爱玲给我的信件》，对着朵云轩的一页信笺，有感写下此文。

1963年至1994年，在这31个中秋月圆的时光里，一位惊世骇俗的女作家，写给对她有“知遇之恩”的人100多封信。如今这些信成为她留给世人最后的文字。而最懂得她的才华与苍凉的这位有“知遇之恩”的人，在92岁生命将走到尽头时，把他们两个人往来的信件编辑出版了。她，是张爱玲；他，是夏志清。

20世纪60年代至90年代，张爱玲和夏志清几乎同在美国，见面不过5次，靠鱼雁传书往来长达31年。他们何以如此，成为鱼雁知音；何以义重，相守隔世思念？这些足以让“张迷”们如饥似渴地追问，让“张学”们如获至宝地研究。当我拿到新出版的这本《张爱玲给我的信件》一书时，欣悦不已，一口气读完。

《张爱玲给我的信件》这本书里搜集了张爱玲与夏志清的往来信件共计 118 封，另附夏志清的单独回信 16 封。张爱玲给夏志清最早的一封信是 1963 年 5 月 9 日，最后一封信是 1994 年 5 月 2 日，距张爱玲逝世的时间即 1995 年 9 月 8 日只一年零四个月。我写此文的时间也是 9 月 8 日，甲午年中秋节，距张爱玲离世整整 19 年，真是巧合。这些年，无论哪一次读她的文字，哪一回写她的过往，哪一夜灯下思虑她的人生，都无法与我在中秋月圆这一夜的心情相比：蒲边赏月，静思怀想，惬意美好。

翻阅书中那一封封信件，品味其中一个个情境，充满了两个人真切平实的友情和严谨求索的文风。字里行间也能让人像漫步在一丛丛秋意渐浓的枫林，随处可采一片艳丽饱满的红叶捏在手里；如同蹚着一条条清澈凉爽的水溪，随意可拾一块纹路诗意的鹅卵石握在手里。虽然有时手心感觉是冷硬的，但心里却是温暖的。感叹！张爱玲生命际遇虽多有不幸，但能与夏志清这位现代著名的中国小说史学家相遇相知并得到他的文学赏识与推崇，的确是张爱玲一生中最好的福运了。

夏志清与张爱玲初次相遇是在 1944 年夏天的沪江，一个下午的同学聚会上。夏志清这样描述初见时的印象：“张爱玲脸色红润，戴副厚玻璃眼镜，同在照片上看到的不一样。”张爱玲当时穿一件旗袍，站着说话，笑起来好像给人一种缺乏自信的感觉，她和在场的人谈着她的少作《牛》。夏志清那时只看过她的《天才梦》，还没读过她一篇小说。夏志清是专心研究西洋文学的，所以那一次两人没有可谈的话题，彼此没留下什么印象。 没有想到时隔近 20 年，夏志清于 1961 年出版了《中国现代小说史》。这是一部中国现代小说批评的拓荒巨著，具有开创性的意义。这部书发掘了张爱玲、钱钟书、沈从文等一批大陆作家。此书问世，如同旋风般吹到东方，拂尽一批稀世珍宝上积压的历史尘埃，使之重见天日，熠熠生辉。特别是夏志清在这本书中评价张爱玲的篇幅比鲁迅还要多一倍。他断言，张爱玲是“今日中国最优秀最重要的作家”；《金锁记》是“中国从古以来最伟大的中篇小说”。夏志清这般振聋发聩的登高一呼，改变了张爱玲作品的命运，张爱玲的神话从此名扬四方。

张夏两人通信往来与深厚友情的建立源于1961年3月夏志清寄给张爱玲他的英文初版《中国现代小说史》。张爱玲收到这本书那一刻兴奋至极，从此与这位大学者通起信来，直至1994年，30余年两人鱼雁往来未断。夏志清给张爱玲的信写得多些，写得勤些，保存得也多些。张爱玲给夏志清的信写得少些，回得慢些，甚至一两年回一封信，因而存下来的就少些。这符合张大小姐慢慢腾腾的性格。夏志清了解她，懂得她，理解她，不怪她。他写道："我写每封信主要让爱玲得到些帮助、鼓励和友情的温暖，这些目的当年拆阅时可能即已达到了，信件之弃存就无关宏旨了。"这是一个文学批评家的胸怀，更像一个兄长对妹妹的关爱体贴。

在美国生活时期，夏志清不遗余力地帮助张爱玲找工作，为她的作品出版事宜多方联系，帮助她"解决了她下半生的生活问题"。张爱玲心存感谢，每封信里最后问候语都带上夏志清的夫人和孩子。如"匆匆祝 Della 自珍都好"，或"Della 自珍与你都好？顺便拜年"。Della 是指夏志清的夫人，中文名字叫王洞。自珍是夏志清的女儿，患有自闭症。夏志清曾在信里向她讲到女儿自珍智识未开，很容易满足，只要吃得满意就很开心。张爱玲安慰他说自珍"极可能是幸福的"。1967年5月14日，张爱玲在给夏志清的信中写道："千万不要买笔给我，你已经给了我这么多，我对不知己的朋友总是千恩万谢，对你就不提了，因为你知道我多么感激。"张爱玲就是这样一个人，她不是不食人间烟火，她只是不会做俗人之事，文字是她的整个世界，在文字里她什么都做得来，一个都不会少。

夏志清深知张爱玲长年承受着蚂蚁、蟑螂、跳蚤困扰，皮肤过敏，不停地搬家，不断地丢失信件物品，又时常发烧牙痛长医不治，"精神太坏"，"浪费无数的时间"，每天处在"紧急状态"。他常以书信传递给她各方面积极的信息和生活常识，如他告诉张爱玲要学会用电动牙刷，说他用了两年很有效果，92岁了牙齿都是完好的。夏志清有一封给张爱玲的信，读了真是让人感动。他写道："你这样逃虫，没有固定地址，不仅不能定下心来写作，你的身心健康也会受影响。盼望你早日安顿下来，找到一个适宜的住址，再去检查一下身体……有无兴趣来纽约住一阵子？度一个假？其实在纽约长住也很好，至少有我和信正这两位可靠的朋友。”夏志清的真性情在学界是有名的，他对张爱玲的关怀溢于言表，从健康到养生，从文学到爱情，无话不谈。那些字里行间的汩汩温情，给在异国他乡“寒嗞嗞”的日子度过余生的张爱玲送去莫大的慰藉。可以想象到，当年张爱玲读到夏志清的信时或莞尔或感动的反应。张爱玲写道：“我这些年只对看得起我的人负疚，觉得太对不起人，这种痛苦在我是友谊的代价，也觉得值得。”张爱玲就是这样一个人，对友人的热情用痛苦之意来表达，感动入髓的表达。

张爱玲在美国生活了40年，经历了因处境贫困导致怀孕也不得不堕胎，丈夫得了中风瘫痪不得不自己护理照顾，写作变成为了挣取治病费。丈夫病逝后，她虚弱的身体又归于孤身独处，更不愿与人接触，同事下班之后她才上班，她只要处处一个人才可安稳。她那句“长的是磨难，短的是人生”说的就是自己。然而，张爱玲再坚忍孤绝也有内心柔弱的一面。她那时向最可信赖的夏志清时常诉苦。她写信跟夏志清讲：“天天上午忙搬家，下午远道上城（治牙），有时候回来已经过午夜了，最后一段公交车停驶，要叫汽车。剩下的时间只够吃睡，才有收信不拆看的荒唐行径。”这段自述任谁读了都会心酸，都会心疼。夏志清在按语里说：“这是我自1984年10月26日以来，三年间收到爱玲的第一封信……她忙于看病搬家，每日累得筋疲力尽，‘剩下的时间，只够吃睡，才有收信不拆看的荒唐行径’。看了令人心酸。”夏公的语调里都带有难忍的心疼。

晚年的张爱玲身体越来越差，差到连友人的信件都不爱拆开看了。1994年5月2日，张爱玲给夏志清的最后一封信里写道：“一直这些时想给你写信没写，实在内疚得厉害……顺便解释一下我为什么这样莫名其妙，不乘目前此间出版界的中国女作家热，振作一下，倒反而关起门来连信都不看……我犯了手高眼低的毛病，作品让别人译实在painful。我个人的经验是太违心的事结果从来得不到任何好处……任何药物一习惯了就渐渐失灵。无论如何这封信要寄出，不能再等了。你和王洞、自珍都好？有没旅行？我以前信上也许说过在超级市场看见洋芋色拉就想起是自珍唯一爱吃的。你只爱吃西瓜，都是你文内提起过的。爱玲。”

从张爱玲给夏志清最后的这封信看，她像冥冥中预知了什么，预示着什么。她似乎在对自己的创作事业做了一个总结性的反思和自省，心存一种无言的遗憾和无奈。她似乎对吃药医治体弱多病的自己不再抱有希望，精神情绪上有彻底的无助感。她在渐渐老去的孤寂中更增添了对友人美好的回忆，洋芋色拉和西瓜，她无缘享受，但把祝福和希望寄托给夏家。她把“无论如何”要寄出的信，最后寄给了夏志清一家人。

1994年12月7日，夏志清回复张爱玲的最后一封信写道：“五月二日寄出的信和卡片，早已收到。多谢你特为我劳神写了封两页的信。给你回信恐增加你的麻烦，迟至十二月才给你封短的。近况想好，甚念，希望这些小毛小病不再打扰你的安宁了，时报给你一个终身奖，应向您祝贺，希望你自己也感到些安慰……”在这封回信中，夏志清是想给她送去喜讯——《中国时报》特别成就奖，还告诉她，他的女儿自珍成年了，住校了，让她不要挂念了。可是，非常遗憾，非常伤感，夏志清在最后的按语里说：“1995年9月8日发现她的遗体时，已经因心脏衰竭，停止呼吸三四日了。一个人静静地躺在地上，看似凄凉，但她晚年多病，未尝不是一种解脱。”

就这样，张爱玲与夏志清这两位文坛巨匠鱼雁传书30年，相知不辍30年，感知了30年的人生苦乐，互慰了30年的文学心灵。他说张爱玲的去世对她是一种解脱，对他又何尝不是一种解脱呢，他跟她的感触总是乐少苦多，是那种无助的苍凉之感，那种无言的疼惜之心。问世间情为何物，他们之间这份至简至真之情，应是世间最受尊敬最可永恒之情了吧！

晚年有人问夏志清：“你喜欢过张爱玲吗？”他说：“我没有，我是可怜她，张的性格实在很难招人喜欢，即使崇拜她的男人，胡兰成是个例外。”但是，夏志清曾经对陈若曦说：“她一方面有乔叟式享乐人生乐趣的襟怀，可是以观察人生处境这方面，她的态度又是老练的，带有悲剧感的——这两种性质的混合，使得这位写‘传奇’的年轻作家，成为中国文坛独一无二的人物。”夏志清对张爱玲是看得清清楚楚的，因此付出了“因为懂得，所以慈悲”的行动，在倍加欣赏中隐含了崇拜之意。可惜啊！张爱玲一生寻找的爱情是知音，她遇见只大她半岁的夏志清太晚太晚了。历经感情磨难的她早就“萎谢了”“不会再爱了”。夏志清对张爱玲唯有理解，唯有懂得，唯有关爱。张爱玲对夏志清的“知遇之恩”也唯有尊重，唯有感激。

月光下的张爱玲已经走了24年，夏志清先生也已于几年前走完了他92岁的漫漫长路。当24年后的又一个月圆之时，我品味着张爱玲与夏志清故事的时候，中秋的月光透过窗纱，洒在张爱玲的信笺上，圈住那娟秀而禅意的笔道。不知怎么，我忽然又觉得今夜的月色不免带点凄凉，有类似《春江花月夜》里的意境：“鸿雁长飞光不度，鱼龙潜跃水成文。”

起身再倚望一眼那白玉盘一样圆的月亮，我分明看见了夏志清先生一身洁白的西装和笑容，更看到了张爱玲一袭蓝配绿的旗袍那个熟悉的背影。不免叹息无可奈何花落去，感叹中国文学史在这样的花落中，又翻过了新的一页。

（原载《芒种》2015年第二期）

梦之沈阳

原　昌

原昌，1950 年生。笔名原上草、长远、原理、原则等。《芒种》文学月刊社编审。曾任《芒种》《辽宁散文》编辑部主任和《文苑春秋》执行主编等。中国作家协会会员，沈阳市作家协会常务理事。发表小说、散文、报告文学约 400 万字。多篇作品被选入辽宁省中小学课外教材，十多篇作品被选刊选用。

紫气东来栖息地，历史悠久诗意园。

请让我们感谢一代又一代的建设者们，他们用智慧的头脑，科学的理念，前瞻的目光，洒脱的步伐，把沈之水阳之畔的盛京地，打造成一方人类最理想的居住处。于是，这座身处关外的历史文化名城，犹如一颗璀璨的明珠，傲然屹立在广袤的黑土地上。巍峨庄重的故宫，肃穆恢宏的陵园，写尽了一个王朝的辉煌；风格迥异的宗教建筑，展露出沈阳文化的多元化、民族大融合的胸襟；缤纷多姿的古迹、古居，俯拾皆是的是特定时期、特定人物演绎的时代故事，透着沧桑……

沈阳，沈阳，沈水之阳；南北运河，流水汤汤；浑河两岸，垂柳拂面，芳草萋萋。择水而居，是人类从生存的角度出发，是从远古时期就遵循着的规律。于是，热乎乎闹哄哄的沈阳城，昭示出一个城市和水的关系，昭示出人与环境的关系：唇齿相依，生生不息。有关它们的历史，它们的传说，悠远又贴近，亲切又空灵，温暖着人们的心灵。

一个城市最迷人之处，不是外在的东西，而应该是弥漫于城市中的文化气息和特有的生活方式。沈阳就是这样一座迷人的城市。

被誉为“共和国长子”的沈阳，在新中国的建设中立下了不朽的功勋。而今，在振兴老工业基地、打造和谐沈阳的建设中，更是用一个个骄人的成就，向世人展示着自己的实力，工业文明已经深深地融入这座城市的血脉之中。它以越来越独特的魅力，给了都市人一个美丽的梦，一个犹如梦境的人间乐园。

“工业立市”成为沈阳城市发展的战略思想主旋律，浑南新区似龙头，铁西新区、大东区像两翼，沈北经济带构成坚实的双足，似一只雄鹰振翅高飞，金廊银带愈发增添其妩媚的色彩。

沈阳工业是值得自豪的。全国164个产业门类中，沈阳有149个；在全国44个工业行业中，沈阳有39个，工业经济在沈阳市国民经济中占有举足轻重的地位。这里诞生过无数个共和国“第一”：第一台汽车、第一台数控机床、第一台1.25万吨挤压机、第一架国产歼击机、第一台50万伏超高压变压器……

仅一个沈阳重型机器厂就为装备新中国贡献了70个“第一”。

沈阳不仅向国家重点建设提供了须臾不可或缺的装备，同时向全国无私地输送了大批技术和管理人才。沈阳民族工业的奠基人张志良、机器人之父蒋新松、新中国第一代飞机设计师顾诵芬等科技及工业英才的雕塑形象，使沈阳工业文明风采再现……

浑南是沈阳的明天。在未来的十年，这里将建设以高新技术产业为依托，集科研教育、金融商贸、生活居住、旅游观光为一体的国际化、现代化科技新城区；用五至十五年的时间，把铁西工业带建设成为大工业、大物流、大文化、大商贸、大环境的黄金工业带，再造“东方鲁尔”的辉煌；大东区则谋划建成沈阳东部的“汽车城”……

交通的便利，信息的快捷，商业的繁华，旅游资源的丰富，民族工业的发祥地，使沈阳城占尽了天时与地利。

政策法规的确立，基础设施的完备，决策者的明智，建设者的勤劳，投资者的眼光，使沈阳城展足了魅力与人和。

你看，这座大都市的软环境：

政府的职能部门在实践中注重和致力于经济与社会的协调发展，根据中央、省、市既定的方针政策，制定适应本地区条件和特点的经济、社会发展战略、计划和方针政策；为地区内的所有企业、事业单位提供和传播信息、组织安排生活服务，组织跨地区以及对外经济、技术、文化交流。认真执行国家计委、经贸委和国家外经贸部最新颁布的《外商投资产业指导目录》，并根据本区域特点，优先发展高新技术产业、金融业、物流业、房地产业；欢迎汽车、汽车零部件制造、航空机械、生物工程、高材料、节能环保、芯片封装；鼓励银行、证券、保险、资本经营企业加入大东区国民经济体系；鼓励在基础设施、商贸旅游和老企业嫁接改造等领域投资，成为海内外人士投资的最佳选择地。

你看，这座大都市的硬环境：

有动脉之称的公路干线内环、中环、大二环、外环，犹如血管覆盖着沈阳城，信息网络迅猛发展，国际直拨电话早通往世界各地；遍布大街小巷的店铺商行，涌动着经济大潮的浪花；异军突起的房地产业更似雨后春笋勃发活力，已达到国际化、现代化水平；作为历史名城的沈阳，旅游资源比比皆是，它们记录着沈阳这块古老土地的历史……

如果说，说沈阳不能不说工业，那么说工业就不能不先说说大东。

大东是沈阳民族工业的发祥地，1896 年在大东区域内出现了沈阳历史上第一家工业企业——奉天机器局，进而成为沈阳近代工业的开端。此后张作霖领导的军阀政府先后在大东区域内兴建了兵工厂、被服厂、纺纱厂等大中型近代工业企业。在 1924 年首次提出了兴建“沈海工业区”的城市规划。20 世纪 30 年代，沈海工业区成为沈阳市最大的工业区域；经过近百年的发展，特别是改革开放后，现在这一区域被称为“沈海现代工业示范区”，规模属沈阳市区内最大工业园，成就也最大，成为当前沈阳经济的四大经济组团之一，已形成以汽车、飞机发动机、机械设备制造、电子元器件制造、仪器仪表和其他机械制造业为主的庞大产业群。所产轻型客车占全国的市场份额达50%，航空发动机占全国60%以上。其经济效益是巨大的，仅2001年该园产值达260亿，占沈阳全市规模以上工业企业产值的32%，实现利税22亿，占全市规模企业的48%。难怪人们说该园是沈阳经济腾飞不可或缺的羽翼。

如今的大东区，强劲的经济走势，蓬勃发展的各项事业，使灿烂的历史文化与现代都市气息完美地结合在一起。

再说铁西，铁西的工业资产占沈阳全市的60%，工业产值占全市的62%，大中型企业占全市的75%，工业利税占全市的66%。因而老工业基地改造素有“全国看辽宁、辽宁看沈阳、沈阳看铁西”之说。如今，一度拖累沈阳整体经济徘徊不前的铁西老工业基地正成为沈阳经济的最大亮点。2002年6月18日，沈阳市委市政府借鉴德国鲁尔经验，用发展的、世界的眼光进行战略思考，打破行政区划羁绊，做出了铁西工业区与其相邻的沈阳经济开发区合署办公的重大决策，打造铁西黄金工业带。在铁西黄金工业带上，沈阳要建设中国装备制造业基地，要建设全国第一条现代工业景观大道、全国第一座工业文化博物馆……铁西区的企业搬迁不是简单的位移，而是重获新生。仅一年多的时间，铁西区就搬迁了112户企业，有63户企业合资、重组后建立了新企业。新区呈现出大调整大发展、越调整越发展的势头。沈阳市还依托骨干企业和名牌产品，综合运用合资合作、资产重组、企业转制等措施，打破原有的企业界限，进行资源的重新优化配置，培育和形成一批大企业和企业集团。如以沈阳重型机器厂为主体，将原水泥机械、锻压机床、电工机械、低压开关等企业的优良资产并入沈重，组建沈重集团；以沈鼓为主体，利用沈阳气压机厂、沈阳水泵厂的产品和技术优势，实施全面整合，成立沈鼓集团；等等。这样的改组改造，实现了优势企业规模的迅速扩张。

这一系列综合配套改革措施，使国有企业焕发了新的生机和活力，机床集团、东药集团、鼓风机集团等一大批骨干企业的竞争实力明显增强，数控机床、超高压变压器等一大批工业产品在国内国际市场上又重新占据了重要位置，而磁悬浮轨道梁连续加工生产线、双进双出磨煤机等一个个填补国内空白的重大技术装备也纷纷在国字号企业诞生。

让人惊喜的消息不绝于耳。一大批国有骨干企业的主要经营指标增幅大幅度向上攀升，产值平均增长 67%，税收增长高达 90%。国企老总们欣喜地说，企业的订单从来没有像今天这样多。

伴随着国有大中型企业的改造重组，沈阳中小国有企业也全部放开并实行转制，严重资不抵债的问题企业逐步破产退出，民营经济开始发展壮大。全市已有 753 户国有中小企业转属到县区，767 户国有中小企业完成了转制，转制面达 84%，实现了国有资本从这些企业全面退出。还有 40 户问题企业也实施了破产。

沈阳市通过培育本地的、引进外地的以及国有企业转制三路大军发展民营经济。目前，全市个私经济单位已达 24 万户，从业人员 130 万人，实现增加值 1000 亿元，占全市 GDP 的份额达到 57%，涌现了久大化工、协和制药、大陆激光和远大集团等一大批科技含量高、市场竞争力强的民营企业集团。

……

得沈阳居乃福气。悠悠然便让人生出些许梦境来。

梦之沈阳，活力四射，洋溢着勃勃生机，把一个古老城市先进、前卫的一面展现出来：高科技的产品，尖端的技术，涌泉般地源源输送到四面八方，改变着人们的生活方式。梦之沈阳，现代与古典并存：文明古国的精粹发扬并保持着，现代文明的氛围充盈着，日日书写着优雅和高贵，一步步走向历史文化的纵深。

梦之沈阳，天人合一，朝气蓬勃又恬淡安然：人们诗意地劳作，更诗意地享受生活，审美地看待社会，心灵时时处在感动之中，于是善待生活，善待一切。于是天更蓝，水更清，花更艳，人更美。

梦之沈阳，终有一日：运河岸边，浑河两岸，莘莘学子豪情勃发指点江山，风流人物数今朝。连草丛中都渗透着浓郁的文化气息。

沈阳就是一幅中国式的写意画，连汽车引擎的发动声，也会使人生出如听曾经的牛们、羊们、猪们、鸡们的叫声，自然、闲适、普通、宜人，给人生活的绵长感。那迎着朝阳上学上班的身影，那在斜阳映照下梳理着花园、相携着散步、嬉戏在草地的男女老幼，把现代生活演绎成一幕幕唐代王维笔下的田园诗。噢，那是多么美的境界，多么诱人的画卷。因为这里的人们，把生命看作是一件无比美好的事情，更把万物和自身的存在作为一种心灵关照的对象，心存众生平等的宗教般的虔诚。

所以他们能永远心存诗意地生活着，顺其自然地活出生命的特点与质量。

多少年过去了，一代代的沈阳人一如既往地精心打理着生活，高楼依然林立，却不古板冷寂，落户在这里的各个时期的代表建筑，永远是人们观赏与考古的对象。见证这些文物古迹，使后来者从它们身上串起无数个春夏往复，秋冬交替，感受日月的轮回、历史岁月的绵延不息；花园依然新艳，一如早年间四季分明、容枯更替，遵循着事物生存发展的客观规律，只不过花卉家族又增加了无数的新成员，使之愈发繁荣、灿烂；运河依然流水汤汤，浑河两岸依然柳翠草青，用它们自己的姿态，天老地荒般地流淌着，海枯石烂般地葱茏着……

一时间，梦幻与理想，历史与现实，远古与现在，如潮水般涌来……

梦否？醒否？如梦犹醒，梦与醒无差矣！

沈阳，已然有了成功的开端，赞美它的诗文实在是太多太多，唯愿这人间美景，亘古绵长；唯愿这栖息宝地，别有昙花般的命运。若人们鼠目寸光，急功近利，自私贪婪，不用兵燹罹难、天灾光顾，极有可能在未来的某一天，人祸就会使沈阳变成一座破败之城，那天还能蓝、水还能清、花还能艳、人还能无忧无虑地生活吗？

但愿这是杞人忧天。

我的梦之沈阳！

（选自《前世不忘——原昌小说散文选》，沈阳出版社 2015 年 5 月版）

陵山秀水

王甸葆

王甸葆，1960 年出生，辽宁大学中文系（函授）毕业。供职于康平县广播电视台，卧龙湖作家群重要成员。曾领衔创刊康平文学期刊《卧龙湖》，创作出版过报告文学集、中篇小说等。长期兼任康平县作家协会主席，现兼任《康平历史暨辽金文化研究》期刊执行主编。

一

康平少山，少得可怜。

平川漫岗之中仅有的一点点山峦之色，久已被人们慕为圣境。县域南缘，确有那么短而精巧的一脉，可称作康平唯一的山了。山的外形和色调都很美，好似画家笔下刚刚完成的一幅画作悬于天际。

那条短小的山脉称为王陵山。山带短小到什么程度，仍可以拿书画笔墨作喻。创世纪之初始，上帝手中的巨毫于东北大地上标绘长白山脉的图形走向。上帝老人是想一笔挥就的，饱蘸天池墨，从老爷岭处开始顿笔，回锋转毫，重笔出手，一路南下，渐渐放手，肘腕轻悬，墨色也渐渐疏淡下来，间或也出现了多处枯笔所致。书法圣手想做个一笔悬针直抵辽东半岛端末旅顺口，但毕竟是老迈了，精气神有所不支，手有些颤巍抖动，竟做出了一个撇笔的动作，致使误笔辽河西岸。错误既出，也只好顺势而行，余脉渐渐尽了，法库东大岭清晰地显现出来，收笔也算恰到好处。可就在毫尖带离的一刹那，老人笔力已尽，手重重地抖了一下，一微小墨点儿溅于左端。于是，陵山一脉崛于康平之南，无法抹掉的既成事实，让康平有了对于山的仰望。1880年，康平建县的时候，陵山完全在康平版图之中，随着历史沿革变化，陵山现已成为康法两县的界山。

陵山很小，方圆不过三十里，有几座山岚一字排开，从东往西，高峰有老陵山、韩六山、大萝卜山和八虎山。矮一点的山头有长尾巴山、狐仙洞山和黑山，山区主峰为八虎山，海拔447.2米，为沈阳市第一高峰。

陵山不很高，却能百里得望。农人看山望景，眼目间的惬意，当作一幅画来欣赏，一抬头便可望见那陵山了，不多的几座峰岚，单纯而淡雅。那幅画美得醉人，往往使农人耕者忘其犁，锄者忘其锄。田间劳作之余，乏累了坐于田头垄上，卷起一支烟来吸，边歇息边仔细端详那山的美丽，简直是一种莫大的享受。那幅画的作者肯定是一位圣手，且对自己的画作不甚满意，经常做着各种别样风格的修改，不经意间就使这幅作品变为另一种色调。晴好的天气，它是浅淡的蓝色，刚好与天蓝有所区别，作者只是初试色彩；有白云游移过来，投下阴翳，山变得湛蓝，画家的笔显然是加重了一些；而早晚间，阳光暂避之时，它又是深沉而又凝重的黛色，一位世故老人的神态，沉稳之中显出了遍观世事沧桑的威严；天阴去，他有些乌朦不清，阴雨袭来，他完全隐去身影。于此，农人们便知，大雨即将莅临了。本地农谚：远山戴帽，雨要来到；陵山穿蓑衣，大雨来得急。而一旦雨霁天晴，那山又是出奇的净蓝，终是洗过的，空间的尘埃彻底浥除，视线格外的好，在灿烂的阳光下，遥远处也能看清那阴阳分明的山梁脊背。冬日，山有白雪加身，又不是全然覆盖，山脊处处显露着钢蓝之色，一副少女丽人身披白纱淡妆素裹的形象，显出极为端庄的姿态，又有一番迷人的景象。

二

陵山之美，美在风水。

陵山周围有多处清代蒙古王陵，这些王爷们都是奔风水而来的，故称为王陵山。这山前山后，王公贵族的陵寝有多少，听听这些名字便可知其一二了。

山之东麓有老陵；南面山坳中有二太王陵、公主陵、僧王陵；西面有王爷陵、大西陵；山北有前陵、后陵、南小陵、东小陵。其中僧王陵乃清后期当朝一品大员僧格林沁之墓，在追剿捻军起义之时战死沙场，远途运回老家安葬。清代蒙古亲王地位显赫，京城王府鳞次，可以独成市井，封疆领地旷远无边，为何都济济一堂拥挤在陵山脚下？这似乎让人费解。但打开地图审视一下也就明白了。上帝老人抖下的这个微小墨点很是位置。南面紧邻边墙——清代柳条边寨，北面是一望无际的科尔沁大草原，纵深百里是最为著名的博王府所在地吉尔嘎朗；从这里纵缰驰骋，南出草原百余里，越过这脉小山，又入辽河平原，直至盛京沈阳，全是一马平川。陵山成为这一线平川地带唯一的一处山峦拱脉，王爷贝勒们到盛京打理进贡，要在此处歇息打尖，也有人称此为歇马山。王公显贵们，风光一世，临终寻个安身之处，陵山范围当为首选。王爷首领挥鞭勒马之间就看准了这处风水，无须多做比较，疆土南缘靠近柳条边寨的这脉小山实为理想之地，不待年迈气衰便提早在这里建陵修墓了。

岁月悠悠，几世沧桑，王公显贵们独成一景的陵园建筑被夷为瓦砾，进而掘地五尺，尸骨无存，仅剩下刻有同治皇帝为僧王爷捐躯后下诏追表其功的巨大石碑还在赑屃背上矗立着。一个贵族势力占尽了风水，一股新生势力又毁掉了点缀于万绿丛中的别致风景，千秋功罪难于评说，历史终有憾事。

青山犹在，秀水长流。

陵山的浅坳里，有村名为姜家沟。不知什么时候，村里人做的干豆腐有了名气，一时畅销大小城镇和东北都市。豆腐页薄如纸张，几近透明，敷于报上，能够清晰阅读且其质地鲜黄、弹性极好。传说有位二人转名角，手绢功夫非常了得。为展示自己的功夫，她拿来豆腐页一张，指尖上飞旋翻转，抛入空中，又稳稳落于掌心，竟无半点伤损，人们惊叹艺人的高超技艺，更惊叹干豆腐的质地优良。至此，姜家沟干豆腐的叫卖声更为响亮，享誉四方，现已成为沈阳市非物质文化遗产。业内手艺人纷纷前来取经，主人一不讲加工流程，二不讲手艺诀窍，先领人看地理风光，看山川脉相，人们终于明白了，人家地处陵山沟堂里，周围葱茏滴翠，清泉长流，敢情人家水好啊！

陵山山坳褶皱曲折，流经水系两分，以老陵山麓为分界，西边山脉绝大部分属秀水河流域，以东为李家河流域。秀水河由于林彪领兵初进东北的首场胜仗而闻名，它的上源在内蒙古境内，流经康平县沙金台乡张家窑水库和满斗水库，沿康法两界迤逦流淌，到了陵山脚下，汇山间之水下泄，入法库界经秀水河子镇南流入辽河。秀水河一路在平原中流淌，在中游腰间的陵山一脉，为它补给了大量纯质清流，才有了名实相符的秀水河。

陵山东北的隅角里属东向水系，一个悠长的山区小村，一条终年流淌的小溪，绕着山根儿迤逦而行，农家屋舍，傍着河流，错落闲散地沿河而居，尽享着泉水的滋养。这里是李家河源，小村的名字叫东小陵。

村名也是因陵区所在而获得，因其墓中人辈分较晚，故称为小陵，具体史实无可考，人们想象那是一位美丽的公主吧，尚未谈婚论嫁便故去了。

小陵村有两大特色：一为区域幽静，养生休闲，景色秀丽；二为多出美女。

小陵的姑娘绝色的水灵好看，个个腰身秀美，脸蛋漂亮，秀发黑长，为外村所少见。溪边，就着流水浣洗衣物的，田里顶着晨露侍弄庄稼的，都是一群群美丽的姑娘。这场景让一位陌生人感叹了好些日子。陵山之秀水，养山、养地、养田，也养人呀！

李家河源，始于陵山东侧，汇成小溪，渐成河流，如少女那一缕飘逸的长发，甩弯作秀，在小陵村一再流连眷顾，终于渐宽渐远，流到山那边去了……

三

游陵山，各峰景象都不同。老陵山，东首高峰，遥对康法两县城郭，晴好天气，两城清晰在目，互势互比，争相竞拔，旺势正兴。东北脚下，泡子沿水库明净如银，像山的一面镜子，青山峰影、周边高大建筑全都倒映其中。

韩六山，因新中国成立前为地主韩老六所拥有而得名，它居群山中心位置，峰高却不陡峭，是慢慢隆起的那种乳盘状貌，山根盘结阔大，将周围山体挎挽着，雄势而起，确有群峰之主的样子。登山顶观览群峰翠色拥抱，短小一脉尽在环视之中。它的南坡脚下有一山坳，坳中有一村庄公主陵。以韩六山为靠，附属山脉把村子圈围起来，只正南方有一山口，与外界相通，机动车唯有从这里才出得家门。此处历来被风水先生看好，村北的山根上分布有蒙古王公贝勒公主们的墓葬多座，共享地下风水。其中位于东北坡上的僧格林沁墓园规模宏大壮观，居群墓之首，而固伦雍穆公主病逝得早，最先埋葬于北坡，村名即为公主陵。

大萝卜山紧靠韩六山西膀肩上，在韩六山的“提携”之下，于脉中突起于群峰之间，虽高不过其他，却是尖峭无比，仿佛一颗虎牙从牙齿间钻挤出来，显示出独特的峥嵘气势。它与八虎山对峙相望，中间一条水道将山根间切割到底，被称为土门子，人行可穿过山门去往山南公主陵，一路河流清泉小溪不断头地流淌。正因为河流切下山根，形成陡崖，像倒置的尖萝卜一样，故此得名。登顶而望八虎，八虎峰头如虎的颈领昂头向天，此时只如骑在虎的前腿畔上，隔涧发出奇想，恨不能飞，越过涧峡，捉住高昂的虎头，大快人心。

狐仙堂山于一字型山脉之外游离出来，在中段的北侧与韩六山相对望，属于次峰之流辈。它挎带起两侧的丘陵岗脉，堆起陵山一脉的厚度，从北面远看，只当是山脉一体的堆垒，形成重重叠叠之厚势。其实在它与山脉之间有着一条山沟之距，从东往西落差很大的沟道直往八虎山方向流去，沿沟一侧，几座山村面对山脉而居，背面有狐仙堂山相夹为靠，清水长流，气候湿润，是最宜人居的地方。沟道北侧的狐仙堂山，树木较少，青草裸石的沟涧背阴静穆，山腰间树丛遮盖之下，一深邃的石洞口掩藏其间。当地的人们说，那是狐仙洞，早年有狐狸炼丹在此，经常有人前来烧香上供，祈求保佑山区人户平安。在山顶向南仰望观瞻山脉最清楚，近距离，居于中间平视一字四峰，全景式正面观赏比较，皆有赏心悦目之景，而八虎山峰岚挺拔翠黛拥起，还是高出一筹。

陵山主峰八虎山在山脉最西端，唯有它与山系因一条沟脉而断开，独立挺秀，峰高路险，盘地柱天而举，令人望而生畏。传说陵山一带有八只虎，各自占山为王，而那只虎王就占据在主峰之巅，发号施令，呼风唤雨。还是僧王爷年轻的时候，领蒙古亲兵消除虎患，进山一路追赶，所有的八只虎最后都聚守在最西面的主峰之上，众兵登上山顶，刀剑挥舞，铁铳齐发，一只虎也没打着，八只虎都跳入山涧摔死了，后来人们称此峰为八虎山。有文人将此收入典籍，亦称为巴尔虎山。

从北面山口进入山区，一下被环山所围，迎面是两架大山对峙着，中间距离的空当并未透亮，有一长条平顶矮山堵挡山涧，如一条影壁阻碍着视线，这山空儿就是土门子通道，窄窄的，被水沟占据，只可人行。虽是两山对峙，但与八虎山在一起，大萝卜山矮了许多，像似一大一小的俩兄弟，当然大萝卜山也很高。登大萝卜山的人很少，因为两山相并，人们都跃跃欲试选择了八虎山峰来攀登。

上山的路在北面的坡脊上，开始慢缓好似一级一级的阶梯铺垫好长远的山路。也有人耐不住性子，取捷径直奔山洼而去，待到了山根处，立马就是陡岩峭壁，使攀登者苦不堪言，而走长长的山脊倒可轻松得多，腾出身心来边爬平缓的山路，边一路赏山景，一级级爬上来。山势渐渐高峻，群山矮下去了，北面的黑山竟然像一顶大草帽一样扣在地皮上，深色的油松全然覆盖了整座山体，黑森森的一派苍然之色。停歇良久，备足了力气，从这里开始直到峰顶，是最为陡峭的艰难攀登。下一站就是遥望得见的一处突起平台，大抵在峰肩之处，房子一般大小的巨型岩石，冲着东北方向，初步判断那上面肯定有个缓冲的歇脚之处，诱使人们收拾行囊向上冲击。山陡路窄，一处很难通过的关口，叫“一槽当关”，只有一条山水冲刷出的狭窄立体的长槽仅供攀登者通过，没有人工凿阶，哪怕一个脚窝也好。这里只有两旁的树干供人攀住，好艰难呀，两边全是陡峭的百丈悬崖，幸好被茂密的树木覆盖着，树冠密密相挤压在一起，形成绒团一样的软体，视觉上没那么艰深恐惧，终得攀缘到了那平台之上，龟背一样的巨石让人们暂歇喘息一会儿。原来此处名为龟背石，这里有故事，传说早先老老年的时候，高山上这只恶龟，白日间安详如石，夜间探出头来偷吸泡子沿之水。眼看要吸干了，被一石匠发现，白日上山用凿子斧头将龟头割掉了，只剩龟背在此，被八虎山峰羁押着，成为人们登山攀险境遇最为艰难时的一处理想的驿站。本来看似至此即将登顶，可到这里再望顶峰还有好远，体弱的人更是连连生畏，说实在是上不去了。可是，发起第二次冲击时，人人都能实现夙愿，登顶时的欢呼雀跃声飘向天外。看似尖峭，顶峰还是有很宽敞的活动场地，无树，多裸面岩石。四面观望，绿水青山尽显风流，那群山矮小，山岚脊背、髻首童顶全在下面，天然林覆盖的山坡森然一片墨绿，而那些只有绒草覆盖的山头坡脊，嫩绿浅黄，短绒一般敷着山表，恰如老牛脊背后臀，架骨清晰分明，煞是好看。山脚下，远近村庄，红屋瓦顶，圈在山坳里，安宁又太平地生活，日子都很不错吧！山外平原，林带成网，网中成方，高拔的杨林套着嫩绿青黄，田野农家让人羡慕的模样，在此一览无余；周围多座湖泊、水库、泡子，或大或小都亮出镜子一样的水面；康法两城不说，若是刚下过雨晴好天儿，能渺渺望见沈阳都市的大厦和烟囱。

八虎山峰顶，四面陡峭，巨大的岩石间隙长出万年松柏。早年，顶端有一口深井，无人探到底深多许，一锈迹斑斑的铁索挂于井口，用手拉拽，永无头绪，井内伴有轰轰磨响之声，人们遂不敢继续操作，生怕惹来塌天大祸，就此罢手。南坡陡崖上，仅有的一方小平台之处，不知是天然的还是人工辟就的，上有一座道教山庙，供奉着玉皇大帝元始天尊诸神。简单的庙宇，山阶陡转，镶嵌在半腰陡崖间，煞是精巧，妙不可言，幽静而又神秘，沉浑的钟声传遍山谷峰岚，气韵深广。陵山一脉，人民与王爷，人间与仙道共神往，地老天荒。

（选自《大美康平》，沈阳出版社 2015 年 5 月版）

苹果香

王　辉

王辉（1964—2018），1992年辽宁大学中文系硕士研究生毕业，在沈阳日报社工作26年。是《沈阳日报》文学副刊“万泉”编辑、副刊“书斋”创始人之一。曾组织策划走向新世纪全国名家散文随笔大展，推出名家读书大讲坛、著名学者访谈录、走向全国的沈阳文化人等重要栏目专版。发表理论文章和文学作品百万字，著有散文集《我的家园》《三好街》等。

沈阳浑河沈水湾，我家高楼大门前，生长着一棵苹果树，每年苹果挂满枝头，全楼居民便格外关注。树上的苹果还很青涩，就日见其少。有人在果树枝上挂上绿牌：“苹果青青，请勿摘采。”没过几日，树上的苹果又少了，黄牌挂出：“苹果宝贵，请勿偷盗！”随着苹果一个一个减少，红牌亮出：“果树打药，小心中毒！”但是没用，神不知鬼不觉，夏天的最后一个苹果没有等到春华秋实就无影无踪了。金风送爽之时，一棵空空荡荡的苹果树立在楼前无言面对着人来人往。苹果是大自然的杰作，它是完美无缺的，而人犹如被上帝咬过一口的苹果，没有谁是完美的。

我出生在关外第一县，那个地方盛产苹果。我来到这个世界上吃的第一口水果就是苹果，那是我妈把一块国光苹果肉嚼烂了嘴对嘴喂我的。初次尝到了苹果的滋味，长牙前后，我喜欢抱着苹果连玩带啃。那时我还不知道，苹果富含矿物质和维生素，也含有大量的果胶，充饥解渴，开胃去火。从那时起，家乡的苹果就慷慨地滋养了我强壮了我娱乐了我。

我童年时暂别在县城上班的父母，寄居在乡村的祖父家。祖父家房前有很大的院子，院子里长着杏树、桃树和枣树，房后也有不小的后园，除了高高的杏树和矮矮的樱桃树外，还有一棵苹果树，这棵果树主要是由我四叔照料的。大家偏爱这棵果树，可是它结果颇吝啬。而后园的土墙外不远，就是生产队的苹果园。寂静的果园有机警的人看着，平常看不到人的踪影。祖母不让我随便到那里去玩，果园里充满着神秘的色彩。一个秋天的夜里，我老叔偷偷地从果园里弄回几个苹果来，我和姑姑们分吃了，是黄元帅，有点儿酸，有点儿涩，有一个有缺点的带着虫子眼儿的果却是甜的。为此，我老叔还被我祖父祖母一顿好说。

我回到县城上学，离校园不太远的西山坡上有大片的苹果园，这里渐渐地成了我一个人读书思考的好地方。苹果花开，我在苹果树下坐着看；苹果花落，我在苹果林里走着读。微风翻开了崭新的书页，春风吹拂着新生的枝叶，暖风亲吻着青涩的苹果，清风摇动着树上的果实。高兴的时候，我来到这里；郁闷的时候，我游到这里；委屈的时候，我躲到这里；气愤的时候，我跑到这里，苹果园成了我的乐园我的陪伴我的最爱我的天堂。在西山坡上，我远远望见了西北方向的大台山。听说那里有著名的果树农场。终于有一天我向着城西4公里外的大台山骑去。我像一只出笼的鸟儿，在一望无际的果林间蜿蜒穿行，一直向北，飞到大台山果树农场的北端大台山脚下。看山人一问我是来自县城的学生，便热情地指引我上山的路向。我开始爬一座海拔159米的大山，往山上行，果树逐渐被柞树和松树代替，看不见的山野虫鸣叫着像在齐心合力地合奏着一曲什么动听的歌谣，登枝的几只花喜鹊则三言两语地讨论着我这个不速之客的到来，上山的野径似乎好久没人走了，蓬草、岩石和苍松就像在哪幅古画上见过的一样熟悉而陌生。爬到半山腰，我就出了汗，于是在一棵老松树下的一块表面平整的岩石上坐下来歇脚喘气。硕果累累，松涛阵阵，我透过翠绿的松枝看见蔚蓝的天空中有淡淡白云游荡，山风吹来，松香飘过，脚下黄色的蝴蝶伴着粉色的野花随风曼舞。我一跃而起，向着山顶奋力攀登，很快登上了大台山山顶的明代石砌墩台。大台山南临渤海，北襟燕山，因山顶有明代墩台而得大名，更因山顶处明代墩台而有奇观。此台处塞外之地，历经战乱与动乱，形散而神不散，前不见古人，后不见来者，雨打风吹，台固石坚。大台山之行，一个人看果看山，看石看云，看松看花，真是又寂寞又美好。

后来，我从县城，进了省城，游全国各地，又走出国门，行囊里总少不了放一个苹果。人在旅途，最后伴着我的一定是一个苹果。有时我舍不得吃，只是拿出来闻一闻，闻一闻，苹果的气味里有母亲的消息，有田野的消息，有风雨的消息，有春天、夏天和秋天的消息，有甜的消息、香的消息和一点点酸的消息。是的，就是这样，苹果的气味里有很多我喜欢的消息，从遥远的童年飘过来，从我的家乡不绝如缕地飘过来，从四面八方源源不断地飘过来。苹果香，让我忘却了舟车劳顿，忘却了身在异乡，忘却了孤独寂寞，忘却了坎坷沧桑！苹果香，使我记起了幸福，重温了美好，增添了力量，充满了希望！

这么多年来，我吃得最多的水果还是苹果，一年四季，几乎每日一果，一天不吃，就好像缺点儿什么。我曾经沉醉榴梿，曾经青睐山竹，但都不持久。与苹果相比，榴梿太腻了，缺少清新；山竹太淡了，缺少醇厚：香蕉太面了，缺少实诚；菠萝太甜了，缺少余味。葡萄太涩，白梨太寒，樱桃太嫩，杏子太酸，西瓜太水，枣子太干，橘子太燥，荔枝太黏，山楂太土，桃子太烂，木瓜太肥，释迦太预……从苹果出发，最后，我还是回到了苹果。有人说，历史上有三个苹果改变了世界：一个诱惑了夏娃，这是文化的苹果；一个砸醒了牛顿，这是思想的苹果；一个成全了乔布斯，这是科技的苹果。除此之外，还有一个苹果害死了白雪公主，那是文学的苹果。另有一个小苹果主宰了广场舞，这是娱乐的苹果。苹果是普通的又是神奇的，是沉静的又是灵动的，是流行的又是完美的，是悲剧的又是喜剧的。除了苹果，没有哪样水果承载了如此丰富的内容，如此令人感伤，如此令人喜悦，又如此耐人寻味。

（原载《沈阳日报·万泉》2015年6月26日）

鱼梁鹤影

初国卿

初国卿，1957年生，1982年毕业于沈阳师范大学中文系。曾任《大众生活》《车时代》总编辑，沈阳市作家协会副主席，《沈阳日报》专副刊中心主任、编审；现为辽宁省散文学会会长，沈阳文史馆馆员，冰天诗社社长，辽宁大学、沈阳师范大学特聘教授。著有《唐诗赏论》《佛门诸神》《沈阳陶瓷文化史》《盛京瓷话》《郑板桥：绝世风流》《期刊的CIS策划》《不素餐兮》《春风啜茗时》《浅绛轩序跋集》《瓷寓乡愁》《在水之阳》等，主编《三李诗鉴赏辞典》《辽海名人辞典》等。作品入选大学教材与多种选本。获第三届辽宁文学奖。

早春时节去法库，一路草色遥看近却无。出沈阳北郊，过辽河大桥即进入科尔沁沙漠南缘的法库县地界，一览不尽的平畴阡陌，范宽李唐的长幅横披，任料峭风吹，任翩然鹤飞，任冰消雪化溪水潺潺，任渺渺之目舒展来回。而我已记不清这是多少次来法库了，是郊游踏青，还是搜奇访胜，或是更想来观赏鱼梁鹤影。

“鱼梁”这两个字让我喜欢，就如同我喜欢总来法库一样。其实法库本身就是满语“鱼梁”的音译，多么巧合。“鱼梁”是一种古老的拦截水流以捕鱼的设施，以土石筑堤横截水中，如桥，留水门，置竹笱或竹架于水门处，拦捕游鱼。《诗经》中有“勿逝我梁”之句，《毛传》解释说：“梁，鱼梁。”宋代诗人陆游在《初冬从文老饮村酒有作》诗中说：“山路猎归收兔网，水滨农隙架鱼梁。”“鱼梁”如何捕鱼，沈从文先生在《从文自传》中曾介绍说：“水发时，这鱼梁堪称一种奇观，因为是斜斜地横在河中心，照水流趋势，既有大量鱼群，蹦跳到鱼架上，有人用长钩钩取入小船，毫不费事。”称法库为“鱼梁”，正说明自古以来法库作为鱼米之乡的地理位置和水草丰美的自然风貌。

法库县位于沈阳市北部的辽河右岸，长白山与阴山余脉在此交会。境内山奇水秀，河纵溪横，湖泊与湿地遍布全县。说山奇，这里有沈阳第一峰八虎山和拉马山、马鞍山、五龙山、磨盘山等；说水秀，这里有辽河及其支流秀水河、拉马河、王河、小河子等。沈阳市有50座中小型水库，法库县境就有23座，几近一半。其中沈阳的10座中型水库也有7座在法库。这样的地理环境和水资源当然不缺少“鱼梁”。在财湖、灵山湖和獾子洞的上游湖滨河汊里，我曾见到过细雨中的“鱼梁”美景：丝网相连的木桩或竹竿插在水中，这就成了简易的“鱼梁”。一只小船静静地停在“鱼梁”边，老渔翁叼着旱烟袋悠闲地坐在小船里，等着鱼儿撞网。“鱼梁”、小船和船上渔翁的倒影在水中映出，长长地荡漾着，细碎的涟漪与岸边的蒲苇丛连在一起，引得一只只刚出窝的小野鸭相互追逐。早春深秋时节，还能见到大群的白鹤飞起落下，鹤影翩翩，诗情碧霄，引人遐思。

当然，到法库看鹤，最好的地方还是獾子洞。獾子洞位于法库县西部秀水河子镇与叶茂台镇之间的三合成河上，由水库形成的湿地总面积近300平方公里。獾子洞顾名思义，谓此地多有獾子居住。如今，这里已少见獾子，獾子洞也就成了文物级的遗存。我大约和所有来獾子洞的人一样，都是到这个国家级湿地公园来看白鹤。

因为这里水清且浅，水草丰茂，所以成为160多种6万余只鸟类的栖息地，其中国家级重点保护的鸟类就有27种，如白鹤、白头鹤、丹顶鹤、白枕鹤、灰鹤、东方白鹳、黑鹳、大鸨等，而白鹤则又是这里最多和最珍贵的。据说全世界现有白鹤3500只，而每年早春到獾子洞来停歇、栖息的白鹤，在高峰期日均就超过2000只，占全球白鹤种群数量的70%以上。这是一个何等壮观与神奇的场面。

几年前，也是早春时节，我第一次到獾子洞看白鹤，当时许多村民对此习以为常，称白鹤为“大白鸟”，还形象地指给我说：“你看，那些大白鸟在浅水洼里跟羊群一样。”也是，如果不细看，那些白鹤还真像浅水边上一群群觅草的白羊。其实来獾子洞的白鹤也是在觅草，它们觅的是藨草，那是白鹤最喜欢的食物，是獾子洞湿地里最丰富的一种水草。因为湿地，因为藨草，所以这里成为白鹤南飞北归路线上的五星级驿站。

记得我刚在这里看到白鹤的时候，所有的鹤都很警觉，观鹤者稍一靠近，即群起振翅，腾空而去。如今再来看白鹤，似乎鹤也通达识人情，不再那般警觉。我曾见一台农家拉玉米秸的拖拉机在田埂上驶过，而田埂下的水边就是一群觅食的白鹤，它们一点也不害怕，依然悠闲故我，自任拖拉机驶过身边，突突远去。可见白鹤在獾子洞保护区里得到了最好的保护，人鹤相谐，法库县不愧是“白鹤之乡”。

望着起起落落的鹤影，我不由想起历史上的法库。几千年了，也就是说，水中的蒲苇已经割过了几千次，浅滩上的藨草也绿了几千回，而白鹤依然，不管春风几度，秋雨如何，鹤影年复一年，准时落脚故乡“鱼梁”。历燕国北部边陲，经秦朝辽西郡，终于到了汉唐时代的乌桓、鲜卑、契丹之地，迎来大辽的辉煌。

白鹤知道，它的故乡曾是具有205年历史的辽王朝的中心腹地，萧氏后族居住区。看看这些数字，就知道古“鱼梁”的历史积淀当是多么深厚：经过明确考证，辽代曾在这里建有宗州、渭州、原州、福州、灵山县、熊山县、安定县等7个州县；出过萧袍鲁、萧义、耶律隆运等6位宰相；留有遗址245处，城址22座，村落遗址100多个，发现辽墓32座；辽时称为熊山、如今称为“沈阳第一峰”的八虎山有99座峰，峰峰叠翠，山山流泉。当时的法库地区可谓城郭相望、街路纵横、村镇密集、市井繁荣。

从那时起，法库先民即知“鱼梁”的人杰地灵和物产丰饶，开始在这里祭圣山、建陵园、凿灵湖、养荷花，尤其是利用丰厚的瓷土资源，建窑烧瓷，由此使法库成为辽代陶瓷生产的重要基地，叶茂台窑、周地沟窑、务名屯窑、北土城子窑，大辽的窑火在古“鱼梁”彻夜不息。那点点窑火或许就是白鹤南渡北归的故乡灯塔，千年之后，终于传承和造就了“中国瓷谷”的美誉，同时还确立了城乡一体化的以弘扬辽文化为中心的文化治县理念。由此有了辽代风情小镇、辽代商业街和辽文化广场的繁华，有了圣山灵湖的开发和东木叶山白鹤楼的矗立，让汉唐时期最知名的“辽东鹤”与大辽时代最闻名的法库白鹤，在辽海大地上交相弄影，飞鸣九天，终于在古“鱼梁”之地实现了“大辽福地、宰相故里、白鹤之乡、人文法库”的品牌效应。

时间在不知不觉之间，在白鹤的南渡北归之际成为历史。在这个过程中，总有一件如唐人刘沧《看榜日》所述的情形：“飞鸣晓日莺声远，变化春风鹤影回。”让我企盼，让我怀想。我终于明白，为什么最近两年越来越喜欢来法库了。原来当位于沈阳南北两郊的浑河、蒲河早已变为城中河的时候，法库自然就成了沈阳的北郊后院。在这里，五千年的历史文化不仅满足了我搜奇访胜的兴趣，江南水乡般的自然景观更让我获得了观赏鱼梁鹤影的情致。

不是吗，你看鹤影飞处，正是早春里一行行如宋人李成笔下的春树，春树之外是淡黄复浅绿的旷阔田野，田野再远处是缈缈丘陵，是隐隐青山。丘陵是黄湛湛的起伏，青山是黛幽幽的连环。山外有山，最远的翠微淡成一袅青烟，忽焉似有，再顾若无。一行白鹤，正排云而去；鹤影尽处，鱼梁之北，都是莽莽苍苍了。

（原载《人民日报·大地》，2015年9月4日）

君子如玉
——桓仁千米高山上的千年红豆杉

王　琦

王琦，1978年毕业于沈阳农业大学并留校。曾任校报、学报副总编，《新农业》总编。辽宁散文学会会员。编《中国农学界第一位女教授曹诚英》，著《陈恩凤传》，在报刊上发表过散文等。

《辽宁古树名木》记载辽宁有两株千年东北红豆杉，一株在本溪县陈英村，另外一株在桓仁的大甸子村。特别的是桓仁红豆杉没有GPS定位标记。当然，就是标记了，我也读不懂它究竟在什么地方。书上印有照片，据我的经验，照片往往只是千年古树风韵的简笔画。

一

张洁出了本《流浪的老狗》，写她一个人背着包在国外旅行的心得。"千万别一个人进山去寻古树"，是我经历了独自找寻之后最深刻的教训。听了这句很是暖心的话，我的眼泪差点掉下来。

深秋，约了一群发小儿从本溪市出发，一路游山玩水，到桓仁镇大甸子村已经是下午3点多了。村民闻听我们找古树，认真看了看我们说："从这儿到山上，就凭你们这些人，至少得三个小时。你们改天再来吧。"

悻悻然。

一个村能有多大？走三小时？靠谱吗？

我得找到一个靠谱的向导。

我知道因辽东山区的森林覆盖率高达70%以上，林业部门在每个村都选任一两名护林员，每月给一定的补贴，算是半个“公家人”。但是山上的树少了一棵，护林员的补贴就会被扣除。我打电话到桓仁县林业局，想找到这个村里的护林员。县林业局的副局长李世发给了我马威科长的电话，马威说，我请二户来林场的王国春场长带您上山，这样更有把握。

10月23日，王国春场长带着四个人，在高速路口接了我们 四人，到大甸子村又请了护林员和常年在山上采药的村民荀喜文一起带路。我心中诧异这阵势，王场长说，这棵古树在他们管辖的六万亩山林里，但是他们还真没见过。

一行人于上午10点10分进山。

深秋，兴奋了春夏秋三季的树，脱掉了演出服后进入一级睡眠。各种各样的树叶完成了为母树加工食物的使命，悄然落地，化作片片棉绒盖住树脚。阳光照在落叶上，闪动出奶油色的光泽。整个大山像穿了件新的浅棕色厚毛衫的男人，静静享受着可人的暖阳。这个季节进山，踩在山被上，真的是有些冒犯。

上山其实没有路。看得出这片山封育了很久，大树空隙处灌木丛生，荀喜文带着大家走的是一条桃花水冲出来的沟。那沟中铺满树叶，看上去像一条不错的路。但踩上去就不同了。你完全不知道树叶下面是什么样的石头，而裸露出的石头多数是活动的，伸手想抓“路”边的灌木，总会抓到红花锦鸡儿，扎得手上全是刺儿。一松手身体就会失衡。

林场的众人像是修炼过轻功，爬山时只脚尖点在石上，一跃再跃，左跳右闪还轻松地聊着天气和补贴。见我们爬得艰难，王场长等众人把我们身上背的包、相机架子分背了去，转眼就跑得没了踪影，留下老荀陪我们三个在后面慢慢走。

小多算是身体素质好的，曾是我们学校女生中最具运动员体质的，铁饼成绩有记录。班长本生心脏装有支架。小多问老荀，还有多远？老荀说，还没到三分之一。“红旗到底能打多久”的问题油然而生。老荀几乎走几步就停下来，看着我们手足并用气喘吁吁，眼睛里全是怜惜，他摇摇头叹口气，无限同情地说：“你们上山可是真不容易呀！”他靠在一棵树上，指着不远处的大树说：“今年春天我就在那树不远的地方，找到一墩猪苓，就这一墩，我就卖了1000多块。也是今年春，我在这山上采刺嫩芽，就遇到熊瞎子了，吓得我回头就跑。那熊也没来追我。可我那筐里的山菜全跑丢了。”“这山上有熊？”“有！动不动就下到林场把养蜂人的蜜全给喝了。”“这山叫什么山？”“大黑卧子。”辽东常把熊叫黑瞎子。大黑卧子可是熊出没的意思？小多和本生累得不行，我看本生的脸色不是太好，就对他们说，要不，你们俩先留在这儿？等我们下山再来找你们。他们咬牙站了起来，说，来了两次，都爬到这儿了，一定得上去。他们不是害怕遇到熊吧。

二

远远传来联络的喊声：“嗬——噢——”每听到这声音，老荀就也“嗬——噢——”一声。“到喽！”是奇青的声音，听上去他很是激动。

满山翠绿之时，要在山里找到一棵红豆杉很不容易。但是深秋时节，阔叶落尽，杉、松这些常绿高大乔木在山里就格外抢眼。快到山顶的时候，老荀往前一指，那株千年东北红豆杉远远站在那里。

忘了扶杖而行咬牙攀爬的晕头转向，忘了灌木条子反抽在脸上火辣辣的痛痒，什么都忘了，也不知道哪儿来的能量，我们几个钻过倒卧在山上的老树和恣意铺陈的藤蔓，大步奔到它面前。我不知道怎么表达我看到它的感受。它就站在那儿，它的美不是我所能表达的。我启动所有的思维程序来选择词汇，都不能准确表达心里的感受。就像我端着我的微单相机，却无法拍出它的风采一样。而本生早架好相机，跑来跑去地拍起来。本溪县那株红豆杉给人第一印象是堂皇，而这一株让人感觉到的是清雅。看到它，我心生敬畏，又没有陌生感，那凛然中又让人感到亲切。不能把它进行常人化比拟，实在是不能。它是树呀，它只让我记起一句话：君子如玉。

先到山上的奇青和王场长已经开始对这古树进行测量。这株古树地围、胸围和第一分枝点都是 1.4 米。绛红色树干的横截面应该是一朵旗瓣怒放的花，纵向看像是十几棵主干拥聚而成。东侧同根蘖生一株胸围为 0.4 米的小树，所以《辽宁古树名木》上称它为母子树。仔细看那古树，北侧离主根两尺远还有一株比拇指稍粗的小树萌生出来。在 1.4 米处分成两主干的古树，像是一对紧拥的夫妻，身边的两株小树是它们的子孙。这是一丛三代四口之家吗？我宁愿它们是。

古树的侧枝让株形更完美，那枝叶紧凑而不密集，舒朗而不松散。所有枝干是绛红的，它们不是刺向天空的剑戟，也不似迎向太阳的手臂，它们是天鹅的翅膀，遒劲挺拔起筋骨再洒脱垂下。红豆杉的叶子区别于针叶和阔叶，每一枚都像一把小小的剑。叶的颜色不像油松、落叶松那样翠绿，也不像果松、云杉那样墨绿，不是冷杉那样的紫绿，还不是侧柏的灰绿，那是一种诗意的绿，醉人得让人心里都亮了的绿。这株古树的冠幅是 11.4 米 ×9.27 米，比《辽宁古树名木》记载的数据要大很多。那树冠从哪个角度看都像孔雀抖开的翎羽。更神奇的是它的种子——红豆，鲜红果肉饱含嫩汁的红豆。严格意义上说，只有被子植物才有浆果，而裸子植物这些“活着的化石”中只有它如此热烈、如此浪漫。优雅的株形，诗意的绿叶，鲜红的浆果，它就这样站在那儿，成为高山之巅的大美！圣奥古斯丁说，美是上帝无上的荣耀与光辉；车尔尼雪夫斯基说，美是生活；柏拉图说，美是理念。红豆杉让人类关于美的阐述自惭形秽。

三

人的直觉往往特别准确，说红豆杉是君子而不是君王，是感觉到它没有那种雄傲天下的霸气，却有那么一副光华内敛、与世无争的超然气度。那是源自内心的品质修为。人们近些年才发现红豆杉体内含有紫杉醇，这让它成了人类攻克癌症的救命树。据说，德国森林植物专家艾德里斯·劳罗夫多年研究红豆杉，把它列入 CAM 类植物——24 小时吸入二氧化碳，它具有独特的耐阴性和极强的光合能力。在微弱的光线下，甚至在灯光下，它光合作用的能力也不会减弱。它能吸收甲醛、苯、甲苯、二甲苯等致癌物质，能挥发出让蚊虫避之不及的香茅醛。

孔子说君子“躬自厚而薄责于人，则远怨矣”。红豆杉对生存条件没有苛责。它在任何土壤中都能生存，不管是泥煤土壤还是石灰质土壤。资料上说它耐受 -42℃的低温而无冻害，即便被大雪埋上也不会落叶，依然淡定地表现出兼具仁者不忧、智者不惑、勇者不惧的气魄。它成人之美的坦荡，独善其身又兼济天下的品质，让它在新兴生态美学跳出纯哲学讨论之后，成为“美是什么”的答案。

“君子和而不同”。植物学上开始把红豆杉归入针叶树目里，后来植物学家们发现红豆杉没有典型的生种果结构（我们常说的松树塔），而且木质和树叶里没有树脂道（松树油），所以关于它的归类，只能把植物的六种分类：门、纲、目、科、属、种，从纲到属都称红豆杉：红豆杉纲、红豆杉目、红豆杉科、红豆杉属。红豆杉具有高毒性。这种致毒物是植物碱基的混合物，统称为紫杉碱,毒性极大。误食其叶其果核能导致肠胃炎、心脏病和呼吸困难。但红色的果肉是没有毒素的，它以此来吸引鸟儿吞咽，并把它的种子带到远方，千万年遗传中仍保持独特的品性，在混交林里静寂生长。所以它被几十个国家列为国宝，它的种子曾随着神舟四号飞船进入太空，也曾走进美国白宫、英国白金汉宫、联合国总部和中南海。1994 年，红豆杉成为我国一级保护植物。山上的风很硬，林场的周晓飞手上拿着林业专用的 GPS 定位仪，放在树下，上面显示的海拔高度是 1165 米。和这个叫大黑卧子的山相连的就是省内第四高峰牛毛大山。在这人迹罕至的高山上，历经千年，方修成这临风玉树，怎能不清雅无限。

古树北面有两个桦树桩，其中一个朝向古树的一面长出两倍于我手掌的实生菌类。我好奇地蹲下来，轻轻一碰它就落在我的手上。深褐色的菌体上有一波波隆起的年轮，边上还有四个淡米色的菌朵。我把它带回学校，专门研究食用菌的冯景刚教授在美国接到我发去的照片说：“这是一块一年生灵芝，也叫赤芝。”在古树的周围，我们发现了一些折断的枝干，心材是绯色的，看上去很是柔软。针叶树和红豆杉的木头是软的，而阔叶树的木头往往更硬些。红豆杉有颗柔软的心。

我们把带来的红布围在古树上，想以此为它避祸。可王国春场长说，千万别留在树上，让那些盗伐的人看到就坏了。

（原载《辽海散文》2015 年第十一期）

鼻　子

刘国强

刘国强，辽宁省传记文学学会会长、辽宁省散文学会副会长、中国作家协会会员。发表中篇小说30部，出版文学著作19部。代表作有《日本遗孤》《罗布泊新歌》《祖国至上》等。曾获中国传记文学奖、孙犁散文奖一等奖、北京文学奖、首届中国工业文学大赛报告文学大奖、辽宁文学奖、辽宁省优秀图书奖、辽宁省“五个一工程”奖、辽宁省最佳写书人等荣誉20多次。

在我们的五官中，鼻子当仁不让地占据了黄金地段的中央位置。

“中”为中间、当中之意，“央”指和四周或上下左右距离相等的位置。中和央联袂组词，姐妹花一样妩媚绽放、出双入对、华彩相映，让人艳羡。按中国人的习俗，从各项隆重或正式活动中的首脑、要员排位上，身居中央何其了得？

在鼻子的座次排位上，连不把位置排序当回事的外国人也概莫能外，再次证明其地位何等了得！

我欣赏鼻子高耸硬朗的外形，像蔚蓝大海上挺直腰杆的一叶帆，似平阔原野上昂首而立的一座峰，若威风八面端坐金銮殿俯视众生的王……

鼻子别称鼻祖，在面相当中为一面之主，亦叫“面王”。

我最感动的是，鼻子身居要职在位谋政，一直在践行为官一任、造福一方。它不是发动机心脏，也不是传动机骨骼，还不是后勤补给的胃肠，但，它却是生命和美好的导师。人所共知，倘若没有鼻子激情参与，我们不仅“很没面子”，生命亦索然无味……

前者立形象，后者立命。因为，好多我们追求或拒绝的东西，都是鼻子最先警觉或兴奋地发现，决定取舍。

盲人或我们的视觉周遭一片漆黑看不见任何影像的时候，鼻子因掌握了“嗅觉”的祖传绝技，既是我们的眼，又是我们的决策领袖。

导航鼻

外树形象、内练深功，向来是鼻子的拿手好戏。

君不见，上有鼻脊流畅线条的华美垂落，下有收拢翅膀跃跃欲飞的鼻翼，内敛因好奇而深情眺望的鼻毛，其实，在后台默默工作的嗅觉黏膜和感觉细胞，才是我们的忠诚卧底。正是这个异常警觉的团队，刺激鼻嗅觉鼻毛昂然冲动，成为导引我们航向的舵。

因过度重视鼻子导歪航的也有，德国纳粹元首阿道夫·希特勒便是典型的负面代表。我说不准希特勒是否因为自己的鼻子太矮而自卑，当美丽的情妇爱娃·布劳恩的手轻轻抚他当时规模尚小的鼻子，爱娃的那缕不易察觉的微妙气息和眼神，暖风一样吹落古老的旧皮，才吹开他毅然决定做“垫高鼻子”整容手术的心花？

希特勒知晓当时欧洲流行的民俗：整容是一种“破坏上帝赋予自己容貌”的虚荣行为，他的另一个“理论”还是悄悄发芽：堂堂日耳曼人的领袖，有个高挺气派的鼻子，乃是“刚毅自信、勇敢无畏”的象征。于是，他一面绝对封锁消息，一面让浪漫润物细无声，指令医生一点一点加高他的鼻子。1942 年 2 月，这个细节的盖子还是让美国中情局揭开……

我猜想不出高鼻子对于希特勒有多重要，即便在他主导的战争“大翻盘”，德国军队日落西山接连败退、败退时，他的隆鼻手术仍在进行……

截至 1945 年 4 月 30 日下午，希特勒在柏林的地堡饮弹自尽，他的垫高鼻子的手术仍是“半截子工程”。彼时，希特勒肯定顾不上再做隆鼻手术，但我想，他因增高而扩充的鼻孔，肯定闻到了苏联军队摧毁法西斯帝国浓烈的弹药味道。阿道夫·希德勒的鼻孔猛然张大，狠狠吸一口刺鼻的火药和易燃物的焦煳味儿，屏住呼吸，“卓别林胡”突然向上一跳，将乌黑的瓦尔特PPK型手枪抵住自己的右脑……

岁月枯荣70载，而今翻阅比落叶还厚的史料，这个当年要征服全球的独裁者的声音和影像仍俯拾皆是。鲜为人知的是，“卓别林胡”上笔挺的鼻子，原来是冒牌的赝品！

我不想就这个臭名昭著的坏蛋过多赘言，我却不能不猜想，如果希特勒不加高鼻子，他抽风机械人一样快速挥动的手臂，以及狂风暴雨般的演讲，似乎就少了底气与力量？

同样喜爱“鼻导航”，美国歌星迈克尔·杰克逊则给我们带来澎湃的激情和近乎心律过速的欢乐。当狂猛的重金属音乐炸响，杰克逊的粉白瘦脸被黑瀑一样的飞流包围，那只尖而大的鼻子若白鸽飞翔、白朵绽放。不管是慢板太空步，还是快节奏恣肆狂舞，那只大鼻子永远担纲主角。舞台灯摇曳闪烁、云翻霞射、天地倒悬，那只亮鼻尖却轻而易举地钻出浓霾、星灿月明……

2009年6月26日下午，天王杰克逊星隐月落，往日引爆世界舞台、荧屏的鲜活身姿变成僵硬的遗体，安静地存放在洛杉矶殡仪馆。验尸时竟令人目瞪口呆：杰克逊鼻子原址只剩个丑陋而恐怖的黑洞，那个世界瞩目的鼻子竟不翼而飞！

当人们万般猜想，多种悬疑版本猜想竞相破土而出，杰克逊的前管家麦克马纳斯才道出前因后果：杰克逊爱鼻如命，曾6次耗资不菲整容修鼻。这么多次大手术，真鼻早就毁烂。真鼻鼻孔太小，满足不了他剧烈跳舞时的呼吸，医生只好将他的原鼻挖走。“在橱柜里，他藏了义鼻和舞台胶水，这是用于伪装的。如果填补了面部的黑洞，假鼻和真鼻看上去没有什么大的区别。”杰克逊经常在公众场合戴着橡皮膏的原因，则是固定和掩饰自己的假鼻子。

我查阅许多资料，终于揭开谜底：杰克逊父亲经常嘲笑儿子的鼻子又矮又小，自卑扑灭了他的希望星火。杰克逊为摆脱父亲的阴影一再“整改”其鼻，当高挺尖利的鼻子赫然显现，“噗”地点亮了他的希望火炬……

我猜测不出杰克逊换了鼻子到底有多大的艺术能量，我却猜想得到怀揣自信的巨大爆发力。如果假鼻子阳光没有驱散他父亲嘲笑的阴影，也许这个世界就没有天王巨星杰克逊。

当今，鼻子美已跳过医学门槛“翻墙”而入，成为艺人们日益流行、追捧的时尚元素。

仅韩国当红的影视歌星整过鼻子的人就能列出长长名单：元彬、李秉宪、权相宇、安七炫、S.E.S 全员、李孝莉、王珠铉、成宥利、李真、神话所有成员、千明勋、李成真、文诚熏、鲁裕敏、DANA、BOA、李贞贤、林志胤、严贞花、金贤珠、崔智友、泰妍、允儿等等。

中国内地影视歌星隆鼻的也不少，鉴于人家喜欢低调，我怎么好跟人家唱对台戏呢？

文学鼻

我随手查阅一些资料，几乎喜不自禁！世界上钟爱鼻子的作家群星闪耀。

明代作家笑笑生在《金瓶梅》中这样夸赞藩金莲：“直溜隆隆琼瑶鼻。”一个“直”字状其垂，两个“隆”字绘其丰，琼瑶，则是美玉呀！

我不想过多描绘这娘们儿见了帅哥就抛媚眼，亦不说她一波三折的腰条和胸乳风情万种，散发着扑面的浪荡风骚，单这生动勾人的鼻子，就给丑小窝囊的武大郎出了个大难题！

在巴尔扎克笔下：“葛朗台鼻尖肥大，顶着一颗布满着血筋的肉瘤，一般人不无理由地说，这颗瘤里全是刁钻促狭的玩意儿。”

《茶花女》里，小仲马让女一号玛格丽特妖媚而悬疑地出场：“细巧而挺直的鼻子透出股灵气，鼻翼微鼓，像是对情欲生活的强烈渴望；玛格丽特过着热情纵欲的生活，但是她的脸上却呈现出处女般的神态，甚至还带着稚气的特征，这真使我们百思而不得其解。”

雨果在《巴黎圣母院》里这样描绘奇丑而善良的加西莫多，“那个几何形的脸，四面体的鼻子”。

果戈理在《密尔戈拉得》里毫不掩饰厌恶之情：“阿葛非亚·弗多谢夫娜的头上戴一顶软帽，鼻上生三个瘤包……”

老舍则在《四世同堂》中给冠太太一个大特写：“鼻子上有许多雀斑。”

若言小说重在刻画人物，偏重肖像描写，因此鼻子才频频出场，这显然是误解。任何货真价实的重量级标志是质地，而决非“混个脸熟”。

中国唐代诗歌领袖杜甫驰骋诗坛时，主流小说文体尚未面世，但，这位诗歌巨擘仍把鼻子当成情感抒发的主角。在《黄河二首》中杜甫没有直抒战乱者的凶悍，而是以追光灯、放大镜般的效果突出“胡人高鼻动成群”。在送别亲友或生离死别亦“出郊载酸鼻”（《送顾八分文学适洪吉州》），“自古鼻酸辛”（《赠别贺兰铦》）。厌官吏，亲底层贫苦人民，则在《暇日小园散病，将种秋菜，督勒耕牛，兼书触目》抒发了“为汝鼻辛酸”……

亲爱的读者朋友，若嫌上述“局部鼻子”不过瘾，我索性揭去“断章取义”的遮羞布，讲两个“大部头鼻子”的故事。

当芥川龙之介在日本东京创作短篇小说名作《鼻子》的时候，俄国作家尼古拉·瓦西里耶维奇·果戈理的同名小说《鼻子》，已经问世（1836年）整整80个春秋。

让我惊奇的是，两位大师的作品没有任何相似之处，却又异曲同工。

1916年夏天，长条脸，黑发黑眼，年方24岁的芥川龙之介格外兴奋，他鼻翼微张使劲吸几下，窗外大朵大朵樱花的香气便浸润肺腑。他的眼睛盯紧稿纸上禾苗一样的茂盛文字。文字们绿波荡漾，翩翩起舞。蓦地，一个长长的大鼻子“呼”地跳将出来。芥川龙之介正要用文字给这鼻子涂色抛光呢，蘸水钢笔突然枯竭。他扬起手使劲甩几下，恰巧一片洁白的樱花瓣儿要叩窗而入，却被玻璃谢绝。他索性从榻榻米上站起来，推开窄小的窗子，微风送爽，花瓣儿和芳菲欢快而来。芥川龙之介贪婪地扇动鼻翼吮吸，却被窗前匆匆而过的脸孔迷住。确切说，他是被一个个不同形状的鼻子迷住。没几天，这篇发表在《新思潮》杂志的作品便震动日本文坛，芥川龙之介亦声名鹊起。

为了平息过于激动的心潮，芥川龙之介坐在东京湾的一块大礁石上，让心律与海潮同落同起……

2012年1月1日上午，我来到日本东京湾，听海涛轰鸣，看群鸥飞翔，我登上一个巨大的锈锚模型眺望远方，想起《鼻子》主角那六七寸长的大鼻子，吃饭要有人掀托，才不至于入汤进粥。“从上唇一直耷拉到下巴，其状如香肠，从脸的中央一下子耷拉下来”，忍不住嘿嘿嘿笑出声来。我身边的美人司燕道：“见几个海鸥就乐成这样，至于吗？”

头天晚上，我和几位沈阳朋友，在一家不太知名的旅馆尽夜豪饮，庆贺曙光即现的新年。后来我才知道，此地离芥川龙之介故里很近。岁月更替，我已摸不到芥川龙之介时代的脉搏和体貌。

站在海边，任我全力猜想，芥川时代仍如磨坏的旧拷贝，怎么也放不出影像。我闭上眼睛，东京湾上空竟然全是飞翔的鼻子！

司燕扯一把我衣袖：“海鸥有的是，别看啦！”

距芥川龙之芥出生还有58年，圣彼得堡的涅瓦河上的一座小桥上站着个棕发碧眼的年轻人，他面朝翻花的波涛嘿嘿嘿笑。他设计剃头匠要把手里的一个鼻子丢进河里。路人纷纷侧目。美人们的脚步则万般犹豫——这让人惊异的傻笑和惊目的帅气，怎么偏偏集于一人？

桥上站着的便是后来享誉世界文坛的果戈理，时年27岁。他的短篇小说《鼻子》面世后，整个俄国都在鼓掌。著名作曲家肖斯塔科维奇根据《鼻子》创作了同名三幕歌剧，果戈理“狂潮”再度席卷俄国，风靡世界！

岁月一页一页飘落，177年后，2013年7月15日，我和朋友刘大成欣赏清波荡漾的涅瓦河，微风徐徐，波光闪闪。千年不老的太阳依旧射出“果戈理时代”的光芒，令我如醉如幻。凭借高天斜射出一串串透明彩泡似的逆光，我惊喜得差点跺脚大叫，河面上漂跳着曾经跑遍圣彼得堡全城的鼻子！我连忙提了DV追赶——哦，那是一只在水面悠闲眠息的野鸭……

日本东京湾一旦从睡梦中惊醒，便打出狂猛的喷嚏，喷出禅智内供和尚的大号鼻子。俄国圣彼得堡城的涅瓦河，则用浓重的鼻音，低缓地哼唱抒情小调，让八等文官柯瓦廖夫的鼻子神出鬼没地逛遍全城……

果戈理的《鼻子》离奇有趣：理发匠伊凡·雅可夫列维奇吃早餐，用刀子剖开面包后，居然发现里边有个鼻子！“而且，看上去似乎还挺面熟呢，终于认出这是八等文官柯瓦廖夫的鼻子。”理发匠吓得半死，赶紧要丢掉鼻子，站在涅瓦河畔贼眉鼠眼、怕人看见。而突然发现没了鼻子的柯瓦廖夫更是焦急、羞愧之极，有何脸面见官员和美人？他捂着脸找鼻子，其间碰上美女、报社职员、领导、邻居等，因没有鼻子引发一连串啼笑皆非的事。更绝的是，鼻子居然冒充高级别官员“满城乱跑”，荒诞有趣。警察抓到理发匠送回鼻子后，主人喜不自禁，“不错，是它，确实是它，瞧，左边还有昨天才冒出来的小疖子呢。”笑声旋即僵住：怎么也安不上它！

这篇经典小说的“魔幻”程度，丝毫不逊色于加西亚·马尔克斯发表于1966年的《百年孤独》。只是，它比后者早了一个世纪又30年。

在哈尔滨，我迷恋过俄式风格的果戈理大街。我知道1901年修建这条大街时，果戈理已经去世49年，我仍然迷恋。站在秋林公司老楼前，《钦差大臣》的形象跃然而出。走在立石条镶嵌的仿俄建筑——百年不损的中央大街上倍感亲切，能嗅到古老文化的气息。

我在果戈理祖国的莫斯科红场走来走去，仿佛走在哈尔滨的中央大街。我相信，我和果戈理的鞋底一定叠印在同一块石条上。我决非崇洋媚外，而是尊重经得住历史考验的建筑文化，而非“快餐式”。中国的本土“工艺”，人行道和广场建筑三两年甚至年年“褪皮”，哪儿寻觅千年不坏的尺余长的立式石条“竖着镶嵌”，长鼻一样深插厚土，谛听地心深处的历史声音？

当河南洛阳龙门石窟的大门跃现眼前，我就想起芥川龙之介的小说《罗生门》来。那天刚好大雨如注，仿佛黑泽明的经典电影再现。芥川先生热爱中国和中国文化，《西游记》和《水浒传》几乎成为他的“枕边书”，推崇备至。他生前曾游历中国江南、上海、中原和北京。35岁自杀前，他给世人留下两部散发着深厚的中国文化芬芳的著作——《上海游记》和《江南游记》。

果戈理在俄国西北部去世40年，芥川龙之介才在日本岛出生。而我，只是年龄更小的华夏后辈。因为我们共生的鼻子，我才异常兴奋地伸直长臂，左手高举果戈理，右手高举芥川龙之介。

催命鼻

嗅觉是极为复杂的一款化学过程。当我们闻某种物体的时候，这个物体的气味会刺激人类鼻子的气味神经敏感元，随后它把信息传送到神经细胞的嗅球，最后大脑的神经区域处理和分辨这种气味。人大约能分辨出350种不同的嗅觉气味，这个数目，虽远远不及能分辨1000多种气味的狗和老鼠，但已经很了不起了！

气味能导引甚或决策我们的行为取向，鼻子，居然垄断了这种“很了不起”的专利！

我们知道，垄断即是对他者的剥夺。

如果被剥夺的，恰恰是最宝贵的生命呢？

我这样比方，有人或许说我故弄玄虚、小题大做，难道鼻子也能夺命？

这样的悲剧，每分每秒都在上演。

一位百岁老中医告诉我，当代人的病这么多，“大多是吃出来的”。具体来说“体检排名前10位的疾病，大半因吃而得”。

吃的先导是味道，味道的先导则是鼻子。

我查阅资料后差点惊叫起来，青史留名的马其顿国王亚历山大大帝、瑞典国王阿道夫·弗雷德里克、奥地利音乐家莫扎特、英国国王亨利一世、美国总统扎卡里·泰勒、德国“乐圣”贝多芬等“顶级大腕”们，犯了相同的低级错误。他们没有被波翻浪卷的一对对硕大的乳房埋葬，没有被比茂盛的野草还密集的刀剑剁烂，没有被雨点般的暗算毁灭，亦没有被身后一支支偷袭的枪口洞穿，却被自己的鼻子引向歧途，被微不足道的气味打败，命殒黄泉。

为缩篇幅，我随意抽出亨利一世、莫扎特和扎卡里·泰勒三人，讲述他们令人扼腕痛惜的故事。

英国国王亨利一世的鼻子梁长翼短，鼻梁与鼻尖高度几乎平齐，如同一个溜直溜直吊高的细长瓶，底部突然变粗。如果是瓷器，我便猜想软泥胎从工匠手里掉落蹾了一下，底座便蹾粗、肥了鼻翼。问题就出在这儿，肥鼻翼扩张了鼻孔，闻味的领地也随之扩张。鼻梁长，鼻管道长，吸力也水涨船高。能闻到别人闻不到的味道，这是他辉煌的因，也是毁灭的果。

奥地利音乐天才莫扎特的鼻子太漂亮，简直是西方人的标杆鼻。近乎拉长的正三角、倒喇叭筒的鼻原本不是太出众，因鼻翼和鼻尖那些优美的弧线尽显圆润与灵秀，气质优雅。这样少有的美鼻应该成为一线表演明星，他却偏偏喜欢闻乐器。钢琴、小提琴、长笛、竖琴都喜欢。演奏前，他会低头嗅嗅，仿佛上面淡淡的油漆味儿、木质味儿里跳跃着激情浪漫的音符。

美国第12任总统扎卡里·泰勒鼻粗糙了些，鼻梁鼻翼鼻孔都“大号加肥”。也许这与他从小跟随农场主父亲干粗活及40载放浪狂野的戎马生涯有关。翻耕、种植、追逐与格杀，呼吸量和嗅觉往往决定生死与胜负，只有这样的“旋风大鼻子”才配套。这个大马力鼻子风狂劲猛，吹力抽力都超乎寻常。

亨利一世的“长瓶鼻”果然闻得远。这没什么可奇怪的，手枪比不上长枪射程远，区别就在枪管的长度。亨利一世明着是对闻刀剑味儿和胜利的血腥味儿去的，这决定能否把社稷江山握在手里，暗里是奔女人味道和鳗鱼味道去的。亨利在位时只娶一任妻子，有名有姓的私生子有18个！这还不计地下私生子和遗腹子。匆匆忙完了国事，他的长鼻子就钻进女人的乳沟里。长期沉醉在一双双起伏奔腾的乳浪胸波，鼻管短了还不窒息?

莫扎特的漂亮鼻子太招风，花儿引蝶般招惹漂亮姑娘也在情理之中。但，莫扎特从不沾花惹草。他的嗅觉只钟情于音乐，仿佛音符才是世上最好的味道。只有家人好友才知道他的另一个爱好，喜闻半生不熟的猪排味道。每当作毕一曲或演毕一场，必有猪排犒劳。

扎卡里·泰勒被人称为美国历史上“最大的英雄”“顶用的大老粗”。传记家霍尔曼·汉密尔顿则一反常态，说他“是一个绅士，天生的具有优雅、令女士们感兴趣的骑士风度，和蔼可亲……”这位“大鼻子”偏偏不爱闻女人的粉脂香和体香，为了祖国，他只专注于枪筒味儿、弹药味儿和刺鼻的血腥味儿。他的鼻孔一张，声音和力量山呼海啸，令对手闻风丧胆。每有闲暇或仗后小憩，挚友和卫士总是把冰镇牛奶和樱桃奉上，香甜浸凉味儿款款飘来，扎卡里·泰勒旋即鼻翼展翅，唇朵盛开，风卷残云。

1078年春天，10岁的亨利一世，爱在英格兰塞尔比约克郡的小镇上玩，小镇四周鲜花的香味儿如一条看不见的风筝线，而亨利便是张开小胳膊到处低飞的小风筝。

1756年春天，10岁的莫扎特也来到英格兰，没来得及闻一闻英国女皇裙上的香水，却被身边为他协奏的卷发女郎和她的小提琴的松香味儿沉醉。小莫扎特5岁出道，当时其熟练的指法、优美的音色惊呆众人，琴键春花一样自由盛放，率性起舞。亨利一世和莫扎特都来过巴黎圣母院，却无暇见面。时间的篱笆，将他们阻隔了682年！亨利一世来过的若干年后才兴建的巴黎圣母院原址，当时还是一片野花嬉闹的郊外。

1884年春天，10岁的扎卡里·泰勒远在美利坚的弗吉尼亚欢快地玩呢，他闻了闻刚从篝火里捅过烤羊肉、黑乎乎的柳木棍子，举起来瞄着树上多声部轮唱的群鸟，闭起左眼，“啪啪啪”模拟枪响，鸟儿们“呼啦啦”惊飞，如射向天空的霰弹。莫扎特和扎卡里·泰勒才差28岁，按说见个面也不是什么难事。关键他们的嗅觉爱好不同，前者的笛筒里射不出子弹，后者的扳机当不了琴键。远隔大洋也不算远，怎奈音符和子弹水火不容，只能“对面不相识”喽！

我没有仔细描述他们的鼻子形状。因为他们还太小，亨利一世的“长瓶鼻”，莫扎特的“喇叭鼻”，扎卡里·泰勒的“旋风鼻”，统统只是“鼻芽儿”。宛如同族类的树芽，小时候都差不多。

当三人的鼻子“自成一派”，三面惊呆世人的大旗便赫然高举。亨利一世闻到了权力的味道，设套围猎中亲手杀死哥哥篡夺皇位，“长瓶鼻”整天耕耘丰乳肥臂，累乏了，便贪婪地享受鳗鱼。当莫扎特的“喇叭鼻”嗅出大公要榨干他的才华和血汗钱，愤然辞职，发誓只为底层大众演出。穷困潦倒没有打倒他，半生不熟的“猪排”携带多种虫菌暗中下手。扎卡里·泰勒的“旋风鼻”果然厉害，战友的臭脚丫味儿，自己的酸腋窝儿和汗泥味儿，把这位毫无背景的草根将军高高举起，一直举上总统宝座。只是，这个在战火中出生入死40载的家伙总嫌热，他一闻到冰镇牛奶和樱桃就迈不动步……

1135年12月1日，亨利一世没来得及向妻子和18个私生子告别，一口气吃下别人几乎一年也吃不了的鳗鱼，活活撑死。

鳗鱼真是不错的美味。但过量摄入高脂肪、高胆固醇食物，会造成胆囊剧烈收缩以排出胆汁，严重伤害心脑血管。

1791年12月5日，莫扎特还没有好好看看维也纳那场多年不遇的漂亮大雪，《安魂曲》才写一半，就被半生不熟的猪排夺去性命，年仅35岁！

我查询资料吓了一跳，猪肉必须高温全熟食用。生猪排会含绦虫等多种虫卵或虫菌。

内心“爱着火”的扎卡里·泰勒更惨，荣任总统才16月，1850年7月4日，在成千上万的仰天鼻孔狂欢美国独立日庆典时，这位逃过数百次刀劫枪掠的常胜将军，因被过量的冰镇牛奶和樱桃咬破了胃，撒手人寰。

过冰饮料或食物大量进入胃肠，导致胃肠血管骤然收缩，血流量递减，必引起胃肠痉挛性收缩，干扰肠胃的正常蠕动，导致消化功能失调、免疫力下降。

我前边提过的另几位世界级泰斗，无不毁于鼻子“撒野”。

马其顿国王亚历山大帝，生生被他的尖鼻子刺破了胃。他“闻香识人”，喜欢美宴。人们投其所好，为他量身制作各式美食。他乐此不疲地奔忙在各类豪华宴席。坐在餐桌前，他总是挑喜爱的菜闻闻，道出味道特点。亚历山大帝最多一天吃了七顿宴，直到撑死。

瑞典国王阿道夫·弗雷德里克的鼻子相当漂亮，极似莫扎特。与莫扎特不同的是，他的鼻子不喜欢猪排，竟疯狂爱上了鱼子酱、泡菜、鲱鱼和香槟。无度的狂吃狂饮，致胃肠全面崩溃气绝。

德国“乐圣”贝多芬才气豪华却又穷困潦倒，耳朵完全失聪，靠闻饮葡萄酒起爆惊世音乐，亦在情理之中。遗憾的是，美国科学家通过化验贝多芬的头发，揭开他英年早逝的秘密：因经常饮用含有铅糖的葡萄酒中毒身亡。

说鼻子有暗示功能，决非无来由的主观臆想。

人和动物的鼻子构造大致相同，鼻腔上部有许多褶皱，褶皱上有一层黏膜，黏膜里潜藏着许多嗅觉细胞，当黏膜上分泌出来的黏液经常润湿这些嗅觉细胞时，就会使具有气味的物质分子溶解在黏液里，并刺激嗅觉细胞，嗅觉细胞马上向大脑嗅觉中枢发出信号，于是就是“味”的感觉了。

味觉，会刺激人做出不同的动作选择和意向选择，这是“明示”。当人的心理活动突如其来，掩饰时便下意识地触摸鼻子，便是我们看到的“鼻暗示”。这暗示若明火触油、水儿下泻，无法抑制。

1998年，美国总统比尔·克林顿和白宫实习生莱温斯基性丑闻事件突然东窗事发，向来潇洒过人的“一把手”只好在法庭上仓促应对，最先为主人泄密的便是鼻子。克林顿并不知晓，小小的嗅觉细胞，彰显无穷力量，一次次把大总统的手“提”起来，触碰鼻翼。

美国的神经学家深入研究后发现，克林顿说真话时很自然。一旦说谎，他便频频触碰鼻子。平均每4分钟触碰一次。在他陈述证词期间，一共触碰鼻子26次之多。

美国嗅觉、味觉科学家们公布了研究结果：人在说谎的时候会分泌一种叫catecboamine的神经传达荷尔蒙。同时，鼻子里的组织细胞会一点一点地浮肿。鼻子开始浮肿就会痒了。人们对抠鼻子的人不用太戒备，但对总是摸鼻子的人则必须警觉。

我多次强调一个不争的事实：人类医学和生理学走过了五千多年，说大师林立、著述浩瀚毫不夸张，“成绩单”却令我们惊骇，目前人类对复杂人体的已知比例仅为8%！

对鼻，同样所知甚少。狗鼠们能分辨千余种味道实在奇妙，人类分辨350种味道已经深不可测！这些味道如何计重？怎样量尺？什么颜色？它们之间怎样设“隔墙”？一种味道和另一种味道怎样区别？如何保管？如何应用？类似的问号我们装了一列车，也只是微乎其微……

鼻子是一座富矿，我们目前所知甚少。鼻子是一片深海，好多私密区我们无法进入。鼻子是阔大的宇宙星际，我们只是尘埃一样游荡的玩具卫星。

（原载《北京文学》2016年第五期）

书法洋同窗

张　洪

张洪，1966年出生于大连，籍贯湖北枣阳。先后攻读中文和外语，入校门学习十七八年，已在编辑岗位工作近30年。发表文字近百万。

春夏之交，校园的桃花谢了，稠李的白色花朵也结成了青果。大门里展示橱窗上贴出讣告一帧：文学院王前先生逝世，享年94岁。33年前刚入大学，花甲之年的王先生为我们教授书法课的情景别有一番天地，已过半百的学子们回忆起来仍颇多意味。

黑压压大教室里点缀几个白皮肤黄头发蓝眼睛的老外，老师和学生都觉得来劲提神儿。这间大教室居于三楼最中央，主楼梯盘旋两侧，一般人等到此停住，顶层是门禁森严的电教馆了。上下左右走动人流抬眼就能看到书于门匾的“中文系”三个隶书大字，乃系里最资深教授张震泽主任手笔。三五成群的留学生口中念叨着黄山谷松风阁，提肘悬腕，谦卑以对，一丝不苟练习横平竖直，点捺弯钩，真像鲁迅在《门外文谈》里说的那样，写字就是画画。

其中一位高个子同学总是正襟危坐，也不知听懂看清多少内容，面带微笑，品咂得津津有味。王前先生身材轻巧，表情丰富，动作夸张，上下挥舞，左右奔忙，简直把讲坛当作了舞台。臂透风骨，腿见功夫，中气十足，抑扬顿挫，神清气爽，从游弟子随之受用着传统文化的视听盛宴。如许洋弟子学得走火入魔，五体投地，恭敬从命，拎管毛笔练个不停。笔画匀称，结构工整，间架饱满，下笔提笔，气脉不断，心动形随，老师的要求我们领会起来断断续续，顾此失彼，连不上溜儿，织不成串儿，捋不清轻重缓急，洋学生们只好吃点小灶儿帮助消食。教室外宿舍里交流攀谈，这位来自加拿大的方恩德同学掌握五六种语言，汉语地道顺溜儿，水平绝对不亚于那位后来声名鹊起的“大山”同胞，怪不得汉语名字起得如此中国化，饱含儒家风范呢。英文大号姓甚名谁，记不住他是否告诉过我们，可见其全身心浸入华夏文明的执着与痴迷。

在中国生活了62年的美国传教士丁韪良，切中肯綮地描述我们对文字的崇尚，用毛笔写书法，并视之为最高形式的美术，中国人对文字近乎偶像般崇拜，是从祖先那儿传承下来的最大天赋。熊秉明笃信书法是“中国文化核心的核心”，于右任慨叹书法“关系国家民族之前途至大，不可以小技视也”。丰子恺评价先师李叔同“对于书法，致力最多，从事最久”，“出家后诸艺俱疏，独书法不废”。古碑法帖上的汉字造型生动变幻，金石琤琮，纸寿千年，翰墨精神。凝眸望去，通会前贤，创作灵感、思想火花不请自到，悄然而至，字习千遍，笔法自现，韵味情致联手你我，跨越古今。某日，我们在校园里远远瞧见方恩德身穿军大衣，拄着大号双拐，一步步向图书馆挪动。急忙上前询问究竟，原来是遵照王老师教诲，锻炼臂力，以运斤成风，下笔苍劲挺拔。真正的力透纸背往往初看起来柔和，细加揣摩才能见出老辣、内刚，隔膜的老外轻易直奔主题，希冀绝知此事，积跬步、牵一发的学习风格在书法史上可谓独步天下了，不知面对如此极端乖谬做法，先生开出什么药方诊治食古不化、铁杵磨不成针的洋弟子，让他扶正祛邪，重返坦途。北大王岳川教授在境内外讲授传统文化，坚持书法是中国文化输出的第一步，这第一步如何迈稳、走好，瞄准碑帖津逮，还真是得费点儿心思琢磨，导引人家避免旁门左道，旁逸斜出，遁入歧路。

说话慢慢悠悠，有板有眼，方恩德抓紧各种机会与师生交往，从教室到宿舍，由操场及食堂，他不放过任何机会。到一舍338、115房间看五哥在报纸上临柳公权，和十一弟交换礼物，回赠谢意不隔夜。与大伙操习偏词难句，反复学说“疙瘩”一词，发音标准是够了，只是欠缺那么一点儿活泛和幽默感。一天早晨，寝室里几位兄弟逃避晨练做操，正在酣睡，早饭自然也准备免了。不吃留学生灶、常挤普通学生食堂的方恩德端着油条豆浆，推门而入，瞥视着左右上下、东倒西歪尚在梦乡的诸位同学，扯开嗓子唱将起来："清晨听到公鸡叫，喔喔，推开窗门迎接晨曦早……"眼睛扑闪扑闪，一副诲人不倦的样子，令人哭笑不得。邻班的辉兄更是目睹他把中国同学扔掉的半根油条捞出来吃掉。正言不讳、勤勉俭省到如此地步的方同学，堪称不远万里向我们传经送宝的好榜样。

最难忘的是，他竟端坐在全年级一次大会上聆听系领导上天入地指点江山的训示，订规矩、讲戒条，台上侃侃，听者默默，个人融于集体，自己与我们叠合，要的就是这般身微无言、"四顾无由逃"的结果。王小波观察所得，沉默已化为很多人的生活方式，中外皆然。妄自追加一句：保持沉默，似乎是灌顶式教育下成长的不二法门。委身顺受，不字当头，不敢不勇不肯不能不出头不争先，做学生不易，好长时间过去，最后实在熬磨不住，方恩德举手申请发言，"你讲的大家不爱听，……我不支持你。"全场哄堂一笑。钱锺书曾经追溯过会与讨论的训诂义，前者是"合也"，着重大家一致。伐也好，评也罢，交锋争鸣的讨论不见容于传统意义会场之上。褒贬自有主张，像是在参加选举，敢情书法的飘逸自由同此番灌输大相径庭，宾主尴尬间不欢而散。一路小跑逃出门外的方恩德，如果读过美籍华裔作家汤婷婷对比中英文"自我"的写法，或许就不会按捺不住了：英文我只有三画，要大写，中间那一竖得笔直；汉语我是七笔，既有弯钩又有撇和点。自我表现与认同的悬殊，其间相距何止以道里计。多少斥责无奈，多少忍耐阻滞，多少自我放逐，夕照太阳和内心躁动交相映红了大家的脸。多年以后读到与黄庭坚同为苏东坡四大弟子的晁补之一段话，俾有所悟。"学书在法，而其妙在人。法可以人人而传，而妙必其胸中之所独得。"字里乾坤大，书法中的逃遁与寄托，修身磨练乎，陶冶欢娱乎，盖因人而异也。

半学年书法课，对大多数同学来说开蒙既晚，只好浅尝辄止，域外异邦学友恐怕尤难赓续学业，有初有终。高高低低的分数，至多只是个纪念。书法上当行出色者，功夫固然重要，天分也不可或缺，持之以恒，精悟研习，毕竟非常人所为。“结业”后，师生们暌违经年，渐渐相忘于江湖。王前先生身体康泰，笔端题额时有发现。值得铭记的是，前几年赴京出差，在中国美术馆拜览了先生的诗书展，九十高龄的他喜欢自署“童心”这个笔名，老人家大概推重李贽的“童心说”，欣赏创作上的“假绝还真”、做事为人的直抒己见。挥就禅意丰盈的诗歌，徜徉于书道境界的清癯笔墨，老而益进，诗除嚣杂，墨洗俗尘，心手双畅，人书俱老。家乡鞍山电视台采访先生时，他与主持人侃侃对谈的神采，让学生后辈们欣欣然，乐陶陶。不禁暗自折服于法国汉学家谢和耐教授对中国人文精神和身心操守的论断：书法显示出作者在韵致、想象力、秩序和均衡方面的造诣，书画是具有某种宗教性质的修行训练，经由这种神圣的行为，可以获得长寿。其观点中附会穿凿的神秘，或者夸大揣测的离题，不必臆断，无须深究。书画寄情，与世无争，临池作书既能养气，也能助气，清代周星莲谦称之管见，实则要言不烦。心平气自和，精神多焕发，仁者寿，师长体健笔壮，道德文章在上，阅读其书，晋见尊驾，随时请益，学生们自然得享其福了。

因为去图书馆看书的缘故，每星期总要到校园里，在当年的教学楼前后走过几回，哲经楼改成了哲理楼，虽然文科倾巢而出，全都让位于理科，马克思塑像仍在一楼大厅镇守着，哲学家只是用不同方式说明过世界，而问题却在于要改变世界。什么家都得遵循这个原则，改变改变，三楼中文系变作了信息学院。年年依旧，绽放盛开。佩戴理想毕业，怀揣憧憬入学。先生师恩铭心立报，弟子成长可望可期。同样得享 94 岁高寿的书画鉴定大家杨仁恺先生题写的“桃李无言”，伴着水流潺潺的树蕙亭，从 1999 年立到了现在，榜书镌刻于石碑上，也存念在学生心坎中。

（原载《海内与海外》2016 年第十期）

往迹一束

于晓威

于晓威，辽宁省作家协会副主席，小说家、油画家。曾任《鸭绿江》杂志主编，后辞去主编专事写作。在《收获》等杂志发表大量中短篇小说。作品被翻译发行到日、韩等多个国家。

一场大雪

一场大雪。

想起了许多事。

就说小时候吧，最盼望的事就是下雪，那是孩子们可以“疯”玩的节日。主要就是可以去滑雪啊。

小时候因为滑雪和滑冰，脑子跌成了轻微的脑震荡，因为我总是追求刺激，去很大很长的道路陡坡处滑冰。滑得站不住了自然就向后跌倒。人家戴的是皮毛帽，而我连棉布帽都戴不起。轻微脑震荡的结果是，本来上课就头疼，这回是愈发地疼（不是神经反应，是真的疼），不敢去人多的地方，头炸疼；不敢进商店等压抑的地方，头也疼。在家里也没来由地疼……后来，吃了好长时间丹东制药厂生产的那个时代很流行的药物“脑复康”，才慢慢好了。

在我没有滑冰鞋之前，我的鞋子磨漏过无数双。那时候，没有滑冰鞋有两个原因，一是家里不让我贪玩，二是做滑冰鞋得请木匠，家里困难不舍得花钱。那如何去过滑雪的瘾呢？我和伙伴们发明了一个玩法，去马路上扯汽车、拖拉机的后屁股。瞅准汽车在转弯处减速，我们几个弯着腰，一拥而上，汽车加速后，我们拽住后板厢随汽车在地面驰骋。这样倒是过瘾了，可是危险有二，一是汽车前方遇见情况紧急刹车时，你要有足够的机灵和经验，不使自己被惯性带入车轮下（我的经验是，感觉到汽车刹车的一瞬间，你双手猛推汽车，以反作用力让自己的身体离开汽车。这个得练你的手法了）；二是回家后，你的鞋底肯定是磨漏了，怎么跟妈妈交代（而且是一漏再漏。这个我没有技巧交代给大家，我的经验就是老实挨揍）。

记得有一次下雪，半天没遇见汽车（那个年代，汽车还真不多），我们四五个人只好偷偷拽上一辆拖拉机，蹲在拖拉机后面跟着滑。话说这拖拉机马力不够，又拉着死沉的一车黄泥，这样滑不多久，它就面临上坡，那个坡很长很陡，拖拉机手（这个称呼很苏联很社会主义，但叫他司机又太委屈了我们）似乎意识到什么，一回头，果然发现几个不三不四没有滑冰鞋的男孩子在他后屁股捣乱。他马上停下拖拉机，跳了下来，准备摸路边的石块打我们。伙伴们全都扭头跑，只有我一个人干脆把身子矮下，继续藏在拖拉机后面（那时候我怎么就明白这个道理呢？最危险的地方最安全，聪明啊），结果是，伙伴们的脑壳上几乎全被他手里的东西袭击了，而我则幸免。不过可爱的是，雪太大太厚了，那个拖拉机手摸不到石头，只好握出一个个雪球打在伙伴们脑后。

后来我终于自制了一副滑冰鞋，我说了，它馈赠给我的就是轻微脑震荡。再后来，我读初中了，读初中如果不跳跳“霹雳舞”，不哼哼“三月里的小雨”，还迷恋滑冰鞋的话，就几乎不是个初中生了（对了，写到这里，突然想到几年前网上曾有读者质疑我发在《收获》的中篇小说《让你猜猜我是谁》是胡编乱造，该读者质疑的唯一理由就是，高中女学生罗小云在1982年，怎么可能穿着牛仔裤呢？他的意思是那个年代在中国还没有出现牛仔裤。不过我可以认真地说，1982年我读初中，确实就穿着姐姐从锦州给我买来的一条牛仔裤）。

在初中因为迷恋歌曲，把喜欢的曲谱和歌词统统抄在一个专门的本子上，每天对着口琴吹啊吹。我印象极深，有一首我当时非常喜欢和非常流行的歌曲，叫《脚印》：“洁白的雪花飞满天，白雪铺盖着我的校园，漫步走在这小路上，留下脚印一串串……有的直，有的弯，有的深啊有的浅，朋友啊想想看，道路该怎样走？洁白如雪的大地上，该怎样留下，留下脚印一串串？”

说起这首歌，和我这篇文字并不跑题，因为我突然想起它，这和我说过的下雪有关。不过，二十多年后，也就是前几年某一天，我和作家刁斗等人在一起吃饭。无意中，我唱起了这首歌，有朋友说，这歌的歌词是刁斗当年写的。而刁斗的微笑不语，可以证明朋友所言不虚。

我大大地吃了一惊。后来我专门考证了一下，这首歌的歌词确实是刁斗写的，当年他还在北广读大学，歌词写完后由谷建芬作曲，流行全国。

我的惊讶还在于，作为如今的先锋派著名作家刁斗，原来也曾思考过“道路该怎样走”这样声贯屋瓦的主流话题啊！

没错。只不过，当年写歌词的刁斗，名字还不叫眼下这个，而是叫“刁铁军”。

你看，我喜欢雪，因为它可以覆盖一切。就像这首歌和逝去的岁月，它也覆盖了可以覆盖的事情。

还因为，覆盖，是给你新的道路。

烟火流年

每到即将过年时，禁不住想起放烟火。

虽然我知道，每个人对过年有各自不同的感受，但是有一点大抵是相同的，那就是一提起“年味儿”这个字眼，肯定不仅指饺子味儿、年糕味儿、荤油味儿，而更是指烟花爆竹的硝烟味儿。

就像你记不起什么时候拥有了童蒙时代最快乐的第一次笑声，你同样记不起哪一年亲手引燃了第一颗烟火。作为男孩子，有谁记得吗？

总该是我七八岁的年纪吧，开始对烟火有了那么倾心的迷恋。因为家里穷，母亲只允许在过年的时候买一盘肥皂盒大小的鞭炮燃放，没办法，我只好提前一个月就把平时节省的零花钱拿出来，一点一点地购买和积攒烟火。我把它们摆了一炕，那无非是些小摆设，像儿童积木一样大小，造型精巧，但是价钱便宜，什么“小蜜蜂”“小飞机”“小流星”，还有“小花篮”——就是那种拎起线头它就转啊转的，往往把自己给烧着了。

除夕之夜，全家都去院子里看我放那些宝贝，耀眼夺目。父母不必说了，大姐、二姐和哥哥都插不上手，只能眼巴巴看我演示。我给他们放啊放的，真是快乐。放完了，我就一个人爬上房顶，看我们那整片胡同区几十条巷子里无数人家的院落，都变成一个个军火库，火光再小，也映出人们对生活的热望。再放眼整个县城的天空呢，哎，那就更不要说了！

老师布置作文，总爱以《除夕之夜》为题，那时候我的作文，在班级里总是第一。

有好几年，为了省钱，也为了好玩，我自制烟火。那就是除夕过后，我寻遍小巷，把未炸响的爆竹搜集起来，挤出它们的火药装入平时玩耍的空子弹壳里，导入捻子，立在地面，天黑时燃给全家人看。那蹿出的火焰，别有风采，倒也往往博得家人一笑。

更有后来，我稍加改进与创造，在更大的容器中装入更多的火药，底层埋了一只鞭炮。这样，火光亮丽之余，接下一声爆响，显得出奇制胜，令人为之一振。

从童年到少年，我对烟花的迷恋一直不减。上初中一年级的那年除夕，家人都在屋里包饺子，我一个人在院子放鞭炮。我穿了一套新“涤卡”中山装，上衣四个兜。那是在寒假时帮县里的新华书店卖年画，风雪无阻一个月，好不容易挣来二十几元钱，让母亲给我买来布料做成的。我的一只兜里揣满了鞭炮。我把点燃的鞭炮一只只抛向空中，没想到，一阵风吹来，将其中一只在空中炸散的鞭炮火星吹入我的衣兜，立时引燃了里面的同伴。我不顾一切地用双手捂住衣兜，为的是保护衣服，结果，二十几只鞭炮等于全部在我手里炸响，衣服破了不说，我的手也被炸得又黑又肿。

我哭了。不为疼，为心里难过。那是我长那么大第一套新衣服啊。

但是没过多久，我又笑了。这样的缺失与遗憾，与放烟火的欢乐相比，是多么微不足道。

时光不知怎么就来到了青年。那一年刚结婚，妻子让我到她家过年，我不想去。妻子知道我的癖好，就对我说，她哥哥为此买了许多许多的烟火，静候我去放。于是我竟快乐地去了。我还是留恋放烟火。

若干年后，我和父母分开，搬家，上楼，除夕放烟火，竟有了一种索然落寞之感。便是我们自己一家三口，妻子挂着看春节联欢晚会，不忍下楼；而女儿胆小，也宁愿避开。只剩了我。我记得去年除夕就是我独自在户外放的烟火，那是一种别样的心情。随着烟火与鞭炮的炸响和消遁，我在默默地检视和总结过去的一年。毕竟跟年纪有关了，我已告别苏东坡笔下的除夕“儿童强不睡，相守夜欢哗”的环境，而更加感慨宋代席振起《守岁》中的“三十六旬都浪过，偏从此夜惜年华”的复杂情状，从而，内心更服从于明朝文徵明《除夕》里的“人家除夕正忙时，我自挑灯拣旧诗”的精神情结与境界。

不是吗？大多数人那么喜欢放烟火，在潜意识里，难道不正是心仪烟火的某种内容与形式的瞬间升华吗？不计久暂，唯愿灿烂，这是它独特而深刻的价值取向。

因此，我觉得，在除夕里，一切放烟火的作为，只有与生命的回望与思考焊接在一起，才会有真正的欢乐——那也是深沉而久远的欢乐。

我的遥远的小树林

那片小树林，依我长大后每次重寻童年旧迹所得来的经验，其实也不过如是——不会很大吧？

不会很大。要是当年的我在傍晚时一个人进去，不停地走，莫名的恐惧刚刚要升起，它就到头了，露出依稀的边缘，让我看到远处的山峦和星光。

世上大凡山有所指，水有所称，而林无以名。县城之东有河，我居河之西，它在河之东，我们喜欢叫它“河那边的小树林”。

春天，姐姐们领我进去挖小根菜。纤纤细细的小根菜，像我们当时的生活一样孱弱，站不住脚。在去年荒败的杂草、残雪，还有满地的石隙间，你很难找到它淡绿的触须样的身影。一旦你的目光适应并专注于它，就会发现，四周很快就令人应接不暇了。它们简直像转瞬从地下冒出来似的，等待你去采摘。这时候我喊：“大姐，快！二姐，那边！”没人搭理我。她们比我还要忙碌和满怀喜悦。

过了一些日子，我们进去挖荠菜、苣荬菜。我从挖野菜中得到了孩提时代最初的收获和乐趣。一柄尖铁铲，一个蹲着的少年，一只同样散发出植物气息的编筐。这是一幅我记忆中线条明确的剪影。少年不停地挖，一路向前，这使他在衣服前襟里积满了大把鲜嫩的野菜之后,不得不四顾搜寻他的编筐。此时，他才约略觉得他的手指已经被铁器磨痛了，腰背也酸乏得很。正是如此，他或许才清楚了一个简单辩证的道理：收获的喜悦总是同劳动的付出和苦楚成正比的，并且，只有忘记了那个编筐，他才会得到更大的收获。

“荠菜炖汤，苣荬菜蘸酱”，“小根菜炒鸡蛋，小孩撑得满地转”。这些说不上是经由谁口发出的第一个童声歌谣,使我们觉得满世界充满了饭香。当太阳的光影从林翳间像舞台的布景那样向西移去，晦暗和潮湿、传说、神秘一起随傍晚悄悄升起的时候，我们会听到林间的画外音，那是妈妈远远站在河对岸家门口的呼唤（天下所有妈妈都这么呼唤）：“小×，小×，还有小×，回来吃饭啦！”

饭菜当然早就做好了，但是爸爸妈妈还是会非常忙碌地把我们挖来的小根菜炒上一碟，或是洗净一绺，醒目地摆在桌子中央。与其说他们是想让简陋的饭菜变得丰盛，倒不如说他们是用这种举动鼓励我们劳动的心灵，让我们及时得到尊重，而不使它隔夜和推迟。

秋天，哥哥加入了我们的行列，他带我们一起用筢子搂树叶子回家烧火。那些杨树、柞树、杂木的叶子落了厚厚一地，又松又脆，踩上去，满耳都是蝉鸣。我们用麻袋把装得沉实的树叶子扛回家，妈妈做饭时把它们塞进灶坑，点燃后让我轻轻摇着鼓风机，不一会儿，锅边就溢出一股典型的农业气息，芳香扑鼻。爸爸大力表扬了哥哥，说他能干。爸爸还喜欢这么演算和譬喻："嗯，做这顿饭，等于省了四根大柴梓。"

哥哥可能想把院里那一垛柴梓都省下，省到来年春。于是整个秋季，他都不停地搂树叶子，直到把我家的厦子堆得小山一样满。

一年四季，除了帮大人干零杂活，当然少不了我们大部分时间同邻居伙伴们在树林里的跑啊闹的，恣情玩耍。捕蚂蚁，编花环，捉迷藏，打弹弓，过家家……想来真是奇怪，我的有限的对植物和昆虫的知识，竟然都不是日后在课堂中学到的，而全是从它那里领会的。至于爬树，翻跟头，无数次的奔跑和跳跃，用石块掷打高垂的树种子所增强的膂力——这些体能训练，长大后，谁又会专门去做呢？小树林是我自然的启蒙地，精神的培育场，身体的游乐园。

苏联作家纳吉宾曾写过一篇小说《冬天的橡树》，讲一个叫萨乌什金的小男孩，上学总是迟到。老师经过跟踪和亲历才知道，男孩上学的途中，总要经过一片树林，那里边鲜活的景色和奥妙的事物总是深深吸引他，使他流连忘返。后来，小男孩一路走一路给他的老师讲解许多连老师也不知道的事物，年轻的女教师为之深深感动了，她原谅了小男孩，她知道，她所讲授的祖国的生字、词汇、句子、语法这些内容，如果离开某一种扎实而独特的情感，一切都将是苍白的……

我之所以想起这个故事，是因为像我童年许多温馨的事物如今已不存在一样，我的那片小树林也早已被毁掉了，消失了。博尔赫斯说："我们可以知道我们将失去什么，但却不知道将得到什么。"我觉得这话不对，许多东西，我们不知道它竟会失去，但却知道，失去后换来的是什么。就像曾经，二十多年前的一个少年站在那片树林中，对它边缘之外充满了激情、忧伤和遐想，而今，我站在原地，面对的是一览无余的石头、垃圾、荒地和屋脊……

给所有上学孩子的路上一片森林！让他们由此而通过。假设仍能使我走在其中，迟到大概不敢，晚归还是经常的吧？

——我的遥远的小树林！

（原载《芒种》2016年第十期）

老照片里留存的记忆

于成全

于成全，1960年毕业于辽宁大学中文系。历任《辽宁文艺》月刊负责人，《鸭绿江》函授创作中心教务长兼《文学之友》主编，《鸭绿江》文学月刊副主编兼《文学大观》月刊主编，《鸭绿江》主编、编审。1963年开始发表作品。1993年加入中国作家协会。著有报告文学《小楼春风》《猪倌走向联合国》等，文学评论集《润物集》获辽宁省优秀评论奖。

《鸭绿江》杂志社留下了许多文坛老前辈的照片，我个人手头也保存着一些当年同仁的相片，每当翻看，都浮想联翩，感慨万千，像回到了过去的岁月。

草明、白朗、周立波、师田手、马加等老同志是《东北文艺》的创始人，看到他们的肖像，在我脑海里会自然地出现这样的情景：70年前他们都很年轻，他们中多数人参加过延安文艺座谈会，聆听过毛泽东主席的讲话。抗日战争刚刚结束，内战的烽火又起，他们肩负着党的使命，奔赴充满烽火硝烟的东北解放战场，他们参加战斗，深入工厂，扎根农村，体验生活，不久便创作出《原动力》《开不败的花朵》《克敌三勇士》等传世之作。在他们的倡议和操持下，经过当时中共中央东北局的批准，创办了全国解放区的早期刊物《东北文艺》。1946年12月26日是《东北文艺》的生日。《东北文艺》是《鸭绿江》的前身，因此，这个日子也是《鸭绿江》的生日。

随着历史的变迁，《东北文艺》经过多次改刊、更名，《文学战线》《文学丛刊》《东北文学》《处女地》《文艺红旗》，直到现在的《鸭绿江》。中间曾改名《辽宁文艺》，后又改回《鸭绿江》。在这些老前辈从延安带来的革命圣火的照耀下，遵照“为人民服务，为社会主义服务”的方向，《鸭绿江》一步一个脚印地走过了70个春秋。

记得1962年要把《文艺红旗》改刊成《鸭绿江》时，当时的作协主席马加同志曾说：“刊物无论怎么改怎么变，都要万变不离其宗：要以毛主席讲话为指导，坚持‘二为’方向，要把刊物办得思想性艺术性高度统一、雅俗共赏。选稿时邪门歪道、花里胡哨、胡说八道的东西不要。要努力办出纯洁干净的‘纯文学’刊物！”

几十年来，《鸭绿江》一直坚守着这块“纯文学”阵地，从来没有动摇过。

坚守阵地需要好战士，坚守刊物的阵地需要好编辑。我翻看着一张20世纪70年代的合影，心情久久不能平静，照片上的人除了我，范程、陈言、阿红、崔琪这四位老同事、老大哥都已经在近几年先后作古，他们堪称好编辑，《鸭绿江》的宝贵财富，他们执着于编辑事业的精神和对作者的无限热忱一直感动着我，他们的事迹还历历在目：

范程每天下班后，提着个布袋子，里面装的全是文学青年的来稿和信函，都是他白天处理不完的，晚上拿回家去处理。多年来他亲笔为作者写的复信就达十多万字。

三年困难时期，阿红在自然来稿中发现了农民作者霍满生的诗作，觉得很有真情实感，便多次辅导，甚至把他带回编辑部，亲手教他修改作品。霍满生是农村户口，没有粮票，而那时在食堂吃饭必须有粮票，阿红就省下自己的定量，把钱票、粮票送到霍满生手上，这就意味着阿红自己要忍饥挨饿。就是在如此困境中，霍满生完成了长篇叙事诗《铁牛传》的写作。作品发表，引起全国轰动。

我还记得崔琪和时任报告文学组组长的赵育秀到处找素材的往事。为了提高报告文学的稿件质量，他们找好素材，找好作者。一次，他们俩为了找到在黑龙江林区生活的作者，不顾风雪严寒，还有遭遇野兽的危险，徒步穿越大兴安岭森林区，冒着生命危险完成了任务。

照片上陈言的面容还那么年轻，让我一下子想起他的音容笑貌，他经常帮作者出谋划策，为了出好作品毫无保留地贡献自己的智慧。在一次笔会上，多数作者的创作任务都完成了，只剩迟松年的稿子难产。老迟有点灰心丧气，想打退堂鼓。陈言和这次活动的主持人童玉云就耐心地鼓励老迟，听他讲故事、谈素材，帮他构思。经过努力，迟松年创作了小说《普通老百姓》，发表以后在全国获奖。

老编辑们把编辑部当成自己的家，勤勤恳恳任劳任怨，坚守着《鸭绿江》这块“纯文学”阵地。他们一直到去世前，都还用各种方式支持着刊物的编辑工作。春蚕到死丝方尽，蜡炬成灰泪始干，我们永远不应忘记这些为文学事业鞠躬尽瘁的老编辑。

我还珍藏着创办《鸭绿江》函授中心时期的老照片，翻看它们，便回忆起刊物在扩大建设文学队伍方面的一些事迹。

《鸭绿江》从改刊之日，就确定以发现和扶植文学新人为己任，并明确认识到它是繁荣文学事业的基础工作。多年来为发现、培养文学新人，《鸭绿江》开展了许多文学活动：定期举行文学讲座、文学培训班、作者读书班、大中小型笔会、作品研讨会等等，大批文学青年都是通过这些活动成长起来的。特别是进入新时期，由于“文革”，文学人才青黄不接。当时的编辑部副主任阿红提出倡议：创办《鸭绿江》函授创作中心。经过编辑部全体人员努力，由上级领导部门批准，1981年初函授中心正式成立，它面向全国招生，一共办了15届，学员共35万人。文学函授中心在全国是首创。它的办学宗旨是：坚持正确的文艺方向，繁荣文学创作，引导文学青年自学成才，培养文学新人。“中心”对学员“低收费，高效益，不赚学员一分钱”，“取之学员，用之学员”。“中心”每年为学员编写辅导教材，即《鸭绿江》函授版，后经批准改刊为《文学之友》。这本刊物传授文学知识，发表学员习作，评点学员作品，成为学员喜爱的文学园地。

“中心”聘请全省知名作家、编辑300多名作为函授讲师，以书面形式对学员作品进行具体分析点评辅导。据不完全统计，通过在函授中心学习，有近2万人成为当地的文学创作骨干和新闻报道积极分子；有上百人被推荐为省作协会员，甚至成为中国作协会员。

“中心”的成就受到社会的认可和领导的肯定，中国作协派代表参加学员代表大会，原副主席冯牧在作协全国第四次会员代表大会的工作报告中说：“《鸭绿江》函授中心创办以来，深受广大文学青年欢迎，对培养文学新人、发现壮大文学队伍起到了非常重要的，具有基本建设意义的作用。”1992年，我作为代表参加了全国文学期刊函授创作年会，还获得了“人梯奖”。

种种努力，使《鸭绿江》的事业蒸蒸日上。我欣喜地看到，在纪念《鸭绿江》创刊70周年的时候，刊物封面全都变成了红色。红色象征着火爆、热烈、红红火火，这昭示着今后《鸭绿江》的事业会更加兴旺发达。

（原载《鸭绿江》2016年第十二期）

会心处不必在远

刘文艳

刘文艳，辽宁省作家协会名誉主席，曾任辽宁省作家协会主席。20世纪80年代开始发表文学作品，先后有若干小说、报告文学、散文、诗歌、文学评论在《人民日报》《光明日报》《中国青年报》《文艺报》和香港《大公报》等报纸杂志发表。曾出版《尹湛纳希传》《春风秋雨》《爱的诉说》《一纸情深》《辽海汉月》等多部文学著作，荣获全国第五届冰心散文奖散文集奖、第八届辽宁文学奖辽河散文奖等多个奖项。

一

我曾经到过许多国家的城市、乡村，考察过许多名胜古迹，欣赏过许多风光美景。留给我印象最深的，不是那些繁华的城市，那里人声鼎沸，熙熙攘攘，人们摩肩接踵，匆匆忙忙。也不是那些名胜古迹、名都盛景，因为这些曾经多次在电视、网络上看到，也曾经心驰神往。实际上，“看景不如听景”，一旦到了实地，实景并没有想象的那么美好，也没有介绍的那么神奇，便常觉有失所望，那种喜出望外的感觉是很少有的。

然而，给我印象最深的，倒是那些名不见经传的小村镇，绿草如茵中红墙白窗的别墅，小溪潺潺在门前流过的院落，房前房后开满鲜花的小洋房，都是那样别致、新颖，让人耳目一新，流连忘返。

我曾经去过丹麦安徒生的故乡，那是一个特别洁净、十分优雅、充满文化色彩的小镇。我在小镇的书店里，买了一本《安徒生童话》，并盖上了书店的纪念章。坐在小镇街道一侧的石台阶上，沐浴着阳光，仰望着蓝天白云。然后，低下头来，读那些早已熟悉的童话故事。那安琪儿、冰姑娘、小杜克、卖火柴的小女孩等，都在我眼前鲜活了起来，觉得他们就生活在这个小镇上，而这小镇本身，就是那童话般的世界。

我还特别喜欢荷兰的田园风光和田园中的小村庄。碧绿的原野，一望无际，在原野中分散地居住着几户人家。家家有一个用木板、木条围起来的院子，院子里是红墙白窗的几间房子，院外有停放的汽车，还有几棵大树，随风摇摆着柔软的枝条，偶尔还能看到有马的伫立，狗的奔跑，一派生机。让人羡慕地觉得，在蓝天白云下，在碧绿的田野中居住着，无疑就是人间天堂。

我也特别喜欢那小镇中的清清河水，悠悠小桥。夜晚，桥的两岸，灯光闪烁，忽明忽暗，静静的，听得见潺潺的流水声和脚踩木板桥的吱吱声，那意境真是很美啊。每当那时，心里便想着，如果自己也能生活在这样的环境里，该是多么惬意啊！

真没想到，这个愿望竟然很快就实现了。

近年，父亲时常来沈阳，居住在浑河南岸奥体中心附近的小区，我也经常去看望他，早晚陪他到浑河边上的沈水湾公园、五里河公园散步。所亲炙、亲历、亲见的正是出访中所赏鉴的那种景观。记得《世说新语》一书中记载过，晋简文帝到御花园华林园游玩，对左右侍从说："会心处不必在远，翳然林水，便自有濠濮间想也，觉鸟兽禽鱼自来亲人。"

"会心处不必在远"，信哉斯言！

你看，早上浑河两岸的公园，阳光洒落在河面，波光粼粼。公园的草地，也被透过树林的阳光照射着，明亮而松软。这时，无论走在公园的甬路上，还是走在公园的木栈道上，都会有一种沁人心脾、清爽明快的感觉。

步行的男男女女、老老少少，三三两两、陆陆续续地来到公园，他们有的散步，有的打拳，有的踢毽子，有的做健美操。还有几位喜欢养鸟的人，先后带着自己的鸟来到公园里。这些鸟儿见到自己的同类，异常兴奋，一鸟高歌，引得众鸟争鸣。河岸上，有百余把钓鱼竿，齐刷刷伸进浑河里，这里也是钓鱼爱好者的天堂。喜欢音乐的人也来到这里，让二胡的悠扬和民歌的清亮，构成了公园的交响。还有十多个快走队、自行车队在公园穿过。他们打着旗子，穿着统一的服装。快走队有时高喊着口号，迈着统一的步伐，看上去真有一种军人的气魄和豪迈！让整个公园彰显出蓬蓬勃勃的生机与活力。

这就是公园的早晨，充满了阳光，充满了朝气。

晚上的沈水湾畔，月光与灯光相辉映，浑河大桥的灯光，把桥的倒影挂在了水中。河对岸绿色的灯光如同数条绿色水晶柱倒插在浑河水中，熠熠生辉。还有红色、黄色、白色的水晶柱倒映在水中，把个浑河装点得五彩斑斓、绚丽无比。偶然有用红色的灯光装点的游船，在浑河里穿行。那红色的游船如同一尾红色的鲤鱼，在河面上欢快地游荡。到了晚上九点钟，这里静了下来，那喧嚣声也随之渐渐歇息了。

这时，我才发现，原来这浑河两岸的公园还有许多幽静之处。公园由浑河及两岸的护河长堤以及其间的绿色地带组成。二百多米宽的绿色地带，由几层区域构成。靠堤坝处是高高低低的各种树木，然后是幽静的石径小路，曲曲弯弯，接下来是青青的绿草，柏油马路，然后是草坪花卉，接下来是用塑胶铺成的路，松松软软的，走在上面十分舒适。再靠近浑河处是临水的木栈道，与木栈道相衔接，时而建起几处宽阔的木质亲水平台，在靠近河水那面用木栏杆围起来，供人近河欣赏河景。进入公园，无论是走哪条路，都好似置身于绿草、丛林中，不时地变换着曲径通幽、草场漫步、林中散步、岸边小憩等诸多甜甜美美的感觉。

大自然是最美丽的，置身在大自然中是最惬意的。浑河公园，包括五里河公园、沈水湾公园、罗士圈公园，还有体育足球公园、长白岛森林公园等，最大的特点就是自然天成，顺其自然。整个公园的设计、建设，就是顺着浑河的自然景象，稍加整理，适当补充以树木、草坪和鲜花，充分保持了大自然的本色。我觉得，这是浑河公园最成功的地方。它保持了浑河的自然美，如同一个清水出芙蓉、天然去雕饰的美女，不是描眉画鬓的美，也不是涂脂抹粉的美，而是自然的美。这种美，保留着自然的韵致，充盈着自然的底色，彰显着魅力无穷、历久弥新的自然质朴之美。

浑河的岸边，有的堆积着一组组形状各异的石头，让河水不停地拍打着，溅起浅浅的浪花。悠闲的钓鱼者，坐在岸边的石头上，在波光潋滟的河水中放着鱼竿，静静地等待着鱼上钩。偶有一丛丛绿色的芦苇，让浑河水浸泡着茁壮成长，它们用绿色装点着河岸，自然而清爽。浑河水弯弯曲曲、自由自在地流淌着，有的地方没有缓冲，浑河水直抵岸边。岸上便用一尺宽的木板做成栏杆，栏杆里面是三到五米宽的地板平台，一边探过水面，悬在水上，用木柱支撑，一边固定在岸上，与木栈道紧紧相连。从木栈道上一路走来，再踏上那木质亲水平台，真有置身于水上的感觉！我特别喜欢走木地板铺成的栈道，听着那木地板发出吱吱的响声，就感觉自己融进了大自然，与整个浑河浑然一体。

有时在河边走着走着，竟然找到了那种以往在国外所心仪的感觉，那时的期望如今已经变成现实，就在眼前。这里的景色很美，只是平时没有留意！这要是在国外，在这样的月光下，走这样的河边小路，一定会生出许多羡慕与向往。

其实，我们的家门口也有许多美景，只是我们没有珍视。我们日常生活中，也有许多美好，只是我们没有发现。一位散文大家曾说："家乡处处是美景，何必他乡万里行。"此时，我也生出了与之相同的感慨。

二

浑河公园是一个年轻的公园，但也沉淀着悠久历史的文化底蕴。"浑河晚渡"和"浑河龙柳"便是浑河文明古老的见证。

作为当年"盛京八景"之一的"浑河晚渡"，承接着浑河悠久的历史。在沈水湾公园的西面，新改建的罗士圈公园里，立有"浑河晚渡"的牌坊，非常醒目，由东向西走过牌坊，便见浑河岸边一块大石头，上面刻着"浑河晚渡"四个大红字，这里便是一个曾经无比繁忙、无比辉煌的浑河古渡口。

浑河，古称沈水，是辽河最大的支流。相传七千多年前，古老的先民们便在浑河流域繁衍生息。浑河曾是水产丰富、水质清澈的河流。到明末清初，浑河水深两米，漕运通航，码头繁荣，是沈阳与外界的通商口岸。夏日的运货商船，冬季的载重爬犁，将浑河人引向了四面八方。那个年代，漫步浑河之滨，白日一定能够感受到它那如惊雷、似奔马的磅礴气势；傍晚，也一定能够尽享它那“鸟落空林、轻舟古渡”的幽静黄昏。

日俄战争期间，浑河两岸生灵惨遭屠戮。日本侵占东北后，为了切断沈阳与外界的水上交通，在浑河上修建了二十三孔拘梁大铁桥，刻意降低了桥梁高度，致使河道逐渐淤积，繁荣了百年的浑河航运就此中断。此后，随着工业的发展，城市的开发，以及人口的不断膨胀，浑河两岸植被遭毁坏，浑河水质日趋恶化，水量逐年减少。河里成群的鱼虾不见了踪影，世代栖息的候鸟不再光顾。春夏河水污秽，秋冬荒芜凄凉。浑河及两岸，垃圾随处可见，危房破旧不堪。沈阳的母亲河啊满目疮痍，人们无不为之叹息！

治理浑河，再现浑河辉煌，成了百姓们的呼唤，也是浑河两岸人民的期盼。沈阳、鞍山、抚顺、本溪、营口、辽阳、铁岭等地政府和有关部门顺应民意，达成共识，顺势而为，开始了浑河治理工程。市内通向浑河的百多个排污口被掐断，效益低下且污染严重的企业实现了清洁生产。与此同时，也开始了浑河源头的治理，逐步恢复了浑河原生态。近年，通过在河两岸修建护堤坝、在浑河中建设橡胶坝等措施，浑河沈阳段形成了九平方公里的水面，使沈阳这座历史文化名城，紧贴城市中心，从东到西贯穿了一条美丽的河流。不仅城市湿度大大增加，热岛效应逐步减少，氧气量也大大提升，使沈阳这个重工业城市，成为一个水绕都城的宜居城市。

浑河的美丽，带动了浑河两岸的快速发展。河景高层住宅楼拔地而起，分列两岸。夜晚的霓虹灯扑朔迷离，把楼房装点得绚丽多彩。浑河桥是浑河十分亮丽的景观。十几座连通两岸的桥，造型各异，美观大气。长青桥、富民桥、浑河大桥、三好桥、工农桥、胜利大桥，有的如盛开的百合花，有的似张开的多弦琴；有的是三拱相接，有的是钢绳斜拉；有的是一字型，有的是工字型。夜晚桥上的五彩灯光把大桥装扮得五彩缤纷，也把浑河映照得美轮美奂。

如今，沈水湾公园的“浑河晚渡”不仅再现了“暮山衔落日，野色动高秋。鸟下空林外，人来古渡头”的当年丽景，而且以其崭新的姿容，成为这个公园新旧历史的衔接。刻在石头上的“浑河晚渡”四个红色大字，在太阳余晖的映照下，显得古色古香。

在离石不远的树丛中，有一个长宽各十米上下，高有一米左右的水泥石台，石台上摆放着八个圆柱形的铁铸件。据介绍，这是2005年4月在这里出土的固船用具。据考证，这些固船用具均是浑河古渡口的遗迹，它们见证过昔日浑河渡口的繁华与辉煌。浑河公园的建设者们，把这些文物原地存放，给来这里的人们以无限的遐想。站在写有“浑河晚渡”几个大字的石头边，再眺望浑河的晚霞余晖，不得不发出些许的思古之幽情。

承载着浑河古老神韵的，还有那历经岁月沧桑的“龙柳”。在全长7.5公里的沈水湾公园里，一直有两排翠柳，像两队忠贞的卫士，守护在浑河岸边。一排是柔美的垂柳，一排是碧绿的旱柳。柳与柳之间大约相隔五米，共有1350棵。柳干之粗壮者，一人搂不过来。以此来推断，这些柳树已经百岁以上了。其中有四棵大柳树，据说已有几百年的历史。

从浑河大桥进入沈水湾公园不远，就矗立着“盛京龙柳一号”。传说康熙二十一年（1682）初春，清圣祖玄烨东巡祭祖。在新宾永陵谒陵大典之后，经浑河水路到盛京行祭陵大飨礼。一路上，云低雨急，龙船难行。可至盛京浑河段，雨停雾散，天布祥云，云成龙形。圣祖龙颜大悦，遂命停船靠岸，让人种龙柳以记之。据传，拜谒此龙柳者，文人可金榜题名，官人可大展宏图，商贾可财源广进，善人可长命百岁！当然，这是人们的美好期盼。

如今，几经沧桑，龙柳已形成君临浑河、傲视神州的玉柳神龙形象。走近那棵柳树，确实让人感到龙的神态活灵活现：树的根部大部分裸露在外，犹如龙头。树根下半部，分明有两个深色圆形痕迹，恰似龙的两只眼睛。树的几个根须向外伸展着，犹如几只龙脚在前行。近十米长、几搂粗的树干，呈横卧状，又酷似龙身，枝繁叶茂的柳枝正如同龙尾，在随风摆动。退后几米开外，再看此柳，真如一只雄伟玉龙，在尽情舞动。

沈水湾公园还有“盛京龙柳二号”。据传，清高宗弘历在乾隆四十三（1778）年仲春，第三次回到盛京祭祖，在盛京故宫大宴群臣之后，与王公大臣一起，来到浑河边吟诗作赋。突然，天降急雨，众人忙上前，将皇帝扶到一棵柳树下。柳树高茂的树冠，形成天然华盖，竟然滴雨未及皇身。由此皇帝赞曰：“此柳乃神树也！”我观此柳，确有与众不同之处：远看它不是一株独柳，而是一片柳林。近看，才知是独木成林。这棵龙柳，主干上分为三个支干，每个支干又有三个分枝，每枝又生长出无数的枝条，形成了近百平米的树冠，构成了“九龙成荫”之龙柳格局。此龙柳的最大特点是枝叶繁茂，即使离树干十米远的树枝，也葱绿如新，不得不让人对她那超常的生命力感到震撼！“盛京龙柳三号”，也有与皇帝相关的故事。据说：清仁宗在嘉庆十年春，第一次回乡祭祀东巡，在接见盛京大小官员之后，来到浑河岸边。时值春和景明，浑河波光倒影，好一处人间仙境。此时，万树皆静，只有此柳，无风自舞，百态万千，令嘉庆兴致高涨，随言：“此柳洞知君心啊！”此柳随后便被奉为龙柳。据传拜此龙柳者可诸喜临门，万事皆顺。现在，此柳也被许多人祭拜过，树上缠满了红布条、黄丝带等，上边写满了祈福之言。

园中还有一棵柳树，也应该列入“龙柳”之列。此柳与龙柳二号相似，也是独木成林。从柳边走过，不见树干，只见一片天地相接的“柳林”。茂密的柳枝，已经垂到地面，覆盖面积达二百多平方米。只有拨开柳枝，进到“柳林”里，才发现，原来，这里只有一棵大柳树。树干得五人合抱，树下有百多平米的空地，偌大的树冠被粗壮的树干支撑开来，如同一个巨大的圆顶穹庐，四周密实的柳枝形成天然的围墙，只有太阳的光线通过树叶的缝隙叠印着透过来。站在里面，看不到外面的世界，外面的人也无从望见里面的风景。这就如同一个宽绰的天然大别墅，站在这里面，就是下大雨，也可以避而无忧！我想，沈阳城里竟然还有这么古老、这么神奇的柳树，真是沈城一宝啊！

“浑河晚渡”“盛京龙柳”承接着大浑河及其两岸的古往今来。如今的浑河两岸，环境优美，景色宜人，河水碧波荡漾，两岸绿树成荫。它们见证着，沈阳城市的建设与发展；它们回味着，沈阳的历史底蕴和曾经有过的辉煌。

三

浑河两岸公园的最大特点，就是敞开怀抱，面向大众。公园都设有多处出入口，游人可以随时就近进出公园。这是沈阳的城市公园，也是名副其实的沈阳人民公园。

仅从沈水湾公园的建设理念中，就能看得出很强的服务大众的意识。公园的区域设置，大多从方便游人休闲、娱乐、锻炼等方面考虑。整个园区以树木花卉为主要造景素材，围绕文化、艺术、体育和大型群雕等内容进行创意，力图使公园既能满足人民休闲娱乐的要求，又让人们得到审美享受、情操陶冶和情趣满足、文化提升。公园建有生态休闲区，占地近两万平方米的生态林保存了完好的野生丛林景观，吸引了各种鸟在此安家繁殖。公园里大量栽植了适应北方生存条件的金丝垂柳、香花槐、梓树和果树等树木花卉。将银中杨和旱柳做成圆形树林，姹紫嫣红的十二块花池，各种花卉争奇斗艳。紫色的小檗，黄色的金山绣线菊，粉色花的福禄考，还有漂亮的唐菖蒲，公园色彩清晰明快，景色自然迷人。

沈水湾公园，工农桥与三好桥之间的北岸，一个长达千米的花坛与三个亲水平台连为一体。千米花坛由各种名贵花卉组成，不同的花卉，通过不同的组合，形成造型各异的花坛。园内的和平广场由一个巨大的和平鸽图案组成，代表着人、动物与自然的和谐共处。每年五月，在草坪上散养的孔雀，用它们特有的美丽，吸引游人在此驻足，流连忘返。绿树丛中千姿百态的雕塑与树木草坪融为一体，绿荫深处的文化长廊更是看书学习、体验天然氧吧的好去处。每到夏季，这里便搭建起艺术惠民的舞台，举办浑河文化艺术季、浑河交响音乐节，连续演出音乐、舞蹈等丰富多彩的文艺节目，让百姓在这优美的浑河岸边享受艺术的盛宴。

沈水湾公园占地面积最大的就是康体娱乐区，有占地近八万平方米的新世界大型宽带式草坪广场，疏林花坛，小桥流水，草坪如茵，小路蜿蜒，宁静而美丽，优雅而清新。这里有许多体育锻炼的器械和场所，有篮球场、乒乓球场、羽毛球场、网球场。其中一个较大的乒乓球场地有三十多张乒乓球案子，齐刷刷地摆放在公园的休闲广场上，看上去很是壮观，彰显出乒乓球运动大国的特点。无论白天还是晚上，总有许多乒乓球爱好者在这里打球锻炼。年长者有六七十岁，年龄小的也就五六岁，从中我们也能够看出，中国包揽奥运会乒乓球金牌不是偶然的,是以全民爱打乒乓球为雄厚群众基础的。

这里除了有许多大众体育设施外，还有园中随处可见的木椅，有摆放在绿树丛中的三人靠背木椅，也有许多设置在人行路旁柳树中间的双人无靠背木椅。经常看到一对对恋人，或是一对对老人，坐在木椅上聊天，也有年轻人在木椅上看手机、打电话。都是一副悠然的样子。公园里还有根据所处空间特制的长长的木椅，有的木椅长到十至二十米，可以让许多人坐下来休息，甚至可以躺在木椅上美美地睡上一觉。

走进这个面向大众的公园，经常会想到，应该为那些以让众多沈城人受益为理念的公园设计者、决策者、建设者、管理者，书写上浓墨重彩的一笔，让他们永远留在历史记忆的史册中。

惠及百姓的事情，多做一点，会有很多人感念！为官一任，造福一方，能为老百姓多做点实事，能让全城的老百姓铭记着，这是为民造福，也是为己积德，此种事情多多益善啊！

浑河两岸的公园，已经成为沈阳亮丽的风景线。在浑河两岸，已经有了沈城人难以忘怀的亲切记忆。我想，如果沈阳继续以浑河为中心，进行城市规划和建设，不久的将来，沈阳这个古老的城市，就一定会如同莱茵河、多瑙河等两岸的城市一样，充满了灵秀和浪漫，成为与世界上最美好城市媲美的宜居城市。

（原载《芒种》2017 年第二期）

那些弃医从文的作家们

王瑞起

王瑞起，作家、编审、中国版协审读专家。辽宁某出版社前副总编辑。现为中国青少年写作研究中心名誉理事长，辽宁省老教授协会人文社科委员会副会长，中国散文家协会会员，中国儿童文学研究会会员。曾在报刊发表小说、散文、儿童文学作品400多万字，出版小说集、散文随笔集、儿童读物21部。曾获中国图书奖、畅销书奖、冰心散文奖、辽宁散文“丰收杯”奖等多个奖项。代表作品有《我们该怎样生活》《独自行走》《凡人闲话》《窗外的天空》《悔》《门里门外》等。

提起弃医从文，家喻户晓的代表人物当数鲁迅，他早年在日本仙台医学专科学校学习。有一天，在上课时，教室里放映的片子里一个被说成是俄国间谍的中国人，即将被手持钢刀的日本士兵砍头示众，而许多站在周围观看的中国人，虽然和日本人一样身强体壮，但个个无动于衷，脸上是麻木的神情。这时身边一名日本学生说：“看这些中国人麻木的样子，就知道中国一定会灭亡！”鲁迅听到这话，心里像大海一样汹涌澎湃。他在《呐喊·自序》中这样说：“因为从那一回以后，我便觉得医学并非一件紧要事，凡是愚弱的国民，即使体格如何健全，如何茁壮，也只能做毫无意义的示众的材料和看客，病死多少是不必以为不幸的。”于是他愤然离校，弃读，专门从事文学译著工作。

郭沫若1914年春远渡东瀛求学，毕业于九州帝国大学医科，获得了医学学士学位。郁达夫，1913年随长兄郁曼陀去日本留学，1914年考入日本东京第一高等学校医科部。冰心，就读于协和女子大学医科预备班，受五四新文化运动影响，投身文学创作，抗战时期在昆明、重庆从事文化救亡活动，留下了众多写满爱的美文。

朱仲丽，1936年毕业于上海东南医学院，1949年获莫斯科医科大学硕士学位。1937年参加革命，历任南京中央医院、延安边区医院医生，北京红十字会医院院长。1979年开始文学创作，共写出长篇小说15部。代表作有《爱与仇》《女皇梦》等。

赖和，1894年生，原名赖河，字懒云，台湾彰化人。赖和除行医外，还从事抗日活动与文学创作，是台湾新文学的奠基人，被誉为台湾新文学之父。

这是一类人，因为有更远大的抱负而弃医从文。

当代作家冯唐，原名张海鹏，1971年生于北京。1990—1998年就读于协和医科大学，获临床医学博士学位。已出版长篇小说《万物生长》《活着活着就老了》《北京北京》《女神一号》等。2015年4月，以他的同名小说改编的电影《万物生长》搅动全国院线。冯唐说："1990年到1998年，我在协和医科大学认真学过8年医术，正经科班念到医学博士，从DNA、RNA到细胞到组织到人体解剖，从生理到病理到药理，从中医科到内科到神经科到精神科到妇产科。我决定不再做医生，原因是我怀疑医生到底能干什么？多数病是治疗不好的，是要靠自身免疫能力自己好的。医学8年，是我练习素描人类的8年，是我了解生死的8年。"

冯唐代表的是对医学失望而从文的一类医生。

还有一类，出于爱好文学，与医学相比，更看重精神健康而跨界从文的医生。如毕淑敏，北京铜厂主治医师、卫生所所长。1969年入伍，在西藏阿里高原部队当军医11年后转业回北京，在从事医学20年后开始专业写作。

池莉，1979年于冶金医学院毕业后在武钢职业卫生防疫站工作了3年，担任流行病医生，其间开始发表作品，之后考入武汉大学中文系，走上文学道路。她说："我弃医从文的主要原因当然是更喜欢文学，但是也不排除我对口头语言的厌烦和对书面语言的信赖。"

余华，1960年4月生于浙江杭州，中学毕业后，因父母为医生的关系，余华曾当过牙医，5年后弃医从文。

讴歌，本名常青，医学博士，毕业于协和医科大学八年制医学系，毕业后赴美国，在俄亥俄州立大学从事抗结核药物课题研究一年，在宾夕法尼亚大学从事血友病的基因治疗研究两年，2002年回国后投身抗肿瘤生物类新药的临床开发。2006年出版《医事》，2007年出版《协和医事》。

再譬如近三四年大红大紫的王宁夫，笔名安东宁夫，辽宁丹东人。曾留学德国，现任杭州市第一人民医院教授，主任医师，医学博士，博士研究生导师，心脏中心主任，南京医科大学附属杭州医院内科教研室主任，中华医学会心血管介入治疗中心委员。2013年业余创作并由东方出版社出版畅销小说《太平间里的恶魔》，被誉为国内第一部重口味医学悬疑小说。2014年出版另一部悬疑小说《红石草原》，2016年出版长篇诙谐幽默小说《请囧》。

渡边淳一，日本著名作家，曾是一名外科医生。35岁弃医从文。关于这段经历，渡边淳一给出的理由是：即使每天出诊，也只能治好眼前寥寥有数的几个病人，写小说就不同了，能面对更多的受众。

约翰·济慈（1795—1821），英国19世纪初著名诗人。因为家境贫困，曾在15岁时就被送去当药剂师的学徒，之后考入伦敦的一所医学院，后因热爱文学而放弃行医，专事文学创作。

契诃夫（1860—1904），19世纪俄国批判现实主义作家、短篇小说艺术大师。1879年进入莫斯科大学医学系，1884年毕业后在兹威尼哥罗德等地行医，目睹了很多人间疾苦，这给他带来更多创作冲动和素材。他说："医学对我的文学活动有重大影响，这种影响的真正价值只有作家自己兼做医生的人才能领会。"

柯南·道尔，英国作家，毕业于爱丁堡医科大学，毕业后成为一名船医，随船往返于英国和西非之间，行医十余年，后专写侦探小说，代表作是享誉世界的福尔摩斯系列推理小说。

毛姆，英国作家。毛姆不满10岁时父母就先后去世，由伯父抚养。1892年，进伦敦圣托马斯医学院学医。经过为期五年的习医生涯后，弃医专事文学创作。

考琳·麦卡洛（1937—2015），澳大利亚作家。考琳是个非常出色的精神病理学家，医学硕士。然而她不甘心一生只做一个医生，在40岁时利用业余时间创作了《荆棘鸟》（1977），让她一炮走红，作品被誉为“澳大利亚的《飘》”。

鲁迅、郭沫若、郁达夫、赖和等人最初都曾选择了学医，以求治病救人，但现实生活让他们认识到医生的作为太有限，一个民族的愚钝麻木，远比身体的疾病更可怕，决心弃医从文，以唤起民族的觉醒。他们的改行被赋予了高尚的报效国家的伟大情怀。而冯唐、毕淑敏、池莉、余华，以及日本的渡边淳一、俄国的契诃夫和英国的柯南·道尔等等，也都选择了弃医从文，不同的是，促使他们转行的原因与什么使命感并无太大关系，而纯属自然使然。其实，无论是使命感使得这些人弃医从文也好，还是顺其自然弃医从文也罢，一个共同点，就是这些医生都不满足于医学临床，他们更关注人的精神世界，而精神健康在人的生活是否健康幸福中占据着更为重要的地位。对于医生本人来说，只有用他们的思想影响到医院就医者以外的更多的人，驱散他们生命角落中的阴霾，让他们的肉体与精神都健康起来，才算是一个完整的医生。他们要面对更多的受众，要让自己的生命无限延续。文学可以让看不见的东西被看见，可以使生活走进诗意和远方。

毛姆认为：“这一切都取决于一个人如何看待生活的意义，取决于他认为对社会应尽什么义务，对自己有什么要求。”这段话也许可以作为那些弃医从文者的最佳注解。

渡边淳一的解释是：“我以前做医生，现在弃医从文，其实这两项工作都是研究人的，只是研究的角度不同、方法不同，所谓医学是从生理上剖析人，而文学是从精神上研究人。用感性描写那些人们从常理上无法说清楚的东西。”

看来，当过医生的作家比较容易出成绩，这或许是因为医生处在一个比较特殊的环境和状态，特别是临床医生，能够比一般人更多、更接近生与死、苦痛与欢乐，体验愈深，感触也就愈深吧。

（原载《沈阳日报·万泉》，2017年2月27日）

门是一个秘密

张大威

张大威，高级编辑、作家。创作以散文为主，在《中国作家》《随笔》《散文》《上海文学》《鸭绿江》等刊物发表散文多篇，出版散文集3部，两获辽宁文学奖及郭沫若随笔散文奖，作品入选中国作协、中国散文学会年度选本等多种选本。

上帝把人逐出伊甸园，就是让人在空阔的大地上辗转着找门。人的轨迹就是找门，敲门，推门，进门，或找不到门，敲不开门，推不动门，进不去门的轨迹。当然也包括找到了门，敲开了门，走进了门，又被一脚踢出门的轨迹。

门，作为一种建筑形式，历史十分古老。人一懂得修造房子，就给房子开了门，可以说，房子与门是一直被人类早期的智慧之光照亮的。而窗子与门比起来，就显得稚嫩多了。人类早期的房子还不懂得开窗子，那时，窗子还被留在人类思维的某个黑暗点。文明的进步涓滴成海。今天看起来一目了然的事，当时却要智慧穿透千层乌云才能到达。待到门槛上已经长满了岁月的厚厚青苔，阳光经过门，已经在屋内积存了相当的厚度，人类的双手才在厚厚的墙壁上凿开了第一扇窗子。

直到今天，千姿百态的建筑使地球的面孔变得越来越畸形古怪花里胡哨时，门还是不可或缺的。人修筑的建筑里面，只有供灵魂居住的坟墓没有门，这是因为阴间拒绝散布任何消息，所以不方便留门。有些建筑可以没有窗子，比如地下街和特殊用途的仓库，却不能没有门。门是房子吐纳的咽喉，门使房子具有了生命。房子——我们的木头、泥土、石头、钢筋水泥的母亲。进门，我们走进了母亲的怀抱；出门，离开了母亲的怀抱。门，古老而又永恒的门，在建筑样式里永远不会凋落，它的开合之声在遥远的岁月中随风而至，每日都在我们的耳边吱嘎作响。

门，还具有隐喻和象征的品格。门在实用价值外，还渐渐地衍生出一种文化含义——活路。

一扇扇门，便是人的一条条活路。

人活着就要经过一扇扇门。

经过一扇扇门，可哪一扇门才是属于你的呢?

我倾向门是一个秘密。秘密大都有一个坚硬的外壳，这外壳或高冷（普遍状态）或平和（个别状态），或华丽或简朴，哪怕简朴到只有一堆发霉的烂草堵在门前，它们的姿态也都是一致的，阻挡与保卫，门就是做这个用的。

凡门都有眼睛，这“眼睛”便是门上的那把锁。一扇高大的门、一扇低矮的门矗立在那里，你和门的距离有时就像蝴蝶竖起的两只翅膀那么贴近，可你却没有看见锁。锁，锁在哪里？没有锁！太阳——宇宙奉献给人类的一只最大最亮的独眼，闪烁着浓烈而耀眼的光芒，照耀着大地上的万物，它是在帮助你寻找那把可能的锁吗？阳光确实在照耀高大的门与低矮的门，大地上的万物也都纤毫毕现，可锁呢？你在这两扇光滑得如冰川的门上，连个污点与尘埃都没找到，这两扇门没有凹处也没有凸处，甚至连个小小的疤痕也没有。哪儿长得像锁?

锁，轻易不向人暴露它存在的这个铁定的事实。

何况还有钥匙呢！钥匙才是你走进一扇门的真正引导者。

门微笑着，在空无中发出声音，说它不该对锁头与钥匙负责，可谁对锁头与钥匙负责呢?

谁都没有料到，门原来是如此圆滑和善于推脱，因为“负责”历来是一副沉重的十字架。

乍一看，你会觉得找门一点儿也不难，因为这个世界几乎到处都是门，在四面八方吹来的风中，在一阵阵无形的脚步声中，门叽里哐啷地乱响着，转动得使你眼花缭乱。俗话说，三百六十行，行行出状元（我劝你不要相信这话，其实真正的状元，只有皇帝在举行殿试时用御笔钦点的那个才作数）。但这话起码告诉我们，在农业社会中就已经有了许多扇门供你使劲推、使劲敲。在工业社会和信息社会里，分工渐渐细致到毫厘。如今的职业五花八门，你夜间锻炼有强壮的陪跑者，养活宠物有慈爱的遛狗者，寂寞难耐有贴心的陪聊者，上街买点儿杂七杂八的东西有精明的陪购者，光棍过年回家则有颜值颇高的假扮准媳妇者……就说一个人的身体美容护理吧（一点儿都不包括医学意义上的治疗），从头顶上的洗剪吹，一直到洗脚、揉脚，给十个脚指甲上油，少说也能细化出十几个行业来。

门，多乎哉？真多也。

门如此之多，可你该去推哪一扇呢？此时朦胧与疑虑会层层包围你，你不清楚应该去推哪一扇门，因为你无法预料门后的风景是浓艳还是荒凉，是明朗还是晦暗，是清澄还是混浊。如果你盲目地走进了这扇门，你终生将被关在这扇门里——有时也不是谁非要把你关在里面，你大可以跳来跳去。可生存自有它的法则把你关在门里面。活着，都得待在门里面。即使你是个天底下最能跳的人，你跳的频率风速十级，你落地的瞬间，还是在一扇门里面。你进错了门，你的生活将变得文不对题。此时，最初那种有门可进的激动会马上消失，接下来的日子就是与时光互相磨损，时光不会被磨薄磨脆，时光完好如初，连一片碎屑都不会落下，它还得光芒四射地去磨别人呢。何况时光磨人又不是蓄意而谋，它把人磨死，都不知道自己的所作所为——永远无辜的灿烂时光啊！而你自己却在这扇门后被磨得又老又丑，灰灰突突，平平庸庸，两鬓如霜，成绩甚微。

走出门去重新找门。可当你进入了一扇门后，往往惰性与求稳怕乱的心态，让你忍受和苟活。不久一座僵硬的“塑像”便在门后被塑成。思维，做事，甚至是走路的姿势，都有了一种属于某个门内的“塑像”的气息。于是你像循环小数一样循环起漫长的日子。渐渐地，你看到飞鸟高翔蓝天不再激动，塑像吗，激动什么，激动的塑像非裂成一地碎片不可。而大海呢，曾经让你无限憧憬的大海，才应该是你的梦开始的地方啊，可是谁能苛求一座塑像具有做梦的功能并梦到大海呢。

当然，进错了门的人也不是遭受到了毁灭性的打击，也不是对人生的彻底否定，也不是一辈子只落得“一滩败草，一袖寒风”，只是你生命的价值没有在最佳点上被诱发出来。你的才华在错误的地点，没有发芽，没有被看清，没有被评估，才华的胚胎在黑暗中无声无息地死掉了。你本来是有更大能量的，但你在文不对题的职业中默默沉落。你本是一颗硕大的星辰，却作为一只小小的萤火虫燃尽了一生。

每一个个体生命都可能是一座富矿。人，也许没有我们想象或表现的那么庸常，但找准每一个人身上隐藏着的才智，进行有效开掘，取出他头脑中那种美丽高华的能量块，又几乎不可能。因为这能量块裹在混茫之中。

人，在很大程度上是被浪费之物。生命的干枯与荒凉，多因对生命的才华点懵懂无知，让它白白地随着岁月消失殆尽。海德格尔曾经感叹，人的第二次堕落，便是陷入平凡和平庸之中。

走错了门，毕竟还是走进了一扇门，人最焦虑、最孤零、最惶急的时候，是眼见着世上有千千万万扇门，可哪一扇门你都推不开。你在一扇扇门的巨大阴影下徘徊，你就是找不到开锁的钥匙。打不开的门，进不去的门，等于无门。

绝望攫住了你，你落难了，你被拒之门外了，你在经受苦难，虽然哲人普遍训诫我们，苦难具有极大的意义，陀斯妥耶夫斯基甚至表白：“我只担心一件事，就是怕我配不上我所受的苦难。”“怕我配不上我所受的苦难”，将苦难看得如此神圣，如此高洁，把苦难当美酒畅饮，那得需要一颗宗教般的伟大心灵。落入苦难，终究是对生命的一种碾磨与损害，哲人可以借经受苦难抵达某种精神高地。我辈芸芸众生，还是祈求平安，祈求有门可进，如有可能，也祈求在短暂的一生中多多少少享点儿福。活着少遭点儿罪，那是我们这种卑微小人物的一个理想。浓密的夜，哑立的门，只要有一丝微弱的火光从门缝底下流泻出来，对推门者而言，就像太阳落在了地平线上。

幸运者是找到了门，找到了锁，也找到了钥匙，打开了门，走对了门。更幸运者是根须坐地就生在了门内，一出生，门内就有了你的一个位置，一个证件，一种权利，一种优裕。这时，你最好用一双无忧无虑略带蔑视的大眼睛——你有太多的闲暇时光用来虚度了，因为你无须跋涉着到处找门；你有太大的资本进行蔑视了，因为你就在门内——观望那些在黑暗、茫然与焦灼中咚咚敲门的人，并且早就知道在门内通行的一个秘而不宣的规则："门经常被寻找，却很少找到，或根本找不到。"

如果你是一个强者，就根本不用找门，不用敲门，也不用理睬锁头与钥匙，你自己可以在空旷的大地上自立一扇门，在岩石般坚硬的墙壁上凿出一扇门，自制锁头，自配钥匙，然后在门内竖起一个高高的烛台，点起火红的蜡烛，让它闪射出无尽的光芒，照耀着你自己的进进出出。你已由一个人修炼成了"一扇门"。这时你的门前会有长龙般的队伍涌动起来，他们都是跋涉过千山万水前来推门敲门并企图挤进门的。

（原载《芒种》2017年第六期）

长白岛，明珠添彩浑河岸

韩　扑

韩扑，原名韩强，生于沈阳市。沈阳晚报社策划部主任，辽宁省散文学会理事、沈阳市文史研究馆研究员。多年从事辽沈本地文史研究、文史稿件采集编写工作，参与多部相关著作编写。出版专著《左手翻史书》《黄金家族》等。参编《辽海名人辞典》《辽海历史名人传》等。曾获市十佳名编辑、中国新闻奖副刊类一等奖、省优秀新闻工作者等荣誉称号或奖项。

沈城盛春好时节，出门俱是看花人。

周末，带着家人一起漫步长白岛，享受波光水色，鸟语花香，不经意间已成为沈阳人的一种生活方式。尤其是“五一”这样的小长假，长白岛森林公园里游人如织，组团健步走的中老年人，骑着双人自行车的情侣、闺密们，在小河沟边玩泥鳅蝌蚪的孩子们，乘坐一河两岸公交环线游览的外地游客们……

行走在浑河两岸，看沈城，看天看水看花看树，这是一幅长长的画卷，长白岛就是这幅长画卷的高潮。我常常做这样的遐想：如果有一位画家挥洒丹青，写照元气，要把这长卷完成，我们一家人会不会也被收入卷中，像《清明上河图》中东京汴梁的市井人物那样留存千古？

大河润城，天人合一，来有来处，去有去处。城中有河，这是一种偏得，是这座城市里所有人的际遇。汴河之于汴京，秦淮河之于南京，海河之于天津，塞纳河之于巴黎，泰晤士河之于伦敦，哈得孙河之于纽约，河与城是交融共生的，就如浑河之于沈阳，如果没有这悠悠长河，水畔的城很难想象会变成什么样，甚至连这座城市的产生与存在可能都会是未知数！

河是天地所赐，城是众智人和。这座城市的人必须做些事情，给河水增添色彩与灵性。大河穿城而过，滋养润泽不舍昼夜，河不负人；祖辈安居在此，沈阳人应该有所作为，方不负河。我们早就应该有一个像长白岛这样的地方，才配得上沈阳这个气场十足的名字。

说到“长白”二字，人们首先会想起长白山，其实无独有偶，咱们国家叫长白岛的地方远不止一处。明朝时期，浙江舟山即有一狭长小岛，因沿岸礁石呈白色，称为长白岛；在吉林市内松花江沿岸，松江大桥与清源大桥之间也有个长白岛，是越冬水禽栖息地及雾凇观赏点，该岛的得名，应是源自当地漫长冬天里的积雪。

客观地说，沈阳的长白岛虽然建成时间并不长，但发展程度远远超过其他两处。舟山长白岛比较偏远，吉林长白岛更是体量不足。而沈阳的长白岛规划合理，路桥辐辏，人物繁盛，设施先进，集人类宜居属性、经济发展潜力与交通枢纽作用于一身，具备了含金量最高的地标属性。

卫星鸟瞰的视角告诉我们，长白岛的位置实在是太优越了。长白岛处在和平区中部，和平区是沈阳市内唯一兼得一河两岸之利的经济、文化强区，长白岛恰在全区的中部、浑河南岸。长白岛的北部有胜利桥、南京桥和三好桥三座大桥，加上西侧的铁路桥，这一段堪称浑河上桥梁分布密度最高的区域。而上述三座桥分别连通的胜利南街、南京南街、三好街和长白西路，加上穿岛而过的长白五路、浑南西路，构成了长白岛四通八达的道路网络。家住长白，无论自驾车还是搭乘公共交通，均可在半小时内到达沈河、浑南、铁西、于洪和苏家屯区的中心区域。同理，沈阳各区繁华地段的市民亦可在半小时内来到长白岛赏花喂鸟。

交通便利，人气高涨，商家云集，环境宜人，如今的长白岛，已经是沈阳最具活力与魅力的地方。

长白岛虽然建成的时间并不算长，但这片地方的历史可并不短，甚至可以说悠久而丰富。

现在长白岛森林公园的对岸，是罗士圈生态公园和浑河晚渡公园，在古代是盛京城西南方重要的渡口，大小船只进进出出，商旅车马熙熙攘攘，所以历史上长白岛区域很早就有人居住、活动。可以说长白岛这块土地见证了浑河上一段段红火的航运往事。

而在如今长白岛地区西侧，清代是屯兵的地方，是盛京城南方一处要害之地，最初有位姓马的总兵领头，所以命名为马总兵屯，简称马总屯。马总屯村早年仅有十几户人家，20世纪70年代才开始大发展，因为当时村子的发展空间有限，所以又在原村以东千余米的浑河岸边开辟新区域，称为马总六队，容留临时人口——主要是菜农，浑河两岸的土质特别肥沃，适合植树、种花、种菜，如今浑河岸边的植被繁茂多样，就是有这个历史渊源吧。

而现在胜利南街和长白中路交会处的南侧，有一条马总兵北街，正是那一段历史的存照。

马总兵北街是一条幽静的小街， 笔者之所以钟爱这一带，是因为街口对面的绿地与人工岛。

晚饭后，徜徉在长白岛上，落日夕照，河风习习，如歌如醉，引人流连，这时候我最爱的，是长白岛西侧内河上的几座小岛。

看繁华夜光，最好的点位却不是在繁华深处，而是繁华之外的某个灯火阑珊的地方。所以，唐诗里有很多佳作，写的是从高高的乐游原上眺望长安的城阙与灯火。从小岛上看夕阳里的长白岛和入夜后的景致，可以尽览白天看不到的那种美、那种韵味，和乐游原上远望长安是恰近的。

忽然想起，长白岛虽在河之南，其得名却在河之北。

在现在的医大盛京医院和鲁园之间，有条不大宽的小马路，连接着文艺路和文化路，它在文艺路的路口，对着鲁园古玩城的停车场。在60年多前，保安寺街的名字还叫长白街。

如今的长白地区在浑河南岸，而在1958年9月长白公社刚成立的时候，机关驻地在浑河北岸的王家庄。现在不少老沈阳人还知道那个地方，就在现东北大学东南角、三好街沈水路交会处附近。那时候这个公社机关附近最大最热闹的去处就是长白街，所以公社就以街命名，叫长白公社。那时长白公社管辖着挺大的一片地方，主要在浑河北岸。

最开始，长白公社属于南市区，后来划给了和平区，又跟胜利公社合并为长胜公社，并入南湖公社，改名叫南湖蔬菜农场，成了沈阳人的菜篮子，那时候过了南湖往南走，不时就可以经过一片大菜地，菜地里偶尔有几个菜农在热火朝天地劳动着。

又过几年，农场又改名叫长白公社，管着王家庄、五里河跟砂山三个农工商公司。东陵区组建之后，长白公社划给了东陵区，同时接收了浑河南岸的上中下西四个夹河和沙岗子、马总屯。同时，公社机关也从浑北迁到南岸的下夹河村（最早叫张家夹河，即后来的安泰社区）。

“文革”期间，公社改名叫长红公社，后来才又改回了长白乡。此后随着城市向南的发展延伸，长白街道办事处成立，并划回了和平区，郊区从此成了市区。

进入新世纪，沈阳开始跨河发展，地理位置优越的长白地区首当其冲，随着长白岛内河的修浚和沿浑河岸边环境的综合治理、大规模绿化升级，长白地区出现了沈阳城建史上最大的人工岛，这个岛内外布局合理、完整、平衡，尽得天时地利，长白地区多年来蕴藏的活力一下子激发出来，成为沈阳最受瞩目的黄金地块，最具发展潜力的新增长点。

古人云“智者乐水”，选择在长白岛安家置业的不仅有来自各方的市民、新沈阳人和投资者，更有若干文化艺术界的达人。走到这里，跟您推荐一个好去处：在南京南街和仙岛南路交会处的东北角，坐落着书画名家宋雨桂先生的个人艺术馆。这座艺术馆设计独特，馆藏丰富，凸显宋雨桂先生超逸拔群的个性与品位，与岛北部的沈阳足球之都博物馆遥相呼应，更与长白岛含英咀华的气质相得益彰。

其实，长白岛步步有景，处处是宝，人人都有故事，出彩的又岂止在某一个点位？长白岛拥有水面面积超过 320 万平方米，园林面积达到 40 多万平方米，开花景观植物的培植每年都在增添新种。

更令人神往的，是围绕着长白岛的十几座各色各样的桥梁，壮观者如胜利桥、南京桥和三好桥，其中尤以邓文中博士设计的三好桥为最，这座世界首创的钢拱塔斜拉桥，落成后已成为沈阳的一张景观名片。有人说，三好桥桥中央两个巨大的斜拱，就像一双在浑河上展开的巨大翅膀，象征着长白岛的升级羽化，牵动着沈阳跨河发展的律动节奏。而内河上的小桥则别具韵味，有拱桥，有曲桥，有木桥；或活泼，或简质，或静谧，那是长白岛的很多个走进去的方式。

规划如弈，一步活棋，步步活棋。盛世修桥，任何桥梁的设计与建造，都离不开河流的上下游治理，离不开周边经济的发展带动和文化的开放延伸。这些桥可谓长白岛不断发展的缩影。长白岛的规划与发展，说明了一个朴素而直接的真理：智慧与心力在任何美好事物的创造中，都是须臾不可或缺的。

流连不够的长白岛，是沈阳城市规划史上精彩绝伦的一笔，画出了点缀浑河沿岸最闪亮的一颗明珠。来，迎着三好桥上明朗爽利的河风，我们一起走进长白岛的明天吧。

（选自《沈水风华》，沈阳出版社 2017 年 5 月版）

上下木厂，寂寞渡口的春天

詹德华

詹德华，辽南人，70后。辽宁省散文学会常务理事。现供职于沈阳日报社。于辽海文化、沈阳本地文化等有较多涉猎，纪录片《大河润城》《辽西走廊》等撰稿人，作品散见于《沈阳日报》《芒种》《沈阳晚报》等报刊。

仿佛穿越了时空，这里停滞在很多年前。

浑河沈阳段，犹如一幅画卷，铺展开来，有泼墨的豪放，有晕染的朦胧，有工笔的雅致，更有重彩的绚烂。但是，有的地方，仍未被开发，似画卷中的留白，保持着原始的状态，粗犷中带着一丝荒凉。

比如这里，一片叫作上木厂和下木厂的地方。

同在浑河边，这里不见长白岛公园的海棠嫣红，也不见和平体育公园的草地茵茵。在一片树木葱茏与杂草的掩映中，一条大河匆匆而下。岸上，不是鳞次栉比的高楼，而是一片拆迁的区域，这里的时间，似乎凝固在二十年前。

这里也是古渡口，曾经是盛京城最繁华的地段之一。可如今，人们早已忘记了当年这里的繁华，甚至对于“上木厂”这个名字，都觉得很古怪。“流水如有意，暮禽相与还。荒城临古渡，落日满秋山。”虽然是仲春，但这里的寂寞、冷清像过暮秋。

春潮带雨晚来急，野渡无人舟自横。今春沈阳少雨，没见春潮，浑河岸边的古渡已没有踪迹，不知名的花儿，努力地绽放着金黄，似乎在宣示，春天已经来临。

一

寻踪一座城市的历史，留存下来的巍峨宫殿和帝王陵墓，是非常好的证据。红墙碧瓦，画栋雕梁，都在静静述说城市昔日的辉煌。

沈阳就是这样。

一朝发祥地，两代帝王都。沈阳留下了巍巍的关外紫禁城，还有两位帝王的陵寝。几百年后，我们仍旧能从大政殿的龙柱上触摸城市的历史。龙柱的斑驳间，是王朝兴起的荣耀。而我却在思考，这屹立了几百年的柱子，来自何处？

我家门口，是沈阳140路公交的始发站。每次乘坐这趟公交，都无法错过一个名字——上木厂，这是这趟车的终点站。

上木厂，这个名字很奇特，在沈阳也不是一个知名地段。

我曾经坐着这趟车，从始发站到终点站，印象深刻的，是在快要到上木厂时有一站是德氏冷饮，而上木厂地区，最著名的则是那个曾经辉煌的东北六药。

浑河在这里没有什么两样，但这里却曾和大政殿的龙柱有过交集。

这里，曾经是盛京城著名的码头，是这个城市木材的集散地。

在一些史料的记载上，这里叫作上木场，距盛京老城约15里地，曾是当年浑河水运运送木料的渡口，也称古木场。《沈阳县志》载："兴京（新宾）所产木材运入县境，尤以此为通津。"

浑河，曾经是沈阳经济贸易、文化交流的一条水上通道。浑河航运，明朝时已经兴起，兴盛于清。在清代，浑河有七间房、上木场、下木场、望北楼、浑河堡、十里、叆鸡堡等码头。

上下木场则是这些码头中经营木材为主的码头。这也是现在上木厂和下木厂名称的来源。

这个码头究竟源于何时，尚未发现明确记载。不过，它的兴盛，应该在努尔哈赤迁都沈阳之后。

后金天命十年（1625），努尔哈赤已经占据明朝辽东军政中心辽阳4年，将此地设为东京，大兴土木，宫室初成。然而，这一年三月初三早朝，努尔哈赤面对众臣和贝勒，突然提出要迁都沈阳。尽管王公、贝勒竭力反对，但努尔哈赤君意已决。祭过父祖之后，即刻率领大军经过一天一夜的行军，迁进沈阳城。

从那一刻起，沈阳实现华丽转身，变成了一个朝代的首都。迁都后，努尔哈赤在这座城市只生活了18个月。他的儿子皇太极，文治武功，为了开辟一个崭新的朝代，开始拓建城池、营造宫殿。如此便需要大量的木材、石料、砖瓦。于是，这个古木场码头便成了重组皇都的重要部门。一方面，在当时水运始终占据着主导的地位；另一方面，当年的浑河也确实具备着这样宽大的度量，它足以承受如此大规模的水路运输。

当时的浑河上游，群山叠嶂、森林莽莽，不仅有材质优良的红松、落叶松、油松等，还有水曲柳、刺楸等珍贵树种，森林资源极为丰富。女真族肇兴于新宾，那里森林里的木材，成为盛京宫殿建材的主要来源。

二

2017年4月，随辽沈作家“一河两岸 幸福沈阳”创作采风活动，沿着浑河溯流而上，经过的萨尔浒，在满语里就是“木橱”的意思，这里曾经是后金与明朝大战的古战场，是浑河上游的主要水源地，更是森林繁盛之所。而位于浑河南岸的南杂木和北岸的北杂木，更是形象地告诉我们，这里是木材的主要输出地。

昔日，大雪封山之时，这里的森林里并不是寂寞的，训练有素的伐木者，将从未有人开发的原始森林里的树木伐下，用马、骡等牲畜，将原木用爬犁拉出深山，堆积到浑河岸边。

我们在寻访的路上，看到的仍旧是一片莽苍苍的群山，因为青山间几株野梨树如雪的花儿绽放，让群山的春色无边。遥想当年，春风拂绿之时，浑河岸边，多的不是耕种的农人，而是堆积如山的木材和准备放排的伐木人。

当年的浑河，不如今日之宁静，水势也比现在大得多。清代乾隆年间的诗人缪公恩曾在诗中这样描摹："卷地东来山作障，排空西去海为门。声摧雪浪惊雷起，势压风湍阵马奔。"可见当年浑河之湍急。而正是有这样的河流，才能将上游森林里的树木，源源不断地输送到沈阳。

据当地的文史专家介绍，浑河水势在当年虽然很大，但因为河流落差较大，急弯颇多，因此，依托浑河运送木材，和鸭绿江浑江等有所不同，并不是编成巨大的木排顺流而下，很多的木排体积较小，或者干脆将单独的原木放到河中。而为了让木排顺利抵达沈阳，在一些激流险滩，还需要派专门的值守人员，对木排进行疏通。

每年的春、夏、秋三个季节，可以运送木材，而更多的运送任务，则集中在夏季丰水季节。东山各类原木顺流而下，到木场口岸出筏，再由马车运往木材买卖的木局。

之所以选择在这里作为木场，还有一个重要原因：激流而下的浑河，到如今的上下木厂地区，泥沙逐渐沉淀，水势放缓，利于木材的装卸。

当年的木场渡口，绝非如今寂寞。据史料记载，当年木场有七家木局：亨通庸、义盛庸、福盛茂、广吉庆、义源庸、德庆庸、采木局，其中亨通庸木局最大。

古木场街的两旁，到处是木垛，各类原木堆积如山。同时，繁忙的漕运给这里带来了人气，木场附近有说书唱戏的，打把式卖艺的，有吃食杂货店，有沿街煎饼摊、烧饼摊等各种风味小吃小店排亭。同时，这里也有人挑、身背、骡驮、驮运等各种运输货场。

因为生意兴隆，这里成了浑河岸边的著名繁华之所，桨声灯影里，买卖之声不绝于耳，繁华不输秦淮河畔。每年正月十五，这里也要举办灯会，街的两旁挂着千姿百态的花灯，据说，这里灯的数量和花样可与盛京城内最繁华的四平街灯市相媲美。

上木场，其实就是将原木运送上岸和堆集的地方。那么下木场，就是原木经过筛选或买卖之后，还要再次下水运往别处的堆集地。一上一下，正代表着当时木材集散地的性质。而且，这种集散地，并非单单为了盛京城里的建筑，甚至可以辐射到浑河下游的很多城市，更远的，可以沿着浑河出海。

三

清乾隆四十三年（1778），繁忙的古渡口地区，又与一位文治武功的皇帝有了交集。这就是清高宗乾隆皇帝。

乾隆皇帝与浑河有着各种各样的交集。在父祖的经营下，这位皇帝继续着清朝最著名的康雍乾盛世。得意而不还乡，犹如锦衣夜行。乾隆皇帝有着足够的理由和实力，东巡到祖先发祥地，而且他的东巡不止一次，每一次，他都曾驾幸浑河，面对汤汤巨流，感慨祖宗创业之艰。

这位爱四处题词的皇帝据说是历史上写诗最多的一位，在他的几万首诗里，有一首写的是《浑河》，诗云："源自兴京界，流经沈阳城。如丰之有芑，宅镐王业成。跸路虽弗经，念此皇王烝。建祠答神庥，万祀佑永清。"

这首诗里明确提及一件事，就是在浑河边上建河神庙。史载，当年在盛京地方，乾隆共敕建了两座河神庙，一座是辽河河神庙，另外一座就是这个浑河河神庙。

河神庙的选址，就是这繁忙的上、下木场码头。

对此，《盛京通志》上有两处简短的记录："戊戌岁，特敕于盛京城东，建立浑河河神庙，以志风水镐京之绩。""浑河神庙在城东十里，木厂浑河北岸。乾隆四十三年，奉敕建。大殿三楹，配殿四楹，左右配庑各三楹，左右耳房各一楹。垂花门一座，大门三楹。左右群房各六楹，碑亭一座。有御书灵脉精禋匾额，恭悬殿内。原奉谕旨，恭载纶音门。"

浑河河神庙从乾隆四十三年（1778）动工兴建，到乾隆四十五年（1780）落成。庙前为河神庙的三楹山门，山门之外，有一碑亭，碑上刻着乾隆四十八年（1783）乾隆皇帝第四次东巡盛京时，乾隆皇帝御书的浑河河神庙祭文。

河神庙建成之后，乾隆皇帝、嘉庆皇帝、道光皇帝在东巡盛京时，都遣官到河神庙祭祀浑河河神。

之所以在这里建设河神庙，还有一个原因。

浑河流入沈阳前，聚集在萨尔浒，这里山体围合，水流到此，高度汇集。

浑河出萨尔浒，进入了丘陵地带，这里岩石风化，一旦水流湍急，表土极易流失。进入沈阳后，浑河进入了坡度平缓的平原，如果河道出现淤积，容易漫流、改道。而浑河易于漫流的地方，就是现在的下木厂附近。因此，这里既易于装卸木材，更易于出现河水漫流。所以，乾隆皇帝才降旨，在这里修建了这座浑河河神庙，以保河清海晏，风调雨顺。

可惜，神庙并没有永远保佑浑河不决堤。光绪十四年（1888），盛京地区在经历了几个月的大旱之后，终于迎来了降雨。但雨水却收不住阵脚，连下了两个星期。天空放晴时，噩梦才刚刚开始。上游下来的山洪，让浑河水位猛涨，最终，浑河堤坝在上木场处决口。洪水像脱缰的野马撕开不堪一击的浑河古堤，潮头高度足足有六七米，海潮般向盛京城奔去。

盛京城成为一片泽国，而上下木场更是遭遇了灭顶之灾。洪水冲垮上木场堤坝，将木垛冲散，原木随波逐流，在城里也可见到漂浮的原木。这一次上木场码头受到严重冲击,各木局损失惨重,元气大伤,由此从辉煌走向衰落。

到了民国初年，庙墙崩塌，浑河河神庙庙址成了历史上的一处记忆。上、下木场的繁荣，也逐渐寂寥。

四

沈阳市东陵区凌云街103巷6号，这个地名，和上木厂地区基本吻合。而这里，著名的名字不是上木厂，而是东北第六制药厂。

作为沈阳人，对于“沈阳六药队”不应陌生。这支代表沈阳足球水平的队伍，曾经是中国足坛的一支劲旅。而这个“六药”，就是指该队的赞助商“东北六药”。

追溯东北六药的历史，这里1934年动工，1935年竣工投产，厂名为“奉天专卖署工厂”，1940年更名为伪满“民生部禁烟总局工厂”，其实是生产鸦片烟膏和海洛因、吗啡等麻醉药品的地方。这里生产的产品曾卖给纳粹德国希特勒政府。日本投降后，1946年初国民党曾接收该厂，充作兵营，并把小型机械设备及零部件拆除变卖，直至沈阳解放前夕一直未复工生产。1950年6月，该厂正式复工生产。1953年8月，该厂改名为国营东北制药总厂第六分厂。此后更名为东北第六制药厂。

在20世纪八九十年代的时候，“六药”曾生产磺胺类抗菌药复方新诺明、氨苄青霉素等知名产品，行销全国。此后还曾经中外合资投产“丹碧丝”妇女用品，并在辽宁各大媒体上大做广告，效益非常好，使东北六药名噪一时。

六药的存在，让上木厂地区再度繁荣，这里虽然没有了古渡口的踪迹，却成了以六药为依托的一个独立的市镇。

2009年2月23日，东北第六制药厂发给近4000职工的一则通知，首次向外界披露了一个事实：沈阳市中级人民法院已于2008年3月正式宣布东北第六制药厂政策性破产！沈阳明星企业——东北六药，就此作古。

从此之后，上木厂再次远离繁华，归于寂寞。

就连位于此地的，修建于20世纪的浑河第一个跨河隧道，也早已从沈阳人的记忆里淡化，甚至每谈及此，很多沈阳人已经认为这是一个传说……

五

近十年时间过去，这里仍旧是寂寞的。与上、下木厂昔日的繁华相比，十年光阴只是弹指一挥间，可是对于繁花似锦的浑河两岸来说，这里，又过于不协调。

我有一个亲戚，就居住在上木厂地区，每次见到她，谈及最多的，就是上木厂地区又有拆迁改造的信息了云云。下一次见到她，谈论的还是这个话题。

寥落古行宫，宫花寂寞红。寥落的上木厂地区，盼望春天的愿望尤为迫切。

参加辽沈作家浑河采风团时，主办方给了我们一份“一河两岸”沈河区段综合提升与战略规划。在这里，一段文字让我非常兴奋。

在这段全新的规划里，提及了上、下木厂地区的提升改造。

拟规划18.7公顷遗址公园，原样恢复河神庙和上、下木厂码头。通过活动设施带和景观带将上木厂、下木厂进行串联，通过文化馆及雕塑的设置讲述历史故事。

寂寞了太久的上、下木厂，终于要以原有的面貌来面对这个城市的人。这不仅是古老渡口的幸运，更是一个城市的幸运。

而在沈河区的规划中，还有天坛遗址公园等治理措施。浑河沈河段的开发改造，将跨过长青桥，向东继续发展。一系列的改造，还给沈阳城的，不仅仅是一个曾经繁华的古渡口，更是一个城市和河流融合、人与自然和谐相处的样本。

上木厂浑河岸边那些不知名的小花，用它们的娇艳，开始讲述古渡口春天的故事……

（选自《沈水风华》，沈阳出版社 2017 年 5 月版）

闲来挥竿浑河上

子非刘

子非刘，本名刘海军，编审。辽宁省作家协会会员，辽宁省散文学会理事。于世味淡无所好，唯以文字为乐。长期从事编辑出版工作，偏爱历史、辽海文化，业余从事散文随笔及电视文化专题片创作。现供职于辽宁出版集团。

在这个移动互联网大行其道的时代，世界是越来越小了。刚刚睁开眼睛，身在巴黎的朋友已经在微信群里晒他的钓鱼照片：那是一条足有四五斤重的大鲤鱼，背景是美丽的塞纳河，旁边还站着一位笑容可掬的法国朋友。我一下子精神起来。这几乎是钓鱼人的通病，一听说哪里出了大鱼，或者看到别人正在秀自己的辉煌战果，马上会脸红心跳、激动不已，仿佛被打了一针强心剂，恨不得分分钟赶过去。不过这次不行，巴黎太远，何况我也知道，这是朋友在故伎重演。因为工作关系，他已经在巴黎生活多年，却从来没有忘记我这个当年一起钓鱼的难兄难弟。一有机会，他就在微信里大谈法国的钓鱼文化，或者显摆他在世界时尚之都的种种钓鱼经历，让我向往不已。朋友曾经数次发出邀请，希望我能到巴黎一游，与他在塞纳河畔重温并肩战斗的快乐，但因为种种理由，我却始终没有成行。这次，我也只好再还他一个咬牙切齿的坏笑。

恰逢周末，在朋友的挑逗之下，心和手都痒痒起来。忽然想起，满树樱花都快落尽，自己竟然还没去水边举行今年的开竿仪式——真是愧对储物间里那蒙尘的“武器”了。朋友没有出国之前，有他撺掇着，我们每周总能钓上一次，如今没有了伴儿，整天又忙忙叨叨，我的钓鱼业务还真有些生疏了。今天索性任性一回，我赶紧把竿包、钓箱之类翻拣出来，简单地擦拭、拴绑，草草吃了口饭，便杀出了家门。车子刚开出小区门口，内心又纠结起来：到哪里去钓呢？

这恐怕也是让大多数钓鱼人最头痛的问题。近几年，因为环境污染、水库禁钓，想找一个满意的钓鱼场所越来越难了。巴黎有一条塞纳河，有偎依在塞纳河畔的大小湖泊，沈阳有什么呢？除了城市周边那些条件粗陋的禁钓坑以及环境乏善可陈的养殖塘，就剩下一条浑河了。钓鱼人基本分两种：一种人的快乐完全建立在渔获数量上，多多益善，一直拉竿到手抽筋他才高兴；另外一种人更愿意享受钓鱼的过程，不以获鱼多少为意，但是对于钓场的自然环境要求颇高。我属于那比较“讲究”的一种：普普通通的养殖塘是不屑去的，又不愿旅途劳顿，奔袭几十乃至上百千米，找一处人迹罕至的所在，除了近在咫尺的浑河，看来没有更好的选择了。

浑河是沈阳人的母亲河。其实，每一座美丽的城市，总是与一条美丽的母亲河缱绻缠绵着。巴黎有塞纳河，维也纳有多瑙河，伦敦有泰晤士河，开罗有尼罗河……浑河当然还谈不上有多么响亮的世界性声誉，但这并不妨碍她的慈爱和伟大，也丝毫不影响沈阳人对她的感激和依恋。所谓儿不嫌母丑，从六七千年前的新石器时代起，新乐人——沈阳人地域意义上的先辈——就已经在饮浑河之水、食浑河之鱼了。

不过，在沈阳城市发展的大部分历史时期，浑河都扮演着水源或安全提供者的角色。生活在城市里的一代代人总是以一种功利主义的态度对其予取予夺，让饱经忧患的母亲河伤痕累累。很多沈阳人至今记忆犹新，到了20世纪八九十年代，由于污染严重，浑河已经沦为一条“死亡之河”，臭水横流，鱼类灭绝，植被消亡——一如四五十年前的塞纳河一样。

浑河的新生可以说是从1996年开始的，那一年，沈阳市政府制订新的城市规划，将浑河定位为内河。从2002年开始，政府打响了浑河水体治理和生态修复的攻坚战。到现在为止，这场战役已经整整坚持了15年。战果有目共睹：浑河——这位饱受污染之苦、容颜憔悴的母亲，面上终于又泛出青春的血色。穿城而过的一段尤其令人惊艳：林木错落，樱红柳绿，鸭浮碧水，鱼翔浅底，绵延十数公里的景观道与河流并肩而行，成为备受沈阳人青睐的休闲好去处。

不过对于钓鱼人而言，浑河不能说是一个理想的选择。休养生息中的浑河一如大病初愈，生态链尚未完全恢复，还显得十分脆弱。虽然河里已经有了鱼的踪影，但毕竟数量不多，种类稀少，更谈不上肥美。这一点是无法与塞纳河媲美的。塞纳河也曾经沦为“死亡之河”，但经过40多年持续不断的治理，生态系统已经完全恢复，30多种鱼畅游其中。人们可以在河里钓到欧鲌、欧鳊、鲤鱼、鲇鱼、鲫鱼和鳗鱼等10多种鱼，其数量之多、个体之大都是令人羡慕的。各种钓鱼组织还经常在河边举办规模不一的赛事，吸引悠闲的巴黎市民前来围观。不过，我在钓鱼上算一个另类，始终坚持“钓翁之意不在鱼，在乎山水之间”的理念，何况浑河已经今非昔比，有了美丽的景致，何不碰碰运气呢？

我在长白岛森林公园南堤西路下选了一处幽静之地安营扎寨。几十米开外的地方，三三两两的钓鱼人正全神贯注地“战斗”。我赶紧拴钩绑线，和好饵料，调好浮标，然后抛竿入水，这才气定神闲地在钓箱上坐了下来。因为住在沈城北部，我已经有好几年没这么近距离地感受浑河的气息了。平时偶尔乘车从桥上经过，看到河水越来越清、绿树越来越密、楼群越来越漂亮、环境越来越整洁、规划越来越有国际范儿，也会油然而生一些小自豪，然而真正置身其中，仍然吃惊不小。放眼望去，对面就是美丽的沈水湾公园。眼下正是春光明媚的四月天，清新的草香沁人心脾，和煦的柔风拂面而来，高大的乔木、茂盛的灌木错落交织成一支以绿色为主调的交响曲，高耸的楼群则悄悄地把头探进一片青碧，陶醉于自身的时尚和美丽。连天上的游云也不甘寂寞了，它们在粼粼的水面簇拥着、追逐着，让我的浮标都受到惊扰，禁不住微微颤动了。

我真的很享受这种安静、超脱的感觉，也习惯于在这种天人合一的状态下放纵一下自己的思想。历史地看，中西方的钓鱼文化传统是很不相同的。

在中国，垂钓是柳宗元“独钓寒江雪”式的，是出世的、隐逸文化的象征，代表着人与大自然的和解。在西方，钓鱼是海明威《老人与海》式的，是入世的、咄咄逼人的，更强调人对大自然的挑战。这其实也是中西方思想文化的重要差异所在。然而，在全球化的今天，这个界限已经被打破：中国的钓鱼人不再追求当隐士，而是热衷于博鱼之乐，旨在强身健体；西方钓鱼人则在自我挑战之余，也开始强调人与自然的和谐。这集中表现于他们强烈的环境意识。朋友说，在法国，很少有钓鱼人是为鱼而钓，他们并不把渔获据为己有，基本养成了钓后放生的习惯。而且钓鱼不是免费的，在自然公共水域垂钓要交税。在塞纳河，一年期的税费是280法郎，如果是巴黎近郊森林内的湖泊，则需要500法郎。除此之外，法国钓鱼人还要遵守很多在我们看来是婆婆妈妈的规定，比如开竿的时间，可以垂钓的鱼类品种、重量和尺寸，等等，可谓一丝不苟。这看似限制了钓鱼人的自由，其实是最大限度地保护了大多数钓鱼人的长远利益。试想，如果不以法规的形式保护好环境并培养钓鱼人的环境意识，纵容涸泽而渔的行为，总有一天，钓鱼人不得不面对无鱼可钓的尴尬。对于仍在享受着“免费午餐”的中国钓鱼人而言，这种做法的确值得借鉴。

忽然一个下顿，平静的水面瞬间被揉碎，竿子狠狠地下弯。我急忙抖腕提竿，从钓箱上一跃而起。也许是半年多没有摸竿子的缘故吧，一时间竟然显得手忙脚乱。一股激动人心的力量电流一般从水下传来。有鱼上钩了！我不知道自己究竟等了多长时间，大概有两个钟头吧？不过，这仍然是一个意外的惊喜。说句心里话，选择在浑河边钓鱼，而且是市区内的繁华地段，我本来就不抱多大希望，更多的是在追求一种仪式感，有点儿像古时候的“藉田礼”。没料到，自己的运气居然不错！战斗进行得干净利落，因为鱼儿不大，当它挣扎着被提出水面，我目测了一下，也就二两左右，是一条小鲫鱼。我小心翼翼地把它捧在手里，轻轻摘掉鱼钩，掏出手机拍照，然后把受到惊吓的小家伙放回水中，整个操作一气呵成，前后不过两分钟。我重新坐下来，再一次挂饵抛竿，开始一场新的等待，但精神仍然处于一种兴奋状态，心在怦怦地跳动。毕竟，这是我2017年的开竿鱼，而且是从浑河钓出来的，虽然小，却非常有纪念意义。事实证明，这也是我整个上午唯一的收获，问了一下远处的几位钓友，他们虽然来得比我早，却颗粒无收。我已经十分满意了。

收拾钓具、打扫战场的时候，忽然想起李白的《行路难》：“金樽清酒斗十千，玉盘珍馐值万钱。停杯投箸不能食，拔剑四顾心茫然。欲渡黄河冰塞川，将登太行雪满山。闲来垂钓碧溪上，忽复乘舟梦日边。”“闲来垂钓碧溪上”用的是姜太公的典故，说的是当年他老人家在磻溪钓鱼，终于得遇文王，最终成就一番功业的故事。李白的想象力汪洋恣肆，甚至让人热血沸腾，但无论是李白还是姜太公，他们的理想并不在钓；而今天的沈阳人“闲来挥竿浑河上”，追求的是真正的健康和快乐，是忙里偷闲与大自然亲密接触的机会，境界已经今非昔比了。

我心怀感激地向旖旎的浑河告别，向那条被放生的小鲫鱼告别。我想告诉它，回到家中的第一件事，就是把它的靓照发给远在巴黎的朋友。我也要像他那样，秀秀自己的收获，虽然它是那么小。然而，快乐是不分大小的。我还想告诉他，这条小鱼来自哪里。我坚信，经过一代代人不懈的努力，总有一天，沈城的浑河也将像巴黎的塞纳河那样，成为钓鱼人的天堂。

（选自《沈水风华》，沈阳出版社 2017 年 5 月版）

《函可传》的出版因缘

——纪念姜念思先生

闫志宏

闫志宏，编审。中国图书评论学会理事。编辑及参与撰著图书主要有《东北现代文学大系（1919—1949）》《棒槌鸟儿童文学丛书》《东北现代文学史论》《萧红文集》《辽宁文学史》《沈阳历史文化丛书》《沈阳文学史》《沈阳人生活印记鉴述》等。多次获国家级、省级奖项。

姜念思先生的绝笔之作《函可传》即将付梓。回想一年多来，为先生大作顺利出版，所做的种种努力，所收获的意外感动，不胜欣慰，心安与释然之感油然而生。

2007年初春，作为《沈阳历史文化丛书》的责任编辑，我忝列编委之中，得识东北文博界的著名专家姜念思先生。2008年3月，《沈阳历史文化丛书》出版，这是当时首套全面系统阐释沈阳历史文化的系列读本，参与写作的都是辽沈地区颇有建树的专家、学者和出版工作者。“丛书十卷，多角度、多侧面全方位把握了沈阳历史文化的血脉和走向。尽管十卷丛书的作者各异，其文风姚黄魏紫，各有千秋，但其中的血脉和灵魂却是一以贯之的。”“不仅凸显出沈阳的过去和现在的雄浑博大，也预示着沈阳未来的辉煌”（张毓茂《沈阳历史文化丛书》序）。丛书兼具知识性、史料性、文学性、欣赏性，成为展示沈阳历史文化的标志性图书，广受好评。其中，姜先生撰写的《沈阳史话》史料丰富翔实，文字生动流畅，既回顾往昔，又立足当今与未来，是严谨的历史著作，也是通俗的普及读本，对专业人士与普通读者都相当有益。在书稿往来中，我深感先生学养深厚，治学严谨求真，为人诚恳谦和。后来，我邀请先生出席我社《盛京赋》出版座谈会，参编《沈阳人生活印记鉴述》，先生都热情应允，大力支持。

2010年8月，为纪念沈阳地铁一号线通车，在市领导倡议、集团领导指挥下，我社首次将乾隆帝撰写的大赋《盛京赋》译成现代文整理出版，以线装繁体本和彩印简体本同时推出，使这部曾被法国大文豪伏尔泰盛赞的作品，得以在诞生267年后重见天日。与会的著名专家学者王充闾、彭定安、李仲元、姜念思、王绵厚诸先生对我社挖掘保护沈阳历史文化的创新做法给予高度评价。姜先生对其北大校友、《盛京赋》现代文译者孙丕任先生的劳绩赞誉有加，称译文“典雅工整”，直说这本书出得好，有创意，对我们表示感谢。

2016年初夏，我社决定修订再版《沈阳历史文化丛书》。当我向丛书主编张毓茂先生和初版策划人、资深编审信群及李树权先生汇报时，他们都给予鼓励支持，各位作者也积极响应。7月初，召开再版座谈会。那天到会的有姜念思、徐光荣、徐彻、齐守成、刘振超、王传章、杨景华、韩晓时、李树权等先生。先生们精神矍铄，神采飞扬，谈兴甚健。虽说都已退休，但都在发挥余热，奉献社会。尤其是先生们对沈阳文化建设的殷殷关切之情，深深感染了我们。姜先生特意对我说：“你们社做得不错。市文史馆组织的《沈阳历史文化典籍丛书》非常有价值，都是你们社出的。我点校的《焦冥集》很快要出版了。”先生还说：“沈阳历史文化有许多值得挖掘的领域，沈阳社有独特地缘优势，应当向市里申请整合各方力量，有计划地推出。”先生的话语亲切中肯，让我很受启发和教益。就在那天，我与先生加了微信。

两个月后，姜先生来社送校样。向我提起他正在整理《函可传》，虽说字数不算多，却是集他二十年之功写成的，准备今冬去海南小住时，顺便去广东惠州函可老家再搜集些资料、图片，做最后的完善。听先生此言，我很高兴。记得先生在《沈阳史话》中，曾专设“流人——文化的传播者”一节，将儒僧、岭南曹洞宗大师函可列为“东北第一流人”予以记述，充分肯定其组织发起“冰天社”，首开清代辽沈文人结社之先河，对东北文化传播发展具有重要意义；创作大量诗词，关心社会，哀叹民生，讴歌东北大好河山；开法七大寺，传播佛学禅宗，留给后人珍贵的文化遗产。但限于篇幅只是提纲挈领地略述，所以，我对先生的新作充满期待。

11月4日，突见先生的微信：“《函可传》已基本写完，因函可和沈阳的关系密切，所以想在贵社出版”，并告知今冬不去海南了，“因我近来身体不好，留给我的时间不多了”。见此，我很震惊：三个月前，先生看上去还那么健朗，怎么会这样？虽不愿往坏处想，但又不好意思深问，遂忙安慰先生：请他先把稿子弄齐，我们想办法争取列入市里“敬老扶少”书系中。但先生马上回复说：“我想单独出版。因为这是关于东北流人的第一本传记，函可是广东人，那边也有很多人在研究，但他在辽沈的情况他们不很清楚。我现在缺图片。”可以看出先生对此书的重视，他在抓紧最后的时间完成心愿。在我看来却有壮士的悲壮，即刻回先生：“理解您的心情。我会尽全力争取玉成此事。找照片的事，您提供线索，我们帮您跑腿。”11月23日，先生传来书稿文档。我抓紧时间通读一遍，感觉编辑加工量较大，遂请同事，历史学硕士、副编审张旭与我共同完成这项工作。

2017年1月8日晚19时24分，姜先生发来微信：“稿子看完了吗？另，我请张玉兴、初国卿二位先生各为撰写一篇序，二位都答应了，但稿子都没到。”我立即回复，报告进度，但未见回音。这竟成了与先生的最后联系。

1月末，接姜先生夫人刘老师电话，方知先生于1月15日驾鹤西去。刘老师说：“姜先生临终前嘱咐《函可传》出版的事，就托付给你了。已把你的电话给了张、初二位先生。他们序写好会直接发你。”放下电话，我心绪难平，既为先生不幸逝世而悲痛，又深感先生临终所托之重大，那是对我、对沈阳社的信任与期冀呀！

为让姜先生心血之作能以最适合的方式让更多有缘的读者遇见，一方面，我们加快编辑工作进度。首先，进行文字编校、核对文献、为生僻字注音等。原稿中，姜先生仅注音释译了几处生僻字，我们觉得书稿征引古文献多，生僻字亦多，加注音更利于读者阅读。其次，查补图片，按内容选取代表性图片，增强视觉效果，装帧设计数易其稿。同时，选收了姜先生个人照片、工作手迹，以及友朋文章，以示纪念。另一方面，多方寻求援助，得到许多热心朋友的支持。我的学兄赵晓东先生最先施以援手，给予许多帮助。更令人感佩至深的是三位序言的作者张玉兴先生、初国卿先生、释盖忠住持古道热肠，倾情相助，堪称大德功高。张玉兴先生是著名明清史专家，早在20世纪80年代即有多篇函可研究文章面世，其《清代东北流人诗选注》等书更是常被研究者和爱好者参阅征引。初国卿先生是著名文化学者、散文家、收藏家，辽海文化倡议者，对东北文史研究素有专攻。姜先生请他们作序，真是慧眼独具。还有孙丕任先生，对本书出版也极为关心。几位先生本着对老友、对读者、对社会、对历史文化高度负责的精神，帮助我们审读书稿，提出许多好的建议。尤其是张玉兴先生对文本纠谬补阙，逐条核对引文、注释的原始文献，补齐缺失出处的引文，还特意购买了一些参考书籍资料，一个字、一个标点也不放过，做了大量我们编辑应该做的工作。前辈学人严谨治学、重友践诺、成人之美的君子之风和道德操守，深深教育和感动着我们。初国卿先生还帮忙谋划，促成沈阳慈恩寺襄助本书出版的义举，慈恩寺住持释盖忠师父、知客寂源师父深具文化远见，侯羽、刘乔艺两位女史亦出力颇多。凡此种种，皆令我没齿难忘，深存敬意。

《函可传》能在沈阳慈恩寺建寺三百九十周年、函可焚修慈恩寺三百七十周年之际出版，是机缘巧合，还是天意使然，是纯属偶然，还是冥冥之中的必然，或许都有一点吧，但我更愿意相信这是姜先生所言“历史不能忘记”的现实再现。姜先生曾说：“历史就是前人的经验、教训以及其对后人的启迪与传承。当我们回顾沈阳数千年历史的时候，深深体会到，这漫长的历史岁月，无论是成就还是挫折，无论是欢乐还是屈辱，都是滋养我们的精神财富，也是激励我们去创造新辉煌的无穷力量”（《沈阳史话·结语》），其实，这何尝不是中国文化、中国精神薪火相传的生动写照呢？那么，就让文字，让读本承载着历史记忆，让我们接过先哲前贤传承文化血脉的接力棒，在讲好沈阳故事——辽宁故事——中国故事的新征程上奋力前行吧。

（选自《函可传》，沈阳出版社 2018 年 5 月版）

想念沈阳

刘　齐

刘齐，著名作家，沈阳人，曾任辽宁省作家协会书记处书记、美国杜克大学访问学者。现任北京杂文学会副会长。出版《旅美作家刘齐散文丛书》（3卷）、《刘齐作品集》（8卷）、《中国式幽默》（法文版）等20余部著作。

人群中，我是属于比较爱想家的那一族类，差不多从记事开始，就想家了。

我在沈阳长大，父母工作忙，让我进了位于小南一带的市保育院（后来变成市歌舞团驻地，现已拆除），每个星期六接到家里，快快活活住两宿，星期一早晨再被送回那催人泪下的场所。

真不愿回去啊，但我说了算吗？

多年后提起这一段，我妈总爱攻击我爸，说他老人家太狠，拎起孩子，往保育院门缝里一塞，像塞个小鸡崽子，塞完掉头就走，孩子号哑了嗓子也不回头。

这些撕肝裂肺的场面今天我已毫无印象，只记得保育院的晚饭曾用灰白色的肉皮炖豆腐，被“小兽”们吐得满窗台都是。时值电影《铁道游击队》的放映档期，广播里唱起“西边的太阳快要落山了，微山湖上静悄悄”，可叹我一个黄毛小儿，居然从这悠扬的曲调中听出无限的凄楚。望着窗外的沉沉暮色，我十二分地想家，鼻子一酸，就哀伤地哭起来。我一哭，恰如引爆了炸弹，全体“小兽”也哭，满屋子大放悲声。这时，歌声也趁机提速，阿姨们阵脚大乱，管也管不住，只能在“闯火车那个炸桥梁，就像钢刀插入敌胸膛”的快节奏旋律中毛手毛脚，收拾废弃的肉皮。

从此，这支跟山东相关的歌，成了我这个沈阳人想家时耳畔经常奏响的背景音乐。不管别人有什么心得，我可是一哼起它来就容易伤感，时隔多年，依然如此。

其实，当时我想的那个家，离保育院不过十几个街区，如果人小鬼大，有“越狱”的本领，不出一个小时便能回到慈母的怀抱。慈母准不准我留在家里又当别论。

当了知青，告别沈阳，到辽北山区打柴种地。时局动荡，农事艰辛，生活粗陋，苦上加苦，就更加想家。推而广之，还想念沈阳，包括沈阳的无轨摩电、一百联营、北陵故宫，还有电影院、展览馆、自来水、洗澡堂，总之是漫无边际，逮啥想啥，穷乡僻壤所不具备的城市文明、工业情怀，以及深藏其中的那个家，时不时地，常在脑海中盘旋。

那时别的活动不多，就是爱开大会，会上一个个嗷嗷吼叫，反复发出誓言，要扎根农村，干一辈子革命。可是，内心却谁也忘不了沈阳。“根”是自己慢慢长出来的，说是一下子“扎”到别处，哪有那么简单？私下里，我们不但想家，还悄悄传唱轶名作者创作的知青谣：

我们都是沈阳人，
为什么离开沈阳？
一个窝头一碗菜汤，
时光多么凄凉。
我们都是年轻人，
为什么没有姑娘？
辽河的水轻轻流淌，
不知奔向何方……

返城上班、上学按下不表，咸也罢，淡也罢，总归是在自己的老巢。

单说20世纪80年代中期，一纸文书把我从沈阳调到北京。虽是首善之区，毕竟人地两生，在家千日好，出门万事难。身居京华，举目东眺，山一程，水一程，心向榆关那畔行。莽莽燕山，巍巍都城，茫茫人海，声声京腔，偶有乡音入耳，不由得通体舒泰，亲切无比。趋前问家事，客子目灼灼。问足球，问小品，问物价，问年成，问街道变迁，问下岗工友……按说这些从报刊电视上都能获知若干，那也要问，亲耳听乡亲们说一遍更贴切，更踏实。秋风吹不尽，总是沈水情。

我的想家，是有遗传基因的。

我爸是文人，心细，笔勤，家庭观念重，到外地出差，哪怕只是在省内，也跟我妈书信不断，把家事一一打听，多方叮嘱。当年通信还很落后，否则我爸一定抽最差的烟卷，省出钱来天天挂长途。我爸虽然喜欢观看名胜古迹，可是办完事多一刻不待，立即登程回家，用我妈的话说，“尥蹶子往家跑”。艰难岁月，失却自由，跑不回来了，又不敢写信，只能偷偷地、苦苦地思念。

我爷是武人，戎马生涯，倥偬不定，按说心应该粗些，不至于太想家，但也想。

我爷是东北军。“九一八”狼烟四起，日本人一夜间占了沈阳城。我爷他们部队正如史书所说，接了不抵抗的军令，不能放枪，不能打炮，丢下故土，凄然撤到关内。我爷时任少校营长，率部驻扎在北平先农坛。过年了，供给很差，家乡那边的亲人又归了异族统治，生死不明。身为守土有责的军人，老人家定是心态苍凉。据我爸说，除夕那天，我爷在先农坛具服殿他的营部，写了一副对子：

寄寓燕京无非暂度岁月
遥祝东北惟愿早登升平

哪里像春联？尽管用的是红纸，竟像蘸血而成，无一丝喜庆色彩。

我见过我爷的墨迹，是那种老老实实的毛笔字，龙不飞，凤不舞，一点儿不"要"。驻在北平，他老人家就觉得离家很远了，谁知后来，部队竟绕过千山万水，一路向西，向南，离沈阳越来越远。大江流日夜，客心悲未央。丛菊两开他日泪，孤舟一系故园心。

不论战争年代、非常时期还是平凡的日子，我家一代又一代客居异乡的人，心头总是放着一个沉甸甸热乎乎的沈阳。

我在北京时想沈阳，旅居美国时更想，熘肉段、吊炉饼、四绝菜、老边饺子、椒盐缸炉这些沈阳美味自然时在念中，多彩多姿、活力四射的沈阳人的形象更是萦绕胸间、无法忘怀。我不但想念浑河两岸的亲友同事，而且想念体育场垂头丧气的球迷，街头跳舞音量适中不扰民的大妈，八一公园观棋不语或乱支招儿的大爷，穿着新西装迎亲、唢呐吹得震天响的郊区小伙儿，骑着电单车下班、顺便给家里捎一把蒜毫（北京叫蒜苗）的工人老哥，火车上命你"收收腿"的售货女孩……甚至想念烧烤店跟媳妇谎称加班的酒蒙子，市场里"口吐莲花"的狡猾小贩，单位里照本宣科、常念白字别人提意见还不乐意的领导。

唉，我这个思乡病，算是没治了。

（原载《沈阳日报·万泉》2019年6月19日）

三访慈恩寺

于 勤

于勤，媒体人，高级编辑。爱好散文创作，已出版散文集《推窗有蝶》。

潭柘因泉胜，戒台以松名，逛寒山寺品枫桥夜泊，登悬空寺体验飘然欲仙，南普陀靠山临海听鼓浪声声，灵隐寺得西湖氤氲水汽而翠绿环抱……这些寺庙除了宗教与文物价值外，更以独特景色闻名于世。相比之下，位于沈阳大南门外曲折街巷里的慈恩寺，一如北方大部分寺庙，规模形制都平淡无奇，更没有名山大川可依傍，然而，三次拜访，每次都有不同的见闻，给我留下非同一般的感受和回味。

第一次来到慈恩寺，是“转角处的遇见”。夏日午后，阳光的炙烤下，大地燠热，连爱唱歌的鸟都躲起来了，胡同里哪还见得人影儿。当我走进这陌生的巷子，感觉安静极了，也困惑极了，想打听道都找不着人。焦急时，一抹灰色远远地映入眼帘，沉稳的高墙、石雕的护栏、深红的屋檐，凭直觉我知道那一定是座古迹。

寻常巷陌乍现一抹古香古色，必定凑近去看，要办的事情早抛到脑后。快步走到近旁，果然是座寺庙，大屋檐下书写着“慈恩寺”。作为一个沈阳人，对这个名字并不陌生。不仅如此，这里还曾住过诗僧函可。函可在中国文化史上赫赫有名，且对东北文化发展有非凡贡献。他陷文字狱于1648年被流放沈阳，第一个落脚处正是慈恩寺。早就想到庙里寻踪觅迹，只是没想到竟在此时与它邂逅。

午后阳光给庙门前洒下斑驳树影，陈旧的灰砖墙透着潮湿清凉，让人忘记暑热。拾级而上，跨进山门，是个宽敞的院落。两边钟鼓楼，中间天王殿，往里走，后面是大雄宝殿。殿前照例有铜铸大鼎，此刻寂静无人，香火的灰烬尚冒着丝丝轻烟，也许刚刚有人在这里许下心愿吧。三百多年风云变幻，想寻到当年踪迹，不是件容易的事。踱出庙门，回首望去，感觉到那缕香烟的缠绕。

第二次来到慈恩寺，是受到一首诗的招引。己亥新春第一天清晨打开朋友圈，看到作家胡中惠老师的祈福诗："祈福慈恩寺，春风助我游……"那个遥远夏天里的不期而遇旋即浮现在脑海。于是在一派祥和热闹的春节气氛中，随着略为拥挤的人流进入慈恩寺。据介绍，这里是沈阳市现存最大的佛教寺院，有"十方丛林"之称。它创建于后金天聪二年（1628），历史悠久，几经损坏，数次修缮，如今晨钟暮鼓，早晚功课有序。

仔细观察发现，寺庙坐西朝东，东面朝着万泉河。相对于南方寺庙，这里修得矮小，符合北方环境特点，易于保暖。依次看过山门，钟鼓二楼，天王殿的檩枋彩绘及殿内供奉的四大天王、弥勒、韦驮的塑像，大雄宝殿，比丘坛，来到最后面的藏经楼。这里珍藏着两部木版"三藏"经典，分别为明藏和清藏版本，据说存世不多，弥足珍贵，也令我对这座藏于寻常街巷中的寺庙肃然起敬。

转眼端午过后，得辽宁省散文学会和冰天诗社的邀请，到慈恩寺参加座谈会，主题正是关于函可与慈恩寺，我欣然前往，于是有了第三次拜访。

仲夏清晨，庙门前又是满目葱茏。会场设在慈恩寺里北路殿堂中的一间会议室，这里也是冰天诗社所在地。座谈会上，聆听史学专家的真知灼见，还得到《函可传》《冰天诗社诗校注与解析》等珍贵书籍。由是，函可的形象在我心中清晰丰满起来。

函可，也叫剩人和尚，广东博罗人。明清之际著名诗僧。生于万历三十九年十二月初四（1612年1月6日）。作为名门之后的函可，年轻时多才、好义、豪爽，为江南名士。他忧世伤生，29岁时赴江西庐山，皈依佛门。

函可虽已出家，但他并没有完全斩断亲情、脱离政治，家事国事常系于心。顺治二年（1645）春天，函可自广州到南京刷印藏经。他目睹人民饱受战乱之苦，写下传记体的《再变记》。顺治四年（1647）十月，《再变记》被清兵截获，不幸成为身陷清朝文字狱的第一人。顺治五年（1648），清廷对他从轻发落，敕往沈阳慈恩寺，以示大开“慈恩”。慈恩寺是后金迁都沈阳后修建的第一座汉地佛教寺院，而当时存在的四塔四寺是藏传佛教寺院，这也是为什么让函可到慈恩寺的缘由。

函可是高僧、岭南曹洞宗大师，流放东北期间，曾开法七大寺，在普济、广慈、大宁等辽沈地区的寺庙传授佛学禅宗。他品德高贵、学识渊博，赢得广泛敬仰。他将曹洞宗传到东北，在禅宗历史上是大事件。

函可更是儒生和文化使者。在当时“高天幂幂，大地沉沉”的政治高压下，文化荒漠中，函可传承中国文人传统，活跃文化气氛，对东北文化史诗歌史贡献极大。史学专家张玉兴把函可的人生及创作概括为八个字“奇人、奇遇、奇诗、奇语”，并赞美函可：“他以其高尚情怀和对国家、民族的忠诚志节，生前身后赢得了人们的敬重。”

流放生活是悲苦的，尤其对曾经生活优渥的江南才子来说。函可在《初至沈阳》中写道：“开眼见城郭，人言是旧都。牛车仍杂沓，人屋半荒芜。幸有千家在，何妨一钵孤。但令舒杖屦，到此亦良图。”还有：“山僧自来关东，匿迹慈恩，承体光僧主种种加恩，又承印真禅人分半席，同寝处者年余，不啻骨肉。”受尽酷刑，“血淋没趾”，一路坎坷，到了沈阳时，袍子上还结着血痂，虽然受到慈恩寺僧人“分半席”的照顾，但还要“托钵乞食”，艰难、痛苦与压抑之状况可想而知。

据李兴盛先生统计，清代的东北流人总数在150万以上。继函可之后，被流放到东北的文化人越来越多。雪地冰天，令他们苦痛，但也激发了诗情。顺治七年（1650）九月的一天，函可借流人们庆贺左懋泰（崇祯七年进士，累官至吏部郎中。清入关后，被迫降清，顺治六年被告发有抗清之举，获罪，被流放东北）生日之际，提出创立冰天社，得到积极响应。冰天社活动两次，得诗66首，后收在函可的《千山诗集》中，题为“冰天社诗”。这是东北历史上第一次文人结社，冰天诗开一代流人诗风，也在东北播撒了文化的种子。函可以宗杲韩愈比喻清初流人，在冰天社诗序中说：“兰移幽谷，非无人而自芳；松植千山，实经冬而弥茂。”

与绝大多数才情并茂的文人骚客一样，函可也是乐山爱水之人。他在辽沈生活 12 年，曾 11 次游千山，并留下许多诗篇，抒发他在山水间的喜悦之情，表达对迥异于南方的北国风光的赞美，以及但求在此了却残生的意愿和无奈。“一到千山便不同，山翁只合住山中。”“千峰残雪转松杉，月下孤僧经一函。何必浮山归更好，病躯今已委寒岩。”后人将函可诗结集作《千山诗集》，其中咏千山诗篇 160 多首，占诗集的十分之一。

读函可和冰天社诗，最动容之处在于身处逆境的流人身上显示出的乐观向上的精神、傲岸超拔的气质。苦中觅诗，乃苦难中的高贵。在沈阳，他过着“飘飘无定止”的生活，然而面对风雪他有诗曰：“每到冬来必见雪，每到见雪必开颜。”函可因文字罹祸却不改其志，并以诗言志：“到边仍说法，有客尚投诗。”函可最有名的一首诗是《读杜诗》：“公诗化作血，予血化作诗。不知诗与血，顽固湿淋漓。”唯有如此惨烈遭际，才能与杜甫隔空相契，才能写出这啼血诗句。函可最后岁月住在海城金塔寺，茅屋残破，难得温饱，然而他创作大量诗歌，表达自己的不屈与抗争。其中多篇歌咏金塔和金塔铃：“静默信可久，舌存安能全。”“明月在天，塔影在地，北风凄凄，惟吾与尔……汝惟一舌，我惟一脚。我啸汝歌，汝歌我跃。”以塔铃自比，只要舌头在就要唱歌。从他晓白流畅的语言和苍凉率真、直抒胸臆的风格中，读出其深沉寓意，还有浪漫阔达的胸怀。

《函可传》作者、原辽宁省博物馆馆长姜念思说，在为生计顽强奋斗的过程中，将中原地区先进文化带到东北，艰难困苦中吟咏诗赋，“他们活得高贵”。姜先生在书里引用余秋雨《流放者的土地》中的一段话来说明和印证他的感慨：“部分文人之所以能在流放的苦难中显现人性、创建文明，本源于他们内心的高贵。他们的外部身份和遭遇可以一变再变，但内心的高贵却未曾全然消蚀，这正像不管有的人如何赶潮流或身居高位却总也掩盖不住内心的卑贱一样。毫无疑问，最让人动心的是苦难中的高贵，最让人看出高贵之所以高贵的，也是这种高贵。凭着这种高贵，人们可以在生死存亡线的边缘上吟诗作赋，可以用自己的一点温暖去化开别人心头的冰雪，继而，可以用屈辱之身去点燃文明的火种。”

函可在辽沈地区度过了12个春秋，他思念故国，思念家园，盼望回归故里，但愿望终成泡影，他含悲饮恨，顺治十六年十一月二十七日（1660年1月9日）冬，于辽阳首山驻跸寺端坐而逝。

著名指画画家黄辞培绘制了一幅函可像，画家说：“为函可绘像，通过美好情怀与德行相联结，表现诗僧情怀中特有的不灭精神。”画面中函可衣衫褴褛、双手拄杖，但面容清癯，神态刚毅，目光深沉而坚定，傲世而又充满悲悯，十分符合我的想象。

我们今天读函可以及流人诗，除了敬佩感动之外，也极易发现它们的史料价值。这些流人诗表达家国之恨、思乡之情的同时，也对当时盛京政治经济社会情况有深刻反映，对日常生活、风俗习惯、四时景物有生动描写，令人仿佛置身于三百多年前的盛京城。流人诗丰富了辽沈地区的文化底蕴，为今天深入研究那个时期的沈阳城市状况提供了重要资料。

寺庙，是静修之所，也是百姓祈福之地，若它还努力地尽传播文化之职，则善莫大焉。访慈恩寺，了解并阅读函可，不虚此行。三次拜访，多乎哉？不多也。函可与慈恩寺，可探索的空间广阔，对于热爱函可诗的读者来说，接下来的再访慈恩寺，将会有另外的所见所闻与所感所思吧。

（原载《沈阳日报·万泉》2019年7月22日）

一院梨花

盖云飞

盖云飞，笔名墨云，70后，资深媒体人，现为《沈阳日报·万泉》副刊编辑。2000年开始在《沈阳日报》《山西日报》《长江日报》《广州日报》《沈阳晚报》《法制与文明》《辽河》《老同志之友》等数十家报刊发表散文、杂文、随笔、报告文学等40余万字。散文《思念那朵云》收录于辽宁人民出版社出版的《万泉散文随笔集》。

楼上的钢琴声又响起，尽管稚嫩，却依旧动听。我坐在院子的长椅上，刚泡好的一杯铁观音香气扑鼻，两只慵懒的猫趴在地板上晒太阳，结着好多青杏的枝条从小院的门上探了进来，似乎也被这琴声和茶香吸引。我端起茶杯，茶叶随着琴音在杯子中荡漾开来，那曼妙的舞姿让我不由自主地联想到了采茶姑娘劳作的婀娜身影。我呷了一口茶，毛孔里透着铁观音的香气，琴音和茶香在我心头缭绕，久久不散。

一

父亲也喜欢喝茶，但他不喜欢铁观音的香气，他和祖父他们一样，只对茉莉花茶情有独钟。老式的搪瓷缸里，永远都是泡好的茶水，不管冷热，只管解渴。茶浓了兑水，茶淡了再添茶，就像他们的人生，缺了很多刻意，但也少了许多烦恼。

在我的印象里，以前老家的祖辈们喝的茶大都是祖父从沈阳带回老家的。祖父20世纪50年代就在沈阳一家大型国企做厨师，菜炒得好，人也实在，很有人缘。因为工作和距离的缘故，祖父每年回老家的次数有限，基本上是春节前才回老家的。而他每次回来都是大包小包，肩扛手拎，很是辛苦，只有那一脸的笑容带着幸福和满足。除了茶叶和小孩子吃的糖果，还有一些日用品，都是他口挪肚攒的。那时候，曾祖父和曾祖母还健在，给老人家带的软软的糕点都是我们这些小辈碰不得的。

父亲喝茶的习惯受祖父影响，不知道茉莉花茶是那个时候的流行茶，还是祖父只买得起茉莉花茶，他们爱喝茉莉花茶也就是从那个时候开始的，多少年口味竟然都没有变过，让我很是诧异。如今父亲茶喝得少了，我给他买的茶他几乎都没怎么动，就连茉莉花茶也不怎么喝，我不知道为什么，也许是离开了老家的缘故吧。

和祖父返乡一样，父亲每年也会有一两次去沈阳探亲的时候，每次也是大包小裹，回来亦然。家乡的味道和城里的味道在绿皮火车间流转，延续了好多年。后来祖父退休回老家安度晚年，父亲进城的次数就少了。如果不是我们在城里安了家，父亲是不愿意进城的，他们更喜欢乡间的简单和自由自在。父亲和母亲跟着我们在沈阳定居也有六七年了，已经渐渐适应了这里的生活，不过每年还是会回老家几次的。母亲每次回去，血糖的指数都会下降一些，这让我一直在怀疑让他们来这里生活的决定是不是错误的。

父亲在老家，唯一的牵挂就是那片栗子林。那是他和母亲辛苦了十几年的成果，每年春天都要回去半个月的时间除草、剪枝，而秋天的时候则回去收栗子，一忙也是大半个月。每次回沈阳，他们都会把最大最好的栗子带回来给我们吃。小孩子们都喜欢吃他们带回来的栗子，每次看到孩子们吃得津津有味的样子，父亲的笑容都会让皱纹舒展了几分。闲的时候父亲就会把栗子用刀削好，用保鲜袋包好放在冰箱里冻上，冬天的时候，炖一锅从老家带回来的土鸡，再放一把削好的栗子，十分香甜，这也成了我们家冬天里一道必吃的菜肴。

二

栗子树在老家到处都有，老屋的房后也有几棵，都是父亲亲手栽种的，几十年的时间都已长成了大树。但这样的栗子树在老屋后面并不算是老树。要算年轮，没有哪一棵树能跟那棵大梨树相提并论。

唯一遗憾的是那棵大梨树已经死了。

父亲也说不清那棵大梨树是哪年死的，就像没有人知道它是哪年栽的一样。父亲说，那棵大梨树从我们家搬到老屋时就有了，在它活着的时候至少有一百多年了。父亲曾向曾祖父求证过，但曾祖父也不知道，只是说在他小时候就有那棵树。我很惊讶也很后悔自己从来没有在意过它的年龄，但我们的童年却在这棵梨树下留下了许多美好回忆。

在我的记忆里，这棵梨树至少有两个成年人手拉手那么粗，我们这些小孩子小时候就愿意手拉着手围着它转。春天的时候，绿意从巨型的树冠上蔓延开来，清脆的鸟鸣声让老屋显得生机盎然，梨花绽放的时节，大梨树就像是一柄白色的巨型花伞，十分耀眼。一阵风吹过，如雨般的花瓣飘落在屋后，铺成了一片白色的花毯，洁白中散着清香。那时老屋的墙上、屋顶上到处都是梨花的花瓣，倒让老屋别有一番味道。炎热的夏天，我们这些小孩子都喜欢在大树底下乘凉、嬉戏，听老人们讲故事，那小小的果子也掩映在绿叶中，不甘寂寞地在风中频频露头。金秋时节，大梨树便又硕果累累了，它结的梨不大，有点像南果梨，酸甜适中，口感细腻。一阵风吹过，黄灿灿的小梨掉得到处都是，捡完了地下的，我们便拿着竹竿把掉在老屋房顶上的梨捅下来，然后用打好的井水把梨冲洗干净，放在盆里大家一起吃。那时候的大梨树结的梨非常多，每次采摘后都会给左邻右舍送去一些。白雪皑皑的冬天，光秃秃的大梨树依然高大，一进村口就能看到它，我们在树下堆雪人、打雪仗，不亦乐乎。在大梨树下，我们似乎从不缺少欢乐。

一年一年地开花结果，大梨树从未间断。直到那笃笃笃的声音频繁响起，我们这些孩子只是从这个声音中认识了啄木鸟，却没有在意大梨树生病了。到后来，大梨树上出现了一个大洞，有拳头那么大，似乎很深的样子。我们这些小孩子曾经想去试探看看洞里究竟有什么，但被大人们恐吓说里面有蛇，对于胆子很小的我而言，自然是不敢去碰的，而随着这个洞越来越大，大梨树结的果子也就越来越少了。父亲后来给大梨树打过几次药，但效果不明显，也就放弃了。

在曾祖父活着的时候，大梨树还是好好的。听父亲说，曾祖父最喜欢做的有两件事，一是在树下给后辈们讲家族的故事和这片土地上的风土人情，二就是在树下吹箫。父亲曾说，曾祖父有一点文化，确实会吹箫。而我小时候也确实见过家里有一支长箫，黑色，我还曾经把玩过，但如今已经不知所终。在我两岁的时候曾祖父就去世了，对他我没有什么印象。但我的脑海里时常会浮现出这样的画面：一位清瘦的老者，留着长髯，穿着长衫，坐在大梨树下，零落的梨花伴着箫声在风中翩翩起舞，那曲声悠扬而清冷，透着沧桑，令人感怀……尽管不知吹奏的是什么曲子，但我想那画面一定是很美很美的。

三

这样的画面我不知道在梦中出现过多少次，就像我无数次幻想着回到老屋，看到大梨树如五庄观的人参果树一般，能够奇迹般地迎来新生。带着这样的希冀我反而不敢去老屋的后面，我在心理上无法面对那空荡荡的一片。

离开家乡有二十年了，回去的次数屈指可数，但对它的思念却与日俱增。每一次梨花开落，我都忍不住遥望家乡，感慨万千。

一次跟朋友聊天说起老屋后的大梨树，朋友很是惊讶，建议我说，这样有年头的大树如果板材还在，你应该给它做成一块茶台或者案板，既是好物利用，也是一个念想儿。我一听如醍醐灌顶，立刻给父亲打电话，但得到的答案却让我懊悔不已。

父亲说，那棵大梨树好多年前就死了，树干烂在那里好多年早就没有了，里面都已经空了。后来父亲又种了一棵梨树，但是没过几年也枯死了。后来父亲就打消了再种梨树的念头了。而老屋后的栗子树倒是长势喜人。这让我心里更加难过了。如果大梨树枯死的时候，我能够把树干破开，相信一定会留下一块不错的板材，做个茶台一定是非常不错的，可惜这样的假设也就永远成了假设。

长箫和那悠扬的曲调早已在时空的长河里消散，亦如那早已化作尘埃的大梨树，都逃不过命运的轮回。老屋还是那样破旧，与如今乡间的变化显得格格不入，但父亲却坚持不翻修它，似乎在以自己的方式印证着乡间的物是人非。

我的小院是刚刚翻新的，炭化木新刷的油漆味道还在，但这丝毫掩盖不了铁观音的茶香，就像那些刻骨铭心的记忆，是无法被忘却的。失去之后永远都是珍贵的，老屋后的大梨树已经成为我心中永远的痛。我明白它生命的终结是因为没有了需要守护的人，人去屋空的乡愁不但我们有，活了一百多年的它们又何尝不是呢！

楼上的琴音时断时续，就像回忆，活着的时候永远不会停止。我望着小院外的空地，内心开始憧憬着要种下一株梨树，让它的枝干在我的院子上空撑起一柄绿伞。当梨花绽放的时候，那一院梨花的美景才是我心中最期许的。

（原载《辽河》2019年第七期）

想起北里先生

吴　限

吴限，祖籍徽州，生于沈阳，毕业于沈阳师范学院中文系。现为辽宁日报社文化中心主任记者，沈阳市文史研究馆研究员，辽宁省作协会员，辽宁散文学会副秘书长、常务理事，辽宁省美协理论艺委会委员。曾旅居格鲁吉亚、法国多年，任《欧洲时报》特约记者。《辽宁日报》《芒种》《今日辽宁》等美术评论专栏作者。作品多次获国家级、省级奖项。出版《翰墨辽海——书画家的背景新闻》。

顺治六年（1649）初春，一个寒冷的黄昏，从尚未开河的清河套上，走过来一队慢悠悠的牛车，车上坐着一对夫妻和与他们一同流放的堂兄、堂弟三家共百余口人，他们把车赶到铁岭尚阳堡八旗兵的兵营。兵营中的书吏在一本簿子上记下：流刑犯人左懋泰到达。

左懋泰，字大来，号旦明，山东莱阳人，民族英雄左懋第的堂兄。明崇祯七年甲戌科（1634）进士，官至吏部郎中。李自成陷北京，被大顺政权授官兵政府左侍郎。顺治年间被充军铁岭。在铁岭期间与多位流人诗人关系密切，唱诗以和，是冰天诗社的主要成员和倡导者之一。作为清代被流放铁岭的第一人，他也是清初铁岭流人文化的开拓者，他创作的诗作及文章，对当时及后世都产生了很大影响。

1649年春天，当左懋泰第一次踏上关外苍凉的土地时，他或许不曾想到，在他身后的一百多年里，无数流人还将沿着他沉重的步履，踏上同样的流放之路。

左懋泰到达时的铁岭，因被清军多次屠城，到处是断壁残垣，一片狼藉，已成一片废墟，唯剩一柱辽建密檐式古塔尚存。左懋泰曾以“铁岭塔”为题写下一首诗，诗云：“古塔十三级，北城独立幽。八方随佛日，一柱起边愁。铃铎诸天语，阶梯象罔求。无从登北处，仰视自悠悠。”从中可见当时清军实行屠城，人民罹难，房舍为墟，唯一柱古塔尚存的凄惨景象。

这座塞外的牢城，曾经是明朝大将李成梁筑成的城池，城内最多的，就是战争年代所筑的关帝庙、永安寺、火神庙、马神庙……在这些偶像之庙外，密密麻麻地住着无数的罪犯。在数十年的时间里，数百位因“文字狱”或直言上谏或被陷害的大臣、文豪被流放到尚阳堡，更有顺治帝为了打击江南士族，而制造的一场场江南科考案中的罪犯。三个朝代，细细划分，甚至可以说是四个朝代——明朝、南明王朝、清朝、李自成的大顺王朝的罪犯，都被放逐到了这个偏远的地方。从此“流放”这个词也贯穿了整个清代的历史。

放在几年前，他们或许是同一朝中的政敌；放在十几年前，他们或许是你死我活的敌国之臣。不过在这里，那些恩恩怨怨已经被抽象为南方，抽象为关内，抽象成回忆，抽象为心中的诗句。

左懋泰来到尚阳堡之后，砥砺志节，勤于著述，在流人中享有很高的威信，尊称其为“北里先生”。早在左懋泰被流放尚阳堡之前，就有诗僧函可被流放盛京，奉旨焚修慈恩寺，是谓清代第一例“文字狱”。

左懋泰是在函可到沈后的第二年来到沈阳的，函可成为左懋泰到达尚阳堡后接触最早、与之往来最多的流人之一。共同的命运使他们在频繁的诗词唱和中建立了深厚的情谊，他们在一起品茗吟诗，宴乐雅集，互相砥砺，彼此关照。

函可自处孤僻，与人慷慨多义气，且博学工于诗。函可初到沈阳的时候，先前到此地的文人学士多已经离开或死去。函可备感凄凉，幸好因为有了与北里先生的惺惺相惜，才不至于使处于苦寒之境的函可太过孤独。

翻开函可《千山语录》卷首，可见左懋泰为其所写序言说：“剩公先来，逾岁，余亦放至。得城阴数椽屋，沙气为岚，雪云如幕，或晨或夕，时一相遇。频死之余，尚载敝簏书一车，意为僵卧遣奠之具。剩公方弢光铲采，每来辄抓搔典籍，独提宗教，栩栩相视也。间煮葛粥，调盐荠，或击槁木，佐以瓦缶，唱酬吟咏，一室之外，遂无知者。……余被谴出塞，甚于潮澥，而独得与剩公永其朝夕，白尘交横，海风漂泊，一灯炯然。”从中可见他们之间患难的友情，亦可知他们当时的生活相当清苦，只有咸地瓜粥充饥，但他们活得很高贵。有一段时间，他们一个住在城北，一个住在城南，往来不断。有时函可与几位诗人结伴同访左懋泰，见面之后首先拿出各自的诗作相互欣赏：“入门先索袖中诗，未出还疑句过奇。”有时他们一坐就是一天，只有白水一杯，常常忘了饥饿。

顺治七年（1650）十二月十九日，左懋泰在流放地铁岭迎来了自己的55岁生日。这天，高僧函可召集盛京、铁岭、尚阳堡等地流人文士，会聚在左懋泰的戍居之舍为左懋泰祝寿。应邀前来参加的人中，有僧人4人、道2人、士16人、举子及后来赶到者8人，加上左懋泰和他的两个儿子左玮生、左昕生，共计33人到场。此时，新朋旧友，异乡相见，不免产生同是天涯沦落人的悲伤之感，在他们眼中已经没有政见的差别，没有效忠的王朝的差别，彼此“始以节义文章相慕重，后皆引为法友”。

当寿宴进入高潮时，函可看着窗外的冰天雪地，触景生情，豪情万丈地建议效仿江南才子结社和宁古塔流人吴兆骞创办“七子之会”的做法，创立比“七子之会”规模还要大的“冰天诗社”。函可的倡议，即刻得到左懋泰和众人的响应，大家当时即兴和诗32首。最后，左懋泰在这次聚会中作了一首名为《答诸公见赠》的答谢诗，诗云：“神农虞夏忽芜荒，五十五年事杳茫。绛县春秋羞甲子，楚歌宋玉谱宫商。腐儒不死蠹空在，窜落添龄罪愈彰。松柏好存冬日色，任随沤沫注沧桑。”诗中虽仍有苍凉之感，却已见凛然之气。

以函可和左懋泰为核心的冰天诗社创立后，会聚了流放到盛京、铁岭、尚阳堡等地的文化流人，逐渐形成了一个由相对的固定人群组成的固定的文学团体，而同时，冰天诗社里的诗词唱和则成为他们延续生命的精神支柱。

自此以后，左懋泰与社员们或聚盛京，或聚铁岭，或聚尚阳堡，聚时宣泄怨愤、失落、孤寂、清高、思乡、念友、抗争的情绪，别时毫无遮掩地直抒内心情感，以诗文互相唱和。他们心中最神圣的事情便是写诗唱和。他们大多意气相投，自此呼啸诗句，结为终生好友。左懋泰、陈掖臣、李裀、魏绾、季开生、董国祥、丁澎、陈之遴、李呈祥、孙梗、诸豫、刘嗣美、左晖生、左昕生，以及少数文化修养很高的流人女眷，如陈之遴妻徐灿等，都是诗社的主要成员和活动骨干。

就在冰天诗社成立后的第五天，又恰逢高僧函可的生日，一些流人文士又会聚盛京慈恩寺，由左懋泰主持了函可的生日宴和这次冰天诗社的第二次集会。左懋泰首先作颂，众人相继应和，左懋泰的次子左昕生奉和父亲当场作赋："门前竹杖破葱苔，木佛烧残志不灰。未丧斯文留子在，欲闻大道喜师来。父兮不咏惊心知，伯也前驱愧后陪。料得寒夜犹有梦，乡情端在岭头梅。"

顺治十一年（1654），左懋泰被赦为民，但不允许返回故里。此时的左懋泰"节旌即落心愈壮，诗卷犹存道未穷"，其遭遇令人同情，其才华让人佩服，特别是他的诗文，更是令众人倾倒。高僧函可誉称他为"塞外高松"、东海"大老"，认为左懋泰的才华可与明代诗坛享有威名的李梦阳媲美。

左懋泰与另一位流人郝浴的交游始于顺治十五年。这一年因疏劾吴三桂而流徙尚阳堡四年之久的湖广道御史郝浴遇到朝廷大赦，他专程来到盛京找到函可商量去处。函可建议，铁岭冰天诗社泰斗左懋泰为人正直，才华横溢，可为至友。郝浴也听说过左懋泰才名，早已向往，于是，即刻起身前往铁岭。

郝浴与左懋泰见面之后，表示欲在铁岭修建"致知格物之堂"（银冈书院前身），教流人子弟读书。左懋泰对郝浴之举大表赞同，不但捐资帮助郝浴修建学堂，而且在"致知格物之堂"建成后，送两个儿子左晖生、左昕生从师郝浴，入堂学习。在左懋泰的影响下，附近的流人也纷纷把孩子送到"致知格物之堂"，交给郝浴培养。这里后来成为铁岭文人学者聚集之地和文化中心，左懋泰和他"致知格物"的精神也影响了一代又一代铁岭人。

"南国佳人多塞北，中原名士半辽阳。"清朝诗人丁介在《出塞》中的诗句写满了流人的辛酸与悲苦，贫瘠的土地、恶劣的气候、艰苦的生活、绝望的理想，这一切的一切不停地折磨着这些流人，而在这些流放的人中，真正能活着到达流放地的人，不过十之一二。而在辽东这片苦寒之地，左懋泰却生活了整整七年。

顺治十三年（1656），在铁岭度过了七年流放生活的左懋泰因病去世，终年59岁。函可对左懋泰的病逝非常悲痛，他在《读左公徂东集》一诗中写道："秋风一见泪纷披，可柰重歌出塞词。百济河山愁到处，三韩文献幸今兹。屈平既放天何问，杜甫无家别有诗。方信当年身不死，千秋斯道已如丝。"他还在《哭左吏部大来八首》中悼诗云"共洒十年前代泪，独留数卷后人思"，道出了左懋泰晚年眷怀故国的情怀，弥合了这位"折节"大臣那不肯瞑目的双眼。

左懋泰的朋友、尚阳堡流人丁澎也曾在《左莱阳著书宅》中缅怀他："生平苦忆左莱州，谪去龙沙万里流。按曲能传中散调，遗书应耻茂陵求。黄榆夜雪长驱犊，紫塞春风几换裘。潦倒暮年夸健笔，至今辞赋满沧州。"

左懋泰著有《徂东集》一部，遗憾的是左懋泰在世时只有手稿。左懋泰去世后，尚阳堡流人李呈祥曾携带《徂东集》手稿入关，欲请人刊刻，可惜至今未曾有人见过。是没有刊刻还是刊刻后佚失？不得而知，以致我们今天已无从领略这位"塞外高松"、东海"大老"的美妙诗文。

十分巧合的是，笔者有幸在"函可与盛京慈恩寺"座谈会上巧遇左懋泰第二十三世孙左志先生，他对左氏家族历史颇有研究。他说："万历四年（1576），从左家的六世祖左之宜考中举人开始，左氏家族便不断有人中举，在短短20余年里，左家在同一辈人里就出了4个举人、1个进士，在当时可谓是人人称羡。莱阳左氏由此声名鹊起，门庭显赫。"我查了一下资料，在明清两朝，左氏家族共出5个进士，12个举人，50个余贡生，庠生、太学生200余人。到了左懋泰这一代，左氏家族人丁兴旺，共有36个兄弟，因为名字中都有一个懋字，所以被称为"三十六懋"。他们之中多数取得了功名，无一白丁。这时的左氏家族已达到鼎盛时期。在这"三十六懋"之中，名望最重的当数左懋第、左懋泰二人。

左志先生说，左懋泰家族后人继承了家族的文化精神，到清乾隆年间，左氏家族重新发达起来，成为铁岭望族之一，考取了一批举人、贡生、庠生，族人散居铁岭城内、城郊，当时有“左半城”之称。

左懋泰，一个被遗忘在历史烟尘里的苦涩名字，一个被流放到冰天雪地中的诗坛大儒，在他生命的最后七年里，他用博大的灵魂守望着一份对家国故土的思念，也为沈阳和辽海地区注入和增加了文化的生机与厚重。

历史总是习惯于遗忘，今天当我们站在慈恩寺大殿前，这里早已是香火鼎盛，数百年后经过翻修的建筑让我们早已无法窥见函可与左懋泰等一批鸿儒雅士当年在此以诗结社时的风貌。

此刻，我想起函可和这座庙宇的悠远与宁静，想起北里先生和冰天诗社的悲愤和沧桑。这一刻，我恍若洞穿了历史的迷雾，遥望着三百七十年前的那个冬天，盛京城下，北里先生与一群文人流士那渐行渐远的苍凉背影。

（原载《沈阳日报·盛京周刊》2019年10月25日）

老赵“提干”

焦凡洪

焦凡洪，1978年2月入伍，曾任原沈阳军区宣传部副部长、抚顺军分区政委、沈阳军区政治部文艺创作室主任、白山出版社社长等职。著有报告文学集《剑胆琴心》、文艺评论集《剑鸣虎啸》、散文集《剑韵和风》、文艺理论集《剑气飞扬》、话剧剧本《与你同行》（合作）等。系中国作家协会会员。

国之大典，致敬老兵。10月1日9时20分，当90岁的老战士程茂友登上4号礼宾车的时候，他汹涌的心潮已经“满格”。11时37分，当他所在的由21辆礼宾车组成的致敬方阵，在《红旗颂》的乐曲声中徐徐驶进天安门广场的时候，他激动的心幕更是“爆屏”：从党和国家领导人到观礼的数万名代表都自动起立，掌声震天，花潮奔涌，现场澎湃成了一片祝福的海洋。这是共和国给予他们的最高礼遇啊！程茂友懂得：这种崇敬和礼赞是献给英雄的，而真正的英雄是那些为新中国的成立而牺牲的无数先烈，其中就包括他终生都难以忘怀的那位老兵赵大哥……

一

那是1949年春天，平津战役胜利之后，数十万大军从华北南下，追剿国民党反动派的残余势力。当时程茂友所在的46军通信队有许多机密文件，上级特意为其配备了一匹骡子，那饲养员就是老赵。

程茂友是抗战时期入伍的老兵，任有线班班长，是队里的党员骨干，而这位老赵的革命资历更长，是位老红军、老党员，因而，程茂友对他特别敬重，两人很快就成了无话不谈的好战友。老赵是江西人，开口爱说“同志哥”，其实按岁数，他是名副其实的全队官兵的老大哥。

通信队的行军队伍里加入了一头体格高大的骡子和一名手牵缰绳的英武的饲养员，官兵们都感到自豪。一些战士遇到其他单位的兵就禁不住炫耀一番：“你看我们队厉害吧，上级专门给装备了战马。”“那位大个子就是从骑兵部队派来的！”这话被老赵听到了，他的脸黑成了那骡子皮的颜色：“同志哥哎，你们可莫瞎吹，这不是马，是头骡子！”这些兵不服气，私下就去找老赵：“老哥，这骡子和马不都一样吗，说战马多提气。”“就是，这骡子骑上不也叫骑兵吗！”“是呀，当着外人你干啥那么较真？”老赵梗起脖子说：“同志哥哎，咱们队伍走路向来就是‘一二一’，不能指骡子为马。再说了，你们不要小看这骡子，马有马的能耐，骡子有骡子的优长，这骡子既有耐力，又有爆发力，特别是负重能力强。我过去不是骑兵，现在也不是，就是个饲养员。”

别看这老赵平时慈眉善目的，但关键时候较真章，认死理儿。有的战士背后就给他起了个外号：“犟骡子！”老赵知道了也不生气，他乐呵呵地说：“我就是要做一个革命的老骡。”

革命的老骡吃大苦，耐大劳。本来老赵的背包和装具完全可以放在骡子身上驮着，但他不，个人携行的东西全部自己背着，只让骡子搭着队里的保密文件、档案资料等贵重物资。路上，当他发现有的病弱的战士行走困难，或是接过枪，或是夺过背包，一定是上自己的肩，决不给那骡子加载。

行军，老赵牵着骡子紧跟队长走在前面，那高高的背影成为全队行进的标志。中间休息吃饭，老赵又躲到一边，给牲口擦身子、喂饲料，等把骡子伺候舒帖了，他才随便扒拉几口饭……一天，突降瓢泼大雨，官兵们都赶忙披上雨具，只见老赵也拿出雨衣，但他没有自己穿，而是盖在了骡子身上……旁边的战友争着要把自己的雨衣给他，老赵一挥缰绳和那骡子飞奔起来，在前面扬起一路水花……

部队边打仗边行军，紧张、饥饿、劳累，使每个人都达到了生理极限。好不容易晚上休息了，大家倒头便睡。而这时又是老赵最忙碌的时候，他给骡子卸装具、刷身子、饮水、喂料，还要张罗准备第二天行军的草料。对这些事儿，他做得一丝不苟。在如此艰难困苦的条件下，人吃饭都是随意对付的，更何况那牲口吃的草，还管什么长短粗细的，可老赵要坚持“寸草铡三刀”。夜里，他就是睡得再晚，也会中间起来为骡子加料……

程茂友一有时间就去帮老赵打下手，两人一边干活，一边说着心里话：“老哥，您对骡子照料得这么精心、细心，真是关心到家了。”“我从小没进过学堂，认识的几个字都是到部队学的。我琢磨：这‘心’字左边一点、右边一点，窝窝里还有一点，这是告诉我们，用心干事要从一点一滴做起，差一点都不行。这骡子既是我们的无言战友，又是我们的武器，跟着我们革命哩，所以我的工作粗心不得！”“说得好，这长途行军得一步一步地走，取得解放全中国的胜利得一仗一仗地打，我们每个战士都得全心全意。”“对头。我还琢磨：这‘心’字的三个点这么一勾连，又像个‘山’字，我们每个兵的责任都很重，胸中装着一座山哩！”

二

兵心忠贞，责任如山。尽管老赵在队里不担任领导职务，连个小组长都不是，但官兵们思想有什么疙瘩、工作有什么难题，都爱找他唠唠。特别是在那段时间，一些战士对部队没日没夜的行军有想法，老赵一有空隙便给大家讲长征的故事。他肚里的故事可多哩，都是亲身经历，所以他讲的话，大家信服。

战士们敬佩老赵，也为老赵鸣不平。这老赵是井冈山时期入伍的老兵，经历了反围剿、长征和抗日战争，是纯粹的“老革命”。与他同期参军的同志都当了干部，许多到了师团职的领导岗位，可他仍是大头兵一个，这也太不公平了。难道他有历史问题，还是犯有严重错误？老赵为什么不能提干？

程茂友是通信队的党支部委员，他就去找党支部书记、指导员常存礼反映战士们的意见。指导员听了后说：“这事呀，难……”

老赵提干的事“难”在哪儿？因这涉及到组织人事问题，程茂友不好多问，也不便和老赵说，在他心中一直像一团解不开的电话线……

部队从天津西部出发，行军一千多公里，到达湖北孝感。为了更好地适应江南作战，在这里做短暂休整。

一天，队里召开支委会，议题是研究上报老赵提干的问题。会上，党支部书记常存礼首先传达了军司令部直政处关于把老赵提拔为干部的建议，又提出了拟推荐老赵作为通信队司务长人选的意见。支委们踊跃发言，表示赞成，双手赞成！有的委员还诙谐地说，这老骡早就该挂掌啦！书记说：“大家先别高兴得太早。我和老赵从井冈山就在一个锅里抡马勺子，对他我太了解了。这些年，组织几次要把他提拔为干部，他坚决不干。他来的上一个单位的领导还对我说，这老赵什么都好，就是倔得像那头骡子，十八匹马都拉不回。今天我们再一起做做他的工作，来个集体谈心。”

指导员让通信员把老赵找来。老赵进屋一见这阵势，“啪”一个敬礼：“首长有什么任务叫我完成，请指示！”大家请老赵坐下，书记说：“老赵同志，最近直政处又给我们提出要求，研究上报你的提干问题，支委会一致同意，拟推荐上报你为通信队司务长的人选……”常存礼的话还没完，老赵“噌”地从凳子上蹿了起来，脸涨得黑红：“指导员，别人不知道你还不知道吗，我这块料能当干部？组织关心我，几次要给我提干，我感谢。但我也请求组织不要认为我当不成干部就好像对不起我似的。我是来革命的，打反动派的，不是来当官的！”一些支委说：“老赵，让你当干部也是革命需要。”“好让你挑更重的担子。”老赵的脸上冒出大滴的汗珠：“那也得什么材料做什么用，不能拿麻秆做房梁。你们推荐我当司务长，我肚子里的大字不满一槽子，连个数码也写不全，怎么记账，怎么完成任务。”队长黄作峰说：“给你配个文化高的战士当助手！”程茂友自告奋勇：“我是队里的兼职文化教员，我帮你！”老赵更急了：“这不是掺上沙子当马料糊弄骡子吗？我挂个不合蹄儿的掌，走不了路，那不是拿革命工作开玩笑嘛！”老赵环顾一下大家，拍着胸脯说：“同志哥哟，我就是一个饲养员的料，我要和我的老伙伴一直干到全国解放，等完成任务了，我就回家买头骡子种地去！”说完，老赵拔腿要走，指导员拦住他说：“你先别走，听大家把话说完。”老赵一脚门里一脚门外，满脖子青筋：“今天你们就是说破天，我也不同意。不能坑部队，给革命造成损失！”书记对着老赵也是对着全体支委说：“你老赵同志的个人意见，我向上级汇报，最后我们都要服从组织命令。老赵，交给你另一项任务：部队长途行军，鞋都烂了，现在后勤又供应不上，你教大家打草鞋。”老赵一听这活，那阴沉的脸上立刻云消雾散：“没问题，我坚决完成任务！”说完，扬起脚就蹽了，那手中捻起的响儿像那马鞭声脆……

老赵提干的事只得又暂时搁置了。虽然这老赵坚决不当干部，但执行起组织打草鞋的任务来，俨然是一副指挥员的模样。他先从每个班各挑选出两名战士进行培训，一步一步地教他们草绳怎么编、布条怎样系，然后让这些小教员再分头回去教大家，全队有条不紊地展开了打草鞋的工作。对打出的草鞋，他一个班一个班地检查，一双一双地验收，发现不合格的，坚决要求重打。在老赵的组织指导下，全队利用休整的时间每人装备了三双草鞋。

队长、指导员都表扬老赵任务完成得好。程茂友又趁机给老赵做工作：“老哥，你看通过打草鞋这件事，证明你挺有组织能力和领导能力的……”老赵立马把话截住：“你别说了，什么生灵什么崽儿，什么萝卜什么坑，我这人就能当好一个兵！”

部队过江，投入了追歼顽匪的战斗。此时已到夏季，天气闷热，阴雨连绵，道路泥泞。进入海拔1500米的幕阜山后，更是小路蜿蜒崎岖，处处悬崖峭壁，官兵单人行走都困难，更何况老赵还带着头笨重的牲口。一天夜里，就在老赵走过一处悬崖时，骡子的两条后腿一滑，掉下了崖，骡子急速下坠，老赵拼力地抓住缰绳想把它拉上来。同志们一见都大喊：“老赵，危险！”“松手！”“快松手！”可老赵趔趄着身子死死地抓住缰绳不放……就在一些战士靠过去想拉他的瞬间，呼啦一声，骡子带着老赵向那悬崖下摔去……

“老赵——”“老赵——”“赵大哥——”官兵们大声哭喊着，可老赵再也没有回声……周围只有沉默的大山……

三

青山做证，沧桑巨变。整整七十年了，在程茂友心中一直不变的是对老兵老赵的思念。这些年来，程茂友曾多次想到老赵的墓地去悼念这位可亲可敬的老大哥，无奈在战争年代，敌情复杂，善后小组是秘密把老赵安葬的，已无法找到他长眠的地方……血沃热土，光耀中华。亲爱的赵大哥啊，虽然已找不到你的墓地，甚至已记不得你完整的名字，但你的忠魂已融入了这巍峨的人民英雄纪念碑，你的足迹已延伸到了那威武雄壮的受阅官兵的脚下……程茂友庄严地把右手举于脑际，向着祖国和人民，向着那精神的高峰……

（原载《解放军报》2019 年 11 月 22 日）

报告文学

光明照耀着沈阳

刘白羽

刘白羽（1916—2005），北京人。20岁发表文学小说处女作《冰天》。1937年赴上海参加抗日救亡文艺工作。1938年到延安，曾参加文工团，走遍华北各地游击根据地，参加延安文艺座谈会。1944年调重庆《新华日报》任职。解放战争时期，作为随军记者参加了辽沈、平津和渡江战役，创作出大量脍炙人口的优秀作品。新中国成立后，曾长期担任军队文艺领导工作。在60多年的创作生涯中，发表作品400多万字，出版作品集50余部，多次获国内外文学奖项。

历史的暴风雨

十一月二日，将是我们永远记得的日子。三年以来，在爬冰卧雪、冒死忘生的时候，我们所想望、所争取的这样一天，终于实现了。当解放军忠诚英勇的战士走过沈阳街头，当我所听到他们那嚓嚓前行的脚步声时，我知道这是胜利的声音，从内心激起快乐。我走进沈阳，我又看到这个中国第一座重工业城市，我熟识铁西区五金炼冶厂最高的烟囱，到兵工厂去的路，以及由中心广场向四面八方辐射的街道，而这一切，都属于人民的了。

胜利给人民事业打开无边远景。一九四六年四月春冻时期，我曾在“军事调处执行部”邀请下与其他中外记者来访沈阳。那时气节是雨雪低垂，美国人带着降落伞部队赶来，国民党新一军、新六军也从海上蜂拥而至，国民党特务横行无忌，在报纸上大肆反共宣传，在夜里大放黑枪。沈阳警备司令部司令彭璧生在餐厅长桌上对记者狂妄声明说："东北无林彪其人，也无林彪部队。"那时反动派反人民的气焰多高！今天，我又到了沈阳，在不久前被外国记者描写为"在摇曳烛光下举行军事会议"的"剿总"大厦里，我看到匪徒们连墙上的机密作战地图也来不及收拾，特别引我注意的是图上还标志着廖耀湘兵团在辽西全军覆没前的最后部署，据说这是蒋介石于十月十五日亲自部署的。在伪政委会里，蒋介石留下了他给他的美国主人魏德迈写的卖国报告。我希望把这些东西送进胜利纪念馆，让人们知道这些罪犯是怎样来不及擦抹其罪恶的痕迹，就倒在人民脚下的。又当我看到"剿总"高级官员桌上一只磁制记事牌上写着的"头可断，血可流，东北不可丢"时，我为这愚蠢的谎话而笑了。历史没有按着反动者的头脑发展，也永不会按着他们的头脑发展。

混乱的崩溃与清醒的胜利

当我们从辽西向沈阳前进时，一个被解放的国民党士兵把他们的惨败情况告诉我："被打垮的队伍就像现在的树叶一样。"他们拿疾风扫落叶来说明当时的形势，而沈阳的解放也恰恰符合这一种形势。

东北，蒋介石及其美国华尔街主子口口声声喊为他们的所谓生命线的地方，随着十一月二日沈阳的解放而全部解放了。蒋介石一周以前还三次到沈阳，救锦州，救长春，救廖兵团。可是人民胜利高潮怒卷而来，留给蒋介石的是一连串致命打击的纪录：锦州的解放战是三十一小时，长春的解放紧跟着赶上来，辽西打虎山廖耀湘十二个美械师的覆没也不过两天一夜。蒋介石匪帮紧接着在十月二十九日沈阳飞机场上演了最后一出丑剧：卫匪立煌乘飞机逃跑时，因为机少人多，满满一飞机场人简直要把飞机挤碎似的。当时混乱不堪，一群吮吸人民脂膏的家伙，在人民胜利面前颤抖着。当赵家骧一宣布"上飞机"，立刻像搅乱的苍蝇似的挤成一团，卫立煌连忙抢上去，伪嫩江省政府主席彭济群从吉普顶往飞机上爬，却被一脚踢滚下来，飞机起飞了，“剿总”的“大员”们站了一天没挤上去，落得个冷气攻心。赶回来一看，简任官以上的房子已经给他们自己的溃兵弄得乱七八糟——原来天下在这一瞬之间已经变了，解放军的枪炮声震撼了沈阳四围。

十一月一日，解放军主力部队从铁西区突破了沈阳。我生平将永不能忘那过辽河铁桥之夜，无数人马，呼喊着，无数卡车闪着耀眼的灯光，大家一心奔向胜利！奔向沈阳！战士们以无比的清醒节节前进，锤击敌人。

蒋介石的防御神话全部破灭了，这时战斗的特色就是溃败的敌人纷纷缴枪，因为国民党士兵比当官的要清醒得多。在辽河西岸草屋里，敌士兵就对老百姓说：“我们不打了。”周福成想召集他最后的军事会议，却没人出席，各团纷纷直接向解放军投诚，无论新一军的鹰徽，新六军“虎威”的“虎照”，都一齐被践踏在前进的人民部队的脚下。敌人派出装甲车，打了降旗，请我军先头部队去受降。一个士兵喊：“我是国民党兵，有一条枪给你们呀！”敌人的汽车兵团驾驶手整整齐齐张起一面红旗。坦克队更干脆，赶走了指挥官，说：“留下好坦克交给国家！”他们在这里所说的国家，是他们第一次指着人民的国家。

沈阳的人民更是清醒，他们不是等待着，而是英勇地迎接光明。当十月二十九日蒋军战车还在街头巡逻时，“毛主席是中国人民的救星”的标语，就动人地出现在街头了。一日敌机虽轮番轰炸，但沈阳市民们涌上街头，争着看解放军缴敌人的枪。职工们保护了机关、工厂、银行，全体人民站在各自的岗位上，迎接人民军队的到来。沈阳是完整的沈阳，这是给我们第一个强烈的印象。战争结束的早晨，人民便在路上走来走去。《中央日报》的工役在揩地板，字架上一个铅字也没乱。市政府里有人说服了卫兵，取过钥匙，锁好门窗。很多机关没打破一块玻璃，没丢一个灯泡。沈阳二日解放，四日工人职员等陆续登记报到，第一周就有十九万人，这不仅是工人，是中下级职员，也有国民党高级职员，包括国民党军队及“联勤”系统的将级官佐、伪政委会系统的简任官、伪市政府的局长、资源委员会系统的技术专家在内。从这里可以看出一个问题：连国民党高级职员也不跑了。不但关外人，连关里人也不跑了。人心的变化多么快，多么大！让那些在北平、天津、南京、上海……的公务人员们都知道吧，让他们看着沈阳的榜样，安排好自己的出路吧！中国是全体人民的，只要不是顶反动的头子，就不要害怕人民解放军，大家都有活路走，有工作做。

当然，在沈阳解放中，最动人的是工人的行动。他们在战斗还在进行时，在敌机还在疯狂滥炸时，就奋不顾身地为人民的沈阳放置下头一块基石。工人们除了把每座工厂完好保存下来之外，二日夜，在密集轰炸下，工人为完成恢复交通等工作而展开了惊心动魄的一幕。一片漆黑之下，上有炸弹，下有地雷，哈尔滨铁路工人的忠诚英勇与沈阳工人的澎湃热情相结合，忘我地在一个夜晚完成了意想不到的任务。一个哈尔滨铁路劳动英雄一连紧张工作了二十六小时。沈阳工人蔡立清在战前战后两日两夜，机警保护人民的财产，侦察谁放信号，监视特务。在这汹涌的人民力量之下，沈阳市从战争里迅速恢复过来，第二天电就来了。曾被国民党切断的居民电灯一下耀眼发光，四日电话通了。五日邮电把沈阳与全东北的呼吸沟通。六日冷雪初晴，电车响着喇叭驶过街头，自来水流出了龙头。商店大部开业，物价稳定，四乡粮车源源而来。市民们和过节日一样欢欣的出现在街头，神话式的谈论在流传着。一个说："夏天满街过虫子，一扑一脸，把高粱吃得精光。我知道国民党一定完了，一看解放后这天气多好，几年来也没见过啦。"另一个抢着说："解放军是一号进城，又赶上礼拜一，真是巧，一切是从新开始了。"真的，沈阳的一切是新的开始，是记者经历东北战争中所见的新景象，是大势所趋人心所向的鲜明表白，是伟大英勇的大革命高潮。

光明的日月永属人民

沈阳解放后不几天，在一个技术专家的座谈会上，一个研究内燃机的专家，沉痛地讲了一段话。他说：他曾经亲眼看见国民党官员把稍加修理即可航用的日本飞机拆卖，以换取金条，装进自己口袋里，飞机使用的铝被改铸成洗脸盆。他说，制造飞机的铝改铸成洗脸盆，这就是国民党匪帮把中国第一个重工业的沈阳变成饥饿贫困的沈阳的罪行的缩影。沈阳街上买得到美国柠檬汁，但贫民的上等食粮却是豆饼和豆渣。七月份沈阳报纸统计有四十七万余市民即以豆饼为食品。

但是今天让我讲一件事情吧。小西区区政府一个职员领了军事管制委员会颁发的生活费，买了粮食走回家去，老祖母见了便流下泪来，说："想不到还能吃到高粱！"这是一桩平凡的小事吗？不，这眼泪是千百万人的眼泪，这眼泪里含着多少欢笑，也含着多少仇恨！看新中国的诞生，看旧中国的毁灭，在沈阳是很容易找到两者之间之分界线的。我在一九四六年曾亲眼见过铁西区无数家工厂门上都贴了七八条封条。这就是政学系的张嘉璈、国民党CC分子齐世英、军人派杜聿明先后出场的吞蚀盗卖的"劫收"。当时曾像斗牛场上一样，见了日伪资产就抢着贴上自己的封条。而今天代表人民利益的军管会的接收，则在人民员工保护及解放区的清明政治的作风下完成了，没有听说哪里打碎过一块玻璃，没有听说哪一个人把公物变为私产。在这方面，我可以拿出各项例子：在市政府，当人民的市长走进这座棕色的大厦时，原机关负责人率领一百三十余职员交代点编，档案文件全部完好无缺，连桌上的办公用具都是洁净的。人民的市政府便立即开始工作了。某工厂工人自己组织护厂队，拿起蒋匪遗弃的武器，日夜把守，完整无损地保护了所有的机器、仓库、房屋、变电所，四日由我接收后，八日机轮便转动起来了。

原来沈阳机关林立，工厂繁多，再加以系统复杂，因此接收工作是一项浩大的工作。军事管制委员会宣布成立的第一天（本月三日）便派出了军事代表，分为军、警、财、经、后勤、铁路等系统，自上而下，进行接收。在人心向我及我党已学会了管理国家的条件下，军事管制委员会，表现了惊人的管理国家的能力。从三日到五日，全市即接收完毕，工厂复工了，学校复课了。报到的公教、职工人员、公费生及多少流亡学生领到临时性救济费后，表示无限感激。在一阵狂风暴雨似的军事胜利之后，这是一阵舒适的春风化雨。一个针织厂姓翦的女工的老母亲，饿得两手肿起一寸多高，皮肤发亮了，现在向人家滔滔讲叙她家领到十万元临时救济费的用场，如何购买粮、肉，送儿子到抚顺去做工，谈得自己笑个不停。一个麻袋工人说："还没做工就给钱，这真是想不到的事。"市立二中教务主任孙某说："国民党在时我们十月份薪金还没领到手，粮食也没有了，正困难的时候，解放军来了，就发给了生活费。"在沈阳解放之后，市民有三大满意的事：第一是解放军纪律好；第二是水电交通恢复；第三是粮价低落。这几天，街上不断走过游行的行列，带着愉快的欢声，鲜艳的红白色的标语。据我所知道的，一个从前把自己的作品糊窗防寒的画家，现在已开始为自己的理想而工作了。一个教员从监狱回到学堂。人们不但得到了工作的自由，同时也开始在解除生活的贫困。铁西区铁工吴景玉的女人花一万元买了六斤多豆面回来，快乐得拍着手向邻居们喊道："你们快来看呀！从前卖两件衣服也买不到一斤呀！"笑声立刻荡漾在从前曾失去欢笑的地方。

这一切都是解放后的新光景，像红日瞳瞳而上。沈阳千万人民在这光辉的时刻里喊出同样的一句话：光明的日子开始了！这是真实的话，这一个远从一千二百余年前的渤海国时即已创始、而又经过多少历史沧桑的沈阳，现已步入从来未有过的兴奋快乐，开始了光荣的日月。

一九四八年十二月二日哈尔滨

（选自《光明照耀着沈阳》，新华书店印行，1950年3月东北初版）

向更新的记录前进
——记全国青年社会主义建设积极分子李凤琴

赵郁秀

赵郁秀，1933年生，1955年毕业于中央文学研究所戏剧文学系。曾任《鸭绿江》编辑、《文学少年》杂志主编、辽宁省儿童文学创作研究室主任、辽宁省儿童文学学会会长等。现为亚洲儿童文学学会副会长、辽宁省儿童文学学会荣誉会长。著有《党的好女儿张志新》《为了明天》《信仰的力量》等，主编《棒槌鸟儿童文学丛书》《小虎队儿童文学丛书》等。曾获第四届世界妇女大会书展荣誉奖，世界儿童文学大会（2006）特别奖、贡献奖，中宣部“五个一工程”奖，全国优秀儿童图书奖，辽宁省散文一等奖，辽宁文学奖等。国务院特殊津贴获得者。

早晨，红日从海面上跃出，透过淡淡的薄雾放射着绚烂的光彩，这时，总有一位健壮活泼的姑娘，迎着阳光，轻快地踏着自行车，驰向大连海滨公园——星海公园。在草坪上，向着滚滚无边的大海，舒展四肢，做着早操，操毕，又跨上自行车，循绕园内的道路飞驰。到了一定的时刻，车头一转，奔向她工作的地方。

夜晚，当城市的灯光像天上的繁星一样闪烁时，在大连沙河口区一个工人的家庭里，还是那位健壮活泼的姑娘却在安静地学习，她翻阅着技术书籍，演算着算题，等时钟敲过九下，就熄灯睡下了。

这位姑娘就是大连造船公司水门厂的翻砂工李凤琴。遵照着毛主席向全国青年提出的“身体好、学习好、工作好”的伟大号召，李凤琴订了这么个作息时间表：早起，做早操，练自行车；晚间，学习文化和技术。才几年工夫，她做到了“身体好、学习好、工作好”，人们爱慕地都称她为“三好”青年。为在祖国实现社会主义，她要永远遵照毛主席的指示在各方面都要向更新的纪录前进，奋力前进！今年九月，她带着光辉的成绩，带着旅大青年的荣誉，出席了在祖国首都召开的全国青年社会主义建设积极分子大会。

李凤琴十三岁就进入大连渔网工厂做工，将近两年时，厂内因人员过剩，号召部分工人转业。李凤琴想：转到哪一行去呢？她常听干部们讲，我们国家将来要像苏联一样，实现社会主义工业化，发展重工业。于是她要求转到重工业部门去。这时她正好看到了大连造船公司的招工广告，就把要求提得更具体了。工友们听了，都惊异地问：“你又瘦又矮的，怎么能搞重工业呢？那可不简单哪，只有又粗又壮的男人才行呢。”李凤琴很干脆地回答：

“苏联妇女都能干重工业，咱怎么就不行？”

其实，她并不知道重工业是什么，更不知道自己能不能干得了，只知道：重工业是国家建设中最重要的，她就一定要去。别人能干，她觉得自己就能干。领导上同意了她的要求，告诉她：要分配她到造船公司水门厂去，大概是做翻砂工。

“翻砂是重工业吗？”

“是！”

“那好！”

就这样，她高高兴兴地到了大连造船公司水门厂。

当第一次迈进车间的大门，她不禁惊奇地自语：重工业真是不简单哪！这么高大的厂房，这么多工人在劳动！大吊车在头顶上轰轰直响，好像向她开来，吓得她直躲闪；脚底下又是砂堆、又是木型，不知往哪儿踩踏好。一会儿，厂房里红光闪闪，铜水从炉子里哗哗往外淌着，火花飞落。她赶忙向后退步。一个男工友在一旁打趣地说：“要当翻砂匠，别怕铜水烫。”李凤琴一听嘴里没说心里想：不当翻砂匠，还不来呢，来了，就什么也不怕！

开头，她跟张师傅学徒。张师傅从来就不相信妇女能当翻砂工，一见了李凤琴那又瘦又矮的模样，就叨念：“这么小个姑娘，若是烫着了碰着了，谁能担得起呀？这不是给我找麻烦吗？”李凤琴看张师傅不高兴，自己心里又上火，又怕张师傅不收她，赶紧走上前去说：

“张师傅，以后有啥活你尽管分配给我干吧，别看我小，别人能干我就能干！”

当时，苏联厂长（一九四八年水门厂厂长是一位苏联同志）和车间党支部都很支持她。党支书常和张师傅说：“你别看她小，倒挺灵巧，好好帮助她，将来准能成个好翻砂匠。”

可是，张师傅总不放心，一到搬运材料和砂型这些重活时，他就不分配给她，她站在一旁也插不上手，别人还嫌她碍事。有的男工人就叨咕：“说什么女人也是不行，咱能干的，她就干不了。”李凤琴知道男工友瞧不起自己，开始很难过，但却暗暗地较上了劲！“你们能干的，我就能干！”到抬重活时，她就向那些好说俏皮话的小伙子们说：“来！咱们一块抬！”说完，挽挽袖子就抬起来。

一个瘦小的十五六岁的女孩子，怎么能跟二十多岁的粗壮小伙子比呢？七八十斤重的活儿压在她身上，怎么能不累呢？累了，咬咬牙、擦擦汗，还是干下去！

等到下班回家了，就一头倒在炕上，觉得浑身的骨节都发酸。她娘一看她那疲劳的样子，赶紧走过来理理她的头，摸摸她的脸，叨念着：“又累着了是不？我说呀，如今咱的日子也好过了，你趁早下来吧，别去干那铁匠活了，那哪是姑娘家干的呢？”又捏捏手指说：“看把手指头都累粗啦！”李凤琴一抬身跳起来，天真地说：“谁说我累了？来！我帮你收拾饭去！”

有一次，她突然地问娘：“娘，你说我能不能长胖些？怎么样才能长个大高个子？”

“长那么高干啥？姑娘家长得又高又胖的，多蠢哪！”

“不！长得又高又粗就有力量，干活就不累！”

“年三十晚上把着门框打两个‘提溜’就长高了。”娘随便地回答了一句。

风琴还真把它当着一个问题想了想，说：“不对，为什么非得年三十晚上呢？这是迷信。”不过，她在心里可确实合计着：不管年三十不年三十，大概把门框打打“提溜”伸巴伸巴就能长得快点。李凤琴是多么希望自己快快的长大呀！她想：个儿高了，身体壮了，干什么活也不会感觉累的。

这年秋天，工厂大力开展职工体育活动。苏联厂长带头参加。一到休息时，男工友都到运动场去打球，女工友却坐在墙根底下看热闹。苏联厂长从运动场上下来，走到她们眼前去问：“姑娘们，为什么不参加体育活动？”

“我们不会。”姑娘们不好意思地笑了。

“不会就应该学，来，我教你们。要建设祖国，就要把身体锻炼得，”他敲敲自己的前胸说，“好像钢铁一样！”说完就拉她们下场。

李凤琴是个大方、爽朗的姑娘，苏联厂长一讲，她马上站起来说：“走！咱们跟厂长学一学去！”

从此，李凤琴就成了运动场上的活跃分子。

几个月后，她感到身体壮实了。她和男工友一块抬上几十斤重，也不觉得累，她一个人推百十斤的小车，也不感到费劲。

有一次，组里的男工友都往大窑里送砂型，只有她和另外两个人不干这个活，因为她是女的，那两个人也是新来的。平常干这个活，总得六七个人，今天只有四五个人，说什么也干不过来。每个人都多搬一两个，还要带着小跑往上送。李凤琴看他们一个跟着一个，像线串着似的往窑上跑着，就想：到时候完不成任务怎么行呢？她马上放下自己的活，跟着男工友去搬了两块往窑上走。张师傅一见便说：“小李，你怎么能干这个呢？”

“我都干上了，怎么还说我不能干？”

她送上了一趟，看看男工友有搬三四个的，有搬五六个的，她也就搬上四个。可真有些重了，两只胳膊伸得挺长，身子往前弯弯着，不能小跑了，她就慢慢地迈着大步子。来回几趟，身上就冒了汗，再到窑前一烤，脸像水洗了似的。她把两条小辫盘到头顶上，把帽子往上一扣，擦了擦汗水，又去搬送。

张师傅看她累得这个样子，就劝她歇一歇。她把头一仰说：“不累！你们不歇，我也不歇！”

“我们一个人能搬六个，你能吗？”男工友小王打趣地说。

“能！”她先搬五个，后来使使劲儿就能搬六个。她和男工友搬着一样多的砂型，走着同一的道路，她踩着前边人的脚印，后边人踩着她的脚印，她不落后一步！

时间到了，活也干完了。张师傅望着李凤琴那红红的脸，笑眯眯地点着头说：“我从来没看见过女人上大窑，这回我的徒弟，和小伙子们一样地上了大窑啦！”说完把自己的毛巾递给她，让她擦汗。

就这样，李凤琴渐渐地听不见男工友的俏皮话了。

李凤琴在工作上进步得很快，领导上便把她调到打芯子组工作去了。打芯子的活比她从前干的活复杂些。这时党支书常常关心地问：“小李，到这组来干得怎么样？”

“干得倒不错，就觉得技术提高得慢，咱的文化太低了……”

“是啊，要做一个好工人，不仅要出力气，还要动脑筋、要有智慧，以后要好好地学文化学习技术哇！”党书记说完，李凤琴点点头。从到打芯子组后她自己也深深地感到了这点。

李凤琴一天书也没念过，连自己的名字都写不上来，入团后也不能看团的文件，所以她进厂子不久就参加了夜校。但，她只对学语文感兴趣，认为学算术没多大用处，自己又不当会计，学那干啥？现在呢，她常常看见师傅和技术员们拿着图纸研究研究、比量比量。在上技术课时，那些年轻的男工友都能唰唰地记笔记，他们懂得又快记得又牢。她很是羡慕。这时她真感到学算术、学科学知识的重要了。所以，她在夜校里不仅用心地学语文，也用心地学算数了。每天晚上，她都要用一两个钟头的时间来做习题。一遇上难题就搞到很晚很晚还不能睡。

今年春天，李凤琴到团校去学习了两个月，功课落下了。回来后，她就让妹妹给补习。有时妹妹不耐烦地说：“我的习题还没做完呢，怎能教你呀？”

“好妹妹，还是教我吧！现在你能念上初中，又赶上好时候了！到了社会主义社会，大家都得有文化、有本领。我要是学习不好，老不进步，到那时不是成了白吃饱了吗？！”她这么一说，妹妹就赶紧拿出了书本。

有一天早晨下大雨，她因为头晚上睡觉晚，没能按时醒来，娘以为她一定不去学习了，也没有叫醒她，让她多睡一会儿。等李凤琴醒来，一看时间晚了半个钟头，急得一个高跳起来，边穿衣服边埋怨妈妈不早叫醒她。娘和她争讲着说：“看外边那大雨哗哗的，谁还能去学习呀？”

“谁说不能，人家学习制度上规定的，保证按时到校，保证上课嘛！”

李凤琴赶快把衣服穿好，洗了两把脸，吃了两口饭，披上雨衣就要走，娘一把拉着她的衣襟，劝说着：“等一会儿，雨小一小再走不行吗！”

“娘，不行，再等就更晚了。”她使劲一拽，骑上车子就跑出了大门。娘站在门槛上向她望着。

大雨像瓢泼似的下着，路上的泥水流成小河。李凤琴向前躬着腰，吃力地蹬着车轮，轮子压得泥水飞溅……

由于她积极学习，成绩很出色，她经常受到教师的鼓励和表扬，并获得了学习积极分子的称号。现在她不仅能看一般的通俗读物，在小组会上还能担任记录呢！老师告诉她：明年就可以考业余初中了！

一九五三年，工厂里又展开了轰轰烈烈的社会主义劳动竞赛。这时车间里接受了一大批五十公厘到二百公厘口径水门的任务，李凤琴负责弯螺丝水门本体芯子，她拿个大钳子一点点地把芯铁弯好，然后再用锤子砸，弯一个芯子要费很多时间。本来李凤琴打算要在这次任务中，大大地提高一下生产效率，结果，不但没提高，反而要完不成任务了。她心里火三燎四地着急。她合计着：怎样能想个办法改进一下生产呢？

她问老师傅：“能不能做一台弯芯铁的胎具？”老师傅说：“行是行啊，可就得用脑筋！”

“那咱俩不好用用脑筋吗？”

李凤琴不断地用脑子想，想出一点来，就去找老师傅研究。最后她在老师傅的帮助下，用六公厘厚的铁板做了一个弯芯铁的胎具。她把胎具一拿出来，有几个男工友就说：“你根本干不了这个胎具，这得出力气。”

李凤琴把拳头紧紧一攥，说：“要出力气我不怕，你看，现在我长得多壮实啊！”

“那也不行，你的个头还不够呢，这么一改，非得到案子上去做不行，咱那案子有多高哇！”

李凤琴把两条辫子一甩，回答：“个头不够，我不会踏个板凳！”

她真的站在小板凳上，腰板挺得溜直，两只胳膊在案子上用力地扭着。累，她不怕，有困难，她也不怕，只有一件事还使她发愁：她并不满足这个胎具，因为它虽比从前的操作先进些，但是每次也只能弯一根，干起来费事，又费时间。

可是就这个她认为是很小的生产改进，也得到了工厂的重视，车间里还很快地把她的成绩公布了。党支书和车间主任都鼓励和表扬了她，心里又高兴又惊奇。她想：怎么？我这就算找到窍门了吗？这么一点小小的改进就值得表扬吗？我一定要继续研究下去！

从此，她满脑子里都想着这个新的胎具，她想象着：这回研究出的胎具应该像机器一样，一开动，就连续压出几十根铁芯子来，可以把生产效率提高几倍，像王崇伦和郝建秀一样，一年就给国家干出几年的工作！可是，怎么样才能做出来？它是什么样子？立型的、卧型的、大弯弯、小弯弯……各种各样形状的新胎具，在她脑子里转着。下班后，她就温习过去听过的技术课程，想从这里面得到一些指导；休息时，她常跑到修理部去，看看能不能从别的工具上得到些启发；干活时，干着干着，就用手比量比量，或在沙堆上画一画，有时还在嘴里嘟嘟念念地计算着。怕记不准，她便在兜里揣个白纸片，一想起点什么，就记一记。和她一块干活的赵桂兰，看她常一个人在嘟嘟念念地发呆，就有点纳闷。这天，又看她在沙子上乱画，便问她：“李凤琴，你画啥呢？这两天，我总看你像有啥事似的。”李凤琴向赵桂兰笑了笑，就告诉了赵桂兰，并要求她帮助。赵桂兰当然同意。此后，她俩就不拆帮了，有空就在一起研究。星期天不是李凤琴到赵桂兰家去，就是赵桂兰到李凤琴家来。

不久，赵桂兰调走了，新的工具还没有研究出来。李凤琴觉得有些孤单，也有点灰心。可是，她又想：难道一个人就不工作了吗？越是一个人越应该拿出更多的力量来！党支书不是常常地帮助我、鼓励我，假如遇见了实在解决不了的困难，还可以去找党支书帮助么！于是她就继续地思想着，研究着。

有一天，吃过午饭，李凤琴照例到球场去。球场周围站着不少人，都在聚精会神地看着这一场精彩的比赛。李凤琴走到篮球架子的后边，准备脱下外衣，下场去替换别人。衣服脱下了半截，突然停下来，场外有一个什么东西强烈地吸引住了她，她离开球场急忙地奔跑过去。原来，在球场附近堆着很多洋铁板，一位修理房子的工人拿着铁板往一台像铡刀形状的工具里填，然后用力一压，铁板就被压成一个折印。李凤琴走到跟前，直盯盯地瞅着这个工具，看它怎样把铁板压出来，工人怎样动作。左看看右看看，外边看完又蹲下去看看里边，那个工人纳闷了：这个姑娘不看打球，来这儿看啥呢？李凤琴却从这里看到了她极需要的东西。这个工具使她心里开了窍。

这天正是星期六，下班后，有的人看电影，有的人到街上和公园游玩。李凤琴哪儿也没去，回到家，爬在椅子上就画起来，画了一会儿，又瞪着眼睛想。娘看她老坐在椅子上发呆，寻思她有什么事发愁呢？一个劲儿地问。凤琴有点儿不耐烦地说："我能有啥愁事？我在准备考试呢！"

天黑了，家里人都睡了，凤琴还坐在灯光下想着，算着，画着……也不知道画了多少张白纸，也不知道想了多少图样，她只是越来越感到头晕，太阳穴上的血管似乎也在嘣嘣直跳。敲敲头瞅瞅躺在炕上的妹妹睡得那么香甜，她又揉了揉眼睛，站起来在地上走走。夜深了，城市静下来，只有远处火车粗宏地吼叫着，院里小风吹得树枝飒飒作响。她打开窗子，凉风扑扑袭进。她迎着凉风，清醒清醒头脑，又坐在椅子上，左手拄着腮帮子，两根眉毛又连成一条。腕上的手表嘀嘀响着，一点过去了，两点过去了……报晓的公鸡啼鸣了……

第二天一早，她就把昨晚最后想起来的图样，又仔细思考了一遍，用笔画了画。她不会看图纸，也不会绘图，她不能把自己所想出来的都准确、详细地画出来。找个老师傅商量商量？星期天又上哪儿去找呢？她想了一会儿，忽然，高兴得两手一拍，便踏着凳子到柜顶上去寻找什么，没找到，又开开柜门找。娘看她东翻翻西找找的就问：

“你又找啥？”

“娘，前两天我看你拿了两张纸壳子，放哪儿去了？”

“那是我留着做袜底板的，你要它干啥？”

“我有大用处呢！娘，快找给我。”

娘把纸壳给她找出来，她把它铺在桌子上反过来掉过去地画了很多图形。然后用剪子剪下来，再用线一点点地钉在一块儿。钉好一看，倒也像一架小机器，自己不禁地笑了笑，用手轻轻地拉拉，看它转动的是否有规律，是否好使，转了几下，都不合适，她把它拆掉，再重新钉。再转几下还是不好使，她只好再拆掉，再制作，再琢磨。这样翻来覆去地试验着琢磨着，憋的她满脸热乎乎地发烧，两眼也像往外冒火星子似的。她真想丢下它，不受这份憋了。可是她知道这是不对的，一定要坚持下来。她一天也没离开自己的屋子。本来，每个星期日她都是有说有笑地在吃娘给她炒的几个她最喜欢吃的好菜，可是今天，每顿饭她都到饭菜凉透了，才去吃上两口，什么滋味也没吃出来。

这天晚上，李凤琴又研究了半宿。第二天一上班，她就拿着自己做好的模型，去找修理部的丁师傅。丁师傅接过去仔细一看，呵呵地笑了，指着李凤琴的鼻子连连说：“小丫头可真不简单哪！我一定帮助你做好。”

第二天丁师傅就按着她的模型做了一个实物——弯芯铁的胎具。拿到车间去一试验，大家一致称赞这个新胎具。它一次能弯三十到五十根芯铁，能使生产效率提高六倍多。现在全厂做这个活的工人都使用李凤琴创造的这个胎具。

这一年，她又被选为公司的一等先进工作者和旅大市的二等劳动模范，并光荣地参加了中国共产党。

早在一九四九年，因为她工作好，工厂奖给她一辆苏联自行车。她高兴得第二天就想骑着车子去上班，可是不会骑。她把它推到工厂，一下班就让工友们教。回到家，自己就顺着下坡的大马路往下放，车头一歪扭就是一跤，再骑还是跌跤，腿摔破了，胳膊也出血了。妈妈心痛地劝她说："看，跌得紫里套青的多疼啊，这个玩意儿不是姑娘家使唤的呀！"

凤琴用纸把血一擦，瞪着黑黑的眼睛说："不豁上跌跤，还能学会骑车子呀！娘，您等着看吧，我保证三天把它学会了。"

果然像她说的，是练习了三天，她就可以骑着车子上班啦。此后她在路上，就注意那从她身旁"嗖"！"嗖！"擦过去的一辆辆自行车。她研究骑者的动作和姿势，她经常和别人暗暗地比赛着，追过一辆，又追过一辆，她总要赶到前面去。

一九五三年，旅大市举办第一次女子五千公尺自行车比赛，她报名参加了。这是她第一次在这样大的运动场上参加竞赛，神经有些紧张，但仍表现出无比地顽强和勇猛。枪声响了，她骑着车子像离弦的箭一样，射出去，射出去……她用力过猛了，突然跌倒了，爬起来，跨上车子，撵上去；又跌倒了，又撵上去；她连续跌倒了三次。观众的视线集中在她身上，既惊讶她的坚毅，又为她捏一把汗，认为她不退出会场，也要倒数第一。可是结果出大家的意料，李凤琴获得了第三名。从这以后，在每次大运动会上都可以看到她，并且她总是得奖者。

不久以前，她在北京参加全国青年社会主义建设积极分子大会后，又参加了全国工人体育运动大会。在这次大会上，她又创造了全国最新的记录。

《工人日报》记者这样报道：

女子三千公尺自行车决赛开始了……广播器中传出了："请六七四号、七二四号、五五七号运动员注意，女子三千公尺自行车决赛第一组就要开始了，请你们马上准备好。"当观众们听到广播后，就有人在谈着："五五七号就是昨天打破女子自行车一千五百公尺全国纪录的轻工业代表队的吴淑华；七二四号是参加全国青年社会主义建设积极分子大会的李凤琴，她是'三好'青年；六七四号是李桂芝，她的成绩也很好，这一组的比赛一定精彩！"的确，观众们并没有猜错。当起跑的枪声响起，三人谁也不落后地起步前进，李凤琴猛地向上跑在前面，李桂芝落在最后。起跑半圈后，原在第二名的吴淑华已经赶上了前面的李凤琴，三人飞快地前进着。到第二圈时，李凤琴的速度加快，紧跟在吴淑华的后面，原跑在第三的李桂芝已经越过她们两人前进了。观众们都为她鼓掌，祝贺李桂芝的成绩。路程已经进入第三圈了，李凤琴赶上了吴淑华，但李桂芝还是领在最前面。到第五圈时，李凤琴终于赶上了李桂芝。……李凤琴第一个突破了终点线。

当我读到这个消息时，便想象着大会场的情形：

在雷鸣海啸般的掌声和欢呼声中，她带着胜利的微笑向人们招手，人们相信她还会创造出更大的成绩，向更新的记录勇猛前进！在十月和煦的阳光照射下，一颗金质奖章在她的胸前闪耀！

（原载《文学月刊》1955 年第十一期）

永生的战士（节选）

陈广生　　波　阳

陈广生（1931—2019），生于吉林省长春市，1949 年被东北军区警卫师招收为文工队员。曾任沈阳军区工程兵部队理论教员、宣传干事、俱乐部主任，沈阳军区文化科副科长、文艺科科长、正师职创作员等职。长期从事雷锋事迹的宣传活动，为宣传雷锋写过各类作品近百万字。中国作协会员，曾任辽宁省作协理事。

波阳，本名彭定安，1929 年生于江西鄱阳，1949 年参加中国人民解放军，1950 年毕业于北京新闻学校。曾先后任《东北日报》《辽宁日报》文艺编辑，辽宁社会科学院所长、副院长、研究员，兼任辽宁省社科联副主席、作家协会副主席，曾任东北大学文法学院院长、教授。现为辽宁省文史研究馆馆员，辽宁社会科学院资深研究员，东北大学文法学院名誉院长，辽宁省社科联、文联和作协顾问。辽宁省首批获政府特殊津贴有突出贡献专家、辽宁省委、省政府命名优秀专家。

雷锋——我们曾经称颂他是“红色的战士”“毛主席的好战士”，他因公牺牲了。他仅仅活了二十二年。多么短促的一生啊。对一个值得我们学习的典范的英年早逝，我们的哀痛是深沉的。

但最好的悼念，是向烈士学习，像他一样去生活和学习，工作和斗争。

让我们翻开雷锋的成长史，看他怎样一页页写下鲜红的历史，是什么行动铸成一个自觉的无产阶级革命战士的精神品德。

血泪九年

雷锋在血泪中生活了九年。从他有记忆的时候起，他就深深感受到双亲的忧伤和痛楚。而当他还是个六岁的孩子时，便遭到了丧父、失母、哥哥惨死、弟弟夭折的大不幸。亲人的相继死去，本就是人世的惨痛，更何况，他们都死得多么凄惨啊！

雷锋永远不能忘记1946年农历七月十五的晚上，这个“鬼节”之夜！那天晚上，夜已经深了，路边道旁烧的纸钱堆早已熄灭，晚风吹来，飘起一片片灰烬。六岁的雷锋在外面玩得高兴，回来晚了。他蹑手蹑脚，走进那间破房间，只见母亲披头散发，泪痕满面。多奇怪呀，很少哭泣的刚强的妈妈，今夜哭成这样！今夜是人家都敬拜亲人的亡灵的日子，她是想起了死去的爸爸、哥哥和小弟弟吧？小雷锋扑到母亲怀里：

“妈妈！”

妈妈一把搂住他，啜泣着说：

“苦命的孩子，你还这么小，要是没了妈妈你可怎么活呀？”

小雷锋完全不懂母亲为什么要说这种话。

“妈妈，你不要哭！……”

母亲把孩子搂得更紧。但她收住了泪，把披散的头发往后一掠，咬咬牙说：

“孩子，去，到外头去讨些供果，我们也敬敬你死去的爸爸！”

小雷锋脱开妈妈的怀抱，拎起小篮子就往外跑。但母亲忽然又一把拉住他，用他从来没有见过的眼神看着他，从头看到脚。她长叹了一声，说：

“孩子，小手小脸这么脏，来，妈妈再给你洗一回！”

妈妈打来一盆清水，替他把手和脸洗得干干净净。然后，把他拉到身边，抚摸着他，问道：

“孩子，苦命的孩子，你记得你的亲人都是怎么死的？”

雷锋点头答应："嗯！"

是的，他记得，记得爸爸是为了抗日，被日本鬼子抓去活埋了。哥哥是在资本家的工厂里，叫机器轧断了胳臂，被赶回家来，无钱医治，活活疼死了。那时，哥哥才十二岁。弟弟是跟着妈妈东讨西乞，风里雨里，饥寒交迫，被折磨死的。他没有见过爸爸惨死的情景，但他亲尝了爸爸死后的悲惨生活，他亲见过哥哥、弟弟凄惨的死！他忘不了这一切！母亲一提起，这些往事便都袭上他幼小的心灵，他倒在母亲的怀里，哇哇痛哭。母亲也忍不住哭起来。母子二人就这样抱头痛哭一场。但母亲终于又收住泪，推起小雷锋，说：

"孩子，快去讨供果，妈等你。"

雷锋擦了擦眼泪，离开了母亲。但母亲又喊住了他，把自己身上的衣服脱下来，穿在孩子身上，说：

"去吧，孩子，愿天菩萨保佑你自长成人！"

"妈妈？"孩子迷惑地望着妈妈。

"去吧，可怜的孩子，长大了，可别忘了今天！"

母亲抽搐着，推开孩子，捂住了脸，背过身去。

雷锋拎起篮子，奔了出去。

雷锋讨了供果，高兴地赶回来。他推开房门，看见妈妈的两只脚是悬空的！他扔了篮子，扑上前去，抱住了妈妈的两腿：

"妈妈，妈妈！"

但妈妈听不见儿子的呼唤，妈妈再不能答应她的儿子的呼唤！

这可怜而刚强的女人，她遭受了多少苦难啊！丈夫惨遭杀害，她挺住了，没有失去生活的勇气，带着三个孩子，过下来了；当大儿子疼死在自己的怀里时，她痛不欲生，但看着两个无依无靠的孩子，她挣扎过来了；幼儿的夭折，使她肝肠寸断，但她咬着牙带着小雷锋进了地主谭老三的门，当个女用人，以为找到一个暂时安身立命之地，好把小雷锋抚养大。但是，世上地主有多狠毒啊！她竟被奸污了。她不能忍受这样的凌辱。这一个可怕的打击，竟使她最后失去了生活的勇气。

雷锋正在哀哭，谭老三进来了。他号叫着："滚开，再哭，宰了你！"

又张口咒骂："这个短命的女人，阎王爷也看上她了。大过节的，死在我家里，丧气！"

他叫人把雷锋母亲的尸体扔进了村边的水塘。

从此，雷锋便无依无靠、孤苦伶仃，一个六岁的孩子，就给地主放猪了。他住在猪圈旁边的小窝棚里，地上铺些稻草当被褥，吃的是破砂锅煮的猪食似的烂米。他放的猪一天天肥了，放猪的他却一天天瘦下去，小脸憔悴了。他所遭受的不幸和剥削，在他幼小的心里，播下了仇恨的种子。

有一次，他揍了地主的儿子。谭老三指使黄狗去拱翻了他的砂锅，还要咬他，他挥起鞭子打了逞凶的狗。谭老三认为"打狗欺主"，把雷锋抓来，在他手上连砍了三刀。雷锋忍住疼痛，没有流一滴眼泪，他带着愤恨和复仇的心，离开了谭老三家。

一个七岁的孩子，走投无路，只好流浪在湘江江畔。他在山村里露宿，有时住在破庙里，树皮树叶做衣服，夏天，被虫蚁蚊子咬得遍体是伤。在这样的时候，再想起爸爸的死，妈妈的死，哥哥、弟弟的死，想起此仇未报此恨未雪，小小的雷锋，牙都咬断了，心都绞碎了。

他就过着这样的生活，带着无限的凄苦，和那颗复仇的心。

新　生

当他将要跨进生命史上的第十个年头时，他才结束了这一切，走进一片新的天地，一个新的世界。

1949 年 8 月，湖南望城县解放了。这时，雷锋已经被折磨得骨瘦如柴、满身疥疮，濒于死亡了。

"可怜的孩子，你成了这个样子！"

跟雷锋父亲生前一起搞过抗日活动、后来一直做地下工作的彭德茂，现在是安庆乡的乡长，见到雷锋，吃惊地说。他把雷锋送进了县人民医院。在人民医院，雷锋有生以来头一次得到治疗和医生、护士的关心照顾。他睁着一双泪汪汪的眼睛，彻夜难眠，他简直不相信："真的有这样的好人吗？"

生活肯定地回答了他。是的，生活变了，他面前的人也都不同。医生、护士、彭大叔，都像自己的亲人一样。这比他在山林古刹中做的最甜美的梦还甜美啊！

熏　陶

1955年夏天，雷锋就要读完初中了。但在农业合作化高潮中，他无法在课堂里坐下去。他回到家乡劳动，兼当记工员、当会计。

不久，他调到县委，当警卫员。他日夜跟随县委第一书记张兴玉同志。这是他的第二个引路人和教导者。张兴玉同志工作很忙，但一有闲空，就给雷锋讲革命故事，讲“八一”起义，讲井冈山斗争，讲长征，讲抗日战争。有一次，他讲到毛主席在湖南领导秋收起义，在起义战斗中有一个共产党员被捕了，敌人严刑拷打，但他宁死不屈。

“我也要做这样的人！”雷锋感动不已地说。

“这很好，”张书记抚摸着他的头，“要做一个光荣的共产党员。一个人一生有三件光荣的事：入队、入团、入党！你已经是个少先队员了，还要争取入团、入党！”

“我一定争取入团、入党！”

他跟张书记形影不离。这天，他跟张书记一起去开会。走着走着，雷锋看见路上有一颗螺丝钉，上前一脚踢开，张书记回过头来看见了，却马上走上前去，捡了起来。过几天，雷锋到农业机械厂去送信，张书记掏出螺丝钉，交给他带去，并说：“咱们国家底子薄，要搞建设，就得艰苦奋斗，一颗螺丝钉，别看东西小，缺了它不行，而且，滴水积成河，粒米堆成箩呀！”

雷锋瞪大眼睛，望着张兴玉同志，心里在说：“向你学习，跟你革命！”

夜已经深了。张书记在拟文件。雷锋像往常一样坐在他的旁边学习。夜渐渐深了，雷锋瞌睡起来。“你睡去吧！”张书记催他。他不肯走。过一会儿，张书记又催他，他固执地坐在那里不走。但是，十二点过后，他就不觉伏在桌上，蒙眬入睡了。张书记抬头见他已经入睡，便站起来脱下大衣，轻手轻脚地披上，把袖子掖好，这才坐下继续工作。雷锋一觉醒来，天已蒙蒙亮，他揉揉眼睛，张书记还在聚精会神地工作，他的大衣不见了，原来披在自己的身上。看着大衣，看着自己手上的三块刀痕，苦和甜、恨和爱一起涌上心头，眼泪扑簌簌滴下来。张书记放下笔，吃惊地看了看雷锋，立刻明白了。他捧起雷锋的脸，替他擦去眼泪，慈爱地问道：

“又想起了过去是不是？”

“嗯！”

张书记站了起来，沉思片刻，抚摸着雷锋的头发：

“常常想着过去，不忘过去，这很重要。一个革命者的过去，有着强大的力量，它能推动你更好地革命。”雷锋睁着眼，盯着他，像要把每一个字都吞下去。张书记指着他手上的刀痕，接着说：“你过去的苦，是整个民族、整个阶级的苦。你现在过幸福生活，是共产党、毛主席给的，也是无数革命先烈流血牺牲换来的。你还年轻，要好好学习，今后要做的事还有很多很多……”

这些话，像一把火，照亮了雷锋的眼睛：看清了过去，看清了现在，也看清了将来。离开张书记，他便在自己的日记本上奋笔疾书：

“张书记的话句句都是金子，他说得太对了，要不是毛主席领导中国革命，推倒三座大山，怎么会有今天的幸福生活！革命原来就是这个意思：要把一切旧的、坏的全部铲除掉，换上好的和新的。对敌人如此，对自然界的困难如此，对自己思想上的一些不健康的东西，也该如此！”

这是一个十七岁的孩子以纯真的心，写下的朴实的话语。这里闪烁着可贵的革命精神。他成长得多么快啊。不久他就参加了共青团。

这时，县委在团山湖开办农场，雷锋立刻报名参加建设，并且把自己节省下来的钱，全部捐献给农场买拖拉机。

几年前那个不知名的连长播下的火种，现在迸出了火花。雷锋到了农场，成为一名拖拉机手。驾着铁牛，他驰骋在田野上，心里充满建设祖国的热情。他以自己的忘我劳动、突出成绩，成为建设社会主义积极分子。

雷锋，就这样逐渐成长起来了。

苦 学

1958年，在“大跃进”声中，雷锋告别了故乡，来到东北，在鞍钢当了一名推土机手。就在这时候，他开始如饥似渴地学习毛泽东同志的著作。他对人说：“我深深感到，要干好革命，就得好好学习毛主席著作。你想想，毛泽东思想是指导中国革命的法宝，不掌握这个法宝，怎么能干好革命呢？”雷锋是为了革命，为一种献身革命的激情所促使来学习毛泽东著作的。

夜已经深了，但雷锋还没有完成今天的学习计划：读完《毛泽东选集》中的一篇文章。他不能睡，坚持读下去，但是，紧张劳动了一天，疲乏用无形的手扯他的眼皮，他站起来用凉水浇头。

又是一天深夜，为了战胜疲劳，驱走睡眠，他找来一根细绳，把头发吊在床沿上，头一低垂，就扯动了头发，使他精神抖擞起来，认真阅读下去。

来到弓长岭，在建厂阶段，条件差，一灯如豆，寒冷侵袭工棚，但他仍然坚持学习。夜太深了，为了不影响别人休息，他打着电筒，在被窝里读书。

1960年1月，雷锋入伍后仍然坚持不懈地学习毛主席著作。平日，他坚持读毛主席著作，星期天、假日他也拿出一定时间来学习。在担任烧水任务时，他一边烧水，一边读毛主席著作。他坚持学习完了四卷《毛泽东选集》，其中有许多文章，他一读再读过。在书上，他画上了一道道红线、蓝线，写下了密密麻麻的心得。

从毛主席著作中，他获得了无限的力量，他几次写下自己深切的体会：

毛主席著作学得越多学得越深，思想越开朗，胸怀越广阔，立场越坚定，理想越远大！

我深深有个体会，毛主席著作对我来说好比粮食和武器，好比汽车上的方向盘。人不吃饭不行，打仗没有武器不行，开车没有方向盘不行，干革命不学毛主席著作不行！

雷锋还从各个方面来学习、来吸吮思想品德的营养。他看电影《董存瑞》，他看介绍黄继光、安业民、向秀丽的书籍。他不是平平常常地看，而是用他的心去看，用他的思想去吸吮，他感动，激动，决心向他们学习。看过影片《董存瑞》，他激动地在日记里写下自己学习董存瑞的决心，并且马上想到自己的职责："今天，我国的领土台湾还被美帝国主义和蒋介石霸占着，世界上还有三分之二的穷人没有得到解放，他们没有吃没有穿，受着压迫、剥削，我绝不能眼看着他们受欺凌，一定要将革命进行到底，解放所有受苦受难的人民。"看了《血泪仇》，他忆起自己过去的不幸和今天的幸福，深受感动，深夜不眠，在日记里写下这样一段："我们决不能好了疮疤忘了痛，应该想想过去，看看现在，更高地举起毛泽东思想的红旗，发扬革命先烈们艰苦奋斗的优良传统……"他在《黄继光》一书扉页上，真挚地写下了自己的誓言：

现在我是普通一兵，对党和人民没作出什么贡献，但是我有决心，永远听党和毛主席的话，永远忠于党和人民，随时准备着献身祖国，必要时像黄继光一样献出自己的生命。

雷锋可贵的地方就在：他学得了理论，就照着去做。学了《纪念白求恩》之后，他在日记里写道："……我也要尽自己最大的力量，做到毫不利己，专门利人。"他在行动上，的确这么做了，他有许多毫不利己、专门利人的令人感动的事迹。他听党的话，他艰苦朴素，他忘我地工作，他热爱新社会和社会主义建设，无论在哪儿，无论在任何一件事上，他都表现了自己的革命热情。这些，就正是他对自己所学得的革命道理的实践。他的确像黄继光、安业民他们那样，听党的话，忠于党。这就是雷锋：认识到的，决心要做的，就确实做到。

雷锋就是这样一个热爱学习、善于学习的战士。他在毛泽东思想的哺育下成长。正如他自己所说：

在我周身每个细胞中，都渗透着党和毛主席所给予的血液。

正是这种“血液”，使雷锋保持着、发扬了他的革命精神，革命品德。刘白羽同志在他的《平明小札》中有这样一段话：

但我觉得最重要的，是你要经常使你的血液浓而且亮，而决不能让它悄悄地变成一种掺了颜色冲出来的水。同志，那是不行的！一个人，可以衰老，可以病死，那是自然法则，人们并不畏惧，但人绝不能在肉体还活着时而灵魂却已经枯死。

（《人民文学》1962 年 12 月号）

雷锋正是从各方面吸收党的教育，使自己的血液经常“浓而且亮”，因此也使自己的革命灵魂永不致枯死。

功　业

我们要在这里写下雷锋的功业。是的，这里没有轰轰烈烈的场面，没有惊险的故事，也没有曲折的情节，这里都是些“日常的”“普通的”事。但是在这些事情中，却体现了一个高尚的人的品德，一个无产阶级革命战士的灵魂。

雷锋是1960年1月入伍的。他在入伍第一天，便写下了这样的誓言：“……我坚决发扬革命部队里的优良传统，向董存瑞、黄继光、安业民等英雄学习，头可断、血可流，在敌人面前决不屈服，我一定要做毛主席的好战士，我要把最可爱的青春，献给人类最壮丽的事业。”

他的确这样做了。

雷锋最听党的话。他总是最先最快地、充满热情地响应党的号召，奔向党所指向的地方。当农业合作化高潮来到时，他放下书包，奔向农村；在“大跃进”的年月，他走上了钢铁战线，1960 年又入伍当兵。他担负党所交给的每一件工作，都是出色地去完成。在团山湖农场开拖拉机，是优秀拖拉机手、社会主义建设积极分子；在鞍钢开推土机，到弓长岭建化工厂，他出色地完成生产任务，精心爱护国家财产。有一天晚上，他在调度室阅读毛主席著作，看得入迷，一直到十一点多才回宿舍。走出门，发觉下雨了。只听一个同志焦急地说："我们工地上还有七千多袋水泥呢！"雷锋猛然想起："我是个共青团员，要爱护国家财产。"他立刻跑到工地，把衣服脱下，盖上水泥，又跑回宿舍，把自己的被子、褥子卷起，拿去把水泥盖上，并且发动了二十多个小伙子，组织了一个"抢救水泥突击队"，于是，大家用雨衣、苇席，盖的盖，抬的抬，一场紧张劳动，抢救了七千二百多袋水泥。

现在，他来到部队，又奋战在新的岗位上。

初入伍时，他的手榴弹掷远，达不到要求。他日夜苦练，胳膊又红又肿，针扎似的痛，但他还是练，练，同志们睡了，他还是练。指导员为了鼓励他，帮助他战胜困难，找他谈话，给他论述如何对待困难的文章读。他在日记里写道：

我要在困难中做光荣的革命战士，决不做可耻的逃兵；我要做暴风雨中的松柏，决不做温室中的弱苗。

他拿起手榴弹，走上冰雪盖地的操场，迎着北风，投来投去。为了增强臂力，他投一阵弹，又去练一阵单杠。当他在深夜躺进被窝时，浑身都疼痛起来。但他想起了解放前全身长疮时的疼痛，他想："那时是什么滋味呢？那又是为了什么呢？现在是锻炼保卫祖国的本领，疼点还不该忍受吗？"

他坚持不懈地练，终于达到了要求。他的顽强，他的努力，得到了胜利。

他积极地参加连队里的各项活动。他是连队俱乐部的学习委员，他热心帮助大家学习毛主席著作，借书、送书给同志们，坚持不断地给大家读报、讲党的政策。开展文化学习，他又主动请求担任兼职文化教员，备课、批改作业，全都利用业余时间。他还是技术学习小组长。他有无限的精力，他不知疲倦，他热情不衰。

他的这股热情，还表现在许多方面。他出一次差如同志们所形容："雷锋出差一千里，好事做了一火车。"

他一上火车，像每次一样，立刻戴上了"列车代表"的袖章，替老人、妇女、小孩找座位，收拾行李，擦地板，他忙得不可开交，等这一切忙完，他坐下来，又打开了报纸，给左右的旅客读报。有谁问起什么问题，他立刻讲起了时事，宣传起党的政策。

到沈阳换车，他看见一个中年妇女在和检票员讲："我从山东老家来，到吉林去看望孩子爸，他有病了，到这儿换车、吃饭，把车票丢了。"

雷锋站住了。等她说完，他急忙走了过去，诚恳地说："大嫂，跟我来！"

他把这位妇女领到售票口，把一个月的津贴全拿出来，替她买了票，塞到她的手里："拿去，快上车吧！"

"同志，你……"妇女感动得不知说什么好。

"快走吧，车要开了。"

"同志，你叫啥名？哪个队伍上的？我好给你写信！"

雷锋笑了笑："我叫解放军，住在中国……"他一阵风似的跑走了。

回来时，又在沈阳换车，过地道，他见一个老大娘背着背包，吃力地走着，他赶忙上前："大娘，我替你背。你老到哪儿？""到抚顺看儿子。"

"好，我正要到抚顺去。"他扶着老大娘上了车，替她找好了座位，立刻又从挎包里拿出一个面包给大娘吃。他一直把这位老大娘送到她的儿子家。

有一个星期天，他到医务所去看病，路过一个工地，那儿的劳动场面立刻吸引了他，他忘了病，赶去帮助搬砖。他立刻以搬得多、搬得快引起了全工地的注意，在他的影响带动下，大家劳动得更热烈，工地广播站响起了"向解放军同志学习"的声音。最后，工地的人才知道他是个病号，受到很大的感动，热情地敲锣打鼓，送他回部队。

春节假期，他在欢度佳节的时候，就不禁又想起自己的过去和现在，于是，他想到要给人民做一点事情。一大早，他就背上粪筐，到外面去捡粪。捡了一筐又一筐，足有一二百斤，他送到附近的公社：

"请收下吧，支援人民公社的一片心意！"

在辽阳抗洪抢险，他奋不顾身，虽然生病，也不肯躺在床上，坚持要到“前线”去。他去了，与洪水顽强地搏斗，直到昏倒。

在许许多多细小的事情上，他都表现了他的热情，他的那颗献身的心。他曾在日记里写道：“……浑身是劲，总觉得这股劲，用也用不完。”这是一股发愤图强的劲，一股建设社会主义的劲，一股为党、为社会主义工作的劲，这劲充满他的全身心，随时随地流露出来。

雷锋牢牢地记住了党的艰苦朴素的教导。

发军装了，按照部队的规定一年发两套。领衣服时，他想起了幼年时在山村里披树叶的日子，想起了党的艰苦朴素的作风，于是，他只肯领一套，另一套交给公家，他说：“一套就够穿，破了可以补一补。”

八月中秋，他领到几块慰问月饼。月饼到手，他一阵心酸，走到自己心爱的汽车旁边，倚车沉思。他想起十几年前的七月十五，那个可怕的“鬼节”之夜！他仿佛看到披发的母亲，母亲悬空的一双脚，谭老三狰狞的面目……他一眨眼，把回忆赶开，抬起头，皓月当空。他一回到现实，就想起解放以来的甜美的生活，想起这生活的来源，于是，他急忙回到宿舍，提起笔来写信：

亲爱的阶级弟兄，为祖国社会主义建设负伤和有病的休养员同志，这四块月饼，是人民送给我的，它使我想起了过去的苦，体验了今天的甜，因此我很自然地想起了你们，请收下一个战士的心意吧！

他拿了月饼和慰问信，送给了在驻地附近的医院里的矿工们。

像这样的事情，在雷锋的生活中是多得很的。他每月的津贴费除了留下几角钱作生活必需的费用外，其余的都储蓄起来，或者买书来充实他那个为同志们服务的小“图书馆”。

有的同志不理解他，说：“你没家没业，何必这样熬苦自己？”雷锋说：“我还熬苦自己？今天有吃有穿，比过去的孤儿生活，真是好得上天了！”

他自奉这样朴素、艰苦，但他对集体、对别人却十分大方，表现出他那毫不利己、专门利人的崇高风格。

当连队驻地成立人民公社时，他立刻想到自己过去的苦、今天的甜，想到人民公社是人民的幸福之路，想到自己应该如何为人民公社的发展出一点力，于是，他打开了包裹，拿出了存折。他去到银行，领出了克勤克俭节约下来的二百元。他来到人民公社，对公社的负责同志说："我早就盼望这一天了，这是我的一点心意，请收下吧！"

公社的同志说："我们收下你热爱公社的一片心意，但钱我们不能收下，你留着自己用，或者寄给家里。"

"寄给家里？人民公社就是我的家。党和人民给了我一切，我要把一切献给人民，献给党，这钱是党给我的，现在让它为人民事业发挥一点作用吧！"

他一直说得热泪交流。公社同志为他的真情所动，只好收下了一半。

当他听到辽阳遭到严重水灾，灾民生活困苦时，立刻取出一百元存款，寄给灾民们。

1962年4月，一场大雪过后，天气寒冷，雷锋吃过早饭到团部去开会，路上遇见一个十来岁的小孩。孩子的衣服单薄，在寒风中颤抖。"我看了心里过不去，"雷锋在日记里写道，"心想，毛主席不是说过吗：'关心他人比关心自己为重。'主席的教导像股暖流，立刻传遍了我的全身，我立即脱下自己的棉裤，送给了他，这时我心里真有说不出的高兴。此人叫邱玉谦。"

听说一位同志家里因父亲有病，急用钱，他立刻用这个同志的名义，悄悄给他家寄去十元钱。为了帮助同志学习，他送钢笔，送书，他自己用的脸盆、漱口杯破得满是露出黑铁皮的地方，他的袜子补了又补，补得连本相已不可见了……

他就是这样毫不利己，专门利人。

（原载《辽宁日报》1963年1月8日）

金属的性格
——记物理冶金学家李薰

晓　石

晓石（1931—1992），原名刘晓石。辽宁东沟人。1948年后历任辽东省文工团创作组组长、《辽东大众》报记者、编辑，《辽东文艺》编辑部负责人，《辽宁青年报》编辑组长、大连《海燕》文学期刊小说组长，辽宁省剧协编辑，沈阳市歌舞团编剧，沈阳市文联创作室主任、沈阳市作协秘书长。中国作家协会会员。著有报告文学、散文集《诱人的主旋律》，文学评论集《彩链集》，歌剧剧本《李二夫妇的转变》《反特清道》；话剧剧本《月亮湾》等。

1978年的春天带着巨大的力量和希望，来到了人间。全国科学大会开过不久，我怀着深深的敬意，走访了我国著名物理冶金学家、中国科学院金属研究所所长李薰。

这是一个春雨刚停的下午，雄伟的科研大楼显得更加洁白了。盛开的丁香花摇曳着晶莹的水珠，散发出沁人心肺的清香。小径两旁的柏树也从深绿色的叶片中绽出了翠绿色的新芽，一行行灌木丛修剪得整整齐齐，整个院落处处是浓郁的春色，好像从未经受过严冬的摧残和寒霜的袭击。

我听着李薰同志平静、深沉地叙说着自己的经历，望着这满院春色，心想：这庭院多像它主人公的风格，好像洁白的大楼从未溅过血迹，盛开的丁香也没有被砍成残枝。我在努力探索：是什么力量使这位年逾花甲的老科学家在横遭林彪、“四人帮”的残酷迫害时，竟能带着精神上的创伤和满身的血痕，为着祖国的“四化”从未停步地向着科学进军？

二

“文化大革命”开始不久，李薰被打倒了。一大批科学家被打倒了。李薰带过奖章的胸前挂着“反动学术权威”的大牌子，被逼着跪在研究所院心的马葫芦上一次再次地请罪，一次再次被关进专政队严刑拷打。人们对老所长的处境忧心忡忡，愤愤不平。

在深秋的一个下午，李薰的老伴席玺玉照例提着饭盒到专政队送饭。她发现李薰的脸色格外苍白，说话声音很低，便心疼地说：“多少天了，你也没好好吃一顿饭，今天是国庆节了，可该庆祝庆祝啊！”

“怎么？今天是‘十一’？”若不是老伴的提醒，在那种只有皮鞭和辱骂的环境里，李薰真就忘记了时光是怎样溜走的。他无限感慨地说：“祖国又一个国庆了，好吧，庆祝！”

老伴深知李薰最愿意吃他们湖南的家乡菜——辣子鸡，便提着饭盒急步赶回家去。然而，望着老伴背影的李薰，却被翻腾的思绪带到了十几年前刚从国外归来时那个令人难以忘怀的日子。

那是1951年秋天，年轻的中华人民共和国的首都显得分外美丽和壮观。蔚蓝的天空，飘浮着莲花般的朵朵白云，香山的霜叶红若玛瑙，故宫的琉璃瓦闪烁着耀眼的光彩。祖国的万物啊，仿佛都在迎接儿子的归来。李薰穿着他最喜欢的墨绿色西装，急步从南来的火车上走了下来。突然，他的目光被天安门上空的五星红旗紧紧地吸引住了。他痴情地望着望着，眼眶里滚动着喜悦的泪水。这时比他先几个月从英国回来的科学家张沛霖一眼把他认了出来，欢笑着扑了上去：“李薰！”

随着张沛霖的呼唤，前来欢迎他的科学家们热情地包围了他：

“李薰同志，欢迎您回到祖国！”

多么灼热、滚烫的语言啊！

祖国像一位慈祥的母亲，对在国外深造了十四年的儿子给予了亲切的关怀和极大的信任。

北京著名科学家钱三强、王大珩等同志纷纷赶来看望，郭沫若同志在家中设宴欢迎。中国科学院很快决定建立一个金属研究所，任命李薰为筹备处主任，所址设在北京。敬爱的周总理亲自签署了这个决定。几位刚刚调到筹备处的大学毕业生听到这个决定高兴得跳了起来。他们仔细地端详着这位成名于国外的著名物理冶金学家，只见他年近四十岁，中等身材，眉清目秀，两颊的颧骨微微突起，紧闭的嘴角显得分外严肃刚毅。他经常握着一个黑色的烟斗，沉静地思索着，好像有想不完的科学命题……

可是，没过几日，李薰连湖南老家也没回去看上一眼，却突然去东北了。当时，美帝国主义正用钢铁和细菌威胁着不屈的中朝人民。整个东北充满了战争的气氛。

李薰参观了鞍山、抚顺、大连等几个钢铁厂。他看到了从来没有过的喜人景象——中国人第一次管理着自己的钢铁厂。李薰兴奋不已，他深深地爱上了正在恢复建设的东北钢铁基地。

李薰回到北京，郑重地向科学院提出了要求：战火中的祖国需要钢铁，重工业基地在东北，金属研究所应建在沈阳。组织上同意了李薰的意见。

1951 年 12 月，李薰带着四名科学家、五名刚毕业的大学生和一名工人来到了冰天雪地的沈阳。科学院分院的同志把他们领到离南湖不远的一片空旷荒地，幽默地说：“喏！这就是你们未来的金属研究所。”

几个年轻人全都愕然了。这是多么荒芜的地方啊！在一片枯黄的杂草滩中，有几片坑坑洼洼的菜地，地头上有两个覆盖着落叶的大粪坑。略往北去，便可看见错落的光秃秃的坟茔地。四周静得出奇，好像连新主人的呼吸都可以听得清清楚楚。李薰看了一会儿，首先打破沉寂，高兴地说：“好！我们的事业就从这儿开始！”

从此，久居国外的李薰和大家一样在简易食堂吃饭，在集体宿舍里就寝，为了祖国的复兴，他用自己一颗火热的心战胜着一切……

1953 年，一所白色的科研大楼在南湖东边耸立起来，金属研究所正式成立了。李薰除担任所长外，还担任了冶炼化学研究室主任，亲自带领青年同志建立了我国第一个金属中气体分析的实验室，填补了当时国内的空白。他经常来到工厂开展钢中气体测定及研究工作，对提高钢的质量有很大的促进作用。

1958年，他率领科技人员开展了一系列新的高温材料和原子能材料研究，并亲自担任了国内第一个难溶金属研究室主任，具体地指导青年研究人员从事钼的氧化研究，为我国开辟难溶金属的研究起了先行作用。在第一个五年计划期间，金属研究所荣获了三十多面锦旗。

60年代初，苏修背信弃义，撕毁合同，使我国年轻的原子能工业几乎被扼杀。面对这个现实，中国科学院下达给金属研究所一项“08”工程的紧急任务。李薰满怀激愤日以继夜地读书和查阅资料。成千上万次的试验，不断交替着失败的痛苦与成功的欢乐以及艰苦的物质生活，使身体健壮的李薰变得消瘦了，两眼深陷，颧骨更加突起。同志们为他的健康担心着。可是，李薰同志恰在我们党面临着最大困难，承受着最大压力的时候，庄严地向党提出了自己的申请:“亲爱的党,我要求加入您的队伍,做一名共产党员……”

1961年12月，党批准了他的申请，从此，共产党员李薰更是站在斗争的最前列。经过五年的艰苦努力，“08”工程研究室胜利地完成了任务，全部达到并超过了苏联的工艺标准，于同年正式投入生产。

多么令人振奋啊，年轻的金属研究所又一次打破了苏修的核垄断，在科研道路上迈出了一大步。十年的时间，李薰先后发表了十余篇重要的科学论文。他的《在高铬钢中氢气的行为》一文获得了中国科学院的科学奖金。党和人民对科学家是十分喜爱和尊敬的。人民选李薰为第二届、第三届全国人民代表大会代表。他多次见到了伟大领袖毛主席和敬爱的周总理，亲自参加了具有深远意义的十二年自然科学远景规划的制订和讨论。那令人留恋的花团锦簇的科学春天已经过去十余年了。李薰在大西洋彼岸想念多年的伟大的祖国，在毛主席和周总理的领导下，曾有过多么光辉灿烂的岁月啊！

如今，一场空前的浩劫在中国大地上发生了。洁白的科研大楼变成了黑暗的牢房，真痛心啊……

忽然，“牢门”被推开了，一伙洪水猛兽般的打手冲了进来，凶恶地扑向李薰，打乱了他的回忆。

二

傍晚，席玺玉做好辣子鸡，把它装进饭盒里，又用一个小棉垫包裹上，再次来到专政队。然而，李薰却不见了。她惊慌地呼叫着，慌乱地寻找着。找呵，找呵，才发现李薰面色苍白地卧在墙角里，艰难地喘着气。席大姐几步奔了过去，端出了热乎乎的饭盒，李薰却痛苦地摇摇头，把饭盒推了过来。啊！仅仅几个小时啊，他怎么……席大姐连忙掀起李薰衣襟一看，立时捂住了脸，接着，大滴的泪珠便从指缝中流了出来。

“拿回去，替我吃了吧。”李薰微闭着双眼，把屈辱和痛苦咽进肚里，只是淡淡地说了一句。

席大姐抹掉眼泪，双手颤抖着端起饭盒，踉踉跄跄走了出去。

家里，另一场袭击等待着她。一对打着“造反”旗号的夫妻，砸碎了玻璃，冲进门来，强占了房间。李薰八十高龄的老母被推倒在床上，珍藏多年的学术资料和书籍被抛甩满地。

七天以后，李薰的母亲离开了人世，全家恸哭不已。一个从远隔重洋的异邦扑回祖国怀抱的科学家，究竟有什么罪，竟然一人受害九族株连？真是欲加之罪，何患无辞！只因科学家师昌绪访问英国时，李薰曾借给他一顶礼帽，就被诬陷是他们进行特务联络的信号。打手们一边鞭笞着李薰，一边气势汹汹地追问：“你为什么不在英国享清福，偏回中国来？”

“为什么别人不回来你回来？你抱着什么不可告人的目的？”

肉体上的种种折磨李薰挺得住，而这种心灵上的摧残却使他陷入了极度的痛苦之中。记忆的闸门被心中的泪水冲开了。

李薰是湖南长沙人，上初中时，著名的武汉大学教授周铁珊曾循循善诱地给他讲授过语文。祖国古老的历史和灿烂的民族文化使他入迷和自豪，他酷爱起文学和历史来了，整天和唐诗、宋词、史记、汉书迷恋在一起。

但饱受凌辱的祖国的现实：军阀连年混战之后，又遇国民党反动派的腐败、卖国，使他决心改变自己的爱好，专心学习数理化。当时在爱国青年中流行的“科学救国”思想占据了他的心。

1937年6月，湖南省举行公费留学生考试，李薰充满信心地进入了考场。考题之难超出了人们的想象。专业课自不必说，仅以外语为例，却要把难懂的中国佛经译成英语；把词汇丰富优美的英文莎士比亚戏剧译成中文。但是，再严格的考试也难不倒最肯刻苦学习的人。在四百名考生中，只录取三名，其中就有李薰一个。他考上了自己最心爱的志愿——英国雪菲尔德大学冶金系。

1937年底，他忍痛离开了被帝国主义列强蹂躏的祖国。

雪菲尔德城是英国中部的一个钢都，世界上第一个感应炉就产生在这里。这所大学的教学是紧张而严格的，全部课程都用英语教学。李薰为了精通英语，他搬到了一个英国工人家里住，每天用英语和房东谈话，不断丰富自己的日常用语。

住进新居后，李薰便把自己最喜爱的岳飞题词“还我河山”写成横幅高高地挂在墙上，作为对自己的激励。

1938年6月，他荣获了白朗敦奖章和奖金。1940年6月，得了Ph·D（哲学博士），并结束了大学生活。这时，第二次世界大战爆发了。大西洋中常有水雷爆炸，路不通，信息断，回到祖国已不可能，他留校当了冶金研究室的研究生。过了几年，又当了研究员，1945年底作了研究部主任，培养着法国、英国、印度、埃及、希腊等国的十几个研究生，并开始了尖端科学钢质量方面的基础性研究。这是当时工业中搞了多年没得到肯定答案的课题——“高强度低合金钢中有时产生内部裂纹到底是什么原因？”

这个题目，是由一个惊人事件引起的：原来在1937年前后，当希特勒在欧洲日益猖狂的时候，号称“日不落”的大不列颠帝国为了自己的安全也在暗中备战，注意发展空军。有一次在空军演习中一架spitfire战斗机忽然从空中坠落下来，驾驶员——一个勋爵的儿子当场毙命。这件事引起了格外重视。调查结果证明：飞机失事是由于引擎主轴断裂。在主轴内部发现很多细小的裂纹（像头发丝那么细，后称发裂），这个发现对当时的合金钢厂来说是一个新问题。于是，许多合金钢厂的中心试验室组织起来，企图寻找产生裂纹的原因和避免的方法。他们搜集了国内外大量资料，进行了多次试验之后，得出了几种不同的结论，争议纷纷。最后，他们把这一问题提到雪菲尔德大学进行基本性研究。

李薰经过几年的努力，终于成了世界上第一个发现了冷加工对钢中含氢变脆有显著影响的人，他摸清了钢中含氢产生白点需要孕育期以及钢中去氢规律，并阐明样品大小、时间与温度的关系。他陆续发表了围绕钢中氢气问题的七篇学术论文，震动了大英帝国，震动了整个西方世界。1951 年 6 月，英国授予了李薰很高的学位，得了 Dmet（冶金学博士）。中国为之骄傲。中国人民为之自豪。他的同事们、学生们纷纷前来祝贺。可是，有谁知道，在这值得庆贺的日子里，李薰心里的隐痛更加强烈了：什么时候才能把学得的知识献给亲爱的祖国啊！

1946 年，国民党中央研究院总干事萨本栋来到英国，特地到雪菲尔德城与李薰会晤，他直言不讳地对李薰说："如果您能同意回国，咱们就办冶金研究所，由您主持。"

国民党办研究所？简直是无稽之谈！李薰想到在民族矛盾激烈的时候，东北沦陷，华北失守，江南告急，国民党卖国求荣，引狼入室，怎么会筹办研究所？想到这里，李薰便当场拒绝了他。

1949 年秋，李薰听到了祖国新生的喜讯。"中国人民从此站起来了！"伟大领袖毛主席的洪亮声音像电波一样传到了英吉利海峡，李薰兴奋得几夜没有睡好觉，他双手抚摸着墙上张贴的岳飞题词"还我河山"，热泪夺眶而出。从此，他归心似箭了。

1950 年末，李薰突然收到了一封从伦敦发出的信。他拆开一看，激动得双手颤抖了。信中写道：

李薰先生：

本院准备在一九五一年成立冶金研究所，现在即需成立筹备处，开始筹备。拟请先生回国，担任该处主任。擘书进行，如承惠允，即请先将回国日期告知……

中国科学院院长　郭沫若

这封信是来英访问的刘宁一、涂长望同志受郭老的委托从伦敦寄出的。独在异乡的李薰手捧千金家书，好像听到了亲爱的母亲——祖国的召唤。

人们发现沉静的李薰突然活跃起来，他多方联系，四处寻找在英的中国科学家和留学生，亲切交谈建设祖国的志愿。从此，他的僻静的公寓里充满了热烈的气氛，他们讨论着中国金属研究所科研大楼的设计方案，筹备工作的分工，在国外应购买的图书、仪器以及归国的程序和日期，等等。但是，当时由于朝鲜战争爆发，中英已成为交战国家，关山重重，万里迢迢，谈何容易？李薰从提出辞职到多方转道回国，历经了多少艰难和险阻啊！

谁曾想到，现在却有人提出：为什么在英国放着清福不享要回国？为了尽到儿子对母亲的责任也该成为罪过吗？

寒冬腊月，枯叶、积雪飘洒在路上、院里。被强制劳动的老所长李薰拖着扫把，顶着凛冽寒风，打扫着礼堂和庭院。看押人员嫌他扫得太慢，便骑着自行车督阵，让李薰跑着扫，还要跟上他骑车的速度。李薰稍一慢步，便拳脚加身。路上的行人看到这种情景难过地扭过头去。但李薰觉得这比关在黑屋里要好些，他从人们暗暗投来的目光里，从偶尔的几句低语中和那些背着的鼓囊囊的书包里，明白了：一些同志还在偷偷地坚持着自己的科研项目，他感到了莫大的慰藉。他忘了劳累，忘了痛苦，忘了身边的看守，手扶着扫把，脸上浮现出欣慰的笑容。

三

一个军工厂发生了令人惊骇的质量事故——飞机框架出现了裂纹现象。停在机场上的几百架银燕能否起飞？支援第三世界朋友的飞机能否如期发货？国家能否受到巨额的经济损失？

这项紧急、重大的研究任务摆到了李薰面前。

无辜的老所长刚从专政队被放回来，身体还十分虚弱。当一些亲属和同志纷纷劝他好好休息休息的时候，他却不顾一切地投入了紧张的战斗中去。

火急！十万分火急啊！

我们敬爱的周总理和叶剑英同志亲自过问了这件事，有关部门派来了调查组。调查结果，其说不一，有的说是新钢种代替老钢种的结果，有的认为是技术员胡乱修改了工艺，有的怀疑是敌人的破坏。

科研工作要急国家之所急，李薰同志吞服了几片药便带领研究人员来到了制造厂，进厂后他一句话也没说就参观生产过程。他从上午八时走到下午三时，不停地走着、看着、思索着。时逢初秋，李薰的前额渗出了许多晶莹的汗珠，脚步也缓慢下来。他那虚弱的身子已经力不能支，他想要坐下来休息一会儿，但一想到任务的紧急，又刚强地迈开步伐巡视着、查问着。当他看到整形工段，突然站住了。他发现几个老工人把二三毫米厚的钢板套在模子上，正在用力地锤敲，几个小徒工也模仿师傅的样子左一下右一下地猛砸。这时，三十年前，他在英国研究的钢中氢脆问题的一些理论立刻浮现脑际，他对工厂的同志说："我看你们的整形有问题。过去我在英国搞过试验，钢板冷加工后再电镀，氢气难以跑掉，框架断裂是否和氢脆有关？"

在李薰的指导下，金属所的同志和工人、技术人员一起，采取排除法做了十二种、五百次的试验，结果再一次证明：是冷加工氢脆有问题。李薰自己也没有想到他在40年代进行的基础理论研究，用到了祖国70年代的航空事业上。

12月4日，冶金部紧急来电："中央首长请李薰马上去北京开会。"

晚十时半，他来到了中央军委一个中型会议室。看来会议已经进行了一段时间。叶剑英同志、李先念同志正在听取同志们的发言。李薰坐定后，有人对叶帅说："李薰到了。"

叶剑英同志热情地打着招呼说："昨天就想请你来了，咱们这里是开一个航空工业质量座谈会，想听听你的意见。"

李薰望着这位身经百战、为人民屡建战功的老元帅，非常敬仰，十分激动。他在叶帅亲切目光的鼓励下，非常简明扼要地叙述了对飞机框架研究的意见。叶帅全神贯注地听着，直到李薰发完言，他才说："请你给我写下来，我再看看。"

叶帅一丝不苟的精神使在场的同志无不感动。

第二天上午十点钟，李薰接到通知：到叶剑英同志家去做客。同去的还有军工厂的党委书记和部队的同志。李薰激动而又拘谨地同大家一起走进了叶帅的家。叶帅平易近人的性格，使这些陌生的客人很快就自如起来。主人用简单的茶点招待大家，人们就像在自己的工厂和研究所里一样，对飞机质量问题又热烈地争论起来。叶帅并不制止他们，在大家争论的当儿，他走到李薰身旁，亲切地问道："你说钢的脆性和敏感度不同有关，为什么敏感度不一样？"

李薰连忙说："这就像两个体质不同的人，都在严寒的天气里外出，回来后，一位只是略微有些伤风，鼻子发酸；另一位却患了重感冒，发了高烧，卧床不起……"

叶帅高兴得连连说道："噢，是这样。好，讲得通俗，明白。"

叶剑英同志对科学家的信赖和温暖，对科学事业一丝不苟的态度和关心，使李薰久久难忘。几年来堆积在心头的冰雪一下子融化了，他高兴得像一个年轻人一样，活跃在会场上。

12 月 26 日，航空质量会议继续在热烈地进行。下午，将近五时，细心的人突然发现叶帅带着一种敬重的神态在整理领口和军装，其他几位领导同志也随之整理服装和桌上的笔记本。接着，叶帅用充满感情的声音宣布："同志们，总理要接见大家。"人们欢呼起来。

五点二十分，我们敬爱的周总理在热烈的掌声和炽热的感情包围中走进了会场。总理坐定后，便对大家说："我先给大家讲讲我们和林彪反党集团的斗争吧。"接着又讲到林彪一伙对航空事业的破坏。总理说："同志们，我们这次会不是一般的会，不是汇报成绩，而是研究一些大大小小，甚至是严重的航空产品质量问题的会，现在这个问题已经影响到国家的大局了。"

人们听出总理话语的分量，都感到有些内疚，会场的气氛显得十分严肃。总理好像知道大家的心情似的和蔼地说："你们紧张什么呢？不要紧张嘛！怕我发火？航空工业出了这么多质量问题，我难过啊！这都是林彪反党集团破坏的结果。我对你们也没有很好地抓紧，是我的工作没有做好。"

总理的一席话，使许多人的眼睛湿润了，人们从紧张的气氛中活跃起来。

总理见大家都自如起来，便拿着到会科学家的名单逐个征求对质量问题的意见。当念到李薰的名字时，总理说："我们见过面吧？你是在英国雪菲尔德留学的，得了什么学位？"

李薰答："冶金学博士。"

总理又问："教书了吧？"

李薰说："教了几个研究生。"

总理风趣地说："雪菲尔德，那不是英国的钢铁基地吗？那里的刮胡子刀很有名，是吧？"

李薰高兴地回答："是！"大家望望总理已有多日没刮的浓重的络腮胡子都哈哈地笑了。接着总理详细地打听了李薰对框架问题的解决过程，并询问说："你认为世界上哪个国家的发动机最好？"李薰说："英国虽然保守，但又是竞争的，所以注意质量，工艺过程很细，材料品种虽不太多，但质量的可靠性强。"

总理笑着问大家："李薰说的对吗？"

不少人回答："对！英国现在搞垂直起降的'猎兔狗'飞机了。"

总理听得高兴了，看着李薰，情不自禁地夸奖说："很好，你很有知识，要把知识贡献给人民嘛！"

总理的鼓励使李薰深深地感动了。他又一次想起周总理前些年在紫光阁接见科学家的情景，他在心里悄悄自语："总理呀，没有您的教导，我怎么会有今天？"

天色暗了下来，时针指向了七点，一个年轻的男服务员走到总理身边说了句什么，总理摇摇头，那人走了。八时左右、九时整，那位服务员又来了，这次不管总理怎么摇头，他却像钉在那里，站着不走了。最后，总理望望那位服务员慈祥地笑了笑，看看表，略一思索，抬头环视一下会场，问大家道："你们也饿了吧？"

"饿了！"坐在前排的一些同志故意大声喊道。显然大家是关心总理和叶帅的健康，想让他们去休息片刻。不料，总理却说："今晚上，我还要去开另一个会，没有时间了。这样吧，咱们边吃边谈好不好？"

“好！”众口同音，人们高兴极了，哪怕和总理多在一起待一会儿也好啊！片刻，服务员分发给每个同志两个面包、两个鸡蛋、一包盐面。总理大口大口地吃着，吃得十分香甜。李薰顾不上吃饭，他手里拿着面包，怀着满心的激动，凝望着我们敬爱的总理。总理身上仍旧穿着那件半旧的浅灰色哔叽上衣，脚上还是那双穿了多年的深棕色旧皮鞋，胳臂很瘦，显得衣袖有点肥大。两鬓已经斑白，颧骨有些突出，但目光矍铄，精神抖擞。突然李薰发现那位服务员走到总理身边，送上了几粒白色药片，总理一口送了下去。见此情景，李薰的心里难受极了。敬爱的周总理啊，你为了党和国家，过度劳累了。李薰不由得一阵心酸……

已是午夜了。八亿人民已经进入了甜蜜的梦乡，而我们的总理却精神焕发，不知疲倦地继续工作着。他那浓重的双眉下，闪烁着充满革命激情的目光，他环视一下全场同志，激动地站了起来。他用那声调虽不很高却十分清晰的苏北口音对大家说：“同志们，我们的国家现在仅仅是初步的繁荣昌盛，我们还要经过二十年至三十年的艰苦努力，才能使我们的国民经济走上世界的先进行列，才能把我们的国家建设成为一个全面繁荣昌盛的社会主义强国。这一天，对我们这一代来说，也许是看不到了，我相信你们今天在座的有些人是会看到的。但是，我们必须努力工作，争取这一天的早日到来。”

雷鸣般的掌声，打破了深夜的寂静，总理宏伟的思想和殷切的希望，感染了在场的每一个人。年近六十的李薰觉得周身的热血都沸腾起来。他心里默念着：我们的好总理呀，您的一生永远是我学习的榜样！只要我的心脏还在跳动，就要为祖国的富强，贡献出全部力量。

四

1972年，在周总理的亲自关怀下，我国科学界曾出现了难得的短暂的活跃。李薰受中国金属学会的委托，率领一个代表团参加在法国举行的“氢在金属中的作用”国际学术会议。这本是李薰的老本行，1951年李薰在英国的轰动，至今还留在世界金属学界人士的记忆里。

中国代表团一到巴黎，立即受到国际学术界的热烈欢迎。雷鸣般的掌声，友好的目光，表达了各国人民对中国人民的深情厚谊。作为金属学界的老前辈，李薰被推选为大会主席团成员，并担任了执行主席。可是，坐在庄严大厅里的李薰，心中万分感慨：我们伟大祖国的国际地位日益提高，做一个中国人确实感到骄傲和自豪，但是，在学术讨论中，在一系列的参观访问中，李薰也痛切地感到：我国的科学水平与伟大祖国的政治地位很不相称。我国与世界先进技术日渐接近的距离现在又拉大了。李薰当年培养的研究生基诺已是这里金属学方面的元老了。中年、青年科学家也层出不穷，而在我们国内那几个掌握实权的祸国殃民的丑类，却把科学和科技人才摧残到了令人发指的程度，消耗了我们多少有用之年啊！自己这次竟然空着手来到巴黎，不觉十分遗憾，十分惭愧！

在法国的几天中，李薰食不香，寝不宁，心头被一团烈火烧灼着。开完会，他立即回国，双脚刚一踏上祖国的土地，就急切地奔跑于有关部门，汇报、呼吁："科学研究机构要整顿，要有三级研究所，要为明天的问题多投入力量，要重视基础理论的研究，要有科学储备，要爱惜、培养人才……"他激动地打着比方说："我们国家是政治上的巨人，科学上的矮子，这种状况，实在不能继续下去了。"

他的话说到大伙心里去了。金属研究所有志气的科学家们都被李薰的话所激励，不少人刚从"四人帮"的牢房里出来，带着满身的伤痕投入到科研中去了。

不久，金属所接受了国家下达的一种特殊材质的研制任务。他深知，这是我国人民多年来的愿望。以前，我国虽已发射了三颗人造地球卫星，但这第四颗却与以往不同，它是要高速通过大气层再返回地面的卫星，如没有耐高温抗氧化的保护材料，装着各种珍贵仪器和资料的卫星就会在大气层中燃烧殆尽。可是，"四人帮"在金属所中的亲信却无所用心，敷衍从事。李薰焦急地跑到党委去提意见说："科学来不得半点虚假，不学无术的人怎么能攀登科学的高峰？"他建议由李铁藩同志担任研究组的组长。人们对李铁藩是很了解的，他就是第一批来沈阳建设金属研究所的五个大学生中的一个。他以优异的成绩读完了研究生专业，以勤奋的实践获取了许多金属学方面的研究成果。就是在那靠挥拳头和摇红本本的年月里，他也在孜孜不倦地学习和积累知识，选他担任组长是再合适不过的人选了。人们赞赏老所长的眼力，但回答他的是："我们现在需要的是政治骨干而不是业务骨干。"同志们不禁捏了一把汗，老所长刚被解放不久，自身难保，怎么好再坚持呢？李薰沉思了一下，坚定地说："李铁藩怎么不是政治骨干？他是共产党员嘛！我是这个项目的负责人，我选择了他。"说完，就在大会上宣布了这个小组的名单，并亲自指导这个研究小组日夜兼程地工作。

李铁藩在李薰的指导下，历经无数次的失败，终于创造了料浆热扩散渗硅工艺，为这项研究任务创造了良好的开端。

当小组的同志正满怀信心向科学高峰突进的时候，一股所谓"反回潮"的妖风迷雾又一次向李薰扑来。

说假话受宠，说真话犯罪。李薰从法国回来的讲话，被列为李薰的新罪状，"一评""二评"李薰的大字报接踵而出，"回潮""复辟""怀旧"等各种帽子一齐甩来，"四人帮"在辽宁那个死党的黑话也随之传了下来："像李薰这样的人虽然是共产党员，也还是资产阶级知识分子。"

李薰的心像压上一块铅砣似的沉重，他痛心地想：难道周总理等老一代革命家带领我们创建的科研事业真的要断送在他们手里？不，决不允许！不管他们的权欲有多大，他们也不能代表党。他想起了周总理的亲切教导："把知识献给人民！"他想起哥白尼的话："我决不予以理睬，我鄙视他们。"李薰在重压下没有屈服，他像一个真正的战士一样，又投身到这项艰巨的研究项目中。他日夜翻书，多次借用工厂的实验室进行试验，遇到最难点的时候，他提出了控制涂料厚度、板材双向轧制等意见，一举突破了难关。

多么奇妙啊！一个在狂风恶浪中航行的小船，眼看被恶浪吞没，为什么会忽地又跃上浪尖？这是研究所许多科技人员和工人用他们正义的心托起来的啊！人们用各种方式保护了这个怎么打也打不倒的"不倒翁"。因为科学和真理站在一起，等待它的必定是胜利的前景，李薰和他们的科研小组终于用自己的科研成果，为第四颗人造卫星穿上了耐高温高热的裙衣。

1975 年 11 月 26 日，人造卫星发射成功了。在祖国的蓝天上，在广阔的太空中，响起了多么悦耳的音乐啊！

11 月 29 日，满载着科学成果的卫星胜利返回了地面，举国欢声雷动，党中央发了贺电，国外报纸纷纷争评。谁说卫星上天红旗就得落地？妖怪们的理论被粉碎了，金属研究所的同志们欢腾了，他们用亲切的语言、真诚的心意向参加这项工作的同志祝贺，向李薰祝贺。人们用深情的目光望着老所长，这时，只有这时，同志们才真正认识了这位物理冶金学家的性格何尝不像金属一样：坚硬、难溶，铿锵作响，闪闪发光！

其实，亲爱的读者们，何止是我们的主人公有着金属的性格，我们的领袖，我们的人民，又何尝不是金属般的性格！有着这种性格的英雄民族一定有力量停止呻吟，收住叹息，治愈创伤，克服困难，满怀信心地向着金色的未来，向着祖国的四个现代化大步迈进！

（原载《芒种》1980 年第三期）

球迷现象（节选）

荒　原

荒原，原名王滨，1957 年生于大连，1982 年毕业于吉林大学中文系，1983 年开始文学创作，出版各类文学作品 14 部，计 400 余万字。中国作协会员。曾任辽宁省作协理事，沈阳市作协秘书长，中国民主促进会沈阳市委副主委，沈阳市人大代表。编审，一级作家。

1985 年 5 月 19 日晚上，那场中国大陆上有史以来最大的体育骚乱事件发生之后，几位敏感的作家抛砖引玉式的关注引起人们对某些问题作深层思考。为什么中国球迷现象出现在 80 年代而不是从前？球迷心态的构成是否与物价上涨、官僚主义、党风不正以及民众自我意识觉醒有关？足球的魅力与常态的文化生活是什么关系？“球迷百态”可以引申出怎样的社会学思考？球迷普遍的外露型性格与传统文化意识形成怎样的矛盾？个人的爱好与社会赋予人的理想之间怎样做出取舍或权衡？

据笔者抽样调查，球迷成分构成如下：18 岁到 45 岁的占 89.6%；中专以上文化程度的（包括大中专在校学生）占 13%；工人占 64%；干部职员占 17%；个体劳动者和待业青年占 15.6%。

——关于球迷的动机和原因：因日常文化生活单调而寻求刺激的占 12%；愿意借足球来“痛快一下”或排解情绪的占 18%；绝对喜好的占 16%；怀着爱祖国爱家乡的热情而为自己方面球员助威夺标的占 31%；为中

华足球腾飞而不遗余力的占17%。还有一些人是为同警察斗气，偶尔看看，赶赶时髦，等等。

——在75例抽样表中，掌握足球常识，了解足球运动历史，懂得比赛规则的有67例。

——仅1987年，在沈阳市举行的省级以上足球比赛就有67场，平均每场现场观众都在一万二千人以上，电视收看率按全市城区人口80%计算，每场比赛有200多万人收看。三万人以上的大规模自发性集会游行就有十几次。重要比赛时黑市球票票价高达30元一张。

铁杆球迷——“饱暖思淫欲”还是“精神饥渴”？

我采访了这样一个女孩子，她叫李琛。沈阳球迷有不少人认识她，更多的人则是在沈阳“热电杯”足球迷电视演讲赛上认识她的。这个今年刚满二十岁的姑娘是沈阳市光荣街第二小学的体育教员，也是中国屈指可数的国家一级足球女裁判之一。足球场是男子汉的世界，她便是这男子汉世界中一朵红艳的小花。她聪明美丽，热情开朗。球场上她第一个笑，第一个哭。她父亲李明治是个国家级篮球裁判，李琛自小就与体育结下了不解之缘。她学过体操、篮球，但这些都无法与足球竞争，足球场上那种万人同慨的气氛强烈影响了她的秉性，使她再也无法离开足球。她知道对于一个女足球队员来说十九岁的年龄已是芳华早逝，便以惊人的毅力钻研足球规则，终于在中师毕业时拿到了一级裁判的证书。“这样我可以永远跟足球在一起，跟球迷在一起了。”

那天我去她所在的学校看她，正值午休时候，教研组的一位女老师听说来找李琛，便笑着说：“你也是球迷吗？”我笑了，这是默契的笑。尽管她人未到，但我还是很容易识别出她的桌子。玻璃板底下层层叠叠压了二十几张画片和照片，迭戈·马拉多纳飞腿射球的形象占据正中，巴西名将艾洛依、法国球星普拉蒂尼等人同足球缠在一起，使人只要看一眼就禁不住亢奋异常。

除了球星画片，还有一些诸如世界著名的女影星黛安·连恩骑马的照片，影星王冠雄与香港新星成龙的剧照也被主人置于适当的位置。整十三点，李琛来了，红色的滑雪衫，银灰色的毛线护腿，一双轻盈便捷的黄色雪地鞋带着窗外冬天的寒意。在她那张红润的充满青春活力的瓜子脸上，闪烁着柔媚的光泽。谁能把这样一个女孩子跟狂热粗犷联系在一起？但她的确是个球迷，而且是个铁杆球迷！就是这样一个稚气未脱的女孩子，曾担任中美女足比赛第一巡边员。

她很少主动跟我讲话。她是个理智而有心劲的姑娘。

“我当裁判主要是为了不离开足球界，能有机会看球。”

“置身万人球场上，你没法不激动。”

“跟平素不认识的球迷们在一起谈球，人心就净化了。我珍惜这种友谊。”

“我要是个男人就好了。”

“现在，我全部的心愿就是带出一支孩子足球队。”

1987 年 10 月，美国女足来沈阳同中国女足比赛，李琛指了中国队越位之后，看台上直直冲她扔下一根苞米棒，苞米棒就落在她脚边。她不敢分心，不敢回头去看，因为那将招来更激烈的反应，甚至会有女孩子家不堪忍受的粗言秽语。比赛之后，妹妹对她说：“扔苞米棒那个人就坐在我身旁，我也不敢吱声啊！”她笑了，说：“没什么，这算好的呢！”人们也许不理解，既然她知道球迷是怎么一回事，为何偏要做个铁杆球迷呢？

足球能挽救一个生命？这个问题似乎只有否定的回答，然而下面这个故事却给你一个肯定的答复。

徐某是沈阳军区锅炉厂的工人，这个不幸的青年从小患小儿麻痹，留下后遗症，靠双拐行走。眼看着同龄人跑跑跳跳随心所欲，工作、上大学、外出郊游或出入舞厅，小徐时常感到自己置身于黑暗的深渊里。命运对他太残酷了。李清照只因为一点离愁别绪，守着窗儿，就慨叹“独自怎生得黑”，而他呢？他二十年来总守着这一方狭窄的窗子，这漫长的一生该怎样度过呢？他嫉妒那些身体健康的人，甚至嫉妒那些监狱里的囚犯。几回梦中，他抄起剪刀，想把这条残缺的生命还给那不公平的造物主。

有一天，同院的朋友来了，送给他一张球票，“走吧，我背你去，出去散散心吧。”小徐把球票握成一个球球，他不敢去。他知道那是生命高级形式的角斗场，那是太阳底下幸运儿的世界。他一个伤残的躯体，为什么要自寻那种残忍的刺激呢？朋友不由分说，硬把他背到了球场。他头不敢抬，声不敢出，怕别人发现他是个残疾人而无情地讥笑。他像一只长年躲在地洞里的老鼠一样小心翼翼地探视着外面的世界。球赛开始了，运动员们在场上奔腾拼搏，旋风般地奔跑，野马一样地冲击，使他渐渐进入了忘我的境界。他也忍不住欢呼起来，跟着旁边的人们大喊大叫。这时候，他平生第一次尝到了平等的滋味，第一次拥有了正常人的所有权利。他哭了，泪水源自内心的幸福和快乐。他心里那压抑了二十年的失望与焦灼，痛苦与挣扎，就在足球场上被痛快淋漓地释放出来。足球将他的梦幻化入了生命激越的碰撞中。足球就是他的梦幻之神，寄托了他一个残疾人的欲望。那天比赛结束以后，人们都散尽了，他一个人仍然久久坐在看台上，恋恋地不肯离开。

从此，小徐迷上了足球。有时弄不到票，他就求别人帮着，爬到体育场的房顶上去看。一个残疾人，你很难想象他是怎样去克服连常人也难以克服的困难的。后来，人们发现球迷们经常聚集的太原街报刊门市部东数第二个窗台上，总有一个抱着双拐的小伙子默默地坐在那里，听他们议论马林、唐尧东或曼彻斯特队、精工队。久而久之，那个窗台竟成了他的专有座位了。有时他没有来，大伙儿也要给他留着。球迷协会成立时，小徐便是协会里的骨干。每次协会里发球票，总要第一个先给他。他对黄祖钢说：“现在我可不能死，死了就看不到足球了。”

董刚是沈阳帆布制品加工厂的机修工，为看球，他先鼓动爱人买电冰箱，从而理直气壮地把彩电买回家来。也是为了看球，他谎称单位组织去鞍山旅游，一大早就跑到鞍山体育场设法买高价票。赶上大雨，第二天早晨回到家时裤衩也拧出水来。他坦率地承认自己“追求高的不可能，但总要有点爱好。玩也玩得像个样。”在足球这方天地里，他“想哭想乐自己随便，用不着看谁的脸子”。

铁西广场附近有一名待业青年，在球迷堆里以“乞丐球迷”而闻名遐迩。他曾经因为做球票倒手生意而被球迷朋友们胖揍一顿，他自己也为发球迷财而无地自容。为能看上六运会足球赛，他用一卷绷带捆住左腿，拄着根木棍，化装成伤残人一路要饭到了上海。在上海他把大半书包的碎钱币去银行兑换成整钱，然后乘火车去广州。他历尽艰辛好歹买到一张入场券，黑心的广州票贩要去他五十元钱高价。然而就在开赛的当天，他见到了借旅行结婚机会来广州看球的老乡。为成全他们小夫妻的幸福，这位“乞丐”忍痛把球票送给了那两位同乡。比赛开始了，他站在天河体育场墙外，静静听着场内阵阵声浪……

1985年7月，刚刚走马上任的《沈阳晚报》体育部主任王传章收到一封读者来信：“辽宁足球队两年来战果累累，你报能否研究一下足球腾飞的问题？”这封有见地的信在众多读者来信中如鹤立鸡群，于是引起了一场关于足球的社会大讨论，这封信的作者就是李文山，当时沈阳铁路局房产段的一名水暖工。这位三十岁的“野球迷”曾经自己文身，嫌刺痕未深，竟自己用烧红的炉钩生生在胳膊上烙下“忠父孝母”字样，大有占山为王者的玩命精神。出于对黄祖钢的崇拜，他接受“招安”加入球迷协会，担任啦啦队队长。他经常戴一顶草帽，显示草头王的风姿，故而人称“草帽”。足球使这位野性十足的草头王受到了性情陶冶。1987年9月他担任了大连白云宾馆的副经理。野球迷与企业家之间是一条怎样的通道？啦啦队是副经理的摇篮吗？

这难免不使喜欢做道德评价者棘手。

六运会上有这样一些沈阳球迷“花絮”——

沈阳广告装饰公司深圳办事处的罗飞、胡冰濡等二十多名沈阳球迷，花三百多元钱租“中巴”专程赴穗。他们不仅花五百多元钱买高价票，还特意买了上百件白线衫，印上“辽宁”字样，分发给家乡球迷以壮声威。

沈阳水果贩子孙德仁为参加家乡球迷啦啦队，竟不惜推迟发货三天，损失近千元。

沈阳奇美服装店店主王波花了五十元钱才搞到一张入场券。比赛结束后他闻知同乡李国平挤丢了钱包无法回家，又慷慨解囊相助三百元，感动得李国平泪下如雨。

球票紧张，广州黑市票贩子大发球迷财。沈阳球迷索性将票贩五十元一张的高价票先拿到手，然后以平价付款。羊城票贩偷鸡不成倒蚀米，于是纠众结伙以武相胁。沈阳球迷师出有名，当地警察竟也欣然称谢。

沈阳有一位名叫李春茂的工人，人送外号“大拉索”。这位三十九岁的铁杆球迷在阑尾手术第三天去看足球赛，一时兴起扬手顿足，刀口抻裂，他一手捂着腹部一手仍旧狂摇，几次缝合刀口都不成。他家里媳妇理财，因为手头无钱买球票，竟哭着去找黄祖钢。

六运会足球决赛那天晚上，李春茂家里摆好一桌酒菜。他坚信辽宁队一定会拿来最重的那块金牌。他紧紧盯住电视荧屏，却被裁判员的哨音激怒了。他摔碎了酒杯，回身一脚踹倒了一千六百六十元钱的大彩电，弄得媳妇哭天号地要与他离婚。

不久前秘鲁共和国利马足球队因飞机失事而遇难曾成为震惊世界的爆炸性新闻，一位秘鲁公民悲痛至极，表示与球星们同生共死，自愿以命相陪。无独有偶，而且这“偶”竟然在古老的中国大地上出现了。沈阳和平区一位二十六岁的青年工人就在12月3日夜里，活活地气死在电视机前，临死还在大骂“老广”。

不知当今核战威胁生态环境破坏老年人健康问题等的全球性通病之中是否列入了当代人友情淡漠化这一症状。12月3日《社会科学报》的一篇文章提供了来自日本的佐证性消息：“过去一代代青年所热烈追求的以自我牺牲为基础的友情，现今正在消亡。”文章援引日本青少年研究专家佐藤野卫的调查表明：这一代人大都是与同学交友，而且平均每天与朋友在一起的时间不足一小时。有人指出当今中国的人际关系在某种意义上说来与巴尔扎克时代的法国相像。沈阳市大东区的一位三十八岁的中学校长在酒至半酣之后对我说，他已深切感到了人与人的隔膜和冷淡。在学校面对学生时要道貌岸然以维护师道，对同事也很少谈及教学和学校以外的话题，至多不过发一点有关调资或涨价之类的牢骚。八小时之外的家庭生活中，彼此交流的也不是那种被沉重压抑着的情绪。但当他置身于球迷中间的时候，他不再是衣冠楚楚的校长而是个兴致勃勃的球迷，他与他们可以毫无戒备地就球或球以外的话题议论不休，即或是争执也显得那么友善纯净。球迷可以把花高价买来的球票无偿送给一个新入伙的朋友，可以去买满帽兜雪糕或糖块真诚地散发在人群中。当他和他们一起在看台上呼喊，一起在长途电话台前捐款的时候，他知道了人类原本应当是怎样的动物，他找到了排遣孤寂感的神圣殿堂。

我还愿意向你介绍一位可怜的朋友，他叫陈某某，今年四十七岁，工程师出身，是沈河区一家千人工厂的党委书记。十几年前他本是个喜怒形于色的爽直汉子，工作的磨砺使他学会了冷静和熟思。在工人眼里他是个肚子里跑船的宽宏之帅。有谁知道工作中那些棘手的难题怎样压低了他的眉头？有谁知道他为何半夜里一个人跑到南湖游泳？当他走进家门时孩子便吓得躲起来。有一次，一个外地朋友看着这位老朋友竟不敢相认，因为存留在他记忆中的陈老弟是一尊笑容可掬的弥勒佛。这截然不同的两副面孔怎么也难换算出一个值来。夫妻的夜生活所能宣泄的不过是肉欲和陈旧感情的重复，而且还要抑声敛气地怕扰醒孩子，房事不可能实现一快解千愁的效用。尽管生就的激动胚子无法脱胎换骨，他也无法捧着书刊或面对电视机痛快淋漓呼叫一阵。说不清是一种什么力量迫使他努力去稳重含蓄斯文儒雅，以附属他书记和工程师的身份，然而那种稳重儒雅斯文是他极端深恶痛绝的假模假式。工会主席把一张球票放在他桌上，他下班之后逃遁般换上最不惹眼的衣服，戴上儿子的太阳镜坐到看台上了。在那里没有人注意他监视他，他被从自己口中迸发出的许多年来第一声呼喊惊呆了，他不相信自己的声音还是这般洪亮，拍响的双手还这般有力！他有些哀怨伤感，第一次觉出什么叫无情。从此他被伤感推向了足球，足球成为他不可或缺的东西。为了打通票源，他甚至违背党性原则安排了一个待业青年的工作。

这些对习惯于伦理思维的人来说像难以理解苍蝇也有其生存必要或如来也曾动过杀机一样。我又何尝不希望人还是不那么可怜见的才好呢！

跟球迷们厮混得熟了，也就无话不讲。大西边门有一个姓尚的青年人之所以迷上足球，却有一个独特的缘由。他于1984年从某财经学校毕业，在一家农业银行供职。他在读中学的时候患了神经衰弱症，谷维素吃了无数，仍然无法保持时间充足而又有质量的睡眠。1986年元旦，他与曾经是他中学同学的小王结婚，婚后夫妻生活不尽如人意，新娘常常夜深人静时涨红脸埋怨新郎太无能，无法满足她如火的激情。妻子痛苦不堪，流着泪与忠厚的丈夫开玩笑："我可是要找人了，谁耐得住你这冷血动物。""天啊，我怎么是冷血动物？我是……"心里急，心里怕，话却说不出口。有一天他弄到一张足球票，一个人闷闷地挤到了体育场看台上。足球在球员脚背上弹出去的时候，那扑扑的震响使他振奋。激烈而凶狠的铲球和争顶又使他心惊肉跳。他孱弱的生命在这硬邦邦的争斗映衬下显得那么绵软无力。万众的呼喊与球场上跳跃的强力有如一阵狂风，揭去了蒙压他身心的沉石。他激动了，亢奋了，他攥紧了拳头擂着热热的水泥台阶，感觉出一股新鲜而健劲的泉流在体内涌动。从此只要有球赛，妻子便想方设法给丈夫搞到入场券，并用了一个月的奖金给他买了只足球，任凭他将屋里彩漆的墙围子踢得斑斑驳驳。

这似乎有点像粗俗下流的笑料。你若真想笑不妨就笑一笑吧。人世间本来就不是样样事情都让人拧眉沉思或写进教科书里的，但是你不要忘记我是在写真人真事而不是写通俗小说。

球迷按个人素质、知识以及迷球的程度分为高级球迷、铁杆球迷和一般球迷，就时间上说也有早有晚，有先有后。人们迷球的原因不同方式也不尽一致，但有一点却是共通的——完全是出于自身生命的要求而非别人强加。这是否可以为那些主张人性复归人道阐扬论者提供一点意识灵魂之类的论据呢？是否可以被认为是现代人在新的基点上自主地营构人生的一部分表征呢？它的合理性与合情性虽然难以抽象地概论却不难被你体谅或理解，就像你不难理解一部分人为何要读小说看电影跳舞养花弄鸟一样。把辩证唯物主义糅入血液的人总喜欢一分为二看事物，只要观看过足球比赛你总不至于否认足球比人类现有的任何一种体育竞技形式更具有牵魂动魄的魔力——当然对过于斯文的人或神经脆弱者又当别论。球迷们大约是把"过瘾"这个词用得最多的。什么叫过瘾？为什么看足球会过瘾？为什么需要通过看足球才能过瘾？他们所赖以宣泄的究竟是些什么样的情感和情绪？他们在这种宣泄之余又得到了怎样的补偿？看球与打扑克与跳舞与读小说究竟是本质一样还是截然不同？如果是寻求刺激为何偏要寻这种刺激？如果是追赶时髦为何不去听钢琴演奏或玩桥牌？如果是浮躁世态的浮躁人生为何又对生命充满渴望？如果是粗野与愚昧的契合为何又极富友谊与爱国心？如果是为中华足球腾飞尽力为何砸店烧车恶骂球员？

“道可道，非常道。”也许模糊数学对我们真正了悟球迷的心态会有所启发，当然，政治家、法学家、社会学家，以及历史或道德论者也会有自己的结论，而我却只能是“篇终接混茫”了。

还有一个人物需要补一笔：

这个人本是个常常躲在书斋里的自愿淡泊者，电视屏幕上时常出现的足球赛场并不比书中意境更使他安详。有一天他终于认识了一大批球迷——一群别样的人，他为他们的那些很自然的失态行为所感动，他在探索他们心灵奥秘的过程中找到了心灵之被某种意志裹挟的奥秘，于是他竟然也在迷爱上球迷之后迷爱上了足球。

这个人就是这篇报告文学的作者。

无法进行道德判定的二律背反——本位与爱国，合情与悖理

体育运动常常被现代人视为自己力量与勇气的表现形式，而对那些没有机会实现这种表现的人来说，观看便成为一种寄托。球迷中确乎有一部分人以发展中国足球事业为己任，这是一般兴趣喜好的升华形态，崇高与神圣感使他们不顾一切。大部分人之迷爱足球，则是自身需求与社会力共同促成的。

在我说到当今中国社会心态的浮躁因素时，郭晓夫毫不客气地更正我的分析：“不如说是竞争感！竞争意识！”这位电大经管系毕业的电影院服务员以自己的体会为他的许多朋友找出一个合情合理的心理依据，“谁都不能否定足球是竞争最激烈的运动项目之一。”

正是这种最富本性因而也最具有普遍性的竞争意识使球迷们特别地看重比赛的输赢。倘或辽宁足球队水平很低，设想他们也不见得那样倾心。如果单单因为家乡观念，他们为何对某些本地区的足球队热度不够？对中国国家队则另有原因，“儿不嫌母丑”是国民意识中根深蒂固而且时时被强化的准则。

“我们为什么不迷体操？不迷桥牌？足球一滚，球员就不顾一切往上冲，没二话，就是要进球。而足球比赛偏偏不允许平局，你死我活。我看着就解气！我这人竞争意识就强，我非出人头地不可。我喜欢球场上的陶冶，年轻人干吗非要老气横秋什么什么都认可？真正的球迷都是真正的男子汉。赢了球就有胜利感，输了就有失落感。”

球迷对一场球赛的评价常常是不肯息事宁人式的，不肯使用温和的中性词，要么糟糕透顶拍案大骂，要么精彩透顶吐气扬眉。他们大都对裁判员怀有义愤，每有秽语，有的在场上索性就喊：“中国足球上不去，就是裁判有问题。”“裁判员，大脑炎！”有的甚至操爹骂娘，裁判员因为种种原因而偏裁是他们议论的重要话题。他们与其他人一样无法摆脱地方观念，无法像欣赏艺术一样不偏不倚，而且正由于这种失之褊狭的地方观念，使他们的阵容和影响逐渐扩大。在他们看来，爱国与爱家乡是一致的，爱国爱家乡也同排斥外国外省相一致。据说“中日之战”胜利的当夜，沈阳街头的鞭炮仅次于春节的热闹程度，而哈尔滨则无声无息。当几千沈阳球迷聚集在太原街邮局门前捐款打长途电话的时候，在广州球场看台上的广州球迷却鸦雀无声。这又从另一个角度给沈阳球迷增加了自豪感。他们怨恨广东人只认钱不讲情感义气，解说员韩乔生说过的“沈阳球迷以自己的风格为家乡球队加油”这句话他们也引为荣耀。他们可以举出许多例证来证明，他们是怎样为辽宁队或中国队取胜立下战功的。1987 年足球甲级赛，辽宁队对八一队，曾为“中国黄队”的八一队一身黄装球衣入场，沈阳球迷一眼便识破他们先声夺人的企图，于是齐呼：“八一队，你别狂，你不配穿一身黄！”“八一队，你不行，中国黄队是辽宁！”当他们派出代表远赴广州观战的时候，他们只想“代表辽宁三千七百万父老送给自己队员一点激励”。如果说这种观念和情感是狭隘的，又怎样理解他们历尽艰辛自己掏钱甚至冒着生命危险？

一家报纸曾经报道过一个叫张勇的小伙子，对单位领导撒了谎才得以脱身自费去广州。他不知为何料定那场球辽宁队非输不可，于是灌下几口闷酒，坐进看台便开始哭，一直哭了九十分钟。这“泪洒羊城”大可与“血洒疆场”比高低。

裴永阁是沈阳电车公司的一位水暖工，今年四十二岁，是球迷协会的啦啦队队长。电车公司八千人，提起他无人不晓。“我认为，球迷的民族自尊心最强，输了球就像自己遭了大难受了大辱一样。”他认为球迷看球如果不喊不叫不与球员输赢共命运就没有脸面坐在看台上。这位只有小学文化程度的中年人身世很苦，父亲在“文革”“清队”时被打死，母亲领着六个孩子被遣送下乡。1979年全家回沈阳之后，裴永阁便迷恋上了足球，爬树跳墙，还差点给电网打死。他认为场上队员竞技状态好坏水平发挥如何全仗观众，于是他自告奋勇当了啦啦队队长。前面说到的那些口号大都是他创造的。当辽宁队打进一个球而有些人乱喊“再进一个”时，他领着啦啦队高喊：“辽宁队沉住气，稳固防守就是胜利！”使得教练员感激不已。

沈阳球迷的优胜感很大程度出自对自己足球知识水平的认同。他们把自己看作队员的朋友和后盾，而且把场外指导的责任担在肩上。“中国队，进汉城，换掉杨宁秦国荣。”后来杨、秦果然被换出了国家队。“中国队，进汉城，没有王军就不行。”果然王军被招入了国家队。

本位观念事实上使沈阳球迷得到了某种肯定。1987年5月29日与港队之战，沈阳球迷协会派出黄祖钢、郭晓夫、李亚军等八员大将去广州，想方设法搞到球票，又千方百计把会旗横幅带进场。大旗一竖，辽宁籍的球迷便从看台的各个角落会集过来，“为五一九而来，为国家队雪耻！”也是巧合，教练高丰文是沈阳人，攻进一球的唐尧东也是沈阳人。“沈阳球迷”大旗下欢声不息。高丰文教练还特地设宴款待家乡的球迷。在辽宁队对八一队那场比赛中，黄崇被铲伤，坐在南区看台上的沈阳球迷乐队（请来的）奏起了《血染的风采》的前奏曲，于是几千名球迷高唱“如果你倒下将不再起来……”救护车把黄崇拉走了，他们又唱起《送战友》，歌声激越雄壮，使得许多人涕泪滂沱。作曲家冯玉岭也被感动了，一再表示要为沈阳球迷写一首属于他们自己的歌子。

爱国自然要比爱家乡少些地方本位意识，然而具有高涨的爱国热情的恰恰又是这些本位的球迷们。他们在“枪口一致对外”这一点上始终深明大义。“轰曼谷，炸东京，打败朝鲜进汉城！”这类球迷口号几乎出现在每一场中外比赛的看台上，而且只有沈阳球迷有这等风度。中国队对尼泊尔队胜利后，袁伟民曾感慨地指着南区说：“沈阳球迷真乃一流！”他们请来的乐队自发地高奏国歌，直到比赛结束了，场上队员走完了，他们还在那里一遍又一遍地唱啊唱。裴永阁说：“唱着国歌，我就突然觉得自己高大了，他妈的你外国人不好使了！我就想唱又想哭，哭着唱，唱着哭，别的什么都忘了。”这位裴永阁平生唯一的心愿就是希望到第八届全运会时，他那长到十九岁的儿子能胜任地接过老子手中的啦啦队队长的大旗。

球迷正以其不懈的努力与激情征得社会的理解。据说辽宁省民政厅对黄祖钢就很理解，而且给予了他必要的又是力所能及的支持，省市政府部门以及体委负责人也都给予了适当的关照，其中显然包含了对球迷爱祖国和爱家乡风尚的肯定。这种忧喜参半的理解起着水涨船高的作用。

1986 年 7 月的“金利来杯”赛被认为是沈阳球迷最辉煌的时期。球迷协会自发举办了足球回顾展览。球迷们找来大量的图片和剪报资料张贴在市体育场的外墙上。那几天里，围读的人群络绎不绝，人们在感受球迷赤子之情的同时增加了对足球的认识。

人们不会忘记，就在那场比赛中，看台上众志成城，歌声如狂飙奔雷，“鞋儿破，帽儿破，身上的袈裟破，你笑我，他笑我，一把扇儿破——”那万人大合唱激动了多少人的心啊！许多人哭了。是什么力量使得他们如此动情？又是什么动机使得他们偏要唱这样一支歌？

1987 年 10 月 26 日，中国队以二比〇战胜了日本队。沈阳市沸腾了，很多上了年纪的老沈阳人说，有几十年没出现这样狂欢的场面了。几万人上街游行，横幅火把密密地掺缀在人海涌流中。行驶中的大小车辆在游行者的呼吁下喇叭长鸣，一些站在楼前门口看热闹的人身不由己地加入了游行行列。

人们齐声高呼："外国人不好使，东亚病夫爱谁谁！"这句很有地方色彩的口号抒发了多少人发自心底的欢悦呀。世界足坛上中国人有了一席之地，东亚病夫的耻辱之帽谁愿意顶谁就去顶吧，反正不再属于中国了！

据警方说，那天夜里，竟没有一个人去砸玻璃或是掀汽车。

给球迷们自信心以鼓励的还有辽宁球员。许多球迷成为球员们极要好的朋友。球迷两下羊城，三进上海，成为辽宁足球队强有力的心理支撑。在广州打比赛时，黄祖钢领了十几个球迷代表去宿舍看望辽宁队的球员。他们跑了大半夜买了两瓶好酒送去。他们互相擂着前胸紧紧拥抱在一起。傅玉斌搂住黄祖钢，泪如泉涌，第一次获得冠军的时候也没有这样过。"别的城市球迷要打我们，你们却……我们愿意在沈阳踢球。"球员的荣誉莫过于球迷们的赞赏，而球迷获得的荣誉莫过于球员的感谢。也许有人知道，当辽宁足球队在广州的全运会上以一比二输给了广东队之后，带领辽宁体育代表团参赛的林声副省长流着泪说："咱对不起沈阳的球迷。"

"金利来杯"赛的资助者——前任中国足球队教练曾雪麟的侄子曾宪梓，是香港金利来远东有限公司的总经理，领带大王。在凤凰饭店举行的庆祝球赛成功的招待会上，曾先生把一条领带郑重地赠送给沈阳球迷协会会长黄祖钢，而黄祖钢把他的协会会徽别在曾先生的胸前。那晚，曾先生手里一杯红酒始终未喝，却把它敬给了沈阳球迷的代表。他永远也忘不了沈阳球迷高举在看台上的大横幅："感谢曾先生，明年再相会。"香港富商与大陆平民之间的感情是怎样沟通的？那些名不见经传的小小球迷是何等情怀！

政府领导人感慨地表扬球迷们："你们也为统战做了贡献。"

荣誉，又是球迷的荣誉——四千多封申请加入球迷协会的介绍信雪片一样飞到黄祖钢的桌子上。曾宪梓还特意问起交会费的事情，表示愿意向球迷协会捐献一万元人民币，结果被有的领导人谨慎地拒绝了。

1987年第四期《沈阳市志通讯》上有这样的记载：

"党的十一届三中全会之后，沈阳广大足球爱好者对在沈的各足球队给予了巨大的精神支持。1986年4月，沈阳市球迷协会和驻沈部队足球爱好者协会正式成立。这两个协会成立后，利用'五一'假日，自发地组织起五百余人和几十辆汽车，到市体育场义务劳动，帮助正在施工的足球场运植草皮；同年6月，‘亚洲足球俱乐部杯’冠军赛东亚区A组预赛在沈阳举行，足球迷协会组织起上千人的啦啦队，为‘东药队’助威，并派代表在比赛前后去看望鼓励自己家乡的代表队，多次感动得运动员落下眼泪。凡有家乡球队在外地比赛，这两个协会不但利用电报、电话与之保持联系，而且还常派代表自费前往助阵。1986年，在沈阳‘派丽杯’国际足球邀请赛中，沈阳球迷啦啦队不仅为‘派丽’队呐喊助威，还热情地为客队鼓掌加油，给国内外参赛各队留下了深刻印象。沈阳足球爱好者对我国足球运动的发展做出了一定的贡献。1987年，在广州举行的奥运会（东亚区第四组）足球预选赛中，自费前往的十几名沈阳球迷打出‘沈阳市足球迷协会’和‘驻沈部队足球爱好者协会’的会旗，挥动着‘中国队加油’的巨幅标语，为中国队鼓劲，为国家队战胜香港队立下功劳，也给全国足球爱好者和电视观众留下了难忘的印象。”

沈阳球迷的功绩将永远载入沈阳体育发展的史册了，然而有些问题不能不令我们深思——

狂热的背后——令人担忧的潜流

足球是什么？体育又是什么？那个重不过四百五十克，圆周长不过七十一厘米的皮球，当它滚动在一万平方米的绿茵场上，起落于二十个角逐者脚下的时候，人们是否肯问一问这个问题呢？当人类从远古走出的时候，为了练体强身，增强体质，人类模仿狩猎与谋生跑跳投动作，于是产生了物质生活以外唯一的外在精神活动形式——原始艺术。那些“杭育杭育”的音节渐变成为诗歌，而肢体动作变化为舞蹈和习武。老一代传授技艺，军事活动与宗教祭祀，使体育活动成为与人类共存的基本活动形态。飞滚的足球上有野兔逃窜的影子，这大约就是球场上角逐者身上何以迸发出生命本体的纯净光辉的根源了。也许是因为野兔之于中华民族并非遥远的缘故吧，我们的祖先早已学会脚上的技能。汉代刘向曾在《别录》中记载过："蹴鞠者传言黄帝所作或起战国时。"而《文献通考·乐考二十》说："蹴球，盖始于唐。植两修竹，高数丈，络网于上，为门，以度球。球工分左右朋，以角胜负。岂非蹴鞠变欤？"

野兔之变化为蹴鞠又为足球显然在表彰人类的文明与文化，否则人类永远也无法与鼠嗑木以利齿猫挠物以利爪相天壤。文明与文化使人类把体育竞技从凶狠与敌意中渐渐演化得优美成熟和充满友善。然而人的本性又决不肯把某些竞技行为变成兴味索然的表演。人们无法阻止与某些社会利益或个体利益相关联的非体育因素的侵蚀。当今的体育竞技，哪一项不与政治经济伦理道德因素相掺杂？为什么有人有时要为输而赛？为什么参赛者要兼任广告员的职责？为什么一场球赛可以肩负张扬一个民族精神的重任？为什么有人有时要买通裁判或对方参赛者？为什么败军之将要受到上司乃至平民的怒责与痛骂？冠军获得者何以得到丰厚奖赏乃至加官晋爵，究竟是因为他们超常的生命技能还是因为他们的技能所引起的社会反应？比赛活动的目的究竟是娱乐还是另一种形态的生灵杀戮？

有一位青年作家写过这样一篇纪实性小说：一位青年在一场排球赛后由于他自认为属于他的一方取胜而欢喜若狂，砸小铺抢扫帚浇汽油点火把上街游行，被视为爱国行为。然而第二次属于他一方的队惨败，他义愤若疯同样砸、抢、烧上街游行，结果被公安机关拘留。怎样解释这些有关体育竞技的奇怪现象呢？就拿沈阳市的球迷来说吧，去体育场义务劳动与激昂地上街游行同样出于自发，同样是生命本源的阐释与光大，哪一个更合理合法或此风不可长呢？

英国是现代足球的发源地，然而英王曾一度下令全国禁止足球比赛，就因为足球是引发社会骚乱的祸根之一。足球曾引起乌拉圭和阿根廷持续两年之久的战争。然而第十二届世界杯赛时，贝鲁特西区交战双方竟默契地止械停火，统统跑去收看电视实况转播了。足球具有如此强大的魅力，这本身就是个颇值得探求的课题。

"球迷闹事"经常发生，几乎每次足球比赛之后都要有几个人被公安机关拘留或判罪。有的人是寻机起哄，有的人是趁火打劫，有的人则纯属于情绪压抑而图宣泄。沈阳大北监狱一个在押犯就坦白地对我说：“我把汽车掀翻时，全部心情就是觉得那场球踢得太窝囊、太憋气。输了球比自己老婆让人给抢了还难受，哭也不好使。”这毫不足怪，中国人还没有到普遍知法的程度。

这里仅举这样一个例子：

1985 年 6 月 23 日，辽阳体育场正在进行一场辽宁足球队对伊朗足球队的邀请赛。沈阳球迷协会把这次出市看球视为自己第一次公开活动。他们自己集资从汽车公司租用三台大客车，几百人兴致勃勃前往辽阳。在这之前，这两个队在大连打过一场比赛，结果辽宁队以〇比一败北，大连的球迷扬言要打死傅玉斌、王军等辽宁球员，弄得他们更衣化装潜行到瓦房店市乘车回沈。出发之前球迷协会的人告诉同伴，此番出征一定要树立沈阳球迷的好形象，不曾想来到赛场时比赛已经开始，他们的座席早已被辽阳和鞍山等地球迷挤满。焦急的沈阳人动手要座，一场纷乱打斗便开始了。许多人头破血流，几十人殴斗的场面可想而知。当地警察不得不出面干预，沈阳球迷只好原路返回，对这些哪怕一场球看不上也像剜去心一样的狂热者来说，这一打击不由得他们不来火。返沈路上，他们哄抢了几家个体店铺，喝汽水不给钱还骂骂咧咧。店家暗暗记住了他们的车牌号，上告信递到沈阳市公安局。

沈阳球迷出师不利。租用汽车的驾驶员证件被吊销，闹事者被审查，球迷协会面临被解散的危险。

事情的结局还算乐观。辽阳方面赔偿了沈阳球迷一千多元的球票损失，球迷协会派代表去被抢的人家登门赔礼，并偿付了损失，然后去公安局和体委作了检讨。几天之后，球迷协会会长黄祖钢在市体育场东看台组织球迷大会，几千名球迷平心静气地听他们的领袖作二十分钟的讲演。黄祖钢当即约法三章，球迷们心悦诚服。不久就有朝鲜四二五队来沈阳比赛，球迷们为挽回自己的不良影响，有的把自家的大红被面扯了做旗，还拟定了欢迎外市球迷来沈的口号……

我们的精神文明建设是建立在封建愚民基础之上还是建立在人道主义基础之上，这个实践性很强的课题一开始就严峻地摆在社会面前。社会在赋予人义务的同时是否真的承认了他们的必要权利呢？据说，有一个单位为了加强体育场内精神文明建设，曾组织过三百人的啦啦队，在场上有节奏地齐整地呼喊“加油，加油”，这种刻板的无动于衷的假模假式行为使得场上球员也反感。足球运动本身是异常激烈的，看球的人难道不可以异常激烈？当然，人的修养不同，有些人可能宣泄自己情感的方式粗野些，比如扔冰棍汽水袋，污言秽语大骂，等等，这对我们当今国民来说正是很正常的事，需要我们在理解的基础上加以综合性的引导和教育。

这自然要涉及法的问题。有些球迷就曾直截了当问我：“场内闹事好还是场外闹事好？”当然都不好。然而有时必须闹一闹的话，场内能闹到哪儿去？场外可就不好说了。西安就有人把两个女孩子的衣服扒光了，郑州放火，云南踩死人，沈阳也曾砸橱窗、掀汽车。1987 年在沈阳砂山体育场举行的一场“防爆杯”赛为防止球迷闹事，不许球迷观众入场，看台上坐了一千名警察。1985 年 5 月 26 日，辽宁队与朝鲜劲旅四二五队在沈比赛，警察与观众的比例竟为四比一！比赛一开始，啦啦队队长“草帽”的身边就围紧了七名警察，事先亮牌：“告诉你放老实点，不许乱动！”场上果然无甚声响。然而就在那个人人皆知的“五二六”，沈阳发生了本市体育史上最大的骚乱事件，中华剧场的玻璃被砸碎，几家商店被抢。与此相反，“金利来杯”赛期间，球迷协会从军区请了军乐队进场，看台上万人大合唱，情绪热烈昂扬，却没有一个人被抓。

一位省高级法院的年轻法官对我说：“平心而论，球迷大多数没什么坏心，但有时情绪无法控制了，公安人员必要时只好抓一儆百，用老百姓的话说就是‘震一震’。那时候说服教育是不好使的，当时迫于形势不得不抓几个，控制激情过分，也防止个别人趁机犯罪。《中华人民共和国治安管理处罚条例》有明文规定。”

有一位法学教授做过通俗的解释：我国法的概念是法律所规定的事情人民可以去做，而法的真正概念应该是法律所没有限定的事情都可以做。球迷们最反感的就是看见手持警棍的警察森严地围在赛场周围，他们对这种显然破坏情绪的行为心怀不满。有时他们大喊大叫，潜在的心理动因便有对警察的反抗。当然球迷中有些人是与警察有过个人恩怨的，有的甚至是劳改释放人员或蹲过拘留所的，而多数人几乎天生地对警察不抱好感。他们把极个别警察的白吃白喝、态度蛮横等现象视为产生敌意的条件，于是仗着人多势众法不责众而故意宣泄怨怼。有人就明白地说："没有警察在场，咱们闹个什么劲儿？"

我到沈阳市公安局治安警察大队采访时，预料之中地受到冷遇。有一位不愿披露姓名的刑警私下里和我说，他对于上级部门对球迷所持的态度不尽赞同。对借机打砸抢或搞流氓犯罪的"球迷"无疑要抓，但对场上摇旗呐喊者却不必过于限制。足球比赛本来就是极热烈的，没有哪个看球的人是想来寻找清静的，不许他们呐喊，不许他们宣泄无法抑制的情感，这人道吗？胡闹一气的人常常并非真是球迷，而对这种人，球迷自己就会把他们从球场中轰出去。沈阳球迷闹事的直接原因有两个：裁判的偏裁和警察的围监。至于比赛输赢，绝大部分球迷是肯于公正接受的。至于隐藏于球迷心底的社会因素，那又是一回事。这不是解决一个单纯的"球迷问题"能够奏效的。教民之道，因其势则行之易，拂其势则行之难；水可载舟，亦可覆舟，我们吃那种高压强制的苦头还少吗？

"球迷闹事"的确是个棘手的社会问题。有一位球迷协会的部长就曾向我提出一个不可忽视的顾虑：因为在六运会足球赛中"偏裁"而广受指责的陈胜才等人，如果有一天到沈阳来，有些球迷便发誓认可找遍沈阳所有宾馆，也要把他们找到……

据了解，目前上海、南京、重庆、武汉等各大城市都相继成立了足球迷协会，仅辽宁省十三个市就有七八个成立了足球迷协会或俱乐部、沙龙。虽然这些足球迷协会同信鸽协会、钓鱼协会、集邮协会等民间团体平起平坐，但就取得来自上面的支持这点说是远不及钓鱼等协会的。"钓鱼协会会员多是老干部，自然根儿硬，谁不支持？"有关部门对球迷协会的态度常常是不冷不热，既不强令解散又不肯提供太多方便，倘若球迷们经受不住寒风或烈日的考验不再聚众生事了，当然再好不过。这使得那些真心想为中国足球腾飞而努力的人们很伤心，同时也让那些一般球迷产生逆反心理。

还有些球迷甚至注意到了被许多人所忽视的另一个问题——

郭晓夫尽管极力呼吁对球迷要理解，可他还是表示了对球迷前景的担忧。与他相似，获得球迷电视演讲第一名的李闻也认为应当对球迷冷静分析。六运会足球决赛辽宁队失利后，省内好几家报纸都发表了批评裁判员或对本省球员表示同情的文章，这会对球迷的情绪产生什么影响？她认为，球迷现象在一定意义上是民族文化素质和层次的表现，是与通俗歌曲流行、武侠小说吃香相一致的。她在演讲中还对足球运动员的素质做了分析，认为搞上体育的孩子几乎就与文化知识绝缘，有些队员写信封连地址都不知道怎样写。他们场上的粗犷动作对观众不会没有感染。输了球，观众哭闹，实际上加重了队员的心理负担，助长他们的消极情绪，很难说球迷的热情究竟帮了什么样的忙。

一位记者写道——这才是球迷的真正性格：庄严、无私、激动而不忘乎所以，失望而不失去理智。这种过于理想化的模式本身倒是很理智的，但事实很难与之相应。

我认为，换一个角度看球迷，要比为他们构思一百个概念或模式更有价值得多。

（原载《芒种》1988 年第三期）

黄河悲歌（节选）

刘元举

刘元举，1945年生，大连普兰店人。曾任《鸭绿江》文学月刊社主编兼社长、辽宁省作家协会副主席。中国作家协会会员、一级作家、编审。现为中国报告文学学会理事、辽宁报告文学学会副会长、深圳交响乐团驻团艺术家。多年从事跨界写作，被誉为“中国钢琴写作第一人”。作品有《天才郎朗》《大建筑师》《中国建筑师》《西部生命》等30余部，700余万字。

谨以此文负载那些或轻或重的灵魂。

——作者题记

黄河是沉重的，无论赞美抑或慨叹都不能不沉重。古老的河床凝固着古老的岁月：中生代、寒武纪、白垩纪……那铸铁般厚重的层层岩页，为我们民族的额头塑下了缕缕皱褶。浩荡的流水是冲刷不掉的，只能使皱褶越来越深，越来越沉。

世界上有那么多的大河，是不是哪一条都这般沉重？沉重是没有办法写出来的，能写出的只是一种浮躁的情绪——

热劲过去就只剩下凉了。曾经热到什么程度如今就凉到什么地步。死的也就死了，没死的也就那么千篇一律地活着。尽管一位诗人说过：“有的人活着，他已经死了；有的人死了，他还活着。”事实上，活着还是活着，死了还是死了。无所谓壮烈，也无所谓平庸。然而，偏偏有一位执拗的文人孤身走向黄河源，他要向那片冷漠的高原索取生命的折光。

他选择的日子正是一年前一批年轻的生命开始漂流黄河的日子。

黄河在哪里？走出多远就和没走一样。山还是那么遥远得不可企及。脚下的草地无法分清前后左右。所有草都是枯黄的，一坨一坨高出地面半寸，都有着铜丝般的质感。

太阳始终给予他过分的热情。令他费解的是当他走到位于扎陵乡的黄河第一桥时，太阳突然隐匿了。暗下去的四周使他强烈地接受着神秘的紧箍。一种近乎神圣的战栗使他更清醒地意识到了人的生命的渺小。

只有一只黑色的鹰隼在他的斜上方严肃地移动着。尽量铺展的羽翅像放大几倍的熊掌，沉甸甸的贪欲中投下一层死亡的阴影。经幡、天葬台、空荡荡的骨架由远而近，由近而远。

那是一座木桥，作为桥墩的木桩像一根根肌肉萎缩的腿干，小心翼翼地支撑着桥面。水从桥下流过时也是那么小心翼翼，河床厚厚的冰层塌陷时，也是那么小心翼翼。他也在小心翼翼中走向神圣和肃穆。

郎保洛在日记中写道："一开漂时，天就阴了。天一阴，心情就非常压抑。"郎保洛的日记写得过分简单，不知道他在那时候都想了些什么。那么辽阔的时空，那么安静的水面，他有相当充裕的时间去思考的，何况他还有一个习惯思索的大脑。死亡与阴天不能没有联系，再坚强的神经也无法在死亡的笼罩下得到舒展。

文人掏出了仅有的一支香烟，掂了掂，郑重其事地抛入了水中。他不知道郎保洛从不吸烟。

那支香烟奇迹般地在浮动的水面上停下了。文人的迂腐劲儿上来了，他以为这支香烟等着他给郎保洛捎去几句话，他就在心中默念着：去吧，去告诉他还有好多好多活着的人想念着他。

在他的默念中，香烟悠悠而去。

文人目送着香烟穿过桥下，送出一片迷茫和惆怅。那只黑鹰在桥那边更远的背景处飞得依然沉重。与之映衬的山脉有着起伏的轮廓，就在黑鹰沉缓的起伏中，山脉随之耸动出深沉和忧伤的曲线。于是，文人在日记中写道："还是有神灵的啊！要不，为什么大自然也会突然出现忧伤呢？大自然的忧伤要远比人类的忧伤更博大，更深沉，更带宿命色彩。"

真叫人不敢相信，这么清澈这么窄小的河流不动声色地蛇行而去，竟能变得如蛟龙般轰轰烈烈。不能没有壮烈，不能没有平庸。不论是空旷的青藏高原，还是辽阔的中原大地。

九朝古都洛阳有着太多的辉煌，太多的荣耀，太多的牡丹，太多的人啊！一切都因为太多而饱和，饱和了也就不会在意增添什么抑或失落什么。

那么多人挤到这里参观一年一度的牡丹花展。所有旅店的走廊都睡满了，人们就睡到了大街小巷的屋檐下边。懒散的面孔不知疲倦地微笑，对着牡丹。而牡丹永远是那幅令人头晕的贵妇人的笑靥，还有挺浓的胭脂味儿。那位愚钝的文人居然固执地来到这里寻找青藏高原的惆怅或忧伤。他以为这里的人也会和他一样对死去的漂流者有着深深的叹惋。他很快就意识到他想错了。但是，黄河的落差毕竟构成了他内心的落差：难道这座古都真的就那么成熟，那么饱和，那么不在意增添什么吗？

只需将卷起的挂历展开，就能看到辉煌的长江巨浪是怎样把古都撞击得一片沸腾。雷建生！郎保洛！古都老人激动得声音发嗲，用失重的臂膀把这两位在冷遇中长大的儿子紧紧揽在怀里，疯狂地亲吻。他们震惊了中外，能不震惊自己的家乡？不管出于虚荣还是出于内疚，弃儿毕竟成了宠儿。

不就是胶鞋厂的工人吗？费尽周折读完职工大学也没混上个干部。领导不喜欢他，他也不懂得怎样能叫人喜欢。他眼中的热的光越来越少，终于冷却下来。成年累月，他就在一种冷的氛围中生存。人们惊叹他赤身裸体地困在中虎跳的礁石上怎么能经受住风浪和饥寒，惊叹他在冰天雪地的黄河源头怎么坐着睡觉竟不被冻死。他早就习惯了冷，他成了冷血动物，却突然受不了热了。

一级一级的领导干部竞相对他释放着热量，然后又从他的身上索取折射的阳光。让他讲话让他主持电视台的节目，让他发烧让他出汗。他激动的时候更激动，他冷下来的时候更冷漠。有着牡丹花般容颜的洛阳姑娘们也都那么痴迷地盯着台上演讲的郎保洛。她们忽而感觉他像个孩子，忽而又感觉他像个哲人；忽而觉得他挺平常挺平常，忽而又觉得挺神圣挺神圣。她们为能够得到他的签字，得到他的握手，得到他的一个礼节性的微笑而幸福而陶醉。

其实，何止洛阳姑娘，上海姑娘周燕乘坐西去的列车途经洛阳时，蘸着情感的蜜汁写了一张明信片托洛阳下车的人投到信筒里，当列车开动时，她将头紧贴在车窗玻璃上望着漆黑沉睡中的洛阳一遍又一遍地在心中默念着：保洛，你可曾知道，一只南方飞来的小燕子悄悄地经过了你的身边，她多想多想逗留一下啊！可是她怕惊动你的睡眠，她飞走了，可她还会飞回来的。一个月过去周燕没有盼到如愿以偿的郎保洛的回信，就又写了一封信。多情的上海姑娘精心地编织了三个月的情网，一丝一扣都那么精美，可是保洛的回信却使她颇费琢磨：迟复信的原因一来因为太忙了，二来……漂流队并不像你想象的那样，有许多事情怎么说呢？说假话？我不愿意，说真话又怕你失望……

周燕不愿失望，不愿削损对漂流英雄的崇拜与狂热。她追来了，追到了荒凉的青藏高原。她明明知道你已经有了未婚妻，但她还是不肯放弃对你的爱，她要和你的未婚妻竞争！那是人类的爱情史上应该记住的一瞬——

夕阳用它橙黄色的纤维将天与水、水与地织出了一片永恒的柔和。黄河那宽阔平稳的水面像平伸的巨掌，把尽头一个哈密瓜状的橡皮舟，小心翼翼地托到了姑娘站立的岸边。这位在长江中虎跳传奇般生还的郎保洛，这位在黄河源头失踪了九天九夜而大难不死的郎保洛，这位在姑娘的梦境中多次出现的郎保洛怎么显得这样苍老？那张脸干旱得龟裂了，那繁茂的络腮胡子像高原上缺少水分的枯草。姑娘的泪水泉涌般喷发。

“周燕，你怎么来了？”

我抵押变卖了全部首饰和值钱的衣物，凑足了一千元，由火车倒汽车，昼夜兼程，就这么来了。你在征服黄河，我在征服你呀！他在创造漂流奇迹，我在创造爱情奇迹！

自豪吧，郎保洛！一个男子汉能活到你这份上就足够了！

可是你没有自豪，你显得不自然了。你经受的爱浪那么多，怎么还做不到应付自如？你在漂流长江时，就曾突然被几位女大学生围困起来，你腼腆得哪像个男子汉？她们放肆得哪像姑娘？她们从你衣兜里抢出笔记本，毅然在那上面写下了："郎保洛，你是民族英雄，我爱你！我吻你！"你的未婚妻——那位气质高雅的正牌大学生就是硬闯进了你的家门，先感化了你的母亲，而后才感化了你的。我真羡慕你呀，也真敬佩你。你使中国姑娘由对高仓健的崇拜转移到了你的身上，你使中华大地涌现出了许许多多的真由美！

周燕够勇敢的了！可她瞬间怯懦了。她没有勇气朝你扑去用泪水滋润你那干旱的面颊。这成了她终生的遗憾。直到你在拉加峡遇难，尸首在共和县的火葬场即将火葬时，她才悲恸欲绝地在一件洁白的背心上写下了肺腑之言："保洛，我爱你！"然后把背心盖在了你没有知觉的身上。你不会知道，你那小小的骨灰盒是由两个姑娘抬着，一个是周燕，一个是你的未婚妻包春红。她们迈着同样沉重的步子，她们流淌着同样沉重的泪水。她们同样跪在你母亲的面前对你的母亲说："我们没有当成你的媳妇，但我们都是你的女儿！"

我不知道今天该怎样评价郎保洛。英雄桂冠已经不复存在了，勇士、壮士、烈士都没有任命。一年前，如果郎保洛漂完长江见好就收，不再去漂黄河，那么，他就永远是英雄了。他可以荣耀一辈子。他可以得到爱情，得到金钱，得到地位，可以得到一种自我价值的完成。就是他当推销员，那么我想胶鞋厂的产品如果改叫"保洛"牌肯定会因为他的知名度而成为名牌，会畅销国内外的。可是，他去漂了黄河，并且壮烈捐躯，因此失掉了应有的一切。他死了，一分钱的抚恤金没得到，更没有得到"烈士"的称号，连因公死亡都不算，白白送死啦！一位河南青年诗人为他写了一首悲壮的诗寄给当地报纸，却不能发表。再寄另一家报纸，仍然不予发表。不仅如此，他的英名竟然被一家杂志登出的一篇文章所玷污了。于是乎，神州大地出现了一股揭露黄河漂流阴暗龌龊的浪潮，那场漂流探险的壮举也随之失却了光辉。人们开始蔑视了，开始重新审视一度为之狂热的事情。这不奇怪，任何事情都有个由热到冷的过程，问题是热要热得正常，冷要冷得合理。是因为当初热得过头而导致了今日冷得反常？还是今日冷的真实衬出了当初热的失态？

经过一热一冷的处理，该怎样看待我们的民族素质？毫无疑问，任何民族都会以为自己是世界上最优秀的民族。民族的优劣，我想不应是一个简单的比赋，民族性格的成因也必然是一段漫长而幽远的历史。生与死的问题最能看出民族间的差异。我们民族对死的要求过分苛求了，苛求到一种尽善尽美的程度，而对于活的要求又似乎太放任了，放任到怎么活都能活下去的地步。我不能不去追溯古老的文化，于是我想到了“泥涂曳尾”的故事。庄子在濮水垂钓时与楚国的两位大夫的对话道出了他的处世哲学：“宁其死为留骨而贵乎？宁其生而曳尾于涂中乎？”“吾将曳尾于涂中。”庄子不愿像神龟那么获得高贵的死的价值，却宁愿像泥鳅一样在涂中苟且。这种“好死不如赖活着”的生死态度对我们这个民族构成了怎样的影响？不是吗？就在漂流热席卷中华大地之时，不也有许许多多人说漂流探险有什么价值？那不纯粹是去冒险，是去找死吗？这种死没有什么价值！保加利亚有个女子名叫多勃林卡·安格洛娃，她只身扬帆漂游黑海，战胜了罕见的暴风和巨浪，赢得了保加利亚举国盛赞，被誉为第一位只身横渡黑海的女英雄。如果我们身边出现这样一位女士，会不会被视为脑子有病而遭嘲笑呢？中国人缺少冒险精神，中国人也不赞成冒险。中国人对价值的理解有着狭窄的附加的社会性，缺少来自生命本源的超越性和恢宏性。生命辉煌不应仅仅从属于社会，更应属于广大的时空。不妨试想一下，莱特兄弟如果不冒险，人类今天能飞翔于蓝天吗？哥伦布如果不冒险，何年何月人类才会发现那样一片新大陆呢？那个叫南森的冒险家获得了多么巨大的荣耀和满足？相比之下郎保洛、雷建生所得到的荣誉显得多么微不足道。难道当真“人生是一个愚人所讲的故事，充满了喧哗和骚动，毫无意义”吗？一个乡下老太太曾看到一群人打篮球时说：“他们为一个球抢得那样干什么？一人发给一个球不就好了？”毕竟这只是一个愚蠢的老太太，而且是乡下的。人们理解了打篮球，理解了体育运动，可是，人们理解冒险或者探险吗？人们可以理解平庸，可以忍受苟且，却不能接受冒险。让我们品味一下雷建生的座右铭吧——

“我最不能忍受的就是平庸。”

郎保洛的座右铭我不知道，但我从采访中得知了他始终在酝酿一生中要干成大事。不妨想一下，三十六岁的雷建生、三十二岁的郎保洛都不是十八九岁凭一时冲动去冒险的毛头小子了，他们都受过高等教育，都读过许多书，都很有思想。他们像咀嚼甘蔗一样咀嚼着人生，咀嚼得太多，吮吸的就不光是甜味了。他们是把甘蔗嚼透了，嚼碎了，嚼成了淀粉。从郎保洛出征长江之前写给中青杂志的一封信的开头引用舒伯特的一句话中，就可以看出他有着多么强烈的民族责任感和忧患意识——“可悲啊，人民，无限的痛苦在折磨着我！”

他们死了，没有痛苦，痛苦都留给了活着的人。长江漂流英雄雷建生、郎保洛；一等功荣立者雷建生、郎保洛；新长征突击手雷建生、郎保洛，他们就是背负着洛阳市政府给予的这些荣誉离开了人间。他们不会知道他们死了，这些荣誉就顺水漂走了。他们的最后结局是按自然减员处理。自然减员啊！多么苍白而又无聊的结论！就像打架斗殴的小流氓被打死，就像倒霉于一场车祸抑或上吊投井自杀之类……都可以叫自然减员。苦了雷建生六岁的女儿，小丫头太没福气呀！物价飞涨的今天，每月她只享受六元补助费。买得起水果吗？郎保洛幸好没结婚，可他留给母亲的痛苦并不亚于雷建生留给遗孀和女儿的痛苦。

郎保洛的母亲是我接触的所有不幸的人中最不幸的一位母亲。她幼年丧母，中年丧偶，老年丧子，而且连丧两子，其间仅隔四年。那仅有的两个活蹦乱跳的大儿子呀！人生的“三大不幸”统统落到了她的头上。最惨的莫过于两个寄托着她的情感与希望的儿子都是在有了未婚妻，有个准备作洞房的房间之后，突然离开了她，作了千秋鬼雄，永不还家。

那天早晨，当我敲响了她那扇沉寂许久的院门的时候，我听见里面传出一声苍凉的询问：“谁呀？”

我用和她儿子一样年龄的声音回答了，我觉得周围凝固的空气有个颤抖的升腾。她在迅速开门而且手忙脚乱。她会不会在那一瞬间误以为是她那失去的儿子又回来了？

可以想到，她在儿子的房间住着，每天每天都进行着一种没有希望的等待。大儿子保洪曾当过建筑工人，在院子里盖了一间平房，这是为自己准备的新婚洞房，却给母亲留下了永久的纪念。他临走时告诉母亲他要和同学一块去西安旅游，母亲不同意却没有拦住。结果他没有去西安，而是一个人去攀登老君山了。他以过分充沛的生命力向神仙挑战，竟把太上老君的供盘一个个扔到了山涧，把被香火熏黄的老君纸像揭下来坐在屁股底下。可能因此受到了报应？他跌进了深涧的水潭中。保洪也是深得姑娘们钟爱的男子汉。他死了，母亲不同意开追悼会，可是，他的男女朋友们自发组织开起了追悼会。保洪的寿衣都是爱他的姑娘们一针一线淌着眼泪缝制的。那是 1983 年的事情。

1986 年，二儿子保洛又去漂流长江。虎跳峡遇险，以及黄河源头失踪，一次次紧揪着她的心。她的心快为儿子操碎了。儿子不断与死神开着玩笑，传奇般生还，给了母亲传奇般的期待。她总觉得儿子会回来的。

院门小心翼翼地开了一小部分。她肯定不愿一下子打开。她手抓着破旧的院门，抓得很紧，她的脸色苍白冰冷，使我强烈感觉到这是一张不抱有任何期待的老人的脸，仿佛从来就不曾有过什么情感变化。她把我的身份盘问清楚了，才放我进去。院子窄小，有的地方抹了一疙瘩水泥，有的地方没抹，显得凌乱且凸凹不平。我被让进了那间应该成为洞房的屋子。

没有一件时髦的家具，彩电、冰箱就更找不见。靠墙是一张双人木床，被褥也是旧的。迎面墙上挂着一个玻璃相框，一个英姿勃勃的络腮胡子的汉子正冲着门微笑。他身上穿着有点臃肿的救生衣，背景是浩荡的江面。任何走进这个屋子来的人都能一眼认出他就是郎保洛。我肃然起敬地盯着他的笑容。坦坦荡荡洋洋洒洒，没有留下一点遗憾抑或怨怼。他似乎在谆谆告诫每一位跨进他的房间为他感到悲哀的人：你们不理解才会替我悲哀。“好死不如赖活着”那不属于我呀！三十二年，我把生与死这个东西琢磨透了。我不能忍受我的平庸和无聊。我一直在寻找一种方式改变我平庸的生活，我为找不到而无比痛苦。终于，尧茂书的“梦断长江”唤醒了我！我感谢尧茂书解脱了我那平庸的灵魂。我在涅槃，我在升华，你们应该为我找到了归宿而得到慰藉呀！

我觉得那一瞬间我对他有了深刻的理解。他是去寻找一种积极的生存方式或死亡方式。荣誉、赞美、爱情、金钱都替代不了他的寻找。他有着牢固的人生支点，不会被世俗的风云所摇晃分毫。他在出征长江时，就根本没有想到洛阳市政府会那么抬举他们，而在黄河捐躯时，大概也不会去想抬举他们的人会对他的死亡如此淡漠。不平庸啊，的确不平庸！可是，我觉得最熟悉郎保洛的母亲未必能够真正理解她的儿子，母亲对儿子的理解永远有着母爱的局限。过多的眼泪迷蒙了她对儿子思想脉络的探寻和梳理。她是那么详尽地给我讲述了那个幼儿园里人人喜欢抱一抱亲一亲的郎保洛。他不爱哭，就是哭也不流眼泪，饿了哭，没有眼泪；尿了床哭也没有眼泪。眼泪都变成了大汗从汗腺排泄了。儿子懂事的年代是学雷锋的年代，儿子学雷锋帮别人锯树，树倒了砸断了大腿。疼得满地乱滚，却没有哭。住院一个月，反复问大夫："我还能当兵吗？"大夫耐着性子一次次回答"能当"，他就一次次地笑了。他做绿色的梦是因为雷锋叔叔是穿军装的。母亲记忆最清晰的是儿子问过母亲："妈妈，为什么不学雷锋了？"可能是儿子问得过于认真，母亲才记得这么真切。母亲是湖南人，保洛下乡到了湖南母亲的家乡。回来时，母亲发现儿子脾气变得越来越坏，常常粗野地和哥哥保洪打架。有一次好久没有回家，一进门，背包还没等放稳，一眼瞅见了屋里的哥哥便把眉头一蹙抽了抽鼻子，猛地扑过去抡起拳就打保洪。母亲气得不得了，大声责骂他，他也不说为什么要打哥哥。母亲问急了，他才气哼哼地说："你没看他整天醉生梦死的！"母亲这才明白保洛是因为从哥哥身上闻出了酒味。保洛讨厌酒，平生烟酒不沾。他讨厌哥哥喝酒的原因是那年哥哥因为喝酒领着一伙人打群架，被公安部门拘留。打架那天正巧是"七一"党的生日，就被定为搞现行反革命活动，到处挨批斗。洛阳市所有的学校都批斗遍了。批斗到保洛所在的学校时，深深地伤害了保洛的自尊心。保洛也打过架，打得挺野，也是因为酒。一个小子对面过来撞了他一下，他就很恼火，加上他闻出那小子喝酒了，就一个豹步扑上去，把那小子打得头破血流。

保洛言语极少，性情孤僻。这与哥哥保洪恰成对比。保洪身边总围拢着一堆朋友，而保洛总是孑然一身。所以当长江漂流队组建时，母亲听说保洛是队长，她不相信，她认为要是保洪嘛，当队长行，有团结人、指挥人的能力，可保洛却不擅长。这正是保洛区别于哥哥、区别于别人的独特个性，大概正是这一个性，保洛不那么随和，也就不那么讨人喜欢吧？可是，他的这种性格是怎么形成的呢？母亲也说不清。我想，这是因为他的内心装了太多痛苦，才使他的性格出现了一种扭曲吧！母亲说保洛一生多灾多难。小时候被树砸断腿，下乡后险些溺水，在湖南的铁路部门工作又从火车上跌下来差点摔死。费了好大劲儿他才由湖南调回洛阳，进了胶鞋厂。上了三年职工大学，毕业后仍回胶鞋厂。他不会阿谀奉承，也就得不到自我价值的实现，更谈不到有什么闪光点了。人们觉得他怪得不可思议。他的确怪。他宁肯用生命冒险去换取一种人生价值，也绝不肯用溜须拍马得到一点好处。这就是郎保洛。他不适应平庸的太平盛世，他的船就应该驶向惊涛骇浪中。所以，他选择了长江，选择了黄河。如果不是这种选择，他的生命历程怎么可能出现那么光辉灿烂的时刻呢？谁又会知道洛阳有个郎保洛呢？

我说母亲未必真正理解儿子，是说母亲太看重社会的某种舆论了。一篇《混浊的黄河》玷污了儿子的形象，母亲无法容忍。她含着泪对我说："儿子不会说话了，他们诬蔑他，他们诬蔑一个不会说话的人我受不了！"于是，母亲夜以继日地伏在儿子使用过的写字台前，写出了一篇又一篇批驳文章和起诉书。我去的第二天，六十多岁的她竟然拎着包裹去北京替儿子打官司了。我想劝她，但我没有。我替她拎着皮包送她上车站。我心情很沉重也很复杂。她说，她这次去北京是准备去碰壁的。她明知要碰壁，却偏偏要去碰，正像她的儿子明明知道有危险却偏偏冒险。洛阳火车站显得拥挤，显得混乱，到处充满了粗俗的叫卖声。金钱的魅力如此迅猛地淹没和遮盖了一切。可是，我的眼前却固执地沸腾起一片人头的海洋，洛阳市的有头有脸的人物都出现了而且靠近前边，而张志珍——这位保洛的母亲却没有往前挤也挤不到前面去。那么多的欢迎条幅在她的头上方飘动着，鼓乐齐鸣，彩旗招展，犹如盛大的节日。她做梦也没有想到儿子出征时单位的领导还追到家门，威胁她不把儿子抓回来就开除公职！她本来不支持儿子去冒险的，但她被这位领导激怒了，她当即表示坚决支持儿子！她在万千人群中，居然发现了儿子单位的那位领导也在其中。人群海洋般骚动。她看见了儿子。儿子被人们抛起来，在人海中一浪又一浪地漂流着，她使劲往前挤，好不容易挤到了儿子的面前。

她想把儿子搂进怀里，好好看看他在中虎跳遇险时身上有没有留下伤疤。可是，儿子一点也没有亲昵的表示，竟然用一种埋怨的口气说："妈，你来干什么？"这孩子太不懂感情了！你大难不死，总算给妈妈活着回来了，妈妈不该来接你，来拥抱你吗？

"妈，你快回去吧！"儿子扔下这句话就被人流吞没了，母亲连碰都没有触碰到他一下，就再也不见了踪影。

市委领导比儿子对母亲热情百倍。他们把她当成了英雄的母亲。她坐在高级宾馆的高级餐厅里，心里感到从未有过的敞亮。儿子第一次给她带来了光彩。可是，儿子发现她坐在这里又数落她了："妈，你怎么又到这儿来了？"妈说："人家让我来的嘛！"儿子说："妈，回家去吧。"母亲有点生气了。但她知道儿子并不是嫌弃她，对她没有感情。儿子说过，世界上有两个女人，一个使他痛苦，一个为他痛苦。母亲是属于后者。儿子在漂流长江时，多次叮嘱朋友们到他家去关照一下他的母亲。儿子不愿母亲在这种热闹的场合出现是因为他不愿让母亲分享他漂流长江换来的荣誉。他自己对这种铺天盖地的荣誉也缺乏接受的能力。照相，他总是往后缩，他明明是第一个举起长江漂流队的大旗，是发起者和组织者，也是当初的队长，可莫名其妙的队长的头衔落到了别人头上，他没有一点怨言。他太深刻了，他视这种功名利禄为过眼烟云。如今，这些烟云飘散得无影无踪！走在洛阳火车站广场上的母亲显得那么羸弱，那么凄凉。如果保洛有灵的话，他肯定会拦阻母亲的：妈，你去北京干什么？你回去吧！他们爱怎么说就怎么说去好了，我去漂流黄河又不是为了图他们歌功颂德。是啊，你怎么这样不理解你的儿子？你的儿子从来就不是为了别人的舆论活着，也绝不会为了别人的舆论去死。生命的价值不在于别人的评说。

应该说最熟悉郎保洛的还是包春红。这是个二十四岁的姑娘。她不善辞令，面部表情沉静得近乎冷漠。她没有周燕那么多的浪漫，她与保洛相爱更多的是一种冷静的回忆。

第一次见面，是在一个大俱乐部的后台上。保洛的母亲是牵线人。她对儿子说："这就是小红。"

他们就握手了。

“你坐吧。”郎保洛说了一句，不等小红坐下，他自己倒先坐下了。

真不会关心人。小红瞥了他一眼，感到委屈。她想象当中，第一次见面是会很热乎的，起码也得有些让人激动的场面。可他倒好，就那么简简单单地自己管自己往那儿一坐，用手摸了摸短短的头发，眼睛都不肯看她。姑娘也不肯示弱，低着头也不看他，经过一阵沉默的较量，郎保洛先开口了。他像自言自语又像说给小红听：“总算回来了。”

小红瞟了他一眼：“我给你的三封信都收到了吗？”

“收到了。第三封信都上船了，险些没接到。”

他应该往下说呀！姑娘静静地等着他的下文，她最希望听到的就是下面应该说的话，可他偏偏又不肯说了。姑娘刚刚有点温暖的心又冷却了。

铃声响了，电影马上要开始放映，郎保洛起身说：“我还有事，不能和你坐在一起看了。”

于是，小红就一个人坐回到观众席上看电影。电影的名字叫《汪洋中的一条船》。这是个爱情的悲剧，看了让人心里难过。小红边看电影边抹眼泪。她想到了自己对郎保洛那么一片真情，却换不来他的感情。这事如果搁在一般感情脆弱的女孩子身上，恐怕要打退堂鼓了，可小红就有那么一股心劲儿，她不相信郎保洛会不接受她的爱。

那天晚上，她到郎保洛家。她想和郎保洛好好谈一谈。

郎保洛回来十多天了，极少回家。他吃在宾馆也住在宾馆。他被荣誉包围着，作报告。办展览忙得不亦乐乎，好不容易腾出一个晚上，他也想和小红谈谈。他每天晚上都有个散步的习惯，就邀请小红一块出去走走。

出了市府大院，是一条挺宽敞的柏油路。路旁的树荫筛下斑驳的路灯光亮，挺柔和的。她挺着腰板和郎保洛并肩走着，心情比预想的好多了。风微微吹拂，也让人感到舒服。她觉得保洛并不是和她摆什么英雄的架子，他挺平常，说话也随随便便。

“你信写得挺好。”

“是吗？”她的心跳加快。

“就是有点太冒失。”

“为什么呀？”她自己也暗暗吃惊，口气有点撒娇了。

“你和我还没见过面，也不了解，就写得那么大胆，幸亏是写给我的。”

“要是写给别人呢？”

“那我就不知道人家会怎么看你了。”

“那你怎么看我呢？”

“你挺有胆量。”

“还有呢？”

“你们女孩子都容易把对方看得太好，其实，我这个人毛病不少，不会像你想象的那么好。”

“我的毛病也不少。”

“我性格孤独。”

“孤独是有天才的人的特征。这是叔本华说的。我平时也挺孤独。”

“咱们还是先接触一段时间，彼此多了解了解吧。”

“那漂流以后你怎么办？回厂里吗？”

“那就回厂，和平常一样，当个工人！”他立刻回答，口气生硬。

她听出他不高兴了，他嫌她问得俗气。她却挺高兴，她感到他身上的男子汉劲儿更足了。

“那你到底为什么去漂流呀？”

“为什么？活得没意思，就去漂呗！”

她一时辨不出他是说的气话还是实话。不管什么话，都叫她喜欢。

他们走到路灯下边，她注意着他的眼睛。她发现那里边有一种她已经习惯并喜欢的冷气了。这是个不同于别人的男子汉，她所要选择的正是这种不平常的人。

她说保洛眼里总有那么一股冷气。他就喜欢那种样子。要是他高兴起来反倒不自然了。他们在一起时经常争吵，吵得挺生气，也挺有意思。

不难揣摩，从漂流长江到漂流黄河，其间不到一年的时间。作为英雄出现的郎保洛和作为自然减员而死去的郎保洛在姑娘的心中拓展了一个多么复杂而又艰深的历程。靠几次迷人的散步或者几次美妙的谈话来支撑坍塌的爱情框架似乎已成荒谬。可是，郎保洛死后将近一年的时间里，包春红就像郎保洛活着的时候一样，几乎每天都到他家，照顾他的母亲，帮着做一些力所能及的家务。保洛母亲也把她当成了自己家的亲人看待。她对保洛母亲更亲了。上街时，她搀着保洛母亲，被她自己的母亲看见了，大为妒嫉和不满。她和保洛在一起的时间并不长，他们还没有结婚，可她为什么如此珍视已经逝去的爱情呢？这里边恐怕有一种思想的分量。由此，更让人强烈地感受到了郎保洛的力量。人们是不会忘记郎保洛的，不论官方对他的死作何评价。郎保洛的死毕竟震动了黄河，震动了千千万万的灵魂。非议的大有人在，敬佩的也大有人在。当我被困在玛多县找不到交通工具时，一位年轻高傲的交通警察听说我是来采访郎保洛要写黄漂队，主动登门为我提供车辆。当我到了洛阳，因为花展住不进市委招待所时，我对服务员说我由东北来这里是为了采访郎保洛的母亲，为了写郎保洛，她立刻给我安排了房间。

那是个相当不错的高级房间。记得十分清楚，当我用钥匙打开房门时，发现屋里的沙发上坐着一男一女。女的把一个黑色的烧火棍状的话筒递到了那个男的面前。那个男的怕有六十岁了，正对着话筒神情激昂地讲着什么。我听出来了，是讲如何组织牡丹花展的，可能是我不谨慎弄响了洗漱间的水龙头，他找来服务员说服我换了房间。我正不情愿时，他挺有经验地微笑着说：“你要采访郎保洛的母亲吧？你是不是想写黄河漂流队？”

我一下子觉得他变得可亲可敬了。我连忙说：“是呀！你是——”

“喔，我是市委的。你要写就写长江漂流队吧，那是我带的队。长江漂流成功了，有写头。黄河漂流失败了，没啥好写的。”

“这……这怎么说呢？”我摆出一副要和他好好谈谈的架势，他连忙往外让我：“抽空儿再谈。这不，中央电台的记者正在采访我。”

我悻悻地退出，但我固执地问他：“我上哪儿找您？”他说：“我找你吧！”说得很肯定。

他没有找我，一直没有。我也没有找他。我已经不想找他了。他的话已经再清楚不过告诉我他是属于哪种类型的人。长江漂流原本是民间自发组织的，他怎么自诩为带队？大概是漂流队有了荣誉的时候才有了带队的吧？为什么长江漂流能写，而黄河漂流就不能写？同样是郎保洛、雷建生他们发起并率领的漂流，为什么对长江漂流那么热衷，而对黄河漂流那么淡漠？莫非长江漂流给他脸上贴金了而黄河漂流却给他脸上抹灰了？要不，就是长江漂流是打着洛阳漂流队的旗号，而黄河漂流则是打着河南省漂流队的旗号？这种狭隘的心理在我们的国度是带有普遍性的。一部《老井》影片轰动中外影坛，作为陕西省政府对该片有功人员又是表奖又是提级，而作为相邻的山西省却对此淡漠之至。究其原因，是因为影片写的是山西省的贫穷，暴露了山西省的阴暗面。如果影片写的是陕西省的事情，山西省大概不会如此冷漠。山西、陕西同守着黄河的摇篮啊！该怎样解释黄河的文明？回过头来思索这位长江漂流带队者的评语：长江漂流是成功的，黄河漂流是失败的。这成功与失败的含义是什么？难道仅仅是指漂流探险具体过程中的队员内部矛盾或者说是漂流途程中的一些弄虚作假成分吗？恐怕不是。因为他知道我要写郎保洛。而郎保洛无论在漂流长江还是漂流黄河中，都表现出一种非凡的气概，一种务实的精神。而且漂流黄河他壮烈捐躯不比漂流长江更可歌可泣吗？从漂流的本身意义上说，从漂流者身上所体现出的那种民族精神上，漂长江和漂黄河是不该有什么异处的。唯一不同的是漂长江时有个美国的肯·沃伦作陪衬，而漂黄河时却没有外国人去漂。没有外国人做标尺的漂流便缺乏内容和色彩了！连记者们的文章似乎都作得缺少声色。少了个外国漂流队，就少了龙的气派，少了为国争光、战胜外国人扬眉吐气云云。不妨回顾一下，当初为了争那种长江的所谓首漂权，大江南北群情激昂，举国上下何等狂热，如果有支外国漂流队欲争黄河——这条象征着母亲的河流的首漂权的话，那肯定会使我们这个民族掀起更大的狂潮。如此一来，郎保洛和他的队友朱红军、张宁生的尸首就不至于在那间破败潮湿的停尸房的水泥地上腐烂以至于火化时都没有能够换换衣服。就连他们的亲人都没有能够向他们的遗体告别。作为目击者的周燕简直没有办法找到理想与现实的桥梁。她无论如何也不能够将她心目中伟大的英雄形象与满身泥水头被布条严严实实缠裹的僵尸联系起来，她分不清那三具僵尸哪一个是郎保洛。她想象中他们应该是盖着白布单，平平展展地躺在床上，而且四周应该围着鲜花。她想象中应该有许许多多人为郎保洛的灵魂归天而捶胸顿足，大放悲歌，天地都应该为失去这样的壮士而失去平衡。然而太阳那么暖融融的，天空那么高远碧清，那扇简陋的破门，那间充满腐臭味儿的小屋子缺少光线，空空洞洞，笼罩着一种可怕的阴影。三具尸体就那么草率地被火化了，没有哀乐，也没有花圈，就连准备好的衣服都没有办法给死者换上。郎保洛这位传奇式的人物就这么窝窝囊囊地在这个世界上消失了。那个小小的骨灰盒，给人留下的是多么沉重的思索。是悲壮还是悲剧？

相比之下，雷建生的死更富有传奇色彩和悲壮氛围。已经过了几天之后，才突然发现雷建生的尸首。翻船之后，五位勇士都抓住了船上的绳子。由于雪山下来的冰凉的水流，一个个先后撒手而去，唯有雷建生将胳膊深深插入了绳索中，紧夹在腋下。他与黑色的橡皮船连成一体，化作一朵高傲的激浪，驾驭着这条狂暴的大河。大河彻底激怒了，所有完整的东西都要在一瞬间破碎、撕烂。储存亿万年的元气，也郁积了亿万年的愤懑。无数的大山被咬断，无数的岩石被撕碎，何况一个人类的小小的头颅。无数飞扬的浪花都是神圣的洁白，只有一朵变成了殷红。高大的威风凛凛的雷建生没有看清是哪一朵比他更勇猛的浪花把他拍向了哪一块比他更坚强的礁石上，就抱憾而逝了。好一个雷建生！好一个人类之躯！虎死如羊，人死如虎！他没有躺倒，没有弃船而去，他那没有知觉的躯体仍然如生时一样，夹着橡皮船腾波驾浪，凌虚直上，一泻千里。疯狂的浪以为他还没有死，就以更猛烈的攻势向他扑去。雷建生是和橡皮船一起站立着死的，而且死不瞑目。当一位奇迹般生还的队员在回水区里发现那只橡皮船和船旁伫立的他们的队长时，惊喜得大声呼叫。群山兜起苍老的回声，大河发出沉闷的呼吸，可他们的队长一声不吭。他以为他们的建生还活着，扑上前猛一拉他，他已变成一柱无法摧折的岩石了……

六十岁的黄漂队队委胡德经曾经是陈老总部下的机要员。戎马倥偬，他曾历经千险，政治磨难，他又奇迹般活下来，而两年前他只身考察七千里古道，更是九死一生。可是，当雷建生的尸首往西宁运的漫漫途中，他陪伴着雷建生，在摇摇晃晃的颠簸中，他仰望着一天星斗、半爿残月，他有足够的时间充分品味死之含义，死之真谛，禁不住五脏俱焚，痛不欲生。他曾见过许多壮烈的尸首：被炮弹炸掉半个头颅，被战刀砍掉西瓜状滚动的头颅……那些死者都不足以令他震撼。而雷建生的死却使他猝然意识到了自己的苍老，自己的懦弱。他颤抖着手，小心翼翼地抚摩着建生撞碎的眉骨处隆起的一个像乌青的柿子状的血肿，抚摩着血肿旁边硌手的碎骨。恍若自己被一股飞速的浪峰高高托起一下子摔向一块兀立的礁石。壮哉啊！壮哉！无论水的流速还是礁石的坚硬，都构成了一个年轻的生命完结时的辉煌瞬间。即使撇开任何附加的政治色彩社会荣辱，一个生命体能够这样地结束也足以惊天地泣鬼神了！古老的黄河啊，亿万年来，你遇到过几条这样的汉子？万古流芳的屈原只不过出于一种浓烈的忠君意识而十分窝囊地投入了汨罗江。在他投入江水的一瞬间，那片麻木的江面是绝然腾不起飞扬的激浪的。他的死悲而不壮。至于孟姜女的哭倒长城，不是一种巧合也是文人墨客的夸张。而雷建生则是薨于乱石穿空、惊涛骇浪的搏击中。富有传奇色彩的是雷建生的遗容。所有活着的人看上一眼，都禁不住心惊肉跳，目瞪口呆。那张岩石般沉静坚毅的面颊上满布着网状的血花。每一道血线都已凝固板结，像石板上的纹路。他死在河水中好几天了，那么多的巨浪，为什么没有把他脸上的血痕冲刷掉？黄河的水锉刀般把再坚硬的岩石都能一层层地锉平削圆，把那一层层石头的纹络剔出剔去，却挫不掉壮士面颊上的血花。诗人啊，你们仅从壮士面颊上冲不掉的血花上难道不能产生撼人心魄的诗篇吗？我赞成一部电视片第一集中对郎保洛和雷建生抛尸黄河的评语：“无论悲壮和悲剧都是巨大的。”

云舟飞降闯虎跳惊龙无惧沉沙折戟
飞棹西来降龙羊破壶口必然后继有人

南征长江北征黄河壮举全球赞扬赫赫战功同中岳
昨为人杰今为鬼雄英魂各方痛悼滔滔泪浪似洪流

追悼会上，这一副副挽联，给活着的人增添了信心和力量。可是，河南黄河漂流队毕竟因为失去了两员主帅，元气大伤，实难振作。尽管也算漂完了全程，但已经没有了郎保洛、雷建生漂流时的严肃认真和一丝不苟了。

（原载《鸭绿江》1988年第九期）

赵尚志（节选）

崔亚斌

崔亚斌（1940—2019），祖籍河北衡水。1965年开始发表作品，中国作家协会会员。曾任第二届、三届沈阳市作家协会副主席，辽宁省传记文学学会副会长。出版各类体裁文学作品单行本40余种，国家图书馆收藏图书20余种。主要作品有：长篇小说《宽宽的车场》《五羊像下的魅影》等；长篇纪实文学《中国神探》《缉毒英杰》《侦破大王》《“3.8”大案》等。

梧桐河枪声

1940年12月，被调任东北抗日联军第二路军副总指挥的赵尚志，赴苏联参加第二次伯力会议。次年10月中旬，在赵尚志多次迫切要求下，苏联方面同意由他率领一支精悍的小分队回到北满，执行特殊任务：一旦日苏战争爆发，就炸毁兴山（今鹤岗）的发电厂和佳木斯至汤原的铁路，并配合苏联在小兴安岭老白山附近修建飞机场。

赵尚志率领原抗联三军团长姜立新等4名抗联战士，携带武器和几十斤烈性炸药，在苏联边防军协助下，秘密渡过黑龙江，在萝北县境登岸。

一踏上江岸，赵尚志心潮激荡，难以平静。啊，他又回到祖国了！虽然这是敌人占领下的土地，但毕竟是生他养他的祖国的国土啊！这里的一草一木都是那样熟悉，使他感到亲切。他嗅着深秋田野上特有的气味，大口大口地吸着清新凉爽的空气，很久没有移步。是的，只有踏上祖国的土地，他才感到坚实、有力。他不愿在异国他乡过安全而比较舒适的生活，急于返回这灾难深重的土地，甘愿冒着随时都可能降临的死亡的危险与敌人周旋战斗，究竟是为了什么呢？不就是为了早日光复祖国，使同胞们从侵略者血腥的屠刀下被解放出来吗！

他们一行5人在高山密林中艰苦跋涉了4天，来到梧桐河上游的老白山地区。在东南坡的“趟子房”里，赵尚志和人称姜把头的姜振才交谈了好一阵，感到他是个正义可靠的人，就决定以这里为小部队的活动据点，准备执行预定的任务。

可是，一晃两个月过去了，日苏战争并没有爆发。赵尚志和他的战友们都很焦急。他决定：到周围的“趟子房”开展活动，逐步发展抗日武装。在汤原县的乌德库，小部队吸收采集皮货的青年王永孝入队，使队伍增加到6人。过不久，他派3名战上去苏联汇报情况，留下他和姜立新、王永孝再回到姜振才的“趟子房”。

新的一年——1942年开始了，赵尚志这时最切的心愿，是不断吸收新战士参加队伍，使目前这支仅仅3个人的小部队不断扩充壮大，变成30人，300人，3000人！那样，就能重新打开北满抗日游击战的新局面。他记着当年带领6个人脱离“朝阳队”时说过的一句话：“只要有火种，就能烧起燎原大火！”

1月下旬的一天，赵尚志和姜立新、王永孝步履艰难地踏着盈尺的积雪，来到姜把头的“趟子房”。两个多月不见，姜振才发现赵尚志的脸更加瘦削了，眼睛因而显得挺大，头发老长了，小胡子变成了大胡子；仍然穿着那件黄呢军大衣，不过已经变得又脏又破了。上次赵尚志和他唠过，他才34岁，可现在看上去倒像个四五十岁的人。姜立新也是同样，面带菜色，疲惫不堪。他们后面跟着一个二十六七岁的青年，山里人打扮，背着大枪，猜想他是新收的。

“怎么，你们就3个人？”姜振才有些吃惊，“难道那另外几个人……”

他不再往下说了。他听说赵尚志带兵越带越多，这次不知怎么越来越少了。

“没事，你别瞎寻思！”姜立新知道他要问的是什么，接过来说，“赵司令让他们几个过那边去了。”说着往北指了指，然后像回到家里似的往炕上一躺，“大哥，有啥吃的？快给弄点热乎的。这天真他妈的冷！”

姜振才答应一声，转身要忙活去，被赵尚志叫住了，“姜把头，你这边有什么情况吗？”

姜振才说：“你们走后不久，警备队那些王八蛋过来搜山，可屁也没捞着。我寻思，八成是你们给擢弄的，真为你们担心呢！”

赵尚志还是没有大意，命令王永孝：“小王，出去注意警戒，一会儿换你！”说完，把冻得裂开一条一条口子的双手伸到火盆上烤着，边烤嘴里边发出快意的“嘶嘶”声。

过不多会儿，姜振才把切好的熟狍子肉和热好的苞米糙子粥端上来，又从灶坑里扒出几个烧熟的土豆，热气腾腾地摆在炕上，款待3个披风挂雪归来的人。

2月初的一天上午，赵尚志正和姜立新在屋里研究今后行动计划，忽听门外放哨的王永孝说：“司令，山下来个人！”

“什么人？”赵尚志马上站起身走到门口，往山下看。敌人对这里控制得很严，一般人是很难进山的。那个人好像路径很熟，直奔“趟子房”而来，渐渐走近了。他看上去有40岁，穿旧羊皮袄，戴狗皮帽子，典型的山里人装束，正深一脚浅一脚地踩着积雪而来。

“小王，叫他站住！好好盘问他！”赵尚志说。在这复杂险恶的环境，他不能不提高警惕，对陌生人进行必要的审查。

“站住！”王永孝走过去，举枪瞄准来人。

那个人被这喊声吓了一跳，马上在20多米外的地方站住了，朝王永孝直摆手，“别别……别开枪！我是老百姓啊！”

“你是干什么的？从哪儿来？”

“我，我是梧桐河金矿局的。”那个人回答，“矿上有两匹马驮粮的时候丢了，叫我来找……”

“你叫什么名字？”

"我叫刘海峰。"

"刘海峰？我看看！"姜立新闻声走了出来，忽然大声说，"哦，这不是刘德山吗？"

那个人也认出了姜立新，高兴地向前迈了两步，"哟，老姜兄弟！我是德山哪！你看你看，真是巧了，没想到在这儿碰见你！"

赵尚志见姜立新认识这个人，警觉并没有松懈，把他叫进屋问："你和他熟？"

姜立新说："早年和他在一面坡认识的，他在金矿当矿警……司令，反正就他一个人，让他进屋来说吧。"

矿警？赵尚志对这个不速之客很有怀疑，但就这样在外面三言五语也说不清楚，不如叫他进来仔细审查，不怕他跑了。加之，姜振才也说认识这个人。虽然根底不了解，但他过去来这里收过皮子。4个人中有两个人认识他……赵尚志这么一想，就让王永孝对刘海峰搜了身，见他身上什么武器也没带，便点了点头。待姜立新和刘海峰走进屋后，他让王永孝在方圆二三百米内巡查一圈儿，看看有无可疑迹象。王永孝走了一遍，周围还是静悄悄的，阒无人迹，就回来了。

屋里，对刘海峰的审查在你问我答的家常话中巧妙地进行着。问话的大多是姜立新，赵尚志在一边察言观色，偶尔才插上一两句。

"你不是叫刘德山吗？怎么又改名了？"

"嗐，别提了！"刘海峰面带愧色说，"我在矿上当矿警，免不了得罪一些弟兄。掏心说，我那是为了混饭吃叫人逼的，自己心里也不是个滋味。我现在不想干了，就另起个名字叫刘海峰，表示我和过去一刀两断，做个本本分分的中国人！"

"你找马，怎么找到这儿来了？

"那马还有个找？扯淡！"刘海峰显得有些幸灾乐祸，然后狡黠地眏了眏眼睛，"我没心思给他们找那破马！今天都腊月二十几了？反正快过年了。我想弄俩钱花，趁这机会进山弄几张皮子带回去。可他妈的运气不济，日本鬼子一来，谁还敢出去打猎？谁有那么多皮子？我就想到姜大哥这儿来看看……”

该问的都问过了，没发现什么破绽。不过，赵尚志总觉着这个刘海峰巧舌如簧，有些可疑。要知道，除了日本鬼子，他最恨的就是汉奸、奸细、特务。他永远忘不了，他视同兄长的珠河反日游击队创始人之一、哈东支队的经济部长李启东，就是被混进游击队的特务从背后开枪打死的。现在想起来，还感到痛心！

姜立新觉得没啥话可说了，转过脸看看赵尚志。那意思是说：这个人没有问题，还问啥！赵尚志没理他，用那只锐利的右眼盯住刘海峰说："你以为，改了一个名字，就脱胎换骨了吗？做一个中国人，得时时刻刻对得起自己的良心！不能在日本人面前卑躬屈膝，忘了祖宗！"

"是，是是……"刘海峰连连点头赞同，"这回我已经拿准主意了，回矿后不干这个王八蛋差事了。哪怕是饿死老婆孩子，也要活得有中国人的骨气！"停了停，他面现迷惑地看着姜立新，问："老姜兄弟，你们这是……"

"我们是抗联！"

"啊！真的吗？"刘海峰又惊又喜，"嗐！我还以为你们是……是拉杆子呢。嘿，太好了！头几个月，我就听说有两个叫什么'宾'的，拉队伍在北边一带打日本人……"

"两个叫什么'宾？"赵尚志急切地打断。

"哎呀……我这脑瓜子臭，实在想不起来了。"

"是不是叫陈绍宾、戴鸿宾？"

"陈绍宾……对对对，就叫这两个名字！"刘海峰肯定地说，"我当时就想，日本鬼子把我们中国人害苦了，反正也没好了，莫不如投奔他们去，拿起枪打他个痛快！不把日本鬼子赶出去，我们能过太平日子吗？只是，我孤零零的一个人，到哪儿找他们去？干着急呀！"

"你知不知道陈绍宾、戴鸿宾他们的情况？"赵尚志抓住这个话题不放。因为，他这两三个月来一直在深山里转悠，耳目不灵，外面什么事情也不知道。现在，他多么希望知道兄弟部队的消息啊！

刘海峰就自己所知道的，大略地讲了一些。赵尚志听得十分仔细。刘海峰讲完后，他问："你现在还想不想参加抗日游击队？"

刘海峰有些愕然，又显得迟疑，看了看赵尚志，又看了看姜立新，指着赵尚志问："老姜兄弟，这位是……"

"大哥，你想不到吧？"姜立新自豪地朝赵尚志努了努嘴，"你猜他是谁？"

"净说笑话，这我怎么猜得到！"

"他就是抗联三军军长，咱们的总司令赵尚志！"

"啊！"刘海峰猛地离炕站起来，木雕泥塑般呆在那里，两只眼睛定定地看着，"他，他就是赵——尚——志？"

"我就是赵尚志。"赵尚志脸上现出讥嘲和冷峻的神情，"怎么，不像吗？日本人悬赏一万元要我的人头，你现在就可以去报告，得到那些钱。"

刘海峰吓得赶紧下磕头："赵司令！你饶了我吧，可别这么说。我就是天天烧香拜佛也难见一面，没想到三生有幸，碰巧在这儿遇上你了！"

"起来起来，"姜立新说，"咱共产党不兴这个。你只要有抗日的心，咱们就是一家人。"

谈到这里，赵尚志基本上已经消除了对刘海峰的怀疑。他想：这个人嘴能说，可能是和他当矿警的身份有关。即使地主武装或土匪头子，经过争取教育也可以抗日，为什么一个小小的普通矿警就不能转变立场，参加抗日队伍呢？眼前这支队伍，是要一个人一个人地吸收进来才能发展壮大呀！于是，他笑着问："老刘，我们想吸收你参加游击队，你干不干？"

"我干！"刘海峰决然地说，"跟着司令打游击，我更没说的了。就是在战场上打死了，也落个好名声！可我……我两手攥空拳，啥家伙也没有哇！"

赵尚志一听挺高兴，让姜立新把小部队带着的三八式步枪发刘海峰一支，还有 200 发子弹，两颗手榴弹。刘海峰接过枪，高兴地翻过来掉过去看个没够，把枪栓"哗啦哗啦"弄得直响。

当晚，刘海峰就在"趟子房"里住下了。赵尚志对他进行了必要的教育，他听得都入迷了。

2 月 8 日，也就是阴历"小年"这天，大约午后 4 点左右，赵尚志和姜振才躺在炕上休息；刘海峰大烟瘾犯了，拿出随身带的大烟鼓捣着；王永孝在厨间忙着准备晚饭；姜立新站在门口放哨，监视着外面。忽然，从外面传来一阵脚步声。赵尚志激灵一下子爬起来，透过窗纸缝隙，于暮霭薄雾中看见一个人影，那人影欲行又止，样子有些鬼祟。已经这么晚了，什么人能到这里来？肯定不是好人！他拔出驳壳枪，“砰！”照那人影就是一枪。

门口的姜立新大喊：“什么人？”

“哎呀别打！是我呀……我找人！”来人惊慌地喊着，已经到了门口。

刘海峰扔下大烟，跑到门口一看，“哦”了一声，转身对提枪走过来的赵尚志说：“司令，他不是外人，是我的外甥，人家都管他叫张小背，常在这里背山货。他见我好几天没回去很惦念，来找我。”

赵尚志问张小背：“你是怎么找到这儿的？”

张小背看样子有30岁上下，穿戴一般，手里什么也没拿。他被刚才那一枪吓得脸煞白，嘴唇哆嗦着说：“我舅说来找一个……姓姜的，我打听不到……就瞎走，顺着他的脚印就找来了……”

脚印！赵尚志心中一动。他决计明天转移，离开这里。他见张小背年轻体壮，便在征求了他的意见之后，把他也吸收到小部队中，同样发给了他枪支弹药。几天之内接连发展了两名队员，使赵尚志很感欣慰。

掌灯后，赵尚志继续向刘海峰了解梧桐河一带敌人的兵力部署和活动情况。刘海峰摸着下巴，想了想说：“别的我不清楚，可梧桐河警察分驻所的情况，我还知道一些。”

“说说。”赵尚志催促。

“那个分驻所，总共才六七个人，六七支大枪，稀松平常。”刘海峰撇撇嘴，轻蔑地说，“眼要过年了，他们没心思泡在所里，今天他来明天他走的。要是干他一下，现在正是时候。”

赵尚志听了，沉吟未语。刘海峰也不再提起。

吃晚饭时，赵尚志经过考虑，觉得刘海峰的提议不错，不能放过这个机会。饭后，他把几个人叫到一起，宣布：12日拂晓，分两组去袭击梧桐河警察分所和警备队。几个人听了摩拳擦掌，各做准备。

夜已经深了。赵尚志却没有睡意。他继续谋划着3天后的战斗安排，想象着未来的战斗将会是怎样的情景。虽然这是一次不大的战斗，比起他过去指挥的三岔河突围战、冰趟子阻击战等著名的大规模战斗来算不了什么，但却寄托着他对这次战斗的憧憬和希望。因为通过这场战斗，可以向敌人宣告：我赵尚志没有消失，还在继续打击着你们；也可以向党组织和同志们显示：我赵尚志虽然被第二次开除了党籍撤了职，但并没有灰心气馁，还在以一名共产党员的姿态坚持着战斗！

赵尚志躺下后，越想越没有了睡意，他索性爬起来，拿出纸和笔，在油灯下写起字来。他觉得刘海峰这个人有些谋略，胆量也够，应该让他担任一个比普通游击队员责任重些的工作，以利于将来队伍的发展。他沉思一会儿，握笔写了下去：

东北反日游击队

委任令

委字第十五号

兹委任刘海峰为本部副兼汤东游击队长

此令

赵尚志（印）

中华民国三十一年二月八日

写好后，他取出随身带着的一枚方形印章，蘸了印泥，端端正正地盖在委任令上。他把这张纸小心地折好收在身上，准备在奔袭胜利后交给刘海峰。

第二天早晨，赵尚志喊起众人，匆匆吃了点东西，整理好武器行装就上路了。2月11日午夜后，他们一行5人按预订计划来到梧桐河北，离伪警察分驻所大约2000米的一个孤零零的农家小屋。这座小屋是看菜园子用的，里面只住着老两口。他们既是休息又是潜伏，在小屋里隐蔽起来。

夜，静静的，偶尔传来几声狼嗥，怪瘆人的。

此刻，刘海峰显得有些紧张而又焦躁，几乎安静不下来。赵尚志想，他没有临战经验，所以才这样。刘海峰看了看赵尚志，走过来说："司令，前面就是梧桐河了。攻击以前，是不是派个人去侦察一下？"

赵尚志点点头，问："谁去？"

"张小背怎么样？他对这里的情况熟。"

"好，就让他去吧。"赵尚志叫过张小背，对他交代了一番，嘱咐他把情况弄准后快点回来，不要误了攻击的大事。张小背点头答应，只身一人消失在黑暗中。

张小背走后，过不多大工夫，赵尚志就带领其余 3 人，由比较熟悉地形的刘海峰在前面带路，摸黑向伪警察分所方向运动。

前面是一片菜地，刘峰站下不走了。待赵尚志来到他身边，他说："司令，这里离分驻所不远了，咱们再到菜园子屋里暖和一下吧？

"好。"赵尚志向姜立新和王永孝一招手，转身向那座小屋走去。

赵尚志正走间，猛听身后一声枪响，顿觉后背、腰部一阵剧痛，身子一晃摔倒在地。他挣扎着往回看，只见近在咫尺的刘海峰面目狰狞地再次举枪，正向王永孝瞄准……啊，这个家伙原来是敌特！

不错，刘海峰是一名敌特，是敌人为诱捕赵尚志而专门派出的"一号特务"；那个张小背，是敌人为了同一目的而派出的"二号特务"。

原来，早在去年年末赵尚志的小部队进入鹤立县不久，鹤立县兴山警察署的特务、密探网就对"赵尚志一派"的活动予以密切的注意了。

12 月下旬的一天，赵尚志一行 5 人来到梧桐河西北约 100 里的地方，进入山上的一座小屋。屋里待着两个人，一个名叫王永江，一个名叫冯界德，都是在山里采集毛皮做生意的。赵尚志见天色已晚，就在那里住下了。部下们在交谈间，无意中暴露了赵尚志的身份，使那个冯界德蓦然一惊。这个家伙是鹤立县警务科特务股使用的特务，以毛皮采集人为掩护在这一带活动。他表面对赵尚志等人敷衍应付，瞅准机会就溜到兴山警察署，向署长田井久二郎、特务主任东城政雄做了报告。田井询问核实后，立即驱车到鹤立县，向上司报告。

赵尚志的突然出现，使敌人又惊又怕；当他们通过情报证实赵尚志仅带着几个人在山里作小范围活动，处境艰难，而且尚未觉察他们的身份和行踪已经暴露后，又是一阵狂喜。田井、东城和鹤立县特机构的要员密谋策划，商讨抓住赵尚志的办法。

老奸巨猾的田井说：“赵尚志能够得到中国百姓的绝对支持。所以，即使我们用一个师团的兵力也不能将他们抓住，讨伐是没有用的。因此，应采取派遣伪装的侦探、谍报到山里，秘密地潜入赵尚志部，设法把他引诱到警察活动的范围内，包括使他负伤，然后加以逮捕的办法。”

田井的毒计得到了同僚们的赞同，也得到了上司的赏识和采纳。一方面，他们派警备队到鹤立河附近山岳地带进行了7天的搜索；另一方面，又先后派出“优秀”特务刘德山和张小背（张锡蔚）化装进山里活动，并派25名特务专做情报联络工作。县警备队长穴泽武夫率领16人进驻鹤立县北部地区警戒……

此刻，赵尚志什么都明白了，可惜太迟了！他忍着剧痛，镇定地举起枪，向刘海峰“砰、砰”射击。两颗子弹，一颗击中了这个敌特的脑袋，一颗从他的腹部穿了过去。他“哼”了一声，像只死猪似的重重倒在雪地上。

“司令！”姜立新悲痛地喊叫着，从后面赶上来。

眼前突然发生的事情使他惊呆了。万没想到，刘海峰这个家伙竟然是敌特，可当初自己还在司令面前为他做证说情呢！他痛悔万分。

“司令，你怎么样？”

赵尚志合着双眼，牙关紧闭，没有回答。朦胧夜色中，姜立新看见赵尚志腹部是贯通伤，血流不止，浸透了衣裤，染红了白雪。

忽然，赵尚志睁开了眼睛，气息微弱地说：“你……赶快……离开！”

但姜立新怎能离开，他把赵尚志背进那间小屋里，让王永孝在门口放哨。

深夜中的几声枪响，吓坏了吕家菜园子的老两口。当他们战战兢兢地开了门，看到一个人背着另一个浑身血迹的人进来后，更是惊骇万分。

“大娘……”赵尚志断断续续地说，“别怕，我们是抗联……的人……”

大娘相信了，她赶紧让老头子把炕腾出地方安顿受伤的人，然后用自己温暖的手紧紧握住他那一双冻得冰冷的手。在这一瞬间，赵尚志想起了对他望眼欲穿的母亲……

“老姜，”赵尚志焦急地说，“你……快走，敌人很快就会来的……”

“不，司令，我不能扔下你不管！”姜立新话里带着哭音，泪水在眼圈儿里打转，“要死，咱们死在一起！”

“不行！”赵尚志表现出怒容，费力地解下身上那个装着文件和活动经费的文件包，“不能再做……牺牲……我命令你……赶快……把它……带走。”

突然，王永孝拎枪推门进来：“老姜，敌人可能把我们包围了！”

姜立新一惊，转过脸看赵尚志，赵尚志命令：“快去……应战，赶快……突围，别管我！”

姜立新只好背上文件包，含泪离去。他和王永孝绕过小屋，占据有利地形，向黑暗中的人开了火。顿时，菜园子四周枪声大作。

此刻，他们果然已经被敌人包围了。

张小背走后，听见后面几声枪响，知道事情有变，跑到梧桐河伪警察分驻所，冲岗哨大喊：“谁的岗？刘炮和赵尚志打起来了！”伪警察们听了大惊，乱作一团。正在当地担任警戒任务的县警备队长穴泽武夫立即召集6名警察、7名警备队员，在张小背带领下急行军赶来。因为雪大行动不便，他们在菜园子外形成一个包围圈，潜伏监视。他们的行动被王永孝发现，和姜立新一齐开枪射击。敌人散开应战，机枪、步枪子弹像雨点似的猛扫过来。突然，王永孝大叫一声，躺下不动了。姜立新爬过去看，见王永孝腹部被机枪子弹打穿，喊了几声也不答应，肯定是牺牲了。他想起赵尚志的命令，只好乘敌人还没攻上来之前，借沉沉夜幕的掩护突围出去了。

身负重伤的赵尚志和王永孝在剧痛昏迷中被敌人所俘。敌人找来两张马拉爬犁，把他们放在上面，向梧桐河伪警察分驻所驶去。

马蹄踏着厚雪，爬犁碾着雪面，发出轻微的响声。爬犁不时遇到凸凹不平的岗岗洼洼，轻轻地颠簸着。昏迷中的赵尚志恍若梦中，脑子里出现了迷幻般的景象——

……他带着最小的妹妹尚文，乘坐一辆漂亮的马车去哈尔滨市郊游玩。车夫把马赶得飞快，他们兄妹俩不时发出爽朗的笑声。马车穿过市区，来到一个阳光灿烂、鲜花盛开，几乎整个视野都变得五彩缤纷的地方。他们下了马车，在花丛中奔跑着，跳跃着……啊，难道这里就是他过去曾对妹妹说过的那个没有人剥削人、人压迫人的地方吗？

……转瞬间，阳光消隐，鲜花颓败，黑风骤起，周围变得昏天黑地。尚文不见了，只剩下了他自己，衣衫破烂，蓬首跣足。他大声地呼喊着妹妹，可是茫茫旷野中没有人回答……突然，一个面容凶恶、头戴一顶日本战斗帽的妖怪，张牙舞爪地从地下冒出来，手里牵着一条长长的绳索，捆绑着数不清的老人、妇女和儿童。啊，尚文也在里面！他怒不可遏，大吼一声，跳上一匹小黄马，挥舞一柄闪闪发光的长剑，向那个妖怪刺去；妖怪也挥舞战刀和他厮杀……啊，他忽然感到太累了，太累了，但他还是拼着最后的一点余力，将利剑深深地刺进妖怪的胸膛！妖怪完蛋了，轰然倒地，被捆绑的人都得到了解救。啊，尚文也挥着一双小手向他跑来！

……可就在这时，那个本来已经死了的妖怪忽然又撑起身子，乘他不备，举起战刀向他投来，也深深地刺进他的腹部……啊，真疼！唉，自己为什么这样大意呢！……

赵尚志从梦魇中醒过来了，低低地叫了一声。他是被伤痛疼醒的。

他无力地睁开眼，最先看见的是一片化了雪水的湿土地，自己是躺在一个工棚子的地上；接着看见的是一双双马靴，翻毛皮鞋头，还有那一条条扎着绑腿的粗的细的人腿；再往上看就是日本军服和伪警服，黄的、黑的色块在眼前晃动着；再往上，就是一个个奇形怪状的脸，胖的，瘦的，长的，圆的，带胡子的，光下巴的……他们的脸如果会集到一起，又会变成什么样子呢？不就是刚才自己在梦魇中见到的那个妖怪的丑陋而又凶恶的脸吗？这些人的脸尽管千差万别，不过有一点是共同的，都在虎视眈眈地看着他……哦，身边还有一张善良的中国农民的脸，那张脸上隐现着不安和同情，他就是那个刚才为他赶爬犁的农民，也在目不转睛地看着他。

他的伤势很重，子弹从背后右下部打进去，斜着从小腹和胯间穿出来，伤口仍然流着血。可是，他连一声呻吟都没有。在敌人面前，呻吟是最大的耻辱。他对自己的伤情和处境十分清楚。他遗憾地叹息着，自言自语地说：

“唉！只成想死在千军万马之中，没想到死在刘炮手里！”

那个农民见赵尚志的伤口直往外流血，于心不忍，又十分担心：一个人能有多少血啊，总这样流怎么行呢？他不怕日本人申斥或惩罚，找来一条面袋子，爹着胆子给赵尚志的伤口做了简单的包扎。

一名伪警察端来饭菜，让赵尚志吃。赵尚志把头往旁一扭：“我不吃……你们伪满洲国……的饭！”

几个日本人和伪警官走近赵尚志，他又怒骂：“你们离我远点……我闻你们腥！”

那边，王永孝忍痛不过，叫喊起来。赵尚志转过脸，半是责备半是鼓励说：“小王……你叫唤就……不疼了？你叫唤还不得死吗？要有……小子骨气！”

其实，敌人并不希望赵尚志很快死去，他们急于要从他的口中获得东北抗联的情况。于是，一场由一名伪警官执行主审的审讯便匆匆开始了：

“你是赵尚志吗？”

“我是赵……尚志。”赵尚志傲然回答。他认为事已至此，没有隐瞒身份的必要了。

其实，敌人通过对从赵尚志身上搜出的几张委任令——包括那张写给刘海峰的委任令——一枚名章，他左眼的伤疾和眼下3个新月形的伤疤等几方面的鉴定，还有王永孝的证实，已经认定，眼前这个发乱须长、生命垂危的人，就是他们倾尽全力要抓捕的赫赫有名的赵尚志。

伪警官又问：“你讲一讲抗联部队的活动情况。“

“呸！”赵尚志答非所问地骂道，“你们和我……不同样是中国人吗？你们却出卖祖国，成为……卖国贼，不觉得可耻吗？该杀！”

“你如果照实讲出来，我们马上给你医伤，保你活命。”

“我死了……没有什么，但要知道，抗联……是杀不完的。我就要死了……还有什么……可问！”

在整个审讯中，赵尚志始终以刚烈无畏的凛然正气睨视敌人，痛骂不已；而对于敌人提出的有关抗联情况等问题，却缄口不语。他伤痛如绞，血都快流尽了，但始终没发一声呻吟。一直到死，他也没有瞑目，两眼狠狠地向上瞪视着。就连目睹赵尚志走完这生命历程最后8个小时的日本侵略者们，事后也不得不慨然承认：赵尚志“无愧于匪中魁首之尊严”。

1942年2月12日9时许，中国人民的优秀儿子，中国共产党的优秀党员——赵尚志的心脏停止了跳动，终年34岁。

（原载《芒种》1991年第七期）

马恒昌和他的小组（节选）

王树和

王树和，满族，1930 年 5 月出生于辽宁省西丰县。1947 年 6 月参加东北人民解放军。历任宣传队员、宣传队副指导员、宣传股长、沈阳军区政治部文化部创作员。1981 年转业到沈阳市文联，任《芒种》杂志社副主编。发表小说、散文数十篇，出版有《马恒昌和他的小组》《四十军在朝鲜》《大地旋风：中国人民解放军第四十军征战纪实》《挺进东北》等纪实文学作品。

迎接“红五月”竞赛

天气渐暖，春意正浓。桃李悄悄蓄积着花蕾，杨柳摇拽柔润的青枝，向阳地面已经钻出细芽嫩草，显出湿润的新绿。

沈阳解放后的第一个春天，第五机器厂工会为了掀起新的生产高潮，大张旗鼓地号召全厂职工开展迎接“红五月”的劳动竞赛。这是沈阳最先开展的劳动竞赛。工人们还是头一次听到劳动竞赛这个词儿，都觉得新鲜。解放后新名词多得排山倒海，让人应接不暇。把干活叫作劳动还没说顺口，后面又加上了又一个新词——竞赛，就更让人糊涂了。

兼做工会工作的王金平，深入车间，向大家宣传解释。他具体地举例说明：“竞赛就是比赛。比如解放军就经常进行各种比赛。比赛射击，看谁打得准；比赛投弹，看谁扔得远；比赛唱歌，看谁唱得好；比赛行军，看谁走得快。开展劳动竞赛，就是比赛做活，看谁做得好，做得快。”

“噢，这就像开运动会赛跑似的。”马恒昌听明白了，“这办法好，赛起跑来谁也不愿意落在后面，准能把大伙的劲头鼓起来。”

“比就比，赛就赛。咱组机器新，老师傅多，一定得争个头名状元。”

“不是状元，也是榜眼，反正不能在后面打狼。”

车工一组工人们劲头挺足。老师傅们心中有数，不露声色。年轻人呼号直叫，锋芒毕露，好像十拿九稳，满有把握。

王金平看着正是火候，趁热打铁地鼓动说：“咱们不能光比谁干得多，干得快，还要把住质量关，比赛谁的活做得好，你们组能不能努把力，让他一个废品也不出，那才算能耐呢！”

听他这么一说，大伙儿都不吭气了。你瞅瞅我，我看看你，有的皱眉摇头，有的呶嘴咂舌，似乎这是根本做不到的。

“现在咱们厂里出的废活占百分之五六，放在一起可是好大一堆呀！那么好的钢材，费了那么大劲，好不容易车出来的活儿，一检查就差那么一道儿半道的，报废了，多可惜！”

王金平继续阐述他的想法。他连连地摇着头，对废品带来的浪费非常惋惜。

“我们也一样心疼啊！”徐景荣接着他的话茬说，“可大伙已经努了力，我们组出的废品在厂里是最少的。”

“这我知道，所以才找你们商量，能不能再努一把力，让它一个废活也不出。”

王金平的态度是诚恳认真的。可有的工人却忍不住哧哧笑起来。

“王干事，你这话说得就外行了！咱工人谁也不愿意做废活，因为出废活常有砸了饭碗的，还有过投河上吊的哪！”

“是啊，俗话说人有失手，马有露蹄，吃饭还难免掉饭粒，哪能一个废活也不出呢？”

大家七嘴八舌地和王金平戗戗。王金平还是坚持自己的想法。

“生产方面我是外行，得老老实实地向你们学习。吃饭我可不外行，只要认真注意，是可以不掉饭粒的。”他看了看在场的几位老师傅说，“人家马师傅和祝师傅怎么不做废活？这说明了还是可以做到的。”

这么一问，有的人自觉理亏，不作声了。

也有的人还坚持：“人跟人不能比，十个手指头还不一般齐呢！”

老师傅祝普度也发言了：“我看王干事这个问题提得好。过去咱对出废活见得多了，不大当回事。现在开展劳动竞赛，把不做废活作为比赛的目标，大家都朝这个目标努力，备不住就能做到。”

持反对意见的人已经有点脸红，但也觉得祝师傅现在当了工会组长，自然要向着王金平干事，因此都鼓求马恒昌发言，听听组长是什么态度。

“要说不做废活，我也不敢打保票，”马恒昌不得不发言了，“可是做废活总有原因，只要找到病根，对症下药，那就会少出或不出废活。”

听组长这么一说，大家觉得挺开窍，就急着催他接着讲下去。

“马师傅，那你说废活的病根到底在哪儿？”

“我说病根还是没把图纸吃透。”马恒昌扳着指头，一板一眼地说，“图纸上的规格尺寸，技术要求，允许公差，注意事项，没弄清楚，稀里糊涂，才做废活。干起活来，不明白也不打听。有的看不懂符号，图上标明要留磨的，也给走了光刀。真要把图纸琢磨透，废活能防止住。”

到底是老师傅有经验，句句都说到点子上，让你不服也得服。

王金平当场建议车工一组向全厂倡议，消灭废品，提高质量，把这作为评比的重要条件。迎接“红五月”的劳动竞赛就这样轰轰烈烈地开展起来。小组里贴出了画着牛车、马车、汽车、坦克、飞机的竞赛进度表。车间里出了专题黑板报。过道上扯起了横幅大标语，有线广播天天通报劳动竞赛的情况和进度。

不久，厂里接受了生产二十台螺旋铣床的任务。图纸下到小组，马恒昌把中午的读报活动改成技术研究会，带领全组仔细研究。他首先结合实际，讲解如何正确识图，认清各种符号和标志。然后再弄清图上的轴杆和孔径的直径各是多少厘米，允许的公差是几道，要求的光洁度是几个花儿。最后又研究了做这件活应该先从哪儿下手，哪些地方要特别注意……

开头只是马恒昌自己给大家讲，渐渐地就让大家发言，共同研究。把图纸的要求搞得明明白白，把加工程序想得清清楚楚。

越学大家心里越亮堂，越研究对技术越有兴趣。本来规定的是饭后休息时间开技术研究会，可大家还没吃完午饭，就端着饭盒蹲在一起，七嘴八舌地探讨起工艺技术。下班走在路上还交头接耳地争论不休，形成了钻研业务的好风气。

马恒昌的徒弟，复员战士王连贵，下功夫背了大量的技术数据，成了问不倒的活字典，大家都称赞他是“数字迷”。

刚到一组的马洪儒，用一把刀车一根丝杆需用两小时。经大家研究，改用一排七把刀同时切削，只用十五分钟就车出一根丝杠，质量也完全合乎标准。

其实技术并不神秘。刻苦钻研，就能够掌握。有两次他们小组还发现了图纸有错误，核对出配套机件的尺寸对不上茬口。他们立刻反映给技术股，请技师核对更正，避免了损失。

这样，大家尝到了甜头，就把中午召开技术研究会确定为一项经常制度。

可是有的人开始做头一个活，还是胆突突的，总有点心虚。本来合格了，还是拿不准，都争着让马恒昌给检查鉴定。这一来，马恒昌更忙了，既要和大家一样干活，又担负起质量检查工作。他利用开车起刀的时间，穿插进行，两不耽误。经过检查，合格的立刻加以肯定，鼓励操作者就照样做；不合格的，就具体指点他们继续加工。

全组首次加工的头一个活儿，还要组织大家共同检查，互相观摩。遇有疑难问题，就请质量检查股来现场检查指导。这样就改变了以往做出一批活才检查，一出废品就废一堆的毛病，又形成了“先检查头一个活”的制度。

过去有些人有保守思想，不愿意别人看自己干活。一是怕别人看破自己的绝招，不能留一手；二是怕人家看出自己的破绽，脸面上也不好看。现在大家互相比着干，都怕自己出废活，倒希望别人多看看，给指点把关。

马恒昌征求了大家的意见，把全组的车床划分成三个组。临近的三部车床，组成一个技术互助组。干起活来互相听着机器的声音是否正常，看着车削情况是否对头，检查车刀角度是否合适……

就这样，马恒昌带领全组创建了“技术研究会”“检查头一个活”和“三人技术互助组”等一套行之有效的制度和措施。这就好像设立了一道道关卡，硬是把废品给卡住了。连续大干了三十七天，全组居然没有出一个废活。同时改进了十多种工具，大大提高了生产效率。

厂工会热情地总结和宣传了马恒昌小组的事迹和经验，以便给热火朝天的劳动竞赛鼓劲加油。可是别的组的工人都不相信，认为这是根本不可能的事，认定他们悄悄把废品扔到地沟里去了。

王金平亲自出面做证。工人们还是不相信，以为王干事替他们吹牛，给他们打掩护。闹得王金平也有口难辩，他只好带上几个好信儿的工人去现场检查。翻箱倒柜，把车床底下，皮带沟里，都检查遍了，也没有找到一件儿扔掉的废品。而后又核对了马恒昌小组的领料单和交活收据，一切都相符。大家这才信服了。

全厂推广了马恒昌小组的制度和措施，取得了立竿见影的效果。废品率由百分之五六，迅速下降到百分之一点五。

街头的桃花、杏花悄悄开放，又悄悄落去，古城里又到处飘溢着丁香花的芳馨气息。正是一年里令人赏心悦目的大好时光，传来解放军百万雄师渡长江，解放南京和武汉的胜利消息，人们浸沉在节日般欢乐的气氛里。就在这时——1949 年 4 月 28 日，第五机器厂召开了迎接“红五月”劳动竞赛的总结表彰大会。

刘斌厂长代表工厂党政工团的领导做了劳动竞赛的总结报告，热情肯定了马恒昌小组的事迹和经验，称赞这是工人阶级的创举，工运史上的奇迹，并且当场授予马恒昌小组一面“生产竞赛模范班”的红旗。

从此，马恒昌的名字便和他领导的小组永远地联系在一起了！

夺旗与保旗

“红五月”红红火火地过去了，劳动竞赛却还在轰轰烈烈地进行着。

原来厂里奖给马恒昌小组那面“生产竞赛模范班”的红旗，是一面流动红旗。厂工会号召全厂五十多个班组都来争夺这面红旗。不管哪个小组，只要在数量和质量上赶上或超过马恒昌小组，就把这面红旗流动给他们。全厂千百双眼睛都盯着这一面小旗，各个班组都摽上了劲，弓弦绷得越来越紧。

王金平也更加活跃起来，两边都做鼓动工作，也不知他是哪一头的！来到马恒昌小组，他就鼓励大家戒骄戒躁，继续努力，发扬成绩，保持荣誉，让“生产竞赛模范班”的红旗扎地生根，永远插在马恒昌小组，决不让别的班组给夺走。好像他就是马恒昌小组的一员，与他们共命运同荣辱。可是一到别的小组，他马上就来个一百八十度的大转弯，鼓动他们赶超马恒昌小组。不要迷信，不甘落后，急起直追，后来居上。让红旗长腿，真正流动起来。他还给这起了个名堂，叫作红旗“硬搬家”。好像他就是马恒昌小组的对头，非得把他们那面红旗夺走不可。

各个班组互有所长，先进和后进只是相对的。尤其是马恒昌小组打破保守习惯，实行技术公开，各班组都学习了他们的经验和措施，提高了产品的数量和质量，更加缩小了差距。全厂有十多个比较先进的班组都跃跃欲试，要与马恒昌小组较量一番。尤其是一车间的白常恕小组，机器设备好，技术力量强，与马恒昌小组旗鼓相当，更是咄咄逼人。打扫卫生，他们硬是从车间里头一直打扫到厂部大礼堂门口。没有笤帚，工人们就从自己的家里带。扫帚不够，就大家动手用树条扎。别看打扫卫生是件常事，他们下定决心在这件事上也要高出马恒昌小组一头。他们还派出徒工做“通讯员”，到马恒昌小组观光和聊天，发现什么新招法立即给组里通风报信，以便采取对策。当时白常恕组负责制作佑心轮，以生铁为料，需要用磁钢刀切削。公家没有磁钢刀具，工人们就翻箱倒柜地在自己家里找，解决了燃眉之急，体现了主人翁意识。他们还利用别的废料改制佑心轮，节省下许多好料。这一招想得挺高，虽然他们出过少量废活，在质量上稍逊一筹，可他们不断提高工效，创造纪录，在节约工时方面超过了马恒昌小组。超额完成的工时累计达到九百五十多个小时。马恒昌小组超额工时只有五百五十小时。真是互有短长，难分上下，使全厂的劳动竞赛高潮迭起。

马恒昌小组的同志们个个紧张，人人奋力。大家都动脑筋，想办法，提高工效，争创新纪录。白常恕小组的老工人傅致君有一手绝活，车搬把球又快又好。马恒昌小组的赵连科早就搭上了眼，不声不响地看在眼里，记在心里，又反复琢磨，改进刀具，磨了专用的样板刀，没用多久就比傅致君车得更快更好，成了自己的拿手绝活。

柳玉璞负责加工铣床的分度盘，精度高，难点大。技术股给规定的指标是六个小时车一个活儿，虽然留有余地，可也不算宽绰。老柳使出了全身的解数，赤膊上阵，奋力突击，最后达到只用一个小时就能车一个分度盘，创造了提高工效五倍半的新纪录。

车削铣床变速塔轮，是一项费时费力的活。刚解放时得三个班二十四小时才能加工一个。后来有的厂改进工艺，缩短到五个小时。这就了不得了，不是亲眼所见，谁都不敢相信。再后来沈阳第三机器厂出了个鼎鼎大名的劳动模范赵国有，居然创造了只用五十七分钟车一个塔轮的新纪录，成为全国著名的劳动模范，曾应邀去苏联参加“五一”劳动节。他这个纪录当时简直被看作是不可逾越的极限。可是刚到马恒昌小组的青年工匠修俊山有一股不信邪的闯劲，硬是要跟赵国有比试高低。他把车、旋、钻眼三道工序结合起来，同时进行。实在不能结合的，就分项分批地集中加工，减少频繁更换刀具和卡具的时间，点点滴滴，争分夺秒，终于超过了赵国有，创造了三十七分车一个塔轮的新纪录，获得了“塔轮大王”的称号。

全组上下都动起来了，最忙最累的自然还是组长马恒昌。他的病一直没见好，还经常发烧。整天捧着个搪瓷缸子，过一会儿就往嘴里塞两片药。每逢去医务所看病，医生都劝他休息。马恒昌总是说：“这是老毛病了，不要紧的。咱工人哪有那么娇气的，能走路，能站着，就能干活。”

各个先进班组都向马恒昌小组挑战，攒着劲要夺他们的红旗。形势逼人，马恒昌既要开车床顶一个工人干活，又要负责全组的质量检查，还要帮助每个同志研究制订个人的生产计划，然后再综合起来制订全组的生产计划，真是忙得不可开交。全组除了坚持原有的各项制度，又共同制定了五项劳动纪律：一，不迟到，不早退；二，不误工，不请假；三，不向公家借钱，有困难互相帮助；四，提前十五分钟做好生产准备工作，上班铃响就开车；五，准时到会，遵守会场纪律。有了统一纪律，人人自觉遵守，使小组成了更为坚强的战斗集体。

马恒昌小组还继续坚持进行技术革新，改进刀具和卡具。光是马恒昌自己就改进了四种，他还和别人共同搞了多项革新，项项都提高了生产效率。例如做平铣床的部件光杆，他们用卡头代替卡具，一下就提高效率五倍半。

他们还在组内试行了做“套子活”的方法，实际上就是最早的流水作业。把加工一个部件的几道工序分解开来，按着每个人的特长，实行专业分工，也有效地节省时间，提高了生产效率。

马恒昌就这样带领全组同志兢兢业业，千方百计地在节约工时方面也赶了上去。全厂原定的用两个月生产二十台螺旋铣床的任务，只用一个月零七天就完成了。其中，马恒昌小组二十八天就完成了两个月的生产任务。

这一段夺旗和保旗的劳动竞赛，搞得格外紧张。徐景荣和柳玉璞见到王金平就半开玩笑半是诉苦地说：“王干事！你这一招可把我们给治出屁来了！”

“你们是辛苦点，可是把全厂都带动起来了，这是很有意义的。”王金平也半开玩笑半认真地说，“看来我提的那个‘红旗搬家’是搬不成了，还是我要败在你们手下了！”

“说真格的，我们辛苦点儿没事，可不能把我们组长给累垮了！”说到这儿他们都认真起来，很有些担心。“马师傅年纪不小了，身板一直病恹恹的，老这么硬坚持可不是个事啊！”

“领导上早想到这一层了，几次动员马师傅去疗养，可他说啥也不去。”王金平无可奈何地说，“这个思想工作，还不好做啊！”

“让他放心地去吧，组里还有我们大家担着啊！”听到厂里有考虑，大家也就放心了。

劳动竞赛再次评比时，果然复杂化了。

马恒昌小组又有新发展，质量和产量仍然保持领先，生产竞赛模范班的红旗，没有理由硬给人家搬家。

白常恕小组进步很快，也赶上来了，按说也应该得到流动红旗。

另外还有几个小组也各有所长，不相上下。就原来的一面流动红旗应该给谁，还真的成了难题。厂工会只好根据实际情况，又做了几面红旗，奖给新赶上来的先进班组，命名他们为“马恒昌小组式的先进班组”。

马恒昌小组终于保住了“生产竞赛模范班”的第一面红旗。而且又连续得到沈阳市总工会和东北人民政府工业部奖给的两面红旗，成为沈阳市和全东北的先进生产班组。

（选自《马恒昌和他的小组》，沈阳出版社 1991 年 8 月版）

人鬼之战（节选）

李宏林

李宏林，1935年生，辽宁日报社高级记者、终身记者。辽宁省作家协会顾问，辽宁报告文学学会会长。主要作品有：小说集《大海作证》，长篇小说《面对诱惑》《非常城市》，报告文学集《走向新岸》《黄金大盗》《人鬼之战》《马家军风云》等。另有电影、电视剧剧本若干部。多次获文学、影视剧创作大奖和全国“五个一工程”奖。被辽宁省委、省政府评为优秀专家。获辽宁省首届十位辽宁名人成就奖。

这里所说的鬼，不是指人们几千年来在头脑里虚构出的那个鬼世界里的鬼，而是指现今与我们姹紫嫣红的改革开放现实共存的一伙人间恶魔。印度大诗人泰戈尔早说过：“高尚、热爱、宁静，与堕落、仇恨、紧张一样是现实的。”由盖县芦屯镇农民段洪宝、段洪财、段洪喜、段洪友四兄弟以家族、血缘为纽带组成的段氏流氓犯罪集团，就构成了当今泰戈尔说的现象。揭露段氏兄弟的罪恶和透视围绕段氏兄弟的一些人在人生舞台上形形色色的表演，可以说是一份难得的反面教材；而当记者向读者真实地描述我们的公检法干警如何同这伙恶魔进行艰苦斗争，终于使达摩克利斯之剑落在他们头上的时候，你定会从深深的忧思中得到振奋。

提出质疑的三姐妹案件

好，咱们从一起案子说起，犯罪者是今年三十七岁、身高一米八的段家老大段洪宝，他一直是无业农民，但却腰缠万贯。

1988年7月，家住盖县某镇、生长在工人家庭的三姐妹中的大姐离婚后，经人介绍与段洪宝相识，她带着五岁的男孩来芦屯段家认门，当晚便被段洪宝留宿，之后便住下。不多日，段老大露出凶相，既打大姐又打孩子，将孩子的耳膜打成穿孔。大姐受不了这种虐待，于10月9日逃走。

段洪宝得知后，坐着车四处追找大姐，几处没找到，他就奔向大姐的三妹家。三妹长得俊俏，性格温柔，刚结婚不久，生有一个女孩，一家老少三辈，日子过得和和睦睦。段洪宝闯进三妹家里，他谎称三妹父母因大姐出走打仗住院，他来接三妹去看望父母。不谙世事的三妹信以为真，便登上汽车。段洪宝将三妹拉到家里，眼睛一瞪，说："你姐姐跑了，由你顶！"当即强行扒下三妹的衣服，三妹被凶悍的段洪宝吓得瑟瑟发抖，惨遭段洪宝强奸。当晚段洪宝把三妹送回家，之后段洪宝又去找大姐，仍然没找到。已是半夜时分，段洪宝想到三妹的懦弱，他狡黠的双眼一转悠，又将车开到三妹家。段洪宝再把三妹拉回芦屯进行疯狂蹂躏，白天雇专人看守，不准她外出一步。三妹的丈夫是个工人，他到岳父家去看三妹时知道三妹被骗，便赶到芦屯向段洪宝要人。没等他见到段洪宝和三妹，李二虎等一群打手已经手持棍棒拦在院外，一个个凶神似的向他吼着："你再敢来芦屯，打折你的腿！""滚！"三妹丈夫只好悲愤地离去。

段洪宝夜里枕头旁放着猎枪和匕首，野兽一般地占有三妹，三妹稍有不顺从，便劈头盖脸地殴打。他怕她逃跑，把她的长发剪成难以见人的样子。一次三妹趁看守不留神时逃跑了，跑出不远又被段洪宝抓了回来，段洪宝和薛四等打手把三妹扒个精光，用木棍、铁棒、皮带、鞋底子往身上打。时已入冬，段洪宝将痰盂里的水从三妹头顶浇下去，并用尖刀在她的肚子上扎个窟窿，致使三妹瘫倒在地，再用冷水泼醒。几个月过去，三妹的丈夫再次来芦屯找妻子，他在一群打手的监视下见到仇人段洪宝。段洪宝骗他说：“她已经同意和我结婚了，你还来干什么？找死？”段洪宝又骗三妹说：“你男人告诉我不要你了，你只好跟我了！”在这种情况下，段洪宝安排一次这对夫妻的凄惨会面：在段洪宝的监视下，三妹和丈夫在阴森森的气氛中相见，二人相对无言，眼里流动的不知是火、是泪、是爱、是怨、是恨。三妹将怀里六个月的孩子默默地交给丈夫，丈夫默默地接过妻子怀里的孩子。他唯恐顷刻之间生出意外，防备着两侧打手，身都不敢转，一步步退着走出段家门……

三妹在段家被拘禁了半年多，她恳请撤掉看守，以便伺机再逃。段洪宝提出一个条件：“你和我办结婚登记手续就不再监视你。”三妹应诺，就同段洪宝去父母家哀求父母：“爸，妈，帮我开个结婚证吧！”

且说三姐妹的父亲，是一位纯朴的老工人、老党员，为两个女儿的不幸遭遇，他班都不上了，从当地派出所到县里，到市里，到省里不断地告状。尽管接待人员深表同情，甚至义愤填膺，但办事机制像是患了肠梗阻，始终不见有人认真出头处理。老夫妻俩见告状告不了，女儿要跑还跑不了，心里也明白女儿这用的是一计，便答应了女儿的要求。在三妹没同丈夫离婚的情况下，当地街道办事处稀里糊涂地开出结婚介绍信；和段家咫尺之隔的芦屯镇民政部门批准段洪宝与三妹结婚。三妹于是趁段洪宝一时麻痹，于1989年6月19日逃跑。她不敢回家，在营口县和盖县郊区一带流浪，她宁愿分文没有，露宿街头，也不肯在段家受非人之苦。

就在三妹逃走的当天，段洪宝坐着汽车带着打手以找三妹为名，强行将也已结婚的二姐抬上车，拉到段家。段洪宝持刀逼迫二姐脱裤子。段洪宝说：“你妹妹跑了拿你顶。我给你脱裤子属于强奸，你自己脱！你家就一个弟弟，你要不从，我把你家平了！”二姐坚决不从，段洪宝就乱扭二姐才十七个月的孩子的脑袋，并把刀顶在孩子的屁股上。二姐下跪求饶，请求不要对孩子下毒手。段洪宝不允，连喊：“脱裤子！”二姐坚决不脱。相对峙时，有人来找段洪宝，白热气氛才稍减下来。以后两天，段洪宝几经威逼、殴打二姐，用针扎孩子。二姐含着满腔愤怒，宁作玉碎不求瓦全，就是不许段洪宝污辱自身，够上个《红楼梦》里的尤三姐。到第五天头上，某镇公安分局得到三姐妹父母报案后，派民警来芦屯，要求段洪宝放人，而段洪宝有恃无恐，他提出条件：放走二姐，需付他损失费两万元，以孩子作抵押，不拿钱不给孩子。来人无法，只将二姐只身救出。两天后孩子病重，段洪宝担心孩子死在自己手里，才给送回去。但，事不算完，他带着打手向三姐妹父母要两万元。父亲愤慨地质问："你祸害了我三个闺女，破坏了几个家庭，今天又无理地向我要钱，你不怕国家法律制裁你？"

段洪宝大言不惭地说："什么叫法？有能耐就是法！"

这位不幸的老父亲，从 1988 年 10 月，一直告状告了两年半，老伴像得了精神病；家庭经济损失数千元，也没得到解决。他曾看到一次希望，那是段洪宝又因劫持强奸几名妇女于 1989 年 11 月被盖县公安局逮捕，起诉他犯有强奸罪、流氓罪、非法拘禁罪。但是这希望很快就破灭了：办案部门认为包括三姐妹案在内的几起强奸案都构不成强奸罪，便以流氓罪和非法拘禁罪判处段洪宝有期徒刑三年零六个月。罪犯不服，进行上诉。经营口市中级人民法院二审，认为流氓罪可定罪不该判刑，又给减去二年徒刑，只剩一年零六个月，够得上仁慈的了！宣判时，段洪宝已被关押了一年零七个月，七减六，段老大多蹲了一个月。

1991 年 4 月里的一天，段老大从盖县看守所放出来，他不但毫无愧色，反而威风凛凛地回到芦屯。这天是段老三、三十五岁的段洪喜向新宅乔迁之日，他游手好闲，房子盖得却犹如一座豪富庄园，有十个房间，十几条狼狗，修有三间水泥圈、人行金属门、狗专用道。为贺乔迁之喜，段老三的职业打手张宝安强逼村民去上礼。老大段洪宝在厅堂也给自己摆上一个礼桌，让大家给他交接风钱。没带足钱的返身去取，拿着两份礼钱再返回来。晚上结账一算，段洪喜收礼钱四万元，段洪宝收接风钱一万一千元。可悲的是伏案记账的是芦屯镇武装部部长，收钱的是芦屯镇某部门的一名负责干部。小小的芦屯镇，这类的鬼人鬼事很是不少。

段洪宝平安地回来，又使芦屯人的心扉蒙上浓重的阴影。这类化险为夷的事，段洪宝经历已不是一次了。1983 年他因强奸三名妇女曾被盖县人民法院判处死刑。他不服，上诉。在复核时，盖县办案人员连省高级人民法院不让复核的一起强奸案也给推翻了，这个差一点挨枪崩的罪犯，最后只剩个赌博罪，被判刑一年零六个月。这次放虎归山后，段洪宝看破红尘，一面疯狂地聚敛“铺路”的钱财，一面膨胀罪恶细胞，为满足淫欲，人间之恶无所不作。他再次被抓，人们以为这回国法轻饶不了他，哪知，并不是那么回事！这样，有谁不怕这个混世魔王的神通和淫威呢？！

然而段氏兄弟谁也没想到，正在他们再次陶醉于自己的胜利时，达摩克利斯之剑正悄悄地在他们头上悬起：1991 年 5 月 18 日，盖县人民检察院向营口市人民检察院交上有关段洪宝犯罪案件的请示，提请人民检察院对市中级人民法院的判决进行抗诉。因段氏兄弟臭名昭著，近几年又用金钱编织起一个相当坚固的保护网，这起官司便格外引起营口市有关人士的关注。

扬眉剑出鞘

营口市人民检察院领导将四本主卷和一本抗诉卷交给两位年轻的检察员负责办案，一位是三十五岁的金小鹏，他曾于 1986 年参办过轰动一时的盖县“二陈”案，那时他接触过段洪宝和段洪喜的“二段”案，对“二段”的狡诈、嚣张早有耳闻，他有兴趣探探这个段氏虎穴；另一位是从吉林大学法律系毕业不久的助理检察员邢洪亮，他带着一堆法制理论课题要在具体办案中进行研究，他对段氏兄弟的大名早如雷贯耳，这次是他难得的一次理论与实践进行结合的机会。

两位可爱的青年检察员，职业良心是纯正的，四只眼睛是明澈的。他们静下心来看了两个月的案卷，死死地盯住一行行文字，苦苦地思索着一桩桩事实。读罢全卷后，俩人吃惊了：这哪里是抗诉不抗诉的问题，一些重要犯罪事实都没查清，便就事论事地从轻判处。金小鹏踌躇满志地说：“我们一定要把这个案翻过来！”

他们要翻案的不仅仅是三姐妹案，还有小 A 被劫持强奸案、小 B 被劫持强奸案。哪一起案件都留下斑斑血泪，哪一位女性的遭遇都是骇人听闻的红颜悲歌。为什么该查实的不查实呢？为什么不该匆忙认定的却匆忙认定呢？这里确实有犯罪分子实施犯罪时和犯罪后，精心地做了模糊犯罪的所谓证据准备，给认定工作带来一定困难，此外再没有别的因素吗？

两位青年检察员写出有理有据有感情的阅卷报告，并于8月14日向市人民检察院检察委员会汇报。委员们同为段洪宝所犯罪行之严重而深感震惊，又为这么个罪恶之徒在盖县、营口总遭受不到应有的打击而深感疑惑。检察委员会建议成立营口市公检法联合调查组，深入调查段洪宝和有关人员的罪行。9月初，市副检察长赵日新带人到省人民检察院汇报，省院领导积极支持他们的工作。10月11日，市检察院检察长朱景志和赵日新、金小鹏、邢洪亮等人向营口市委领导同志汇报，市委极为重视这起案件。市委书记郭军和副书记丁晓东、朱殿武碰头研究后，赞同成立联合调查组，并对市公检法各部门做了除恶务尽的要求。市法院领导亲自阅卷，迅速做出撤销段洪宝1991年判决一年零六个月徒刑的决定，这为专案工作提供了有利条件。

列夫·托尔斯泰说："一切利己的生活，都是非理性的，动物的生活。"害人成性的段氏兄弟一刻也不肯使自己安定下来，正在法网即将向他们撒去的时候，他们依然顺着自己认定的人生逆行道生活，他们制造了一起少见的"野云飞"大殴斗。

"野云飞"大殴斗

随着营口市鲅鱼圈经济开发区对外开放节奏的加快，著名的鲅鱼圈浴场迅速地打扮起来。坐落在大海边、造型像鸽子笼似的野云飞酒家，就是适应新潮而设的餐饮娱乐的场地。

段家老四段洪友和邹忠阳、周传伟本来被拘留过，但有在芦屯、鲅鱼圈、熊岳作恶的三个哥哥撑腰，他像一按又起的弹簧，总不肯收敛自己。1991年10月18日傍晚，在颇有刺激性的音乐声中，段氏团伙和熊岳镇的栾焕武团伙在幽暗的舞厅里相遇了。两伙人表现自我的意识都非常强烈，只因唱歌问题便发生口角，之后双方就大打出手，邹忠阳被打个仰八叉，周传伟下巴被打成粉碎性骨折，顷刻间，舞厅里人哭鬼叫乱作一团。“砰！”一个穿便衣随段洪友去舞厅的民警张兴文，违纪地冲着天棚鸣了一枪，两伙人在大乱中散去。段洪友一伙人先将周传伟送到芦屯医院，然后回家将段老大、段老二、段老三聚到一起，密议下一步采取什么行动。段老大怎容得了别家团伙灭他家的威风，正好从看守所放出半年了，还没找个机会在市面上震一震，这正是个伸腰的时候。段氏兄弟当即决定，四个人带着职业打手、外号叫大举子的张宝安和薛四等人，拿着五支猎枪，开着两辆吉普车，奔向熊岳镇。

段氏兄弟找到栾焕武家，趁着月黑夜，一个个翻墙跳进院子里，五支子弹上膛的猎枪对准栾家房门，由打手向屋里喊话：“栾焕武，出来！”栾焕武的妻子在房间答话：“栾焕武没回来。”稍停片刻，五支枪一齐“砰砰”向房里射击，子弹从门板、窗户射进屋里，吓得栾焕武的妻子把孩子藏在立柜里，她和串门的客人趴在地上躲避突来的灾难。这次行动对栾家打击不小，段氏兄弟估计栾焕武要率众来芦屯进行报复。果然栾焕武回家一看，气得火冒三丈，立即招兵买马弄子弹，扬言要与段家拼个你死我活。段家也火速装备，纠集了十五人，成立了以老二段洪财和老三段洪喜为首领的两个联防队，头戴铁盔，身着迷彩服，俨如一支正规部队，白天训练射击，晚上练习钻草垛，夜里相遇喊秘密口令：“段！”“段”不上来的，打死勿论。读者读到这里，必然会联想：这不就是在电影里看到的地主私人武装吗？对，它就出现在今天，在芦屯派出所的一些人的眼皮底下肆无忌惮地活动了一个星期，够令人深思的了！

正在剑拔弩张之际，营口市公安局得到情报，局长鲁鸿明和主管刑侦工作的副局长刘德权当即拍案决定，对参与殴斗者见一个抓一个，特别不要放过段氏四兄弟及他们的主要打手，以此作为击溃段氏兄弟流氓犯罪集团的突破口。

盖县公安局将抓捕任务布置给县公安局副局长张洪德，这个张洪德是一个十分值得读者注意的人物。他是出生在农家的孩子，虽然念了四年大学，可是一点也没改农家本色，小小的个子，黑碜碜的脸，都年近半百的人了，一身朝气使他像个在乡里工作的小伙子。别小瞧了他，经过有关部门考核，在盖县公安局里，这么多年来，他是真正两袖清风的领导干部，并善于孤身擒敌，屡建奇功。他接受了市局布置的任务后就率领四十名刑警队干警分两拨人马出击，到熊岳的一队，不费吹灰之力，将栾焕武团伙全部拿下；到芦屯的一伙则颇费周折。刑警队计划先抓住段洪宝，而芦屯派出所带路的一名民警却把警车带到老三段洪喜的后门前，向段洪喜的司机打听老大住在哪儿。是真不认路还是假不认路？不认路还带什么路？刑警队一看形势不妙，立即掉转车头去段洪宝家，段洪宝已经闻信逃遁了。再找老四段洪友，人也没有了。最后只把老二段洪财和张宝安、薛四拿下。

市政法委副书记王起多和市公安局领导将张洪德叫到公安局，听了他的汇报后，王起多提出要求："要不惜一切力量，一定在近期捉拿段洪宝归案，彻底捣毁段氏流氓集团！"

张洪德红着眼圈向几位领导表态："领导放心吧，'四段'出在我们盖县，我们要捉拿不住他们，对不起党，对不起盖县人民！"

第二天一清早，张洪德就率领十几人来到芦屯，隐蔽在旅社、饭店里。

这是隐蔽后的第十二天，也就是1991年11月13日。天还没亮，张洪德就只身来到街头，飕飕的冷风吹透他已穿旧了的皮夹克，他来到镇上一家娱乐中心的老板家。张洪德净是连夜侦查，已经好几个晚上没沾着热食了，也就毫不客气地吞下老板娘送上的一碗热面条。天亮后，娱乐中心就开始上人，张洪德躲在一间小屋里扫视四周。上午十一点刚过，有群众来向张洪德报告：发现了段洪宝。他穿棕色皮夹克，坐着三轮车，跟着一个打车，正往北去。张洪德一听这信儿，马上用对讲机同在四下埋伏的刑警队干警通话，喊了几声没联系上。但机不可失，他将子弹顶上膛，捂着手枪就跑出去。来到街上，果然看到一辆三轮车拉着一个大汉往北去，车突然停下，车上大汉进入一户人家，大汉的保镖在门口瞭望。张洪德装作买烟，这时大汉走出来，张洪德问摆烟床的老太太："这人是不是段洪宝？"这老太太不回答是与不是，而让张洪德自己去认。张洪德没见过段洪宝，这时一名认识张洪德的镇上干部骑车迎面而来，张洪德急问："前边走着的是不是段洪宝？"这位干部谨慎地应一声："是。"然后蹬车便走。张洪德掏出手枪追上去，心里想着一个人怎样对付两个人？他一步蹿上去，用左手抓住比他高一头的段洪宝的衣领，用枪顶住段洪宝的后腰，说一声："跟我走！"

那保镖吓得撒腿逃走，段洪宝不敢动弹。张洪德用枪口推着他，按着命令的线路走。在这场人鬼大战中，张洪德又演出一出孤胆擒罪首的壮剧。

1991年11月21日，一个由全市公检法机关联合组成的专案组成立了，从此把段氏兄弟案也称作"11·21"专案，指定外号叫"王大队"的原市巡警大队大队长王永良牵头。这个已经六十岁的"王大队"可不简单，别看他人长得瘦小，却在公安岗位上屡建功勋，曾多次获得营口市特等劳动模范、辽宁省劳动模范、全国先进工作者等光荣称号。这小老头，走路一溜风，办事不过夜。芦屯人见"王大队"带人来了，看出市里这回是动了真格的，段氏兄弟肯定已临末日，人们便头一回放开胆子历数"四段"的罪恶。这四兄弟的凶残以及他们编织的保护网，远远超出办案人员原来的估计。王永良迅速将所得信息反馈到市里。市委研究后，把对"四段"的斗争作为一个保护营口改革开放稳定社会治安局面的战略性的战役来打，要投入优势兵力，对社会上的犯罪集团和隐藏在公检法司机关里的徇私枉法者都要清查。省里的政法机关都支持、关注着这场战役，公安厅领导同志几次来到营口市指导工作。这样，一个由政法委、公安局、检察院、法院、纪律检查委员会、监察局、司法局、安全局、综合治理办等五十四人组成的大专案组形成，一伙人由刘德权和王永良带队驻扎在芦屯附近，调查段氏流氓犯罪集团的罪行；一伙人由赵日新和市纪检委常委张威带队清查内部违法违纪问题。这些同志，抛家不顾，每日粗茶淡饭，士气高昂地工作着。请读者看看他们度过无数不眠之夜，流下辛劳的汗水，给我们记录下来的段氏兄弟那些骇人听闻的罪行吧！

横行乡里

在做这个题目之前，先请读者认识一个人物。就如同你知道黄世仁，也一定要知道狗腿子穆仁智一样，这人就是当代的穆仁智、老三段洪喜的职业打手张宝安。他今年三十五岁，长脸、瘦削、薄嘴唇，两只大眼睛贼乎乎的。他除了有个大举子外号，有人还悄悄背地里称他是超级黑背。这阴森森的称谓源于段洪喜豢养的十多条黑背狼狗。在芦屯谁不知道段老三家黑背的凶恶？但是在欺压乡里、助纣为虐上，大举子比黑背还凶恶，所以称他是超级黑背。但是狗抵不过狼，且看他是怎样跪拜在段洪喜脚下的：

张宝安因流氓罪，于1983年被盖县人民法院判处有期徒刑三年，与1984年因强奸被逮捕的段洪喜同住在看守所里。张宝安当犯人的“脱管”，有一定的活动自由，段洪喜将一个写有案情的白布条交给张宝安，让他捎出监外。张宝安将这事报告给看守所，看守警便对段洪喜进行搜查，段洪喜由此怀恨在心。1987年春季的一天，段洪喜来到张宝安在镇上开的美术社，叫他出去一趟。两人来到粮库的大墙外，段洪喜突然从腰间拔出两把菜刀，问：“老实说，在看守所是你告密不？”张宝安扑通跪下：“饶了我吧，你别砍，我家有老婆孩子，从今以后我给你当牛做马。”段洪喜正需要壮大团伙的势力，便说：“好，先饶了你，看你今后的表现。”这样，段洪喜就安排张宝安专职到他家喂狗，外出打仗、要钱索物时，这大举子拿着枪刺打头阵。他每月可得固定赏金二三百元，时而还能在压榨受害人财富时捞点油水，所以他是个表现极为活跃的卖身投靠者。

段洪喜豢养的狼狗专吃猪肺子，他把张宝安带到市场，把卖肉的召集到一起，他给开会：“我告诉你们，从今天起张宝安替我收肺子，每天都放在肉案子边上，他来取。谁要是卖了或不准备好，就收拾谁！”

从此，每个肉案子上边都得准备好猪肺子。段洪喜给专管收猪肺子的张宝安的内弟买了一辆自行车，车前安了个铁筐，一早车一过，将猪肺子全搂走，分文不给，一连收了两年，收走的猪肺子价值超万元。

一次，一卖肉户见已过时间不来取猪肺子，就把猪肺子卖了，过一会儿段洪喜和张宝安来了，立即将肉案子推倒，还打了卖肉户几个大嘴巴。1991年7月里的一天，段家哥们儿的妈妈陶桂云从摆着佛堂的家里出来，到了市场，她看到一卖肉户的肉案子上有下货，说给她留着。过了一个多钟头，陶桂云去一看下货没有了，回去把张宝安找来，她躲在墙角，指着肉案子向张宝安说："大举子，给我推！"张宝安上去就把肉案子给推了，推了一个还不够威风，接着又把另一个肉案子也给推了。

老大段洪宝也豢养几条狗，他让芦屯一位老大爷赶个驴车给他送猪肺子。这一天，老大爷仗着胆子问："洪宝，你能不能给我几个车脚钱？"

段洪宝立即翻脸："×你妈的，你还要钱？我揍死你！"

老大爷好不伤心，责怨段洪宝："你不给钱，别骂我，我和你爹一样年纪。"

段洪宝狡黠地思忖一下："好，我不揍你，给你打个花脸儿！"他从地上抠起一把稀泥，就往老大爷的脸上乱抹起来。大爷带着花脸儿回家，老伴要洗，他不让洗，人格遭受侮辱的老人家闷坐了半天，忍不住痛哭起来。

1991年7月21日，段洪宝从监狱才出来三个月。他琢磨要弄点钱，就编造十六岁的村民王某强奸与他姘居的小E的谎言，打发薛四等人把王某找到段洪宝家。段洪宝用木棒打了王某一百多棒子，强迫他承认强奸了小E。王某不承认，段洪宝拿出早已准备好的假证来。小E不同意这样加害一个单纯的年轻人，段洪宝又打小E，把她打得遍体鳞伤。段洪宝将王某扣留住，给王某的母亲打电话："你儿子在我这儿，收尸吧！"王母找到王父和王某的大爷、叔叔，急忙来到段洪宝家。段洪宝说："你儿子强奸我媳妇，怎么办吧？"王父要和他论理，段洪喜和段洪友一齐上去殴打王父。王某的大爷、叔叔气愤地质问："你们为什么打人？"段洪喜和段洪友扭住王某的大爷、叔叔又是一阵痛打。

段洪宝亮出底牌了："你们想公了私了吧，私了拿五万元！"

王某父母明白，这是段氏兄弟向他讹钱。这钱如不拿，阴狠的段洪宝必将给他们心爱的儿子带来许多想不到的灾难，只好花钱免灾。经过一番任何谈判场合都难以见到的人与鬼的谈判，最终双方同意王某父母交两万元钱取人。第二天段洪宝就把两万元钱弄到手。王某本姓张，他父母唯恐由段洪宝加给儿子那子虚乌有的罪名影响儿子，在儿子报名参军时特意给他改了姓，亲父子成了两姓人！

经过“11·21”专案组的调查统计，段氏兄弟几年来或图钱财，或寻衅滋事，或纯为取乐，在芦屯镇周围打人八十多起，一百二十多人被打。

1987年12月20日，偏坡乡村民王鹏林来段洪喜家请求去“调和”一起纠纷。段洪喜、段洪友、张宝安等六人乘面包车赶到纠纷的一方李兆洪家，老四段洪友跳上炕，抓住李兆洪一阵乱踢，十天后，李兆洪猝死。后经沈阳医大法医教研室李德祥主任鉴定，李兆洪因外伤性心肌梗塞致死。这是被称为偏坡子案件的人命案。

李延满案件也必然会引起读者的愤慨：

年过半百的李延满在芦屯镇的芦屯堡里开个商店，段洪宝的亲属唐某到老李头商店赊白灰，李延满到唐某家去要以前的欠款，恰好段洪宝在那儿。段洪宝说：“妈拉个×的，要什么钱！”上去给老头两个大嘴巴，又照前胸打了一拳。过路人看到这场面，就向李延满的儿子们报告了信息。二儿子李军芳、三儿子李明芳、四儿子李忠芳等人携带木棒、菜刀来到唐家论理，要人。知道老父亲已回家，大伙儿也就从唐家门前离开。段洪宝觉得自己丢了面子，长了李家的威风，便回去找到老二段洪财、打手薛四和唐家哥们儿，带着双筒猎枪和战刀，乘着两辆汽车，威风凛凛地奔向李家商店。车一停下，段洪宝就喊：“开枪，冲，往死里打！”段洪财向堵门反抗的李家弟兄连开五枪，李明芳的双眼被打伤，李忠芳的左臂受伤。在送往医院的路上，段洪宝和薛四仍然追打李家人。

写到这里，段家四兄弟在人生的罪恶舞台上都粉墨登场亮了相，个个是恶人。中国古代启蒙课本《三字经》有云：“子不教，父之过。”段氏兄弟的父亲80年代初就去世了，而他们的母亲健在。前边有文字涉及今年五十五岁的陶桂云，她的四个儿子于改革的年代作恶越发深重，不能不说与她个人的堕落、贪婪有关。别看她腾出一间房子修佛龛、设香坛，大红大黄一派佛家肃穆的气氛，但她个人的行径，却净违背教义，可以说她修行得不到家。

她蹲过收审所。佛家讲心净，而她心不净，耐不了寂寞，闹出了男女之间的不安分事儿。

请看陶桂云一手炮制出的梁某九百元钱的惨案：

1986年仲夏时节，梁某买树种钱不够，向陶桂云借了九百元钱，一天三分利，借期十天。梁某第十二天来还钱，共还一千一百七十元，其中除九百元本钱，有二百七十元利钱。一看这钱数，陶桂云不干了，说："你超期两天，一天要算十天，还得给我二十天利钱，五百四十元！"陶桂云看梁某当场拿不出这些钱，便留下一些钱说："你这点钱刚够利钱，我等你本利一起还。"就把梁某打发走了。过了几天，她领着段洪宝不断去要账，梁某一时还不上债，利息也越滚越高，没办法，他就卖掉了两间房子得三千元，还给陶桂云一千八百元，这仍是利钱。梁某为了躲债，全家人搬到熊岳去了。他在一家公司上班，一个月开六七十元钱，以为从此能平安地过上日子。哪知半年后陶桂云派人把梁某找到家里，破口大骂："×你妈的，你欠钱这么些日子，不给了？"这时段洪宝进来，打梁某七八个大嘴巴，打得鼻孔蹿血，并说："你定准个日子，你不还我妈的钱，整死你！"

这半年利滚利的重债已经上万，穷困的梁某怎么还得起，只好全家勒紧裤腰带，把每个月的工资全部交给陶桂云。1987年，梁某去沈阳卖塑料袋，陶桂云带人闯进梁某家，把梁家的电视机、缝纫机、冷暖机、电风扇全部拉走。到了1990年，春节刚过，陶桂云就带着段洪喜和与段老三非法同居的宋某等五人又来梁家要钱。梁某拿不出钱来，被带到芦屯陶桂云家，段洪喜和打手外号叫张老三的张乐翠用铁棒子殴打他，打得他鼻青脸肿。陶桂云限令梁某于三天之内送五百元钱来，梁某回家借钱借不着，就到住在太平沟的妹妹家，借了九十一只小鸡，用自行车驮着，往返三次，到市场去卖。由于他的屁股被打肿，只得悬起屁股蹬车走，每次都蹬得浑身是汗。陶桂云在市场看到了梁某的妻子，不但打了梁的爱人两个嘴巴，还将卖鸡的三百元钱全收去。1991年7月10日，陶桂云嫌梁某还钱还得慢，就又领人来到梁家，又把梁某拉到她的家里。段洪喜和打手们一顿乱棒，把梁某打昏过去。张老三用凉水将梁某泼醒，又将火钩子烧红，往梁某的身上烫。打手张宝安握着俩拳头，跳来跳去把梁某当作练习拳击的靶子打，用来取乐，把坐在炕上的陶桂云逗得哈哈大笑.这群恶魔在刁婆陶桂云的指挥下，从早晨八点打到下半夜，从此梁某一病不起，在炕上足足躺了二十五天。

我们把日历翻到1986年夏天，当时梁某向陶桂云借了九百元钱，到1991年夏天，他被陶桂云搜刮去六千七百二十元，是九百元的七倍多！陶桂云被捕时，梁某还在为还不清欠债而痛苦地四处讨借。

这就是陶桂云。这就是一个女人，一个母亲。在她家的佛堂上，供放着观世音的慈祥塑像，如果观世音菩萨有灵，必定会挥起她手中的拂尘，把这个没有女性温柔、没有母性慈爱的妖婆，扫出她拥抱的世界。

陶桂云目前被逮捕，在看到的人犯中她是最刁蛮的一个，问到她的罪行时，她一概说瞎话，还不耐烦地嚷嚷：“快枪毙我得了！”粗俗、愚昧、狡诈融于一身，真是让人慨叹：人类反文明的文化体系，就会塑造出这样的一种女性丑类！

芦屯段氏一家的成员，基本点数到了，可以说，这是一个善良人还陌生的、名副其实的当代罪恶家庭。

（选自《人鬼之战》，江苏人民出版社1993年4月版）

跋涉者（节选）
——萧军

张毓茂

张毓茂（1935—2019），辽宁盖州人。1960年毕业于北京大学中文系。曾任中国科学院哲学社会科学部拉丁美洲研究所实习研究员、中央对外联络部1104研究所实习研究员。1973年调入辽宁大学中文系，历任现代文学教研室讲师、副主任、副教授、主任、教授。1989年后，历任沈阳市副市长，辽宁省政协副主席，民盟中央副主席，第八届、九届、十届全国人大常委会委员。中国现代文学研究会理事，中国萧军研究会会长。主要作品有《萧军传》《跋涉者——萧军》《阳光地带的梦——郭沫若的性格与风格》等，主编《东北现代文学大系》《沈阳历史文化丛书》等数十部，发表文章数百万字，多次获国家及省部级奖励。

1934年11月2日，二萧和梅林乘坐的轮船缓缓驶入黄浦江，到了上海。在旧中国，上海，是冒险家的乐园，穷人的地狱，富人的天堂，也是革命者与反动势力斗争的主战场。比起五个月前，二萧逃出荆天棘地的东北到达青岛时的兴奋，现在来到上海的心情却复杂得多。一方面，他们为终于来到伟大导师鲁迅先生身边而激动；可是另一方面，他们注视那混浊的江水，泛着泡沫，散着臭气，灰色的天幕下，既有高楼大厦、花园洋房，也有滚地龙、贫民窟……心里就像堵塞着砂石。上海，它将怎样迎接这两个失掉家园的流亡者呢！萧红闪动着湿润清澈的大眼睛，露出困惑疑惧的目光。萧军却挺胸阔步，尽力摆脱沉重的心情，以一种无所畏惧的姿态闯进了上海滩！以后的日子如何过？管他娘，撞大运吧！

萧军、萧红、梅林先找了一个小客栈住下。梅林去找朋友，二萧则去找房子。当梅林在朋友处安顿好自己住处，第二天来看二萧时，他俩已经搬走了。梅林按照萧军画的方向、路线和弄堂号码，找到了二萧的住处。原来他们在法租界的拉都路租了一个亭子间，房子是新建筑的一排砖房子的楼上，有黑暗的楼梯和木窗，虽然靠近郊区的贫民窟，但空气倒还新鲜。梅林向窗外探头一看，一片绿色的菜园映进眼帘。梅林禁不住地赞美道：

“你们这里倒不错，有美丽的花园呢。”

萧红正忙着收拾房间，萧军在一旁打杂，听到梅林的赞美，都十分高兴。萧军得意地说：

“我写作时，眼前若没有一些自然景色，就很难写下去。”

萧红接着揶揄说：“这么说，眼前的自然景色很有诗意啦，我们的大诗人写几首诗吧！”

萧军反唇相讥说：“这应该由先发现它的诗意的人去写一首诗。”

“你别以为我不会写诗！”萧红神经质地以为萧军轻视她，便吵架似的吼起来，“过几天我就写两首给你看！”

“嘿，你好凶呀！”萧军并不生气，继续忍住笑逗着萧红，“早晨吃过几块油饼的关系吗？”

还是梅林给他俩打了圆场。梅林说：“别吵了！我们出去吃饭吧，我做东。”萧红余怒未息，便抢白梅林说：“你发了财吗？以后的日子还不知怎么过哩！……”萧红边说，一边到墙角的面袋里掏面粉，准备烙她拿手的葱油饼。同时大声驱使萧军，说：“去，买点牛肉和青菜，做牛肉青菜汤送烙饼。”萧军夸张地做服从状，噔噔地走了。

这一餐吃得很痛快。梅林后来回忆那烙饼和牛肉菜汤，津津有味地说：“完全无懈可击，天知道，有多么香！”这三个年轻的流浪者，虽然身在异乡，前途茫茫难料，但友情和对事业的追求，使他们欢快地生活着。

萧军和萧红刚一安顿下来，立即连夜给鲁迅先生写信，报告他们定居上海的消息，表示迫切希望见面。鲁迅当天就收到了二萧的信，并立即回了信。信是这样写的：

刘先生：

来信当天收到。先前的信、书本、稿子，也都收到的，并无遗失，我看没有人截去。

见面的事，我以为可以从缓，因为布置约会的种种事，颇为麻烦，待到有必要时再说罢。

专此布复，即颂

时绥

令夫人均此致候。

迅 上十一月三日

鲁迅先生没有同意立即见面，表示“可以从缓”。因为二萧把事情想得过于简单以致“天真”了，以为见一见面总不会有太大的困难。他们并不充分理解上海斗争的复杂性、残酷性和鲁迅先生处境的危险性。后来才懂得，鲁迅这样做并不是什么“搭架子”或“故意推脱”。实际上，鲁迅何尝不想很快见到他们？他希望年轻的文艺战士更快成长，更希望从二萧那里了解东北沦陷区的种种情况。然而，鲁迅正被反动当局通缉，过着半公开半隐匿的生活，在同这两个陌生青年见面前，他必须先托人了解来者的政治面貌。半个世纪后，萧军回忆当时的情况说：

当我在上海生活过一段时期以后，我才知道了自己所知道的上海政治情况，只是一种抽象的概念而已，事实上的险恶与复杂，是在想象以外的。

当时作为一个革命的进步的以至“左”倾的文化工作者、文艺工作者，他们几乎是没有一般所谓社会生活以至社交生活的。有的只是一种工作上的关系、组织上的关系。除此以外，个人间一种抒情式的交往，人与人之间的所谓一般的“友谊”是不存在的……

谁的真名实姓是不知道的。

谁的真实家乡、机关、祖宗三代……是不知道的。

谁和谁的确切关系是不知道的。

一个电话号码，一个通讯地址，……就是一切的联系关系。

某个茶馆，某处街头，某个场所……就是“接头”的地方。

人与人的关系，一般是概不介绍的。只有非常了解、非常信任、非常亲密的同志和朋友，才能无保留地公开一切，密切往来。尽管鲁迅先生对二萧还不完全了解，但他仍非常热情。在第二封信中，他就提醒“上海有一批‘文学家’，阴险得很，非小心不可”，并安慰说：“你们如在上海日子多，我想我们是有看见的机会的。”

虽然暂时见不到先生，但毕竟已同在一个城市，很多问题能及时得到指教。例如，当时左联的活动情况，大众讨论的焦点，流行的“理论”“批评”“创作”，丁玲和姚蓬子被捕以后的情况，以及待人处事等诸多的问题……他们在信中都请教。鲁迅在第三封复信中，不厌其烦地给了详尽的回答。

经过了二十多天的通信，鲁迅先生对二萧的了解比较充分了，在第五封信中，先生终于说：“许多事情一言难尽，我想我们还是在月底谈一谈好，那时我的病该可以好了，说话总能比写信讲得清楚些。但自然，这之间如有工夫，我还要用笔答复的。”可见，先生是抱病在回答二萧的问题的。他在信中还特地指出：“现在我要赶紧通知你的，是霞飞路的那些俄国男女，几乎全是白俄，你万不可以同他们说俄国话，否则怕他们会疑心你是留学生，招出麻烦来。他们之中，以告密为生的人们很不少。”这是怎么回事呢？原来萧军到上海后，非常想念家乡。他在哈尔滨时学过几天俄语，现在看到霞飞路上有许多俄国人，这条路又很像哈尔滨的中央大街，一种强烈的思乡之情使萧军经常在这条街上徘徊，遇到随便哪个俄国人往往说几句“半吊子”的俄国话。萧军在给鲁迅写信时曾附带地说了一下，因而鲁迅先生对萧军发出严厉警告。这一警告使萧军很有些“后怕”，也遭到萧红的埋怨，责怪萧军由于浅薄和无知几乎闯祸，特别是害得先生在病中为此担忧和操心。为此，萧军自己也是很后悔的。

相见在即，萧军和萧红简直变成两个大孩子，他们猜测相见时的各种情景，又常常因为各自猜测的不同，互不让步，争执一番……

在上海那寒冷的秋夜，萧军和萧红各自任凭感情的驰骋，期待着拜见先生的宝贵时刻的来临。终于，鲁迅先生发来见面的邀请信。先生说：“本月三十日（星期五）午后两点钟，你们两位可以到书店里来一趟吗？小说如已抄好，也就带来，我当在那里等候。”接着先生详细地指示去内山书店的线路。

1934年11月30日（星期五）午后，萧军和萧红按照指定的时间和地点去见先生。到达内山书店，二萧没有想到鲁迅先生已经在那里了。先生正在柜台里面另一套间里的一张桌子前面检点着信件和书报，同时和内山老板用日语交谈着。萧军打量了一下书店，规模并不大，门面房只有三间左右，东部两间是陈列书籍的，沿墙摆满高达屋顶的书橱，有玻璃拉门，里面摆满各种颜色、装帧的大大小小的中外文学书籍，房子中央放着一张大的书案，上面也摆满各种各样的书籍，这是供顾客们浏览和随便翻阅的……西边那一间是由玻璃门窗隔开，前部分是“账房”，后部分是招待客人的地方。

鲁迅先生看见二萧进来，便走过来，打量萧军一眼，问道：

“您是刘先生吗？”

萧军恭敬地点点头，低声地应了一个“是”字。

先生慈祥地微笑了，又走进内室把桌子上的信件、书刊收拾起来包成一个小包，夹在腋下，走出来冲二萧说：“我们走吧，到外边去谈谈……”

二萧随着鲁迅先生走到街上。那是一个没有太阳的阴暗的天气，深秋的风吹着路边的落叶沙沙作响，更增添了寒意。二萧望着朝思暮想的导师，只见先生穿了一件黑色的瘦瘦的短长袍，西服裤子也很旧了，藏青色窄裤管下是一双黑色的胶皮底鞋，走起路来虽然迅速利落，但给人病弱的印象仍是强烈的。先生双眼睑微微显得浮肿，两条浓而平直的眉毛下，两眼尽管显得疲倦，可时而闪射出锐利的目光，唯双颧突出，两颊深陷，胡须没有修，脸色苍青。萧红觉得鼻子酸酸的只想哭，她万没有想到在文化战线上呼啸前进的伟大战士竟是这样一位病弱瘦小的老头儿。然而，“这就是鲁迅先生当时将将病起后的形容！这就是亿万中国不愿做奴隶的人民灵魂的象征，这就是亿万中国人民、亿万青年的伟大导师，这就是站在民族、人民大众和敌人斗争最前线的旗手，这就是民族敌人、阶级敌人时时刻刻要把他置于死地而后快的，他们所视为‘眼中钉’‘肉中刺’的‘死敌’——鲁迅先生。”（萧军：《鲁迅给萧军萧红书简注释录》）

他们一行默默地走了一段路，就到了一处咖啡馆的铺面前，鲁迅先生很熟悉地推门而入，二萧也紧跟着走进去。这咖啡店是一色火车厢式的背对背座位，便于情人们幽会时喁喁私语，也可掩护搞革命工作的人秘密接头，便于秘密地会晤。咖啡店老板是很会做生意的。鲁迅先生拣了靠近门边一处僻静处招呼二萧一同坐下，侍者送上三份茶点就离开了。鲁迅先生开始安详地向二萧介绍这个咖啡店的情况。原来这咖啡店后面是舞场，到了晚上才热闹兴隆，现在是午、晚不接的空闲时间，咖啡馆比较冷清，鲁迅先生常选取这段时间在这里与人接头谈话。这家店主是一个秃顶肥胖的外国人，对来客不管“红”的还是“白”的，只要付钱一律接待。鲁迅介绍这些，是让二萧逐渐熟悉上海的各种环境，同时，也为了打破年轻人初见面时的拘束。果然，萧红活跃起来，问：“怎么，您的夫人不来吗？”

“他们就来的。”

正说间，鲁迅夫人许广平女士领着儿子海婴到了。小海婴抢在前面，嘴里叽里咕噜说着上海话，牵着母亲的手奔过来。鲁迅先生简单地为双方做了介绍。很快畅谈起来，萧军萧红先向先生简要地谈了由哈尔滨出来的情况，在青岛的情况，并且悲愤地讲述东北被日本帝国主义占领后人民的灾难生活，更概括地介绍了东北人民在共产党领导下的反满抗日的斗争。先生手擎着烟卷，认真地听着，询问着。先生也向二萧介绍了国民党反动派对上海左翼革命文艺运动的镇压情况，也透露了革命文艺队伍内部的一些宗派主义倾向和某些不团结现象，让二萧有点思想准备，特别是谈到一些钻进革命营垒内部的蛀虫与公开敌人配合，严重地破坏着革命文艺事业。

萧军越听越愤怒，终于向鲁迅先生提出“天真”的倡议：

“先生，我们每人都准备一支手枪，一把尖刀吧！”

“这做什么？”鲁迅先生有点惊讶，看着面前激动得红头涨脸的小伙子。“我们总不能像头羊似的，任他们要抓就抓，要杀就杀。他们来了，我们就同他们拼命，弄死一个够本，弄死两个就赚回一个……”萧军挥舞着手掌，向先生发挥自己的“拼命哲学”。

鲁迅先生并没有由于萧军的天真幼稚而不悦，他默默地笑了一下，吸了一口香烟，指点萧军说：“这是阶级之战，要民众觉醒起来，联合起来，去同他们斗争，才能胜利，单靠拼命是俄国民意党人的做法，不足取的。再说上海的作家们，只能拿笔写，他们也不会用枪……”萧军也不是完全不同意这道理，但他在感情冲动时，往往就高兴拼个痛快，不顾其他了。听先生的教诲，他羞愧，信服，不好意思地笑了。这时萧红在一旁不满地瞟了他一眼。萧军只做未看见，又同鲁迅先生谈起别的话题。

临别时，海婴已经同萧红成了好朋友。孩子喜欢这位梳着两个小辫儿的东北阿姨。萧红把自己一直珍藏在身边的两个核桃送给了海婴，那是两只酒红色光溜溜的小圆球。海婴高兴得跳跃着接过去玩弄起来。萧红对许广平解释说：

“这是我祖父留传下来的，曾经伴我度过童年。实在没有什么给孩子的！”

“这是您珍贵的礼品，海婴，快谢谢阿姨……”

那一旁，萧军把《八月的乡村》的稿子，恭恭敬敬地呈交给鲁迅先生说：

“先生，为了节省纸，这稿子抄得字又小又密，真是叫您劳神了！”鲁迅先生接过这包稿子，又从腰间掏出一个信封，轻轻地放在桌上，说：“这是你们需要的！”萧军知道，这里面大概就是他们写信时向先生借的钱，因为萧军、萧红在上海举目无亲，孙乐文给的四十元早已花得不剩几文了。他写信向东北朋友求助，也是远水不解近渴，他们只有向先生张口了。可是今天他们看到先生憔悴的病容和寒酸的衣着，他们真是万分难过，萧军虽然硬撑着没有流泪，萧红的大眼睛里却泪水盈盈了。

别后，二萧感激之情难以自已，便给先生写了一封长信。先生立即回信安慰他们说："我知道我们见面之后，是会使你们悲哀的，我想，你们单看我的文章，不会料到我已这么衰老。但这是自然的法则，无可奈何。其实，我的身体并不算坏，十六七岁就单身在外边混，混了三十年，这费力可就不小；但没有生过大病或卧床数十天，不过精力总觉得不及先前了，一个人过了五十岁，总不免如此。"萧军在信上曾表示，从鲁迅先生那里拿钱，不必说二十元，就是一分钱，也是先生的血汗钱！这深深地刺痛了萧军。先生在信上安慰说："来信说到用我这里拿去的钱时，觉得刺痛，这是不必要的。我固然不收一个俄国的卢布、日本的日元，但因出版界上的资格关系，稿费总比青年作家来得容易，里面并没有青年作家的稿费那样的汗水的——用用毫不要紧。而且这些小事，万不可放在心上，否则，人就容易神经衰弱，陷入忧郁了。"国民党反动派对鲁迅先生的迫害，在谈话中萧军就非常愤怒，并提倡动刀动枪去拼命，别后萧军对此仍难心平，因而也把愤怒情绪倾泻在给先生的信中。先生却在信中对个人的安危并不放在心上，而要萧军更多地关心人民的疾苦。先生说："来信又愤怒于他们之迫害我。这是不足为奇的，他们还能做什么别的？我究竟还要说话。你看老百姓一声不响，将汗血贡献出来，自己弄得无衣无食，他们不是还要老百姓的性命吗？"

二萧到上海后，虽然得到鲁迅的关怀，但对新环境一下子很难适应。这里和青岛不同，那儿不论起居饮食、生活习惯、语言风俗都和东北差不多。包括萧军在内的许多东北人的祖先，原来就是山东人。上海地处江南，两个失掉家园的北方人漂泊到这里，那心情的落寞、忧愁和焦躁，是可以想见的。鲁迅从通信和接触交流中，很理解和同情这两个青年人的心，对他俩无法安下心来写作的精神状况十分不安，写信安慰和鼓励他们说："你们目下不能工作，就是静不下，一个人离开故土，到一处生地方，还不发生关系，就是还没有在这土里扎下根，很容易有这种情境。一个作者，离开本国后，即永不会写文章了，是常有的事。"先生并以自己为例，"我到上海后，即作不出小说来，而上海这地方，真也不能叫人和他亲热。我看你们的现在的这种焦躁的心情，不可使它发展起来，最好是常到外面去走走，看看社会上的情形，以及各种人的脸。"后来萧军果然按照鲁迅先生的建议，要去考察一下大上海，写信给先生，希望先生给介绍一个同伴。先生回信表示赞同，同时提醒他应该注意的事情，先生说：“考察上海一下，是很好的事，但我举不出相宜的同伴，恐怕还是自己看看好罢，大约通过一两回，是没有什么的。不过工人区域里却不宜去，那里狗多，有点情形不同的人走过，恐怕它就会注意。”这里所谓的“狗”，当然是指白色恐怖下横行的特务和密探们。萧军后来果然用了几天的时间，把整个上海绕了一周。

鲁迅先生感到必须尽快把二萧介绍给左翼文艺战士们，把他俩引进文坛，为此，先生精心安排了一次宴会，以庆祝胡风的儿子满月的名义，邀请了文艺界知名人士同萧军夫妇见面。12 月 17 日先生向二萧发出邀请信：

刘吟先生：

本月十九日（星期三）下午六时，我们请你们俩到梁园豫菜馆吃饭，另外还有几个朋友，都可以随便谈天的。梁园地址，是广西路三三二号。广西路是二马路与三马路之间的一条横街，若从二马路弯进去，比较的近。

专此布达，并请

俪安。

豫广同具

十二月十七日

二萧接到信后，简直欣喜若狂，以为莫不是在做梦吧！他俩互相传看着，流下激动的泪水。两颗漂泊的孤寂的灵魂，被这意外的喜讯浸润得难以自制，两人竟像孩子般地哭泣了。

二萧恢复清醒后，马上忙着做准备。萧军首先想到的是找上海市的地图，在图上研究去饭店的路线。他俨然又如一个军人要进行战斗一样， 在地图上全神贯注地用手指量来量去。而萧红呢，作为妻子，她首先想的是怎样把自己流浪汉般的丈夫打扮打扮，无论如何也不能让萧军这样不修边幅地去赴鲁迅先生设的宴席。但她的话萧军全然听不见，萧军太专注于那张破地图了。直到萧红大喊起来：

“你要出兵打仗吗？”

萧军的注意力这时才被从地图上拉开，迷惑不解地望着萧红说：“你这话是什么意思？”萧红这时才嘲笑着解释说：

“我和你说话，商量给你做件新衣服。可你充耳不闻，一个劲在那张破地图上比来画去，简直像指挥作战的将军。”萧军一听要为赴宴做新衣服时，便断然拒绝了萧红的主张，说：

“鲁迅先生是不会注重什么衣着的！”

“你知道，还有第一次见面的客人们！”

“那又怎样，鲁迅先生不是在信上说了吗？都是可以随便谈天的朋友，决不会是什么‘高人贵客’，只不过是一些左翼作家，他们不会笑话我的衣服破旧的！”

“你这个人，就是自以为是，听不进人家的话。”

萧红十分生气，愤然起身，披上大衣，冲出屋门。萧军还未来得及解释，萧红已经笃笃笃地跑下楼，上街去了。萧军知道萧红执拗的脾气，不会听他劝阻，如果去追她，说不定她会跑得更快，便静坐家中等待。大约过了两个小时，萧军正在看书入神的时候，忽然，一卷什么软绵绵的东西蔽到头上来，同时听到萧红带笑的责备声：

“坏东西！看，我给你买了一件衣料！”

萧红又风风火火地把衣料展开。这时萧军才看清是一块黑白纵横的方格布料。萧军心里吃了一惊，暗想：“糟糕，她大概把仅有的一点钱全花了，也许连明天赴宴的车费都没有了！”

萧红却欢欢喜喜地抖动着布料，问萧军：

“好不好？你喜欢它吗？你猜猜，多少钱？”

“猜不着……”萧军无精打采地应付着。

“起来！”萧红命令萧军站起来，把布料在萧军身前身后量来量去，同时又喋喋不休地得意地说着："你别担心，不贵，才七角五分钱！我是从一家大拍卖的铺子里买到的，别动，让我比量比量，看够不够……"

"胡闹！"萧军被摆弄得不耐烦了，便嚷起来，"明天下午六点就得去赴宴，你让我披着这个布料像印度人似的去出洋相吗？"

"傻家伙，我怎么能让你当什么'印度人'呢？等着瞧吧，在明天下午五点以前，一定让你穿上新衣服，让你风光体面地去赴宴……"

说着萧红就找出萧军在哈尔滨夏天穿的一件俄国"高加索"式立领大衬衫，铺在布料上，比照着，剪裁起来……天很快昏暗了，在亭子间昏黄的电灯光下，萧红紧张地工作着……第二天，天还未亮，萧红就起来继续做衣服，她几乎是不吃不喝、不停不休地缝制着。果然，在下午五点前，衣服做成了。她命令萧军：

"过来！试试看。"

萧军顺从地穿上了这件新"礼服"，他简直佩服极了，萧红不但缝制得神速，而且完全合身，非常舒适……

"走开，远一些，让我看一看！……"

萧军像一个听从口令的兵士一样，完全按照《步兵操典》规定的动作和步伐，接受萧红的"检阅"。萧红从正面、后面、左面、右面，上上下下注视，打量、观察后，终于高兴得麻雀似的跳跃着扑向萧军，两个人紧紧拥抱在一起了。

二萧赶紧去赴宴，但他俩还是迟到了几分钟，鲁迅先生和几位客人已先等在那里了。鲁迅夫人许广平见到萧红，像母亲或大姐一样，亲热地把她拦抱过去，到另外一个房间里去叙谈，十几分钟后才出来。许广平招呼大家入座。因为胡风夫妇和孩子一直未来，鲁迅估计他们可能未收到请柬，就不等了。于是宴会随即开始。这一天来赴宴的有名震中外的革命作家茅盾先生，左翼青年作家聂绀弩夫妇和叶紫。连同萧军夫妇和鲁迅一家共九位。萧军看得出，只有他与萧红是外来"闯入者"，其余的人彼此都很熟悉。鲁迅把二萧介绍给客人们。茅盾给萧军的印象是儒雅潇洒。萧军晚年回忆：茅盾身材不高，脸型瘦削，下巴略尖。高鼻梁上架一副角边眼镜。后披式的发型，梳得光亮整齐。湛蓝色半新罩袍，袖口卷起，露出一圈白色的衬衣袖头，这是典型的中式服装。闲谈中，萧军提出要买几本俄文书，茅盾先生便很诚恳地给予指点，介绍什么书，什么版本，应该到哪个书店去买，甚至乘几路车，都一一耐心说明。当时鲁迅告诉萧军说，茅盾是和他一道开店的沈老板，这使萧军非常惊叹这位老板文化知识的渊博。聂绀弩给萧军的印象却实在不美好。他个子细长，又有些驼背，穿件深蓝色的旧罩袍，短发蓬蓬，脸色苍白，一双眼睛很小，却总像在讥笑什么。萧军后来说："尽管我俩后来成生死的至交,但当时给我的形象和印象就是那个样子,很遗憾不能把他写得更漂亮。"叶紫当时使萧军感到是个拘谨而端庄的青年人。只有小海婴，叽里哇啦，满口上海话，同萧军打得火热。作为和海婴第二次的见面礼，萧军送他一对枣木镟成的"小棒槌"，后来鲁迅就戏称海婴是"小棒喝团员"。

在大家开始敬酒时，聂绀弩却伸出长胳臂把一只盛白酒的酒壶抓过去，自己先满了一杯白酒，自斟自饮，旁若无人，还不住地咂嘴，品着酒的滋味，同时还不住地向自己夫人碗里夹菜。萧军看着觉得怪有趣的，也就学他的样，开始向萧红的碗里夹取她不易夹到或不好意思伸长胳膊才能夹到的菜，这使萧红很不好意思，暗暗用手在桌下制止萧军。宴会上，鲁迅先生由于身体病弱，吃得极少，而且只能喝点葡萄汁代酒，但先生心情很愉快，因为他看到革命文艺队伍中又增添了新生力量。

萧军随着岁月的流逝，越来越感到鲁迅先生对他们的深情厚谊。他在晚年回忆说：

"回想起来，鲁迅先生当时这次'请客'的真实目的和意义是很分明的:在名义上是为了庆祝胡风夫妻儿子的满月，实质上却是为了我们这对青年人，从遥远的东北故乡来到上海，人地生疏，会有孤独寂寞之感，特为我们介绍了几位在上海的左翼作家朋友，使我们有所来往，对我们在各方面有所帮助;同时大概也担心我这个体性鲁莽的人，不明白当时上海的政治、社会环境的危险和恶劣，直冲蛮闯可能会招致出'祸事'来，所以特地指派了叶紫做我们的向导和'监护人'。仅从这一次'宴会'的措施，可以充分显示了这位伟大的人，具有伟大灵魂的人，伟大胸怀的人，对于后一代的青年人，对于一个青年文艺工作者是表现了多么深刻的关心，付出了多么大的热情和挚爱啊！……”

这次宴会后，萧军与萧红同上海文艺界人士交往越来越多，同鲁迅先生的关系也日益密切。他俩终于安下心来，开始写出一篇又一篇的佳作，开始在文坛上露出头角。特别是在鲁迅先生的关怀和支持下，他们和叶紫一起组成了“奴隶社”，把国民党反动检察官扣压不准出版的《生死场》，连同萧军的《八月的乡村》和叶紫的《丰收》，作为“奴隶丛书”由鲁迅作序自费出版了。这立即轰动了上海文坛，在全国也产生了强烈反响，他们的作品后来又被译成多国的文字。萧军和萧红从此成为中国著名的左翼作家，也成为流亡到关内的东北作家群的杰出代表。

即使在这种情况下，鲁迅也没有丝毫减少对二萧的关怀和指引，帮助二萧认清反动势力的狡诈和险恶，分析中国社会环境的复杂和阶级斗争的尖锐。先生在信中说：“中国向来的历史上，凡一朝要完的时候，总是自己动手，先前本国的较好的人、物，都打扫干净，给新主子可以不费力量的进来。现在也毫不两样，本国的狗，比洋狗更清楚中国的情形，手段更加巧妙。”又说：“装假固然不好，处处坦白，也不成，这要看是什么时候。和朋友谈心，不必留心，但和敌人对面，却必须刻刻防备。我们和朋友在一起，可以脱掉衣服，但上阵要穿甲。您记得《三国志演义》上的许褚赤膊上阵么？中了好几箭。金圣叹批道：‘谁叫你赤膊？’所谓文坛，其实也如此（因为文人也是中国人，不见得就和商人之类两样），鬼魅多得很，不过这些人，你还没有遇见。如果遇见，是要提防，不能赤膊的。好在现在已经认识几个人了，以后关于不知底细的人，可以问问叶他们，比较的便当。”鲁迅就是这样深刻精辟地指教，又无微不至地关怀。先生让叶紫做二萧的向导，对萧军是起了很好的保护作用。比如，有一次叶紫带萧军到江湾学生宿舍找青年木刻家新波给《八月的乡村》作封面画。同宿舍还有几位青年人，萧军同他们谈得很热烈，临别时萧军不独向木刻家公布了自己的住址，还向那几个青年发出了邀请：

“有工夫，请到我家来玩吧……这时，萧军觉得有人在他的踝骨上猛踢了一下。回头一看，叶紫正在以眼色制止他。出门后，萧军困惑地责问叶紫：

“你干吗踢我呀？”

“你这‘阿木林’（上海话笨蛋的意思）！谁让你向他们宣布自己的住址？”

“这有什么关系？”

“阿木林，你晓得这些人明天会怎样？人是会变的，说不定哪个人在什么时候叛变了，到时候出卖你就有本钱了！回去，赶快搬个家……”

还有一次，萧军、萧红和胡风在鲁迅先生家里谈话。深夜出来时电车已经没有了，他们便步行回家。不知怎么一来，萧红和胡风赛起跑来，萧军跟在后面鼓掌助兴。更深夜静，长街无人，只有这三个青年大喊大笑地走着跑着闹着。第二天，鲁迅知道了这件事，严肃地批评了他们：如果让巡捕碰上盘问起来，岂不自投罗网！当国民党特务张春桥化名狄克，以极左的姿态攻击《八月的乡村》“不真实”，力图抵消这部作品在读者群中的影响时，鲁迅先生写了《三月的租界》一文，不但淋漓尽致地揭露了狄克替敌人缴械，瓦解革命力量的无耻伎俩，同时也进一步扩大了《八月的乡村》的革命影响，有力地保护了《八月的乡村》的声誉，保护了萧军的创作热情。

当然，二萧也想对鲁迅一家有所帮助和照料。他们后来索性也搬到四川路来，住在鲁迅居所的附近，几乎每天都要看望鲁迅先生。萧红到先生家里帮助许广平夫人料理家务，有时还亲自下厨房，给先生做些东北的饭菜，调剂先生的口味。而萧军则主要照料鲁迅先生的外出办事。他晚年回忆说：“我也俨然以这位伟大的人的‘警卫’自诩着，假如这时候有什么人敢于对这位老人进行迫害，我会毫不踌躇地拼出这条性命和他拼斗下去！”正因如此，代表反动势力的一些叭儿文人，讥讽萧军是“鲁门家将”。萧军对此一笑置之。

无论萧军、萧红，还是后世的文学史家都知道，没有鲁迅的关怀和指引，二萧这两颗文学新星是不会从中国文坛上升起的。

（选自《跋涉者——萧军》，辽宁人民出版社 2000 年 11 月版）

中国军花在非洲（节选）

——在刚果（金）首批13位中国维和女兵的传奇

吕永岩

吕永岩，1952年生，中国作家协会会员，沈阳军区专业作家。1989年毕业于解放军艺术学院文学系。著有长篇纪实《溥仪传（插图本）》《绝对士兵》《中国警官悲喜录》《忠诚》《雷锋》等，中短篇小说集《曝光的天使》等，另有中篇小说《光环》等在国内重要期刊发表，电视专题片在中央电视台播出。有多部作品获全国全军奖、辽宁文学奖。

我试图快乐，
但我不会快乐，
除非我让你也快乐。
——非洲歌谣

维和，刚果（金）

这是非洲，是刚果（金）东部一个叫金杜的地方。的确，这是金杜的一个军用机场。一架联合国维持和平部队的运输机恰好停落在这里。这是一个周末，有几名中国参加刚果（金）维持和平行动的女军人来了。尽管此刻她们没有穿军装，但她们仍然是女军人。不是身临其境的人很难想象，她们所处的这里临近赤道，太阳整天都在她们头顶仿佛不远的地方。并且她们肉眼所及，就有反政府武装的部队在活动。他们有步枪，有机枪，当然也有火炮。死神有时像中午的阳光一样，距离她们很近，可她们还是很放松，很坦然，甚至很潇洒。

离机场不远的地方，就是她们所在的隶属联合国联刚团的中国维和二级医院。联刚团是联合国刚果（金）军事观察团的简称。中国维和二级医院编制有四十三名中国军人。四十三人中，有十三名女军人。她们占了好几个“第一”：第一批中国维和医疗队，第一批参加国际维和行动的女军人，第一批远赴非洲刚果（金）的女军医、女护士……由于有了许许多多的“第一”，所以她们曾一度成为国内大报小报、大电视台小电视台追逐的热点。

联合国维持和平部队是根据有关联合国决议建立的一支跨国界的特种部队，成立于1956年苏伊士危机之际。它受联合国大会或安理会的委派，活跃于国际上有冲突的地区。维和部队士兵头戴天蓝色钢盔或蓝色贝雷帽，上有联合国英文缩写“UN”，臂章缀有“地球与橄榄枝”图案。维和部队有两个显著的特征：一是非强制性，二是鲜明的中立性，其成员必须来自与冲突双方无直接利害关系的国家。它不同于一支真正的军队，它没有战场，没有敌人，是一支政治外交部队。联合国维持和平部队在执行任务时，除进行自卫外，不得擅自使用武力。必须严守中立，不得卷入冲突的任何一方，更不能干涉所在国的内政。

《联合国宪章》将维持国际和平与安全的主要责任赋予安全理事会。安理会负责成立并界定维和特派团。安理会的五个常任理事国——中国、法国、俄罗斯、英国和美国——可对关于维和行动的任何决定行使否决权。

北京对维和态度发生转变

中国赴刚果（金）维和部队包括一个工兵营和一个医疗分队。路透社称此举“标志着北京对维和的态度发生了重大转变，也是中国在国际舞台上慢慢崛起的又一举措”。美国布鲁金斯学会的中国问题专家贝茨·吉尔认为，这显然是中国在“以真正地显示她作为一个建设性的、愿意合作的参与者在国际社会上的信誉”。法新社说：“此次行动突出表明，随着中国越来越多地参与国际事务，中国也越来越热心参与国际维和行动。”美联社称：“这是中国为扩大其影响而采取的又一举措。”一位西方外交官员则说：“正在努力变得更加职业化、更加有战斗力的中国人民解放军也会通过同其他国家部队的合作而获益。”他特别强调：“交流总是有益的。”当然，他也认为：“中国部队到达刚果（金）后一定会遇到很多困难。”

刚果（金）全称刚果民主共和国，地处非洲中部。非洲是世界上仅次于亚洲的第二大洲，总面积3020万平方公里，约占世界陆地总面积的20.2%。在世界各大洲中，非洲是唯一被赤道横贯中部的大陆，也是世界唯一的热带大陆。“刚果”是“河流”的意思，刚果（金）有“非洲心脏”之称。

刚果（金）的最后一次内战爆发在1998年，班尼亚穆伦盖族（卢旺达图西族移民）士兵在乌干达和卢旺达军队的支持下，发动武装叛乱。随后，津巴布韦、安哥拉和纳米比亚等国应刚果民主共和国政府的请求出兵相助，形成地区冲突。叛军及乌干达、卢旺达控制了占刚果民主共和国领土一半以上的东部、东北部地区，造成刚果民主共和国分裂分治的局面。在后来的五年之内，交战双方一共签订了三个和平协议，但是和平却从没有真正降临到这片土地上。据专家估计，五年战火总计夺去了四百余万人的生命。这个数字相当于666次“9·11”事件。死亡大多是由于战争带来的饥荒和疾病。有人说，刚果（金）的战乱与它丰富的自然资源有着密切联系。世界许多饱受战乱之苦的地方，往往自然资源都很丰富。战乱是因为利益的驱使，而战争直接的受害者是当地的老百姓。经过多年战乱，刚果（金）人民生活困难，生活必需品短缺，有一半以上人口享受不到医疗服务，70%以上的人没有饮用的净水。中国维和医疗队出发之前，距医疗队所在地金杜几十公里处，刚刚发生一起武装屠杀事件，有一千七百多人在这次屠杀中丧命。中国医疗队除了面临艰巨的任务之外，还要面对战乱、疟疾、伤寒、结核、艾滋病、孤独以及其他一些意想不到的困难。尤其对于第一次走进非洲的中国女军人来说，她们面对的挑战还不止这些。一位曾参加过科索沃维持治安行动的中国女警官在给维和医疗队讲课的时候，曾专门安排一段时间为十三名女军人解答有关国际交往中的女性问题，当时要求所有在场的男性都一律退场回避。所有男性军人都未能得知那位女警官后来讲述的那些细节，但人们知道维和医疗队曾买过一套关于女子防身术的影碟,专门播放给十三名维和女军人看。澳大利亚一位著名记者阿兰·莫尔海德曾出版过一部有名的著述——《野性非洲》。在野性非洲，对于这些中国女军人来说，什么意想不到的事情都可能发生。据说就在刚刚发生的一千七百多人遭受屠杀的同时，还有二十余名联合国女军人遭受到野蛮人的强暴。所以，那位女警官曾一再告诫维和医疗队的人说："你们一定要把困难想得充分一些，越充分越好。许多困难是你们在国内难以想象的，而且一些在国内看似不难的事情，到了那里，也会变得十分困难。"对于女性来说，这些困难显然又多了一层。

女警官在讲述自身参加维和治安行动的时候，曾不止一次潸然泪下。后来她还特别提示女军人要带上一些漂亮的女外衣，尤其是具有中国民族特色的漂亮服饰，希望她们能有机会在联合国维和部队面前展示一下中国女性的靓丽风采，让白皮肤、黑皮肤的维和大兵们领略一下中国女兵的"酷"。

在非洲的第一夜

我是平生第一次坐飞机，但我想我已经将一生的飞机都坐够了。这话绝对是真的。我们是从桃仙机场上的飞机，2003 年 4 月 7 日夜里九点，天上正下着雨，系上安全带的那一刻，我透过窗户向外看，一片漆黑，我想我真的该说再见了，我的祖国。我的维和之行正式开始，目的地：非洲刚果（金）金杜。北京时间 4 月 8 日凌晨三点半到了孟加拉首都达卡，此时达卡时间是凌晨一点二十五。安全起见，我们在机场等了六个小时才重新登机，八个小时后飞机降落在埃塞俄比亚国际机场进行补给，两个小时后起飞，三个半小时后终于降落在距离我们的任务区还有一千多公里的基桑加尼国际机场，当地时间十四点四十。中国的两个军事观察员到机场迎接我们，没有睡好觉、没有倒过来时差的我在异国的土地上见到中国人竟觉得那样亲切，以至于马上就来了精神。

下了飞机立刻就觉得阳光灼热，迎面扑来的热浪掺杂着焦灼的味道。按照安排，我们要先参观摩洛哥驻基桑加尼的二级医疗队。三十三个人挤在UN的大巴车里，汗流浃背。尽管如此，车窗之外的景色依然吸引着我的目光。非洲人和他们用树枝搭起的低矮的棚子，近乎原始的生活，热带的植物，这一切看起来是那样新鲜。大巴车在路上颠簸而行，扬起黄色的尘土，我们像挤在罐头盒里的沙丁鱼，汗如雨下，胃里一阵阵恶心，只能强忍着。脑子里蹦出一堆想法，这会儿要是有个雪糕或是游泳池该多好呀，要是能躺一会儿也行。可是什么都没有，挺着，咬着牙挺着，只期盼着能快点下车。

车终于拐过了维和部队的营区，进入眼帘的是一个个架着黑色机枪的岗哨，我的心剧烈地颤抖，不是因为恐惧而是震撼。非洲，一个贫困动荡的大陆，美丽的大陆。战争、死亡离我们竟是那样近。参观摩洛哥的二级医疗队时，观察员吴俊辉让我打一个电话给家里，刚果时间是下午四点，和北京时间相差六个小时，现在正好是午夜十二点。电话拨通时我的心第一次像被什么拨动了一样，提着话筒的手不由自主地颤抖。激动而兴奋，真的，从没有一个电话让我如此眷恋，如此珍惜。放下话筒，我感激地同吴观察员握了一下手，深深地舒了一口气。是呀，我的亲人，我的祖国，现在都正在甜甜的梦乡之中，祥和而宁静，我的心如此踏实，洋溢着一种幸福感、满足感和自豪感。

下午四点半的时候，我们接到通知，晚上就住在基桑加尼，因为到金杜没有路，只能乘坐联合国的飞机。金杜机场每天下午五点起禁止一切飞机起落。看来想到驻地安顿是没有希望了，无论如何我们要熬过这一夜。大家都说在车上坐一宿，车上有空调，蚊子会少一点。我们每个人都吃了抗疟药，但观察员说大伙太累了，坐飞机一直没合眼，怎么也得躺下睡。之后他们去联刚团借了睡袋和十三张野战行军床，我们十三名女军人受到了特殊照顾，有床，预定住在摩洛哥医疗队的病房帐篷里，而男生只能睡在地上。天黑的时候外面下起了雨，刚果的雨一点也不缠绵。现在正值雨季，天气像小娃娃的脸，说变就变。乌拉圭的一名女军官领我们看了一下卫生间，可以洗澡。里面的人洗澡，外面要有人看着，在这几乎都是男人的世界里，我们这十几个外国女兵无疑成了一道亮丽的风景。浴室里闷得像个蒸锅，人在里面喘气都费劲，又担心外面来人，每个人都是简单冲了一下就出来了。一路走回来，从头到脚都湿漉漉的，分不清是汗是雨。重新回到大巴车上时，我才发现因为太着急，和队友的上衣穿错了。两名观察员在非洲已经待了一年，比较熟悉情况，帮了我们不少忙。本来乌拉圭的连队是晚上九点开饭，观察员和他们联系把吃饭的时间提前了半小时。因为没有餐具，所以大家只能十个人先去，然后再换十个人。乌拉圭连队吃的是西餐，中国人的胃啊却如此想念馒头稀饭，尽管连困带饿，看见西餐还是一点食欲都没有。我啃了几块饼干，吃了点儿飞机上吃剩的半袋咸菜，困倦早已战胜了饥饿。我们把自己的行李从车上搬了下来，抱着睡袋，拖着行军床，疲惫不堪地到了病房帐篷，打开睡袋，里面是蚊子的残骸和血迹、烟灰，散发着难闻的气味。无奈之下，我们只能穿着衣服、枕着行李睡。和非洲人居住的木屋相比，这已经算是天堂了。正准备就寝，摩洛哥医疗队的队长来了，说这是病房，如果夜里来病人会影响我们休息，一定要给我们换个更好的地方。我们苦笑着重新起来，拿着东西跟着他去了另一个帐篷，我想我当时走着就能睡着了。我们站在外面等帐篷里的人收拾东西出来，然后再支床。帐篷里挂满了衣服、袜子、雨伞，地上是鞋子、盆子和横七竖八的桌子，苍蝇、蚊子在夹杂着各种气味的空气中穿梭，可是我们已经顾不了这些了。刚躺下，从棚顶掉下一只叫不上来名字的虫子，它光临了翟爽的脸。帐篷门的拉锁坏了，没有办法，找了一块胶布粘上了。在国内就听说非洲的蚊子能吃人，没有蚊帐，尽管没脱衣服和鞋子，喷了半瓶子花露水，每个人的脸上还是被叮了好几个包。我想就把它当成非洲给我们的见面礼吧。因为太累了，没闭灯大家就睡着了，不知是什么时候，屋子里几个人同时醒了，起床上厕所，我以为天亮了，从床上蹦起来，看了一圈，只有翟爽一个人还躺着，我使劲推了她两下，说："孩子，快起来，天都亮了。"翟爽眯着眼看了看表说："宝宝，你折腾啥啊，才两点。"

我赶忙掀开帐篷看了看，外面真的还黑着，现在是北京时间八点了，看了一眼又睡过去的翟爽，我又重新躺下了。

走进非洲的第一夜，变成我生命中不可磨灭的记忆。当我带着祖国的嘱托，带着军人的使命，带着亲人的牵挂踏进非洲的土地时，我告诉自己，一个人如果连死的勇气都有，就一定能克服一切困难；一个人也只有在倾注生命的时刻，用血肉丰满的故事，才能成为对生命永恒的诠释。

写这篇短文的女军人叫王琦。在没有看到这篇短文之前，人们怎么也不会想到王琦会有这么好的文字表达能力。

最小的女军人

王琦是十三名女军人当中年龄最小的。她生于 1978 年 3 月 27 日，参加维和医疗队以前是二〇二医院妇产科的护士。对于最初组建维和医疗队的传言，王琦并没有在意。直到 2002 年 9 月 16 日，接到参加集训的通知，王琦才知道自己被选中了。但维和是咋回事，去什么地方，有什么危险，会怎样艰苦，所有这些，王琦都一无所虑，一无所知。

人们很难想到二十五岁的王琦会有那么重的经济和精神的负担，这是因为王琦的家庭情况很特殊。当其他队员围绕维和想这想那的时候，王琦思想的兴奋点却不得不在别处。

得知上级决定让自己参加维和医疗队，王琦第一个告知的是母亲，母亲远在百里之外的盘锦。王琦给母亲打电话。母亲在王琦十五岁的时候，失去了法律上对王琦的监护权。导致这种心灵伤害的原因在于父亲。网上和某些报纸报道说，王琦的父亲去世了，不知发布这些消息的记者是怎么采访的。其实，王琦的父亲只是跟王琦的母亲离婚了。王琦说父亲酗酒，似乎很厉害，有限的工资经常随着一身的酒气很快就消散了。母亲曾多次劝说父亲，但得到的回报要么是强词夺理，要么就是酒醉的拳头，从来没有酒醉的探戈。酒醒之后，偶尔也有几句忏悔，但忏悔过后，还是涛声依旧。实在没有办法，母亲只好付诸法律，两个人分道扬镳了。他们有两个女儿，王琦是老大，归属父亲。王琦还有一个妹妹，归属于母亲。一个好端端的家庭就这样解体了。那个简陋但却是家的象征的房子也被变卖了。无言的结局是父亲回到了奶奶家，母亲回到了姥姥家。母亲以为离婚以后父亲或许能痛改前非，但事实无情地打碎了母亲的幻想，父亲始终没能改掉酗酒以及因酗酒而派生的种种劣习。

并且父亲和母亲还都下岗了。担负家庭主要经济来源的两个人双双下岗，这对王琦本来就清贫的家庭来说无疑是雪上加霜。

幸好，王琦入伍了。那是父亲和母亲离婚后的第二年。那年王琦才十六岁。她的入伍得益于舅舅。舅舅是部队的，看王琦家里实在太困难，就想方设法使王琦当了兵。王琦很懂事，甚至可以说很老成。家庭的不幸伤害了王琦也锻造了王琦，王琦过早地成熟了。王琦凭借一种自觉的头悬梁、锥刺股的精神，在部队考了学，提了干，还因表现突出被分到了二〇二医院，进了沈阳。

王琦爱母亲，也爱父亲。母亲要糊口，还要供妹妹上学。妹妹读高中二年，上学需要许多钱。中国有“七匹狼”的品牌，也有关于“七匹狼”的民谣。民谣把“人民教师”排在仅次于“黑社会”的第六匹，这从一定程度上反映了教育乱收费的严重性，为此国家曾三令五申，制止教育乱收费。但即使这样，学生的费用对普通家庭来说仍然是一个不小的负担。对下岗工人家庭，这个负担就更显得如大山一般沉重。因此，母亲不得不整天寄人篱下地给人当保姆。保姆的收入当然是有限的，但收入再少总比无业强。母亲常常感慨说：“活得土埋半截子了，连个自己的家都没有。出去进的是别人的家，回来进的还是别人的家。”姥姥家当然算不上母亲自己的家。王琦说，母亲能有勇气活下来，完全是因为有她和妹妹。母亲偶尔曾忍不住说：“我是冲着你们姐俩才活下来的，没有你们，我活得还有什么意思？”

王琦把自己所有的津贴都交给了母亲。她同情和可怜母亲，也可怜父亲。尽管父亲改不掉的恶习拆散了一个好端端的家，但王琦并不记恨父亲。王琦始终忘不了，自己小的时候，父亲给她买吃的。冬天，脚被冻得难受的时候，父亲就敞开胸，把女儿的一双小脚放到自己的怀里。王琦说，父亲是爱自己的女儿的，父亲只是改不掉酗酒的顽疾。王琦有了收入以后，曾经给父亲寄过钱，父亲也主动向王琦要过钱。但是后来奶奶对王琦说："你不要给他钱，他有了钱，还是去往死了喝，还是挥霍。你不要可怜他，他的毛病改不了。"

即使这样，我还是时时惦记着父亲。父亲再有毛病，他也是我的父亲。我跟父亲说过，"爸，你要是不能跟我妈复婚，就再找个合适的人结婚吧。"父亲说："等你们都出息了，你们都出息了我再结婚。"

其实，更需要出息的是父亲啊。但王琦没有这样说。

想不到的囊中羞涩

王琦在部队是职务最低的军官，每月津贴 1075 元。王琦把银行通兑的津贴卡放在母亲那里，全部津贴都由母亲支配。可母亲很少花钱，尤其是很少为自己花钱。母亲的穿着极其俭朴，甚至俭朴得不合时宜。王琦看母亲太可怜了，就上街给母亲买衣服，母亲总是批评王琦，说这是浪费，以后再不许这样，母亲很不高兴。王琦回家，临走的时候把一部需要带走的书忘到了家里，母亲不坐车，靠两条腿拼命地往车站跑。那是炎热的夏季，母亲跑得满头大汗，口干舌燥，却连一瓶汽水、一块雪糕都舍不得买。王琦谈起这些，禁不住热泪盈眶。母亲恨父亲，但还是给父亲买养老保险。母亲说："他现在还能做点小买卖，还能养活自己；将来他老了，养不了自己，就是你们的负担。你们都有孝心，不可能不管他。我现在给他交养老保险，将来你们的负担就能轻一点儿。"母亲处处都为自己的女儿着想。

王琦当然也很节俭，她每月用于自己的开销是医院发的有限的奖金。王琦孝敬母亲，孝敬父亲，同时还惦记着妹妹。她曾嘱咐妹妹说："你一定要好好学习，要好好考，你能考到哪里，姐姐就供你到哪里。”显然，工作上，王琦是好护士；对父母，王琦是好女儿；对妹妹，王琦是好姐姐。

王琦知道，母亲最渴望的是能有一间属于自己的小房子。王琦说：“我参加维和回来，挣了钱，就能给妈妈买房子了。”维和人员每月由联合国发放一定数量的补贴，据说这部分补贴落到每个队员身上能有近千美元。首批维和医疗队的任务期限是八个月。如果真的能拿到那么多的美元，王琦为妈妈买房子的梦想或许就真的能实现了。

王琦并不回避这可能得到的美元。这美元对王琦实在是太需要了，王琦毋庸讳言。这情形似乎很容易让人想起那个关于阿凡提的故事。国王问阿凡提说：“如果一个是正义，一个是金钱，让你选择，你要哪一个？”阿凡提马上说：“我要金钱。”国王耻笑说：“你怎么能要金钱呢？要是我，就要正义。”阿凡提回答说：“你有的是金钱，但缺少的是正义；而我有的是正义，但缺少的是金钱。”

王琦缺少的何尝不是金钱呢！

但母亲不想让王琦冒险。母亲开始并不知道刚果（金）是咋回事，也不知道维和是咋回事。王琦开始告诉母亲的时候，母亲说：“去就去吧，服从安排，听组织的。”后来王琦告诉母亲，参加维和还补助美元，等完成任务回来，就能有几万块钱了。母亲便有几分欣喜，自然也有几分忧虑。再后来，母亲接到王琦的一个同学打来的电话。那位同学说：“我从报上看到王琦的照片了，知道她要去维和，我们挺羡慕，也挺为她担心。她要去的那个刚果（金）很危险，我们希望她保重。”

我不知道那位同学还跟我妈说了些什么，总之，我妈好像知道了潜伏在刚果（金）的所有危险，我妈被吓坏了，于是就匆忙地给我打来电话。我妈刚说了一句“孩子……”就泣不成声了。我当时很意外，就说：“妈，你怎么了？”我妈就带着哭腔说：“孩子，咱不去了。你在医院不是工作得好好的么？咱还在医院工作，咱哪儿也不去，妈不需要那些钱，妈不买房子了。妈只要你们好好的，都平平安安的，妈就知足了。妈不能让你去冒险。”

那一刻，王琦无法忍住泪水，但王琦不能哽咽，不能让母亲发现自己流泪，那样母亲会更担心，更难过。王琦擦干泪水，努力使自己平静下来。王琦说：“妈，你别听他们的。我们有那么多人去呢，又不是我一个。别人都不怕，我怕什么？再说，我是军人，军人要服从国家的需要，服从上级的命令。人的一生不是什么都能经历的，这种经历对我是一种财富，不是每个人都有这样的机会的，我怎么可以想去就去，不想去就不去呢？你别胡思乱想了。”

母亲当然知道自己左右不了王琦，按中国电影里的说法，王琦是“队伍上的人”，队伍上是有规矩的，王琦得服从队伍上的规矩。

但母亲不能不为王琦担心。母亲不知从哪儿听说吉祥物犀牛能为王琦护身，于是就到处去找，跑了许多地方才买到了一个用玉石刻制的犀牛，说什么也让王琦戴到身上。王琦说：“妈，你怎么还信这个？”母亲说：“信不信的，你还是戴上吧。这么小，也不沉。戴上总比不戴好。”

出发前，医院要开誓师大会，还要组织送行仪式，我们许多队员的亲属都要参加。那天，我对我妈说：“妈，你也来吧。”妈说：“我不去了，我都下岗了，穿得也不好，也不会说啥，会给你丢面子的。”妈妈这样说，我听着心里别提有多难受了。我不怕丢面子，我觉得妈是世界上最可爱的，最可敬的，最好的。

王琦说到这儿的时候，双眸禁不住闪动着泪光。

白羊座的王琦本来应该是热情奔放、激情满怀、无拘无束的。但父母离异的阴影和过重的家庭负担明显地改变了她的性格。她变得多愁善感，心事重重。但她并没有放弃拼搏，更没有放弃改变命运的努力。

王琦说，她参加维和，最大的心愿就是在恶劣的环境中，尝试和锻炼一下，看看自己到底能做到什么程度。训练的时候，她已经尝试过了，譬如3000米长跑，从山下往山上跑，常常一口气跑下来，腿都软了，浑身直哆嗦。

还有俯卧撑，把胳膊都练肿了。还有游泳，王琦开始不会，有人便说："这回可有人参汤喝了。"但没想到王琦下水没几个来回就学会了。王琦说："人的潜力太大了，人没有吃不了的苦，没有克服不了的困难。"王琦也说自己最坏的打算是不能活着回来，她还说："一个人要是连死都不在乎了，那还怕什么呢！没有什么可怕的了。"

在最后送别的人群里，人们确实没有看到王琦的母亲。王琦的母亲或许真的没来送女儿。人们不知道王琦当时会是一种什么样的心情。当其他队员忘情地面对亲人挥洒泪水的时候，王琦的泪或许只能流在心里。

惨遭强暴的女孩

在维和二级医院，王琦既是手术室的护士，又是妇产科的护士。维和二级医院人手少，任务重，兼职是很正常的。作为妇产科的护士，王琦参与救治了一名被反政府武装人员强暴的当地女孩。

那女孩才十六岁，没有人知道她被强暴的细节。似乎当时她不太配合，她当然是不情愿的，于是，她不仅遭到了四个人轮流的强暴，而且遭到了白公馆渣滓洞一般的毒打。她的臀部几乎被打烂了，左右臀部留下两个很深的窟窿。如果不是亲眼所见，王琦怎么也想象不到那女孩会被伤害到如此程度。所有善良的人都很难想象这种残暴。王琦开始只是听说要去接一个病号。女孩那时住在国际救援组织在当地临时开设的一家医院里。那所医院与王琦她们的维和二级医院有五公里的距离。虽然只有五公里，但急救车却走了很长一段时间，因为那里的路况实在太差了，并且天还下着雨。非洲的雨不但来得突然，而且大得出奇，仿佛天上的银河决了口。人在雨中会被击打得喘不过气来，车也一样，瓢泼大雨迎面扑来，车窗一片模糊，人和车仿佛都漂泊在海上。进入那所医院的时候，王琦才发现，医院的条件很差，狭小的病房里，聚集了许多生病的人。那女孩可怜兮兮地躺在其中的一张床上。

当时我们想看一看女孩的伤口，但是没办法看，因为房间里的人太多了，毕竟是一个女孩子嘛，伤的又是那种地方，怎么可能当着众人的面检查呢？所以，我们就提出能不能找一个人少的地方，到什么操作间那儿去看一看。当时，我们到处找那种可移动的床，但是找不到。大概过了能有十五分钟的时间，总算找到了一个抢救病号的床。就是那个床，还有一面不好使。当时我们也没有办法，我们基本上是连推带抬地把她移到了另外一个房间。我们把她抱到床上的时候，那女孩特别恐惧。她拼命地叫，像小猫似的那样一种叫。因为那个临时抢救的房间里没有灯，只有手电筒。虽然天没有黑，但屋子里特别暗。大概是下午三四点钟吧。女孩的屁股用特别厚的纱布给包上了，但还是有脓液向外面流。我们问是怎么回事。他们医院的医生就介绍说她是被当地的反政府军强暴的。医院里当时还有联合国人权组织的人，说女孩是被人打的。因为那里条件太差，我们就提出能不能把女孩带回我们维和二级医院。

联合国对所属医院收治病人有详细规定，尤其是对收治维和部队以外的地方病人，更有严格要求。联刚团司令官下属有医务官。维和二级医院计划外收治病人必须请示医务官，得到医务官的批准。女孩继续留在国际救援组织临时开设的医院，很可能会加重感染，进而危及她的生命。所以，中国维和二级医院从人道主义出发，经请示、协调，得到了维和部队医务官的支持，于是，女孩被带回维和二级医院救治。

到了我们医院，她那个伤口不是已经感染了吗？医生把那个伤口用剪子剪开了，当时那个脓呀，把小女孩的裙子都湿了一大片。那个小女孩穿了一条裙子。伤口里的脓透过纱布，把裙子都湿了一大片。那个味儿呀！往前一靠简直就不行了。那味儿太难闻了，过后连饭都吃不下去，一想就恶心。我们非常同情那女孩，她才十六岁！我们积极给她治疗。她的阴道里面都已经裂伤了，发出一种恶臭。我们给她换药的时候，她非常痛苦。但后来她还是能够积极地配合我们了。我们一去，她就主动采取那种接受换药的姿势。换药的时候，她特别难受，还特别恐惧。她大概有生以来头一次见到这么多的外国人，跟自己不一样的人。她的那种恐惧给我留下极其深刻的印象，我出于一种同情，就轻轻地摸着她的头，她就一直看着我，还发出一种微弱的叫声。她越是这样，我越是觉得她特别可怜。后来我再给她换药的时候，她就看着我笑。我们语言不通，她们讲的不是英语，也不是法语，是当地的一种语言，所以彼此谁都听不懂对方的话。语言上没有太多的交流，只是彼此心灵的一种交流。每天我不管是工作还是休息还是在别的什么地方，我都想着她，专门跟着医生去给她换药。我们看她那样子，都挺难过的。她稍微好了一些，就跟我们要吃的。她对自己肌体的痛苦忘记得特别快似的，很快就向我们要吃的。我们也是比较关怀她的，给她牛奶呀，还有饼干什么的。她走的时候，我给了她一个小背心，还给了她一些核桃仁，还有花生，这些都是我从家里带去的。

女孩在中国维和二级医院住了两个星期多一点。临走的那天，女孩又一次面对救护她的中国医生、护士笑了。女孩没有泪，或许女孩的泪已经流干了。就连她的笑，给王琦的感觉都十分复杂，那是一种包含了极其复杂心情的笑。似乎有诸多感激，有诸多留恋，还有诸多无奈，诸多失落，诸多惆怅。一个十六岁的女孩，遭遇了这样的不幸，将来等待她的会是什么？即使创伤恢复了，能够生儿育女了，但还会有人娶她吗？国外曾有记者报道过非洲落后地区对失身女人的一种“洁身仪式”。据说这种仪式的用意在于把以前那个男人“留在她身上的恶魔驱赶走”。问题在于这种仪式本身就是一种恶魔的行为——即让一个专门请来的人与这女人发生性关系。这种做法不但会给女人造成新的心灵和肉体的伤害，而且极易给女人染上某种可怕的性病。

她那啥，就那啥了

王丽是维和医疗队里唯一的一名妇产科医生，也是中国第一个参加国际维和行动的妇产科军医，并且还是中国第一个参加维和行动的女妇产科军医。

走进非洲的王丽事先对自己可能面临的问题做了充分的准备，其中不仅有针对艾滋病的，也有针对性病的。妇产科医生与外科医生一样，很容易接触到性病患者。这个世界上有性，同时也有性病。性病与性是一个矛盾体。上帝似乎很幽默，他赋予人对性的浓厚兴趣；上帝似乎又很苛刻，他让性病伴随人类从而达到制约无节制的性行为的目的。上帝似乎总是对的，出错的总是人。

那是一个女上尉。她来就诊。她说她的那个地方出了问题，她很烦恼。她并没有更多的羞涩，更不想隐讳。那个地方出了问题就是出了问题，有什么值得隐讳的？这很正常，这都是上帝的安排。她那啥，就那啥了。

我给她检查，她患的是淋菌性盆腔炎，还有霉菌性阴道炎，是妇科中比较常见的一种病吧。根据我的经验，这类病我完全可以治疗，不是什么难事。但是当时我忽略了一个问题，就是性伴侣的问题。一些国家的维和人员在外面有性伴侣，这是允许的。我没有想到这一点，我给她个人开了药。一周以后，她又来找我，说我给她开的药不好使。我当时就觉得奇怪，我说我不可能连这点儿病都治不好，我是多年的妇产科医生，治这个病我是非常有把握的。我说，你按时吃药了吗？她说她按时吃药了。她英语说得很流利。后来我想了一想，说，你爱人也在这里吗？她说不在。我说，那不对呀，根据我的临床经验，我能治好你的病，你的病对我来说不成问题。后来我说，你是不是又接触什么人了？她就说，虽然她的爱人不在这里，但是这里有她的性伴侣。她这样一解释，我就恍然大悟了。我说，你回去把你的性伴侣也带来，你们俩必须一块儿治。如果只治疗一个，那是治不好的。第二天她就把她的性伴侣带来了，那也是一个上尉。我们妇科没有男医生，我不可能给男人看。后来我就想找一个男医生给他看一下，然后给我描述一下他的症状。这个上尉女军官是很信任我的，因为是我给她看的病。她说，还是你看吧。我说，我是妇产科医生，不给男人看病。经过一番解释，后来我还是把我们的一个男医生叫过来，让他帮助看了一下。他说他看不出什么东西来，因为很多病人可以成为病毒携带者，但并不一定发病，或者并不一定表现出来。就是说没有临床表现。但他这样一说，我就知道是怎么回事儿了。我就给他们分别开了相同的药物，进行同样的治疗。两周以后他们都彻底好了，他们特别感谢，还写了一封热情洋溢的感谢信。

据说这是维和医疗队收到的唯一的一封感谢信。这位女上尉很有文化，知识面很宽，英语口语非常好。后来她与王丽成了好朋友，平时一有时间就到医院来看王丽，她们彼此聊一些各自国家的风土人情。王丽说，其实我跟她接触有个小心眼，就是想跟她多学一些英语口语，在国内听一堂口语课要花一百多元钱呢！

（选自《中国军花在非洲》，中国青年出版社 2005 年 1 月版）

中国机器人之父

——记中国工程院院士蒋新松

徐光荣

徐光荣，国家一级作家，文化学者、原辽宁文学院副院长，现为辽宁省作家协会顾问，中国传记文学学会副会长、辽宁省传记文学学会名誉会长。从事文学创作 60 余年。出版文学专著 47 部，《烹饪大师》《国宝鉴定大师杨仁恺》获第一、三届中国传记文学奖，《赵一曼》获全国优秀畅销书奖，《王军霞》获冰心奖；《科技帅才蒋新松》获辽宁文学奖，2006 年获中国十大传记文学作家奖。学术著作有《1840—1990 辽宁文学概述》《辽宁文学史》等，主编《辽宁青年作家作品集》《辽海讲坛文学卷》《沈阳历史文学典籍丛书》等。

为祖国和科学持之以恒、孜孜以求地探索，在广阔无边的科学海洋中，找回我的欢乐与幸福。

——蒋新松

在如潮的掌声中，蒋新松走上了“863”10 周年纪念会的讲台。

他，方脸阔额，近视镜后有一双明亮的眼睛。虽已年过花甲，头发开始发白，却精神矍铄，行动十分敏捷。当他在讲台站定，铺开讲演稿，面对眼前攒动的人头时，猛然觉得一股热流在全身涌动起来……

10 年了，中国实施“863”计划整整 10 年了！作为中国“863”计划自动化领域首席科学家，在纪念这个计划实施10周年的时刻，怎能不情如潮涌？以至于他开始宣读“863”计划自动化领域10周年报告时，声音都略略有些发颤了——

“……这10年是我们自动化领域拼搏的10年、辉煌的10年。当年四位老科学家上书中央时提出‘在国际高技术舞台上，要有一席之地的目标’，今天可以告慰我们的前辈及全国人民，我们实现了这一目标，我们非但得了一席之地，很多方面走到了世界领先的水平或先进水平，而且已经在国民经济中发挥作用……”

这是多么自信、自豪的声音！着眼于21世纪的中国高技术研究开发计划，在自动化领域安排了两个主题：计算机集成制造系统（CIMS）和智能机器人。蒋新松在这里的宣告，准确地向世界表明，中国自动化领域的科学研究已经毫无愧色地跻身世界先进行列了！

蒋新松，以他不倦的探索，在自动化领域，尤其是机器人研究的开拓与创建我国机器人的研究与生产基地方面，向世界显示了中华儿女的聪明才智和力量……

开拓！向机器人高技术领域勇敢地开拓

1986年2月1日，中国新华社从首都北京向全世界发出一份电稿：《中国机器人发展面面观——访中国科学院自动化研究所所长蒋新松》。

电稿开门见山地报道：“蒋新松穿梭般地往返于北京、大连、沈阳之间。1985年12月14日，他的研究所研制的中国第一台水下机器人初试成功两天后，他就飞到北京同美国沛瑞公司签订引进生产中型水下机器人技术的协议。紧接着，他又北上大连参加‘海人1号’的水下工作试验。一个月后，他再返北京参加一年一度的中国科学院年会。会议间隙，记者向他采访，他的话题无一不同机器人有关……”

蒋新松，俨然是一个“机器人迷”！

那些日子，蒋新松喜欢倾谈机器人，事出有因。

1985 年 12 月 12 日，沈阳自动化研究所研制的 HR–01 号水下机器人在旅顺港首航成功；14 日和 21 日，又完成两次试验。这不仅是蒋新松 20 世纪 70 年代初就梦寐以求的事业的闪光结晶，更重要的是，它表明，中国高技术自动化领域机器人的研究与开发已进入一个新的阶段。难怪，在首航成功的第二天，新华社、《人民日报》、香港《文汇报》以及美、日等国新闻媒介都给予客观报道，短短一则消息，引起了世界瞩目。

“海人 1 号”水下机器人，是中科院“六五”期间重点研究项目中的关于智能机器在海洋应用的研究项目，是蒋新松在机器人研究中闯过的第一道险隘。

机器人，世界各国通称为劳伯特（ROBOT），唯中国除外。“劳伯特”这个名称源于 1920 年捷克作家卡雷尔·卡派克的一出讽刺喜剧《洛桑的万能机器人公司》，剧中一个人造的奴隶被取名为“劳伯”，随后这个名称即被科学家沿用至今。中国最早将 ROBOT 译为机器人并沿用下来，但由于翻译上欠妥，使许多人对“机器人”概念存有误解，认为凡是机器人则须具人形，其实并非如此。

蒋新松认为，机器人是通过编入程序可以任意改变动作程序的灵活的机械电子装置，它具有人的动作。或简言之，机器人是一种具有拟人功能的机械电子装置。

世界公认的第一台机器人，是美国人 G·德沃尔于 1956 年研制成功的可编程序机器人。从 20 世纪 50 年代到 70 年代，世界高技术和高技术范围内的竞争日益发展。美国的“曼哈顿计划”“阿波罗计划“，带来了人类利用原子能、利用太空的新时代。而与此同时，世界上生物技术、信息技术激光技术、自动化技术等，也都有了飞跃发展。进入 80 年代，一些先进国家先后推出本国高技术发展计划，如美国的“星球大战计划”、法国与西欧的“尤里卡计划”、日本的“多角化战略”等。高技术已成为大国间技术、经济、政治竞争的主要手段。蒋新松一直热切地关注着当今世界高技术的发展。70 年代初，当一些人热衷于无休无止的派性角逐时，他却在静静的资料室里，从大量图书资料中，不断获取世界高技术发展信息，形成自己关于在中国发展高技术的最初设想。

早在1972年，蒋新松就与所内两名同志正式向中国科学院建议：开展机器人和人工智能方面的研究。

建议一出，就引起不小的震动——

“中国人那么多，你们还搞什么机器人？”

“你们那点底子搞机器人简直是‘天方夜谭’！”

蒋新松则认为：能否研究成功以至生产机器人，在一定意义上说，是一个国家综合国力的体现，必须早起步；就是不具备条件也要努力创造条件，但不能观望。因而，虽然最终他们的建议未获批准，但在困难条件下却做了大量的文献调研，掌握发展动向，制订了规划和设想。

1979年，蒋新松赴京参加中国科学院自然科学发展规划会。当时，虽然由于种种原因他只是个实习研究员，却以“位卑未敢忘忧国”的精神在会上会下直陈己见，并利用学术讲座形式宣传国际自动化领域发展新动向和开展机器人与人工智能研究的重要意义，得到许多老科学家的首肯和同行的赞赏。他作为主要执笔者起草了1978—1985年中国科学院自动化科学发展规划，正式将机器人与人工智能研究列入自动化发展方向的十个领域之一。

回到沈阳不久，蒋新松担任了自动化研究所五室的主任职务，率先提出了机器人研究课题，并直接负责这一项目。

在中国首先发展什么样的机器人？蒋新松为此颇费了一番脑筋。1979年9月，他率领中国科学院人工智能、机器人技术考察团赴日本东京参加国际人工智能会议并对日本进行考察。

虽然是初次出国，他却无心观赏富士风光、东京夜色。白天，他抓紧分分秒秒进行考察；晚上回到驻地草草吃过晚餐，就开始埋头整理资料，常常通宵达旦。在横滨，他们参观了海洋技术研究中心，小松制作所研制的八脚水下机器人引起了蒋新松的特别关注。这种机器人虽在研制中，尚不完善，但这种机器人具有代表人在深水中作业的功能，使蒋新松大受启发。

“他山之石，可以攻玉。”蒋新松回国后提出：“结合中国国情，开发特殊环境下工作的机器人技术，将是中国发展机器人技术的突破口。”

从1979年冬到1980年初夏，蒋新松和课题组的同志参加了中国科学院组织的我国机器人技术的研究如何立题的一系列讨论和从南到北的深入调研。在祖国南海岸榆林港，南海舰队救捞大队的同志们对他说，南海大陆架水深超过200米，潜水员只能下潜60米，而在60米水深一片漆黑，往往只能靠手摸；如果有水下机器人代替潜水员深潜多好啊！——海军指战员们的期待，使蒋新松和课题组的同志们决定，搞水下机器人！

科学院的一些领导支持他。老科学家、科学院副院长李薰说：“我们已将人造卫星送天，那是九天揽月；而今你们搞水下机器人，是下五洋捉鳖。我看方向对，可以搞！”不久，水下机器人研究正式列入中国科学院重大科研课题，拨款开始实际工作。

正在研制中的海洋机器人被定名为“海人1号”。蒋新松1980年7月起就任沈阳自动化研究所所长，仍领导并主持这一课题研究。他领导与主持了SXI-1型示教再现机器人研制，重点研究机器人学与机器人控制问题，组织起全国规模最大最集中的一支特种机器人研究队伍，为中国机器人的发展做了大量开拓性工作。

1982年，中国科学院在风景秀丽的杭州莫干山召开“海人1号”方案设计审定会，水下机器人终于被与会者认定为是有远见的选择，并给予高度评价。国家经委把这一项目列为“七五”海上石油攻关项目之一。

当会议做出这一系列决定后，参加会议的蒋新松凭窗眺望杭州西湖上的波光月影，露出了欣慰的笑容。

追索，倾注满腔热情，投入全部心血与智慧

莫干山会议，既肯定了蒋新松和沈阳自动化研究所的研究课题，同时也对这一课题提出了新的要求与标准，增添了压力与砝码。

海军代表要求：新的水下机器人应能深潜到水下200米，并能将看得到

的东西拿上来。

经委代表要求：不单要样机，还要产品；要打破过去科研项目只搞原型（功能型）样机的惯例，要拿出符合英国船级标准，能够在工程中使用的无人遥控深潜器（即海洋机器人）来！

海洋机器人的研制，是一个包括深潜技术、密封技术、自动控制、机器人技术、电视、声呐、信息传输、流体控制等技术的综合项目。沈阳自动化研究所设计的“HR-01海人1号”是我国一个开创项目。蒋新松对它情有独钟，从立项、争取经费，到寻求协作网，组织攻关队伍，都当“主心骨”，使研究工作得以紧张而较为顺利地进行。

“HR-01海人1号”是实验样机。根据国内工程实际需要，在研制“海人1号”的同时，蒋新松又开始筹备研制实用的轻型水下机器人“金鱼”号和中型水下机器人，即无人遥控深潜器。

为了较快地形成产品生产能力，蒋新松决定采取自行研制与引进技术相结合的方式进行。1984年9月至10月，他率团到美国、加拿大，对水下机器人与机器人研制中的国际合作题进行了考察与研讨。

9月的美国，正值盛夏，气候炎热。从蒋新松率团到达旧金山开始考察的第一天起，他们就投入紧张的工作。从旧金山到西雅图、波士顿、亚特兰大……直至加拿大的温哥华，他们从西到东，考察了28家单位。当时蒋新松心脏功能已超出负荷而出现不适，但他每到一处，仍然是白天与大家争分夺秒地参观、考察，晚上还在灯下详细地记下参观所得，对技术要点进行消化吸收。

作为团长，蒋新松对考察活动费的使用非常节省，不乱花每一美分，能坐火车就不坐汽车，不住高级宾馆。他用节省下来的生活费买了一大堆技术资料，从美国背回北京，又从北京背回沈阳。

通过考察摸底，蒋新松决定引进美国沛瑞公司制造技术，再攻下一些关键技术，制成我国产品化的中型水下机器人RECON-IV-300-SIA。

引进技术的谈判是艰巨的，水下机器人技术市场价格很高，而我国投入新技术研究的财力有限，这给蒋新松出了一道大难题。

沛瑞公司来华商谈签订协议合同前，为了在谈判中拿出有利于我方的合同底稿，蒋新松连熬了几个通宵。在赶到研究所向科学院有关部门领导汇报时，他从一楼爬上二楼就出现了虚脱、眩晕，眼前一片漆黑。蒋新松扶住楼梯，掏药、吃药，让自己镇定下来，然后咬紧牙关坚持上到四楼，强打精神向科学院领导汇报。

紧接着是与已到沈阳的美国沛瑞公司代表进行马拉松式的谈判。紧张、焦灼，夜以继日地工作，使蒋新松身体严重透支了。他陪同美国沛瑞公司代表到达大连时，在火车站内又一次昏厥过去。

摸一摸额头，滚烫！

试一试体温，高烧38.6℃。

他被送回沈阳中国医科大学第一附属医院急救！

蒋新松的夫人见到丈夫严重的病情，一阵阵心疼。

高烧持续不下！

心房纤颤，心电图异常！

白血球700……造血机能严重障碍！

诊断结果是甲亢引起心房纤颤。他因服治甲亢药物又引起了严重的毒性反应，生命处在垂危中，医院发出病危通知。

妻子看着老蒋心里茫然，含悲忍泪。

亲人需要老蒋！科研事业需要老蒋啊！

出生在江南名城江阴的蒋新松，1956年从上海交通大学电机系毕业后，即进入中国科学院自动化研究所（北京），开始了自动控制理论的研究与应用。30多年，他在饱尝人世艰辛、身处逆境的情况下，以坚韧的毅力全身心投入科研工作，早在20世纪60年代初就取得了显著成果，崭露了才华。1965年他调入沈阳自动化研究所后，承担了国家科委鞍钢冷轧厂1200轧机自动化试点，研究工业控制过程中各种非线性现象及解决途径。其后又在工厂的技术人员与工人师傅的关怀支持下，他研制成功了自动准确停车、复合强力系统及自适应厚度调节器3项成果。1978年当粉碎“四人帮”后的科学春天来到时，这3项成果都获得了全国科学大会奖。而今，他正处在为祖国的科学事业创造更大成就的阶段……

在妻子的期盼中，蒋新松清醒过来。看到妻子泪眼盈盈，他反来劝她："不要这样，研究所工作已上了轨道，我还要带好这个班子搞出些成果呢……"

在医院的全力抢救下，术后的蒋新松恢复得很快，拆线的第三天他就说服大夫出院了。他以极其衰弱的身体又投入了工作。

但与美国沛瑞公司恢复谈判后，双方都坚持自己的原则，又一次出现僵局。

美方代表将要离开沈阳时，蒋新松提议请美方代表参观自动化研究所水下试验室。中国自行设计、自己制造完成的"海人1号"样机试验运行的情况，不仅使美方代表大为惊讶，而且产生了浓厚兴趣，令他们刮目相看：一是机械手的控制；二是水下机器人的航行控制；三是水下磁耦合电机。

美方代表回到宾馆后，立即给蒋新松打电话，请他到宾馆共进晚餐。晚餐的气氛变得和谐而愉快。美方代表深深感到自己的谈判对手是位在水下机器人研究中有建树、有成就的科学家，所以一改过去在谈判桌上的严峻与高傲，并主动提出："我们想留在沈阳，与蒋先生继续谈判，可以吗？"

"欢迎啊！"蒋新松心怀坦荡地一笑。他心想：这回谈判可以在新的基点上进行了。

果然，当他们重新坐在谈判桌上的时候，沛瑞公司代表不但同意转让技术，而且同意以较低价格出售设备。

"我们赔了，"美方代表在结束谈判时说，"但我们感到这是一份非常合适的发展科学的合同，我们相信你们的能力！"

在蒋新松这位富有凝聚力的所长的领导下，沈阳自动化研究所像一艘张开风帆的航船，全速前进。

1985年12月12日，令人瞩目的我国第一台水下机器人HR–01号在旅顺港下潜60米，首航获得成功。

时隔一年，1986年，HR–01号在海南三亚市海域创下了我国自行研制的无人遥控深潜器（ROV）深潜水下199米的纪录。

与此同时，有缆浮游作业型水下机器人"金鱼2号"在吉林丰满水电站示范使用，受到高度赞扬……

奉献，在首席科学家的岗位上无私地奉献

蒋新松关注着世界高技术发展的动向。

1983年，他参加了国务院的新技术革命对我国的挑战及对策研究，并担任了机电一体化小组副组长。会上，他提出一系列有关发展FMS、CAD、机器人及加强基础元部件的建议，并起草了这一部分向中心的报告，报告内容大部分列入国家“七五”攻关课题。在发展国家科技的战略制定中，蒋新松初露锋芒。

1983年，国家接受王大珩等4位老科学家的建议制订“863”计划（国家高技术研究发展计划），国家科委聘请蒋新松参加这项高层次跟踪计划的制订。他思想活跃，有战略眼光，被推举为自动化组组长。他提出的自动化技术两个发展前沿——计算机综合自动化制造系统（CIMS）和智能机器人两个主题，得到同行的赞许和领导的批准，不久，国家科委组织专家们在人民大会堂向党和国家领导人汇报“863”计划的情况，自动化领域由蒋新松主讲。深厚的科学基础，丰富的实践经验，对世界高技术发展的远见卓识，对中国发展趋势的合理展望，使他那战略思想明晰、科学目标令人振奋的汇报受到了领导与专家们的一致赞誉。

1987年2月，在京西宾馆举行的国家高技术发展计划专家委员会成立大会上，蒋新松被国家科委聘为自动化领域专家委员会首席科学家。新的聘任，加重了蒋新松双肩上担子的分量。从那时起，他不但负责治所大任，还要团结、组织、领导全国自动化领域的专家和科研人员对当代世界自动化高技术进行经过选择的跟踪与研究，并通过伞形辐射，带动我国相关科学技术的进步。

已进入中年的蒋新松经常被病患困扰。身担几任，无休止地工作，常使他旧疾加重，有时不得不倒在病床上。但每一次他都设法说服医生，提前出院。重返岗位后，又是夜以继日地工作。1988年，他刚刚担任“机器、系统与人”

国际会议执行主席，并作了“飞速发展的自动化技术对社会影响”的总结报告，又率团飞赴法国考察智能机器人的研制情况。他回国后，立即到实验室，研究现场与科研人员一起动手进行操作……他足迹遍及国内外，为自己所热衷的事业付出了殷殷心血。

他投入最多的是人工智能王国。在他亲自指挥下，沈阳自动化研究所研制成功的“瑞康4号”机器人从1988年起一直在中国南海石油钻井平台被外国公司租用，连续多年中标，开创了中国近海石油勘探钻井中首次使用国产机器人的纪录。而第二、第三台中型水下机器人已销往国外，美、英等国买主对其质量、功能、可靠性给予高度评价，赢得了国际信誉，打入了国际市场。在国内，更在沉船探测、国防水电大坝检测等重大作业中屡建奇功。1990年9月，水下机器人执行在渤海探测日本沉船任务，12天的任务3天完成，在场的英国伦敦保险公司波思德尔先生连声称赞“very good”（非常好）。

有了一支初具规模的机器人研制队伍，有了在世界上崭露头角的研究成果，却一直缺乏一个大规模的研究基地。为此，蒋新松一次次奔走于北京与沈阳之间，建议建设机器人研究基地。他的虔诚追求与沈阳自动化所的雄厚实力感动了上级，赢得了支持。“七五”期间，国家决定投资近6000万元作为重点项目，在沈阳自动化所建设机器人示范工程，并任命蒋新松担任建设工程总经理。

1990年仲夏，一座现代化的科学城堡在沈阳南塔矗立起来了。它的庞大圆柱形筒壁如机器人的巨臂，左右圆窗好像两只明亮的眼睛，正面银白不锈钢板如机器人的盔甲，红、黄、蓝三色几何图案似机器人挥舞彩带，在迎接远方的客人。整个建筑气势恢宏，宛如一座科学殿堂，具有高级机器人的研究开发、人才培训、性能测试和国内外技术交流等功能。

当国家科委、中国科学院领导来这里验收、剪彩、欢庆之时，人们把目光投向了这座科学城堡的总策划、总指挥——蒋新松。因为这座被称为“机器人摇篮”的国际一流的研究基地，恰如一座丰碑，忠实地记录了蒋新松和他的同事们为我国机器人事业所做出的开拓性贡献。

目标指向21世纪，在科学的大道上不倦地攀登

一个科研院所应该选择什么样的发展方向即战略目标呢？蒋新松说：“我们应该面对世界当前高技术的发展，站在历史的高度，做出经得起今后长时期历史考验的抉择，才是科学的抉择。”

21世纪是人类征服海洋的世纪。由于迄今还没有水中有效的通信手段、可靠的定位导航方法及可供长时间应用的电源，再加上深水巨大的压力，因此如何进入深海，是对人类的一个严峻挑战。许多国家的科学家都把迎接这一挑战、征服海洋作为一个跨世纪的科研目标。

蒋新松也为此绞尽脑汁。

在确定“863”计划的主课题时，关于水下机器人规定了下潜300米内指标。这个指标沈阳自动化所在“六五”期间即已实现。蒋新松把新的指标定到深潜水下1000米，或更深，到海底6000米。

1991年5月，他率团到苏联海参崴远东科学院海洋问题研究所进行考察。

远东科学院的这个研究所是苏联研究水下机器人颇具实力的科研基地，不但拥有经验丰富的科学家，在设备、材料与传感技术方面也拥有优势。

在考察中，蒋新松对苏联同行的这些优势深感兴趣。他觉得能充分利用这些优势并与之合作，共同研制，将会使我国的水下机器人研制节省大量的人力、物力和财力，以更短的时间取得更大的成果。他果断地提议与远东科学院海洋问题研究所共同开发深潜水下机器人：第一步，共同研制两台下潜1000米的“探索一号”水下机器人，取得成果后，共同向下潜6000米的目标挺进，苏联方面负责研制机械部分，由我方研制电控部分……

大胆的建议，令苏联的科学家惊愕了。海洋问题研究所所长、科学院通讯院士阿格耶夫将信将疑。因为他们的研制正遇到诸多难点，横在面前的就有水下控制、动力定位等诸多问题。

蒋新松坦率地向苏联同行介绍了中国在水下机器人研究中取得的成果，尤其是在自动控制方面的突破性进展。他的深厚科学理论和实践经验令阿格

耶夫院士和他的同事们认真地聆听、记录、思索……他们表示要郑重地考虑蒋新松的建议。

5月的海参崴乍暖还寒。入夜，蒋新松正披衣思索关于合作的谈判，门被敲响了。阿格耶夫院士走进来，急切地向他表示："中国科学家对水下机器人自动控制方面的研究取得了领先的成果，令人瞩目。我们非常愿意与你们合作，向6000米的目标进军！"

"向6000米挺进！"蒋新松也笑逐颜开。

共同的目标把中、苏两国科学家联系在一起，他们立即以超常的速度开始起草合作合同。同年10月，当阿格耶夫率团来华访问时，合同正式得到国家批准，翌年开始执行。蒋新松又是夜以继日、废寝忘食地设计，修改，审议，1993年新年刚过就进入试制阶段。

潜深1000米的无缆水下机器人率先研制成功。

潜深6000米的无缆水下机器人验收合格。

两台机器人功能相近，都是观察型，装有摄像机及静态照相机，具有自动回避障碍、自动围绕沉着物回游及自动返航等自治功能，它利用我国自制的声剖仪可获取30米深海底层地图……

这是具有当今世界领先水平的水下机器人！

根据联合国关于测试太平洋深海区地况的请求，1995年5月，潜深6000米的无缆水下机器人随国家海底测量队赴夏威夷东南海域进行深潜海试，连续奋战3个月，8月成功地摄取深海锰核录像与照片……

9月，当海试队伍从太平洋凯旋时，时任国家科委副主任朱丽兰等亲赴机场迎接。我国大洋协会认定潜深6000米的无缆水下机器人是大洋勘探必需的先进设备……

世人瞩目的成果，杰出的科研成就，在开拓中国人工智能机器人高技术领域和计算机集中制造系统（CIMS）方面都取得重大成就，做出卓越贡献，连续四届任我国高技术计划自动化领域首席科学家，为我国自动化技术跻身世界先进行列而建树的功绩，使蒋新松先后被评为国家级有突出贡献的科学家，全国优秀科技工作者，获全国"五一"劳动奖章。1994年，他被选为首届中国工程院院士，1996年获首届中国工程科技奖，被评为中国工程院10位优秀科学家之一。

为祖国的科研事业奉献了青春与才华，又收获了祖国与人民给予的崇高荣誉与信任，蒋新松有欢悦，也有压力。他始终记得母亲在他第一次上学时对他说的话："读书，做事，最重要的是持之以恒！"40多年来，不管在什么条件下，是逆境抑或顺境，持之以恒成了他的行动准则。因而，1996年仲夏，他坐在沈阳南湖居室的窗下伏案整理近年的科学论文稿时，他写道：

……科学事业是一种永恒探索的事业，它既没有起点，也没有终点。成功的欢乐，永远是一刹那。无穷的探索，无穷的苦恼，正是它本身的魅力所在。从事科研工作40年了，我又进入了新的一轮无穷的探索和无穷的苦恼之中……

正当蒋新松怀着"无穷的探索和无穷的苦恼"跨向21世纪时，1997年3月30日突发心脏病，不幸与世长辞。他的逝世，使我国失去了一位杰出的科学家，是我国自动化领域发展的重大损失，是我国科技界的重大损失！

"有的人活着/他已死了/有的人死了/他还活着……"

蒋新松虽死犹生。他的突然逝世引起人们极大的悲痛，他的母校，上海交通大学校长翁史烈哀而赋诗：

长江悲已滞，
万里念将归。
况复当风晚，
山山黄叶飞。

根据蒋新松的遗愿，沈阳自动化所深潜水下机器人小分队赴太平洋海试时，将他的部分骨灰撒向太平洋。

1998年4月，当蒋新松逝世一周年之际，中共中央组织部、中共中央宣传部、国家科委、中国科学院、中国工程院联合发出通知，号召全国掀起向蒋新松学习，更快发展我国高新技术的活动。蒋新松被人们尊称为“中国机器人之父”，是领导科学技术的帅才，成为全国科技界的榜样与旗帜。

蒋新松——祖国母亲引以为自豪的大海骄子，安息吧！

（选自《奉献与辉煌——辽宁劳动模范风采录》，辽宁人民出版社 2009 年 9 月版）

人民艺术家李默然（节选）

关　捷

关捷，1960年生，满族。中国作家协会会员。一级作家。已出版长篇报告文学《寻找英雄》《人民艺术家李默然》《铁血军魂——180师在朝鲜》《日本，你必须还我天道》，长篇小说《顺治迁都》等。曾获第八届、九届、十届辽宁文学奖。

多年来，很多影迷戏迷都处在百思不得其解的状态中，为什么李默然演英雄演一个成一个？有人说是因为他外形高大魁梧。这话道理不充分。是的，李默然形象高大、相貌堂堂，有着扮演英雄良好的先天条件。然而，仅靠这些就够了吗？高大帅气的男演员多如过江之鲫，能演好英雄形象的，却只有寥寥数人。那么，到底是为什么？

揭开李默然“英雄形象专利”之谜

人们说：“李默然掌握英雄形象专利。”

他创造的最成功的艺术形象，大多是英雄人物，或是领导干部。领导干部形象，是和平年代战胜艰难险阻为人民谋求幸福的英雄。新中国的文学艺术，十分重视英雄形象的塑造。而英难形象，又恰恰是我们舞台和银幕上的弱项。往往出现的，不是假大空式的机械木偶，就是高大全式的世外神仙。编剧本着公式化、概念化的指导思想创作出来的苍白形象，演员表演起来自然没有回旋余地。举目中国艺界，只有李默然、王心刚、李炎、李仁堂等人能够突破这些局限。

李默然塑造的英雄，不但境界崇高，而且真实可信。观众既可以看到他凛然正气、铮铮铁骨的一面，又可看到他平易近人、和蔼可亲的一面；既有英雄的精神气质，又有常人的性情状态。

曹禺的观点是揭秘的钥匙

李默然曾在相当长的时间里，特想塑造一个横行江湖的大盗，或者是一个老谋深算的巨奸。但这些想法，只能是一种理想。

在他所接触的导演中，没有谁肯这样做。他们找他去演的，几乎是清一色的英雄形象，大军区司令、省委书记、市委书记、检察官、大企业的厂长、银行家等。这也从一个侧面证明，演员确实是要受到自身气质、素养、阅历影响的。

曹禺知道李默然的名字，应是在1951年。曹禺在文章中说："50年代，李默然进京演出苏联话剧《曙光照耀着莫斯科》。他在剧中扮演主人公库列聘。他那独树一帜的表演风格和精湛的演技征服了首都观众，震动了中国话剧界，开始形成全国性的艺术影响。……"

1956年，曹禺在北京观看了辽宁人民艺术剧院最强大的演员阵容演出的他的名剧《日出》。事后，他评论说："那是我看的最完美的《日出》，李默然显示了过人的天赋。"两人从此开始了深厚的友谊。

让我们来看看曹禺大师到底是怎么说的。

"中国北方文化质朴、刚健、凝重、峭拔的力度美，赋予李默然独特的精神气质。李默然是有着鲜明的政治信念和明确艺术主张的艺术家。他早年就投身于革命的文艺队伍，在革命战争的环境中接受党的教育，是随着中国的社会主义革命和建设事业的历史进程成长起来的艺术家，他的政治信念和艺术主张是高度一致的。他历来主张，一个合格的社会主义文艺工作者，首先要努力达到思想的成熟。思想的成熟可以使我们坚持正确的文艺方向，不走弯路，不脱离生活和人民群众，也可以保证我们更深刻、更准确地认识生活，创作出更新更美的艺术作品。50 多年来，他就是这样严格要求自己，用社会主义的思想指导自己的艺术创作。在他的创作中，处处涌流着时代、生活、人民的情绪。正因为如此，他才能成为一位影响了当代中国社会生活长达半个世纪的表演艺术家……他不仅仅是个表演艺术家，他是全国政协委员、中国剧协副主席。多年来，一直活跃于中国社会的政治、经济、文化生活中，广泛参与社会上各种对人民、对社会有益的活动，在更高的层次上为戏剧艺术的繁荣发展贡献力量……”

曹禺的话，可以概括为一个公式：革命者＋思想者＋艺术家＝李默然。

英雄的品质：革命者与思想者李默然

1947 年 10 月，他参加了党所领导的东北文工团，成为一名革命的文艺战士。在接下来的三年里，他跟着革命队伍，南征北战，参加土改，进行宣传活动，发动群众。中国人民的解放事业，给了这个年轻人以新的生命。在沈阳解放的第二天，他这个演员队长就跟着部队进了沈阳城，开始了长达 60 年的革命戏剧活动。

战争远去了，但作为革命者高尚美好的品质，却磨炼得越来越纯正，他始终以革命文艺战士的标准要求自己，他有强烈的爱国心和民族自尊心，追求进步，光明磊落。在艺术上兢兢业业，一丝不苟，以求报答党和人民的培育之恩。

在我国文艺界，李默然以刚直不阿闻名遐迩。他绝不在任何情况下说假话，他的真话讲得像他作品中英雄人物的台词那样激情澎湃。他有着敏锐的洞察力，每天看报阅读文件，收听地方和中央新闻，对国家大事、社会动态格外关注，并且能够站在全局的角度进行辩证的分析判断。

1986年，《大众电影》杂志开辟了一个专栏“演员自白”，请一些演员用最简明的语言对14个问题做出回答。这年的第12期轮到李默然自白了。他接到杂志寄来的表格，拿笔就要填。老伴龙潮抢过他的笔，说：“仔细看看呀，这些问题，看着简单，其实不好回答的，说错了，要惹事的。别填了。”李默然说：“怕什么？我心里咋想就咋填。”说完，飞快地填上——

最崇拜的人——陈毅。

最珍视的品德——率真、诚实。

最不能容忍的缺点——虚伪、动摇。

最反感的格言——和为贵、忍为高。

最喜欢的格言——金石可镂、业精于勤。

寥寥数语，李默然的形象跃然纸上。

陈毅元帅以勇于直谏而闻名中国当代史，崇拜他的李默然也算是直声满天下了。

艺术家的英雄台词与英雄行为

作为全国政协委员，他出于强烈的社会责任感，经常向各级有关部门投书或面陈自己看到的、调查到的社会问题。

1994年3月，在全国政协会议上，李默然坦诚说出自己的忠言——“我个人认为，文艺界的生存和发展是艰难的。精神文明建设从总体上投入不少，教育几百个亿，科技几百个亿……但到了文艺界具体的数字就找不到了。因此，人们不能不迷惑——文化艺术如何发展呢？我呼吁召开新时期的文艺座谈会，讨论市场经济的文艺怎样搞，遇到的新问题如何解决。现在有许多问题，文艺界内外没有达成共识，以至于港台影、视、歌星占领内地舞台，屏幕的不正常现象出现了。我呼吁调整全国文联和各协会。因为他们没有起作用。我呼吁在文化市场建设上，向文化艺术倾斜。我看了一个材料，说是文化引路、教育基础、科技开道。后二者都很明显。而文化引路，目前还看不出来。我呼吁繁荣创作必须深入生活，杜绝玩、侃艺术的发展，一段时间以来，文艺界流行玩、侃，电视剧《海马歌舞厅》就是一个例子。”

1996年，李默然在《党建》杂志上发表了题为《不能再牺牲精神文明了！》的文章，对很多地方的博物馆、图书馆出租后改建成歌舞厅、夜总会而痛心疾首。在第八届全国政协二次会议上，他的提案《关于文化市场建设应注意的几个问题》被采纳，他两次通过《光明日报》内参向党中央提出加强精神文明建设的倡议，被中央转发在文化部召开的全国文化厅局长会议上传阅，并获省政府优秀建议奖。此举对社会主义文艺界的健康发展，对我国两个文明的建设都起到了推动作用，体现了他高度的责任感和使命感。

他那直爽的性格，不免得罪一些人，有人对他的赤诚之心充满怨恨和咒诅。他却满不在乎地说“咒一咒，十年寿”。

时至今日，已进入耄耋之年的李默然，仍然二目圆睁，密切关注我们国家的艺术领域。那么，他又看到了什么呢?

2009年8月28日，在中国话剧艺术研究会（北方）中国话剧艺术发展论坛闭幕式上，针对话剧存在的诸多严峻问题，这位中国戏剧的老英雄，仍在啼血呼唤，厉声呐喊，那大段大段的精彩“独白”，让人想起他塑造的一个又一个英雄豪杰。

他看到了低级的“笑艺术”仍在兴风作浪。

他毫不留情地说：“我们肩负着的是多功能的社会责任。如果单纯娱乐到舞台上的语言大部分甚至是绝大部分是人体下半部分的语言，那就是我们这一代人的大悲哀了。甚至是罪恶。我不反对娱乐功能，但是我一直坚持没有文化内涵的娱乐，是对提高全民族文化素质极大的阻力。我们的话剧应该肩负起这样一个审美功能和社会功能、教育功能等等多功能的作用。”

他看到了后继乏人的可怕现状，他看到了无奈的“京漂”。

他痛心疾首地说：“各大戏剧学院的毕业生们宁可在北京漂着，也不会上任何一个省份去从事他的专业。除了北京、上海、广州这三个城市，我想，大概不会有任何一个城市能够吸引这些人才。如果我们的政策再不调整，我们的事业将如何发展？这是涉及我们这个艺术门类未来究竟如何发展的大问题。单纯地责怪年轻人不愿到各地去，愿意在北京漂着，我认为也不客观。有的同志讲‘一个月只有400块的工资’，这让一个年轻同志怎么成家立业，怎么生活？”

他看到了有人嘲弄高雅艺术。

他鞭擗入里说：“‘雅俗共赏’是人类的艺术活动一向的规律。如果像有人提出来的那样，一怕深刻，二怕高雅，那我们还会有什么提升民族力量的优秀作品呢？深刻的对立面那就是浅薄，高雅的对立面那就是轻浮，甚至于走向低俗。雅俗共赏，才能够满足人民群众日益增长的不同的文化需要，偏颇地去强调哪一方面、无谓地去鞭笞哪一方面都是不对的。”

他看到了有人排斥“主流戏剧”。

他义正词严地说：“何谓主流戏剧？我的粗浅理解那就是紧跟时代的步伐，焦点聚在人民的身上。在多样化的碰撞过程当中，主流戏剧在我们的舞台上不是有一席之地的问题，我的意见是站在最中间。”

他像一个老父亲那样，谆谆告诫青年演员——“当下，一个歌星的出场费动辄几万、十几万，一个电视演员拍一集电视剧甚至也达到了一二十万。这对于从事话剧的青年演员有很大影响,有人禁不住诱惑转行做了其他行当。有志于从事话剧的青年演员要想办法解决浮躁的心态。谁都没有能力在短时间内扭转包括话剧在内的诸多剧种所遭遇的市场冷淡局面，但作为从业者，首先就要耐得住寂寞。我们应该攀比的不是汽车和房子，应该是对艺术的追求，对真、善、美以及假、丑、恶的认识。”

这是真心英雄的肺腑之言，含着泪带着血。这正是用嘶哑的喉咙不倦歌唱的英雄鸟。

作为艺术家的李默然，他的突出特点是严肃的艺术态度、高度的艺术责任感和崇高的敬业精神。他把艺术当成自己的生命，他把自己的全部情感、全部精力、全部生命都投入到表演艺术的创造中。所以，他演的戏，情感力量逼人，凛然正气夺人。

1991年，李默然拍15集电视连续剧《联林珍奇》，他身体不大好，但坚持拍了下来。电视剧到后期制作时，因为缺8000元差点停机。导演遥远急得直流眼泪。李默然当即提出：“这部戏我分文不要！”在场的人都很吃惊。有记者问：“您为什么不要报酬呢？”李默然听了，只是淡淡一笑，然后，走进旁边无人的地方“默戏”去了。那时正是演员走穴赚大钱的时候。这样的行为，也正是出于一种英雄品格。古语说：“大丈夫不爱钱！”李默然无疑是个大丈夫。

告别舞台之后，李默然只是结束了演出，但那颗爱话剧的心，仍在激烈跳动。他开始为话剧事业奔走呼吁。他先后筹划了东北话剧节、辽宁省剧协“玫瑰奖”评选和东北地区话剧小品大赛等。1989年，首届东北话剧节在沈阳举办，哈尔滨话剧院的《蛾》和哈尔滨儿童艺术剧院的《少年周恩来》都在话剧节上引起不小的轰动。他异常兴奋地说：“有一台《蛾》这样的戏，这次话剧节就不能算白搞。哈尔滨又打炮了，为东北三省话剧节增添了光彩。”这个话剧节是民间筹资举办的，李默然为此四处奔波，最后筹集到13万元资金，其中有企业界捐款、文化厅借款和零打碎敲的赞助。因为电力紧缺，不能保证正常演出，又是他找省长作批示，以确保话剧节期间用电。尽管是民办的话剧节，仍然吸引北至鸡西、西至西安、南到广州的大批自费观摩人员。

1986年，李默然被中国剧协授予“表演艺术家”称号，接着又荣膺“话剧终身艺术奖”；2007年4月23日，获第十七届白玉兰戏剧艺术奖“终身成就奖”；2009年，中国戏剧家协会授予他终身成就奖；2010年，获中国华鼎奖“观众最喜爱的老艺术家”称号。这是国家和人民给英雄的艺术家最高的荣誉勋章。

李默然自己的英雄观

李默然有自己的英雄观——“‘没有英雄的时代’这个论点我不能苟同。相反，我认为我们这个时代英雄辈出。他们的很多事迹是惊天动地的。《报春花》中的李健，《乔厂长上任记》中的乔光朴，《检察官》中的徐力……

这些人物都有过令人不愉快的命运遭遇，蹲监狱，住牛棚，被围攻，遭冷嘲。然而他们不埋怨，不叹气，不气馁，不退缩，而是把党的困难、人民的疾苦，时刻放在心上。他们从不对个人琐碎的东西耿耿于怀，而是以大局为重；率领群众，解放思想，勇往直前。他们正是我们这个时代的英雄，是当今历史潮流的主流。戏剧艺术、电影艺术，要为现代化服务，就要竭尽全力歌颂他们反映他们。”

“在这样伟大的建设事业中，涌现出来了许许多多的英雄人物。即使是在日常工作中，也有许多令我们尊敬、值得我们学习的英雄人物。水暖工啊，包括一个社区主任哪，包括一个清扫工啊，都是我们时代的英雄。所以，‘我们这个时代没有英雄’这个论点，我是绝不赞同的。我倒觉得我们向英雄学习不够，向英雄人物学习得很少，我们在各个媒体上，对我们身边发生的许许多多英雄人物宣传得也不够。”

我们有理由认为，李默然就是中国戏剧战线上的英雄，所以，他的英雄本色让他演起英雄来游刃有余。

李默然：艺术要承担民族复兴的责任

李默然的声音，是震聋发聩的雷鸣。

想当年，在影片《甲午风云》中那一句“国家兴亡，匹夫有责，百姓们如果信得过我邓世昌的话，我愿为代写代奏”，震荡了多少中国人的灵魂哪。那是只有内心充溢神圣爱国情感的人才能发出的“黄钟大吕”呀。

新年的前夕，记者与李老先生做了一次面对面的长谈。尽管他刚刚过完82岁生日，但他还是我十多年前看见的风貌，那样雄健，那样敏锐，那样浩然。

老先生拿着事先传真过来的采访提纲，我们谈了起来。

李默然是全国唯一一个影、剧双栖有突出贡献奖，对国家有突出贡献的电影、话剧艺术家。但在所有的称谓中，他喜欢人们说他是“有责任感的艺术家”。

李老先生所谈基本是艺术的大事要义，而且慷慨激昂。

高度的社会责任感，来源于对国家、对民族深沉的爱。

深沉的爱来源于曾经亡国的巨痛

在李默然先生喜欢朗诵的诗歌里，有一首是艾青的《我爱这土地》其中那句“为什么我的眼里常含泪水？因为我对这土地爱得深沉……”

1927年11月28日，李默然出生于黑龙江珠河县（今尚志县）一面坡镇。4年后，日本人入侵东北，他失去了祖国。他和祖国和人民一起沉入亡国的苦难之中。

1932年，流行白喉病。由于家庭困难，无力医治，李默然的二哥、三哥、三姐先后被夺去了生命。这时，5岁的李默然也染上了白喉，全身浮肿，吃不下东西。生命危在旦夕，镇上的医生都没有办法，只好等死。这时，来了一个老中医，叫郭春三，往他嗓子里倒了一种药面。过一段时间，他奇迹般地好了起来。可是，他的二哥、三哥、三姐却永远没有了。

这是他对旧社会的一恨。

1941年，开火车的大哥被日本人开除，为了生活，14岁的李默然走上街头去卖烟卷。他每天早晨早早起来，到日本人的商店去批发烟，一次只能批来两盒。他学着别人的样子，转着圈儿排队，为的是多批几盒，然后再卖掉，幸运的话，一天能赚四五毛钱。这本来已是最低的生活要求。可是，日本人仍不让他实现。有一天，日本警察发现他们卖烟，一顿拳打脚踢，结果他被打掉了一颗牙。

这是他对万恶侵略者的一恨。他至今没有镶上那颗牙，他要铭记一生一世。

亡国奴的耻辱，还不仅仅是这些。

从1931年到1945年，在长达14年的亡国日子里，他和所有同胞一样，在侵略者的屠刀下，不能说自己是中国人，不能谈中国历史，更不能讲中国话。

他一点点长大，亡国之痛也一点一点加深。在沦陷区，找不到救国之路，又要摆脱这种精神巨痛，年少的李默然就经常出入戏院、书馆，去看戏，去听评书。他最喜欢的评书是《三侠剑》《雍正剑侠图》《水浒传》，他在那些救国救民的英雄身上寄托自己不甘做亡国奴的思想。

在亡国的黑暗中，他深深地爱着自己的祖国。

深沉的爱让他成为表演艺术家

“假如我是一只鸟，我也应该用嘶哑的喉咙歌唱……”每次听到李默然朗诵这一句，都能真切地感受到他那颗丹心的强烈跳动。

在中国演艺界，李默然先生无疑是一只不停高歌的鲲鹏大鸟。

抗战胜利了，中华民族光复了，李默然和同胞一起，重新有了祖国。

1947年10月，李默然20岁。这年东北作家群的舒群、罗烽、白朗从延安来到哈尔滨，他们组织了东北文协文工团。文工团面向社会招收演员。李默然这时已经在业余剧团参加演出了一部名为《保险箱》的话剧。看到告示，他兴冲冲来到文工团报名。他表演了《白毛女》中杨白劳的唱段，尽管他当时五音不全，但感情真挚、动作准确。那时欢迎有志青年参加革命，文工团的大门向他大大敞开。“回家取行李，搬来住！”主考官对他这样说。大度开放的录取标准，就这样为国家的未来录取了一位优秀话剧演员。

不过那时的李默然，无论对人生还是对艺术，都处于懵懂状态。

参加革命后，在党组织的帮助教育下，他才逐渐确立了正确的世界观、人生观和价值观。特别是1947年底的土地改革，给他的印象特深。文工团来到肇东县六区胡仙堂村，他亲眼看到一户雇农，三个孩子、两个大人，全家五口人只有一套衣服、一床被子。吃了上顿没有下顿，连柴火也没有，全家人坐在冰冷的炕上。共产党来了，给了他们土地，给了他们幸福的生活。他们对共产党那种感激之情，让李默然看到了国家的希望。新中国，是人民的。

到这时，李默然真切地看到了共产党是为人民办实事的，确实像人民所唱的那样，是人民的大救星。他决心，要为国家为人民好好演戏，要用自己的艺术去引导百姓，提高他们的境界。他当时曾这样表达自己朴素的思想感情——“我要为好好为国家人民做事，要做出成绩来，为此，我愿掉几斤肉，我愿牺牲一切”。

李默然只读了四年的小学，这距离成为一个合格的话剧演员还很遥远。有一次，他读报，把效率的“率”读成了“shuài”，引起哄堂大笑。他自己则满脸通红。

“为国家做事为人民做事，首先要有真本事。”带着这样的认识，李默然一头扎进图书馆。从1947年到1950年，三年的业余时间，他博览了古今中外的文学、历史、哲学等方面的经典著作。他终于夯实了一个演员起码的基础。

在业务上，他每天早晨五点钟就起床，练形体，练声音。大艺术家盖叫天、赵丹、金山、孙道临都是他暗暗学习的榜样。

多少个春秋过去了，渐渐地，他的动作刚健有力富于节奏，他的声音既有音乐美感又具有人物的个性魅力。于是，他可以游刃有余地在舞台上为国家为人民做大事了。于是，就有了亿万观众耳熟能详的《曙光照耀着莫斯科》《尤利乌斯·伏契克》《李闯王》《青春之歌》《甲午风云》《报春花》。《甲午风云》是中国电影史上的不朽丰碑，也是李默然个人的巅峰之作。

到这时，他的表演形成了自己独特的风格，即气势磅礴，场面阔大，框架雄浑，激情澎湃。曹禺说：“李默然的表演艺术，既有斯坦尼斯拉夫斯基体系的精华，更有民族戏曲艺术的深刻影响；既有深刻的内心体验，又有丰富的技术手段。因而，他的表演艺术富于中国民族文化深厚、博大的内在美，又有中国北方文化质朴、刚健、凝重、峭拔的力度美。前者造就了他的表演艺术丰富、广博的内在蕴含，后者赋予他独特的精神气质。”

国家和人民曾给过李默然无数的荣誉和奖杯。但他从未有居功自傲的时候，每每提起，总是讲：“是国家和人民对我的厚爱，这跟我的贡献不对等，我个人真的没有什么，我很不安。”

“文革”时，他被“发配”到盘锦胡家赶马车。业务不但荒废了，而且思想上的困惑解决不了，他不明白：“我的作品都是批准过才演的，都是歌颂党和人民的，怎么就成了大毒草？”十年当中，曾有短暂时间，他看不到生活的希望。可是，一想起国家和人民对他的栽培和期望，他又挥着鞭子赶路了。

粉碎“四人帮”后，党和人民一声召唤，李默然不讲任何代价，不计个人恩怨，风风火火地赶回了舞台。宝刀不老，他参演了经典话剧《报春花》，这部戏像当年《甲午风云》那样震撼华夏大地，一句“马克思是什么成分哪？”如利剑直刺反动血统论！

有个“邓大人怒吼”事件，足以表现李默然的“泪光”。

1985年，《花园街五号》在某地公映，李默然在街上看到电影发行公司的广告：“《花园街五号》编导、演员来本市与观众见面，在放映《花园街五号》前，有摄制组明星们的精彩节目。”下面是票价和首映式地点。

李默然生气了。他直接找到长影宣传发行处，对处长大发雷霆：“请他们把海报给揭下来，把钱退给观众。不然的话，我拒绝演出。”发行处的人听了发呆，他进一步解释说：“咱们这些小节目是临时凑起来的，是咱们与观众见面的形式，根本就不够售票水平，让观众花钱看这样的节目，这不是欺骗吗？”

大家这才听明白，几经商量，决定加演一部新片，这样，加上原定要放映的《花园街五号》正好符合票价款数，而小节目就成了义务奉献了。

李默然高兴了。他盛装登台，朗诵了《观众，我们心中的星》——“谁说我们是银幕上的主人，观众才是我们心中的主宰！……”

深沉的爱催他发出肺腑之言：单纯搞笑毫无价值，深沉大爱才是艺术的灵魂

谈着谈着，李默然先生的目光深沉起来。

他说：“年纪大了，一般社会活动不去了。在家里颐养天年，但这并不影响我思考问题。现在的中国，总的感觉是中华民族历史上少有的盛世时代，我常想我们这个国家和民族的未来，想历史上正反两个方面的教训，想光明的，也想曾有过的曲折，想继续发扬，更想如何克服一些东西……”

老先生的话题庄重深刻，让人肃然起敬，让人不由得想起他曾塑造的高大形象，那些金声玉振的难忘的声音。

忽然，他话锋一转，说：“作为一名文艺老兵，我是有一些忧虑和不安的。文化上要有努力，要有高标准的选择。艺术要关心国家的前途和人民的命运，要爱祖国爱人民，这才是艺术的灵魂。还是要强调责任。要有大义精神。哈哈一笑，什么意义也没有，那算什么呢？无知的娱乐没有价值。深沉大爱才是艺术的灵魂。”

我听了一愣，想起演艺界近年许多乱糟糟的人和他们弄出来的乱哄哄的事。

李默然为人正派，一向心直口快。他原名李绍成，就因为口无遮拦，在那些不允许随便讲话的年代里，朋友们为他深深担忧。想来想去，大家帮他改名为“李默然”，希望他少说话，别惹祸。然而，正如一位老领导说：“李默然不默然。”多年来，他一向是以敢直言著称。

在开国元勋中，李默然最喜欢的是陈毅，所以如此心性相通。

爱之深，责之切。直言，来自深沉的爱。

沉思了一会儿，老先生接着说，人生只能是为了社会。思来想去，我还是要谈责任，谈艺术工作者肩上高度的责任。这一点很重要。经过近三十年的发展，我们国家进入了空前的繁荣发展时期。但是困难依然很多，挑战也很多。胡锦涛总书记也提出，要居安思危。现在，我认为演艺界是有些问题的。比如过多的无文化的娱乐，也是一种精神鸦片，它将给社会带来麻木和愚昧，将会给下一代带来不利的东西，它会让人丧失思想的光芒。对待文化市场，要科学地对待，不要一提市场化，就搞放任自流。观众是有层次的，不能要什么给什么。现在过多强调娱乐的功能，其实更重要的是要有教育功能，要有审美功能。要通过艺术创作活动，提高人们的精神境界。外国专家说，与其单纯搞笑，笑过以后，一无所有，不如搞幽默。笑完之后，要有思索。要思索国家的前途人类的命运，解决人们的思想问题，要陶冶人们的道德情操。使人们变得更真、更善、更美，就是专家们所说的要做到文化“化”人艺术养心。艺术要承担起中华民族伟大复兴的责任，要爱祖国和人民，一味地搞笑，毫无价值。服务是天职，引导是责任，没有引导的服务是盲目的，势必要走入误区。

这发自肺腑的金石之声，令人震撼，也令人深深感动。有直言，能听得进直言，这是一个人、一个民族、一个国家兴旺的象征。

分手时回望李默然先生，看到的，是深沉的目光和那目光后面深沉的大爱。

（选自《人民艺术家李默然》，辽宁人民出版社 2011 年 1 月版）

黎明的光

曾　剑

曾剑，1972年生，湖北红安人，鲁迅文学院与北京师范大学联办现当代文学创作方向硕士研究生。1990年3月入伍。先后在《人民文学》《当代》等发表中短篇小说300余万字，出版长篇小说《枪炮与玫瑰》，小说集《玉龙湖》《冰排上的哨所》《穿军装的牧马人》等。多部作品被《新华文摘》《小说选刊》《小说月报》《中篇小说选刊》等转载，获多种军内外文学奖项。中国作家协会会员，辽宁文学院签约作家。

洪家光，黎明的光。

洪家光是中国航发沈阳黎明航空发动机有限责任公司的高级技师，自1998年7月到中国航发黎明公司工作至今，获得众多荣誉，成为企业的精英、工匠的楷模、行业的明星。

辽宁省“洪家光劳模创新工作室”领创人，辽宁省“洪家光技能大师工作站”领创人，享受国务院政府特殊津贴，第十二届全国青年联合会委员，第十三届沈阳市青年联合会委员，中国航发首席技能专家，普通车工、数控车工双料高级技师……洪家光，荣誉等身，光芒闪耀。他是平凡的，他在平凡的岗位上，干了不平凡的事；他是普通的劳动者，却发挥出巨大的能量，给企业以光、以热、以温暖、以希望。

一、迷人的火花

1979年12月，洪家光出生在沈阳市新城子区（现沈北新区）黄家乡黄家村的一个普通农村家庭。这个家庭，有着那个特殊年代的印记：洪家光的父亲是农民，母亲是下乡知青。家里5个孩子，上有4个姐姐，洪家光是老疙瘩，却并没享受老疙瘩的特殊照顾。

孩子多，家里生活条件艰苦，洪家光的童年是在田间地头度过的：割稻子、收玉米、喂家禽。洪家光至今还记得，他4岁那年，给家里的母猪喂食，被母猪拱进猪圈，弄得一身猪屎的情形。但在村民眼里，幼小的洪家光勤快、懂事，将来准有出息。

艰辛的生活就像曲曲折折的山路，放眼望不到尽头，但年少的洪家光坚信，他总会有一天，走到山路的尽头，看到希望的出口。

干农活儿累了，洪家光时常躺在草地上仰望天空，飞机的轰鸣声常常带给他几分惊喜，他凝望着飞机像雄鹰一样在天空翱翔，拖着长长的白线飞向远方，他心中的遐想像那白线一样越拽越长：那飞机的里面是个什么样？它为什么能在天上飞那么长的时间？它要飞往何方？

幼小的心灵是单纯的，也是富有的。那时候日子清苦，却也充满回忆。

他6岁那年，村部新成立了一家机械制造厂，他的叔叔就在机械制造厂上班。厂房内机器的轰鸣声、工人师傅敲打零件的声音交织在一起，如交响乐般动听，诱惑着他去看。工人每天都很忙碌，生产出各式各样的零件。叔叔是操作普通车床的技术工人，在旋转的机床上加工出千奇百怪的零件。他记得当时有句话：“车钳铣，没法比。”就是说这些工种技术含量高，也说明他们的地位高。当时能成为一个技术工人，是件了不起的事情，很受大家的尊敬：他们每天吃好的饭菜，穿着配发的干净的工作服，每月到日子领工资。

洪家光羡慕地看着叔叔干活儿，心里向往极了。正是从那时起，他对机械加工产生了好奇心，对机械加工渐渐痴迷。一块粗糙丑陋的铁块，在砂轮上打磨，火星四溅，像花一样绽放，漂亮异常。等火星停止飞溅，那丑陋的铁块，竟然成了那么漂亮的零件，真神奇啊！

童年就这么伴着美丽的火花悄然逝去。后来知青落实政策，洪家光全家回城，搬到沈阳市新城子区（现沈北新区）。洪家光的父亲替代母亲去工作，姐姐们陆续上学，学费和购买生活必需品的花销使父母压力很大，家里的生活来源都是靠着父亲仅有的工资来维持，根本不够支付5个孩子的学费。母亲心疼父亲，去找工作贴补家用，因为没有技术始终也没找着，后经街道介绍，在附近当环卫临时工。

母亲每日的工作，就是清扫垃圾，然后用手推车把垃圾推到垃圾回收站。那时洪家光只有7岁，却是个懂事的孩子，天天帮母亲收垃圾、运垃圾。夏天的垃圾散发着腐烂的气味，十分呛人。冬天的时候，严寒冻得洪家光不住地打冷战，他和母亲的手脚都被冻伤了。

母亲经常遭受人家的白眼，得不到尊重，但母亲顽强、勤劳、坚忍。她不论春夏秋冬、严寒酷暑，都工作在自己的岗位上，风雨不误。

直到洪家光上小学三年级时，母亲去了新城子区建筑公司做临时工，打水泥板。干了一段时间，因为太累，做不下来，她只能回到家，在家里操持家务。几个孩子都在上学，每年的学费和生活费是一笔很大的开销。

洪家光的大姐、二姐毕业后，相继找到工作，但很快下岗。随着年龄增长，洪家光慢慢明白，人想在社会立足，一定要有一技之长。

时光流逝，转眼间洪家光初中毕业了。他想学技术。学什么呢？他问自己，突然，脑子里灵光一闪，想到了叔叔车间那闪动着的火花，时隔多年，火花依然诱惑着他。他当即选择了技校。技校很多，学什么？他选择了与飞机有关的学校——沈阳黎明技工学校，学习车工专业。通过考试，他如愿走进校园，开始向着儿时的梦想进发。

开学报到的时候，新生纷纷前来办理报到手续，交学费、住宿费，等到洪家光办理时，他只交了学费，没交住宿费。工作人员不解，问他："你的路途这么远，不住宿行吗？"他说："行！我不住宿。"手续办完后，他匆忙离开。

他实在想省下住宿费，这不仅是住宿的问题，一旦住宿，就得在这里吃饭，一日三餐加起来，这是多大的开支。不过，能被黎明技工学校车工专业录取，他激动，他知足。

技校的学习生活开始了，而对洪家光来说，是常人难以承受的紧张生活的开始。从洪家光家到黎明技校的路程很远，坐车往返需要4个多小时，且不用说学生，就是成人天天这样往返，都是一种艰难的跋涉。这条路没有直达的车，必须先坐火车，再倒汽车。火车和汽车，他都办理了最便宜的月票。4个多小时漫长的上学之路，聪明的洪家光，把它用来学习。他把火车和汽车当成阅览室，别人在车上睡觉的时候，他就看书。路途虽然远，但洪家光从未旷过课。他如饥似渴地听老师讲课，并在实习操作中不断地积累知识、掌握技能。

3年技校学习生活，洪家光利用坐车的时间，自学了多部技术书。他不仅学习了课堂上的书，还研读了多部深奥的机械理论书。凭着这股刻苦的劲头，洪家光在毕业时学习成绩名列全班第一。1998年7月，洪家光凭借第一名的成绩，被分配到沈阳黎明航空发动机有限责任公司58车间，成为一名车工。他不但实现了儿时的梦想，还可以挣工资，自食其力，减轻家庭负担。

航空发动机的车工，自然要与航空发动机打交道，洪家光深感责任重大，也有着光荣的使命感。他怀揣希望与梦想，骄傲而自信地走向那个神圣的岗位。

二、师父领进门

洪家光走进58车间，眼前的一切让他心灰意冷：一台台老旧的机床落满灰尘，一看就是“爷爷辈”的。他望着这些“老家伙”欲哭无泪，他不知道用这样的设备，怎么把活儿干好。他甚至怀疑它们不能运转。

偏偏这个时候是公司发展低潮期，工资低，年轻人在外面随便找个饭店当服务员，都能挣三四百块钱，可洪家光每月工资却只有180块钱，除去交通费和生活费，所剩无几。留下来的37名同学，开始一个个离去，最后就剩下几个人。洪家光一时也感到茫然。凭他的坚忍与能力，完全可以找到比这个单位更能挣钱的地方。他陷入迷茫，左思右想，他甚至开始质疑自己工作的意义、青春的价值，他在内心痛苦地挣扎。以前都说“车钳铣，没法比”，到这会儿，却变成了“车钳铣，没人理”。这时，洪家光心情复杂，但他最后还是选择了留下，他不想背弃最初的选择。留下了，就意味着承受工作和生活的双重压力。19岁正是饭量大的时候，他常常一顿饭只吃两块钱的面条。

他迷茫着向前走，走向那台分配给自己的车床。更让他失落的是，师傅不是心目中的师傅。他心目中的师傅是孟宪新，全国劳模，孟师傅胸戴红花的照片就挂在工厂光荣墙上，可眼前这个师傅却是付百森，那年付师傅才29岁。那时候，年轻人都愿意跟老师傅学徒，眼前这个师傅这么年轻，技术水平能高吗？洪家光的情绪一下子低落了。说实话，他当时就没瞧得起付师傅。付师傅显然觉察到了，但什么也没说，他干活儿，就让洪家光在旁边看。只见付师傅迅速把零件安装、调整、夹紧，左手启动机床，右手快速移动机床拖板。紧接着，双手就在机床上，上下左右操纵着机床上的手柄，加工零件。师傅双手麻利地操作，就像电脑控制的机械手，看得洪家光眼花缭乱。还没等他缓过神儿来，师傅左手已经停车，右手取出千分尺测量，说了一句：“完活儿！”付师傅说：“小洪，你测量一下工件的各部分尺寸精度，再按照这个标准，加工一个这种零件。”洪家光测量这个零件尺寸公差，发现公差都在 ±0.01 毫米以内。他顿时傻了眼，心想这水平太高了，这可是纯手工！

到洪家光自己加工时，他心里很紧张，双手都不协调了，和师傅比起来才知道什么叫笨手笨脚。洪家光手忙脚乱地忙活了十几分钟，可算把活儿干完了，累得满头大汗。师傅说：“行了，你先歇会儿，我给你测量下尺寸，看看怎么样。”一检验，结果没有一个尺寸合格。洪家光的脸陡地一热，他才发现自己的水平跟实际要求差距是多么大了，“踌躇满志”一时间变成了“一筹莫展”。付师傅看出了洪家光的羞愧与畏难情绪，直接批评洪家光：“笨手笨脚！”先杀了他的傲气，然后语重心长地对他说：“光靠技校学的知识是不够的，机械加工的实际技术深奥着呢，雄心壮志代替不了真才实学，当高水平的工人，不是你想象得那么容易，你得从一点一滴做起。”

洪家光羞愧地低下头。那一刻，他决心从头学，一切从零开始。

由于洪家光一上来没瞧得起付师傅，没有行拜师礼，后来想拜师，付师傅说，先学着再说，这拜师礼就拖了好长时间才举行。

付师傅成了付师父。付师父带洪家光6个月，洪家光学到了很多东西。后来师父下岗：那年减人，双职工家庭的，只能留一个，师娘是本单位工人，师父作为男人，保护女人，勇敢地选择离开。走前，师父与他拥抱，师父说："别气馁，好好干，只要技术好，一定差不了。还会有师父来教你的，好好跟他学，你聪明，有悟性，将来错不了。"

洪家光落泪了，他舍不得师父。很多人，很多事，只有失去了，才知道重要，才想着去珍惜，但已经晚了，比如师父。好在自己还在这个工厂，在这个车间。师父说过，还会有师父来带他。

1999年底，新的领导来了，随着新产品、新项目的引进，公司的效益一下子好起来。这时，洪家光迎来了他第二位师父。

洪家光永远记得那个早晨，他早早来到车间，看到一个人，站在付师父留下的车床边。他满头白发，当时没穿工作服，洪家光以为是打更的，没太在意，根本没搭理他。那个人忙活了一阵，对洪家光说，你来。他把洪家光叫到一间休息室，上来就批评他："看你这身衣服，这么埋汰，前后都是油，怎么能干好车工？还有，那车床怎么那么脏？"

洪家光说："那是我师父的车床，师父走了，没人用。"老人说："那也得擦，饭可以少吃一顿，车床必须一天擦两次！"话语中已满是批评和责备。

洪家光不服气，心里说，干活儿与衣服的干净埋汰有关吗？

洪家光很快从工友那里知道，他就是大名鼎鼎的张凤义，老八级技工，当车工40多年。好学的洪家光立刻表示要向他拜师，行拜师礼。张师傅从头到脚打量着他，说："你先学着吧，拜师的事，以后再说！"

原来，张师傅压根没瞧得起他。洪家光心里咯噔一下，感叹生活的多变：当时，他作为徒弟，没看上付师父；现在，张师傅没看上他这个徒弟，似乎故意要让他尝尝没被别人看上的滋味。

洪家光暗下决心，一定要好好学，做一个让张师傅瞧得起的人。

凡是张师傅干活儿，他就认真地看，离得很近地看。张师傅却告诉他："离我远一点，看你的衣服多脏，使劲一拧，能拧下二两油。以后看我干活儿，把衣服洗干净再来，别把我的衣服蹭脏了。看你那个样子，跟游击队似的，我们是正规军。"

洪家光满脸通红。他远远地看着张师傅，不得不佩服，张师傅干活儿时，竟然穿着白衣服。起先，洪家光以为张师傅是"装"，是故意刁难他。不久，他就看出门道来了，张师傅那白衣服，一天下来，还真的一个污点都没有。张师傅告诉他："我们干的是飞机发动机上的零部件加工，比头发丝还细得多的东西掉进发动机里，就是一个大的灾难。"

张师傅告诉他："要心细，永远要注意细节。"

自那以后，洪家光的衣服总是干干净净的。

洪家光细心看张师傅干活儿，他刀具磨得好，加工认真，零部件误差值都在允许范围内，他就是一支技术高超的正规军的领袖。洪家光感到，自己在张师傅的带领下，也正在由一名"游击队员"向"正规军"转变。

那天工作太晚，洪家光没有回家。洪家光平时就羡慕张师傅刀具磨得好，趁张师傅不在，他忍不住去把张师傅的刀具卸下来自己用。结果，技术不行，他把张师傅的刀弄坏了。洪家光害怕极了，悄悄地把张师傅的刀装回张师傅的车床上。第二天上班，他忐忑不安地等待着将要发生的一切。他希望张师傅看不出来，但那只是幻想，技术高超的张师傅一下子就感觉到了，但张师傅没有批评他，更没朝他大喊大叫。张师傅说："拿别人的刀具，算啥能耐？技术不行，就是用好的刀具，也白费。有本事，自己磨刀具，磨到什么程度、什么角度，都会对零部件产生很大影响。"

洪家光的脸又一次通红、发烫。响鼓不用重捶，何况他是一个自尊心极强的人。他痛下决心，从那天起，天天加班。一般的师傅，一年也就磨 30 把刀具，他 3 个月磨了 100 把刀具。

有一天，张师傅对洪家光说："小洪，把你的内孔刀拿来我用用。"那一刻，洪家光是多么自豪，跟他一起进厂子的同事，都用羡慕的眼光看着他。

张师傅终于接纳了他这个徒弟。

其实，洪家光心里早就称他为“师父”了。在师父的指点下，洪家光的技术突飞猛进，取得了巨大的成绩，脑子也比以前好使，更喜欢钻研了。

师父67岁那年，年龄大了，离岗回家，洪家光再次成为没有师父带的人。他的技术虽然提高很多，但也只是“半精加工”。

好强的洪家光想：“我不能停滞不前，还得拜师。”

航发黎明工装制造厂有一面由巨幅照片组成的劳模墙，墙上有本厂3位全国劳模和13位省、市、公司级劳模照片，有历届技能大赛状元手印。无数次，洪家光凝望着劳模墙，内心受到震撼。尤其是全国劳模孟宪新，孟师傅敬畏手艺、专注技术、矢志不移的朴素情怀，令他深深折服。他的“高速切削内螺纹”，每分钟转1200转，还不用反转退刀，他这绝活儿，让洪家光佩服得五体投地，觉得身边的这个人，就是《天龙八部》中的扫地僧，用一把扫把也能打遍天下无敌手。洪家光佩服他，几乎到了崇拜的程度。他决定拜孟宪新为师。这时候，洪家光在厂里也小有名气，但孟宪新并没立刻答应他。孟师傅说，想学艺可以，得付出持久的辛苦和努力，高超的技艺，是坚持不懈的努力换来的。

洪家光表情坚毅，反映出他学技术的决心。他发奋努力，苦练技术，总结出“看、问、练、悟”四字诀，撰写了10余万字的心得体会。在工友们眼里，他成了“怪人”，每天默默地穿梭在有着众多机床的车间里，连吃饭的时候，都想着如何提升自己的“手艺活儿”。“手巧不如家什妙”，干好车工，磨刀是关键。为了把车刀磨得“漂亮”，他白天练磨刀，晚上回家吃口饭就看书琢磨。十几天下来，他的“高速切削内螺纹”终于也能达到每分钟转1200转，实现了他个人技术上的第一个突破。3个月下来，他硬是把车刀磨削技术练得炉火纯青，而他的手，也被磨出了一层厚厚的茧子。

孟宪新收下了他这个徒弟。

在跟孟宪新师父学习的过程中，洪家光终于明白，为什么工作环境这么差，却诞生了3位全国劳模以及13位省、市、公司级劳模：因为他们所有人，都那么敬业，那么刻苦；他们所有人，都年复一年、日复一日地艰苦奋斗着。

三、涅槃

洪家光进厂不到一年，也就是1999年，美国轰炸我国驻南斯拉夫大使馆，造成我国人员伤亡。另一让人难以接受的事实是，我国当时没有自主研制的大型飞机，只能用美国的飞机运回烈士遗体。

“我们应该有自主研制的大飞机！”洪家光想。当天，洪家光在车间看到了这个新闻，与杨书记谈了自己的想法。可是，一名普通的车工，一个平凡的岗位，能实现航空报国的理想吗？

杨书记告诉他，在社会分工更加细化的今天，大多数岗位都像这大机器中的小零件，只有每一个小零件良好运行，才可以保证整台大机器正常运转。千万别小看了你的工作价值，也不要说你的岗位小，单调重复；工作内容每天不变，但工作标准每天可以变，工作质量每天可以变。

书记的话，让洪家光浑身充满力量，他重新审视自己的理想。他悄然明白，投身航空事业，不再是仅仅为了满足儿时的好奇，或是改变物质生活条件，更是一分责任，一种担当。这事业，承载着我国的军事国防战略，更承载着航空强国的梦想。

但这一切，需要脚踏实地，除了苦干、巧干，没有别的捷径可走。和别人一样舒舒服服、慢慢悠悠地过日子，还要比别人技高一筹，无异于白日做梦。

2002年，随着我国航空事业的迅猛发展，航发公司生产任务异常繁重。为了满足国家的需求，公司号召员工住在厂里大干，职工吃住在单位。洪家光第一个把行李搬到厂里，一待就是一个多月。由于过度劳累，体力不支，他在搬运工件时没有拿住，左手手指被砸伤。当时疼得他满身大汗，为了不让领导担心，他瞒着领导没去医院，白天挺着干了一天的活儿。

十指连心，晚上，洪家光疼得在床上翻来覆去睡不着，实在挺不过去，他才叫母亲陪着他到医院检查。检查结果是严重粉碎性骨折，医生要求他在家休养两个月。他知道车间里很多活儿还在等着他，工作台上是堆成小山的工件，他哪有心思静养。他不顾家人的劝阻，仅在家里休息了3天，就又跑回工作岗位。左手缠着绷带，他就用右手操作机床，坚持了两个月，大家都叫他“拼命三郎”“工作疯子”“独臂大侠”。

2004年，临近春节，公司下达了一项紧急任务——加工发动机叶片的磨削工具金刚石滚轮，精度要求极高，所有尺寸公差都必须在±0.003毫米以内，这个尺寸相当于人头发丝直径的二十分之一。如果金刚石滚轮的一个尺寸超差，就会导致所要修理的整组发动机叶片直接报废。不巧，当时公司唯一掌握此项技术的刘师傅生病住院，任务迫在眉睫，初生牛犊不怕虎，洪家光主动请缨。

起初，洪家光信心满满，认为自己能够轻松完成该任务：一是自己在技校学习了3年，具备丰富的理论知识，同时亲手操作过机床，有实战经验；另外，以往刘师傅加工金刚石滚轮时，他在旁边仔细观察过数回，记录过他加工时的方法和细微的动作。他大胆上阵，按刘师傅的方法进行加工，连续干了十几个小时，终于加工出一件金刚石滚轮。可当他十分兴奋地将这件成品送去检验时，竟然没有一个尺寸合格，这给洪家光当头一棒，他躲在一个无人的角落，独自闷坐了半天。

当晚，他一夜未睡，是坚持干下去还是放弃？倔强的他选择了坚持，他天生就有一种钻研技术的倔脾气，有一股不达目的不罢休的韧劲。之后几天，他一遍又一遍地实践，并改进加工方法，每天工作14个小时，饿了就把兜里揣着的大饼掏出来咬几口。攀登的人可能会摔倒，关键是站起来时是否继续前行，继续前行需要毅力。今天很多年轻人缺乏的就是这种毅力，但洪家光不缺，他连续坚持了10天，以其多年的经验和过人的技术，终于攻克了这一重大难题，掌握了这项国内一流精加工核心技术。他硬是把在别人看来需要几年时间才能掌握的技术，在短暂的10天内攻破了，并且完善了加工中的几项不足之处。

此后，他先后攻克新一代发动机叶片磨削工具金刚石滚轮的加工课题，改写了公司金刚石滚轮大型面无法加工的历史，突破了前人没有突破的难关，创造了让同行惊叹的佳绩。此项技术的应用，累计为公司创造叶片新增销售收入 3.05 亿元，后来成功获得国家发明专利。

没有一番勤勉的历练，怎能拥有一手过硬的技术？一次组件的加工经历，让他得到了公司领导的认同，让同事刮目相看。这些成就，也令洪家光兴奋，但他常常在静夜里让自己冷静下来。冷静下来的他，总会思考一下人生。他觉得，作为一名技术工人，要不断地改革和创新，才更有意义。人生有些事情，不是看到希望才去坚持，而是在坚持过程中，才发现离梦想越来越近，目标越来越清晰。

2005 年，公司召开每两年一届的技能运动会。第一轮比理论，然后是实际操作，洪家光的总成绩排名公司第一，被评为高级技师。短短的 7 年时间，他成为公司历史上最年轻的高级技师。这是洪家光人生的第一次飞跃，他真正体会到当一名车工的自豪。他说：“人，活着就要奋斗，奋斗才有意义。”

2009 年冬天，总装车间正在紧张有序地按照程序加工高压涡轮导向器，数控磨床设备突然亮起红灯，警告无法使用，再次调整，仍显示不可操作。这次故障，出乎人们的意料，以前他们没有遇到过这种情况。时间紧迫，加工不能停止，唯一的办法，就是用普通车床设备加工，可这样不但降低了生产效率，还增加了加工的难度。如果在普通车床上安装大型电机磨具，用砂轮进行磨削加工，工作量大，砂轮一次磨削进刀量小，并会产生脱粒现象，尺寸公差极难控制，会严重影响发动机交付。急得团团转的总装车间领导突然想到了洪家光。

接到通知，洪家光赶赴现场。时间紧，难度高，洪家光沉着冷静，他先花半天时间做了一个周密的研究，通过对零部件和机床原理进行透彻分析，对切削参数、机床间隙、电机磨具做了一些改进，调整加工参数，以确保精度的准确。

接下来就要考虑加工方法。经过几次试加工，洪家光对在加工过程中遇到的情况进行详细的记录、比较，终于悟出高压涡轮导向器零件的加工心得，洪家光的总结就三个字：“看、听、闻”。

看，就是看看砂轮上刀量火花的大小和颜色，以此判定加工精度，能精确到 0.001 毫米，这仅为头发丝直径八十分之一的磨削量。

听，就是听砂轮磨削时的声音，避免切削力过大，以防砂轮破碎，打伤工件，影响质量。

闻，就是用闻砂轮磨削时散发出的气味控制热量，一旦有工件烧伤，会发出一股特殊的呛鼻气味。他通过气味来控制磨削热量，防止烧伤零件。

这三个字说起来简单，想掌握好却非常难。加工过程中既要保证耳、鼻、眼、手各司其职，默契配合，又要心无旁骛，不允许有一点的麻痹大意。

洪家光对切削参数、机床间隙、电机磨具进行改进，对加工参数做了调整，凭借他过硬的技能和丰富的经验，苦干 20 余天，保证了工件精度的准确，深得公司领导赞扬。

“坚持自己的理想、创造自己的奇迹”，这是洪家光的座右铭，他以此激励自己不断前行。2011 年，洪家光以超群的技艺，摘得第七届全国青年职业技能大赛车工组冠军的头衔，成为中国最好的青年车工，并被评为全国技术能手和集团公司十大风云人物。

洪家光常说：“一个人实现梦想没什么了不起，让更多的人实现梦想才会更加有意义，知识因为传递才更加有力量！”

多年以来，经洪家光培训的青年职工，有 130 人晋升高一级别的车工技能等级。他先后带了 12 名徒弟。在 2013 年第九届“振兴杯”全国青年职业技能大赛中，他作为辽宁队教练之一，带领辽宁队获得车工组团体第一名。他如愿以偿，在公司状元榜上留下自己的手印。

洪家光火了，成为航发黎明的明星。

洪家光自行设计了一种经济型数控车床数显自动对刀仪，该装置对刀过程操作方便，对刀精度高，提高了加工质量。平均每加工一件普通零件即可缩短对刀时间 3 ~ 5 分钟，这样每年每台设备可节约加工成本 2 万余元。他不断寻求创新，自创多项加工方法，申报国家发明和实用新型专利7项，每年可创造产值270余万元。

原苏联物理学家、诺贝尔物理学奖得主巴索夫就是一名技工。洪家光的体会是，青年人千万不要抱怨，努力奋斗，谁都可以成为平凡生活中的英雄。他坦言，自己出身农村，没有有钱的父母，没有背景，没有名牌高校的文凭，就是在轰鸣的车间，与冰冷的车床和锋利的刀具为伴，坚持自己的理想，创造自己的奇迹，学中干，干中学，才成长为中国航发黎明公司的首席技能专家。这，得益于黎明公司的培养，也在于他个人不懈的努力。上天不负有心人，一系列荣誉、褒奖接踵而至：

2004年、2007年、2008年，沈阳市“技术能手”“技术标兵”；

2008年，辽宁省“建功十一五”先进个人；

2009年—2013年，中航工业黎明公司劳动模范、功勋职工；

2011年，中航工业黎明公司一等功、沈阳市有突出贡献高技能人才、“振兴杯”辽宁省青年职业技能大赛车工组第一名、第七届“振兴杯”全国职业技能大赛车工组第一名、全国青年岗位能手、中航工业风云人物、航发动机控股有限公司航空报国动力先锋先进个人、辽宁省杰出岗位能手、沈阳五一劳动奖章；

2012年，全国技术能手；

2013年，全国最美青工；

2014年，沈阳市劳动模范、辽宁省五一劳动奖章、辽宁省十大创新能手、中航工业杰出青年、享受国务院政府特殊津贴；

2015年，中航工业优秀共产党员、辽宁省五四奖章；

2016年，中国青年五四奖章、沈阳市劳模创新工作室优秀领创人。

……

四、泪水的滋味

作为航发人，洪家光深知航空工业关系着国防建设，虽然仅仅是一名车工，但责任重大。“既做新装备，就得多辛苦”，他为了厂里的工作，常常没有休息日，还要经常加班，为了厂里的事他付出了一切。

洪家光把大量的时间和精力投入工作，把家里的事抛在脑后。他动情地说：“军功章里，有我妻子的一半，我对家庭是有亏欠的。家里有年幼的女儿，有身体残疾、生活不能自理的妹妹（妻妹），有年迈的父母，照顾这一大家子的重担，全都落在妻子的肩头。”

一次，正值车间抢工期的关键时刻，父亲脑动脉硬化发病，必须住院治疗。洪家光只能在晚上和妻子把父亲送到医院办住院手续。他很想陪陪老父亲，让妻子歇歇，但想起车间堆着的任务，只能将愧疚埋在心里，急匆匆回到工作岗位。

女儿 3 岁那年，得了急性肺炎。当时妻子不在家，而他生产任务量大，又太急，根本抽不出时间，他只得将年幼的女儿一个人留在医院住院。车间领导知道情况后，执意给他放一天假，让他回去照顾女儿。当他走进医院推开病房门时，却看见女儿正趴在床边呕吐……

洪家光一次次在内心许诺，等他以后有时间，一定会弥补女儿。但这么多年来，他没能兑现。欣慰的是家人对他一直很理解、很支持。因为他是在干事业，妻儿从未抱怨，父母也从未责备。他们理解一名航发人的责任与使命，他们懂得作为航空工业人家属的担当和付出。谈到这些，洪家光说：“我非常感谢我的父母、妻子、可爱的女儿。正是他们的无私付出，才让我能一心一意地投身到航空事业中来，可以说我前进的每一步，都饱含他们的深情和希冀。”

想起家人，他愧疚。男儿有泪不轻弹，只是未到情动处。他想起妻子的辛苦，对女儿的欠疚，就会暗自落泪。那泪水是酸涩的。

洪家光自 2013 年获得“全国最美青工”光荣称号之后，先后四次参加共青团中央组织开展的“我的中国梦——奋斗的青春最美丽”分享团走基层活动。活动期间，他先后到京、津、冀、黑、吉、辽、苏、赣、琼、闽、皖、豫、鲁、浙等省市和中央企业，以及金融系统、铁道系统的高校、企业，开展成才奋斗事迹分享会56场。数万名大学生、企业青年、进城务工青年、公务员、社区青年等到现场参加了分享活动，90余万名青年通过新媒体进行互动交流。洪家光介绍和讲述自身经历、人生感悟、奋斗历程，用事实说话，展现了航空职工“不畏困苦、勇攀高峰”的风采。

他的奋斗故事在各界青年中引起了热烈反响，得到了大家的充分认可，为广大青少年树立了可亲、可敬、可信、可学的榜样，为引导青年把个人梦想融入中国梦、把对梦想的追求聚焦到扎实奋斗上做出了积极贡献。

予人玫瑰，手留余香。洪家光愿意与这些年轻人一起交流，与他们在一起，他觉得自己特别年轻。1979年出生的他，一直把自己当成80后。

2016年，洪家光荣获国家授予青年的最高荣誉“中国青年五四奖章”。

站在领奖台上，洪家光难掩心中的激动，忍不住热泪奔涌，过去的苦和泪、执着与坚持、光荣与梦想，全融入这泪花之中。

这是欣喜的泪。

五、尾声

“宝剑锋从磨砺出，梅花香自苦寒来。”人们在惊叹一个人的成功时，往往忽略了他背后流下多少汗水甚至血泪。一块块奖牌，充分地展现了航空发动机制造领域的优秀青年秉持报国梦想，以强烈的责任感和使命感，为实现强国梦脚踏实地、顽强攻关的青春风采；体现了当代青年工人信念坚定、爱岗敬业、拼搏奋进、勇于探索、争创一流的伟大精神。

2017年3月的一天，春回大地，地上的积雪还未化净，天气乍暖还寒。洪家光站在单位的大院里，时间很早，还是黎明，他提前到了。在进入厂房前那一刻，他听见头顶有飞机飞过。举目仰望，凭他对飞机发动机的了解，他断定，那是新一代的战机在祖国的蓝天上翱翔。飞机过处，有几颗星星静静地闪耀于天宇，星光璀璨。

那是黎明的光。

洪家光走进厂房，这是黎明公司的厂房，他是黎明公司的一名技师，是黎明公司的明星，他身上散发着明星的光芒。他知道，一个人的光芒是微弱的，他要创造出更多的成果，带出更多的优秀人才，给“黎明”以更多的光、更多的温暖、更多的爱和希望。

（选自《盛京大工匠》，沈阳出版社 2017 年 12 月版）